यदि आपको जीवित रहने के लिए चुना गया है

जागरूकता

खंड 3

AF762208

मेलिना ओरिया

"अंत की तरह नहीं। बल्कि विस्तार की तरह।"
"कोई पात्र नहीं। आवृत्ति। कोई प्रतीक नहीं। अवस्था।"

✦ प्रकाशन संबंधी जानकारी ✦

पुनर्गठित चार-खंड संस्करण (2025)। इससे पहले

इसी लेखक द्वारा दो-खंड संस्करण के रूप में प्रकाशित।

श्रृंखला: यदि आपको जीवित रहने के लिए चुना गया है – खंड III: यदि आपको जीवित रहने के लिए चुना गया है जागरूकता

मेलिना ओरेया द्वारा स्व-प्रकाशित।

वह लौ जो किताब बन गई

यह किताब किसी योजना या सिद्धांत से शुरू नहीं हुई। यह शांति के क्षणों में एक आंतरिक फुसफुसाहट का परिणाम है, उन तूफानों से जन्मी है जिनसे मैं अकेले गुज़री हूँ, और उस प्रकाश से, जिसने उस अंधेरे को भेद दिया जहाँ मुझे लगा था कि केवल शून्यता है।

ये केवल शब्दों वाले पृष्ठ नहीं हैं – यह एक नक्शा है। एक ऐसी यात्रा का नक्शा, जिसमें आप न केवल उत्तर, बल्कि अपने स्वयं के प्रश्न भी खोज सकते हैं।

आभार

अपने हृदय की गहराई से, मैं उन सभी चीज़ों का आभार व्यक्त करती हूँ जिन्होंने इस पथ को आकार दिया:

पीड़ा का, जो सबसे वफादार, लेकिन सबसे कठोर शिक्षक बनी।

प्रेम का, जो पुराने को नष्ट करने और नए का निर्माण करने के लिए हमेशा आता रहा।

अकेलेपन का, जिसने मुझे स्वयं से आमने-सामने खड़ा किया।

आंतरिक आवाज़ का, जो गहरी खाई में भी शांत नहीं हुई।

हर उस इंसान का, जिसकी आँखों में मैंने अपनी छायाएँ और प्रकाश दोनों देखे।

शांति का, जिसमें मैंने सत्य को सुना।

नुकसान का, जो एक नए जीवन के बीज बन गए।

भय का, जिसने मुझे साहस सिखाया।

अंधेरे का, जिसमें मैंने अपने प्रकाश को जन्म दिया।

राख का, जिससे मेरा पुनर्जन्म हुआ।

शब्दों का, जिन्होंने मुझे चुनने से पहले मुझे चुना।

और सबसे ऊपर – सत्य का, जिसने मुझे कभी नहीं छोड़ा।

आपका पथ

मैं आपको कोई नया सिद्धांत नहीं देती, बल्कि एक निमंत्रण देती हूँ – आंतरिक जागृति की ओर अपने स्वयं के पथ पर चलने का। इस पुस्तक का प्रत्येक शब्द वर्षों की व्यक्तिगत खोज का परिणाम है, जिसमें मनोविज्ञान, दर्शन और आधुनिक विज्ञान का संयोजन है। यह आपको चेतना की भूल-भुलैया से गुज़रने में समर्थन देने और मदद करने के लिए बनाई गई है, ताकि आप अपनी छिपी हुई शक्ति और अपनी वास्तविक सत्ता को खोज सकें।

सामूहिक रूपांतरण की ओर

मेरा मानना है कि हम केवल अलग-अलग व्यक्ति नहीं हैं, बल्कि एक जीवित जीव – मानवता – के कण हैं। हमारे विचार, भावनाएँ और कार्य एक सामान्य क्षेत्र में आपस में गुंथे हुए हैं, जो हमारी नियति को आकार देते हैं। यदि हम एकता और

पारस्परिक संबंध की शक्ति के प्रति जागृत हो जाएँ, तो हम चेतना, प्रेम और सद्भाव पर आधारित एक दुनिया का निर्माण कर सकते हैं। यह जागृति के लिए मेरा आह्वान है, लेकिन पथ साझा है – और हम में से हर कोई इसके लिए महत्वपूर्ण है।

लेखक और दृष्टिकोण

मेलिना ओरेया एक लेखक, दार्शनिक और "नव-सारभूत एकीकरणवाद" (नियो-एसेन्शियल इंटिग्रलिज्म) की अवधारणा की सृजनकर्ता हैं – जो दर्शन, मनोविज्ञान और नए वैज्ञानिक प्रतिमानों का एक संश्लेषण है। यह दृष्टिकोण "सत्ता के रूपांतरण" फाउंडेशन में साकार होता है – जो एक अधिक सचेत भविष्य के लिए संवाद, सीखने और विचारों के सह-निर्माण का स्थान है।

----------------- ☙ -------------------

पाठक सलाह

इस उपन्यास में तीव्र भावनात्मक अनुभव, नश्वरता पर दार्शनिक चिंतन, विशद उत्तर-आपदाजनक कल्पनाएँ और अस्तित्वगत संघर्ष का प्रतीकात्मक चित्रण शामिल है। यह पीड़ा के माध्यम से रूपांतरण, आंतरिक विखंडन, और सामाजिक तथा व्यक्तिगत संरचनाओं के पतन जैसे विषयों की खोज करता है। सभी आध्यात्मिक तत्व, जिसमें प्रतीकात्मक "जीवन वर्षों का आदान-प्रदान" शामिल है, रूपक हैं और उनका उद्देश्य आंतरिक आध्यात्मिक और मनोवैज्ञानिक दहलीज का प्रतिनिधित्व करना है – न कि शाब्दिक या गुप्त प्रथाओं का। यह कथा दूरदर्शी आध्यात्मिक कथा साहित्य का एक कार्य है। यह भाग्यवादिता, हिंसा, या विज्ञान की अस्वीकृति को बढ़ावा नहीं देती है, बल्कि इसके बजाय चेतना, समय और मानवीय जिम्मेदारी की प्रकृति के बारे में गहरे प्रश्नों के माध्यम से जागरूकता, गहराई और उपचार को प्रेरित करने का लक्ष्य रखती है। दार्शनिक, गूढ़ और भावनात्मक साहित्य में रुचि रखने वाले परिपक्व पाठकों के लिए अनुशंसित।

----------------- ☙ -------------------

खंड III का परिचय: आंतरिक परीक्षा

प्रकटीकरण (रहस्योद्घाटन) के बाद

उन्हें ग्रेल मिला – लेकिन क्या होगा यदि ग्रेल ने उन्हें पहले ढूँढ़ लिया हो? रहस्य कभी पत्थर या अवशेष में छिपा नहीं था, बल्कि मानव इच्छा की धड़कन में था।

पवित्र ग्रेल के रहस्य के बाद, मेलिना और नथानिएल अब खोजकर्ता नहीं हैं – वे पात्र हैं। दैवीय समीकरणों की स्मृति से पीछा किए गए प्रकाश और छाया के वाहक, जो मांस और सपनों से लिखे गए हैं।

दुनिया बदल गई है। समय का कंपास (दिशासूचक) विभाजित हो गया है। जो कभी "वास्तविक" था, वह चेतना की परतों में घुलना शुरू हो जाता है – हर परत एक दर्पण है, हर प्रतिबिंब एक परीक्षा है।

वह करुणा और बलिदान की पतली सीमा पर चलती है। वह उस आदेश की गूँज का सामना करता है जिसकी उसने कभी सेवा की थी, और समझता है कि प्रेम के बिना ज्ञान अंधेपन का सबसे उत्तम रूप है।

अब परीक्षा बाहरी नहीं है। यह आंतरिक है। प्रलय पहले ही हो चुकी है – स्वर्ग में नहीं, बल्कि मानव हृदय में।

केवल चुनाव बाकी है। जागना है या गायब हो जाना है। याद करना है या घुल जाना है।

क्योंकि ग्रेल को कभी ढूँढ़ा नहीं जाना था – बल्कि जागृत किया जाना था।

फुसफुसाते घंटे से पहले शुरुआत

से पहले, प्रकाश की अनुपस्थिति में, केवल एक नाड़ी थी। यह हृदय की नाड़ी नहीं थी, बल्कि स्वयं अस्तित्व के ताने-बाने की थी - एक गहरी, कालातीत धड़कन। ब्रह्मांड, जैसे कि एक अनंत सांस में, एक आंतरिक विस्फोट के क्षण की प्रतीक्षा कर रहा था - जैसे अराजकता से सृजन। एक विस्फोट नहीं, बल्कि एक विस्थापन। शांत। लगभग अगोचर। जैसे अचानक बोध। जैसे अंधेरे में एक नींद से जागे विशालकाय का जागना, जो किसी भी कानून को नहीं मानता।

पहली आवाजें - अगाध से एक फुसफुसाहट:

"तुम चुने गए हो।"

"तुम बच गए... लेकिन क्या?"

तुम उन सभी चीजों की धूल के साथ गायब हो जाओगे जिनसे तुमने कभी प्यार किया था।

"या... क्या तुम बोध तक पहुँचोगे?"

मांस के बिना चेतनाएं, पदार्थ से परे कंपन - जिसे हम भगवान, नियति या क्वांटम अराजकता कहते हैं, उसके प्रक्षेपण। इस क्षण में, जब अस्तित्व के अदृश्य हाथ ने नियति के अक्षों को खींचा, तो उलटी गिनती शुरू हो गई - शुरुआत की ओर नहीं, बल्कि परीक्षा की ओर। कुछ इसे परिवर्तन कहते हैं। अन्य - सर्वनाश। और कुछ - चेतना की परीक्षा।

केंद्र में - नथानिएल। एक मसीहा नहीं। एक नायक नहीं। भय और नियति के बीच फैला हुआ एक बोध। पदार्थ और आत्मा के बीच।

दुनिया एक तकनीकी चरमोत्कर्ष की ओर बढ़ रही थी - डीएनए संपादन। क्वांटम गणनाएं। कृत्रिम चेतनाएं, अपने रचनाकारों को पछाड़ते हुए। एक अदृश्य घड़ी ज्ञात सभ्यता के अंत की गिनती कर रही थी।

"पदार्थ - एक भ्रम। समय - एक सशर्तता। प्रेम - एकमात्र वैध स्थिरांक।"

यह कोड स्वयं परीक्षा के मूल में बनाया गया था। लेकिन कौन इसे समय पर पढ़ेगा?

दुनिया नियति की विलक्षणता में सिकुड़ने की तैयारी कर रही थी। अंत युद्ध के साथ नहीं आएगा। न ही किसी आपदा के साथ। बल्कि किसी अधिक भयानक चीज़ के साथ - आराम की वेदी के सामने आत्मा का स्वैच्छिक समर्पण। नथानिएल अभी भी चुप्पी के आराम में सो रहा था, जबकि ब्रह्मांड ने पहले ही कोड को सक्रिय कर दिया था। उलटी गिनती। कोड: सक्रियित। शुरुआत: 76:59:59

। केवल एक चीज बची थी।

मुलाकात...

अंत के बाद पुनर्जन्म

खंड 1

अध्याय 1: दिव्य रहस्योद्घाटन

नथानिएल के सपने में एक सपना:

गुफा की ठंडी, नम हवा मेरी त्वचा को सहला रही थी, लेकिन मेरे सीने में आग किसी भी सांसारिक लौ से अधिक जल रही थी। दुनिया से मेरे घर को छिपाने वाले झरने की आवाज प्राचीन रहस्यों की एक निरंतर फुसफुसाहट की तरह थी, और मेरे सामने की झील सितारों को नहीं, बल्कि अस्तित्व के शाश्वत चक्र की अनंतता को दर्शा रही थी। मैं, मेलिना, सदियों से यहाँ रह रही थी, एक जादूगरनी नहीं जो छड़ी और मंत्रों के साथ हो, बल्कि उस ज्ञान के साथ जो वास्तव में ब्रह्मांड को चलाता है - चेतना की ऊर्जा, जो हमारी हर कोशिका में कोडित है, अपनी जागृति तक सो रही है।

इस रात, अनुष्ठान अलग था। मेरे लिए नहीं। उसके लिए। एक और जो अपने ही भ्रम के जंगल में खो गया था, तर्कसंगतता के दलदल में फंस गया था, लेकिन जिसकी आत्मा, गहराई में, तलाश करने के लिए चुनी गई थी। मैं जानती थी कि वह आएगा। यह हमारी नियति के धागों में लिखा था। तैयारी सटीक थी - क्रिस्टल, जो भग्न रूपों में व्यवस्थित थे, छिपी हुई शक्ति के साथ धड़क रहे थे; मोमबत्तियाँ, जिनकी लपटें मेरे दिल की धड़कन की लय में नाच रही थीं, जैसे कि वे एक तूफान का पूर्वाभास दे रही थीं; और केंद्र में - चट्टान में ही उकेरी गई डीएनए की योजना, एक अलौकिक, लगभग दर्दनाक रोशनी के साथ धड़क रही थी। लक्ष्य उसके अंदर के ग्रेल को अनलॉक करना था - कोई पौराणिक कप नहीं, बल्कि उसका अपना हृदय, उसे एक कीमियाई बर्तन में बदलना, जो अंधेरे को पिघलाने में सक्षम हो।

अचानक, झरने की आवाज एक पल के लिए शांत हो गई, जैसे कि हवा ने ही अपनी सांस रोक ली हो। फिर एक रोशनी - मोमबत्तियों से नहीं, बल्कि एक पीली, भूतिया - गुफा के प्रवेश द्वार से रेंगकर आई। झरने के पर्दे से एक आकृति उभरी, गीली और भ्रमित, जिसकी आँखों में भूली हुई सदियों, बिना जिए गए जीवन का बोझ था।

यह नथानिएल था। वह अनिश्चित रूप से आगे बढ़ा, हर कदम के साथ वह अपने ही अज्ञान में गहरा डूबता गया, उसकी निगाहें मुझ पर, गुफा की रहस्यमय चमक और उसकी अपनी, अनजानी, चिल्लाती हुई चिंता के बीच घबराहट से घूम रही थीं। शब्दों की कोई आवश्यकता नहीं थी। सब कुछ पूर्वनिर्धारित था, हर हलचल, हर सांस।

मैंने अपना हाथ बढ़ाया, धीरे-धीरे, जैसे कि मैं एक प्राचीन रहस्य को छू रही थी, और उसके सीने को छुआ, ठीक उसके दिल के ऊपर। स्पर्श गर्म था, लेकिन किसी तरह स्थिर, डर और संदेह की अदृश्य बेड़ियों से दबा हुआ था। जैसे कि मैंने एक झील की सतह को छुआ था, जो एक अनंत सर्दी से जमी हुई थी, बर्फीली कैद में फंसी हुई थी।

और फिर, जादू हुआ। यह भ्रम का जादू नहीं था, धुएं और दर्पणों का नहीं, बल्कि सार की कीमिया, आत्मा का पुनर्जन्म था। मैंने महसूस किया कि उसका दिल, वह असली कलाकृति, जो संदेह के एक धातु के तिजोरी में बंद थी, कांपने लगी। कंपन उसके पूरे शरीर में फैल गया, उसके सबसे गहरे स्तरों तक पहुँच गया, उसकी हर

कोशिका तक, हर भूली हुई स्मृति तक। उसके मन में, चित्र और अंतर्दृष्टि एक बहरे की तरह, समीकरणों की तरह खुलने लगे, जिन्हें अचानक उनका शानदार, अपरिहार्य समाधान मिल गया।

उसने डीएनए को केवल जीन की एक श्रृंखला, उबाऊ अणुओं के रूप में नहीं देखा, बल्कि एक पवित्र, भग्न पुस्तकालय के रूप में देखा, अपनी गहराई में अनंत, दो भागों में विभाजित। इसमें से केवल 2% ही स्पष्ट रूप से चमक रहे थे - वे जो उसके शारीरिक लक्षणों, उसकी दृश्य खोल, जाति से उसके संबंध, दृश्य मैट्रिक्स के लिए कोड करते थे। "यह केवल सतह है," एक आंतरिक आवाज फुसफुसाई, उसकी अपनी, लेकिन किसी तरह अधिक प्राचीन, अधिक आदिम और असीम रूप से बुद्धिमान, एक प्राचीन सत्य का एक तत्व।

और फिर, उसकी आँखों के सामने बाकी 98% का पता चला। वे "कचरा" नहीं थे। वे ऊर्जा के धागों का एक जीवित, धड़कता हुआ जाल थे, द्विध्रुवीय रूप से चार्ज किए गए थे - काले और सुनहरे, हजारों पीढ़ियों की नियति की तरह आपस में जुड़े हुए थे। उसे एहसास हुआ कि इन 98% में उसका पूरा जीवन कोडित है - हर विचार जो कभी उसके दिमाग से गुजरा है, हर भावना जिसने उसकी आत्मा को फाड़ दिया या ऊंचा किया है, हर भावना जिसे उसने अनुभव किया है। उसे एहसास हुआ कि यह उसका व्यक्तिगत "सॉफ्टवेयर" है, उसका अनुभव, उसका सार, क्वांटम स्तर पर कोडित है, समझ की सीमाओं से परे।

और भी अधिक चौंकाने वाला - उसने देखा कि यह जाल उसके साथ शुरू नहीं हुआ। यह पीछे की ओर फैला हुआ था, उसके माता-पिता, उसके पूर्वजों के साथ आपस में जुड़ रहा था, जो सृजन की सुबह तक वापस जा रहा था, अस्तित्व की पहली सांस तक। नकारात्मक, काले धागे भारी थे, जो पीढ़ी दर पीढ़ी से गुजर रहे थे, एक विरासत में मिला बोझ पैदा कर रहे थे - कर्म, एक अभिशाप नहीं, बल्कि बिना सीखे गए पाठों की एक छाप। यह एक सजा नहीं थी, बल्कि बिना प्रकट, बिना समझी गई, अशुद्ध ऊर्जा का एक संचय था, जो चिपचिपी राल की तरह क्षमता को गला घोंट रही थी। हर नई पीढ़ी ने इस मैट्रिक्स को गाढ़ा या पतला करते हुए, अनंत श्रृंखला में अपना स्थान बनाते हुए अपना खुद का अनुभव जोड़ा।

"क्या मेरे साथ ऐसा ही हुआ है?" - नथानिएल ने सोचा, जबकि उसने देखा कि उसके अपने डर और आघात, हर सिकुड़ी हुई मांसपेशी, हर अनकहा डर, इस प्राचीन कोड में कैसे फिट बैठता है। उसकी आँखों के सामने एक पल चमका - सात साल का नथानिएल, पुराने घर के कोने में कांप रहा था, गरज के तूफान से छिपा हुआ था, अकेलेपन के बर्फीले स्पर्श को महसूस कर रहा था। वह पहला डर, वहाँ कोडित, काले धागों में। "ये 98% सिर्फ एक आनुवंशिक कोड नहीं हैं। वे मेरी नियति हैं, मेरा अतीत, मेरा भविष्य, मेरे ही मांस में, मेरे अस्तित्व के मूल में कोडित हैं।"

और फिर - एक और स्मृति, अधिक उज्ज्वल, जैसे एक सूरज की किरण। ग्यारह साल का, वह एक लड़की का हाथ पकड़े हुए है, जिसकी आँखें क्षण, पहले स्पर्श, पहले कांपते हुए प्यार से रोशन और प्रेरित हैं। वह शुद्ध खुशी, वह जगमगाती आशा - वह भी वहाँ थी, सुनहरे धागों से बुनी हुई।

तब, इस अनुभव के चरमोत्कर्ष में, ब्रह्मांड ने उसे सूत्र प्रकट किया। कोई जटिल रासायनिक प्रतिक्रिया नहीं, बल्कि एक ब्रह्मांडीय ऊर्जा सिद्धांत। उसने देखा कि ग्रैल - उसका दिल, बिना शर्त प्यार, शुद्ध विश्वास और अटूट आशा से भरा हुआ - एक कीमियाई बर्तन की तरह, एक क्रूसिबल की तरह काम करना शुरू कर दिया, जो सीसे को सोने में पिघला रहा था। उसमें से एक चमकदार, शुद्ध रक्त की धारा बह निकली - अमृता, तरल सोना, जो केवल एक शारीरिक तरल नहीं था; यह केंद्रित प्रकाश था, एक दिव्य सार।

यह प्रकाश उसके शरीर में फैल गया, उसकी हर कोशिका तक पहुँच गया, डीएनए के हर सर्पिल तक, उसकी चेतना के हर छिपे हुए कोने तक। और वहाँ, उन 98% में, जहाँ हाल तक काले और सुनहरे धागे आपस में जुड़े हुए थे, प्रकाश ने परछाई को भगाना शुरू कर दिया, एक क्रूर शक्ति के साथ अंधेरे को जलाना शुरू कर दिया। नकारात्मक, द्विध्रुवीय निशान घुल गया, जैसे कि एक प्राचीन पांडुलिपि से स्याही धुल गई थी, एक छिपे हुए सत्य को प्रकट कर रही थी।

एक प्रेम का अनुभव, दो विभाजित व्यक्तित्वों को एक में मिलाना, अहंकार की बाधाओं को फाड़ना - उसने समझा कि यह उत्प्रेरक है, शक्तिशाली आवेग है, जो इस कीमियाई प्रक्रिया को बनाता है। यह विरासत में मिले बोझ से रक्त और डीएनए का शुद्धिकरण है। यह कोशिका से ही कर्म की मुक्ति है, अतीत की बेड़ियों से मुक्ति है।

"यह... अमरता है," नथानिएल ने फुसफुसाया, लेकिन एक आवाज से नहीं, बल्कि अपने पूरे अस्तित्व से, अपनी नवजात आत्मा के हर रेशे से। "मरना नहीं है, बल्कि अपनी ऊर्जावान विरासत को शुद्ध करना है, एक ऐसे प्रकाश को कोडित करना है जो पीढ़ियों में हमेशा के लिए रहेगा, शुद्ध सार की एक छाप छोड़ना है।"

जीवन का अर्थ उसके सामने प्रकट हुआ - अस्तित्व की क्षणभंगुरता से गुजरना हर एक अनुभव का संचय है, ताकि प्रकाश अंधेरे को भगा सके, अंधेरे को फाड़ सके। जैसे सूर्य ब्रह्मांडीय स्तर पर अगाध रात को हराता है, वैसे ही मनुष्य का मिशन इस प्रकाश को अपने ही डीएनए में विजयी होने देना है, अपने ही अस्तित्व में खिलने देना है।

ग्रैल कोई वस्तु नहीं था, बल्कि एक प्रक्रिया थी। और यह उसके अंदर था।

उसने अपनी आँखें खोलीं। गुफा में अभी भी झरने की गूंज थी। उसने ठंडी हवा महसूस की, लेकिन अब उसके सीने में एक अविनाशी आग जल रही थी। मेलिना उसके सामने खड़ी थी। उसकी हरी आँखें, जो पहले उसे केवल मर्मज्ञ लगती थीं, अब अनंत ज्ञान और शांति बिखेर रही थीं। उसने उसे कुछ भी कहने की कोशिश नहीं की, क्योंकि शब्द अनावश्यक थे। उसने उसे दिखा दिया था। और चुनाव अब उसका था।

"मार्ग अब अलग है, नथानिएल। मैं सिर्फ इसकी शुरुआत हूँ।" - मेलिना ने फुसफुसाया, उसकी आवाज - हवा की एक फुसफुसाहट, जो भविष्य का वादा लेकर आई। उसकी आँखों में एक दूर की रोशनी चमकी, जो एक अपनी, अपरिहार्य लड़ाई का पूर्वाभास दे रही थी, जो उसके लिए भी आ रही थी।

---✶६✶---

जागृति तेज थी - एक भेदी झटका, जिसने चुप्पी को फाड़ दिया। नथानिएल ने अपनी आँखें खोलीं। लेकिन शैवाल की ठंडक नहीं, न ही चिपचिपी नमी पहली चीज थी जिसे उसने महसूस किया। उसकी हर कोशिका कांप रही थी। उसका दिल एक शक्तिशाली, कीमियाई लय के साथ धड़क रहा था, जैसे कि लाखों सुनहरे धागे उसके रक्त में नाच रहे थे, गुफा की एक दूर की, लेकिन जीवित गूंज, जिसे आसपास के विनाश से दबाया नहीं जा सकता था। आकाशीय प्रकाश ने земля◌का के नम अर्ध-अंधेरे को एक उग्र, खूनी ब्लेड की तरह काटा, जैसे कि हवा ही खून बह रही थी। नमकीन नमी उसकी त्वचा पर चिपक गई, एक समुद्री तूफान के भूत की तरह हवा में झूल रही थी। उसका शरीर एक डरावनी सहजता के साथ कांप रहा था, और उसकी आत्मा कांप रही थी - एक चमत्कार या एक अभिशाप का पूर्वाभास, जो एक ही, भयानक नोट में आपस में जुड़ा हुआ था। वह शैवाल से ढकी जमीन के ठंडे आलिंगन से बाहर निकला और खड़ा हुआ, उसके घुटने कांप रहे थे।

सूर्य - एक अव्यवस्थित सूर्योदय का गर्म हृदय - धीरे-धीरे क्षितिज से अलग हो रहा था, एक ऐसी जगह पर आकाश को फाड़ रहा था जो पूर्व नहीं थी। न ही दक्षिण। यह किसी भी ज्ञात स्थान में से कोई नहीं था। पूर्व जिसे वह याद करता था, उसे पनडुब्बी "नॉटिलस" के बहुत पीछे होना चाहिए था, जो एक खोल के बिना एक कछुए की तरह रेत में दबी हुई थी, जीवित, लेकिन बर्बाद थी। और अब सूर्य वहाँ से उठ रहा था जहाँ पहले उत्तर था, लंबी, विकृत छायाएं डाल रहा था, जो रेत पर भयावह रूप से नाच रही थीं, जैसे बीते हुए समय के भूत।

सिर्फ तीन दिन पहले, जब वे महीनों के बाद मशीन के लोहे के गर्भ से गहराई से सतह पर आए थे, तो दिन का प्रकाश एक परिचित दिशा से आया था। तब उसकी चमक एक नाजुक आशा लेकर आई थी। और अब... आकाशीय कम्पास टुकड़ों में टूट गया था। घबराहट ने उसके गले को कस दिया, हर विचार, हर तर्क को काट दिया। उन्होंने केवल अपना रास्ता ही नहीं खोया था। उन्होंने स्वयं वास्तविकता को खो दिया था। वे सीमाओं के बिना एक गैर-अस्तित्व में खो गए थे। ठीक उसी समय, एक दूर की, धातु की गड़गड़ाहट सुबह को भेद गई, एक पतन की गूंज या... कुछ और। एक ध्वनि, जो एक नए प्रकार के खतरे का वादा लेकर आई, कुछ ऐसा जो प्रकृति से नहीं आया, बल्कि सभ्यता के अवशेषों से आया।

उसका मन अचानक पुरानी, भयानक वैज्ञानिक सिमुलेशन के टुकड़ों को सतह पर लाया: ग्रह के ध्रुवों के विनाशकारी बदलाव की परिकल्पनाएं, एक ऐसी दुनिया जिसमें चुंबकीय क्षेत्र टूट जाता है, और गुरुत्वाकर्षण अपने ही अराजक, घातक ताल पर नृत्य करता है। उसकी जेब में छिपे कम्पास की चुंबकीय सुई एक उन्माद में घूम रही थी, उसने अपनी दिशा खो दी थी। यहाँ तक कि उसकी कलाई पर लगी घड़ी भी, उसकी सामान्य लंगर, समय को गिनने से इनकार कर रही थी। केवल एक बदलाव नहीं, बल्कि पृथ्वी की धुरी का एक गहरा विरूपण, जिसने सूर्य की किरणों के कोण को बदल दिया और हर सूर्योदय और सूर्यास्त को एक नई, दुर्गम पहेली में बदल दिया। क्या वे एक ऐसी दुनिया की सतह पर नहीं उभरे थे, जिसमें भौतिकी के नियम खुद ही टूट गए थे? एक ऐसी दुनिया, जिसमें एक ग्रह आपदा ने न केवल सभ्यता को मिटा दिया था, बल्कि अस्तित्व के ताने-बाने को भी फाड़ दिया था, उन्हें एक नक्शे

के बिना, एक दिशा के बिना, एक नाम के बिना, एक आशा के बिना एक खाई में फेंक दिया था?

जब "नॉटिलस" के रडार ने पहली बार जमीन से एक संकेत पकड़ा, तो नथानिएल और मेलिना ने लंबे समय से खोई हुई आशा की एक चिंगारी महसूस की। स्क्रीन पर विशाल धब्बा केवल एक अकेला द्वीप होने के लिए बहुत बड़ा था। उन्होंने माना कि वे एक डूबे हुए महाद्वीप के हिस्से तक पहुँच गए थे - जो लहरों के नीचे छिपी हुई भूमि थी, जो एक नई शुरुआत, एक दूसरा मौका का वादा कर रही थी। लेकिन अब वह भूमि, जिसे एक नई शुरुआत होना चाहिए था, एक निर्दयी, विदेशी, जंगली क्षेत्र निकली। एक कठोर भूमि, जिसमें हर सुबह एक नई चुनौती के साथ जागती थी, और हर शाम की परछाई एक लड़ाई, मृत्यु का वादा छिपाती थी। और इस नई, विकृत वास्तविकता में, यहाँ तक कि सूर्योदय भी अब निश्चितता नहीं ला रहा था - केवल एक मौन, भयावह चेतावनी, जो हवा में उकेरी गई थी।

नथानिएल ने समझा: जवाब कष्टप्रद क्षितिज से परे नहीं था, न ही बंद उपकरणों की चुप्पी में। जवाब उसके अंदर ही बंद था, वर्षों के दर्द से मजबूत हुए डर की भ्रामक दीवारों के पीछे बंद था। उसने इतने लंबे समय से बाहर मुक्ति की तलाश की थी - हताशा की लहरों और संदेह की लहरों से लड़ते हुए, जो उसे निराशा के छायादार गर्भ में और भी गहरे खींच रहे थे। लेकिन वास्तव में, यह उसका अविश्वास था, जिसने उसके विचार को धुंधला कर दिया और उसे नियति, एक अभिशाप के अधीन रखा।

और अब, पहली बार, इस कालातीत क्षण में, उसने अंदर मुड़ने का साहस किया। और वहाँ, अपने स्वयं के मलबे के बीच, उसे एक खाई नहीं, बल्कि एक अप्रयुक्त इच्छाशक्ति का उग्र महासागर मिला, जो गर्म और अटूट था। एक ऐसी इच्छाशक्ति, जो पहाड़ों को नष्ट करने में सक्षम थी। एक ऐसी सहनशीलता, जो स्वयं विनाश से भी अधिक समय तक जीवित रह सकती थी। अपनी आत्मा की आँखों से उसने देखा कि मुक्ति कोई उपहार नहीं है। यह एक विजय है। सभी लड़ाइयों में सबसे कठिन में एक जीत - खुद से। और इस जीत का मतलब प्राचीन अज्ञान की परछाई को मिटाना नहीं था, बल्कि अस्तित्व की सामान्य सिम्फनी में अपना स्थान स्वीकार करना था। उसके अंदर का प्रकाश और अंधेरा दिन और रात की तरह एक-दूसरे के पूरक थे।

और जब उसे यह समझ में आया, तो जंजीरें ढीली होने लगीं, लगभग अगोचर रूप से। उसने आंतरिक स्वतंत्रता की पहली सच्ची किरण, सच्चे जीवन की सांस ली। सूर्य - वह शाश्वत, मौन गवाह - अब अलग लग रहा था। उसने केवल उसके रास्ते को रोशन नहीं किया। उसने उसे आशीर्वाद दिया। नथानिएल खुरदरी, अब सुनहरी किरणों से गर्म, रेत पर घुटने टेक दिया। रेत ने उसके तलवों को जला दिया, जबकि उसने इसे अपनी उंगलियों के बीच से रिसते हुए महसूस किया, जैसे समय बह रहा हो। यह अधीनता के हावभाव में नहीं था, बल्कि गहरे आंतरिक संरेखण के हावभाव में था। प्रकाश ने उसे धीरे से घेर लिया, मुक्ति के रूप में नहीं, बल्कि एक पुकार के रूप में। उसके सामने महासागर फैला हुआ था - एक अनंत, सांस लेने वाला क्षितिज, जो आकाश के बेचैन नीलेपन को दर्शा रहा था। सब कुछ उसे खड़ा होने,

चलने, अज्ञात को स्वीकार करने के लिए आमंत्रित कर रहा था। पहली बार उसे दुनिया से लड़ने की कोई जरूरत महसूस नहीं हुई। उसने खुद को इसके साथ एक महसूस किया।

इस सुबह की शांति में, उसकी आत्मा एक गहरी, लगभग दर्दनाक शांति से भर गई - राख से निकली निश्चितता की उपस्थिति। उसके अस्तित्व का हर रेशा इस नई मिली हुई सद्भाव के साथ कांप रहा था। एक पल के लिए, बस एक पल के लिए, न तो कोई अतीत था और न ही कोई भविष्य, केवल यह कालातीतता थी, जो अवर्णनीय शांति से भरी हुई थी। उसे लगा कि वह पहले से ही कुछ बहुत बड़ा का हिस्सा है। उसकी नाड़ी प्रकृति की लय के साथ विलीन हो रही थी, उसके विचार - एक अवर्णनीय, लेकिन स्पष्ट संपूर्णता के साथ। कृतज्ञता ने उसे भर दिया - शांत, गहरी, परिपक्व। जीवन के लिए कृतज्ञता, अस्तित्व के लिए, इच्छाशक्ति के उस मूल के लिए, जिसे उसने वहाँ पाया था, जहाँ उसे इसकी सबसे कम उम्मीद थी - अकेलेपन के बिना प्रकाश वाले सत्य में। जहाँ सब कुछ खोया हुआ लग रहा था, वहाँ उसकी आत्मा बच गई थी। और सिर्फ बची नहीं - उसे कुछ उच्चतर के लिए तैयार किया गया था। वह अब एक रास्ता नहीं तलाश रहा था। वह स्वयं दिशा था। वह समझा: उसे छोड़ा नहीं गया था। कुछ अदृश्य शक्ति उसे मार्गदर्शन कर रही थी। और उसे कुचलने के लिए नहीं, बल्कि उसे बदलने के लिए। उसे फिर से बनाने के लिए - अधिक मजबूत, अधिक सच्चा, आगे बढ़ने के लिए तैयार, सब कुछ के बावजूद, दुनिया के अंत के बावजूद।

लेकिन तभी, एक ठंडी हवा की तरह, यह विचार रेंग गया: "क्या यह अंत है?" - उसने फुसफुसाया। - "नहीं..." - एक आंतरिक आवाज ने जवाब दिया, जो किसी भी तूफान से अधिक मजबूत थी। - "यह मेरे स्वयं की शुरुआत है।"

इस विचार ने उसे डराया नहीं। लेकिन इसने उसे भेद दिया।

अचानक नथानिएल को कुछ ऐसा महसूस हुआ, जिससे वह अब तक बचता रहा था - उसकी सारी पीड़ा, डर, संदेह और दर्द बाहरी ताकतें नहीं थीं जो उसे सता रही थीं। वे उसके अपने स्वयं का हिस्सा थे। राक्षस नहीं, बल्कि परछाइयाँ, जो समझे जाने और स्वीकार किए जाने की प्रतीक्षा कर रही थीं, जिन्हें गले लगाया जाना था।

और फिर... मेलिना।

उसकी छवि उसके मन में उभरी - एक स्मृति के रूप में नहीं, बल्कि एक उपस्थिति के रूप में। सच्ची। शांत। वह केवल एक साथी नहीं थी। वह एक दर्पण थी। एक दर्पण, जिसमें जीवित प्रतिरोध प्रतिबिंबित होता था, जो वह हमेशा से ले जाता था, लेकिन जिसे पहचानने, स्वीकार करने का साहस कभी नहीं हुआ था। अब वह स्पष्ट रूप से देखता था - वह एक उत्प्रेरक थी - एक चिंगारी, जो चुप्पी में प्रज्वलित हुई। उसने उसकी आंतरिक शक्ति को जगाया था, शब्दों से नहीं, बल्कि एक अटूट विश्वास, धैर्य और प्रेम से। उसने कुछ भी नहीं खोया था। इसके विपरीत - उसने कुछ अनमोल पाया था। खुद को। अपने सच्चे स्वयं को। लेकिन सवाल उसके विचारों में एक बुझी हुई आग से धुएं की तरह लटका रहा: वह अब कहाँ है?

क्या उसे धन्यवाद देने का कोई और मौका मिलेगा?

या बहुत देर हो चुकी थी? क्या वे फिर से मिलेंगे?

अकेलापन वापस आ गया। लेकिन इस बार एक भयानक खालीपन नहीं, बल्कि एक संबंध की एक दर्दनाक याद। एक संबंध, जो उसने खो दिया था। और एक रास्ता, जो उसे अकेले तय करना था, लेकिन अब एक नई-खोज वाली ऊर्जा के साथ। आँसू एक ऐसे झरने की तरह बह निकले, जो लंबे समय से शांत रहा था। धीरे-धीरे, चुपचाप, बिना गुस्से के, बिना चिल्लाए। वे एक शुद्ध, बिना शब्द वाली वास्तविकता थे। एक आंतरिक परिवर्तन की अभिव्यक्ति। वे सूखे के बाद बारिश की तरह थे। और उनमें से हर एक बूंद के साथ, वह महसूस कर रहा था कि कुछ गिर रहा है। पुरानी त्वचा। पुराना विचार। पुराना दोष। उसने उन्हें जाने दिया - इसलिए नहीं कि वह उन्हें भूलना चाहता था, बल्कि इसलिए कि वे अब उससे संबंधित नहीं थे। और विश्वास...

जीतना शुरू हो गया, सभी संदेहों को जलाते हुए।

हर गहरी सांस के साथ, वह अपने सीने से अतीत का बोझ निकाल रहा था। हर सांस के साथ, उसने डर की बेड़ियों को सुबह की हवा में बिखेर दिया। सूरज की गर्मी ने अब उसे एक बाहरी कारक के रूप में नहीं, बल्कि एक आंतरिक चमक के रूप में, एक जागृत आग के रूप में घेर लिया। वह फिर से पैदा हो रहा था। नथानिएल ने अपनी आँखें बंद कर लीं और अपनी कल्पना को चित्र बनाने दिया। उसने खुद को अंतहीन तट पर चलते हुए देखा। रेत पर उसके निशान ही एकमात्र सच्चाई थी जो उसके बीते हुए दर्द से बची थी। हर कदम के साथ वह एक अस्पष्ट, लेकिन स्थिर लक्ष्य के करीब आ रहा था। वह इसे अपने दिल में महसूस कर रहा था, बिना इसे अपने दिमाग से समझे। सूरज ने उसे जीवन-शक्ति दे रहा था। महासागर ने उसे फुसफुसाया: "तुम अकेले नहीं हो।" इस नाजुक क्षण में, उसने खुद को शाश्वत चक्र का एक हिस्सा महसूस किया - ज्वार और भाटा का, ग्रह की सांस का। उसने अनंत आंतरिक ऊर्जा के एक स्रोत को महसूस किया, एक अटूट इच्छाशक्ति, जो सीखी नहीं जाती, बल्कि खोजी जाती है, एक प्राचीन कोड की तरह। यह वही शक्ति थी जो आकाशगंगाओं को चलाती है, महासागरों को हिलाती है, तूफानों को आकार देती है - और चुपचाप अस्तित्व को बनाए रखती है। हर सांस के साथ उसने प्रकृति की अनियंत्रित शक्ति को आत्मसात किया। हर सांस के साथ उसने इसे दुनिया में वापस लौटा दिया, उसके साथ विलीन हो गया। और वह तैयार था। उसके मन में प्रतीक, संकेत, सूत्र तैरने लगे - जो कभी बेतुके थे, अब - जीवित प्रकाश की तरह पारदर्शी रूप से समझने योग्य थे। वह ज्ञान जो वह ले गया था, वह अब केवल पाठ नहीं था, बल्कि एक जीवित वास्तविकता थी। वह उससे संबंधित नहीं था। वह उससे संबंधित था। वह उसका बर्तन था। उसने जिम्मेदारी का बोझ महसूस किया - वे एक बोझ नहीं थे, बल्कि एक सम्मान थे। चुना गया, शायद नियति से नहीं, बल्कि अपनी खुद की इच्छाशक्ति से, कुछ प्राचीन का संरक्षक बनने के लिए। इसे समय के मलबे से पार ले जाने के लिए, भले ही दूसरी तरफ कोई उसका इंतजार न कर रहा हो। उसे "प्रबुद्ध" कहे जाने की जरूरत नहीं थी। उसे उपाधियों, समारोहों या मान्यता की आवश्यकता नहीं थी। सच्चा ज्ञान चुप्पी में आया था। आत्म-निरीक्षण के माध्यम से। दर्द के माध्यम से। और एक निर्णय के माध्यम से। लेकिन अकेलापन बना रहा। वह एक और परछाई थी - एक खतरा नहीं, बल्कि एक निरंतर पृष्ठभूमि। वह अब इसका विरोध नहीं करता

था। उसने इसे दृढ़ संकल्प के साथ स्वीकार किया। अगर उसे आखिरी होना है, तो वह इसके लायक होगा। बिना डर के। बिना संदेह के। केवल शुद्धता के साथ।

------------------ ❧ --------------------

अध्याय 2: प्रतिज्ञा और प्रलय के बीच

स्मृतियाँ एक नुकीले चाकू की तरह अंदर आईं, तट की सुबह की रोशनी को लगभग दर्दनाक स्पष्टता के साथ काट रही थीं, खून के निशान छोड़ रही थीं। - "सच्चा ज्ञान प्राप्त करने के लिए अपने जीवन को सीमित करो। हर लगाव, प्यार और दोस्ती, हर भावना को छोड़ दो।" - बुजुर्ग के शब्द उसके मन में एक फैसले की तरह नहीं, बल्कि एक मिटे हुए, लेकिन अपरिवर्तनीय अभिशाप की तरह गूंज रहे थे, जो उसके मांस में उकेरा गया था। यह "छोटी रहस्यमयताओं से बड़े रहस्योद्घाटन तक...

ज्ञान के मार्ग पर" जाने का उसका निर्णय था। पुजारी, रीजेंट, जादूगर...

हर उपाधि, उसकी अतृप्त, जलती हुई इच्छा का फल। हर गंभीर समारोह - मोहक शक्ति के नाम पर दी गई एक अटूट निष्ठा की प्रतिज्ञा। क्या कीमत इसके लायक थी? अब, इस सुनसान तट पर, वह खुद से पूछ रहा था, अतीत की राख का स्वाद चख रहा था।

---✶✶---

फ्लैशबैक 📜 दीक्षा एक तेज, क्रूर झटका। नथानिएल ने "क्या...?" चिल्लाने की कोशिश की, लेकिन उसकी आवाज उसके गले में दब गई, एक लंबे समय से भूली हुई, दम घोंटने वाली पट्टी के डर से दम घुट गया। ठंडी उंगलियाँ, एक सदियों पुराने पेड़ की खोदी हुई जड़ों की तरह सूखी, जैसे उसे पकड़ लिया, उसे एक घने, चिपचिपे अंधेरे की ओर खींच रही थीं। उसने खुद को बिना रोशनी के हवाले कर दिया था। पट्टी सिर्फ एक कपड़ा नहीं थी - यह एक घूंघट थी, जिसने दुनिया को अलग कर दिया, इसे एक जेल में बदल दिया, उसे हर दिशा, हर परिचित वास्तविकता से वंचित कर दिया। उसे एक बख्तरबंद गाड़ी की खुरदरी गड़गड़ाहट महसूस हुई, जो केवल चल नहीं रही थी, बल्कि ग्लासगो के नीचे सुरंगों के गुप्त जाल से पत्थर को काट रही थी - भूमिगत शक्ति की काली, धड़कती नसें, जिसके अस्तित्व के बारे में कोई नश्वर नहीं जानता था। हर मोड़ उसके अपने फैसले में एक अंतिम संस्कार की घंटी की तरह गूंजता था।

हवा अधिक से अधिक नम और जंग लगी धातु जैसी होती जा रही थी, जो ओजोन और किसी अक्षम्य रूप से प्राचीन चीज की सुगंध से भरी हुई थी - जैसे कि सड़ते हुए चर्मपत्र, जो हजारों साल के खून और अनिद्रा से भरे हुए थे, अंधेरे में सांस ले रहे थे। गाड़ी चरमराती हुई एक गूंज के साथ रुक गई। एक बहरी, भारी चुप्पी ने सब कुछ निगल लिया, यहां तक कि उसकी अपनी सांस को भी। एक बर्फीली हवा - हवा नहीं, बल्कि एक अदृश्य, प्राचीन चेतना का स्पर्श - उसके चेहरे पर रेंग गया, जैसे कि उसे चिह्नित कर रहा हो।

"तुम अब यहाँ हो, मेरी सांस, जहाँ तुम रहना चाहते थे," एक कर्कश आवाज उसके कान में फुसफुसाई। एक आवाज, जिसमें कोई वादा नहीं था, न ही कोई सांत्वना - केवल एक ठंडा, निर्विवाद तथ्य, जो अंतरिक्ष में उकेरा गया था।

पट्टी को एक ही झटके में फाड़ दिया गया, जिसने न केवल उसकी आँखें, बल्कि एक आंतरिक खाई भी खोली। उसकी आँखों के सामने - काले, ठंडे ओब्सीडियन का एक पोर्टल, जो मानव कद से ऊपर था, जैसे कि रात से ही उकेरा गया हो, जिसमें प्रतीकों को अलौकिक सटीकता के साथ उकेरा गया था, जो लेजर के समान था। वे चमक नहीं रहे थे - वे प्रकाश को निगल रहे थे, इसे अपना कैदी बना रहे थे।

"पहले सत्य का द्वार, जो तुम्हें फाड़ देगा," उसके पीछे किसी ने फुसफुसाया। "अगर तुम पार करते हो, तो तुम्हारा पुराना नाम मर जाता है। वह राख है। तुम कोई नहीं होगे, एक परछाई, जब तक कि तुम अपने नए अस्तित्व के लायक नहीं हो जाते।"

वह आगे बढ़ा। उसके पैरों के नीचे की मंजिल - एक पतली दर्पण, खाई की तरह काला, लेकिन उसके उंगलियों से टपका हुआ खून (यह घातक घाव कहाँ से आया?) फैल गया और उसके प्रतिबिंब को निगल लिया, जैसे कि पृथ्वी उसकी आत्मा पी रही हो। वह गायब हो गया। उसकी पहचान पिघल गई।

"तुम अब मौजूद नहीं हो। तुम नष्ट हो गए हो," एक आदमी ने कहा, जो आधे अंधेरे में काले कपड़े पहने खड़ा था, जिसकी आँखें केवल गैर-अस्तित्व की ओर एक दरार थीं। "केवल खालीपन भरा जा सकता है। अपने नाम को बिना आवाज के कहो... और इसे हमेशा के लिए खो दो।"

नथानिएल अपने विचारों में फुसफुसाया, जैसे कि वह खुद को दफना रहा हो। हर अक्षर एक कब्रिस्तान मंदिर में घंटी के बजने जैसा लग रहा था, एक अंतिम अनुष्ठान को माप रहा था।

परछाइयों से एक खूनी लाल रंग की आकृति उभरी, जो एक अलौकिक आभा से घिरी हुई थी। उसके सीने पर - एक कैडुसियस, जो भयावह रूप से चांदी और सोने से जड़ा हुआ था, एक काली, सिकुड़ी हुई सांप से लिपटा हुआ था, जिसकी आँखें जैसे उसे भेद रही थीं। बिना शब्दों के, आदमी ने नथानिएल को एक चाबी दी, जो एक फैसले की तरह भारी थी, नियति से गढ़ी गई थी।

"इस चाबी से तुम दूसरे इंस्टॉलेशन का द्वार खोलते हो - इच्छाशक्ति, तर्क और तुम कितने इंसान को दफनाओगे, इसकी एक परीक्षा। लेकिन पहले..." - उसने एक इशारा किया। दो आकृतियाँ, जो परछाई से उकेरी गई थीं, एक प्राचीन ताबूत बाहर लाईं, जिसकी लकड़ी अतीत की कराह की तरह चरमरा रही थी।

"अंदर जाओ। खुद को दफनाओ," एक आवाज ने आज्ञा दी, जो विरोध के अधीन नहीं थी, बल्कि गुरुत्वाकर्षण की तरह अपनी इच्छा को थोपती थी।

नथानिएल लेट गया। ढक्कन एक बहरी गड़गड़ाहट के साथ बंद हो गया, जिसने बाहर की दुनिया को सील कर दिया। वह एक पूर्ण, घने अंधेरे में रहा, जो ताबूत के अंदरूनी हिस्से से दबा हुआ था, जहाँ हवा कम होती जा रही थी। आवाजें उसके दिमाग में फुसफुसाईं, सिर्फ शब्द नहीं, बल्कि चेतना के टुकड़े, जो उसके मांस में कट रहे थे। खुद के विचार? या आदेश की प्रोग्राम की गई आवाजें? उन्होंने उससे पूछा:

"तुम अपनी आत्मा में से किसका बलिदान करोगे?" "तुम अतीत के बिना, दर्द के बिना, स्मृति के बिना कौन हो?" "क्या तुम प्यार, परिवार, कमजोर होने के अधिकार को छोड़ सकते हो, ताकि तुम... कोई नहीं बन जाओ?"

मिनट बीत गए। या घंटे। या दिन। समय टूट गया। फिर - प्रकाश, अंधेरे को नष्ट कर रहा था। ताबूत एक लंबे समय से भूले हुए रहस्य के चरमराने के साथ खुल गया। अंदर का अंधेरा... उसके अंदर सील रहा, उसकी आत्मा में एक नवजात काले छेद की तरह।

"तुम फिर से पैदा हुए हो। लेकिन तुम अभी भी कुछ नहीं हो। एक सांस, जो खाई में अर्थ की तलाश करेगी।"

---✶§✶---

दया पर बुद्धि - नियंत्रण का चुनाव

उसे एक कमरे में ले जाया गया, जो चमकदार, निर्दयी दर्पण पैनलों से घिरा था। प्रत्येक ने उसके चेहरे का एक अलग संस्करण प्रतिबिंबित किया - युवा, बूढ़ा, रोता हुआ, खूनी, निर्जीव, खोया हुआ। बीच में - दो वस्तुओं के साथ एक मंच, जो नियति की आभा बिखेर रही थीं:

बाईं ओर: एक धड़कता हुआ क्रिस्टल, जिसके अंदर नाचती हुई रोशनी - केवल एक प्रतीक नहीं, बल्कि दया, अराजकता और अप्रशिक्षित, दर्दनाक प्यार का एक जीवित अवतार।

दाईं ओर: एक काला घन, मैट, एक दर्दनाक पूर्णता के साथ, जिसके किनारे जैसे हवा को काट रहे थे - व्यवस्था, गणना और निर्दयी, अपरिहार्य बलिदान का प्रतीक।

टायर-समाएल की आवाज फिर से गूंजी, इस बार सीधे उसके दिमाग के केंद्र में, जहां कोई छिपने की जगह नहीं थी:

"ODSL भावनाओं का एक आदेश नहीं है, नथानिएल। हमें तुम्हारी पीड़ित आत्मा नहीं चाहिए - हमें तुम्हारा निर्दयी निर्णय, तुम्हारा शुद्ध, बेदाग तर्क चाहिए। प्रेम प्रणाली में एक गलती है, एक वायरस। अराजकता अप्रत्याशितता है, सड़ता हुआ मांस है। केवल नियंत्रण ही एक ऐसा भविष्य बनाता है जिससे तुम शक्ति पी सकते हो।"

"नथानिएल, चुनो: या तो तुम एल्गोरिदम की हमारी दुनिया में एक नेता बनोगे, जहाँ हर कदम की गणना की जाती है, या तुम खाली हाथों से मरोगे, एक और अनावश्यक स्मृति की तरह। चुनाव तुम्हारा है। लेकिन केवल एक ही मार्ग मौजूद है। दूसरा एक भ्रम है, जो तुम्हें निगल जाएगा।"

उसने अपना हाथ बढ़ाया। उसकी उंगलियाँ जलती हुई रोशनी और बर्फीली परछाइयों के बीच हिचकिचा रही थीं। एक दर्दनाक फ्लैशबैक में, उसकी आँखों के सामने मेलिना की कोमल आँखें उभरीं, एक ऐसी दुनिया का वादा, जिसमें दया के लिए अभी भी जगह थी। फिर - वे आवाजें, जिन्हें उसने ताबूत में सुना था, एक फैसले की तरह गूंज रही थीं, जिसे उसे स्वीकार करना था: "क्या तुम प्यार, परिवार, कमजोर होने के अधिकार को छोड़ सकते हो?" ये आवाजें आदेश के प्रोग्राम किए गए आधार थे: "ऑर्डो अब इंटेलेक्टु - बुद्धि के माध्यम से व्यवस्था (लोकतंत्र के माध्यम से नहीं)", "अनियंत्रित आध्यात्मिक आंदोलनों का उन्मूलन", "ODSL सीधे नहीं मारता। यह सत्य

को फिर से लिखता है, जरूरतों को मॉडल करता है, डर को परिभाषित करता है और निर्भरता को लागू करता है।" वे उसका त्रुटिहीन निर्णय चाहते थे, उसकी आत्मा नहीं। प्यार केवल "सिस्टम में एक गलती" थी।

उसने काला घन पकड़ा। इसने उसे सिर्फ जलाया नहीं। इसने उसे फाड़ दिया। लेकिन त्वचा को नहीं। बल्कि दिल को। इसे पूरी तरह से जला दिया, इसे एक ठंडे पत्थर में बदल दिया।

"उस दुनिया में तुम्हारा स्वागत है, जिसमें भावनाएं एक सिमुलेशन हैं। और तुम इस सिमुलेशन के वास्तुकार हो," एक और एरिओपैगाइट ने कहा, जिसकी आवाज हजारों साल पुरानी लग रही थी।

उसके माथे पर लेजर के साथ एक प्रतीक उकेरा गया था: ऑर्डो अब इंटेलेक्टु। सिर्फ एक टैटू नहीं, बल्कि एक दाग, जिसने उसके पूरे सार को बदल दिया।

"अब तुम अंतिम इंस्टॉलेशन के लिए तैयार हो - रक्त वाचा। वह रक्त, जो तुम्हारी नई नियति को सील करेगा।"

---✶६✶---

रक्त वाचा - ज्ञान के माध्यम

से शक्ति उसे एक क्रिप्ट में ले जाया गया, जिसकी दीवारें इतिहास में सांस ले रही थीं, जो गहरे सोने और हड्डी के मोज़ेक से ढकी हुई थीं, हर हड्डी - किसी की दबी हुई स्मृति। केंद्र में - एक सिंहासन, जो एक गहरे, अभेद्य ओब्सीडियन से उकेरा गया था, जैसे कि उसने दुनिया के पूरे अंधेरे को निगल लिया हो। उसके चारों ओर - तेरह परछाइयाँ, जो एक अर्ध-वृत्त में जड़ी हुई थीं, केवल आकृतियाँ नहीं, बल्कि शक्ति के भूत, उनके चेहरे अभी भी अदृश्य थे, लेकिन उनकी आवाजें - शाश्वत, युगों तक गूंज रही थीं।

"नथानिएल, डोमिनस का निशान प्राप्त करने का समय आ गया है। एक निशान, जो तुम्हें नश्वर लोगों से ऊपर उठाएगा। लेकिन शक्ति कोई उपाधि नहीं है। यह हर मानवीय चीज का, हर कमजोरी का परित्याग है, जिसने तुम्हें... तुम बनाया था।"

"हममें से हर किसी ने खून चढ़ाया है। अपना खून। प्यार का खून। निर्दोष खून। हमने ज्ञान के लिए कीमत चुकाई है।"

"तुम... किसे धोखा देने के लिए चुनते हो? तुम किसको खाई में फेंक दोगे, ताकि तुम उठ सको?"

तीन छवियां उभरीं - कांपते हुए, दर्दनाक रूप से वास्तविक होलोग्राम। लोरा - उसकी माँ, जिसका चेहरा चिंता से पीड़ित था। साइमन - उसका गुरु, जिसकी निगाहें अटूट विश्वास से भरी हुई थीं। मेलिना - उसकी अपनी कमजोरी का मूल, उसकी मुस्कान उसकी आत्मा को भेद रही थी।

"केवल एक ही जीवित रह सकता है, नथानिएल," टायर-समाएल ने कहा, जिसकी आवाज अंधेरे से एक गूंज में बदल गई। "चुनाव वास्तविक होगा। दर्दनाक रूप से वास्तविक। सर्वर पहले ही लक्षित हो चुके हैं। अगर तुम चुनते हो, तो बाकी सिस्टम से मिट जाएंगे। लाक्षणिक रूप से नहीं। वास्तव में। वे धुएं की तरह गायब हो जाएंगे, बिना किसी निशान के।"

नथानिएल घुटने टेक दिया। अधीनता से नहीं, बल्कि एक बीमारी से, जो उसके अस्तित्व के हर रेशे को फाड़ रही थी। उसके दिमाग में चित्र, डर, समानांतर जीवन, जो वह जी सकता था, लेकिन जो अब जल रहे थे, आपस में टकरा रहे थे। अचानक उसे एहसास हुआ: यह विश्वासघात की परीक्षा नहीं थी। बल्कि जागरूकता की थी। उनके निर्दयी खेल को समझने की थी।

"मैं किसी को नहीं चुनूंगा," उसने कहा, और उसकी आवाज स्टील की तरह कठोर थी, लेकिन एक आंतरिक, शांत दर्द से भरी हुई थी।

एक परछाई पास आई और उसे वाचा का ब्लेड सौंप दिया - एक फुसफुसाहट की तरह पतला, उल्का धातु से गढ़ा हुआ, जो एक आंतरिक, ठंडी रोशनी के साथ चमक रहा था।

"तब खुद को चुनो। अपने दिल के खून से वाचा पर हस्ताक्षर करो। अंतिम मानवीय बलिदान।"

उसने अपनी छाती को काट दिया, सिंहासन की काली, निगलने वाली प्लेट पर एक लाल, धड़कता हुआ रास्ता छोड़ दिया। वह चिल्लाया नहीं। डर से नहीं। बल्कि इसलिए कि उसे एहसास हुआ कि चुनाव हमेशा एक भ्रम था। वे बलिदान नहीं चाहते थे - वे उसकी पूरी अधीनता, उसके पूर्ण आत्म-अस्वीकरण को देखना चाहते थे। "हम देवता नहीं हैं। हम उनकी अनुपस्थिति की आवश्यकता हैं।"

लेकिन उसने सब कुछ स्वीकार कर लिया था। वह शुद्धिकरण से गुजरा था। और अब वह अंदर था। उनके अंधेरे प्रकाश के मूल में, जहाँ ज्ञान शक्ति थी, और शक्ति - एक खाई थी।

"आज से, नथानिएल, तुम ग्रैंड मास्टर हो। तुम डोमिनस हो। लेकिन याद रखो - सबसे बड़ा नियंत्रण तब होता है जब तुम इसे तलाशना छोड़ देते हो। जब तुम खुद नियंत्रण बन जाते हो।"

इंस्टॉलेशन समाप्त हो गया। उसके अंदर का अंधेरा गहरा गया, लेकिन यह अब एक खालीपन नहीं था, बल्कि नए ज्ञान का एक अनंत ब्रह्मांड था।

---✶៛✶---

आंतरिक एकालाप:

"उसका दिल, जो कभी धधक रहा था, अब एक ठंडी अंगारा था। उसने अपने आप से प्यार की जड़ों को, दया के कंपन को, मानवीय गलती की सहजता को निकाल दिया था। उसे मेलिना की गर्मी, अपनी माँ के शब्द, साइमन के विश्वास की याद आई - जैसे कि यादें, जो एक दूर की, बिना आवाज वाली फुसफुसाहट में बदल गई थीं। उसने अपने अंदर के

"अनियंत्रित आध्यात्मिक आंदोलनों" को त्याग दिया था। वह अब "नथानिएल" नहीं था, बल्कि "वैश्विक वित्तीय प्रवाह के केंद्रीकरण",

"डिजिटल पहचान और पता लगाने की क्षमता",

"नैतिक प्रतिमानों को फिर से लिखने"

के प्रति अपनी अधीनता में एक उत्तम उपकरण था। उसमें मानवता की हर दरार को ओब्सीडियन से भर दिया गया था - कठोर, काला, अभेद्य। उसने

"निर्भरता"

का स्वाद महसूस किया, न केवल व्यक्तिगत, बल्कि प्रणालीगत, और उसने "स्वतंत्र मानवीय चेतना के लिए खतरे" को न केवल दूसरों के लिए, बल्कि खुद के लिए भी समझा। वह जानता था कि

"वह आँख, जो न केवल देखती है, बल्कि वास्तविकता के अर्थ को भी बदलती है",

अब उसकी भी आँख थी। वह स्वतंत्र था, लेकिन उसकी स्वतंत्रता एक जेल थी, जो ज्ञान और शक्ति से गढ़ी गई थी।

लड़ाई अभी शुरू हो रही थी। खुद से लड़ाई, शक्ति से, उस खाई से, जो वह खुद बन गया था। और शायद, उस छोटी, छिपी हुई मानवीय दरार के लिए एक अंतहीन, शांत लड़ाई, जिसे अभी तक निगला नहीं गया था।

---✶☾✶---

वह इंस्टॉलेशन समारोहों से गुजरा था, जिन्होंने उसकी बुद्धि, इच्छाशक्ति और आध्यात्मिक आत्म-विकास का प्रदर्शन किया था। उसे केवल रहस्योद्घाटन को प्रकट करना था, लेकिन कोई भी नहीं, यहाँ तक कि महान डोमिनस प्रिमस भी, उस तक नहीं पहुँचा था। क्या वह भी सर्वोच्च शक्ति की तलाश में विफल हो जाएगा, जो एक और, अंतिम झूठ साबित हो सकता है, जो उसकी आत्मा को एक अनंत खालीपन में निगल जाएगा?

------------------ ❧ --------------------

अध्याय 3: शाश्वतता का संदूक

संदूक में सील किया गया वादा किया गया ज्ञान उसके लिए दुर्गम था। उसे यह तभी एहसास हुआ जब वह शिखर पर पहुँचा। कोई पहाड़ की चोटी नहीं, बल्कि अपनी खुद की भेदी, जमने वाली हताशा का शिखर। रहस्यमय प्रतीकों में लिखे गए, वे एक दूर का, समझ से बाहर का लक्ष्य बने रहे, उसकी महत्वाकांक्षाओं का मजाक, एक खोए हुए सत्य की एक विकृत फुसफुसाहट, जो उसका पीछा कर रही थी। अनगिनत खंड और दार्शनिक ग्रंथ पृष्ठों से उसके दिल में नहीं जा सके। एक रहस्यमय चाबी के साथ बंद, जो शायद केवल उसके पास थी। ज्ञानोदय का एकमात्र मौका, या अंतिम विनाश, उसके सामने पड़ा था।

---✶☾✶---

ज्ञानोदय का अनुष्ठान नथानिएल ने अपनी आँखें बंद कर लीं। इस बार यह सपना नहीं था। उसने एक तेज, अपरिवर्तनीय खिंचाव महसूस किया, जैसे कि वह अंतरिक्ष और समय के ताने-बाने में एक दरार से रेंग रहा हो, जहाँ वास्तविकता मुड़ गई और बदल गई। उसकी आत्मा उड़ नहीं रही थी, बल्कि उसे आयामों के एक बवंडर के माध्यम से धकेल दिया जा रहा था, उसकी चेतना इस गैर-वास्तविकता में प्रतिबिंबित हो रही थी, जो ज्ञात हर चीज से अधिक वास्तविक हो गई थी। वह तर्क, जो इस गैर-मौजूद अस्तित्व को मुश्किल से समझ पाता, गायब हो गया था, शुद्ध, अप्रतिबंधित ज्ञान में घुल गया था, सीमाओं से मुक्त हो गया था। केवल यही रहा: ज्ञानोदय। अर्थ। बोध। परमानंद। उसके चारों ओर की हवा कांप गई, तूफान से पहले की तरह कांप रही थी, जो जले हुए राल और ठंडी धातु की सुगंध से भरी हुई थी।

नथानिएल फर्श में उकेरी गई रुइनों के एक घेरे के बीच में खड़ा था, और उसके सिर के ऊपर एक विशाल, धड़कता हुआ क्रिस्टल लटका हुआ था, जो एक अलौकिक चमक बिखेर रहा था। उसके सामने, एक प्राचीन पत्थर की वेदी पर, संदूक पड़ा था - केवल एक बक्सा नहीं, बल्कि एक वस्तु, जो अपनी खुद की चेतना के साथ धड़क रही थी, जो एक अलौकिक रोशनी और एक प्राचीन पुकार बिखेर रही थी।

डोमिनस प्रिमस की आवाज - गहरी, गूंजती, लेकिन संदेह से भरी हुई, चुप्पी में फट गई: "नथानिएल, तुम क्या देखते हो? एक भ्रम? या हताशा से बुना हुआ एक आत्म-धोखा? और क्या होगा अगर तुम जिस सत्य की तलाश कर रहे हो, वह उन लोगों को नष्ट कर दे जिनसे तुम प्यार करते हो?"

"मैं संदूक देखता हूँ," नथानिएल ने फुसफुसाया, उसकी आवाज सम्मान से भरी हुई थी, लेकिन एक ऐसी दृढ़ता से भी, जो उसके पास पहले कभी नहीं थी। "मैं ज्ञान देखता हूँ।"

एरिओपैगाइट खड़ा हो गया, उसकी परछाई रुइनों पर पड़ रही थी। "ज्ञान दोधारी तलवार है, लड़के। ज्ञान जिम्मेदारी लाता है। यह बोझ लाता है। यह दर्द लाता है। और तुम अभी भी... एक इंसान हो। अगर तुम इस सीमा को पार करते हो, नथानिएल, तो कोई वापसी नहीं है। तुम अपनी मानवता खो दोगे। और कोई भी प्यार तुम्हें बचा नहीं पाएगा।"

नथानिएल संदूक की ओर बढ़ा, उसका हाथ उसकी ओर बढ़ा, जो एक अदृश्य शक्ति से खींचा गया था। एक विचार ने उसकी चेतना को काट दिया: "क्या होगा अगर मैं इसके लायक नहीं हूँ? क्या होगा अगर यह मेरी चेतना को नष्ट कर दे?" एक पल के लिए, संदेह की एक ठंडी लहर उसके माध्यम से गुजरी। लेकिन फिर - आग।

"मैं वह ज्ञान नहीं तलाश रहा हूँ जो मुझे मजबूत बनाए। मैं सत्य की तलाश कर रहा हूँ।" - उसकी आवाज अब हॉल में गूंज रही थी, जो अटूट निश्चितता से भरी हुई थी। - "प्यार ने मुझे बदल दिया है। यह मेरा ज्ञानोदय है। मेरा चमत्कार।"

डोमिनस प्रिमस ठंडे और निर्जीव ध्वनि के साथ रूखे से हँसा। "चमत्कार? भ्रम! तुम यादों, दर्द, नुकसान से पीड़ित हो! क्या तुम सोचते हो कि यह ज्ञानोदय है? यह कमजोरी है!"

नथानिएल ने संदूक की सतह को छुआ। उसकी उंगलियों के नीचे ठंडा क्रिस्टल धड़क रहा था। इस क्षण में, संदूक से सुनहरे प्रकाश के धागे निकले, जो उसे एक जीवित खोल की तरह लपेट रहे थे। उसने महसूस किया कि उसके अस्तित्व का हर परमाणु कांप रहा था।

"मैं कमजोर नहीं हूँ।" - उसकी आवाज अब एक गड़गड़ाहट थी। - "मैं प्यार किया गया हूँ। मैं वफादार हूँ। और यह पर्याप्त है। यह मेरी शक्ति है। मेरा रहस्योद्घाटन।"

डोमिनस प्रिमस अचानक पीछे हट गया, उसकी आँखें सदमे से चौड़ी हो गईं। "असंभव..."

लेकिन नथानिएल अब उसे नहीं सुन रहा था। वह प्रकाश, संदूक, चमत्कार में समा गया था। वह केवल चमत्कार में विश्वास नहीं करता था - वह चमत्कार था। अनुष्ठान पूरा हो गया था, द्वार खुल रहा था।

---✶६✶---

तट पर जागृति

अब, इस कठोर, अपरिचित तट पर अकेले, किसी भी मानवीय समुदाय से दूर, किसी भी भ्रम से दूर, नथानिएल ने महसूस किया कि उसकी आँखों के सामने का पर्दा न केवल उठ रहा है, बल्कि फट रहे कपड़े की एक कर्कशता के साथ तेजी से फट रहा है, जो एक छिपी हुई वास्तविकता को प्रकट कर रहा है। उसके सामने केवल परिदृश्य ही नहीं, बल्कि अनंत आयाम प्रकट हुए, जो एक ब्रह्मांडीय टेपेस्ट्री के धागों की तरह आपस में जुड़ रहे थे। उसके अस्तित्व की हर कोशिका अंतर्दृष्टि के साथ कांप रही थी, जैसे कि वह निर्माण के ताने-बाने में छिपी हुई एक प्राचीन, धड़कती हुई स्मृति से जुड़ रही हो। उसे एहसास हुआ कि वह सारा ज्ञान जिसे उसने कभी अपना माना था, वह एक भव्य मोज़ेक के केवल गिरे हुए टुकड़े थे, जो अब उसके सामने इकट्ठा हो रहे थे, एक चक्करदार, कुचलने वाले सत्य को प्रकट कर रहे थे, जिसने उसे तोड़ दिया और फिर से पैदा किया। वह शुद्ध विचार के एक महासागर में डूब गया, जहाँ हर परमाणु शाश्वतता की एक छाप थी, सूचना का एक जीवित कैप्सूल, जो सृजन के रहस्यों को अपने अंदर रखता था। वह जानता था - गहराई से, बिना किसी संदेह के, अपने पूरे अस्तित्व से - कि वह एक महान, प्रकट होने वाली ब्रह्मांडीय योजना का एक अविश्वसनीय रूप से बड़ा हिस्सा है।

शाश्वतता की दहलीज पर वह अब एक इंसान नहीं था - वह चेतना था, जो स्वयं वास्तविकता के साथ धड़क रहा था। इस क्षण में वह केवल चिंतन नहीं कर रहा था, बल्कि अपने सभी जीवन के अनुभवों को फिर से जी रहा था, न कि पिछले घटनाओं के रूप में, बल्कि ज्ञानोदय के मार्ग पर जीवित, धड़कते हुए कदमों के रूप में, जिनमें से प्रत्येक एक सबक लेकर आया था। खुशियाँ और दुख, जीत और हार - सब कुछ एक महान ब्रह्मांडीय रहस्य में आपस में जुड़ गया, एक जटिल तंत्र, जो अचानक उसके मन में अपनी जगह पर आ गया, उसे सत्य को प्रकट कर रहा था। उसे एहसास हुआ कि वह एक प्राचीन ज्ञान का एक जीवित वाहक है, जो अनगिनत पीढ़ियों से गुजरा है, और उसकी जिम्मेदारी इसे आगे बढ़ाना है - अगर कोई था, जिसे वह दे सके, अगर कोई भविष्य था। उसका दिल ब्रह्मांडीय धड़कनों के साथ तालमेल में धड़क रहा था, जो उसके पूरे अस्तित्व में गूंज रही थी। वह शिखर पर पहुँच गया था - एक भौतिक पहाड़ का नहीं, बल्कि चेतना का, जहाँ से पूरे अस्तित्व, पूरे समय, सभी संभावित वास्तविकताओं का एक मनोरम दृश्य प्रकट हुआ था। उसके सामने एक अंतहीन मार्ग फैला हुआ था, जो चुनौतियों से भरा हुआ था, लेकिन अनगिनत अवसरों से भी। वह जानता था कि उसका मिशन अभी शुरू हुआ है। वह इस नए साहसिक कार्य में कूदने के लिए तैयार था, जिसमें वह ज्ञान के प्रकाश और आत्मा की अटूट शक्ति को अपने साथ ले जा रहा था, जिसे अब बाहरी मान्यता की आवश्यकता नहीं थी। जागृति पूरी हो गई थी, मार्ग प्रकट हो रहा था।

---✶६✶---

फ्लैशफॉरवर्ड: स्रोत के साथ

विलय वह पहुँचा। एक समय मशीन के माध्यम से नहीं, बल्कि स्वयं आदिम स्रोत में, हर चीज के दिल में डूबकर। वह प्रकाश के एक अनंत, सुनहरे प्रवाह में डूब गया, जहाँ हर लहर एक संदेश ले जा रही थी, जो बिना शब्दों के, सीधे उसकी आत्मा में समझी जा रही थी। उसे सब कुछ और कुछ भी एक साथ याद था। वह ब्रह्मांड को जन्म देने वाले उस मूक विस्फोट का एक कण और एक ब्रह्मांड था, और उसमें से एक गूंज थी। अब वह खुद शुरुआत में वापस आ गया था, जो अनगिनत सभ्यताओं, अनंत दुनिया की कोडित स्मृति को अपने साथ ले जा रहा था।

उसने खुद को एक ही समय में एक भगवान और एक परमाणु, एक निर्माता और एक रचना, अल्फा और ओमेगा जैसा महसूस किया। वह अनंत और असीम था, और साथ ही अनंत रूप से छोटा और महत्वहीन भी। इस क्षण में उसे एहसास हुआ कि जीवन जन्म और मृत्यु, सृजन और विनाश का एक अंतहीन चक्र है, और वह इस ब्रह्मांडीय टेपेस्ट्री में केवल एक, लेकिन महत्वपूर्ण धागा है, शाश्वतता में एक पल। फोटॉनों का सौर प्रवाह - जीवन का, चेतना का बहुत स्रोत - उसमें अभिव्यक्ति के अपने अंतिम बिंदु पर पहुँच गया था। गति सौर मंडल की परिधि तक शांत हो गई थी, जहाँ फोटॉन पदार्थ में परिवर्तित हो रहे थे। तरंगें कणों में बदल गईं - क्वांटा, जिनमें अपनी खुद की मानसिकता और पसंद के विकल्प, अपनी खुद की दुनिया थी। इन क्वांटा ने एक भौतिक दुनिया को आत्म-निर्मित किया, ठीक उसी तरह जैसे स्रोत ने प्रकृति का निर्माण किया, एक शाश्वत चक्र को दोहराते हुए। "यहाँ समय एक वेक्टर नहीं है, बल्कि एक स्थिति है," एक आवाज ने उसकी नई चेतना की गहराइयों से फुसफुसाया। वह अनंतता और अपनी खुद की आत्मा के बीच लटका हुआ था, एक नवजात तारे के मूल में एक चिंगारी की तरह, जीवन का वादा करते हुए। वह एक ही समय में कुछ भी नहीं और सब कुछ था, सभी चीजों की शुरुआत और अंत। एक कांपता हुआ बिंदु और एक विशाल वृत्त। वह आकाशगंगाओं के सुंदर नृत्य और क्वासरों के शक्तिशाली गीत का गवाह था, जो शाश्वतता में गूंजते हैं।

उसमें पुरुष और महिला सिद्धांत, प्रकाश और अंधेरा, जीवन और मृत्यु विलीन हो रहे थे। वह एक ही समय में एक निर्माता और एक रचना, एक भगवान और एक इंसान था, बिना सीमाओं, बिना विभाजन के। इस क्षण में उसे एहसास हुआ कि वह शाश्वत है, कि वह ब्रह्मांडीय चेतना का हिस्सा है, ब्रह्मांड के अनंत, धड़कते ताने-बाने का, स्वयं भगवान की सांस का। वह नहीं जानता था कि उसे एक दिव्य कण कहा जाता है, लेकिन वह जानता था कि वह पूरे का एक छोटा, लेकिन परिपूर्ण सार था। वह जानता था कि उसमें हर परमाणु दुनिया का एक होलोग्राम है, कि वह पूरे का एक हिस्सा है, लेकिन वह स्वयं संपूर्ण भी है, जिसमें वह सब कुछ है जो था और जो होगा। एक सभ्यता का एक संग्रह, जो कुछ समय पहले मौजूद होने से पहले ही जल गया था, उसके सार में धड़क रहा था।

---✶६✶---

वह हेमीज़ था। एक दूत। एक ज्ञानदाता। दुनिया के बीच एक यात्री। ज्ञान के इस बाढ़ की गहराई से उभरते हुए, उसने खुद को एक ही समय में एक भगवान और एक इंसान जैसा महसूस किया, जो अस्तित्व के दो चरम सीमाओं को अपने आप में

जोड़ रहा था। वह अरबों अन्य जीवित प्राणियों में से एकमात्र जीवित बचा था। वह समय के अंतहीन महासागर में एक भटकने वाला बन गया था। नमकीन पानी ने उसके फेफड़ों को भर दिया, लेकिन साथ ही उसने एक आंतरिक प्रकाश, आशा की एक लौ महसूस की, जो उसे आगे ले जा रही थी, अज्ञात की ओर, लेकिन पूर्वनिर्धारित की ओर। क्या वह वही होगा जो पुराने की राख से एक नई दुनिया बनाएगा? वह अपने साथ पूरी आत्म-विनाशकारी सभ्यता का ज्ञान ले गया, उसने अटलांटिस की स्मृति को ले गया, न केवल सूचना के रूप में, बल्कि एक जीवित, धड़कते हुए अहसास के रूप में, एक घाव और एक आशीर्वाद दोनों के रूप में। वह अकेला था, लेकिन वह अकेला नहीं था। उसके अंदर उसकी जाति की आत्मा रहती थी, और उसके साथ एक नई शुरुआत की आशा...

लेकिन उसमें कुछ और भी था, कुछ ऐसा जो उसकी चेतना के किनारों पर एक दूर के तारे की तरह, एक छिपे हुए प्रतीक की तरह चमक रहा था। उसकी अंतर्ज्ञान ने उसे महादूत नथानिएल, एक ज्ञानदाता और दिव्य ज्ञान के दूत के बारे में क्यों फुसफुसाया? क्यों उसकी स्मृति की गहराइयों में एक संदूक, एक सार्वभौमिक विनाश से मुक्ति, एक ऐसे आदमी की छवि, जिसने जीवन के अस्तित्व की जिम्मेदारी ली थी - नूह की छवि - रेंग रही थी?

क्या समय और अंतरिक्ष के माध्यम से इस ब्रह्मांडीय ओडिसी ने उसे इस तरह से चिह्नित नहीं किया था, जिसे वह अभी तक समझ नहीं पाया था? क्या उसकी जागृति केवल एक अस्तित्व नहीं थी, बल्कि एक पूर्वनिर्धारण थी, जो उसके अस्तित्व के ताने-बाने में, उसके डीएनए में, उसकी आत्मा में बुनी गई थी? तट का अकेलापन अब केवल शारीरिक नहीं था - यह अनंत समय और अनसुलझी पहचानों की गूंज से भरा हुआ था, जो उसके उन्हें उजागर करने, उन्हें खुद के हिस्से के रूप में स्वीकार करने की प्रतीक्षा कर रही थीं। वह केवल मौजूद नहीं था, वह एक मिशन था।

------------------ ❧ --------------------

अध्याय 4: जागृति के रूप में प्रेम

नथानिएल ने अपनी आँखें खोलीं। वे केवल देख नहीं रहे थे, बल्कि वे हर प्रकाश की किरण, हर परछाई, एक बची हुई दुनिया के हर प्रतिबिंब को सोख रहे थे, जैसे एक प्यासा रेगिस्तान पानी को सोखता है।

---✶❦✶---

मूल की ओर वापसी मैं अब केवल अपनी मिशन के हर रहस्य को महसूस नहीं करता, बल्कि मैं वह हूँ। लहरें नुकीली चट्टानों पर एक गूंज के साथ टूटती हैं, जैसे कि वे न केवल एक निशान को, बल्कि मेरे पिछले अस्तित्व की स्मृति को भी मिटाना चाहती हैं, लेकिन मैं अडिग खड़ा हूँ। मेरे अंदर एक आदिम लौ जल रही है, जिसे मुझे संरक्षित करना है - मार्ग को रोशन करने के लिए, एक नया जीवन प्रज्वलित करने के लिए। मेरा दिल एक ढोल की लय के साथ धड़कता है, जो मेरे पूरे सार में गूंजता है, जो जिम्मेदारी के बोझ और उस बुलावे की भव्यता की याद दिलाता है, जिसे मैं अब गले लगाता हूँ। मुझे वह रात याद है जब सब कुछ शुरू हुआ था - आकाश आग के गोलों से फट गया था, और जमीन मेरे पैरों के नीचे कांप रही थी। तब मैंने सोचा था

कि सब कुछ खत्म हो गया है, लेकिन अब मैं समझता हूँ कि यह कुछ नया, एक नए स्वयं का जन्म था।

---✶६✶---

अतीत के अवशेष, भविष्य के लिए बीज मैं अपने हाथों में आग पकड़े हुए हूँ - मेरे अस्तित्व के हर रेशे में धड़कती हुई अटूट आशा का प्रतीक, एक जीवित अंगारे की तरह; सूखे शैवाल - एक बंजर भूमि में जीवन का वादा, नाजुक, लेकिन जिद्दी, एक पहले हरे अंकुर की तरह; और मुट्ठी भर नमक - संरक्षण का प्रतीक, सार का, जो सब कुछ से बचा रहता है, स्वयं शाश्वतता का। नमकीन मछली का हर टुकड़ा एक स्मृति का स्वाद ले रहा था, एक बीते हुए दावत का, लेकिन एक जागरूक अकेलेपन की कड़वाहट का भी। मुझे सोने और क्रिस्टल के शहर याद हैं, मैं उड़ने वाली मशीनों, अंतहीन पुस्तकालयों और यहाँ तक कि कृत्रिम बुद्धि को भी देखता हूँ, जिसने कभी दुनिया पर राज किया था।

मैंने कितनी बार होलोग्राफिक स्क्रीन पर टकटकी लगाए रातों की नींद हराम की, यह मानते हुए कि संख्याएं और एल्गोरिदम हर चीज की कुंजी हैं! लेकिन यह सब गायब हो गया है, अराजकता में समा गया है, जो केवल मुझे और मेरी स्मृति को पीछे छोड़ गया है - अतीत के एकमात्र जीवित अवशेष, एक अपरिवर्तनीय नुकसान के सांस लेने वाले गवाह। एक सपने में, प्रलय से ठीक पहले, मैंने देखा कि संख्याएं धूल में कैसे बिखरती हैं, और एल्गोरिदम सांपों में बदल जाते हैं, जो कांच की दीवारों पर रेंगते हैं। तब मैं पसीना और कांपते हुए जागा, लेकिन मैंने संकेत को नजरअंदाज कर दिया, नियति की पुकार के प्रति बहरा हो गया।

मैं अकेला हूँ। लेकिन डर ने मुझे छोड़ दिया है - यह ब्रह्मांडीय चेतना में घुल गया है, जिसकी जगह एक पूर्ण, स्टील की दृढ़ता ने ले ली है, जो तूफान में एक लंगर की तरह है। मैं जानता हूँ कि मेरी यात्रा अभी शुरू हुई है। मेरा अपना सार मुझे आराम करने की अनुमति नहीं देता है, मेरी आत्मा एक अप्राप्य लक्ष्य से जल रही है। मुझे इस सारे ज्ञान को संरक्षित और बचाना है, एक नई दुनिया, एक नई व्यवस्था, अतीत के ज्ञान और भविष्य की आशा से बुने गए नए नियमों का निर्माता बनना है। मैं केवल सबसे आवश्यक चीजों से लदे हुए चल रहा हूँ।

मैं केवल वही लेता हूँ जो मेरी खोई हुई सभ्यता का व्यावहारिक अनुभव मुझे प्रदान कर सकता है - आग, सूखे शैवाल, नमकीन मछली के कठोर टुकड़े और सावधानी से इकट्ठी की गई मुट्ठी भर नमक। हर वस्तु एक बीते हुए युग का अवशेष है, लेकिन नए का एक बीज भी है, भविष्य के लिए एक कोशिका है। इस रास्ते पर मेरी अंतर्ज्ञान ने मुझे कई झरनों के माध्यम से मार्गदर्शन किया, जिनके पानी सतह के नीचे गहराई से संरक्षित, क्रिस्टल स्पष्ट बहते हैं, जो मेरे जीवन को बनाए रखते हैं। वे मेरे मिशन में मौन सहयोगी हैं, उनकी शांत फुसफुसाहट एक पुराने, भूले हुए गीत की तरह है, जो मुझे पुकारता है। सूर्य - एक गर्म और मौन सहयोगी - जैसे कि मेरे अवचेतन में एक ही, लगातार विचार को धकेलता है, जो प्यास और थकान से अधिक मजबूत है, जो स्वयं सूर्योदय से अधिक उज्ज्वल है:

"मुझे उन्हें खोजना होगा! मैं विश्वास करता हूँ, मैं आशा करता हूँ, मैं प्यार करता हूँ!" ये तीन शक्तियाँ केवल शब्द नहीं हैं - वे सबसे शक्तिशाली हथियार हैं, जो

एक इंसान के पास हो सकते हैं, सृजन का इंजन, स्वयं ब्रह्मांड की नाड़ी। मैं अंतहीन, फटी हुई जमीन पर चल रहा हूँ, जो पत्थरों और जंग लगी लाल मिट्टी से भरी हुई है - एक छोटा सा क्षेत्र, जो चमत्कारिक रूप से प्रकृति को उलटने वाली प्रलय के बाद बच गया था।

हर कदम एक प्रार्थना है, हर सांस - एक वादा। झरने मिट्टी को सींचेंगे और छोटे बीज अंकुरित होंगे। मैं अपने अस्तित्व के हर रेशे से जानता हूँ कि मैं इस पूरी जमीन को वनस्पति से समृद्ध कर सकता हूँ। पनडुब्बी में सभी प्रकार के पौधों के बीज ले जाए गए हैं, जो अंतिम आशा के रूप में संरक्षित हैं, और मेरे पास उन्हें विकसित करने के लिए सभी आवश्यक ज्ञान हैं। ज्ञान कुंजी है, और इच्छाशक्ति - ताला। मुझे वे घंटे याद हैं, जो मैंने भूमिगत प्रयोगशालाओं में बिताए थे, जहाँ आनुवंशिक इंजीनियर खोई हुई प्रजातियों को बहाल करने की कोशिश कर रहे थे। अब मैं वह इंजीनियर हूँ, लेकिन एक बहुत ही कठोर, आदिम वातावरण में।

---✶९✶---

उसका प्रकाश, मेरा

रहस्योद्‌घाटन अब, पहली बार, मैं वास्तव में उन संदेशों की प्रशंसा करता हूँ, जिन्हें मेलिना ने अज्ञात तरीकों से प्राप्त किया था। मुझे उसका पागल प्यार, उसकी अटूट दृढ़ता, वह विश्वास और असंभव आशा याद है, जिसके साथ उसने मेरे अंदर मेरे कोडित मिशन को जगाने और मुझे उस सामान्य मार्ग के बारे में समझाने की कोशिश की, जिसे हमें तय करना था। वह मेरा अदृश्य कम्पास है। मैंने कितनी बार उसके "दर्शनों" के बारे में सुना था, लेकिन मैंने हर शब्द को एक प्यार में पड़ी महिला के पागलपन के रूप में खारिज कर दिया, ताकि मैं खुद को कुछ ऐसा करने से न रोक सकूं जिसे मैं तर्कहीन मानता था।

अब मैं उसकी अटूट इच्छाशक्ति, अनंत धैर्य और भस्म कर देने वाले जुनून के सामने झुकता हूँ, साथ ही उस अविश्वसनीय प्रयास के सामने भी झुकता हूँ, जिसे वह अपने सपनों में देखती थी - एक दुनिया को बचाने की परियोजना को पूरा करने के लिए। वह केवल बचा नहीं रही थी, वह आशा का निर्माण कर रही थी। एक रात, एक सपने में, मैंने उसे एक खाई के किनारे पर खड़े देखा, जो मेरी ओर हाथ बढ़ा रही थी, और उसकी हथेलियों में एक छोटी, धड़कती हुई लौ नाच रही थी। तब मैं प्रतीकवाद को नहीं समझा, अब मैं इसे जी रहा हूँ। मेरा दिल एक तेज, शारीरिक दर्द से सिकुड़ जाता है, जब मुझे याद आता है कि मैंने उसे कैसे ठुकरा दिया था। उसकी आँखें, आँसुओं से भरी हुई थीं, दो बारिश के बादलों की तरह थीं, जिनके तूफान में मैं डूब गया था - एक तूफान, जो अब मेरी अपनी चेतना को फाड़ रहा है, लेकिन मुझे शुद्ध कर रहा है। मैंने अपनी नाजुक अभिमान और भेद्यता के अपने गहरे डर की रक्षा के लिए अपनी पूरी ताकत से उसे दूर धकेला। मैंने उसे अपनी कमजोरी, सत्य की मेरी खोज में एक परीक्षा माना। अभिमान, जो आज हवा से बिखरी हुई राख है।

लेकिन अब मैं देखता हूँ कि मैं कितना अंधा था। उसका प्यार एक सूरज की किरण की तरह है, जो मेरी आत्मा के सबसे गहरे अंधेरे को छेदता है, जो छिपे हुए सत्यों को प्रकट करता है। मैंने उसकी सराहना नहीं की, मैंने उसे अस्वीकार कर दिया, और उसने बिना शर्त समर्पण के साथ मुझसे प्यार करना जारी रखा, जो आत्म-बलिदान के समान था। वह मेरा दिव्य रहस्योद्‌घाटन है। और इस क्षण में मुझे एहसास

होता है कि सबसे बड़ा खजाना प्राचीन चर्मपत्रों या ब्रह्मांड के रहस्यों में नहीं छिपा है, बल्कि एक इंसान के दिल में है - देने और क्षमा करने की उसकी क्षमता में। यह असली ग्रैल है।

और मेरे अंदर अब एक अवर्णनीय आकर्षण और गहरा प्यार रेंग रहा है। इस बार उसके शरीर में नहीं, उस प्रलोभन में नहीं, जिसे वह अपनी पूरी रहस्यमयता के साथ भड़काती थी। यह उसकी आत्मा के प्रति प्रेम है। मेरी आत्मा में गर्मी, कंपन और उसकी विश्वसनीयता और बिना शर्त भक्ति के लिए एक अलौकिक प्रेम का प्रवाह बह रहा है। मुझे वे सभी क्षण याद हैं जब मैं भावनाओं और कमजोरी का उपहास करता था, जो वे उसमें पैदा करते थे। अब मैं समझता हूँ कि यह मेरी अपनी कमजोरी थी, मेरा सबसे बड़ा भ्रम। मैं भ्रमों का गुलाम था। मुझे याद है कि मैंने उसे आँखों में कैसे देखा, और वे मुझे समझाने के उसके हताश प्रयासों में लाचारी से चिल्ला रही थीं। और मैं, अपनी सारी क्रूरता और उसके प्यार के विरोधाभासी अस्वीकृति के साथ, सात साल बाद पहली बार उससे कहा कि लगाव या प्यार महसूस करना असंभव है, क्योंकि मुझे मना किया गया है।

"मुझे तुम्हारी निकटता की, तुम्हारी देखभाल की, मेरे दुख और अकेलेपन को साझा करने की जरूरत नहीं है। तुम बस नहीं समझती। मैं दुनिया के सभी रहस्यों को उजागर करने और खजाने को खोजने के लिए बहुत अधिक बुद्धिमान और तैयार हूँ, बिना तुम मुझे बताए कि मेरी आत्मा में क्या है... और मुझे बदल रही हो। मुझे विश्वास नहीं हो रहा है कि तुम अभी भी मुझे समझाने की कोशिश कर रही हो।"

आज मुझे एहसास होता है कि उसके प्यार ने मुझे अपरिवर्तनीय रूप से बदल दिया है। लेकिन मेरा दिल अपराध और असंतोष से नहीं भरता है, बल्कि बिना शर्त प्यार और साझा करने की एक विशाल बाढ़ से भर जाता है। मैं स्वतंत्र हूँ। मेरा दिल टूटती हुई लहरों के साथ तालमेल में धड़कता है, जबकि मेरी आँखें दूर तक देखती हैं। मुझे एक फ्लैशबैक आता है - मैं उसे दहलीज पर खड़े देखता हूँ, अपना हाथ आगे बढ़ाए हुए, और मैं उसके सामने दरवाजा बंद कर देता हूँ। दर्द लगभग शारीरिक है, यह मुझे हड्डियों तक काटता है। मेरा प्यार एक महासागर की तरह है - अंतहीन और विशाल, लेकिन अब अंधेरा नहीं, बल्कि प्रकाश से भरा हुआ। मैं कभी इस सुंदरता, उसकी आत्मा की शक्ति के प्रति अंधा था। अब, जब सब कुछ खो गया है, तो मुझे एहसास होता है कि मैं कितना मूर्ख और अहंकारी था। वह अंधेरे में मेरी रोशनी है, भविष्य के लिए मेरी एकमात्र आशा है।

---✶६✶---

नियति की पुकार हर बीतते कदम के साथ, मेरा दिल एक नई, अज्ञात शक्ति से भर जाता है। मैं उसे पाऊँगा, मैं उसे गले लगाऊँगा और मैं उसे फिर कभी नहीं जाने दूँगा। मेरी आत्मा एक ही, भस्म कर देने वाली इच्छा से भर जाती है: उसे एक बार फिर देखने की। मेरी प्यासी निगाहों को उसकी आँखों में डुबोने की। मैं अब उसे श्रेष्ठता और उपहास के साथ नहीं देखूँगा, बल्कि अपने पूरे सार के साथ, अपनी सभी परतों को प्रकट करते हुए, उसकी सभी गहराइयों और लालसाओं को जानते हुए।

"बस वह जीवित हो। बस वह दिखाई दे - वहाँ, क्षितिज पर।" मैं इन शब्दों को एक मंत्र, एक प्रार्थना, एक भविष्यवाणी की तरह फुसफुसाता हूँ, यह महसूस करते हुए कि हवा उन्हें दूर ले जा रही है, ताकि वह भी उन्हें फुसफुसा सके। एक और

कदम... ... और एक और। हर सच्ची यात्रा अंधेरे में शुरू होती है... अपने दिल में जलने वाले अपने स्वयं के प्रकाश को खोजने के लिए।

------------------ ------------------

अध्याय 5: अंतिम अवसर के रूप

में विश्वास मैं बस थक नहीं रहा हूँ, बल्कि सीसे की प्लेटों से कुचला हुआ महसूस कर रहा हूँ - मेरे शरीर का हर रेशा आराम के लिए चिल्ला रहा है, लेकिन मैं जानता हूँ कि मुझे इसका कोई अधिकार नहीं है। मैं पहले से ही पंद्रह घंटों से चल रहा हूँ, और सूरज, खूनी लाल और निर्दयी, धीरे-धीरे क्षितिज के नीचे गोता लगा रहा है। राख का बंजर मैदान जहाँ तक आँख देख सकती है, अंतहीन और उदासीन, जैसे कि मैंने उनसे अलग होने के बाद से पृथ्वी ने ही अपनी आत्मा खो दी है। लंबी, कुरूप छायाएं भूतिया हाथों की तरह मुड़ती हैं, जो मुझे अतीत की ओर खींचती हैं, अलगाव के उस क्षण की ओर, जो अभी भी मेरे सीने में जल रहा है। मैं नथानिएल हूँ और मेरी एकमात्र आशा एक सूखे पत्ते की तरह है, जो किसी भी क्षण पिघल सकता है, गायब हो सकता है।

--- ✶ ✶ ---

खाई में एक

लौ मेरे पैर मुश्किल से मुझे पकड़े हुए हैं। हर कदम एक यातना है, सांस लेने का हर प्रयास - एक संघर्ष। तभी, दूर, मैं एक टिमटिमाना देखता हूँ - कोमल, लेकिन जिद्दी, एक छिपे हुए जीवन की धड़कन की तरह। क्या यह उनका प्रकाश है? या मेरे थके हुए दिमाग की एक और क्रूर चाल, जो मेरी हताशा के साथ खेल रही है? मेरे होंठ कांपने लगते हैं।

"नहीं, यह नहीं हो सकता..." - मैं फुसफुसाता हूँ, मेरी आवाज - एक कर्कश फुसफुसाहट, जो अनंतता में घुल गई है। मैं अपनी आँखों को सिकोड़ता हूँ, थकान के घने कोहरे को भेदने की कोशिश कर रहा हूँ, संदेह के पर्दे को फाड़ने की। मैं कई बार पलक झपकाता हूँ, जब तक कि गोधूलि के रिसते हुए रंग अस्पष्ट, लेकिन निश्चित आकृति बनाना शुरू नहीं करते। रोशनी, अब अधिक मजबूत, निस्संदेह एक विशाल जल सतह से आ रही है, जिसका अंत मैं अभी भी नहीं देख सकता। मैं रुक जाता हूँ। मेरा दिल हिंसक रूप से धड़कने लगता है, मेरे सीने में एक कैद पक्षी की तरह, एक दर्दनाक, लगभग असहनीय आशा और एक जम देने वाले डर से भरा हुआ है।

"यह सच नहीं हो सकता, है ना?" - शब्द एक चीख की तरह निकलते हैं, एक तरह का अर्ध-जागरूक इनकार। अगर यह महासागर है, तो नीचे, पनडुब्बी का कांच का गुंबद होना चाहिए - मेरा संदूक, मेरी मुक्ति, मेरा आखिरी घर। और मेलिना... वह वहाँ है। मेरे प्रियजन...

वे वहाँ हैं। मुझे उसका चेहरा, उसकी मुस्कान, जिस तरह से उसकी आँखें सिकुड़ जाती थीं जब वह हँसती थी, याद है। यही एकमात्र चीज है जो मुझे जगाए रखती है।

"क्या होगा अगर रोशनी बुझ रही है?" - घबराहट एक लहर की तरह उठती है। - "क्या होगा अगर उन्होंने फैसला किया कि मैं चला गया और आगे बढ़ गए?"

हर बीतता मिनट घातक हो सकता है। आतंक मुझे कसता है, लेकिन मुझे आगे भी धकेलता है।

---✶६✶---

आगे का रास्ता, भूतों द्वारा

पीछा किया गया मैं आगे बढ़ता हूँ, मेरे कांपते, जेली जैसे अंगों के बावजूद, जैसे कि मैं एक दुःस्वप्न में चल रहा हूँ, मेरे दिमाग में उनकी एकमात्र छवि से प्रेरित होकर। मेरी इच्छाशक्ति मेरा एकमात्र इंजन है - खुरदरा, जंग लगा हुआ, लेकिन फिर भी काम कर रहा है। इलाका अधिक से अधिक असमान हो जाता है। नुकीले, दांतेदार पत्थर मेरे फटे हुए जूतों को खरोंचते हैं, खून के निशान छोड़ते हैं, जिन्हें कोई नहीं देखेगा। अजीब, विकृत चट्टान संरचनाओं द्वारा डाली गई छायाएं, जैसे कि मुझे मेरे रास्ते से भटकाने की कोशिश कर रही हैं, मुझे अपनी ही खाई में खींचने की। एक पल के लिए मैं अपने परिधि में एक तेज, काला आंदोलन देखता हूँ - केवल एक जानवर नहीं, बल्कि एक शिकारी छाया, जो इस उजाड़ दुनिया के अनुकूल हो गई होगी, इसकी बुराई को सोख लिया होगा, इसके अभिशाप का हिस्सा बन गई होगी। मैं नुकीले पत्थर को और कसकर पकड़ता हूँ, जिसे मैं हथियार के रूप में पकड़े हुए हूँ, उसका वजन - एक नाजुक सांत्वना। मैं उनके पास वापस आने के अपने मौके के

लिए, मेलिना की आँखों को फिर से देखने के मौके के लिए खून तक लड़ने के लिए तैयार हूँ।

---✶✶---

गहराई से एक पुकार - नियति की एक

फुसफुसाहट रोशनी तेज हो जाती है, अधिक से अधिक चमकदार और अथक रूप से धड़कती है, जैसे कि मुझे उन गहराइयों से पुकार रही है, जहाँ वे मेरी प्रतीक्षा कर रहे हैं। आखिरकार मैं तट पर पहुँचता हूँ। पानी जहाँ तक मेरी आँख देख सकती है, काला और मौन है, और उसकी अंधेरी, खतरनाक गहराइयों से एक भूतिया चमक निकलती है - इस मृत भूमि में उनका प्रकाश स्तंभ। लेकिन यह स्थायी नहीं है। कभी यह टिमटिमाता है, कभी एक चमकदार नीले रंग में फूटता है, जैसे कि एक दिल जो दर्द में है, जैसे कि अंत से पहले आखिरी सांस, मृत्यु से पहले। जैसे कि उनकी बैटरी दर्द में हैं या नीचे कुछ जीवन के लिए लड़ रहा है, अपनी खुद की लड़ाई लड़ रहा है, जबकि मैं अपनी लड़ रहा हूँ। समय चिल्लाता है कि यह खत्म हो रहा है। मुझे उनके पास पहुँचना होगा - अभी। एक स्मृति सतह पर आती है, तेज और दर्दनाक, सालों पहले से। हम एक झील पर थे, और मेलिना मुझे तैरना सिखा रही थी।

"अगर तुम कभी खो जाओ, तो हमेशा रोशनी की तलाश करो," उसने हँसते हुए कहा था। "यह तुम्हें घर वापस ले जाएगी।"

अब यह रोशनी मेरी एकमात्र मार्गदर्शक है।

---✶✶---

अंतिम छलांग - खाई की

चुनौती मेरे पास और हिचकिचाने का समय नहीं है। लंबी यात्रा के बाद मेरे शरीर को जकड़ने वाली ठंड, इस संभावना के बर्फीले, लकवाग्रस्त आतंक की तुलना में कुछ भी नहीं है कि मैं बहुत देर कर चुका हूँ, कि मैंने उन्हें हमेशा के लिए खो दिया है। मैं दो पत्थरों के बीच किनारे पर कांपती हुई लौ को छोड़ देता हूँ - एक कमजोर, लेकिन दर्दनाक रूप से महत्वपूर्ण मार्गदर्शक, एक आखिरी आशा कि वे मुझे देखेंगे, अगर मैं उन तक नहीं पहुँच पाता हूँ। मैं अपने पसीने से भीगे और फटे हुए कपड़े उतारता हूँ, यह महसूस करता हूँ कि रात की हवा मेरी त्वचा को हड्डियों तक भेद रही है। पानी मुझे एक क्रूर मुक्के की तरह मारता है, मेरी सांस छीन लेता है, मुझे कुचल देता है। बर्फीली सुइयां मेरे शरीर के हर इंच को भेदती हैं, जैसे कि वे मुझे टुकड़ों में फाड़ रही हों, लेकिन मैं आगे तैरता रहता हूँ, धड़कती हुई, बचाने वाली रोशनी की ओर, उनके पास वापस आने की हताश, सर्व-उपभोग करने वाली आवश्यकता से प्रेरित होकर। मेरी दृष्टि ठंड और प्रयास से धुंधली हो जाती है, और मेरे फेफड़े हवा की agonizing आवश्यकता से जलते हैं।

"वे वहाँ थे। उन्हें वहाँ होना चाहिए था!" - मैं लगभग बेहोश होकर चिल्लाता हूँ, शब्द बर्फीले पानी में घुल जाते हैं। मेलिना के शब्द मेरे दिमाग में गूंजते हैं - सिर्फ एक स्मृति के रूप में नहीं, बल्कि एक आदेश के रूप में, एक आखिरी प्रार्थना के रूप में, एक पंथ के रूप में, जो एक प्रियजन द्वारा कहा गया है:

"कभी हार मत मानना... हमारे पास वापस आओ।"

और मैं हार नहीं मानूंगा। मैं तब तक तैरूंगा जब तक मेरी आखिरी मांसपेशी दर्द में न हो, जब तक मैं उस बचाने वाली रोशनी तक नहीं पहुँच जाता, अपने घर तक, अपने प्यार तक, महासागर के बर्फीले आलिंगन और भेदी, घातक फुसफुसाहट के बावजूद कि शायद बहुत देर हो चुकी है। क्योंकि वह इंतजार कर रही है। और मुझे समय समाप्त होने से पहले, सब कुछ ढहने से पहले, उसके पास पहुँचना होगा।

------------------ ------------------

अध्याय 6: खाई के दिल में वापसी एक बच्चे के

रूप में, मैंने नायकों की कहानियों को सोख लिया था, जो नियति की बेड़ियों को तोड़ते हैं और सब कुछ पर विजय प्राप्त करते हैं। लेकिन मेरा जीवन एक कड़वा उपन्यास निकला, हर पृष्ठ संदेह और विफलता से भीगा हुआ था, जिसके शब्द मुझे डुबो देंगे। शिखर पर विजय प्राप्त करने के बजाय, खाई ने मुझे अथक रूप से आकर्षित किया, जैसे कि मेरी नियति अंधेरी सुरंगों का एक अंतहीन भूलभुलैया थी, और अंत में रोशनी - एक क्रूर, उपहासपूर्ण मृगतृष्णा। अब, विनाश का बर्फीला सच मेरी आँखों के सामने प्रकट हो रहा था। हर वह चीज जिसके लिए मैं जिया, अच्छाई और खुशी के सभी खूबसूरत शब्द, महासागर की ठंडी, कसने वाली पकड़ में पिघल रहे थे, जो मुझे निगल रहा था। मैं जीवित रहने के लिए संघर्ष करते हुए अपनी शक्तियों की सीमा तक पहुँच गया था, लेकिन ऐसा लग रहा था कि नियति ने एक अलग अंत तय किया था - पूर्ण गुमनामी का अंत। मेरा दिमाग बुखार में काम कर रहा था, एक गर्म हो चुके तंत्र की तरह जो किसी भी क्षण फटने वाला था, एक निराशाजनक स्थिति में आखिरी दरार की तलाश कर रहा था। बर्फीला पानी मुझे और कसकर घेर रहा था, जब मैं पनडुब्बी के धातु के भूत की ओर तैर रहा था। हर आंदोलन दर्दनाक था, हवा की हर सांस - एक agony। मैं जानता था कि सतह एक मृत क्षेत्र थी - मुझे गोता लगाना था, घनत्व की उस अदृश्य बाधा को तोड़ना था और किसी एक रोशनदान के माध्यम से एक क्षणिक संपर्क की उम्मीद करनी थी। मेरी मांसपेशियां थकान से चिल्ला रही थीं, हर रेशा दर्द से धड़क रहा था, जो मेरे मांस को फाड़ रहा था, लेकिन जीवन की वृत्ति ने मुझे एक अमानवीय शक्ति के साथ आगे धकेला। मुझे मेरे पिता याद आए, जिन्होंने कहा था:

"जब तक तुम सांस लेते हो, आशा है, मेरे बेटे। भले ही तुम रोशनी न देखो।" मैं सांस ले रहा था। मैं ठंडे, फिसलन भरे कवच तक पहुँच गया, अपनी उंगलियों के नीचे परिचित वक्रों को पहचानते हुए। मैं जानता था कि कमांड रूम कहाँ था, केबिन - मेरा आखिरी, हताश लक्ष्य। मैंने एक गहरी, मेरे सीने को फाड़ने वाली सांस ली, जो धूल और नमक से भरी हुई थी, मौत की सुगंध के साथ। आखिरी इच्छाशक्ति। और मैंने अंधेरे में खुद को छोड़ दिया, डूब गया।

---✶✶---

कांच की निगाह

के नीचे मैं नीचे गिर रहा था, महसूस कर रहा था कि दबाव मेरे शरीर को कुचल रहा है, मुझे चारों तरफ से दबा रहा है, मुझे कुछ भी नहीं में बदल रहा है। मेरे

फेफड़ों में हवा एक असहनीय, काटने वाले दर्द के साथ जल रही थी, लेकिन मैंने अपने दांत भींचे, सतह पर आने की वृत्ति से लड़ रहा था।

"यह सच नहीं हो सकता... यह एक दुःस्वप्न है," मैंने खुद से फुसफुसाया, और बुलबुले मेरे मुंह से आखिरी आहों, आखिरी कसमों की तरह निकल रहे थे। मुझे उन तक पहुँचना था, स्टील और पानी की उस दीवार को तोड़ना था, अगर शारीरिक रूप से नहीं, तो कम से कम निगाहों से। मैं केबिन के स्तर तक पहुँचा। धुंधले, हरे कांच के माध्यम से, एक दृष्टि में, जो ऑक्सीजन की कमी और हताशा के कारण हुई थी, मैंने धुंधली, लेकिन इतनी परिचित आकृतियाँ देखीं।

"एंथनी..."

मेरा बेटा - एंथनी... उसका सिर पीछे झुका हुआ था, उसकी मुस्कान चौड़ी हो रही थी। उसने अपनी प्यारी लीया को गले लगाया हुआ था। वे अपने सुरक्षित, लेकिन इतने दूर प्रकाश के बुलबुले में थे, और मैं उन तक नहीं पहुँच पा रहा था। वे मेरा भविष्य थे, एक धातु के गर्भ में बंद, उन सभी चीजों का एक जीवित प्रमाण, जिनका मैंने बलिदान किया था। मुझे वह दिन याद आया जब मैंने उसे तैरना सिखाया था, उसकी आँखों में डर और फिर - जब उसने अकेले ही ऐसा किया तो एक जगमगाता अभिमान। यह तस्वीर वर्तमान के साथ विलीन हो गई - उस तक फिर से पहुँचने की मेरी लाचारी, भयानक एहसास कि मैंने सब कुछ खो दिया है। मेरा हाथ अनायास ही बाहर निकला, जैसे एक सपने में, मोटे कांच पर हताशा से खटखटा रहा था। बिना आवाज के। बिना किसी जवाब के। मेरा दिल एक बर्फीली, हिलाने वाली पकड़ में सिकुड़ गया, जिसने मुझे लकवा मार दिया। मैं अगले पोर्ट की ओर बढ़ा। मेरी बेटी... वह पढ़ रही थी। उसकी कोमल मुस्कान मेरी सबसे छोटी पोती के चेहरे पर फैल रही थी। उनके चेहरे एक कोमल, स्वर्ग से, आंतरिक प्रकाश से रोशन थे।

"असंभव... वे इतने करीब हैं, फिर भी इतने दूर," मैंने फिर से फुसफुसाया, और मेरा सीना दर्द से सिकुड़ रहा था। मैंने उन्हें एक दर्दनाक, जलते हुए प्यार के साथ देखा, हर विशेषता - एक अंतिम, पवित्र तस्वीर के रूप में हमेशा के लिए मेरे दिमाग में सील हो गई थी। एक बिना शब्दों की विदाई, जो आत्मा के साथ फुसफुसाई गई थी, मेरे मांस में उकेरी गई थी। मैं कमांड रूम की धड़कती हुई रोशनी की ओर और भी नीचे चला गया। मेलिना। वह वहाँ थी, उसकी पीठ मेरी ओर थी, जो टिमटिमाती हुई स्क्रीन पर केंद्रित थी, उसकी आवाज - हेडसेट में खो गई थी, लेकिन उसकी ऊर्जा स्टील के माध्यम से भी धड़क रही थी। मेरे दिल में लालसा का एक तूफान, अनकहे शब्दों का, छूटे हुए क्षणों का, जो कभी वापस नहीं आएंगे, एक शापित प्यार का। मैंने उसके प्यार को नकारते हुए, भेद्यता से डरते हुए समय बर्बाद कर दिया था। अब, सच्चाई एक बर्फीले, घातक कांटे की तरह मुझे भेद रही थी, जो मेरे दिल को फाड़ रहा था।

"मैं इतना अंधा कैसे हो सकता था?" - मैं चुपचाप चिल्लाया, और पानी ने मेरी हताशा को निगल लिया। मैं चिल्लाना चाहता था, उस कांच की दीवार को नंगे हाथों से तोड़ना चाहता था, उसे सब कुछ बताना चाहता था। लेकिन मेरे पास समय नहीं था। मेरे पास हवा नहीं थी। हमारी पहली मुलाकात की स्मृति, हमारे बीच वह

बिजली का चार्ज, मेरे दिमाग में दर्दनाक रूप से धड़क रहा था, जब मैं सांस लेने के लिए संघर्ष कर रहा था।

---✶﴿✶---

घर वापसी

पानी मुझे एक अथक शक्ति के साथ नीचे की ओर खींच रहा था। मैंने खुद को छोड़ दिया और मौत के हवाले कर दिया - हताशा के साथ नहीं, बल्कि एक अजीब, विनम्र स्वीकृति के साथ, सब कुछ के गर्भ में वापसी की तरह। सभी भावनाएं, सुगंध, रंग मेरे पूरे जीवन की एक सुंदर, जीवित तस्वीर की तरह लोड हो रहे थे, जो मेरी आँखों के सामने खुल रही थी। सिर्फ एक फिल्म नहीं, बल्कि अनुभवों की एक सिम्फनी। मैं चुपचाप डूब रहा था, एक नरम, बचाने वाले कोकून की तरह अंधेरे से घिरा हुआ था, जो मुझे शरण दे रहा था। मुझे अपनी माँ के हाथ याद आए, गर्म और कोमल, जो मुझे झूला रहे थे। मैंने खुद को एक बच्चे की तरह महसूस किया, जो अपनी माँ के गर्भ में लौट रहा था - अंत नहीं, बल्कि एक नई शुरुआत। अतीत की जीवित छवियां मेरी आँखों के सामने से गुजरीं - मेरा पहला प्यार, दोस्तों की जोरदार हँसी, मेरे पिता की कोमल मुस्कान। सब कुछ अस्तित्व के एक सुंदर, लेकिन स्पष्ट धब्बे में विलीन हो गया। मैं एक फिल्म का नायक नहीं हूँ, बल्कि अपने ही जीवन का मुख्य नायक हूँ, जिसने अपनी भूमिका को अंत तक निभाया है, बिना किसी ढोंग के। मेरा दिल धीरे-धीरे धड़कता था, फिर रुक गया। और इस क्षण में, जब मेरी चेतना धुंधली होने लगी, तो मैंने एक अजीब, सर्वव्यापी शांति महसूस की - आराम नहीं, बल्कि पूर्णता। मैं एक लंबी यात्रा के बाद घर लौट रहा था - एक सांसारिक गर्भ में नहीं, बल्कि शाश्वतता में, जहाँ हर एक अनुभव, हर दर्द और खुशी, कुछ बहुत बड़े का हिस्सा बन रहा था, जो अभी मेरे सामने प्रकट होना शुरू हुआ था।

------------------ ------------------

अध्याय 7: मुक्ति की एक

गूंज मेलिना जकड़ी हुई थी। स्क्रीन पर। सोनार की हरी, धड़कती हुई रेखाएं उसकी पूरी दुनिया को निगल रही थीं, उसे कुचल रही थीं। हर बीतता सेकंड उसे खुद में और कसकर बंद कर रहा था। एक कालातीतता में। जहाँ केवल उसके दिल की अनियंत्रित धड़कन वास्तविकता की याद दिलाती थी। तीन दिन। तीन अंतहीन, agonizing दिन। जब से वह चला गया था। उसकी आखिरी नज़र - अटूट आशा और स्टील दृढ़ संकल्प का एक मिश्रण - उसके दिमाग में सील हो गया था। एक अमिट छाप की तरह। उसे वापस आना था। कोई दूसरा विकल्प नहीं था। कोई नहीं। पनडुब्बी में हवा जैसे अधिक पतली थी, अनकहे डर और दुखों से भरी हुई थी। सभी सिस्टम काम कर रहे थे। पूर्ण गति से। मौन खोज में। ड्रोन। उसके यांत्रिक बाज। सतह पर अंतहीन पानी के खालीपन पर मंडरा रहे थे। सोनार। अथक रूप से अंधेरे, निगलने वाली गहराइयों का सर्वेक्षण कर रहा था। प्रार्थना। यही एकमात्र चीज थी। जो वह देवताओं को दे सकती थी। जिन पर वह अब लगभग विश्वास नहीं करती थी। लेकिन जिनकी उसे हताशा से जरूरत थी। व्यर्थ? उसके बेटे, एथन और मार्क, उसके पीछे खड़े थे। उनके चेहरे पत्थर जैसे भावहीन थे। दुख से उकेरे गए थे। वे जानते थे। उन्होंने देखा कि एक मजबूत महिला का उसका नाजुक कवच कैसे था। धीरे-धीरे।

दर्दनाक रूप से। दरार आ रही थी। लेकिन वह दया नहीं चाहती थी। अभी नहीं। वह उसे वापस चाहती थी। जीवित। तुरंत।

"माँ, हमें बाहर जाना होगा," एथन ने कहा। उसकी आवाज सख्त थी। लेकिन देखभाल से भरी हुई थी।

"ड्रोन सौ किलोमीटर से अधिक चले गए। कुछ भी नहीं। वह किसी गुफा में फंस गया हो सकता है या... तुम जानती हो क्या। अंत।"

"नहीं!" - मेलिना ने काट दिया। उसकी उंगलियाँ सफेद हो गईं। कंसोल के किनारे में घुस गई थीं। उसकी आँखें स्क्रीन से नहीं हटीं। जैसे कि उसका जीवन हर धड़कन पर निर्भर करता था।

"मैंने तुमसे कहा था! वह जीवित है! मैं जानती हूँ! मैं विश्वास करती हूँ!" मार्क आगे बढ़ा। उसका हाथ उसके कंधे को छुआ। उसे उसकी टकटकी से धीरे से हटाने की कोशिश कर रहा था।

"माँ, तीन दिन तीन दिन हैं। हम नहीं जानते कि जमीन पर क्या है..." उसकी आवाज कांप रही थी। स्पष्टता से टूट गई थी। मेलिना ने तेजी से मुड़कर देखा। उसकी आँखें एक लौ के साथ जल रही थीं। जो बर्फ को पिघला सकती थी। "क्या तुम चाहते हो कि मैं हार मान लूं?! उसने हार नहीं मानी! मैं यह जानती हूँ! हम इंतजार करेंगे! आखिरी सांस तक!"

अचानक, एक तीखी, उन्मादी रिंग ने कमांड रूम की चुप्पी को फाड़ दिया - एक निकट वस्तु के लिए अलार्म। सिर्फ एक आवाज नहीं। बल्कि मदद के लिए एक चिल्लाहट। गहराइयों से एक चीख। "क्या, नरक...?" - एथन ने फुसफुसाया। स्क्रीन पर एक चौंकाने वाली टकटकी लगाए हुए था। एक लाल बिंदु। अब तक मुश्किल से पता लगने योग्य था। हिंसक रूप से धड़क रहा था। पतवार की ओर तेजी से आ रहा था। असंभव।

"और गति...?" - मेलिना ने पूछा। उसकी आवाज कर्कश थी। जैसे नसों का एक टूटा हुआ तार हो। "यह धीमा हो रहा है, जैसे कि यह बस तैर रहा है! मछली के लिए बहुत धीमा!" - मार्क ने जवाब दिया। उसकी उंगलियाँ बुखार भरी गति के साथ नियंत्रणों पर उड़ रही थीं। मेलिना की आँखें चौड़ी हो गईं। प्रक्षेपवक्र का आकार... तट से निर्देशित था। एयरलॉक की ओर। उसका दिल उसके सीने में उछल पड़ा। एक हथौड़े की तरह मार रहा था।

"नथानिएल!" - वह चिल्लाई। उसकी आवाज अविश्वास से टूट गई। और जंगली आशा से।

"यह... यह वह होना चाहिए! एथन! मार्क! अभी! गोताखोर सूट! वह डूब रहा है, वह करीब है!"

दोनों भाई बुखार भरी ऊर्जा के साथ उपकरणों की ओर भागे।

"ऑक्सीजन टैंकों की जाँच करो! दबाव! जल्दी!" - मेलिना आदेश दे रही थी। उसकी आवाज कांप रही थी। लेकिन उसमें एक नई, लगभग दर्दनाक आशा थी। "सावधान रहो! पानी घातक है!"

"ठीक है, माँ!" - एथन ने जवाब दिया। पहले से ही अपना हेलमेट बांध रहा था। उसके आंदोलन स्वचालित थे। "हम उसे वापस लाएंगे!" - मार्क ने जोड़ा। अपने भाई के उदाहरण का पालन करते हुए। उसकी आँखों में दृढ़ संकल्प चमक रहा था।

मेलिना उन्हें देख रही थी। वे पानी में कैसे एयरलॉक करते थे। अपनी सांस रोककर। उसके दिल की हर धड़कन एक शाश्वतता की तरह थी। स्क्रीन पर। दो अंधेरे आंकड़े धड़कते हुए लाल बिंदु की ओर नीचे उतर रहे थे।

"उन्होंने संपर्क का पता लगाया!" - एक मिनट बाद मार्क ने रिपोर्ट किया। उसकी आवाज तनावपूर्ण थी। मुश्किल से पता लगने योग्य थी।

"यह एक शरीर है! बेजान... लेकिन यह वह है!"

"हम उसे बाहर निकाल रहे हैं!" - एथन ने जोड़ा। उसका लहजा स्टील से अधिक कठोर था। मेलिना ने अपनी आँखें बंद कर लीं। मुट्ठी भींच ली। उसके नाखून उसकी हथेलियों में घुस गए। वह चुपचाप प्रार्थना कर रही थी। उसकी आत्मा हर आकाशीय शक्ति को पुकार रही थी। जब उसने दो आकृतियों को धीरे-धीरे सतह पर उठते हुए देखा। बेजान शरीर को उनके बीच पकड़े हुए। उसने मुश्किल से फुसफुसाया:

"हे भगवान... वह यहाँ है। जल्दी! हमारे पास समय नहीं है!" - वह चिल्लाई। अपनी आँखें खोलते हुए। आँसुओं से भरी हुई थीं। आदेशों की एक बुखार भरी हलचल थी। और तेजी से कदम। मेलिना देख रही थी। एक फाड़ते हुए दिल के साथ। कैसे उपकरण धीरे-धीरे गर्मी वापस लाते हैं। और उसमें जीवन। हर सांस के लिए प्रार्थना कर रही थी। जब सभी खतरों को रोका गया। और उसके महत्वपूर्ण संकेत सामान्य हो गए। उन्होंने उसे आराम करने के लिए छोड़ दिया। सभी एक शांत नींद में शांत हो गए। और मेलिना उसके बिस्तर के बगल में अकेली रही। यह लंबे समय से प्रतीक्षित क्षण। जिसे उसने हमेशा अपने सपनों में उसके लिए चित्रित किया था... यह हुआ। भावनाओं की पूरी सुगंध के साथ। जिन्हें वह अपने सपनों में अनुभव करती थी।

---✶۶✶---

केबिन सबसे ऊपरी डेक पर एक आरामदायक घोंसला था। आकाश से घिरा हुआ था। एक पारदर्शी, जादुई बुलबुले की तरह। तारे। अनगिनत टिमटिमाते जुगनुओं की तरह। ब्रह्मांडीय अंधेरे में नाच रहे थे। चंद्रमा अपनी पूरी चमक में बह गया था। इस पवित्र क्षण को रोशन करने के लिए। इस क्षण में प्रकृति ने जैसे अपनी सांस रोक ली थी। और मेलिना के दिल में एक शांत, सर्व-उपभोग करने वाला उत्साह फैल गया था। सुंदरता। और पूर्णता। सभी रंगों में सुगंधित थे। हवा के हर अणु में। यह वह क्षण था। जिसके लिए वह तरसती थी। अपने पूरे सार के साथ प्रयास कर रही थी। उसके सपनों का यह क्षण। जिसमें वह अपना सिर उसकी गोद में रखेगा। और वह अपनी कोमल लाड़-प्यार से न केवल उसके शरीर, बल्कि उसकी आत्मा को भी तब तक सहलाएगी जब तक वह संतुष्ट न हो जाए। वह क्षण। जिसमें नथानिएल अपनी आँखें खोलेगा। और वह प्रवेश करेगा। अपने पूरे प्यार के साथ। आखिरकार मुक्त हो गया। उसकी आँखों में। यह वास्तविकता थी। किसी भी कल्पना से अधिक सुंदर...

मेलिना चुपचाप बिस्तर पर सरक गई। एक बिल्ली की तरह। सुंदर। और सतर्क। कमरा एक नरम, चंद्र प्रकाश में डूबा हुआ था। जो दीवार पर अजीबोगरीब परछाइयां बना रहा था। वह उसे एक कांपते हुए दिल से देख रही थी। श्रद्धा से भरा हुआ था। वह इतनी शांति से सो रहा था। कि वह एक संगमरमर की मूर्ति की तरह लग रहा था। जो एक सपने से जीवित हो गया था। पीला। उसके बाल बिखरे हुए थे। और उसकी पलकें धीरे से झिलमिला रही थीं। उसने उसकी त्वचा की सुगंध को गहराई से सूंघा - उसमें काई की सुगंध थी। उसकी पवित्रता की गहराइयों से उकेरी

गई थी। नम मिट्टी की। और सूरज की किरणों की। जो एक भूले हुए जंगल के पत्तों से टूट रही थीं। उसे याद आया कि एक बार उसने कहा था कि जंगल की गंध उसे स्वतंत्र महसूस कराती है। अब। जब वह उसे देख रही थी। कि उसकी आँखें उसकी पलकों के नीचे तेजी से और घबराहट से घूम रही थीं। और उसके बाल चंद्र प्रकाश में सुनहरे झिलमिला रहे थे। उसने खुद को अपने सबसे आकर्षक सपने में फंसा हुआ महसूस किया। जिससे वह जागना नहीं चाहती थी। वह इस क्षण को हमेशा के लिए जमा देना चाहती थी। इसे अपने दिल में रखना चाहती थी - इतने सारे शब्दों से भरा हुआ था। जो वह उसे बता सकती थी। वह उसे अपने सभी सपनों के बारे में बताना चाहती थी। अपने सभी डरों के बारे में। अपने सभी असीम प्यार के बारे में। लेकिन वह जानती थी: शब्द कभी-कभी उन सभी चीजों को व्यक्त करने में शक्तिहीन होते हैं जिन्हें वह महसूस करती है - वह असीम कोमलता। जो उसे भर रही थी। और उसे पहले से कहीं अधिक जीवित महसूस करा रही थी। उसने एक बार उसे बताया था कि वह केवल एक सुबह के लिए तरसती है। जिसमें वह उसके बिस्तर के बगल में खड़ी होगी। और उसके जागने का इंतजार करेगी। उसकी सांस के साथ सांस लेगी। उसकी जीवन शक्ति महसूस करेगी। उसकी बंद आँखों को देखेगी। बेसब्री से वह उन्हें खोलेगा। और उन्हें उसकी आँखों में डाल देगा। एक प्यार में पड़े लड़के की उस नज़र के साथ। जिसकी आँखों में अछूती लालसा चमकती है। और आशा...

एक चिंगारी। जो शाश्वतता में खुद ही प्रज्वलित होती है। यह कंपन है। उसने अपनी आत्मा के साथ इतनी सारी परियों की कहानियों का निर्माण किया था। जिन्हें उसने "शैतान सुसमाचार पढ़ता है" की तरह पढ़ा - एक सनकी दूरी के साथ। लेकिन एक गुप्त, अचेतन आकर्षण के साथ। उसे सब कुछ याद था। उसे हर शब्द याद था। हर सुगंध। हर कंपन। और उसकी कोशिकाओं में परमानंद... हर भविष्यवाणी का सपना। जो आखिरकार सच हो रहा था। और उसकी आत्मा की गहराइयों से जीवन की गूंज।

----------------- ❧ -------------------

अध्याय 8: जागृति और रहस्योद्घाटन

मेलिना... मैं यहाँ हूँ। अब। यह क्षण, धीमा, लगभग पवित्र, मेरे सबसे गहरे सपनों से बाहर निकल रहा है, जहाँ समय अन्य कानूनों के अनुसार चलता है। मैं नथानिएल को देखता हूँ। वह अचल लेटा हुआ है, उसका चेहरा पीला है, लेकिन अब एक गहरी, भविष्यवाणी वाली शांति के साथ, जो मेरी आत्मा को छूती है। मेरा दिल जमा हुए प्यार से, हर रोए हुए आँसू से, हर शांत प्रार्थना से भर रहा है, लेकिन एक छिपी हुई, भारी जीत से भी। उन लंबे सालों के दौरान, जब उसने मुझे ठुकराया, हर अपमान, हर ईर्ष्या, उसके समझने की कमी से हर कड़वी निराशा, उसके बौद्धिक अहंकार से, मैंने एक बिना शर्त आंतरिक लड़ाई लड़ी। मेरी अपनी अहंकार के खिलाफ एक लड़ाई, जो फुसफुसाता था कि मैं महत्वहीन, अनदेखी हूँ, कि मेरे प्रयास व्यर्थ हैं। मेरे महत्व, मेरी अंतर्दृष्टि की समझ की कमी, एक दर्द था जो किसी को भी तोड़ सकता था। लेकिन मैंने कभी भी इस क्षण में, उसके सच्चे जागरण में, विश्वास करने, सपने देखने से हार नहीं मानी।

---✶❦✶---

सालों पहले, मुझे एक दोपहर याद है। हम उसके कार्यालय में बैठे थे, खिड़कियां खुली थीं और एक ताजा वसंत हवा खिलते हुए लिंडन की सुगंध फैला रही थी। मैं उसे अपनी अंतर्दृष्टि के बारे में बता रहा था, एक आसन्न प्रलय के एहसास के बारे में, उन संबंधों के बारे में जो मैंने प्राचीन ग्रंथों और क्वांटम भौतिकी के बीच देखे थे। उसने थोड़ी उठी हुई भौंह के साथ मेरी बात सुनी, उसकी मुस्कान विनम्र थी, लेकिन उसकी नज़र - बर्फीली थी। "मेलिना, प्रिय," उसने तब कहा, उसकी आवाज एक पॉलिश किए गए पत्थर की तरह चिकनी थी,

"तुम्हारी कल्पना सराहनीय है। लेकिन विज्ञान को सबूतों की आवश्यकता होती है, कविता की नहीं।"

---✶§✶---

जैसे एक सर्चलाइट ने स्मृति को रोशन किया, अब, जब मैं नथानिएल को देखता हूँ, जिसकी पलकें धीरे से झिलमिलाती हैं। जीवन धीरे-धीरे उसके थके हुए शरीर में लौट रहा है। मैं महसूस करता हूँ - क्षण आ गया है। इस एक क्षण में, जब उसकी आँखें खुलेंगी और वे मेरी आँखों में उस बिना शर्त प्यार के साथ देखेंगी, जिसे मैं शाश्वतता से जानती हूँ, तो मैं उसे अपना आखिरी, सबसे महत्वपूर्ण हिस्सा दूँगा - गोल्डन रेशियो की कहानी, हर चीज की कुंजी, जिसे मैंने केवल उसके लिए रखा था। मैं उसके ऊपर थोड़ा झुकता हूँ। मेरी सांस मुश्किल से उसके थके हुए चेहरे को छूती है। मैं उसकी त्वचा की कमजोर, परिचित सुगंध महसूस करता हूँ, जो मेरे सार की गहराइयों तक मुझे शांत करती है।

"शायद," मैं धीरे से फुसफुसाता हूँ, जैसे कि मैं नाजुक चुप्पी को तोड़ने से डरती हूँ, "शायद मैंने हमारे बीच संकट को लंबे और लगातार उकसाया। नष्ट करने के लिए नहीं, बल्कि नाजुक संतुलन को बहाल करने के लिए, हमें उस पसंद के लिए तैयार करने के लिए जो हमारे सामने है, उस मार्ग के लिए जो हमें एक साथ चलना है। एक मार्ग, जो समझ और पारस्परिकता से भरा है..." - मेरे आँसू बहने लगते हैं। हर बूंद अतीत के दर्द का वजन, लेकिन एक नई शुरुआत की सहजता को भी वहन करती है। - "प्यार आत्मा में एक अजीब, अवर्णनीय कंपन है, नथानिएल। कुछ ऐसा जिसे तर्क पैदा नहीं कर सकता। यह शुद्ध प्रेरणा है।" नथानिएल की आँखें फिर से झिलमिलाती हैं, इस बार अधिक स्पष्ट रूप से। मैं अपनी सांस रोक लेती हूँ, महसूस करती हूँ कि मेरी नाड़ी एक चक्करदार गति तक तेज हो रही है।

"हमारी मुलाकात, यह अप्रत्याशित मुलाकात, जो हमें खुद नियति द्वारा दी गई थी, या बल्कि, तुम्हारी ओर मेरे अथक प्रयास से, एक गहरे परिवर्तन का उत्प्रेरक थी," मैं जारी रखती हूँ, मेरी आवाज मुश्किल से सुनाई देती है, लेकिन एक नई, अटूट आंतरिक शक्ति से भरी हुई है। - "हमारे संयुक्त विकास में, वह सत्य प्रकट हुआ जिसकी मानवता सदियों से तलाश कर रही है - हमारे अस्तित्व के अर्थ की कुंजी। मैं इस रहस्योद्घाटन को तुम्हारे साथ, मेरे एकमात्र साथी के साथ साझा करना चाहती हूँ। क्योंकि तुम एकमात्र हो जो अब इसे पूरी तरह से समझ और सराहना कर सकते हो, जब तुम्हारी आत्मा खुली है।"

उसकी पलकें बहुत धीरे से उठती हैं, एक धुंधली, अनफोकस्ड नज़र को प्रकट करती हैं, लेकिन उसकी गहराइयों में पहले से ही कुछ परिचित, शाश्वत पढ़ा जा सकता है। मैं महसूस करती हूँ कि मेरे दिल की धड़कन रुक जाती है।

"नियति का पेंडुलम," मैं जारी रखती हूँ, मेरी आवाज अधिक आत्मविश्वासपूर्ण हो जाती है, मेरे सीने में कांपने के बावजूद - "हमारी चेतना के ध्रुवों के बीच झूलता हुआ, मेरे अस्तित्व की नींव को हिला दिया और ज्ञान के लिए मेरी अतृप्त प्यास को प्रज्वलित किया। ज्ञान किसी का विशेषाधिकार नहीं है, यह आत्म-ज्ञान के गहरे पानी में, सभी युगों और पुनर्जन्मों के माध्यम से एक खोज है। मुझे लगता है कि तुम भी अपने कैथार्सिस से गुजरे हो, अपने दिमाग, शरीर और आत्मा को शुद्ध कर रहे हो। लेकिन क्या तुम्हें वह कुंजी मिली, जिसे मैंने अपने अंतहीन अवतारों के माध्यम से रखा है, एक कुंजी जिसे न केवल बुद्धि, बल्कि बिना शर्त विश्वास की भी आवश्यकता थी?"

नथानिएल की आँखें एक पल के लिए ध्यान केंद्रित करती हैं, जैसे कि मेरी आवाज को पहचान रही हों, लेकिन उससे परे कुछ और भी, जो समय और स्थान को पार करता है। वह मुश्किल से सुनाई देता है:

"मेलिना..."

---✶༄✶---

इस आवाज में मैं पूरी दुनिया, अपनी पूरी शाश्वतता सुनती हूँ। मैं एक गहरी सांस लेती हूँ। मेरा हाथ धीरे से उसके बालों को सहलाता है। "मार्ग..." - मैं फुसफुसाती हूँ। - "मैंने तुम्हें हमारे इस क्षणभंगुर जीवन में पैदा होने से पहले, तुमसे अपने पुनर्जन्मों और मुलाकातों के बारे में लगातार परियों की कहानियों की तरह बताया, ताकि तुम याद कर सको, ताकि तुम भूले हुए को पुनर्जीवित कर सको। मुझे यह समझना था कि क्या तुम्हारी आत्मा उनके संदेशों को दर्शाती है। मैंने तुम्हें बताया कि मैं उन अवस्थाओं तक कैसे पहुँचती हूँ, जिनमें आयामों, समय और स्थान की दरार खुल जाती है।"

मैं अपनी आँखें बंद कर लेती हूँ। मेरे सामने एक सपना तैरता है - अंधेरा, खालीपन की भावना से भरा हुआ। जैसे कि मैं एक अंतहीन ब्रह्मांड में अकेली थी, और तारे मुझे भूले हुए सत्यों को फुसफुसा रहे थे। तब मैंने तुम्हारा चेहरा देखा, नथानिएल, जो एक दूर की आकाशगंगा की तरह चमक रहा था, और मैंने महसूस किया कि हमारे बीच एक धागा, पतला और अदृश्य, फैल रहा है। वह धागा बिना शर्त प्यार था, जो मेरी राय में सबसे पवित्र रहस्य है।

"मैंने तुम्हारे साथ ही अपनी अंतर्दृष्टि, अपनी खोजों, अपनी परियोजनाओं और भविष्य के बारे में ज्ञान - उस प्रलय के बारे में, जिसे मैं महसूस करती थी, साझा किया। मेरे पास ठीक तीन साल थे। उस बचाव कैप्सूल को एक कांच के गुंबद के साथ बनाने के लिए इतना कम समय था, जिसमें मैं अमरता की पहेली को एकीकृत करूँगी और मानव ज्ञान के सार को इकट्ठा करूँगी... शायद बंकरों, जहाजों, स्टेशनों में अन्य बचे हुए भी हैं, लेकिन कोई नहीं जानता कि कौन बच गया है और हम किस दुनिया में जागते हैं।"

नथानिएल की पलकें फिर से झिलमिलाती हैं, इस बार अधिक लयबद्ध रूप से। वह अपना हाथ हिलाने की कोशिश करता है, लेकिन अभी भी बहुत कमजोर है।

मैं महसूस करती हूँ कि मेरा हाथ, उसके सीने पर रखा हुआ, एक कमजोर, लेकिन अटूट दिल की धड़कन पकड़ता है। जीवन। शुद्ध, बेदाग जीवन, एक नई शुरुआत की तरह।

"मैं तुम्हें अपने तीन अवतारों के बारे में बताऊँगी," मैं जारी रखती हूँ, मेरी आवाज अधिक मजबूत, अधिक आत्मविश्वासपूर्ण हो जाती है, जैसे कि मैं उसकी वापसी से शक्ति खींच रही हूँ। - "जिनका मेरे सपनों में रहस्य को समझने में महत्वपूर्ण महत्व था।"

---✶६✶---

पहला... मैं एक दूर के द्वीप पर एक आदमी था, हजारों साल पहले। छवि इतनी स्पष्ट है, जैसे कि यह कल ही था। समुद्र की हवा मेरे चेहरे को सहलाती है, मैं नमक और शैवाल की गंध महसूस करता हूँ। मैं एक अदृश्य हाथ से निर्देशित होकर, अजीब, अज्ञात सामग्रियों से एक सुरंग का निर्माण कर रहा था, अपने सपनों में दिखाई देने वाले ब्लूप्रिंट का पालन कर रहा था। मैंने उन्हें स्पष्ट रूप से देखा: ज्यामितीय आकार, चमकते हुए प्रतीक, जिनका कोई तार्किक स्पष्टीकरण नहीं था, लेकिन मैं उन्हें अपने अस्तित्व के हर रेशे से समझता था। मैं सहज रूप से जानता था कि यह सुरंग महत्वपूर्ण थी, कि यह कुछ मूल्यवान को संरक्षित करेगी।

फिर... एक ज्वार की लहर ने हमें बहा दिया और मैं बच नहीं पाया। मुझे केवल पानी का ठंडा आलिंगन याद है, सांस लेने का हताश प्रयास, और फिर... अंधेरा। लेकिन सुरंग... वह बनी रही, अंतरिक्ष में एक दरार, जो शाश्वत ज्ञान को ले जा रही थी। एक ऐसी सुविधा, जिसने प्राचीन लोगों द्वारा सीखे गए और अनुभवजन्य रूप से लागू किए गए सब कुछ को कोडित किया। उनकी तकनीकी उपलब्धियां, रहस्यमय अनुभवों में बुनी गईं, एक अद्वितीय सहजीवन का निर्माण कर रही थीं। ऊर्जा का प्रवाह उन्हें ईथर के माध्यम से आकर्षित करता था - भावनाओं और ज्ञान के भंडारण के लिए एक ब्रह्मांडीय प्रणाली - शाश्वतता की ओर। इस सुरंग में, एक क्रिस्टल पर जानकारी दर्ज की गई थी, जैसे कि एक लेजर कलम, जो नैनोसंरचित कांच के चारों ओर घूम रही थी, सदियों के ज्ञान को कोडित कर रही थी।

"फिर इस 'क्वांटम कंप्यूटर' को एक संदूक में छिपा दिया गया था - एक संदूक, जिसके वास्तविक उद्देश्य को नूह भी पूरी तरह से नहीं समझा था। यह उसे भगवान द्वारा सौंपा गया था, और वह इसका शाश्वत संरक्षक बन गया, उसका दिल इस प्राचीन कलाकृति की लय के साथ तालमेल में धड़क रहा था, बिना इसे महसूस किए ब्रह्मांड के रहस्य को ले जा रहा था। उसके बाद की पीढ़ियां संदूक की शक्ति से कांपती थीं, गलती से यह मानते हुए कि उसमें राक्षस बंद थे। लेकिन ज्ञान शक्ति है, और कभी-कभी एक खतरनाक हथियार भी। क्रिस्टल पर हेमीज़ के 42 गुप्त लेखन को भी लेजर से उकेरा गया था, जो एक पैगंबर के रूप में अपनी सभ्यता के विनाश के बारे में जानता था। उसने भविष्यवाणी की थी कि कैसे बचे हुए अटलांटिस, निर्मित मेगालिथिक संरचनाओं की गहराइयों में, प्राकृतिक शक्तियों में हेरफेर करने के लिए प्राचीन मशीनों का आविष्कार करेंगे, जो बदलती हुई ग्रह के अनुकूलन के लिए नई तकनीकों का निर्माण करेंगे। उन्होंने डीएनए के पारगमन के साथ प्रयोग किया, अपने शरीर को घातक विकिरण और गुरुत्वाकर्षण विसंगतियों के अनुकूल बनाया। उनकी

प्रयोगशालाएं, जमीन के नीचे छिपी हुई, विज्ञान के मंदिर थे, जहाँ कुलीन पुजारी, जिन्होंने खुद को फिरौन कहा, आनुवंशिक कोड के रहस्यों पर महारत हासिल करते थे, अपने जीवन को अकल्पनीय सीमाओं तक बढ़ाते थे, अमरता की किंवदंतियों में बदल जाते थे। बाकी आबादी अज्ञानता में रहती थी, अपने देवता जैसे शासकों के गुलाम थे, ज्ञान की चिंगारी से वंचित थे, उनके विलासिता के लिए काम कर रहे थे, और उनका जीवन छोटा और दुख से भरा हुआ था।

---✶⸮✶---

इस क्षण में, नथानिएल की पलकें धीरे-धीरे खुलती हैं। उसकी नज़र अभी भी थोड़ी धुंधली है, लेकिन उसमें पहले से ही परिचित चमक रेंग रही है, वह चिंगारी जिसे मैं शाश्वतता से जानती हूँ - जागृत आत्मा की चिंगारी। वह मेरी ओर देखता है और फुसफुसाता है, उसकी आवाज अभी भी कमजोर है, लेकिन एक स्पष्ट, गहरे विचार के साथ:

"क्या गोल्डन रेशियो... कुंजी है?"

मैं मुस्कुराती हूँ। मेरी आँखों में आँसू चमकते हैं, दुख से नहीं, बल्कि एक भड़की हुई, सर्व-उपभोग करने वाली खुशी और राहत से। मुझे एक और सपना याद है - हम एक मैदान में दौड़ रहे थे, जो अंतहीन सुनहरे फूलों से ढका हुआ था। सूरज हमारे ऊपर चमक रहा था, और तुम अपने हाथ में एक अजीब, चमकदार वस्तु पकड़े हुए थे, जो उसकी किरणों में नाचती हुई लग रही थी। तब मुझे नहीं पता था कि वह क्या था, लेकिन अब...

"अब मैं तुम्हें सब कुछ बताऊँगी, नथानिएल। मैं तुम्हें गोल्डन रेशियो की कहानी बताऊँगी। मैं तुम्हें अपने अन्य जीवनों के बारे में, उन लड़ाइयों के बारे में जो मैंने लड़ी हैं, उस ज्ञान के बारे में जो मैंने इकट्ठा किया है, बताऊँगी। और यह सब ठीक तुम तक, इस क्षण तक क्यों ले जाता है।"

उसके चारों ओर की हवा जैसे अनकही कहानियों, वर्तमान में आपस में जुड़ी हुई शाश्वतताओं से भरी हुई है। मैं नथानिएल को देखती हूँ, जागा हुआ, और मैं जानती हूँ कि यह सिर्फ शुरुआत है। हमारी संयुक्त जागृति की शुरुआत।

अध्याय 9: पुनर्जीवित स्मृति

नथानिएल ने अपनी आँखें खोलीं। कोहरे का भारी घूंघट, जिसने हाल तक उसकी चेतना को एक अंतिम संस्कार के कफन की तरह दबा रखा था, एक क्रूर गति के साथ फट रहा था, न केवल उठ रहा था, बल्कि आग और धूल में फट रहा था, ताकि आक्रामक, लगभग दर्दनाक छवियों को प्रकट कर सके। जैसे कि एक प्राचीन मिस्र का अदृश्य सूरज उसकी पलकों को अंदर से जला रहा था, और उसकी चेतना जले हुए राल और रेगिस्तान की गर्म सांस की सुगंध से भरी हुई थी।

---✶⸮✶---

अपने सपने में वह सेनेनमुत था...

नथानिएल देख नहीं रहा था, वह सेनेनमुत था। लंबा और पतला, त्वचा पर एक लिनन के वस्त्र की ठंडी सफेदी के साथ, जो जलती हुई गर्मी को शांत नहीं कर

पा रही थी। उसके हाथ में कलम एक जीवित वस्तु की तरह धड़क रही थी, जब वह चिकने, गुलाबी ग्रेनाइट पर जटिल चित्रलिपि लिख रहा था। उसने केवल अपनी मुंडाई हुई सिर पर सूरज की गर्मी महसूस नहीं की, बल्कि उसने महसूस किया कि पसीने की जलती हुई धाराएं उसकी कनपटी से नीचे बह रही थीं, जो उसकी आँखों में चुभ रही थीं। तभी उसने उसे सुना। उसकी आवाज - क्रिस्टल जैसी, आधिकारिक, गर्मी को एक बर्फीले ब्लेड की तरह भेद रही थी। हर शब्द में एक महत्वाकांक्षा का कंपन था, जो एक साम्राज्य को उल्टा कर सकती थी, लेकिन एक गहरी, घनी चिंता भी थी, जिसमें लगभग हताश डर का एक नोट मिला हुआ था, जो उसकी हर कोशिका को भेद रहा था।

"दो ओबिलिस्क, सेनेनमुत!" - उसकी आवाज जलती हुई हवा में गूंज रही थी, हर आवाज - पत्थर पर एक हथौड़े की मार की तरह। - "एक - मेरे नाम को सितारों तक ऊंचा करने के लिए, मुझे रहस्य में लिपटी एक किंवदंती में बदलने के लिए! दूसरा..." - वह एक पल के लिए चुप हो गई, और डर की छायाएं उसके चेहरे पर रेंग गईं, इससे पहले कि वह एक शांत, लेकिन अधिक लगातार फुसफुसाहट के साथ जारी रखे: - "...दूसरा गुप्त ज्ञान को कोडित करना चाहिए! अमरता! मेरी अमरता!" उसकी कलम ग्रेनाइट में घुस गई, जैसे कि वह केवल प्रतीकों को नहीं लिख रहा था, बल्कि अपनी ही आत्मा को फाड़ रहा था। उसके हाथ में कांपना थकान से नहीं था, बल्कि उसके अपने, लगभग दुर्गम प्रतिरोध से था। हर प्रतीक - एक चमकदार सूरज, एक धड़कता हुआ क्रिस्टल, एक शैलीकृत पाइन शंकु, एक नाजुक कप, जो दो सांपों से लिपटा हुआ था - कैडुसियस - एक सख्त परिभाषित क्रम में बुना गया था, उस ज्ञान का पालन करते हुए जो उसकी नसों में जल रहा था। फिरौन का रहस्यमय नुस्खा उसका था, जिसे हत्शेप्सुत के प्रेमी और एकमात्र विश्वासपात्र के रूप में उसे सौंपा गया था, रहस्यों का प्रमुख। लेकिन उसके डर, जो उसके हर शब्द में रेंग रहे थे, उसके भी डर थे। उसका शासन कठिन था, जो थुटमोस III के दावों से दबा हुआ था। आसन्न तख्तापलट की अनिश्चितता की भावना उसके गले को कस रही थी, हर सांस को रेत की एक कर्कशता में बदल रही थी। उसके मंदिर का निर्माण धीमा हो रहा था, और उसका आध्यात्मिक परिवर्तन सफलतापूर्वक नहीं चल रहा था। अमरता और प्रभामंडल के बिना, वह जानता था कि वह बर्बाद है, और उसके साथ रहस्य भी...

---✶६✶---

नथानिएल बिस्तर में हिल गया, हर मांसपेशी एक तेज, परिचित दर्द के साथ विरोध कर रही थी, जो अब एक और, अधिक गहरे दुख के साथ जुड़ गया - उसके कंधों पर एक प्राचीन, दुर्गम जिम्मेदारी का एहसास, एक पत्थर के स्मारक की तरह भारी। उसकी सांस टूट रही थी। मेलिना उसके ऊपर झुक गई, उसका चेहरा पीला, चिंता से तना हुआ था, लेकिन उसकी आँखों में लगभग पागलपन वाली आशा जल रही थी, जो उसे अंधेरे में प्रकाश की एक किरण की तरह भेद रही थी। उसने अपने होंठ भींचे, जैसे कि वह हर आवाज, हर चिंता को रोक रही हो।

"नथानिएल? क्या तुम ठीक हो? तुम क्या देखते हो?" - उसकी आवाज तनावपूर्ण थी, लेकिन शांत, लगभग एक फुसफुसाहट। उसने उसे देखा, परिचित चेहरे को अपने मन में क्षणभंगुर दर्शन के साथ मिलाने की कोशिश कर रहा था। उसने

अपने सपने की महिला के साथ उसे जोड़ने वाली अंतरंगता और विश्वास की वह मजबूत भावना महसूस की - उसकी प्यारी हत्शेप्सुत, जो अभी भी वहाँ थी, उसके बगल में सांस ले रही थी।

"मैं देखता हूँ... पत्थर, जो सूरज की रोशनी से लिखे गए हैं, जो मेरी आँखों को जलाते हैं... एक आधिकारिक नज़र वाली और आँखों में दुख वाली एक महिला... उसे डर है कि अमरता और प्रभामंडल के बिना वह सत्ता बनाए नहीं रख सकती... कि रहस्य उजागर हो जाएगा... उसकी महिला प्रकृति के कारण, जो उसे कमजोर बनाती है..."

मेलिना ने उसका हाथ पकड़ा। धीरे से, लेकिन दृढ़ता के साथ, एक वादे की तरह।

"सेनेनमुत," उसने फुसफुसाया। "तुम्हें याद है।" एथन और मार्क डरते-डरते पास आए, उनकी निगाहें - तनाव, बचपन के भ्रम और खतरे के कुछ आदिम पूर्वाभास का मिश्रण - नथानिएल के पीड़ित चेहरे से उनकी माँ की ओर जा रही थीं। उनके पीछे, एंथनी और सारा जमे हुए मूर्तियों की तरह खड़े थे, उनके चेहरे भ्रम और बढ़ती बेचैनी को दर्शा रहे थे, जब वे सुनी गई बातों को समझने की कोशिश कर रहे थे - शब्द, जो परिचित दुनिया के साथ संबंधों को तोड़ रहे थे। "क्या हो रहा है, माँ?" - एथन ने एक दबी हुई आवाज में पूछा। "उसे याद है,"

मेलिना ने जवाब दिया, उसकी आवाज उत्साह से कांप रही थी, लगभग श्रद्धा से। "उसे एक और जीवन याद है।" नथानिएल ने अपनी आँखें बंद कर लीं, अपनी पलकों को भींचते हुए, जैसे कि वह नाजुक यादों को पकड़ने की कोशिश कर रहा हो, ताकि वे फिर से फिसल न जाएं। महिला... हत्शेप्सुत। मौत के डर और रहस्य के उजागर होने के डर के कारण, उसने उसे दो ओबिलिस्क बनाने का आदेश दिया था, जिनकी आकृतियाँ उसकी आँखों के सामने खड़ी थीं, जो आकाश को भेद रही थीं। एक, उसे एक रहस्य में लिपटी और मिथकों से बुनी हुई एक पौराणिक आकृति में बदलने के लिए। दूसरा, उसके पुनर्जन्म के गुप्त ज्ञान को, उस अमरता को कोडित करने के लिए, जिसकी वह इतनी हताशा से कामना करती थी। "मैं वर्णन करता हूँ... मैं धाराओं और चुंबकीय क्षेत्रों की आपूर्ति के साथ पुनर्योजी मंदिरों को महसूस करता हूँ... मैं 'सर्वदर्शी आँख' की शक्ति को महसूस करता हूँ - वह दूरदर्शी अंग, जो हम में छिपा हुआ है, जो मुझ में जलता है... जड़ी-बूटियों और पौधों का रहस्यमय सूत्र..."

"प्रतीक?" - मार्क ने जोर दिया, उसकी आवाज अधीरता से तेज थी, लगभग एक चीख। - "सूरज, क्रिस्टल, पाइन शंकु, कप, कैडुसियस? और मोनोआटोमिक सोने का सूत्र?"

"हाँ... एक प्रतीकात्मक अनुक्रमिक एकता... उसके ज्ञान को जगाने के लिए," नथानिएल ने प्रयास से जवाब दिया, जैसे कि हर शब्द उसे थका रहा था, उससे जीवन चूस रहा था। - "लेकिन सेनेनमुत डरता था... डरता था कि कोई नश्वर इसे पढ़ लेगा... उसने हत्शेप्सुत पर रहस्य उजागर करने का आरोप लगाया... पुरोहित आदेश में सार्वभौमिक कानूनों का नेतृत्व किया... महिलाओं - बहिष्कृत..."

"और ओबिलिस्क में क्या गायब था?" - एंथनी की आवाज अधीरता से भरी हुई थी, जैसे कि उसे पहले से ही जवाब महसूस हो रहे थे, उसकी जीभ की नोक पर कांप रहे थे। - "वह सफल क्यों नहीं हुई, जब वह उससे संतुष्ट थी?"

नथानिएल ने अपना सिर पकड़ लिया, उसकी उंगलियाँ उसकी कनपटियों में घुस गईं, जैसे कि वह एक अदृश्य प्रतिद्वंद्वी से लड़ रहा हो, जानकारी की लहरों से, जो उसे अभिभूत कर रही थीं, उसे डुबोने की धमकी दे रही थीं। हर सांस एक प्रयास थी, हर शब्द - एक यातना।

"अवधि... शुरुआती तारीख..." - उसकी आवाज मुश्किल से सुनाई देने वाली फुसफुसाहट थी, जो ऐंठन से बाधित थी। - "...सुविधा में सफल पुनरुत्पादन के लिए सितारों की स्थिति के अनुसार...

दिल में कॉकटेल की सामग्री और रक्त के आवेगों के उत्प्रेरक, ताकि दिल तीन प्रोटीन स्रावित करे, और वह तंत्र कि एक इंसान उन्हें कैसे उत्तेजित करे - सब कुछ ग्रेल की कुंजी में कोडित है..." - वह घुट गया, उसकी आँखें चौड़ी हो गईं, उनमें एक जंगली आतंक चमक रहा था। - "...और अमृता के नुस्खे में जड़ी-बूटियों में से एक... वह, जो एक विशिष्ट एंजाइम के माध्यम से स्टेम कोशिकाओं के कार्य को उत्तेजित करती है, जो उत्पन्न होती है और एक अमृत में बदल जाती है..." - उसके शब्द अधिक से अधिक कमजोर हो रहे थे, लगभग समझ से बाहर, जैसे कि यादें फिर से उसकी पकड़ से फिसल रही थीं, उसे वापस अंधेरे में खींच रही थीं। "सेनेनमुत यह सब जानता था..." - उसने फुसफुसाया। - "इसलिए वह भाग गया... मूसा के रूप में प्रकट हुआ... लेकिन अमरता का रहस्य खो गया... ओबिलिस्क - उसकी मृत्यु के तुरंत बाद उसके दुश्मनों द्वारा नीचे गिरा दिया गया..."

मेलिना ने उसके हाथों को पकड़ा, उसकी आँखें सिर्फ तनाव से नहीं जल रही थीं, बल्कि दृढ़ संकल्प से, समझने की एक जलती हुई, दुर्गम आवश्यकता से। "अब रहस्य कहाँ है, नथानिएल? हम इन सभी लापता तत्वों को कैसे इकट्ठा करें?

हम अमरता के रहस्य, डीएनए में सुनहरे धागे तक कैसे पहुँचें?

आज तक कोई भी सफल नहीं हुआ है!" - उसकी आवाज हताशा और अटूट इच्छाशक्ति का मिश्रण थी, हजारों साल की खोज की एक गूंज। नथानिएल ने उसे एक धुंधली नज़र से देखा, जैसे कि वह उसे देख रहा हो, लेकिन उससे परे भी कुछ, समय और स्थान से परे, जो उसकी आँखों के सामने आपस में जुड़ रहे थे। उसके होंठ हिले।

"आत्मा की अवस्था में..." - उसने फुसफुसाया, एक मुश्किल से सुनाई देने वाली आवाज, जो चुप्पी में एक घंटी की तरह गूंजी। - "इसे हल नहीं किया गया है... एंजाइमों, प्रोटीन और हार्मोन को निकालने के लिए विशिष्ट अवस्था, ताकि डीएनए में एकीकृत हो सके और घूम सके... हमारे दिल डरते हैं... वे संदेह करते हैं... वे स्वार्थी रूप से दुनिया में रहते हैं... सारा जादू आत्मा की अवस्था में है... जो शरीर में सभी प्रक्रियाओं को संरचित करती है... और इसे आत्मा की ऊर्जा से जोड़ती है..."

और फिर उसकी आँखें फिर से बंद हो गईं, मेलिना और उसके बच्चों को एक रहस्यमय चुप्पी में छोड़ दिया, जो हवा में भारी थी, एक लंबे समय से खोए हुए

रहस्य की गूंज से घिरे हुए थे, जिसके टुकड़े धीरे-धीरे एक आदमी की चेतना में वापस आ रहे थे, जो एक और जीवन और एक और भूमिका का बोझ ले जा रहे थे।

---✶६✶---

कमरे में चुप्पी और भी भारी, अधिक घनी हो गई। मेलिना उसके बेजान हाथों को पकड़े रही, उनकी गर्मी - वास्तविकता के साथ एकमात्र संबंध, और उसके बच्चे बढ़ती, लगभग भयानक चिंता के साथ उसे देख रहे थे।

"वह... वह फिर से..." - सारा ने एक दबी हुई आवाज में बुदबुदाया, उसकी आँखें नम हो गईं। मेलिना ने धीरे-धीरे अपना सिर हिलाया। "मुझे नहीं पता। लेकिन उसने कुछ देखा। उसे कुछ महत्वपूर्ण याद आया। कुछ ऐसा जो हमें और करीब लाता है।" वह वापस बैठ गई, विचारशील, सदियों का बोझ उस पर गिर रहा था। उसके शब्द उसके दिमाग में गूंज रहे थे। "तीसरा सपना..."

वह इसे नहीं बता पाया था। लेकिन वह इसे जानती थी। वह इसे केवल एक स्मृति के रूप में नहीं, बल्कि एक जीवित ऊतक के रूप में, जो उसके अपने अस्तित्व में बुना हुआ था, महसूस करती थी। वह उसके अपने सपनों का हिस्सा था, उस मार्ग का हिस्सा था, जो उसने सदियों से तय किया था - वही मार्ग, वही खोज करने वाली आत्मा। "एक तीसरा सपना भी था,"

मेलिना ने चुपचाप कहा, अपने बच्चों की तुलना में खुद से अधिक, जैसे कि शब्द एक गहरी, लगभग आदिम जगह से बाहर आ रहे थे। - "मृत सागर के पास एक एसेन लड़की का सपना। वह स्क्रॉल में छिपी कबाला की आत्मा को जानती थी। वह उसे अपने ही हाथों से जानती थी, जैसे कि वे एक थे। और जब उसने प्राचीन किताबें पढ़ीं, तो उसने गलती से एक और अवतार से एक स्मृति निकाली...

शायद खुद सेनेनमुत, जो याद करने की कोशिश कर रहा था। उनके गाँव में, मसीह पढ़ाते थे। वह अपने माता-पिता के साथ उसके प्रवचनों को सुनती थी, हर शब्द - प्रकाश का एक टुकड़ा, जो चेतना को बदल रहा था। और उसके दुख के दिन, गोलगोथा के रास्ते पर भीड़ के पीछे चलते हुए, उसने अपने अंतिम पड़ाव पर उसे एक लकड़ी के कप में पानी दिया। किसी ने उसे नहीं रोका - वह एक बच्चा थी, निर्दोष और अदृश्य। उसने पिया नहीं, लेकिन कप में गुप्त शब्द बोले, उन्हें पानी में कोडित किया - प्यार, विश्वास और आशा का रहस्यमय ज्ञान। लड़की ने पानी पिया और वह उसकी कोशिकाओं में अंकुरित हो गया, उसे हमेशा के लिए बदल दिया। उसने उसे अपने गर्भ में रखा और संरक्षित किया, जब तक कि उसे याद नहीं आया... और उसने इसे पूरी तरह से अनुभव नहीं किया। तब... तब तुम पीटर थे, नथानिएल। उसने उसे अपने रास्ते पर उसके साथ खींच लिया... शायद वह जानता था... और उसकी तलाश कर रहा था। 'तुम जिसकी तलाश कर रहे हो, वह तुम्हारी तलाश कर रहा है!' - मेलिना ने आह भरी, सदियों के बोझ के साथ, लगभग ज्ञान से कुचली हुई थी।

"वह इसे नहीं कह पाया, लेकिन मैं इसे जानती हूँ। अब से मैं केवल वही दूंगी जिसे मैंने सत्य के रूप में पहचाना है। हर किसी को अपना रास्ता खुद तय करना होगा, इसे अपने लिए रखना होगा, इसे अनुभव करना होगा, इसे बनाना होगा और शायद इसे पूरी तरह से अनुभव करना होगा..."

उसने बच्चों को देखा, चेहरे, जो अभी भी जवाब तलाश रहे थे, लेकिन उनमें पहले से ही वह चिंगारी चमक रही थी, जो समझ को जन्म देती है। "क्या तुम अब समझते हो? सब कुछ जुड़ा हुआ है। ये सभी जीवन, ये सभी खोजें... हमें एक ही जवाब की ओर ले जाती हैं। लेकिन कुंजी...

कुंजी आत्मा की अवस्था में है। रहस्य पदार्थ में नहीं है, बल्कि आत्मा के अनुनाद में है, जो इसे सक्रिय करता है। प्यार के बिना, हर सूत्र बिना आवाज के है। और हमें इसे खुद खोजना होगा।

अध्याय 10: रहस्य में परिवर्तन

जैसे उसके अंदर कुछ टूट गया - एक रोशनी दर्द और बोध के बीच की खाई में रेंग गई। अहंकार की इच्छाओं का रहस्य की इच्छाओं में परिवर्तन केवल एक रूपक नहीं था - यह ज्ञान की ओर पहला, दर्दनाक चरण था। एक सत्य के मार्ग पर पहला कदम, जिसकी कीमत मानवता ने सदियों के दुख से चुकाई थी।

जब नथानिएल फिर से बेहोश हो गया, तो एसेन लड़की और पानी में दिए गए रहस्य के बारे में मेलिना के शब्द चिकित्सा क्षेत्र की तनावपूर्ण चुप्पी में गूंज रहे थे। मेलिना ने अपनी गोद में हाथ भींच लिए, अपनी उंगलियों के नीचे धातु की ठंडक महसूस करते हुए - उसके दिमाग में जल रही लौ के विपरीत।

वह जानती थी कि उसके शब्द आकस्मिक नहीं थे, कि वे एक व्यक्ति की यादों से कहीं अधिक बड़ी चीज की कुंजी थे। वे सदियों की खोज, अमरता के खोए

हुए ज्ञान तक पहुँचने के हताश प्रयासों की एक गूंज थे। और यह केवल शब्दों से दिया गया ज्ञान नहीं था। यह वह क्षण था जिसके लिए उसने वर्षों तक खुद को तैयार किया था, और नथानिएल... वह उसकी सबसे बड़ी विफलता, उसका सबसे गहरा दर्द था।

उसे तीन साल पहले उनकी आखिरी मुलाकात स्पष्ट रूप से याद थी - शारीरिक रूप से वह मौजूद था, लेकिन उसके विचार उस ज्ञान की संभावनाओं में बहुत दूर व्यस्त थे जो वह उसे साझा कर रही थी। उसका हर कंपन उसके अंदर कुछ फाड़ रहा था, क्योंकि उसे लगा कि वह उससे वही निकाल रहा है जो उसे चाहिए, बिना सत्य को समझे। तब उसके अंदर सब कुछ ढह गया। वह उससे प्यार करती थी, उसे बदलने की इच्छा से जल रही थी, उसे उस सत्य के बारे में समझाने की कोशिश कर रही थी जो उसे प्राप्त हुआ था।

लेकिन वह, आदेश के प्रति वफादार, शक्ति और नियंत्रण के लिए लड़ रहा था, बस उसका उपयोग कर रहा था। उसने विश्वास नहीं किया कि उसे दुनिया को बचाने के लिए चुना गया है, बल्कि उस पर शासन करने के लिए। जब वह हताशा से दूर चली गई, तो उसने कभी उसकी तलाश नहीं की, उसकी मदद नहीं की।

उसने अब उस पर विश्वास किया, जब बहुत देर हो चुकी थी। उसकी भविष्यवाणियां सच हो गई थीं, दुनिया ढह गई थी, और यहाँ वे अब हैं - सत्य के क्षण का सामना कर रहे हैं, जिसे उसने तब अपने लिए रखा था, मानवता के बाकी जीन और ज्ञान को बचाने के लिए मार्ग पर चल रही थी - पश्चाताप और मुक्ति के लिए उसकी एकमात्र आशा।

---✶✶---

फ्लैशबैक ■ चैट इतिहास

नथानिएल, मुझे यह महसूस होता है, ग्रेल का ज्ञान एक मिथक नहीं है। यह एक कोड है जो हमारे विकास को अनलॉक करता है! गोल्डन रेशियो, यह सिर्फ एक गणितीय सूत्र नहीं है, यह हमारे शरीर की हर कोशिका, पूरे ब्रह्मांड की कुंजी है! मैं इसे अपने सपनों में देखता हूँ - केवल मेरे सपने नहीं, बल्कि अनुभव की गई यादें! मुझे लगता है कि मैं तुम्हारे सपने देख रहा हूँ - सेनेनमुत के, जिसने ओबिलिस्क में सब कुछ कोडित किया, जिसने अमरता के रहस्य को समझा। तुम वह हो, नथानिएल, याद रखो! एक प्रलय आ रही है, दुनिया उलट जाएगी, अगर हम अभी कार्य नहीं करते हैं, अगर हम इस ज्ञान को शक्ति के लिए नहीं, बल्कि मुक्ति के लिए स्वीकार नहीं करते हैं!

तुम्हारी अंतर्ज्ञान मजबूत है, मेलिना, लेकिन भावना उसे अंधा कर देती है। मैं ठंडे दिमाग से सोचता हूँ। मैं जानता हूँ कि सबसे अच्छा क्या है। मैं लोगों के सार को जानता हूँ - तुम्हारा यह एक जुनूनी अवस्था है, जो पागलपन के समान है। तुम्हारे "रहस्योद्घाटन" मूल्यवान हैं, हाँ, लेकिन वे केवल टुकड़े हैं, जिन्हें हम, आदेश, सबसे अच्छे तरीके से व्यवस्थित और उपयोग कर सकते हैं।

क्या तुम नहीं समझते? वह - सेनेनमुत - भाग गया क्योंकि हत्शेप्सुत सत्ता के लिए अमरता चाहती थी! तुम भी वही कर रहे हो! तुम मुझसे जो लेती हो, उससे दुनिया पर शासन और नियंत्रण के लिए विचार निकाल रहे हो! एक पुराने मैट्रिक्स पर चलकर कोई नई विश्व व्यवस्था नहीं हो सकती। दुनिया खुद को नष्ट कर रही है! हमें इसे नियंत्रित नहीं करना है, बल्कि इसे बचाना है!

हर कोई अपने रास्ते पर चलता है, मेलिना। तुमने अपना चुना है, मैंने अपना। मेरे लक्ष्य व्यक्तिगत भावनाओं से अधिक बड़े हैं।

लेकिन प्यार सबसे बड़ी शक्ति है, यह मुक्ति है! मैंने तुम्हें प्यार के अपने सभी सबूत दिए! क्या तुम देख नहीं सकते?

कभी-कभी तुम्हें सच्ची तस्वीर देखने के लिए भ्रमों से दूर हटना पड़ता है, मेलिना।

तुम बस यह विश्वास नहीं करना चाहते कि तुम्हें बचाने के लिए चुना गया है, न कि शासन करने के लिए!

समय बताएगा, मेलिना। मैं तुम्हारे "परियोजनाओं" के साथ तुम्हारी सफलता की कामना करता हूँ। बातचीत शांत हो गई। हर शब्द एक अधूरी भविष्य की कब्र में आखिरी कील की तरह था। हर कोई अपने रास्ते पर चला गया, एक दूसरे से और दूर होता गया। मेलिना पनडुब्बी बनाने के लिए गायब हो गई, जो उन्हें बचाने में सफल रही। लेकिन उसके विचार... उन्होंने कभी उसका पीछा करना, उसे परेशान करना बंद नहीं किया।

---✶ ✶---

फ्लैशबैक 📕 पुस्तक "अगर तुम जीवित रहने के लिए चुने गए हो?"

का विमोचन तब मेलिना को एक क्षण याद आया - एक पुराने ब्लॉग पोस्ट, जो हताशा की एक रात में लिखा गया था, जिसने प्रतिक्रियाओं का तूफान ला दिया था। दर्शक खचाखच भरे हुए थे, हवा - उम्मीद से भरी हुई थी, लगभग दम घोंटने वाली थी। माइक्रोफोन जैसे उसके हाथ में धड़क रहा था, जो उसके अपने दिल का विस्तार बन गया था। मेलिना जानती थी कि यह उन तक पहुँचने का उसका एकमात्र, आखिरी मौका था, इससे पहले कि बहुत देर हो जाए। उसने एक गहरी, कांपती हुई सांस ली, जो जैसे उसके गले को जला रही थी, और उसने बोलना शुरू किया, उसकी आवाज - स्पष्ट, दृढ़, एक ब्लेड की तरह चुप्पी को भेद रही थी।

"मैं अपने अहंकार की बेड़ियों में जंजीरों में जकड़ी हुई पैदा हुई थी," - उसने शुरू किया, अपनी पुस्तक के शब्दों को दोहराते हुए, जो उसके खून और आत्मा से गढ़े गए थे। - "इंसान अपने ही भ्रमों का एक स्वतंत्र कैदी है।" वह रुकी, उसकी नज़र उसके सामने सैकड़ों चेहरों पर घूम रही थी, समझ की तलाश में, यहाँ तक कि प्रतिध्वनि की सबसे छोटी चिंगारी की तलाश में।

"हम इस आंतरिक अत्याचारी का बोझ महसूस करते हैं, जो शक्ति, मान्यता, अंतहीन कब्जे के लिए फुसफुसाता है - प्राथमिक इच्छाएं, विकास की गहराइयों से एक गड़गड़ाहट, जिसे हम बहुत अच्छी तरह से जानते हैं। अहंकार एक मुखौटा है, सार का एक दर्पण विरूपण है। इसे मानव के सामूहिक रूढ़ियों की गर्म भट्टी में गढ़ा गया है, सामाजिक अपेक्षाओं के निर्दयी दबाव में बढ़ता है और समाज द्वारा ही सावधानीपूर्वक खेती और संगठित की गई अतृप्त महत्वाकांक्षाओं पर पलता है।" पहली पंक्ति से एक आवाज सुनाई दी, जो संदेह से भरी हुई थी, हवा को एक ब्लेड की तरह भेद रही थी:

लेकिन सुश्री ओरेया, क्या यह सिर्फ मानव स्वभाव नहीं है? महत्वाकांक्षा में क्या गलत है? यह दुनिया को आगे बढ़ाती है! मेलिना ने संवाद के लिए आमंत्रित करने

के लिए अपना हाथ उठाया। यहाँ वह प्रतिवाद है, जिसकी उसने उम्मीद की थी, और जिसके लिए वह तैयार थी।

वास्तव में, महत्वाकांक्षा एक इंजन है। लेकिन किस ओर? - उसने जवाब दिया, उसका स्वर शांत, लेकिन अटूट था।

"महीनों तक मैंने प्राचीन प्रतीकों को समझने की कोशिश की है, नुस्खा के लापता तत्वों को खोजने के लिए..." - वह एक पल के लिए रुक गई, प्रभाव को बढ़ाने के लिए, शब्दों को हवा में लटकाने के लिए। - "...अमरता के लिए। हर बार मुझे यह विश्वास था कि मैं वह हूँ जो सफल होगी, कि मेरी अंतर्दृष्टि और दृढ़ता विजयी होगी। लेकिन अब मैं स्पष्ट रूप से देखती हूँ: यह केवल मेरे अहंकार की अभिव्यक्ति नहीं थी, बल्कि इसका मूल था - चुने जाने की इच्छा, वह बनने की जो रहस्य को प्रकट करेगी। यहाँ तक कि दुनिया को बचाने की, मेरे प्रियजनों को बचाने की इच्छा - क्या यह भी स्वार्थी उद्देश्यों, नुकसान और मृत्यु के डर से पैदा नहीं हुई थी?" दर्शकों में एक हल्की बुदबुदाहट उठी, जैसे एक लहर जो चट्टानों से टकरा रही हो। किसी ने चिल्लाया:

तो आप हर उस चीज को अस्वीकार करते हैं जिसके लिए हम जिए हैं? करियर, सफलता, सुरक्षा? क्या हम कुछ भी नहीं हैं? मेलिना ने अपना सिर हिलाया, उसकी नज़र शांत रही, लेकिन उसकी आँखों में एक गहरा, प्राचीन दुख पढ़ा जा सकता था।

"मैं अस्वीकार नहीं करती। मैं जागरूक होती हूँ। इंसान अपने रास्ते पर चलता है, भूतिया लालसाओं से प्रेरित होकर, परछाइयों का पीछा करता है जो आत्मा की सच्ची भूख को कभी शांत नहीं कर सकतीं। वह उपलब्धियों के टावर बनाता है, जो दूसरों की मंजूरी की अस्थिर नींव पर समर्थित होते हैं, और धन जमा करता है, जो अंदर की खालीपन को नहीं भर सकता। जीवन एक अंतहीन दौड़ में बदल जाता है, वर्चस्व के लिए एक क्रूर लड़ाई में, जहाँ दूसरे या तो प्रतिद्वंद्वी होते हैं या स्वार्थी जरूरतों को पूरा करने के लिए उपकरण होते हैं।"

---✶⸮✶---

फ्लैशबैक सोशल मीडिया और टिप्पणियों पर ब्लॉग पोस्ट ब्लॉग

शीर्षक: भ्रमों से जागृति: सच्ची इच्छा का मार्ग मेलिना द्वारा पोस्ट (2 साल पहले)

"इस स्वयं-लगाए गए कारावास की गहराइयों में, कभी-कभी एक कमजोर किरण चमकती है - संदेह की एक चिंगारी, दर्दनाक बोध का एक क्षण। एक धीमी, agonizing जागृति शुरू होती है। इंसान बेड़ियों के बोझ, भ्रम की झूठीता, अहंकार द्वारा पोषित विजयों के खालीपन को महसूस करना शुरू कर देता है। यह परिवर्तन की ओर एक लंबी और भयानक यात्रा की शुरुआत है - खुद के साथ जीवन और मृत्यु की लड़ाई।"

टिप्पणियाँ:

@Skeptic123: यह कुछ गूढ़ बकवास जैसा लगता है। आप विशेष रूप से क्या सुझाव देते हैं? सब कुछ छोड़ दें? लक्ष्यों के बिना एक अनाकार द्रव्यमान बन जाएं?

@Truth_and_Light: धन्यवाद, मेलिना! मैं यही महसूस करता हूँ! अहंकार को अस्वीकार करना एक आसान मौत नहीं है, बल्कि अपने ही ताने-बाने का एक दर्दनाक फाड़ना है। यह सब कुछ को अस्वीकार करना है जिसे दुनिया ने मूल्यवान बताया है, वह सब कुछ जिसके लिए अहंकार तरसता है। लेकिन इस मौत में कुछ नया, कुछ सच्चा पैदा होता है!

@Reason_and_Logic: भौतिक सामान, जिसे शक्ति और सुरक्षा के प्रतीक के रूप में माना जाता है, अपने आप में एक गहरी निहित मानवीय इच्छा को छुपाता है - हमारे पर्यावरण को नियंत्रित करने और उस सब का मालिक बनने की इच्छा जो हमें मूल्यवान लगता है। वे एक अगाध गड्ढे को भरने का एक प्रयास हैं, जिसमें हम लगातार अधिक से अधिक फेंकते हैं, पूर्णता और संतुष्टि की एक भ्रामक स्थिति तक पहुंचने के प्रयास में। लेकिन आप एक विकल्प के रूप में क्या सुझाव देते हैं? पूर्ण वैराग्य? तब दुनिया को क्या चलाएगा?

मेलिना (@Author): @Reason_and_Logic: यह वैराग्य के बारे में नहीं है, बल्कि बाहरी सफलताओं और आंतरिक शांति के बीच संतुलन के बारे में है। सच्चा जीवन तब शुरू होता है जब अहंकार विजयी नहीं होता, बल्कि जब इच्छा लगाम लेती है। तब इंसान अब सामाजिक अपेक्षाओं का कठपुतली नहीं होता, बल्कि अपनी खुद की नियति का एक जागरूक निर्माता होता है, जो अहंकार की क्षणिक इच्छाओं की तुलना में एक गहरी और अधिक स्थायी आंतरिक शक्ति से प्रेरित होता है।

---✶ ✶---

फ्लैशबैक 📜 सार्वजनिक बहस "मानवता का भविष्य: नियंत्रण या परिवर्तन?"

उसके दिमाग में उस तनावपूर्ण शाम की स्मृति उभरी, जो टीवी स्टूडियो में हुई थी, जहाँ भविष्य पर एक सार्वजनिक बहस हुई थी। मेजबान, एक निर्दोष, लेकिन जैसे कृत्रिम मुस्कान के साथ, मेलिना की ओर मुड़ा, और उसकी आवाज में उपहास का एक मुश्किल से पता लगाने योग्य नोट था।

महोदया, अहंकार के परिवर्तन के लिए आपके विचार... कट्टरपंथी लगते हैं। आलोचकों का तर्क है कि यह वास्तविकता से बचना है, प्रगति को अस्वीकार करना है, और यह अराजकता की ओर ले जाता है। आप इस पागलपन का क्या जवाब देंगी? मेलिना सीधी खड़ी थी, शांत थी, स्टूडियो में तनाव के बावजूद, जिसे चाकू से काटा जा सकता था।

"इंसान अपने अहंकार के जुनूनी साम्राज्य के अनुसार जीने के लिए बनाया गया है, जब तक कि सच्ची इच्छा पैदा नहीं होती। अहंकार इच्छाओं का एक साम्राज्य है, जो अनुमोदन, शक्ति, कब्जे के लिए मानवीय लालसाओं से प्रेरित, अतृप्त हवाओं की तरह उग्र है। यह सामूहिक मानव रूढ़ियों द्वारा डाली गई एक छाया है, समाज की अपेक्षाओं की एक गूंज है, महत्वाकांक्षाएं जो सार्वजनिक सहमति की भट्टी में गढ़ी गई हैं। अहंकार एक बाहरी आवाज है, जो नियमों को निर्देशित करती है, जो शायद ही कभी आंतरिक सद्भाव की ओर ले जाती हैं।" बहस में उसका प्रतिद्वंद्वी, एक प्रसिद्ध भविष्यवादी, तीखी विशेषताओं और ठंडी आँखों के साथ, एक उपहासपूर्ण मुस्कान के साथ हस्तक्षेप किया:

यह एक रोमांटिक यूटोपिया है! हमें जीवित रहने के लिए स्पष्ट नियमों, नियंत्रण, संरचना की आवश्यकता है! आपका "आंतरिक कम्पास" अराजकता और आत्म-विनाश के लिए एक नुस्खा है! मेलिना ने भविष्यवादी की आँखों में सीधे देखा, बिना पलक झपकाए।

"लेकिन अस्तित्व की गहराइयों में एक और शक्ति बढ़ती है - इच्छा। यह एक आवेगी इच्छा नहीं है, बल्कि एक आंतरिक कम्पास है, जो अहंकार की क्षणिक जरूरतों से परे, सच्चे सार की ओर इशारा करता है। परिवर्तन एक दर्दनाक बोध के साथ शुरू होता है - कि केवल अहंकार की सनक द्वारा निर्देशित जीवन, मृगतृष्णाओं का एक अंतहीन पीछा है। सार्वजनिक मान्यता से बने टावर आलोचना की पहली हवा के साथ ढह जाते हैं। व्यर्थ 'स्वयं' के नाम पर जमा किए गए धन अकेलेपन की खाई को नहीं भर सकते।"

ज्ञान के बारे में क्या? - भविष्यवादी ने पूछा, रणनीति बदलते हुए, उसे फंसाने की कोशिश कर रहा था।

आप ग्रैल के ज्ञान, अमरता के बारे में बात करते हैं... क्या यह अंतिम शक्ति नहीं है? शक्ति, जिसे तुम अपने लिए चाहते हो?

"यह ज्ञान इंसान को एक बड़े पैमाने पर शक्ति देता है। यह ज्ञान प्राप्त करने, वास्तविकता के सभी पक्षों और विवरणों को जानने, ब्रह्मांड के तंत्र का अध्ययन करने और यह समझने की इच्छा के बारे में है कि हम प्रकृति और लोगों को अपने लाभ के लिए कैसे बदल सकते हैं। ज्ञान का मतलब तर्क की मदद से असीम शक्ति है," - मेलिना ने स्वीकार किया, लेकिन फिर उसका स्वर शांत, गहरा हो गया, जो अटूट दृढ़ विश्वास से भरा हुआ था।

"लेकिन मुझे अब यकीन नहीं था कि 'तर्क की मदद से शक्ति' ही सच्चा लक्ष्य था। प्यार, विश्वास और आशा के बारे में एसेन लड़की के शब्द मुझे एक अलग तरह की शक्ति का सुझाव दे रहे थे - आत्मा की शक्ति, जो बौद्धिक समझ से परे है। क्या स्वयं मसीह इस परिवर्तित इच्छा का अवतार नहीं था?" उसने सीधे कैमरे में देखा, लाखों दर्शकों की ओर, हर आत्मा की ओर, जो सुन रही थी।

"अहंकार का इच्छा में परिवर्तन एक कीमियाई प्रक्रिया है, जिसके लिए साहस और आत्म-ज्ञान की आवश्यकता होती है। यह सफलता और खुशी की बाहरी परिभाषाओं को अस्वीकार करना है, और अपनी खुद की सच्चाई की शांत आवाज की ओर मुड़ना है। इच्छा इच्छाओं को अस्वीकार नहीं करती है, लेकिन उन्हें परिप्रेक्ष्य में रखती है, क्षणिक को शाश्वत से अलग करती है। यह आंतरिक मार्ग का पालन करने का एक जागरूक विकल्प है, भले ही वह सामूहिक रूढ़ियों और अपेक्षाओं के विपरीत हो। इच्छा का जन्म दर्दनाक है, क्योंकि इसके लिए नाजुक अहंकार के साथ पहचान को फाड़ना पड़ता है। लेकिन इस आत्म-बलिदान में सच्ची स्वतंत्रता निहित है।"

---✶♰✶---

वर्तमान में वापसी

मेलिना ने सो रहे नथानिएल को देखा। उसका चेहरा अब शांत था, लेकिन उसने उसके आंतरिक संघर्ष को महसूस किया - एक लड़ाई, जिसने उसे इस स्थिति

में लाया था, एक लड़ाई, जिसे वह अभी जीतना शुरू कर रहा था। क्या सदियों से उसकी यात्रा, जो एसेन लड़की और मसीह के रहस्य की स्मृति में समाप्त हुई, इस परिवर्तन का सबसे ज्वलंत उदाहरण नहीं थी? क्या वह आखिरकार विनम्रता और आत्म-अस्वीकृति के एक क्षण तक नहीं पहुँच गया था, जिससे सच्चे ज्ञान को प्रकट होने दिया गया था?

उसने अपना हाथ बढ़ाया, उसकी उंगलियाँ एक पल के लिए हिचकिचाईं, इससे पहले कि वह धीरे से उसकी गाल को छूती, इन विचारों की पुष्टि की तलाश में - न केवल उसके लिए, बल्कि उनके पूरे रास्ते के लिए। मेलिना ने अपने बच्चों - एथन, मार्क, एंथनी, सारा - को देखा। वे भी इस खोज का हिस्सा थे, वे अपने अंदर पिछले जीवन, अनसुलझे रहस्यों का बोझ ले जा रहे थे। सवाल यह नहीं था कि क्या वे तैयार थे, बल्कि उन्हें इस रास्ते पर कैसे ले जाया जाए। उन्हें यह कैसे समझाया जाए कि ज्ञान का मार्ग आत्म-ज्ञान का भी मार्ग है, कि सच्चाई उनके बाहर नहीं, बल्कि उनके अंदर पाई जाती है? क्या वे भी सच्चे ज्ञान तक, आत्मा की स्थिति तक पहुँचने के लिए अपने अहंकार की बेड़ियों को छोड़ने के लिए तैयार थे? उसने धीरे-धीरे अपना हाथ बढ़ाया और एथन, फिर मार्क, एंथनी, सारा की आँखों में देखा। उनकी आँखों में केवल डर नहीं था। मैंने वह प्राचीन भ्रम देखा, जिसके साथ आत्मा जागती है - इससे पहले कि वह छाया का पालन करना चुनती है... या प्रकाश का। वह जानती थी। रहस्य का मार्ग दुनिया को जीतने से नहीं, बल्कि अपने ही अहंकार को जीतने से गुजरता था। और यह लड़ाई - सभी में सबसे महत्वपूर्ण - जीती जानी थी। उनके लिए। पूरी मानवता के लिए। भविष्य का बोझ उसके कंधों पर गिर गया, लेकिन इस बार उसने इसे स्वीकार किया - एक बोझ के रूप में नहीं, बल्कि सर्वोच्च इच्छा के रूप में।

----------------- ❧ --------------------

अध्याय 11: व्यक्तिगत मानदंड से अप्राप्य ज्ञान तक

अहंकार के बजाय रहस्य की कामना करना सिर्फ एक विकल्प नहीं था - यह अज्ञात में एक दर्दनाक छलांग थी। एक सत्य की ओर पहला चौराहा, जिसकी कीमत मानवता ने सदियों के आत्म-धोखे और बलिदानों से चुकाई थी। नथानिएल के शब्दों की गड़गड़ाहट शांत हो गई, जो प्राचीन रहस्यों की आखिरी गूंज को निगल गई।

चिकित्सा क्षेत्र में हवा भारी हो गई, घनी, लगभग मूर्त हो गई, अनकहे सवालों और एक धड़कते हुए, अदृश्य तनाव से घनी हो गई। मेलिना विचार में डूबी रही, विशालता उसे एक अदृश्य, लेकिन कुचलने वाले बोझ की तरह दबा रही थी, जो उसके फेफड़ों से हवा निचोड़ रहा था। एसेन लड़की और पानी में दिए गए रहस्य की स्मृति उस अंधेरे चित्र के साथ जुड़ गई, जिसे नथानिएल ने अपने सपने में देखा था - एक दुनिया, जो एक परमाणु युद्ध से नष्ट हो गई थी।

"क्या हम इसे रोक सकते थे?" - यह शब्द केवल लटका नहीं था; यह एक दर्दनाक, शाश्वत गूंज की तरह उसके दिमाग में गूंज रहा था, जो पूरी मानवता के लिए था। तीन साल पहले, नथानिएल के साथ उस अलगाव के क्षण के बाद, मेलिना ने अपने हर पल को इस कारण के लिए समर्पित कर दिया था। उसे अपने प्रयास याद थे,उदासीनता और संदेह की दीवार को तोड़ने के हताश प्रयास। तब, सर्वनाश से दो

साल पहले, उसने अपनी नाजुक क्षमताओं के साथ, अपना सब कुछ दे दिया था, लेकिन उसकी आवाज नहीं सुनी गई थी।

"नहीं!"

उसने विस्फोट किया, उसकी आवाज कर्कश, कर्कश थी, चुप्पी को फाड़ रही थी। उसकी आवाज ने उसके अपने श्रवण रिसेप्टर्स को भी आश्चर्यचकित कर दिया, जैसे कि उसका शरीर इस सच्चाई पर विश्वास करने से इनकार कर रहा था। अंदर से उसने महसूस किया कि वह सिर्फ एक सवाल के खिलाफ नहीं, बल्कि एक अदृश्य, लेकिन निर्दयी फैसले के खिलाफ खड़ी थी।

विस्फोटों की गड़गड़ाहट बहुत पहले ही शांत हो गई है। बंजर मैदान चुप है। और तुम,नथानिएल... तुम अब पूछ नहीं सकते। सवालों का समय बीत चुका है।

"क्या हम दुनिया को परमाणु आत्म-विनाश से बचा सकते थे,"यह एक दर्दनाक विचार बन गया था, जो छूटे हुए अवसरों और शाश्वत सत्यों के बारे में था। इस अंधेरे परिदृश्य में, एकमात्र बचे हुए लोगों के रूप में, हम एक खाई का सामना करते हैं, जिसे हमें पार करना होगा। मानव अस्तित्व की नींव को फिर से खोजने की आवश्यकता है, पुराने के खंडहरों से एक नई दुनिया का निर्माण करने की। इस प्रक्रिया में, अतीत का ज्ञान हमें एक मार्गदर्शक प्रकाश के रूप में सेवा करना चाहिए, एक अपंग करने वाले बोझ के रूप में नहीं।

और जब उसने विशाल कांच के गुंबद के ऊपर उस बिना तारों वाले आकाश को देखा... यादें फिर से आ गईं। उसने उस पतली, लगभग अदृश्य सीमा की कल्पना की - एक बर्फीले फूल की तरह नाजुक, एक अंतिम तार की तरह तनी हुई, हवादार और फिर भी दुर्गम - जो परिवर्तन की कांपती हुई संभावना और घातक निष्क्रियता से सीखे गए कड़वे, अपरिहार्य सबक के बीच फैली हुई थी। एक तरफ अभी भी जीवित आशा धड़क रही थी - चेतना की चिंगारी, जो परिवर्तन की लौ को प्रज्वलित करने में सक्षम थी, पागल आत्म-विनाश के पाठ्यक्रम को मोड़ने में सक्षम थी। इस क्षण में, इससे पहले कि राख सब कुछ को गला घोंट देती, हर जागा हुआ दिल, हर जागरूक दिमाग, सहयोग की ओर बढ़ा हुआ हर हाथ नियति के तराजू को झुका सकता था। हम उपभोक्तावाद की मूर्तियों को अस्वीकार कर सकते थे, नफरत और विभाजन को छोड़ सकते थे, प्रकृति और हमारे पड़ोसी के साथ हमारे संबंध को फिर से खोज सकते थे। संभावना हवा में एक कोमल,आखिरी सांस की तरह लटकी हुई थी, जिसे सांस लेने और कार्रवाई में बदलने की प्रतीक्षा थी।

---✶۶✶---

सभी स्पष्ट चेतावनियों के साथ...

लेकिन दूसरी तरफ, एक अंधेरे सिल्हूट की तरह, निष्क्रियता का सबक पहले से ही आकार ले रहा था - ठंडा, निर्दयी और स्वयं ब्रह्मांड की तरह शाश्वत। रेडियोधर्मी बंजर मैदान में, कभी-कभी शहरों के खंडहरों के बीच, हम, बचे हुए लोग, न केवल विनाश के शारीरिक निशान, बल्कि क्या हो सकता था, इस ज्ञान का असहनीय बोझ भी उठाते हैं। हर खोई हुई आत्मा, हर जहरीली भूमि, हर शांत आवाज छूटे हुए क्षणों, अनसुनी चेतावनियों, स्वार्थी अंधापन की एक दर्दनाक याद है जो हमें इस अंत तक ले आई। निष्क्रियता का सबक स्मृति की टूटी हुई दीवारों पर खून और राख के साथ लिखा गया है - उदासीनता की कीमत, अपरिहार्य को स्थगित करने की, दीर्घकालिक अस्तित्व पर अल्पकालिक लाभ को प्राथमिकता देने की एक कड़वी

गवाही। मेलिना को एहसास हुआ कि ग्रेल के रहस्य की खोज अस्तित्व की प्राथमिक इच्छा, अपरिहार्य के डर से प्रेरित थी। लेकिन क्या इस स्वार्थी प्रयास ने उसे एक उच्च उद्देश्य, अस्तित्व की गहरी समझ के लिए अंधा नहीं कर दिया था? क्या सच्चा ज्ञान स्वयं मानव स्वभाव के परिवर्तन में, व्यक्तिगत भय और महत्वाकांक्षाओं से परे जाने में निहित नहीं है?

---✶✶---

फ्लैशबैक दुनिया को जगाने के मेलिना के प्रयास (सर्वनाश से दो साल पहले की स्मृति) पुस्तक "अगर तुम जीवित रहने के लिए चुने गए हो?: परिवर्तन। ग्रेल के रहस्य" से अंश, मेलिना ओरेया द्वारा

"...ग्रेल का रहस्य सिर्फ एक मिथक नहीं है। यह एक वैज्ञानिक सिद्धांत है, जो स्वयं गोल्डन रेशियो में कोडित है, जो हमारे शरीर की हर कोशिका में धड़क रहा है। यह विकास की कुंजी है, अमरता की, जिसे हम प्राप्त कर सकते हैं, देवताओं के रूप में नहीं, बल्कि जागरूक प्राणियों के रूप में। मानवता एक खाई के कगार पर है। केवल चेतना के परिवर्तन के माध्यम से, इस ज्ञान को शक्ति के लिए नहीं, बल्कि मुक्ति के लिए स्वीकार करके, हम आसन्न प्रलय से बच सकते हैं..."

---✶✶---

फ्लैशबैक वीडियो के साथ सोशल मीडिया पोस्ट

वीडियो: मेलिना एक पोडियम पर खड़ी है, साफ-सुथरे कपड़े पहने हुए है, उसकी नज़र भेदी है, लेकिन लालसा से भरी हुई है।

मेलिना की आवाज: आज दुनिया घूंघट से ढकी हुई है। डर, विभाजन, उपभोक्तावाद के घूंघट। हम अपने सच्चे सार को भूल गए हैं। मैं एक ऐसा भविष्य देखता हूँ जिसे रोका जा सकता है! गोल्डन रेशियो, प्राचीन शिक्षाएं, मुझे जो अंतर्दृष्टि मिलती है... वे आकस्मिक नहीं हैं। वे मार्ग हैं! मुक्ति का मार्ग! कृपया, मेरी बात सुनो! यह धर्म के बारे में नहीं है, यह राजनीति के बारे में नहीं है, यह अस्तित्व के बारे में है! कृपया, चलो एक वैश्विक बहस शुरू करें। चलो ग्रेल के इन रहस्यों को उजागर करें, हावी होने के लिए नहीं, बल्कि खुद को बचाने के लिए! वीडियो के नीचे टिप्पणियाँ:

@SkepticCENTURY: क्या यह महिला पागल है? ये क्या साजिशें हैं? उसे रोको, इससे पहले कि वह और लोगों को भ्रमित कर दे!

@TruthForGod: धन्यवाद, मेलिना! मैं यही महसूस करता हूँ! यह सिर्फ सनसनी की तलाश है। अपनी किताब बेचने के लिए!

@RealityOfTheDay: वह हमें असली समस्याओं से विचलित नहीं करेगी! रोटी, रहस्यवाद नहीं!

@AwakeCitizen: सब कुछ स्पष्ट है! वह कुछ शक्तियों के लिए काम करती है! विभाजित करो और शासन करो!

@TodayIsTomorrow: देखो, लोग केवल दिन-प्रतिदिन जीवित रहने में रुचि रखते हैं। जब कल कोई कल नहीं हो सकता है तो कौन अमरता के बारे में सोचता है? बहुत हो गया बकवास!

---✶✶---

फ्लैशबैक 📜 सार्वजनिक मंच, "लंदन में वैज्ञानिक पोडियम", मेलिना के भाषण का एक अंश जो विश्व के वैज्ञानिकों और राजनेताओं के सामने दिया गया था

मेलिना: सम्मानित सहयोगियों, प्रभावशाली लोगों! मैं आपको प्राचीन ग्रंथों, गणितीय मॉडल, क्वांटम भौतिकी से, यहाँ तक कि मेरी अपनी अतिसंवेदनशीलता से, जो एक उपहार नहीं, बल्कि एक विकासवादी क्षमता है, से निकाले गए अकाट्य सबूत पेश करता हूँ। ग्रैल कोई वस्तु नहीं है, बल्कि चेतना की एक अवस्था है! यह हमारे अंदर है! हम उस आपदा को रोक सकते हैं जो हर बीतते दिन के साथ आ रही है। लेकिन केवल तभी जब हम अपने अहंकार को बदलें, अगर हम लालच, नफरत और नियंत्रण की इच्छा से परे जाएं! उस चीज को अस्वीकार करें जिसका औसत दर्जे का अस्तित्व आपको वादा करता है - यह विनाश की ओर ले जाता है! सत्य की आवाज सुनो! प्यार की आवाज सुनो! एक ठंडी, लंबी तालियां बजती हैं। कुछ श्रोता, दायित्व से अधिक, निश्चित रूप से मुस्कुराते हैं। तनाव महसूस किया गया, उदासीनता की एक ठंडी दीवार।

--- ✶ ✶ ---

सम्मेलन के बाद मेलिना का आंतरिक एकालाप मैं वह आवाज थी। मैं चेतावनी दे सकती थी, व्याख्या कर सकती थी, जोड़ सकती थी। लेकिन मेरी आवाज को दबा दिया गया था - अर्थ की कमी से नहीं, बल्कि उदासीनता की अधिकता से। मैंने अपना सब कुछ दे दिया। मीडिया के माध्यम से, सामाजिक प्लेटफार्मों के माध्यम से, उस छोटे स्कूल के माध्यम से, जिसे मैंने कुछ दर्जन बहादुर, लेकिन अपर्याप्त अनुयायियों के साथ बनाया था। मैंने सभी भाषाओं में, सभी स्तरों पर बात की। मैं कर्कशता तक चिल्लाई, थकावट तक भीख मांगी, अंत तक तर्क दिया। लेकिन यह पर्याप्त नहीं था। मेरे पास उस शापित यथास्थिति को बदलने के लिए पर्याप्त समय नहीं था। मेरी आवाज को अज्ञान, महत्वाकांक्षा, अंधापन के कोलाहल से दबा दिया गया था। जैसे कि मैं अदृश्य थी, जैसे कि मेरे शब्द केवल हवा थे, जो रेगिस्तान में व्यर्थ बिखर रहे थे। अब हम यहाँ हैं। और "क्या हम इसे रोक सकते थे?" विषय केवल एक खोए हुए, नष्ट हुए भविष्य की एक दर्दनाक, गूंजती हुई फुसफुसाहट है।

--- ✶ ✶ ---

अब...

उसने अपनी उंगलियां भींच लीं, अपने ही नाखूनों को अपनी हथेली में घुसते हुए महसूस किया, जो उसे पल की मूर्त वास्तविकता में जमी कर रहा था। मुक्ति की ओर पहला कदम संसाधनों का परिवर्तन होगा।

यदि उन्हें कभी शक्ति के एक अंतहीन स्रोत के रूप में, अंधे देवताओं के रूप में, दूसरों की नियति का फैसला करने के रूप में पूजा जाता था, तो नई दुनिया में उन्हें केवल अस्तित्व का एक साधन बनना होगा। सामान्य भलाई के लिए दुर्लभ संसाधनों का वितरण, जरूरतमंदों का समर्थन, हमें मानवता के सार की ओर वापस लाएगा, हमें पूर्णता के उस मायावी आदर्श के करीब लाएगा, जो हमेशा हमारे दिलों में सुलगता रहा है।

अहंकार और नफरत के खंडहरों में, सम्मान, गुण और सच्चे मूल्य एक बचाने वाला पुल बन जाएंगे, जो मानवता के अवशेषों को जोड़ेगा। स्वार्थ की कमी, अस्तित्व की भव्यता के सामने विनम्रता, उन कृत्रिम भेदों को दूर करेगी जिन्होंने हमें

एक बार अलग किया था। हर बचे हुए व्यक्ति के लिए सम्मान, उसके संघर्ष और उसकी क्षमता के लिए, मानव समुदाय को फिर से खिलने का अवसर देगा। यह न केवल दूसरों के लिए, बल्कि एक नई, चुनौतीपूर्ण दुनिया में वे क्या हो सकते हैं, इसके लिए गहरी कृतज्ञता की अभिव्यक्ति होगी। आपसी सम्मान हमारी आत्माओं को समृद्ध करेगा, जो हमारे साझा दुखद अनुभव से पैदा हुए नए विचारों और दृष्टिकोणों के लिए हमें खोलेगा।

आत्म-विनाश के कड़वे संदर्भ में, "तुमने क्या किया?" प्रश्न एक आरोप के रूप में नहीं, बल्कि एक दर्दनाक पुकार के रूप में लटका हुआ है, जो विवेक के अवशेषों को हिला रहा है, जो आत्मा के खाली स्थान में गूंज रहा है। कोई व्यक्तिगत अपराधी नहीं है, बल्कि हर बचे हुए विवेक की आत्मा में एक गड़गड़ाहट है, जो त्रासदी में हमारी साझा मिलीभगत की याद दिलाता है।

मेलिना सोच रही थी, उसके शब्द उसके आंतरिक स्थान में गूंज रहे थे: "शायद मेरे शब्द बहुत अमूर्त थे, बहुत तार्किक थे, ताकि वे भावनाओं और निष्क्रियता के कवच को तोड़ सकें। शायद मैं ठंडी जानकारी को एक ज्वलंत विश्वास में बदलने में विफल रही, जो मानव दिलों और दिमागों को हिलाने में सक्षम था। सबसे भयानक बात यह है कि शायद मैंने खुद को एक निष्पक्ष पर्यवेक्षक की भूमिका तक सीमित कर लिया, बजाय इसके कि मैं परिवर्तन, मुक्ति का एक भावुक, अदम्य प्रचारक बनूं।"

मेलिना ने महसूस किया कि उसके अंदर एक नई, भेदी, लगभग दर्दनाक समझ पैदा हो रही थी। इस आंतरिक संघर्ष के जवाब में, वह अचानक तेजी से खड़ी हो गई। वह नथानिएल के बिस्तर के बगल में खड़ी थी, अपने बच्चों को देख रही थी। शारीरिक अमरता की तलाश शायद सच्चे लक्ष्य से एक विचलन था।

एसेन लड़की की मसीह द्वारा दिए गए प्यार, विश्वास और आशा की स्मृति में एक गहरा अर्थ था। "क्या सच्चा 'अप्राप्य ज्ञान' व्यक्तिगत आध्यात्मिक मानदंड के परिवर्तन में, बिना शर्त प्यार और दया की स्थिति तक पहुंचने में नहीं छिपा था?" - मेलिना ने खुद से पूछा, एथन और मार्क की ओर देखते हुए, जिनके चेहरे अभी भी अनुभव से पीले थे, लेकिन जिनमें पहले से ही एक बढ़ती आशा की रोशनी महसूस की जा सकती थी।

एथन ने एक पल के लिए सोचा, उसकी आवाज असामान्य रूप से शांत थी: "शायद तुम सही हो, माँ। हम हमेशा रहस्य को खोजने पर ध्यान केंद्रित करते थे, न कि इसका मतलब हमारे लिए लोगों के रूप में क्या है।"

सारा, जो अपने पिता को चिंता से देख रही थी, ने सिर हिलाया, अपने बच्चों में से एक को और करीब खींच लिया। उसकी मातृ वृत्ति उसकी आँखों में एक सुरक्षात्मक लौ की तरह चमक रही थी। उसकी नज़र बच्चे के चमकते चेहरे पर टिक गई, जो दृढ़ संकल्प से भरी हुई थी।

"और यह मत भूलो कि मेरे साथ मेरे तीन बच्चे भी हैं। उनका भविष्य इस बात पर निर्भर करता है कि हम क्या पाते हैं और हम उस ज्ञान के साथ क्या करने का फैसला करते हैं। हमें एक ऐसी दुनिया के बारे में सोचना होगा जिसमें प्यार और दया प्रमुख हो, न कि डर और किसी भी कीमत पर अस्तित्व।"

मेलिना ने कृतज्ञता के साथ उसकी ओर देखा। उसका सिर हिलाना धीमा था, लेकिन एक नई समझ से भरा हुआ था।

"तुम सही हो, सारा। जब हम अपने विचारों और डर से अभिभूत होते हैं तो कभी-कभी बड़ी तस्वीर देखना हमारे लिए मुश्किल होता है। क्या परमाणु विनाश

मानवता की अपनी स्वार्थी इच्छाओं को छोड़ने और इन उच्च मूल्यों को गले लगाने में असमर्थता का अंतिम परिणाम नहीं था?"

उसने फिर से नथानिएल को देखा। उसकी यादें, जो उसे सेनेनमुत और एसेन लड़की से जोड़ती थीं, जैसे एक खोज के विकास को चित्रित कर रही थीं - शारीरिक अमरता के लिए प्रयास से लेकर ज्ञान के आध्यात्मिक सार के लिए अंतर्दृष्टि तक।

"शायद सच्ची शक्ति तर्क में नहीं थी, बल्कि विनम्रता में थी। उस आंतरिक कीमियाई प्रक्रिया में, जो डर को ज्ञान में बदलती है, अहंकार को - दया में, और ज्ञान को - प्रकाश में।" - मेलिना ने जारी रखा, उसकी आवाज अब तर्कसंगत नहीं थी, बल्कि अधिक गंभीर थी, एक नए, गहरे ज्ञान से भरी हुई थी, जो जैसे उनकी आँखों के सामने पैदा हो रहा था।

"और हमें बचाने की कुंजी विज्ञान के जटिल सूत्रों में महारत हासिल करने में नहीं है, बल्कि हमारे अपने दिलों में महारत हासिल करने में, हमारी आत्माओं को शुद्ध करने में है। यह एक लड़ाई है जिसे हमें अपने अंदर जीतना है, अगर हम भविष्य चाहते हैं।"

उसने अपना हाथ बढ़ाया और धीरे से नथानिएल के माथे पर अपनी हथेली रखी, जैसे कि वह न केवल अपने विचार, बल्कि अपने पूरे नए पाए गए दृढ़ संकल्प को उसके सार में गहराई तक भेज रही हो, यह मानते हुए कि वह जाग जाएगा, परिवर्तित हो जाएगा, ताकि नए मार्ग का नेतृत्व कर सके। वह जानती थी: भविष्य जयकारों के साथ नहीं, बल्कि मौन विकल्पों के साथ आएगा। दिल के अंदर। एक के बाद एक। अभी।

----------------- ----------------------

अध्याय 12: अस्वीकृत प्रेम और दुनिया को जीतने का कैथार्सिस

मेलिना ने अपने बालों के माध्यम से कोमल उंगलियां चलाईं। उसके विचार अतीत में भटक रहे थे - धुएं की तरह सहज, लेकिन अंतर्दृष्टि की बिजली की चमक के साथ, जबकि कमरे में हवा न केवल भविष्य के सवालों से, बल्कि अनकहे शब्दों के बोझ से भी भारी हो रही थी, जो एक चीख तक घनी हो गई थी। अस्वीकृति के पिछले दर्द ने उसकी नसों में एक पुरानी धारा के रूप में नहीं, बल्कि एक नई-खोजी गई ऊर्जा के रूप में धड़कना शुरू कर दिया, जिसने उसे प्रेरित किया।

उसने उसे देखा - सो रहा था और रक्षाहीन था। इस क्षण में, बिना इसे महसूस किए, नथानिएल फिर से उसके अपने, गहरे परिवर्तन का उत्प्रेरक बन गया। उसमें एक दर्दनाक, लेकिन अब मुक्त करने वाली स्मृति एक एकल, भेदी क्षण के लिए सामने आई। तभी उसे एहसास हुआ कि उसे सब कुछ बदलना होगा। वह क्षण, जिसमें उसके इनकार ने उसे हड्डियों तक भेद दिया, उसके अस्तित्व के हर रेशे को हिला दिया। उसके सभी प्रयास, उसकी सारी ऊर्जा, उसके दिल में प्यार जगाने के लिए लगाई गई थी, उसे आसन्न खतरे के बारे में चेतावनी देने के लिए, उसे मुक्ति के मार्ग पर ले जाने के लिए - सब कुछ अस्वीकार कर दिया गया था। उसने उसके बहुत सार पर हमला किया था - हमलों से नहीं, बल्कि अस्वीकृति से, जो मिटा देता है। उसने उसे खोजने में भी कोई दिलचस्पी नहीं दिखाई, जब उसने उसे अपना सब कुछ दिया था, अपने जीवन के सात साल, अपना बिना शर्त प्यार और विश्वास।

ठीक उसी कैथार्सिस, हिलते हुए क्षण में, मेलिना ने एक शिकार बनने से इनकार कर दिया। न तो परिस्थितियों का, न ही नथानिएल का, न ही उसके अपने अहंकार का। वह दर्द से एक सड़ने वाली श्रृंखला की तरह टूट गई, जिसने उसे बहुत लंबे समय तक कैदी रखा था। अपने प्यार के महत्व और महत्व की कमी से। उसकी सराहना और अनुमोदन की उसकी जरूरत से। अपमान और गुस्से से। उसे अचानक एहसास हुआ कि यह प्यार, चाहे उसने कितना भी बलिदान मांगा हो, वह मार्ग था जो उसे विकास और बोध तक ले गया।

"उसके बिना मैं कभी नहीं जाती, मैं कभी नहीं बदलती, मैं अपनी खुद की शक्ति, साहस और ज्ञान को कभी नहीं दिखाती," उसने खुद से फुसफुसाया। उसकी आवाज मुश्किल से सुनाई दे रही थी, लेकिन एक नए-पाए गए गर्व और शांति से भरी हुई थी।

"कोई और नहीं करेगा। समाज के रूढ़ियों और नियमों से बोझिल, कौन इस तरह से प्यार करने का साहस करेगा, इतना कुछ देने के लिए, केवल अस्वीकार किए जाने के लिए, लेकिन इसमें अपनी मुक्ति खोजने के लिए? केवल असीम प्यार और विश्वास, आशा और पसंद, तुम्हें बोध के मार्ग पर मुक्ति तक ले जा सकते हैं।"

उसने अपनी आँखें खोलीं और एक नई समझ के साथ सो रहे नथानिएल को देखा। उसने अब उसे दर्द के स्रोत के रूप में नहीं देखा, बल्कि एक अनैच्छिक शिक्षक के रूप में, उसके अपने, नियतिपूर्ण मार्ग का हिस्सा। उसके इनकार ने मेलिना को खाई के किनारे से धक्का दिया था, जिससे उसे उड़ान भरने के लिए मजबूर होना पड़ा। वह अपनी खुद की मार्गदर्शक, अपनी खुद की नियति की वास्तुकार बन गई थी।

इस क्षण में, जब वह अपने बच्चों को देख रही थी, उसने अंदर से एक आवेग महसूस किया - गुस्सा नहीं, अभिमान नहीं, बल्कि राख से पैदा हुई एक आग, जिसमें एक नई मेलिना गढ़ी जा रही थी। यह शक्ति नई दुनिया, एक नए युग के निर्माण में उसकी मार्गदर्शक होगी।

---✶❦✶---

फ्लैशबैक 📜 नथानिएल की यादें: पूर्ण नियंत्रण

की योजना जब मेलिना उसके चेहरे को देख रही थी, तो नथानिएल की बंद आँखें अपनी पलकों के नीचे कांप रही थीं, वे नाच नहीं रही थीं, बल्कि यादों की एक बाढ़ से लड़ रही थीं। अपनी बेहोशी में वह उन तीन साल फिर से जी रहा था। उस बातचीत के बाद, जिसमें उसके शब्द उसे पागलपन लग रहे थे - मेलिना ने बोया, और नथानिएल - अंकुरित हुआ। अकेला, अंधेरे में। उसकी अंतर्दृष्टि, भले ही उसके द्वारा "भावनात्मक चरम" के रूप में अस्वीकार कर दी गई थी, उसने विचारों के बीज बोए थे। विचार, जिन्हें उसने अपने निर्दयी तर्क के साथ, दुनिया पर सर्वोच्च विजय की एक योजना में कुशलता से बदल दिया। उसके दिमाग में बैठकों, गुप्त ब्रीफिंगों और राजनीतिक मंचों के टुकड़े क्रमबद्ध हो रहे थे, हर दृश्य - उसके पूर्ण प्रभुत्व की ओर अगला कदम।

---✶❦✶---

फ्लैशबैक 📜 अपनी बेहोशी के दौरान नथानिएल का आंतरिक एकालाप, बैठकों और मंचों की यादें उसने परिचित उत्साह महसूस किया, जो हमेशा उसे घेर लेता था, जब वह एक नए, बोल्ड विचार का सामना करता था। लेकिन इस बार यह

कुछ और गहरे से मिला हुआ था - खुद से और अपने समुदाय की गुप्त महत्वाकांक्षाओं से कुछ बहुत बड़े से एक संबंध का एहसास।

---✶ ✶---

फ्लैशबैक 📜 आदेश का सम्मेलन: "प्रोटोकॉल: दीर्घायु और इतिहास का हेरफेर" नथानिएल ने बोलना शुरू किया, उसकी आवाज शांत, लेकिन अटूट दृढ़ विश्वास से भरी हुई थी।

सज्जनों, मुझे अद्वितीय अंतर्दृष्टि मिली है। पहले लोग, जिन्हें असाधारण जीवन शक्ति के साथ संपन्न किया गया था, जो लंबे समय तक जीते थे... अगर हमारे पहले वालों ने इस पर महारत हासिल की थी... तो हम क्यों नहीं? हम इसे बनाएंगे। हम इसे देंगे। बदले में - शक्ति। पूर्ण। जहाँ तक प्राचीन ग्रंथों, उत्पत्ति, मूसा, मानवता के वंश वृक्ष का सवाल है... उनकी सटीकता बहस का विषय है। हमारे लिए यह एक समस्या नहीं, बल्कि एक अवसर है। अगर इतिहास को फिर से लिखा गया या व्याख्या किया गया, तो हम कथा को नियंत्रित करेंगे, हम अपनी खुद की "सच्चाई" बनाएंगे जो हमारे सत्ता के लक्ष्यों की सेवा करेगी। अतीत पर नियंत्रण भविष्य पर नियंत्रण है।

---✶ ✶---

फ्लैशबैक 📜 उच्च-स्तरीय बैठक, G20 शिखर सम्मेलन: "वैश्विक आर्थिक सिंक्रनाइज़ेशन और जलवायु नियंत्रण"

नथानिएल ने टच स्क्रीन को छुआ। दुनिया का एक नक्शा चमक उठा। - खगोलीय ज्ञान की सार्वभौमिकता और कैलेंडर का निर्माण, विशेष रूप से प्रकृति की चक्रीयता से संबंधित, एक एकल प्राचीन ज्ञान का सुझाव देता है। हमारा समुदाय जलवायु परिवर्तन और प्राकृतिक घटनाओं की भविष्यवाणी करने के लिए इसका उपयोग करेगा। संसाधनों के प्रबंधन और कृषि को प्रभावित करने के लिए बड़े पैमाने पर संचालन को सिंक्रनाइज़ करने के लिए, वैश्विक भोजन और लोगों के जीवन पर पूर्ण नियंत्रण सुनिश्चित करेगा। हम जलवायु परिवर्तन को दूर करने के लिए एक रणनीति तैयार करेंगे, लेकिन बचाने के लिए नहीं, बल्कि हावी होने के लिए।

---✶ ✶---

फ्लैशबैक 📜 गुप्त वार्ता, विश्व आर्थिक मंच: "नियंत्रण का अमृत और सामाजिक इंजीनियरिंग"

आदेश का एक प्रतिनिधि खड़ा हुआ, जैसे कि उसके शब्दों का वजन कमरे को भर रहा हो। - जलप्रलय के बाद जीवन काल में कमी... अटलांटिस, शाश्वत जीवन से ग्रस्त, आध्यात्मिक खोजों को कीमियाई प्रयोगों में बदल रहा था, एक अमृत की तलाश कर रहा था... जो दूसरों के साथ हेरफेर करने वाले अंधेरे स्वामी बन गए थे। यह ठीक वही चेतावनी थी जिसकी हमारे समुदाय को जरूरत थी। अटलांटिस ने अपनी पवित्रता खो दी थी, लेकिन शाश्वत जीवन और हेरफेर का ज्ञान प्राप्त कर लिया था। लक्ष्य उनकी गलती को दोहराना नहीं है, बल्कि ज्ञान का "अमृत" निकालना है, जीवन और मृत्यु पर नियंत्रण के लिए इसका उपयोग करना है। लेकिन इस तरह से जो विनाश की ओर नहीं, बल्कि पूर्ण प्रभुत्व की ओर ले जाता है। "अंधेरे स्वामी" की कहानियों का उपयोग उन लोगों के लिए एक निवारक के रूप में किया जाएगा जो हमारी नई विश्व व्यवस्था का विरोध करने का साहस करते हैं।

---✶ ✶---

फ्लैशबैक सार्वजनिक मीडिया घोषणा, सभी वैश्विक चैनलों पर प्रसारित: "नए संरक्षक और मानवता का परिवर्तन"

एक उदघोषक की आवाज स्क्रीन से सुनाई दी, जो चिकनी रूप से शांत थी, लेकिन अटूट शक्ति के एक नोट के साथ। - "एक खोई हुई सभ्यता के अमूल्य आध्यात्मिक मूल्यों और ज्ञान" के संरक्षक के रूप में संदूक... हम, प्राचीन लोगों की तरह, भी मूल्यवान ज्ञान के "संरक्षक" हैं। लेकिन हमारा लक्ष्य इस पहुंच पर एकाधिकार करना है, अपनी खुद की शक्ति को मजबूत करने के लिए इसका उपयोग करना है, "नए नूह" बनना है जो दुनिया के भविष्य को आकार देते हैं। हम नई तकनीकों को पेश करेंगे जो आपके जीवन को बेहतर बनाएंगी, लेकिन हमें पूर्ण आज्ञाकारिता की आवश्यकता होगी।

---✶ ✶---

फ्लैशबैक आदेश की आंतरिक ब्रीफिंग: "अंतरिक्ष की विजय और आनुवंशिक नियंत्रण"

नथानिएल ने तारों वाले आकाश के होलोग्राम नक्शे पर अपनी उंगली फिराई। - यह शक्ति के छिपे हुए स्रोतों का प्रमाण है। हम पहले से ही इन "खोई हुई तकनीकों" की तलाश कर रहे थे। अंतर्दृष्टि ने हमें निर्देश दिए कि कहाँ देखना है, प्राचीन कलाकृतियों और मिथकों को तकनीकी नियमावली या प्राकृतिक और मानव संसाधनों पर नियंत्रण के लिए योजनाओं के रूप में कैसे व्याख्या करना है। हम अंतरिक्ष और पृथ्वी की कक्षा पर विजय प्राप्त करेंगे, अपने ग्रह से परे संसाधनों को नियंत्रित करेंगे। नियंडरथल और डेनिसोवन के आनुवंशिक टुकड़े... वंश वृक्ष की विभिन्न शाखाओं के बीच एक गतिशील संवाद... आनुवंशिक मिश्रण केवल जिज्ञासा नहीं है। यह हमें वांछित गुणों वाले कुलीन समूहों - "नए संकर" - के निर्माण के लिए आधार देता है, जिन्हें विशिष्ट उद्देश्यों के लिए नियंत्रित और उपयोग किया जा सके। सीमाओं का धुंधलापन का मतलब है कि "इंसान" की अवधारणा को हेरफेर किया जा सकता है, हमारे नियमों द्वारा परिभाषित किया जा सकता है। इन आनुवंशिक निशानों तक पहुंच भविष्य की पीढ़ियों पर जैविक नियंत्रण की कुंजी है।

---✶ ✶---

फ्लैशबैक वैश्विक मीडिया हेरफेर अभियान: "एक बेहतर दुनिया के लिए सिंक्रनाइज़ किए गए दिमाग!"

सभी प्लेटफार्मों पर प्रसारित एक विज्ञापन से एक आवाज ने अंतरिक्ष को भर दिया। स्क्रीन पर, खुश, मुस्कुराते हुए चेहरे, तालमेल में काम कर रहे थे, निर्बाध उत्पादन, बहुतायत और शांति से भरे शहर दिखाई दे रहे थे। - एक सिंक्रनाइज़ लय... तीव्रता में वृद्धि... तरंगों की तरह विचार और हवाओं की तरह भावनाएं... हम अंतर्ज्ञान के बारे में बात करते हैं, और हमारे वैज्ञानिक बड़े पैमाने पर मानसिक हेरफेर बनाते हैं। अगर हम लोगों के बड़े समूहों की चेतना को सिंक्रनाइज़ कर सकते हैं, तो हम उनके कार्यों और भावनाओं को नियंत्रित करेंगे, उन्हें एक एकल, प्रबंधित बल में बदल देंगे। यह आपके अपने भले के लिए, निश्चित रूप से, नियंत्रण का एक उच्च रूप है।

---✶ ✶---

फ्लैशबैक 📜 आदेश का आंतरिक विश्लेषण: "नियंत्रण और पुन: प्रोग्रामिंग के लिए एक उपकरण के रूप में भाषा"

नथानिएल ने उदास रूप से मुस्कुराया, उसके विचार मेलिना के चारों ओर घूम रहे थे। - एक सीमित कारक के रूप में भाषा... सोचने के लिए एक आंतरिक उपकरण... विचारों की संरचना... बच्चों के "असीमित संभावनाओं के अंतहीन महासागर" के साथ प्राकृतिक संबंध का टूटना... अंतर्ज्ञान और "आत्मा की शक्ति के माध्यम से विचारों को साकार करने" की क्षमता का नुकसान। अंतर्दृष्टि ने नुकसान देखा। मैंने नियंत्रण के लिए एक विधि देखी। यदि भाषा चेतना को सीमित करती है, तो भाषा को नियंत्रित करना - क्या कहा जाता है, कैसे सोचा जाता है - हेरफेर के लिए एक शक्तिशाली उपकरण है। हम जनता की सोच को फिर से प्रोग्राम करेंगे। यदि "विचारों का साकार होना" वास्तविक है, तो जनता को इस क्षमता से वंचित करना उन्हें उन लोगों पर निर्भर करता है जो इस पर महारत हासिल करते हैं। हम उनकी वास्तविकता पर शासन करेंगे।

---✶⚸✶---

फ्लैशबैक 📜 आदेश की गुप्त परियोजना: "रियलिटी जनरेटर: क्वांटम प्रभुत्व"

एक प्रमुख वैज्ञानिक, जिसकी आँखों में चमक थी, ने आरेख प्रकट किए। - छवियों में सोचना... अंतर्ज्ञान के स्तरों से संबंध... मस्तिष्क एक "शक्तिशाली वास्तविकता जनरेटर" के रूप में... प्राकृतिक तत्वों पर प्रभाव... पवित्र ज्यामिति, प्राचीन प्रतीक - वास्तविकता के छिपे हुए आयामों की कुंजी... मानव और दिव्य के बीच एक पुल। यहाँ मौलिक कुंजी है! आलंकारिक सोच केवल रचनात्मकता नहीं है, बल्कि वास्तविकता पर सीधे प्रभाव डालने के लिए एक तंत्र है। हमने ऊर्जा के साथ प्रयोग किया, लेकिन यह बहुत अधिक है। प्राचीन प्रतीक और पवित्र ज्यामिति सिर्फ गूढ़वाद नहीं हैं, बल्कि इन क्षमताओं को सक्रिय करने के लिए, वास्तविकता उत्पन्न करने और तत्वों को नियंत्रित करने के लिए "गूढ़ मानचित्र"

हैं। अगर हम इन प्रतीकों को समझ सकते हैं, तो हमारे पास देवताओं की शक्ति होगी। बाबेल के टावर की किंवदंती... एकता का नुकसान, भाषाओं का भ्रम, एक महत्वाकांक्षी परियोजना की विफलता। यह कहानी अब हमें केवल एक सबक नहीं लगती। यह विभाजन के जाल के लिए एक चेतावनी है। हम, रहस्य और नियंत्रण के लिए अपने प्रयास में, असफल न होने के लिए अपने आंतरिक घेरे में

"भाषाओं के भ्रम" से बचना चाहिए। एकता - यहां तक कि कुछ के बीच भी - हमारी शक्ति की पूर्ण अभिव्यक्ति की कुंजी है। नथानिएल ने धीरे-धीरे सिर हिलाया। - हमें ब्रह्मांड के क्वांटम कोड को उजागर करना होगा, पारंपरिक भाषा की सीमाओं को पार करना होगा... एक सहज, गैर-मौखिक अनुभव के लिए खुद को खोलना होगा... अंतर्ज्ञान की शांत आवाज को "सुनना"...

सूक्ष्म संकेतों को पढ़ना... "हार्मोनिक कंपन" के लिए खुद को ट्यून करना... अस्तित्व की एक गहरी, परस्पर जुड़ी प्रकृति। ये अंतर्दृष्टि आध्यात्मिकता के बारे में बात करती थी, लेकिन मैंने वास्तविकता के

"हैकिंग" को देखा। ये "हार्मोनिक कंपन" भावनाएं नहीं हैं, बल्कि अस्तित्व की मौलिक आवृत्तियां हैं, जिन्हें अगर समझा और हेरफेर किया जाए, तो अभूतपूर्व नियंत्रण दे सकते हैं। यह सहानुभूति के बारे में नहीं है, बल्कि चेतना के ठीक ट्यूनिंग के माध्यम से वास्तविकता के ताने-बाने को प्रभावित करने के बारे में है। यह मशीनों के माध्यम से नहीं, बल्कि शुद्ध विचार के माध्यम से क्वांटम यांत्रिकी में महारत हासिल करने का शिखर है। उसके विचार एक तूफान थे। जो कुछ भी सुना गया था, जिसे एक बार गूढ़ बकवास के रूप में खारिज कर दिया गया था, अब एक खजाने के लिए एक संभावित नक्शे जैसा लग रहा था, जो शक्ति से बहुत बड़ा था - चेतना की प्रकृति और वास्तविकता के साथ इसके संबंध की एक मौलिक समझ के लिए, जिसका उपयोग पूर्ण नियंत्रण के लिए किया जा सकता था।

---✶✶---

फ्लैशबैक 📜 चरमोत्कर्ष: तीन दिन का अंधेरा और दुनिया का अंत तीन दिन। प्रकाश की एक किरण नहीं। पृथ्वी चुप हो गई, जैसे कि उसका दिल ही धड़कना बंद हो गया था। अंधेरा केवल सूरज की कमी नहीं था - यह नियति थी, जो दहलीज से परे चली गई थी। इस रहस्यमय घटना, जो वैकल्पिक और रहस्यमय शिक्षाओं में सर्वनाश के एक अग्रदूत के रूप में गहराई से निहित थी, ने दुनिया को अंधेरे और अराजकता में डुबो दिया। इस घटना के दौरान, पृथ्वी शक्तिशाली भू-चुंबकीय और क्वांटम क्षेत्रों से गुजरी, जिसने सभी इलेक्ट्रॉनिक्स और बिजली को ध्वस्त कर दिया, जिससे वैश्विक संचार, परिवहन और महत्वपूर्ण प्रणालियां निष्क्रिय हो गईं। प्रौद्योगिकियों और रोशनी के अचानक बंद होने से आबादी के बीच व्यापक घबराहट और अनिश्चितता पैदा हो गई। आदेश ने इसे अपनी योजना को तेज करने के बहाने के रूप में इस्तेमाल किया। यह सब, बेहद कम समय में लागू किया गया, दुनिया को ढहने तक ले गया। जी20 और इसी तरह की बैठकों में चर्चा की गई वैश्विक वित्तीय और कॉर्पोरेट नीति अर्थव्यवस्था और संसाधनों पर पूर्ण नियंत्रण के लिए एक तंत्र बन गई। प्रौद्योगिकियों का विकास, कथित तौर पर "प्रगति"

के लिए, वास्तव में नियंत्रण और शक्ति के उद्देश्य से था, जिससे मानव श्रम की आवश्यकता समाप्त हो गई। नतीजतन, अरबों लोग

"अनावश्यक संसाधन उपभोक्ता"

बन गए। बढ़ती आबादी और घटते संसाधनों, साथ ही

"अनावश्यक" जनता के अपरिहार्य विद्रोह से निपटने के लिए, आदेश ने चरम उपाय किए। जलवायु परिवर्तन पर चर्चा की गई, लेकिन ग्रह को बचाने के लिए नहीं, बल्कि अभिजात वर्ग के लिए नियंत्रित अस्तित्व क्षेत्र बनाने के लिए। अंतरिक्ष प्रौद्योगिकी का विकास और पृथ्वी की कक्षा पर विजय नए संसाधनों को निकालने और ग्रह से परे अभिजात वर्ग के लिए आश्रय प्रदान करने के उद्देश्य से था। पृथ्वी की सतह अराजकता और आतंक का एक क्षेत्र बन गई। लोग अपने जीवन को संरक्षित करने के लिए क्रूर हो गए। लूटपाट, अपराध और अज्ञानी जनता का विद्रोह शहरों में फैल गया। जवाब में, "महामारी" या "जैव सुरक्षा खतरों" से लड़ने के बहाने, "रक्षा" के लिए कथित तौर पर विकसित जैविक हथियारों को अतिरिक्त आबादी को "साफ" करने के लिए सक्रिय किया गया था। अभूतपूर्व महामारी और अकाल पड़ा। सब कुछ बड़े

पैमाने पर आत्म-विनाश के हथियारों और "पूर्ण शुद्धिकरण" के एक पागल कार्य के साथ समाप्त हुआ, जिसने दुनिया को एक अंतिम सर्वनाश तक खींच लिया। वैश्विक नेटवर्क ढह गए, मीडिया चुप हो गया, सामाजिक प्लेटफार्मों को काट दिया गया। उन्होंने नेटवर्क बनाया, लेकिन उन्होंने यह अनुमान नहीं लगाया कि यह उनकी अपनी गर्दन के चारों ओर कस जाएगा।

------------------ ------------------

अध्याय 13: निर्माता का जन्म राख से - मुक्ति के सवाल

मेलिना ने एक गहरी सांस ली। उसकी नजर एथन और मार्क के चेहरों पर घूमी - अब वे केवल युवा पुरुष नहीं थे, बल्कि परिपक्व हो गए थे, जिन्होंने अकल्पनीय को अनुभव किया था। एंथनी के बगल में सारा खड़ी थी, नथानिएल की बेटी, अब एक पत्नी और मां, जिसका परिवार - और उसके बच्चे - उसका एकमात्र अर्थ थे। पनडुब्बी में पिछले बारह महीने कठिन थे, जो तनाव और अजीब बातचीत से भरे हुए थे, जिसने लंबे समय से छिपे सत्यों को उजागर किया।

उनके लिए - चारों के लिए - उनके माता-पिता के बारे में सच्चाई, उनकी गुप्त संबद्धता के बारे में, दुनिया को बचाने के सभी प्रयासों के बारे में... चौंकाने वाली थी। उन्हें पिछले साल ही सब कुछ समझ में आया, जब कोई और इंसान नहीं था। रहस्यों की कोई जरूरत नहीं थी। और मेलिना और नथानिएल के बीच? अभी भी एक अदृश्य दीवार लटकी हुई थी - दोष, महत्व, प्रतिशोध, प्रतिशोध की। अभी भी कोई माफी नहीं थी।

"क्या मैं और अधिक कर सकती थी?" - यह सवाल मेलिना में गूंज रहा था। एक तबाह कैथेड्रल में एक दर्दनाक असंगति, एक गूंज।

एथन, मेलिना का बेटा, चुप्पी तोड़ता है। उसकी आवाज - कर्कश, जमा हुए संदेह से भरी हुई है:

"मां, इन महीनों में... मुझे इतना कुछ समझ में आया। लेकिन अब हमारे पास क्या बचा है? हम और क्या कर सकते थे? मुझे बताओ!"

मेलिना ने उसकी ओर देखा। उसकी आंखों में - एक अथाह दुख।

"सवाल केवल मेरे बारे में नहीं है, मेरे बेटे। यह हम में से हर एक के बारे में है। हर जीवित इंसान के बारे में। जब दुनिया कगार पर लटक रही थी... हमने क्या किया? क्या हमने समझ बोने की कोशिश की? क्या वास्तव में? क्या हमने नफरत का विरोध किया, जब हमने इसे स्क्रीन पर, सड़कों पर जहर की तरह रेंगते हुए देखा? क्या हमने उदासीनता का सामना किया, जब बस... सिर घुमाना और यह दिखावा करना इतना आसान था कि हमने नहीं देखा?"

मार्क, अपनी स्वाभाविक गंभीरता के साथ, धीरे-धीरे सिर हिलाया।

"अब मुझे समझ में आता है कि हम कितना कम जानते थे। मैंने पूरे जीवन सोचा था कि तकनीक हमें बचाएगी। लेकिन यह पता चला कि केवल दिल ही निर्माण कर सकता है।"

आपदा के बाद की चुप्पी में... यह सवाल लटका रहता है। एक भूतिया फटकार की तरह। शब्दों की शक्ति और उनकी दुखद अपर्याप्तता के लिए एक सबक, जब उनके बाद दृढ़ कार्रवाई नहीं होती है। ज्ञान बिना ज्ञान के शक्तिहीन है।

और परिवर्तन की इच्छा के बिना चेतावनी बस... एक खाली गूंज है जो उदासीनता के रेगिस्तान में खो जाती है।

"और अगर हम फिर भी बच गए," मेलिना ने जोड़ा, उसकी आवाज - वजन से भरी हुई, "यह सवाल हमारा शाश्वत साथी होगा। हमें विनाश में अर्थ खोजना होगा। सिर्फ जीवित नहीं रहना है। हमें एक ऐसा भविष्य बनाना होगा जिसमें ऐसी निष्क्रियता फिर कभी दुनिया को नष्ट न करे। ज्ञान एक अंतहीन यात्रा है। जो कुछ हुआ, उसके कारणों को समझना, हमें हताशा से परे ले जाएगा। राख से हम एक बुद्धिमान दुनिया के सह-निर्माता बनेंगे। एक दुनिया, जहां ज्ञान और अस्तित्व प्रमुख शक्तियां हैं। डर नहीं। विनाश नहीं।"

सारा, जो इस क्षण तक चुपचाप सुन रही थी, बोलती है। उसकी आवाज एक शांत पानी में गिरे एक अचानक पत्थर की तरह लग रही थी।

"सबसे महत्वपूर्ण बात... जागरूकता होगी। हर बचे हुए व्यक्ति में गहराई से निहित है। कि हम एक पूरे के अविभाज्य कण हैं। सोचो! प्रकृति को नष्ट करके - जंगलों को काटकर, नदियों में जहर डालकर, हवा, जमीन को विकिरण से प्रदूषित करके... हमने खुद को नष्ट कर दिया। नई दुनिया में, घास के हर ब्लेड, शुद्ध पानी की हर घूंट के लिए सम्मान... हमारे अपने जीवन के लिए सम्मान के बराबर होगा। यह अंतरसंबंध के बारे में जागरूकता... यह एक स्थायी भविष्य के निर्माण का एकमात्र तरीका होगा। एकमात्र!"

परमाणु प्रलय के बाद इस अंधेरे क्षितिज में, मेलिना ने अपने चारों ओर इकट्ठे हुए लोगों को देखा।

"मुक्ति बाहर से नहीं आएगी, मेरे बच्चों। बल्कि मानव आत्मा की गहराइयों से। दुख से शुद्ध होकर। यह भूली हुई मूल्यों को फिर से खोजने में निहित होगा। लालच को दया में बदलने में। हमारे साझा नियति के बारे में जागरूकता में। और राख से निकाले गए ज्ञान में। सवाल यह नहीं है कि क्या हम विनाश को रोक सकते थे... बल्कि यह है कि कैसे, इसके अवशेषों पर कदम रखते हुए, हम एक ऐसी दुनिया बना सकते हैं जिसमें इस तरह का आतंक फिर कभी न हो। यह पसंद का सवाल नहीं है। बल्कि सार का। कभी नहीं!"

नथानिएल अपने सपने में हिल गया, जैसे कि वह उन्हें सुन रहा था, एक रहस्यमय, लेकिन भेदी मजबूत पूर्वाभास से पकड़ा गया था। उसके कानों में जैसे एक आवाज गूंजी, जो साल पहले बोली गई थी, लेकिन अब एक नया, जमने वाला अर्थ प्राप्त कर रही थी:

"ये हमारे नए नियम हैं, जिनके साथ हम एक नई विश्व व्यवस्था बनाएंगे, क्योंकि तुम इस दुनिया के निर्माता बनोगे... केवल इस तरह के विकास के बाद ही एक व्यक्ति गुप्त ज्ञान की तलाश शुरू कर सकता है... और कोई शिक्षक, मसीहा या पैगंबर उसे तैयार नहीं दे सकता।"

मेलिना अपने खुद के विचारों को सुन रही थी, जो भविष्य की राख से पैदा हुए शब्दों से प्रवर्धित थे। उसने अपने बच्चों को देखा, उनकी आंखों में अब केवल एक चिंगारी नहीं, बल्कि समझ की एक चमक थी। कार्रवाई के लिए तत्परता की।

---✶६✶---

नई दुनिया की आवाजें - सृजन के लिए एक घोषणापत्र

यह हमारी नई दुनिया है, - उसने धीरे से कहा, लेकिन अटूट दृढ़ संकल्प के साथ। उसकी आवाज - सुबह का एक वादा। - एक दुनिया, जो अतीत के ज्ञान और भविष्य के सबकों से बनी है। एक साथ।

---✶६✶---

एथन ने अपनी माँ का हाथ पकड़ा, उसकी नज़र - साहसी और दृढ़, उसकी शक्ति को दर्शा रही थी। मार्क ने गंभीरता से सिर हिलाया, उसकी चुप्पी - शब्दों से अधिक वाक्पटु, जो एक नई-खोजी गई परिपक्वता से भरी हुई थी। सारा, एक कांपते हुए, लेकिन मजबूत दिल के साथ, इस जटिल मिशन के लिए खुद को समर्पित करने के लिए दृढ़ लग रही थी।

हमें क्या करना चाहिए, माँ? - एथन ने पूछा, उसकी आवाज एक नई पीढ़ी की आवाज थी, जो अर्थ के लिए भूखी थी। - हमें मार्गदर्शन करो! मेलिना ने एक गहरी सांस ली। - सबसे पहले, हमें शक्ति और नियंत्रण के अपने पुराने विचारों को छोड़ना होगा। भौतिक सामान? उनका कोई महत्व नहीं है। शून्य। हमारी एकमात्र मुद्रा सहयोग है। और आपसी सहायता। दूसरा, हमें उदासीनता की कीमत याद रखनी होगी। हर कार्रवाई। हर शब्द। मायने रखता है। हमें तर्क और दया की आवाज बनना होगा। डर की नहीं। तीसरा, हमें हर जीवित प्राणी को महत्व देना होगा। शुद्ध पानी की हर बूंद। घास के हर ब्लेड। क्योंकि वे हमारा हिस्सा हैं। और हम उनका हिस्सा हैं। यह पसंद का सवाल नहीं है। बल्कि सार का। वह खड़ी हो गई, खाली क्षितिज की ओर देख रही थी। उनके ऊपर छोटा गुंबद अनंतता में एक आखिरी बंदरगाह की तरह लग रहा था।

और सबसे महत्वपूर्ण बात, - मेलिना एक जलती हुई आवाज के साथ जारी रही, जो एक प्राचीन चट्टान की तरह ईमानदार और अटूट थी। - हमें अंदर से खुद को बदलना होगा। स्वार्थ को छोड़ना होगा। नफरत को। डर को। प्यार को गले लगाना होगा। विश्वास को। और आशा को। तभी हम सच्चे गुप्त ज्ञान की तलाश करने के लिए तैयार होंगे - अमरता के लिए एक सूत्र के रूप में नहीं, बल्कि सृजन के लिए ज्ञान के रूप में। जीवन के लिए। सच्चा गुप्त ज्ञान...

हस्तांतरित नहीं होता है। इसे अनुभव किया जाता है। उसने अपने परिवारों को दृढ़ दृढ़ संकल्प के साथ देखा। "ये नियम अब थोपे नहीं गए हैं, बल्कि पीड़ित हैं। खून और आत्मा के साथ जीते गए हैं। हम उन्हें अपने पूरे सार के साथ पालन करेंगे, क्योंकि हमारे दिलों में हम अस्तित्व की लौ रखते हैं। उस जागरूकता की चिंगारी कि हमें नए युग के लोहार बनने के लिए चुना गया है। ज्ञान के लिए हमारी खोज इस अराजकता में अर्थ के लिए एक लड़ाई है। और हमारी इच्छा वह हथियार है जिसके साथ हम इसे प्राप्त करेंगे। हम इस नई दुनिया का निर्माण करेंगे। मजबूरी से नहीं। बल्कि एक आंतरिक आवेग से। और हम इसे एक साथ करेंगे। क्योंकि हम एक हैं।"
इस नियतिपूर्ण क्षण में, एक सर्वनाशक तस्वीर की गूंज से शांत, उन्होंने बचे हुए लोगों का बोझ नहीं उठाया। बल्कि वे एक नए युग के लोहारों की तरह चमक रहे थे, जिन्होंने अपने हाथों से भविष्य को चित्रित किया था। उनके सामने फैला हुआ मार्ग अनिश्चितता और परीक्षणों से भरा हुआ था, लेकिन उनके सीने में एक पुनर्जीवित इच्छाशक्ति की आग धड़क रही थी - अहंकार की लौ नहीं, बल्कि विकास की लौ। यह शक्तिशाली शक्ति, उनके अटूट संबंध और सृजन के जनादेश की गहरी समझ से प्रेरित थी। गुप्त

ज्ञान की तलाश अब एक व्यक्तिगत प्रयास नहीं थी, बल्कि अतीत की मृत राख से निकाले गए ज्ञान की ओर एक साझा यात्रा थी, एक ज्ञान जो भविष्य के बीज बोएगा। मार्क आगे बढ़ा, विचारशील। - माँ, यह एक बहुत बड़ी जिम्मेदारी है। क्या हम वास्तव में तैयार हैं? - उसने पूछा, उसकी आवाज में एक कांपती हुई गंभीरता थी, लेकिन एक छिपी हुई दृढ़ता भी थी। मेलिना ने कोमलता से उसकी ओर देखा। - मुझे नहीं पता, मार्क। लेकिन हमें कोशिश करनी होगी। हमारे पास कोई दूसरा विकल्प नहीं है। कोई नहीं। सारा, जिसकी नज़र में एक मातृ शक्ति थी जो पहाड़ों को हिला सकती थी, ने अपने बच्चों को गले लगाया। - हमारे बच्चों का भविष्य दांव पर है। हमारे कांपते हाथों में पकड़े हुए नाजुक कांच की तरह। हमें एक ऐसी दुनिया बनानी होगी जिसमें वे रह सकें। शांति में। सद्भाव में। एक दुनिया, जिसमें अतीत की गलतियाँ कभी नहीं दोहराई जाएंगी। मैं कसम खाती हूँ। मार्क ने सहमति में सिर हिलाया, उसका निर्णय - उसके पूरे अस्तित्व में दिखाई और मूर्त था। - हम इसे करेंगे, माँ। हम इसे एक साथ करेंगे। जेना, सारा की सबसे छोटी बेटी, ने अपनी छोटी हथेली के साथ अपनी माँ का हाथ पकड़ा - एक महान आशा का प्रतीक, जो बर्फ को पिघला सकती थी। - हम मदद करेंगे, दादी मेलिना। हम मजबूत होंगे। मेलिना थोड़ा मुस्कुराई। - मुझे पता है। मुझे पता है कि हम इसे करेंगे। क्योंकि हमारे पास कुछ ऐसा है जो दुनिया ने खो दिया है - आशा। और प्यार। यही हमारे सच्चे खजाने हैं। एकमात्र। उन्होंने एक-दूसरे को गले लगाया, लोगों का एक छोटा समूह, जो एक विशाल कार्य का सामना कर रहे थे। लेकिन उनके दिलों में विश्वास की लौ जल रही थी, किसी और चीज से अतुलनीय, कि राख से भी एक नया जीवन बढ़ सकता है।

---✶६✶---

सोफिया - भविष्य का नाजुक दूत इस महत्वपूर्ण क्षण में, जब एक नई शुरुआत की भावना हवा को भर रही थी, एक छोटी लड़की जैसे उनके पीछे कहीं से भी प्रकट हुई। सोफिया, अब छह साल की। पनडुब्बी में उनकी पूरी यात्रा के दौरान वह एक रहस्यमय चुप्पी से घिरी हुई थी, जैसे कि वह इस दुनिया से संबंधित नहीं थी। वह बच्चा, जो जलप्रलय के बाद से नहीं बोलता था, जिसका अनुभव का तनाव महीनों की चुप्पी और अलगाव को समझा नहीं सकता था। अब, उनकी एकजुटता में, बच्चे ने लगभग भूतिया कोमलता के साथ मेलिना के पैरों को छुआ।

सोफिया! - एक आवाज गूंजी, जो हवा की फुसफुसाहट की तरह हवादार थी, जैसे कि वह किसी और दुनिया से आ रही थी, ज्ञात की सीमाओं से परे, समय और स्थान से परे। - तुम... तुम मेरा नाम जानना चाहते हो। जैसे कि पृथ्वी ही इस बच्चे के माध्यम से बोल रही थी - प्राचीन, निर्दोष और शाश्वत। नथानिएल एक रहस्यमय उपस्थिति से कांप गया, जिसने उसे अपनी नींव तक हिला दिया।

परछाई की भूलभुलैया

भाग II

अध्याय 14: काबू पाना

नथानिएल ने अचानक अपनी आँखें खोलीं - जैसे कि एक दूर की पुकार से जागा हो - और छोटी लड़की को घूरने लगा। पनडुब्बी की तनावपूर्ण चुप्पी में - उनका धातु का संदूक, जो एक मृत दुनिया के ऊपर तैर रहा था - सोफिया की आवाज एक अंतिम संस्कार की घंटी की तरह हवा को भेद गई, जो एक भूतिया हवा से ले जाया गया था।

सोफिया - उसने कर्कश रूप से कहा, उसके नाम का स्वाद एक अनजान फल की तरह चखते हुए। - अब क्यों? तुमने क्यों... बात की? छोटी सोफिया ने मेलिना से अपनी नज़र नहीं हटाई, जिसका हाथ उसे वास्तविकता के साथ एक कांपते हुए संबंध के लिए पकड़े हुए था। लेकिन उसके शब्द, जो उसकी उम्र के लिए अप्रत्याशित वजन के साथ बोले गए थे, सीधे नथानिएल के दिल पर लक्षित थे। उस बहरेपन की ओर, जिसने उसे अंधा कर दिया था।

शब्द उन लोगों के लिए हैं जिनके कान सच्चाई के लिए बंद हैं, - उसने जवाब दिया, एक रेगिस्तान में हवा की फुसफुसाहट की तरह शांत, लेकिन एक निर्दयी आरोप से भरी हुई थी। - तुम्हें सुनना चाहिए था। तुम सब। क्योंकि... हमें चेतावनी मिली थी। लेकिन हमने उन्हें गलत तरीके से व्याख्या किया। हमने उन्हें मिथकों के रूप में खारिज कर दिया। किंवदंतियों के रूप में। हमारे "उन्नत" युग से "असंबंधित"

के रूप में। तुमने पुरातात्विक खुदाई में सत्यों को चिल्लाने दिया। हमें भ्रम में रखा गया था। नथानिएल ने कड़वाहट और दोष की एक लहर निगल ली। वह, जिसने विश्व व्यवस्था के तारों को खींचा था, जो तराजू को झुका सकता था... उसने अपने कान बंद करना पसंद किया था। मेलिना! उसने उसे सत्ता की सुस्ती से जगाने की कोशिश की थी, उस निंदक को तोड़ने की कोशिश की थी, जो उसका लबादा था। और वह? वह देवताओं के खेल में बहुत व्यस्त था। छाया के साम्राज्यों को संतुलित करने में। अगर उसने अतीत के साम्राज्यों के खंडहरों को देखा होता... अगर उसने सुना होता...

और चीजें थीं - उसने फुसफुसाया, खुद का बचाव करने की कोशिश कर रहा था, लेकिन उसके शब्द खोखले लग रहे थे, टूटी हुई हड्डियों की तरह। - बचाने के लिए एक दुनिया... काबू पाने के लिए संकट... पुरानी व्यवस्था नियंत्रण चाहती थी।

मरती हुई पृथ्वी की फुसफुसाहट ने सब कुछ दबा दिया! - सोफिया ने जवाब दिया, और उसकी आँखें, जैसे कि वे स्टील की दीवारों से परे देख रही थीं - एक विफल दुनिया की राख की ओर। - उसने तुम्हें गुमनामी के लिए बुलाया! और तुम? तुमने नहीं सुना! तुम में से कोई नहीं! क्या उनके पतन, ऐतिहासिक मंच से उनके अचानक गायब होने का परिणाम केवल बाहरी आक्रमणों या प्राकृतिक आपदाओं का नहीं था, बल्कि आंतरिक आत्म-विनाश का भी था? उन्हीं मानवीय कमजोरियों से पैदा हुआ, जिन्होंने हमें कगार पर धकेला? सोचो! इंसान ने खुद को सीमित कर लिया था! मेलिना ने नथानिएल का हाथ पकड़ा, एक मौन सहानुभूति, एक तेज फटकार के साथ मिली हुई थी, जिसे उसने अपनी हड्डियों तक महसूस किया।

---✶६✶---

तुम क्या सुन रही थी, सोफिया? - उसने एक कोमल, लेकिन लगातार आवाज में पूछा।

आहें - सोफिया ने फुसफुसाया, और उसकी आवाज हवादार हो गई, जैसे कि लंबे समय से खोई हुई हवाओं की एक सांस, भूले हुए समय की धूल ले जा रही थी। - तुम्हारी अंधापन के लिए आहें! तुम्हारे अहंकार के लिए! इस बात के लिए कि तुमने चेतावनियों को सोने से पहले की कहानियाँ कहा! शायद देवताओं के बारे में प्राचीन मिथक, जो मानव अहंकार और क्रूरता से नाराज थे, पूरे महाद्वीपों को बाढ़ने वाली आपदाओं के बारे में, पूरे लोगों को नष्ट करने वाले युद्धों के बारे में... केवल मनोरंजन के लिए कहानियाँ नहीं थीं। क्या यह संभव है कि वे एन्क्रिप्टेड संदेश थे? पीढ़ियों के माध्यम से पारित? गैर-जिम्मेदाराना व्यवहार के परिणामों के लिए चेतावनी? ताकि हम उन लोगों को न दोहराएं जो पहले ही गिर चुके हैं? ये संदेश मुक्ति के लिए एक पुकार थे! सीमाओं के खिलाफ एक पुकार! नथानिएल कांप गया, जैसे कि एक बर्फीली उंगली से छुआ गया हो, जिसने उसकी आत्म-संतुष्टि के कवच को भेद दिया। उसे मेलिना की हताश प्रार्थनाएं, उसके भविष्यवाणी के डर याद आए, जिसे उसने घमंड से भावनात्मक बकवास के रूप में खारिज कर दिया था। "समस्या यह है कि हम अहंकारी ऐतिहासिक आत्म-मुग्धता से पीड़ित हैं।" यह पुरानी व्यवस्था का फैसला है। उसका फैसला। एक शाश्वत लगाव के लिए। सोफिया के शब्द बर्फ के तेज टुकड़ों की तरह भेद रहे थे। - तुम... क्या तुम समझते हो कि हम किस बारे में बात कर रहे हैं? उस आपदा के बारे में जिसे हमने होने दिया? हमने? सोफिया ने धीरे-धीरे सिर

हिलाया, उसकी आँखों में ज्ञान उसकी उम्र से अधिक भारी था, एक हजार साल पुरानी चट्टान की तरह। - सब कुछ दीवारों पर लिखा था! - उसने एक अचानक, भेदी शक्ति के साथ कहा। - उन खंडहरों में जिन्हें तुमने नजरअंदाज कर दिया! उन किंवदंतियों में जिन पर तुम हँसे! उस चुप्पी में जिसने तुम्हें बहरा कर दिया! तो, शायद सबक हमेशा वहाँ था। खंडहरों में लिखा हुआ। किंवदंतियों में। बुद्धिमान कहावतों में। लेकिन हम बहुत व्यस्त थे। ऊंचे टावर बनाने में। अधिक धन जमा करने में। अधिक शक्तिशाली हथियार बनाने में। इसे सुनने के लिए। खुद को एक मौका देने के लिए।

और क्या होगा अगर सोडोम और गोमोरा भी पर्याप्त नहीं थे? अगर भगवान ने खुद बात की - लेकिन मानवता उसकी आवाज के लिए बहरी थी? - छह साल के बच्चे ने इन शब्दों को कहा, और वे सब पर एक फैसले की तरह गिर गए, एक कब्र के पत्थर की तरह भारी थे। एक गंभीर चुप्पी थी, जिसमें केवल उनके अपने अपराध की नाड़ी गूंज रही थी। एथन थोड़ा कांप गया, और मार्क और सारा ने भ्रमित नजरें बदलीं। - क्या यह संभव है कि वह शब्द भी पर्याप्त नहीं था? उन्हें उनके पापों से एक रास्ता देने के लिए? उन्हें बचाने के लिए?

और अब हम कैसे सुन सकते हैं? - नथानिएल ने पूछा, उसकी आवाज अचानक विनम्रता से कर्कश हो गई। वह, वह आदमी जिसने वित्तीय प्रवाह और राजनीतिक प्रभावों की सेनाओं को नियंत्रित किया था, एक बच्चे से मार्गदर्शन के लिए मुड़ रहा था, जैसे कि वह अंतिम ओरेकल था। - अब, सबसे कड़वा सबक यह एहसास है कि हम अतीत की फुसफुसाहट को सुनने के लिए पर्याप्त विनम्र नहीं थे। इससे पहले कि वह एक बहरा वर्तमान बन जाता। इससे पहले कि हम अपना रास्ता खो देते।

---✶ ✶---

सोफिया ने अपना छोटा हाथ बढ़ाया, उसकी उंगलियाँ एक भूली हुई नदी से धोए गए पत्थरों की तरह ठंडी थीं। उसने उसके हाथ को छुआ। - अपनी खुद की शक्ति की चीख सुनना बंद करो, - उसने फुसफुसाया, और उसके शब्द उसकी आत्मा में गहराई से गूंज उठे, एक खाली कैथेड्रल में एक गूंज की तरह। - दुनिया तुम पर चिल्ला रही है। पृथ्वी रो रही है। इसे महसूस करो! दर्द का हिस्सा बनो! तब तुम सुनोगे। प्राचीन सभ्यताएं सिर्फ कालानुक्रमिक पूर्ववर्ती नहीं थीं। नहीं! वे ज्ञान के संरक्षक थे। समय की छायादार भूलभुलैया में गहराई से छिपा हुआ था। वे मुक्ति के रहस्य को जानते थे। वे जंजीरों में नहीं थे। उसकी नज़र उसकी नज़र में घुस गई - भेदी, सर्व-देखने वाली, जैसे कि वह उसकी आत्मा के हर वक्र को पढ़ सकती थी। - खगोलीय पिंडों के धैर्यपूर्वक चिंतन के माध्यम से, उन्होंने ब्रह्मांड की फुसफुसाहट को समझ लिया था। वे ब्रह्मांडीय लय में घुस गए थे, जिसे तुम मुश्किल से पहचानते हो। मैं... मैं तुम्हारे कान हो सकती हूँ। अगर तुम मेरे पीछे चलने का साहस करते हो। उनकी प्रतीकों और प्रतीकों की जटिल प्रणालियाँ संचार के लिए आदिम प्रयास नहीं थे। बल्कि इन गहरे ब्रह्मांडीय ज्ञान को समझने की कुंजी थे। एक भाषा, जो समय में खो गई थी, जो पाए जाने की प्रतीक्षा कर रही थी। खोलने की कुंजी। नथानिएल हिचकिचाया, तर्क के संदेह और दिल के रहस्यमय आकर्षण के बीच फटा हुआ था। यह बच्चा... वह एक जीवित रहने वाले से कहीं अधिक थी। वह दूसरे आयाम से एक दूत थी। - उनके प्रभावशाली मेगालिथिक संरचनाएं, जो अस्पष्ट सटीकता के साथ खड़ी की गई थीं,

शायद केवल मौत के स्मारक नहीं थे। बल्कि शक्तिशाली ऊर्जा जनरेटर थे। प्राकृतिक शक्तियों के साथ बातचीत के लिए बढ़िया उपकरण थे। जिसकी तकनीक आज तुम्हें एक अप्राप्य जादू लगती है। क्षमता के लिए एक तकनीक।

हमें ले जाओगी? कहाँ? कहाँ कुछ बचा है? - नथानिएल की आवाज लगभग टूट गई, एक टूटे हुए कांच की तरह। - न केवल प्राचीन सभ्यताएं, बल्कि हमारी भी अब अतीत है। जल्द ही हमारे सभी ज्ञान और उपलब्धियां भूल जाएंगे... हर अवसर खो जाएगा। गुमनामी से बंधा हुआ है। सोफिया मुश्किल से मुस्कुराई, और उसकी आँखों में एक अजीब, अलौकिक रोशनी चमक गई, जैसे कि दूसरे दुनिया से। - उन भूले हुए ज्ञानों में शायद ज्ञान छिपा है। जो हमें उस खाई से बचा सकता है जिसकी ओर तुम अथक रूप से प्रयास कर रहे हो। वह ज्ञान, जिसने ज्ञान के सार को संरक्षित किया है, जिसे समय की सबसे गहरी परतों से निकाला गया है... वह नष्ट हो गया है। लेकिन इसने हमें निशान छोड़ दिए हैं। ताकि हम इसकी तलाश करें। एक रास्ता खोजने के लिए। लगाव को तोड़ने के लिए।

वहाँ, जहाँ स्मृति सांस लेती है। जहाँ फुसफुसाहट एक गीत में बदल जाती है। जहाँ कुंजी अभी भी पाए जाने की प्रतीक्षा कर रही है। हमारे मूल में अमरता के लिए शाश्वत लालसा धड़कती है, जिसे न केवल एक भ्रामक शारीरिक दीर्घायु के रूप में समझा जाता है, बल्कि एक पारलौकिक आध्यात्मिक जागृति के रूप में भी। अस्तित्व के शाश्वत प्रवाह के साथ विलय। यही सच्चा अनलॉक है। शरीर की सीमाओं से। और दिमाग की। पनडुब्बी में तनाव मूर्त हो गया, जो अदृश्य ऊर्जा और रहस्योद्घाटन के वादे से भरा हुआ था, जो उनकी दुनिया को उल्टा कर देगा। चुप लड़की आखिरकार बोली, और हर शब्द अज्ञात में एक कदम था, उन्हें उनकी नई, तबाह दुनिया के रहस्य की गहराइयों में डुबो रहा था।

शाश्वतता का यह सर्वव्यापी विचार, चेतना की सुबह से एक गहरी फुसफुसाहट की तरह, अनगिनत प्राचीन संस्कृतियों के धागों में बुना गया है, जिसने मानव विचार के विकास पर, क्षणिक की सीमाओं को पार करने के लिए हमारे शाश्वत प्रयास पर एक अमिट छाप छोड़ी है। इन कालातीत सत्यों के साथ, मानव विकास की यात्रा केवल एक जैविक वृद्धि नहीं है, बल्कि एक आंतरिक कीमियाई परिवर्तन है। इसका उद्देश्य एक पूर्ण स्थिति में आत्मा, शरीर और दिमाग के सामंजस्यपूर्ण एकीकरण के माध्यम से पूर्णता प्राप्त करना है। यह मूल संपूर्णता में वापसी है। खुद के साथ खोई हुई एकता के लिए। और ब्रह्मांड के साथ। जहाँ भौतिक और आध्यात्मिक शाश्वत अस्तित्व के एक नृत्य में आपस में जुड़ते हैं। यह सब एक प्रकटीकरण है। पुरानी की बेड़ियों से। जब मेलिना और उनके बच्चों ने नथानिएल और छोटी लड़की के बीच इस अजीब दृश्य को देखा, तो प्राचीन सभ्यताओं और उनके भूले हुए सबकों के बारे में शब्द उनके दिमाग में एक अशुभ भविष्यवाणी की तरह गूंज रहे थे। क्या अतीत के खंडहरों में वास्तव में एक बुद्धिमान भविष्य के निर्माण की कुंजी छिपी हुई थी, या वे उसी दुखद गलतियों को दोहराने के लिए बर्बाद थे?

क्या अमरता का रहस्य, जिसकी वे तलाश कर रहे थे, केवल मिस्र के ओबिलिस्क और एसेन स्क्रॉल में ही नहीं, बल्कि खोई हुई दुनिया की मौन गवाहियों में भी कोडित था, जिनकी गिरावट उनकी अपनी त्रासदी का एक दर्पण थी? उनके

लगाव का एक दर्पण। और एक पुकार - मुक्ति के लिए नहीं, बल्कि जागृति के लिए। सच्ची स्वतंत्रता के लिए।

------------------ ❧ --------------------

अध्याय 15: कैडुसियस - जैविक परिवर्तन की कुंजी

नथानिएल, जिसकी ऊर्जा अब बहाल हो गई थी, पनडुब्बी में प्रयोगशाला की कांच की दीवारों के बगल में मेलिना के बगल में खड़ा था। उनकी आँखों के सामने एक नवजात ग्रह का एक असली मनोरम दृश्य फैला हुआ था - धीमी, अस्पष्ट कायापलट, जो दुर्लभ, चमकदार वनस्पति की एक अवास्तविक लय में धड़क रहा था। उसने अपनी सांस रोककर देखा कि कैसे मेलिना, एक एकाग्रता से तराशे गए चेहरे के साथ, उपकरणों पर कांपती हुई वक्रों और संख्याओं का अध्ययन कर रही थी। जैसे कि वह वायुमंडल के आणविक बंधों में, अस्थिर गुरुत्वाकर्षण में, बायोजेनेसिस के पहले डरपोक संकेतों में भविष्यवाणियां खोज रही थी। एक अपरिचित दुनिया, एक ही समय में धमकी और आकर्षक, उनके सामने एक खाली जीनोम की तरह खुल रही थी, जो मानव हाथों से फिर से लिखने के लिए तैयार थी।

"मेलिना, यहाँ हमारा पहला काम... स्पष्ट रूप से, हतोत्साहित करने वाला है! जैसे हवा को पकड़ने की कोशिश करना!" - नथानिएल ने भारी आह भरी, अपने भयानक अनुभव को बाहर याद करते हुए। उसका चेहरा दर्द से सिकुड़ गया, जो अभी भी उसे भेद रहा था। - "जैसे ही मैं सतह पर उतरा, मैंने महसूस किया कि पतली ऑक्सीजन मेरे फेफड़ों को जला रही थी! वे सचमुच जल रहे थे!"

उसने कड़वेपन से निगल लिया। - "अधिक गुरुत्वाकर्षण हर मांसपेशी पर भारी था, मेलिना! हर शापित मांसपेशी! और सूरज की मजबूत किरणें... जैसे मेरी त्वचा को जला रही थीं! हवा का दबाव मुश्किल से 0.6 वायुमंडल था, और यूवी सूचकांक - चरम था! क्या तुम समझती हो?! चरम!"

वह उसकी ओर मुड़ा, उसकी आँखें - अभी भी ताजा आतंक से चौड़ी थीं, जिसने उसे जकड़ लिया था। - "यह दुनिया अज्ञात में एक क्वांटम छलांग है! हर उस चीज से इतनी मौलिक रूप से अलग जो हमारी इंद्रियों ने कभी माना है! और चूंकि मैं ही एकमात्र ऐसा हूँ जो बाहर गया हूँ... मुझे पता है कि यह सिर्फ शुरुआत है! हम यहाँ कैसे जीवित रहेंगे?! हम कैसे अनुकूलित होंगे?! यह असंभव है!"

उसने देखा कि उसकी नाजुक उंगलियाँ टच स्क्रीन पर कैसे नृत्य करती हैं, जैसे कि अदृश्य शक्तियों को शांत कर रही हों, जो मुक्त होने के लिए तैयार थीं। उसने बढ़ती हुई बेचैनी के साथ उस साहसी, लगभग मसीही अवधारणा को सुना, जो उसके दिमाग में पक रही थी।

"मुझे पता है, नथानिएल, मुझे पता है!" - उसने जवाब दिया, उसकी आँखें सम्मोहित डेटा से नहीं हटीं। उस क्षण में, स्क्रीन की टिमटिमाती रोशनी के तहत, उसकी बिल्ली जैसी आँखें, वैसी ही जैसी बास्टेट की थीं, जिनसे उसने कभी उसे मंत्रमुग्ध किया था, दो छोटी आग की तरह, अटूट दृढ़ संकल्प के साथ चमकीं। - "संक्षारक वातावरण, अस्थिर गुरुत्वाकर्षण, यहां तक कि यह हवादार वनस्पति... हमारे शरीर हर आणविक स्तर पर विरोध करते हैं, मैं तुम्हें समझता हूँ! पूरी तरह से!

लेकिन हम केवल एक अराजक विघटन के लिए बर्बाद बायोमास नहीं हैं, नथानिएल! हम... कुछ और हैं! हम चेतना हैं जो पदार्थ को बदल सकते हैं!"

नथानिएल ने मुश्किल से मुस्कुराया, सालों पहले की एक शाम को याद करते हुए, जब उसने उसे पहली बार देखा था। उसकी नज़र उसकी आँखों पर टिकी हुई थी, जो अब एक लौ के साथ चमक रही थी, जिसने उसे एक अकल्पनीय शक्ति के साथ आकर्षित किया। - "तुम मुझे अपनी उन 'सोने से पहले की कहानियों' में से एक की याद दिलाती हो, मेलिना। वह मिस्र की रानी बास्टेट के बारे में, जिसके बारे में तुमने मुझे इतने उत्साह से बताया था। स्वीकार करो, तब भी तुम मुझे 'जादुई अमृत' में विश्वास दिलाने का एक तरीका खोज रही थी!" वह हँसा। - "कुछ जादुई अमृत के बारे में जो मुझे युवावस्था देगा, ताकि तुम मेरे साथ 'प्यार के क्षण' का अनुभव कर सको, है ना? या तुम पहले ही भूल चुकी हो?!"

ही-ही!

मेलिना ने उसे एक आधी मुस्कान के साथ देखा, जिसमें एक फटकार और बीते हुए समय के लिए उदासीनता का मिश्रण था। तनाव के बावजूद, उसकी नज़र में एक चंचल चिंगारी चमक गई।

"तुम हमेशा बातचीत को चुटकुलों और विडंबना में बदल देते थे, नथानिएल! तब तुम बास्टेट के सोलोमन के प्यार में पड़ने के बारे में मेरे गुप्त ज्ञान की खोज से अधिक चिंतित थे, है ना?!" - वह एक पल के लिए चुप हो गई, उसकी नज़र उन यादों में खो गई, जो धुएं की तरह घूम रही थीं। - "लेकिन अब ये 'कहानियां' एक बिल्कुल नया आयाम प्राप्त कर रही हैं, है ना?"

उसकी आवाज एक फुसफुसाहट तक गिर गई, जो एक गहरे रहस्य से भरी हुई थी। - "तब मैंने तुम्हें स्ट्रैंडज़ा पर्वत की यात्रा के बारे में बताया था, जो बुल्गारिया में बास्टेट की पवित्र जगह और मकबरे की तलाश में था। तुम्हें याद है, मैंने तुम्हें एक तस्वीर भी भेजी थी, जिसमें मैं गुफा के सामने खड़ी थी, और एक सूरज की किरण सीधे मेरे पिनियल ग्रंथि पर पड़ रही थी? उस क्षण में, किसी तरह सहज रूप से, मैंने इसे कैडुसियस से जोड़ा - वे दो आपस में जुड़े हुए सांप, जो स्वास्थ्य और परिवर्तन का प्रतीक हैं। मैंने महसूस किया कि यह एक संयोग से कहीं अधिक है! कि यह एक कुंजी है!"

"मुझे याद है!" - नथानिएल ने अपनी आँखें सिकोड़ लीं, उसे उन तस्वीरों को स्पष्ट रूप से याद करते हुए, जो उसने उसे वहाँ से भेजी थीं और उसकी आँखें, जिन्हें इतनी बारीकी से खींचा गया था कि उसने उसे एक अस्पष्ट रोमांच के साथ शाब्दिक रूप से हिला दिया था। - "और फिर तुम्हारे वे 'योग आसन' आए, जो मिसकोवा निवा और बेगलिकताश में थ्रेसियन अभयारण्यों के पत्थरों के बीच थे, जब तुम खिंच रही थी और प्राचीन मंत्रों को पुनर्जीवित कर रही थी! या शायद तुम बस एक और तरह के पौराणिक मंत्रों का अभ्यास कर रही थी? और कैसे कैडुसियस एक प्रतीक के रूप में पत्थरों पर परिलक्षित होता था? स्वीकार करो, तुम बस सूरज और अपनी लालसा का आनंद ले रही थी!" - उसकी आवाज में अब विडंबना से अधिक जिज्ञासा थी, एक ऐसे व्यक्ति की तरह जो जाग रहा हो। लेकिन उसकी नज़र अभी भी उस पर टिकी हुई थी, जवाब की तलाश में थी।

---✶६✶---

"सिर्फ सूरज का नहीं, नथानिएल!" - मेलिना ने उसे सख्ती से देखा, उसकी आँखों में एक लौ थी। "मेरा विश्वास करो, थ्रेसियन इस प्रतीक का सम्मान करते थे, और यह संभवतः मिस्रियों, टोलटेक्स और यहां तक कि योगियों के समुदायों के माध्यम से भी पारित हुआ! यह हमें समय की परतों के नीचे छिपे हुए ज्ञान के एक बहुत पुराने, आदिम स्रोत के साथ सभी पौराणिक कथाओं का एक संबंध देता है। पुरातात्विक कलाकृतियाँ अन्य प्राचीन सभ्यताओं से बहुत पहले थ्रेसियन द्वारा इन भूमियों के स्वदेशी उपनिवेशीकरण को साबित करती हैं।"

उसने आह भरी। - "लेकिन चलो बास्टेट पर वापस आते हैं। रात में, उसी गुफा में, जब मैं सो रही थी, मैंने एक सपना देखा! मैंने सपना देखा कि मैं बास्टेट हूँ, एक जादुई काढ़ा बना रही हूँ और रानी के नुस्खा में अमरता के लिए गुप्त घटक सुन रही हूँ! तुमने सब कुछ 'महिला भावनाओं' और 'वयस्कों के लिए रोमांचक कहानियों' कहा, हमेशा की तरह!" - उसने उसे सख्ती से देखा, लेकिन उसकी आँखों में एक चमक थी। - "लेकिन कुछ और भी था, नथानिएल! बहुत अधिक विशिष्ट!"

उसकी आवाज एक फुसफुसाहट तक गिर गई, जो एक गहरे रहस्य से भरी हुई थी। - "वहाँ, गुफा में, मुझे विशिष्ट एक्सट्रीमोफिलिक सूक्ष्मजीव मिले। मैंने समझा कि वे वास्तव में थ्रेसियन द्वारा छोड़े गए छिपे हुए खजाने थे, जो बास्टेट के पुजारियों द्वारा मिस्र से उनके और थ्रेसियन ज्ञान के संयोजन में रोशनी के प्रयास में वहां ले जाया गए थे! इन सूक्ष्मजीवों में एक आणविक कुंजी थी! वे अद्वितीय जीन कैसेट का स्रोत हैं!"

वह एक पल के लिए चुप हो गई, उसकी नज़र विचारशील थी, जो दूर भटक रही थी। - "और इसलिए, उस यात्रा के बाद, मैं अपने 'गुफा' में अलग हो गई, जैसा कि तुम विडंबना से मेरी प्रयोगशाला को कहते थे। वहाँ, मैंने ओड्रीसियों, स्थानीय अनुष्ठानों, व्यंजनों और मिथकों के युग से थ्रेसियन कलाकृतियों का अध्ययन करने के लिए खुद को समर्पित कर दिया, 'असंभव परिदृश्यों' पर शोध किया। जो कुछ भी मैं तुम्हें अब दिखा रही हूँ, नथानिएल, वह इन वर्षों के काम और गुफा में उस चमक का परिणाम है! सब कुछ!"

नथानिएल ने उसे बुखार भरी जिज्ञासा के साथ देखा, उसकी नज़र हर शब्द को उत्सुकता से निगल रही थी। - "ठीक है, ठीक है, तुम सही हो, उपकरण... तुमने परिवर्तन के बारे में बताया, कुछ और... में बदलने के बारे में! तंत्र क्या है?! तुमने क्या नरक придума लिया है?!"

"हमें अपने शरीर को अनुकूली जैव-इंटरफेस में बदलना होगा, नथानिएल!" - मेलिना ने समझाया, उसकी आवाज भविष्य के लिए एक दृष्टि की तरह लग रही थी, लेकिन एक चुनौती के एक नोट के साथ भी, जिसने उसे मंत्रमुग्ध कर दिया। - "इस नई वास्तविकता के साथ तालमेल बनाने में सक्षम, इसकी अजीब लय में नृत्य करने के लिए! और उन्नत तकनीक जिसे मैं बचाने में कामयाब रही - मेरा आखिरी तुरुप का पत्ता! - हमें किसी भी जैविक निर्धारक से परे हमारे अस्तित्व की अस्थायी सीमाओं का विस्तार करने की अनुमति देगा।"

नथानिएल ने अपनी आँखें सिकोड़ लीं। वह अब मुस्कुरा नहीं रहा था, और उसका चेहरा गंभीर था, जैसे कि पत्थर से तराशा गया हो। उसके दिमाग में, जिसने हमेशा व्यावहारिकता को महत्व दिया था, यह लगभग एक चौंकाने वाली स्वीकारोक्ति थी।

"दीर्घायु? शाश्वत जीवन?! कैसे?! तुम यह तो नहीं कह रही हो कि तुमने कुछ मिस्र का काढ़ा वैज्ञानिक एल्गोरिदम की मदद से बनाया है, जो तुम्हें एक अधिक युवा रूप देता है, न कि सच्ची दीर्घायु?! मुझे सच बताओ!" - बर्फीले संदेह ने फिर से नथानिएल की आवाज को जकड़ लिया, लेकिन इस बार एक तनावपूर्ण, लगभग हताश जिज्ञासा की एक खुराक भी महसूस हुई। उसका कोई हिस्सा विश्वास करना चाहता था।

"हमारे नैनो-फैब्रिकेटर हमें मानव रूप की आनुवंशिक रूप से निर्धारित सीमाओं को पार करने की अनुमति देंगे, टेलोमेरिक छोटा होने और एपोप्टोसिस को बायपास करने के लिए!" - मेलिना ने काट दिया, उसका स्वर एक फैसले की तरह स्पष्ट था, लेकिन एक वादे से भी भरा हुआ था। - "हमारे पास समय के अथक पाठ्यक्रम से बहुत अधिक जीवन को निकालने का एक अभूतपूर्व मौका होगा, जितना हमने कभी सपना देखा है! लेकिन यह केवल प्रारंभिक चरण है, नथानिएल!"

"और भी है?!" - वह चौंक गया। - "इस असली परिदृश्य में तुम्हें क्या प्राथमिक लक्ष्य चला रहा है?! तुमने और क्या सोचा है?!"

"हमारा प्राथमिक लक्ष्य मानव जीव का एक मौलिक पुन: विन्यास है, नथानिएल!" - उसने जवाब दिया, उसका चेहरा दृढ़ संकल्प से चमक रहा था, लगभग एक पैगंबर की तरह कट्टर था। "हमारे जैव रासायनिक तंत्र को सबसे गहरे सेलुलर स्तर पर अनुकूलित करने के लिए, ताकि यह केवल जीवित न रहे, बल्कि विकसित हो, इस अलौकिक सूरज के नीचे कुछ नया, मौलिक रूप से अलग हो जाए!"

नथानिएल ने एक कदम पीछे हट गया। उसका जबड़ा लटक गया। - "हम... अपने शरीर को संशोधित कर रहे हैं?! यह... कट्टरपंथी लगता है! आनुवंशिक ईशनिंदा की सीमा पर! और तुमने हाल तक आनुवंशिक इंजीनियरिंग को अस्वीकार कर दिया था?! क्या हुआ?!"

"यह यहाँ हमारे विकासवादी प्रभुत्व के लिए आवश्यक है!" - मेलिना ने दृढ़ता से कहा। - "क्वांटम जीव विज्ञान के शिखर के माध्यम से, क्रांतिकारी बायोइंजीनियरिंग हस्तक्षेपों के माध्यम से, जो मेरी क्रायो-प्रयोगशाला में पिछले दो वर्षों में संभावित परिदृश्यों को मॉडलिंग करने में बिताई गई नींद रहित रातों से पैदा हुए हैं..."

"शोध जिसे तुमने गहरी गोपनीयता में रखा था?!" - नथानिएल ने बुदबुदाया, एक पल के लिए व्यंग्य को अलग रखते हुए। अचानक एक अंतर्दृष्टि ने उसे बिजली की तरह मारा। - "अब मुझे समझ में आता है कि तुम इतनी गुप्त क्यों थीं! क्या तुम मुझसे इतनी बड़ी कोई चीज छिपा रही थीं?!"

"हाँ, नथानिएल!" - मेलिना ने कहा, उसकी नज़र सीधी थी, क्षमा का कोई निशान नहीं था, लेकिन गर्व था। - "मेरे ज्ञान के अभयारण्य में, जहाँ बुद्धिमान प्रणालियाँ मेरी निष्पक्ष वार्ताकार थीं। मैंने चरम जैव-भौतिक परिस्थितियों का मॉडल बनाया और

इस वास्तविकता के लिए मानव जीनोम को फिर से लिखने के तरीके को समझने के लिए नकली प्रयोग किए।"

वह उसकी ओर झुकी, उसकी आवाज अधीरता से भरी हुई थी, उसकी आँखों में चिंगारी देखकर। - "हम विभिन्न आंशिक दबावों पर गैस विनिमय को अनुकूलित करने के लिए हमारे श्वसन प्रणाली को पुन: कैलिब्रेट करेंगे! हम असामान्य गुरुत्वाकर्षण का मुकाबला करने के लिए नैनो-कंपोजिट के साथ हमारी हड्डी संरचना को बायो-मिनरलाइज़ करेंगे! हम दुर्लभ संसाधनों से अधिकतम ऊर्जा दक्षता के लिए हमारे चयापचय मार्गों को फिर से ट्यून करेंगे!" - उसका उत्साह धड़क रहा था, यह देखकर कि वह आखिरकार व्यस्त है, कि उसके अहंकार की दीवार ढह रही है। वह लगभग अपने हाथ से उस आकर्षण को छू सकती थी, जो उसकी आँखों में बढ़ रहा था।

"यह सब... पागलपन से जटिल लगता है!" - नथानिएल ने अपना सिर हिलाया, लेकिन इस बार प्रशंसा की एक खुराक के साथ, जो डर के साथ मिला हुआ था। - "क्या यह व्यवहार में संभव है, मेलिना?! या यह तुम्हारी एक और 'कहानी' है, जिस पर तुम मुझे विश्वास करने की उम्मीद कर रही हो?! और एक मिनट रुको, क्या ये सूक्ष्मजीव जिनके बारे में तुम बात कर रही हो, वे थ्रेसियन के गायब होने का कारण थे?! क्या यह कोई प्राचीन वायरस तो नहीं है, जो हमें भी मिटा देगा?! कृपया!"

"सिर्फ संभव नहीं, नथानिएल!" - मेलिना ने उसे अपने लगातार संदेह से थोड़ा चिढ़कर देखा, लेकिन उसकी आँखों में एक लौ थी, जिसे बुझाया नहीं जा सकता था। - "यह यहाँ हमारी विकासवादी अनिवार्यता है! लेकिन हम यहाँ नहीं रुकेंगे! सटीक जीनोम संपादन के माध्यम से, स्वयं डीएनए के दोहरे हेलिक्स के हेरफेर के माध्यम से..."

"देवताओं के युग से आनुवंशिक इंजीनियरिंग?!" - नथानिएल ने चौंककर चिल्लाया। - "तुम जीवन के बहुत सार के साथ खेल रही हो, मेलिना! यह 'बास्टेट के अमृत' से भी अधिक पागल है! क्या तुम वास्तव में ऐसा करने के लिए तैयार हो?!"

"इसे जो भी तुम कहना चाहो, नथानिएल!" - उसने जवाब दिया, उसका स्वर स्टील की तरह कठोर था, लेकिन दृढ़ संकल्प के एक नोट के साथ, जिसने उसे बहस करने से हतोत्साहित किया। - "हम अपने अस्तित्व के मौलिक कोड को फिर से लिखने का प्रयास करेंगे, डीएनए प्रतिकृति और सेलुलर पुनर्जनन की प्रक्रियाओं को अनुकूलित करने के लिए। यह तकनीक अव्यक्त आनुवंशिक कार्यक्रमों को अनलॉक करेगी, आत्म-मरम्मत और अनुकूलन के तंत्र को जगाएगी, जिसके बारे में हमने केवल अटकलें लगाई थीं!"

"तो... हम होमो सेपियन्स से कुछ अधिक बन जाएंगे?!" - नथानिएल हँसा, लेकिन उसकी हँसी में थोड़ा मनोरंजन था, लेकिन उसकी महत्वाकांक्षाओं के दायरे की एक स्वीकारोक्ति भी थी। - "हम किस तरह के उत्तर-मानव chimera में बदल जाएंगे?! क्या हम बास्टेट की तरह बिल्लियाँ बन जाएंगे?! या हम अपने ऊपर कैडुसियस के साथ पत्थरों के बीच योग नृत्य करेंगे?! हमारे साथ वास्तव में क्या होगा?! कम से कम समझाओ!"

"हम होमो एडेप्टस बन जाएंगे, नथानिएल!" - मेलिना ने उसकी आँखों में देखा, और उसकी नज़र इतनी आकर्षक थी कि वह लगभग सांस लेना भूल गया। - "हम अपनी खुद की विकासवादी प्रक्षेपवक्र के स्वामी बन जाएंगे, जो इस बदली हुई दुनिया को अपना घर कहने में सक्षम होंगे। और हमारे पास ऐसा करने के लिए भू-कालानुक्रमिक समय होगा। क्योंकि, प्राचीन सभ्यताओं के धूल भरे अभिलेखागार में गहराई से दफन, मैंने जैविक दीर्घायु के रहस्यों के बारे में एक फुसफुसाहट पाई, कुछ ऐसा जिसे तुम्हारे न्यूनतावादी वैज्ञानिक प्रतिमानों ने एक मिथक के रूप में खारिज कर दिया।

वह और भी करीब आई, लगभग उसे छू रही थी, और उसके शब्द लगभग एक जादू की फुसफुसाहट थे। - "जो एक गूढ़ किंवदंती जैसा लगता था, वह मानव उत्पत्ति और विकास के बारे में एक मौलिक सच्चाई निकला! अतीत के रहस्यमय ज्ञान से प्रेरित होकर, मैंने आनुवंशिकी और जैव रसायन की आणविक खाई में गोता लगाया, ताकि यह समझ सकूं कि प्राचीन लोगों ने उस असामान्य दीर्घायु तक कैसे पहुंचे, उन्होंने अपनी कोशिकाओं में कौन से आणविक मार्गों को सक्रिय किया। परिणाम... जीव विज्ञान की नींव को हिला देंगे, जैसा कि तुम जानते हो! वे हमारे भविष्य को फिर से लिखेंगे!"

उसने एक गहरी सांस ली, उसकी नज़र सभी के चेहरों पर दौड़ी, एक अथाह शक्ति से भरी हुई थी, जो मुक्त होने के लिए तैयार थी।

"तुम मुझे एक कीमियागर या एक जैव-जादूगरनी कह सकते हो, लेकिन यह एक भूला हुआ विज्ञान है, एक खोया हुआ ज्ञान है, जिसे हम अब समय की राख से पुनर्जीवित करेंगे! यह शाश्वतता के लिए हमारा मार्ग होगा!"

वह खड़ी हो गई, उसके हाथ मुट्ठी में बंद हो गए, और उसकी आँखों में विजय की एक लौ जल रही थी।

"सुनो! हम शुरू करते हैं! अब!"

अध्याय 16: होमो एस्ट्रालिस का मार्ग

शुद्धिकरण और उदय: भविष्य की ब्रह्मांडीय कीमिया

"यही मेरे सपने का गुमशुदा हिस्सा है, जो मुझे पांच साल से परेशान कर रहा है!" - मेलिना मुश्किल से मुस्कुराई, जैसे कि वह एक प्यारी स्मृति को छू रही हो, लेकिन उसकी आंखों में कुछ और भी चमक रहा था - जैसे कि एक विशाल पहेली का एक हिस्सा अब अपनी जगह पर आ गया था।

"तुम्हें यह याद है? सच में?" - नथानिएल ने अपनी भौंहें उठाईं, हैरान था, जैसे कि उसने अभी एक खजाना प्रकट किया हो। उसकी आवाज में अविश्वास था, लेकिन एक अस्पष्ट जिज्ञासा भी थी। - "वह भविष्य के अनुसंधान केंद्र के बारे में? कांच का आवरण, लोग जो पूल में गोता लगाते हैं और जैसे कि फिर से पैदा हुए हों, बाहर आते हैं?" - उसने अपनी आँखें सिकोड़ीं, धुंधले विवरणों को याद करने की कोशिश कर रहा था। - "मुझे यकीन नहीं था कि यह सिर्फ तुम्हारी कल्पना का फल था, मेलिना! तुम्हारे काव्यात्मक बकवास में से एक!"

"छोटे से छोटे विवरण तक!" - मेलिना ने पुष्टि की, उसकी आवाज स्मृति से तनावपूर्ण, लगभग दर्दनाक रूप से स्पष्ट थी। "हरियाली - हाइड्रोपोनिक फार्म, जो पूरी संरचना को खिलाते हैं। विदेशी जानवर, जो स्वतंत्र रूप से घूमते हैं। मैं, पंजीकरण में, अपनी पचास साल की उम्र की घोषणा कर रही थी..."

वह धीरे से हंसी, लगभग खुद पर, लेकिन उसकी हंसी में कड़वाहट थी। - "...तुम, नथानिएल, मेरा स्वागत करने के लिए आते हो, लेकिन एक पैंतालीस के चेहरे के साथ! वह सवाल जिसने मुझे तब जला दिया था: कैसे, जब तुम्हें बासठ का होना चाहिए था?! तुम्हारी रहस्यमय हंसी और मेरे व्यक्तिगत पूल का निमंत्रण! वह सवाल कि उसमें क्या है, तुमने जवाब दिया: ऑक्सीम-ओजोन। फिर एक सायरन की आवाज, एक घबराहट भरी भागदौड़। हम, एक आश्रय-कैप्सूल की सीढ़ियों पर चढ़ते हैं, तूफान से छिपे हुए हैं, जब तक कि कांच का बंकर फिर से सांस नहीं लेता।"

"यह सब... एक सुंदर भ्रम जैसा लग रहा था!" - नथानिएल ने अपना सिर हिलाया, हालांकि अविश्वास की बर्फ पिघल गई थी, फिर भी वह उसके सपनों को विशिष्ट योजनाओं के बजाय धुंधली भविष्यवाणियों के रूप में देखता था। - "क्या तुम्हारे पास इसे वास्तविकता में बदलने के लिए कोई विशिष्ट योजना थी? या तुम बस अपनी कल्पना के पंखों पर उड़ रही थी? क्योंकि यह बहुत अच्छा लग रहा था, लेकिन अवास्तविक था!"

"हाँ, नथानिएल!" - मेलिना ने उसे चिढ़कर देखा, उसका गुस्सा उसके लगातार संदेह के कारण सुलग रहा था। - "वास्तव में, मैं तब दो साल से अधिक समय से इस विशिष्ट समस्या का समाधान खोज रही थी! एक समस्या, जो संभावित अंतर्जात विषाक्त पदार्थों से संबंधित थी, जिन्हें हमारा शरीर इस नए, शत्रुतापूर्ण वातावरण से लड़ते हुए पैदा कर सकता है।"

"विषाक्त पदार्थ?! किस तरह के?!" - नथानिएल चौंक गया। उसका चेहरा पीला पड़ गया। - "क्या हम खुद को जहर देंगे?! क्या यह जीवित रहने की तुम्हारी शानदार रणनीति है?!"

"हमारा शरीर ही देशद्रोही बन सकता है!" - मेलिना ने कहा, उसकी आवाज उदास हो गई, कड़वी सच्चाई से भरी हुई थी। - "हमारी उस परिचित दुनिया में, इनोसिन ऑक्सीम एक सामान्य चयापचय अपशिष्ट है। लेकिन प्रदूषण, दवाओं का अंधाधुंध उपयोग, पुराना ऑक्सीडेटिव तनाव और यहां तक कि बदले हुए भोजन के स्रोत भी हेपेटिक उत्पादन - यकृत में उत्पादन - को नाटकीय रूप से बढ़ा सकते हैं। और यह एक हानिरहित संचय नहीं है!"

वह यह देखने के लिए रुकी कि वह क्या प्रतिक्रिया करता है, यह महसूस करने के लिए कि क्या वह उसके कवच को भेद रही थी। नथानिएल ने भारी निगल लिया। - "कल्पना करो, नथानिएल, कि सेलुलर स्तर पर क्या होता है! इस विषाक्त पदार्थ की उच्च सांद्रता प्लाज्मा झिल्ली की अखंडता को बाधित कर सकती है, माइटोकॉन्ड्रियल फ़ंक्शन - कोशिका के ऊर्जा केंद्रों के काम को रोक सकती है, हमें सचमुच एटीपी से वंचित कर सकती है - वह अणु जो कोशिकाओं के लिए ईंधन है - और एपोप्टोसिस - प्रोग्राम की गई सेलुलर मृत्यु - या यहां तक कि उच्च सांद्रता पर

नेक्रोसिस को प्रेरित कर सकती है! सेलुलर मृत्यु!" - उसकी आवाज गर्म हो गई, तीखी हो गई, एक चाबुक की तरह।

"लेकिन डीएनए पर इसका सबसे कपटी प्रभाव पड़ता है! ऑक्सीडेटिव तनाव, जो इनोसिन ऑक्सीम के अति-उत्पादन के साथ होता है, सीधे हमारे आनुवंशिक सामग्री पर हमला करता है, जिससे डीएनए adducts, श्रृंखला टूटना और प्रतिकृति में त्रुटियां होती हैं - डीएनए की नकल करना! ये क्षति 8-ऑक्सोगुआनाइन के प्रकार की हो सकती है, जो अत्यधिक उत्परिवर्तनजन है।"

"हे भगवान!" - नथानिएल चिल्लाया, विवरण से भयभीत था, जैसे कि वह अपना ही फैसला सुन रहा हो। - "तो, हमारी जीनोमिक स्थिरता से समझौता किया गया है?! क्या यही हमारा असली दुश्मन है?!"

"बिल्कुल!" - मेलिना ने पुष्टि की, उसकी आवाज में संदेह का कोई निशान नहीं था। - "ऑन्कोजेनेसिस - कैंसर का गठन और अन्य अपक्षयी बीमारियों का खतरा तेजी से बढ़ जाता है! हमारे ऊतक और अंग त्वरित बुढ़ापे से गुजरेंगे! यह सब हमारे दीर्घकालिक अस्तित्व की नींव को ही कमजोर करता है! इसीलिए मैं इस आंतरिक दुश्मन को बेअसर करने के लिए प्राचीन ज्ञान के अभिलेखागार में खोज कर रही थी। नियंत्रित ऑक्सीम-ओजोनेशन और सेलुलर प्रतिरोध को बढ़ाने के लिए जीन थेरेपी के लिए मेरा विचार, नथानिएल। वे केवल वैज्ञानिक परिकल्पनाएं नहीं हैं। वे इस नई वास्तविकता में जीवन और मृत्यु का सवाल हैं! क्या तुम आखिरकार समझते हो?!"

---✶§✶---

"ऑक्सीम-ओजोनेशन?

'यह... अपरंपरागत लगता है!'" - नथानिएल उसे देख रहा था जिसमें भ्रम और बढ़ती, लगभग दर्दनाक, श्रद्धा का मिश्रण था। - "क्या तुम्हें यकीन है कि यह कोई पागलपन नहीं है, मेलिना?! क्या यह काम कर सकता है?!"

"इसे असंभव माना जाता था!" - मेलिना ने स्वीकार किया, जैसे कि वह इस क्षण का आनंद ले रही थी, उसके निंदक को तोड़ने का। - "मैंने कार्बनिक रसायन विज्ञान के प्रमुख प्रोफेसरों से सलाह ली। वे निश्चित थे कि संयोजन रासायनिक रूप से बेतुका था, कि ओजोन किसी भी कार्बनिक ऑक्सीम को शुद्ध करने के बजाय ऑक्सीकरण और नष्ट कर देगा। लेकिन एक जिद्दी अंतर्ज्ञान ने मुझे शांति नहीं दी। यह मेरे अंदर एक अंगारे की तरह जल रहा था।"

"और जवाब को क्या अनलॉक किया?!" - वह आगे झुका, अधीर था, जैसे कि उसका जीवन इस पर निर्भर था। - "वैज्ञानिक सफलता कहाँ से आई?! तुमने यह कैसे किया?!"

"मेरे सपने के एक विवरण के साथ एक आकस्मिक जुड़ाव, जिसके बाद चिकित्सा शोध प्रबंधों का गहन विश्लेषण हुआ..." - मेलिना रहस्यमय रूप से मुस्कुराई, यह जानते हुए कि उसने उसे अब पकड़ लिया था। - "कुछ महत्वहीन, एक विशिष्ट एंजाइम की उत्प्रेरक गतिविधि से संबंधित था। तभी मेरे मन में अपनी उन्नत डेटा विश्लेषण प्रणाली से एक लक्षित प्रश्न पूछने का विचार आया।"

"डेटा विश्लेषण प्रणाली से?!" - नथानिएल अविश्वास में हांफ उठा। - "और उसका अंतर्दृष्टिपूर्ण जवाब क्या था?! मुझे बताओ!"

"इसने अविश्वसनीय मात्रा में जैव रासायनिक डेटा का विश्लेषण किया और कुछ अद्भुत प्रकट किया!" - उसकी आँखें चमक गईं, स्क्रीन की रोशनी में परिलक्षित हुईं। - "यह पता चला कि इनोसिन ऑक्सीम जैसे ऑक्सीम मानव शरीर में अंतर्जात रूप से संश्लेषित होते हैं, जो प्यूरीन के चयापचय का एक उत्पाद है। और, जो महत्वपूर्ण है, प्रणाली ने पुष्टि की कि सख्त नियंत्रित परिस्थितियों में, ओजोन का उपयोग इसके चयनात्मक विघटन के लिए किया जा सकता है, न कि सामान्य विनाश के लिए! इनोसिन ऑक्सीम एक विषाक्त चयापचय है, जो कुछ शारीरिक तनाव की स्थितियों में जमा होता है, और ओजोन, सही एकाग्रता में और नियंत्रित जोखिम के साथ, एक शक्तिशाली, लेकिन चयनात्मक ऑक्सीकारक के रूप में कार्य कर सकता है, जो असंतृप्त बंधनों को तोड़ने और ऑक्सीम अणु में विशिष्ट कार्यात्मक समूहों को ऑक्सीकरण करने में सक्षम है!"

"तो, प्रणाली ने एक प्रतीत होता है विरोधाभासी संयोजन को कैसे लागू किया जाए, इसे समझ लिया है?!" - नथानिएल हँसा, लेकिन उसकी हंसी में अब उपहास का कोई निशान नहीं था, केवल शुद्ध, स्पष्ट आश्चर्य था। उसका चेहरा रोशन हो गया। - "विज्ञान के दिग्गजों ने... असफल रहे... और तकनीक ने इसे समझ लिया! अविश्वसनीय! बस अविश्वसनीय!"

"ठीक है, असंभव नहीं, बल्कि आवश्यक सटीकता के साथ लागू नहीं किया गया!" - मेलिना ने उसे ठीक किया, उसकी नज़र विजयी थी। - "सिस्टम ने पाया कि कुंजी ओजोन के आंशिक दबाव और जोखिम के समय के सख्त नियंत्रण में है, साथ ही विशिष्ट जैव उत्प्रेरकों के उपयोग में भी है, जिन्हें हम रक्तप्रवाह में डाल सकते हैं। यह आवश्यक बायोमॉलिक्यूल्स, जैसे अमीनो एसिड या लिपिड के साथ समझौता किए बिना हानिकारक ऑक्सीम के लक्षित विघटन की अनुमति देगा!"

---✶⚕✶---

इस क्षण में, नथानिएल को वह रात याद आई, जब वह बाहर था, जब उसने त्वरित बुढ़ापे के पहले लक्षणों को महसूस किया था - जोड़ों में दर्द, जो केवल थकान से नहीं था, बल्कि कुछ गहरा, अधिक कपटी था। उसके दिमाग में एक क्षय हो रहे शरीर, धीमी, अपरिहार्य गिरावट की छवि चमक गई। मेलिना के शब्द अब केवल परिकल्पनाएं नहीं थे, बल्कि मुक्ति का एक वादा थे। यह उसके अपने भविष्य, उसके जीवन के लिए एक लड़ाई थी।

---✶⚕✶---

"और यह सिर्फ एक उदाहरण है?!" - उसने पूछा, उसकी अंतर्दृष्टि के पैमाने से हैरान था, जैसे कि वह अपनी आँखों के सामने एक पूरी नई दुनिया को खुलते हुए देख रहा था। "हाँ, नथानिएल!" - मेलिना ने पुष्टि की। - "यह एक ठोस उदाहरण है कि कैसे, मौजूदा वैज्ञानिक ज्ञान को उन्नत प्रौद्योगिकियों के साथ एकीकृत करके, हम इस नए, चुनौतीपूर्ण वातावरण के अनुकूलन के लिए अप्रत्याशित समाधान उत्पन्न कर सकते हैं। श्वसन प्रणाली और हड्डी संरचना के संशोधन के लिए प्रभावी तरीकों की खोज भी एक समान प्रतिमान का पालन करती है - मौजूदा जैव-तंत्र का गहन विश्लेषण और जीन थेरेपी और नैनोटेक्नोलॉजिकल हस्तक्षेपों के माध्यम से उन्हें बढ़ाने के लिए सुरक्षित और प्रभावी तरीकों की तलाश। हर कदम के लिए सटीकता और

एक समग्र समझ की आवश्यकता होती है, लेकिन मेरा मानना है कि हम सही विकासवादी मार्ग पर हैं! और हम इसे पूरा करेंगे!"

---✶☾✶---

और अगर अब तक हम पृथ्वी के बच्चे थे, तो अब हम होमो एस्ट्रालिस के बीज बन रहे हैं - ऐसे प्राणी, जिन्होंने ज्ञान के प्रकाश के साथ मांस की सीमाओं को पार करने के लिए चुना है।

------------------ ❧ --------------------

अध्याय 17: रक्त की कीमिया

प्रयोगशाला की भूतिया रोशनी में, जहां हवा तनाव से धड़क रही थी, मेलिना ने एक लेजर बीम के साथ होलोग्राफिक कैडुसियस के वक्रों का पता लगाया। छड़ी के चारों ओर intertwined दो सांप हवा में नाच रहे थे, हर पैमाना एक अदृश्य जीवन के साथ चमक रहा था, और ऊपर के पंख मुश्किल से धड़क रहे थे, जैसे कि वे ऊर्जा में सांस ले रहे हों।

"क्या तुम देखते हो, नथानिएल?" - उसकी आवाज तनावपूर्ण थी, एक सवाल से अधिक एक फुसफुसाहट थी, लेकिन उसकी नज़र एक खोजकर्ता की लौ के साथ जल रही थी। "दोहरा हेलिक्स। हमारे आनुवंशिक कोड का बहुत आधार। जीवन का मैट्रिक्स। और केंद्रीय छड़ी... अस्तित्व का अक्ष, फेनोटाइप और जीनोटाइप के बीच का पुल, मांस और आत्मा के बीच। पंख? वे पारगमन हैं। विकास। चेतना के नए स्तरों तक छलांग।"

नथानिएल घूर रहा था, उसका संदेह एक जलते हुए सूरज के नीचे बर्फ की तरह धीरे-धीरे पिघल रहा था। लेकिन वह एक वैज्ञानिक था। उसे पहेलियाँ पसंद थीं। "यह... एक 'कहानी' के लिए प्रशंसनीय लगता है। लेकिन यह दावा करना कि प्राचीन लोग डीएनए को समझते थे? यह बेतुकेपन की सीमा पर है। क्या तुमने इसका भी सपना देखा था?"

मेलिना कड़वेपन से मुस्कुराई, उसकी उंगलियाँ प्रोजेक्टर के चारों ओर सिकुड़ गईं। "असंभव, लेकिन एक तथ्य, नथानिएल। वे इसे अपने, समकालिक तरीके से समझते थे। प्रतीकों और आर्कटाइप्स के माध्यम से। कैडुसियस सिर्फ एक आभूषण नहीं है। यह ज्ञान का एक एन्क्रिप्टेड रोगविज्ञानी कैप्सूल है - बीमारियों और उपचारों का एक कोडित संग्रह, जो हमें हमारे अपने जैव रासायनिक सार और जैविक परिवर्तन के अभूतपूर्व क्षमता की समझ की ओर निर्देशित करने के लिए है।"

नथानिएल ने अपनी आँखें सिकोड़ीं, उसकी नज़र उसके पागलपन में व्यावहारिक की तलाश कर रही थी। "और यह प्राचीन सेमीटिक्स हमें यहाँ कैसे मदद करता है? इस मृत ग्रह पर, जहाँ जैविक नियम उलट गए हैं? क्या बास्टेट ने पतली ऑक्सीजन से निपटने के लिए या हमारे टूटे हुए शरीरों की मरम्मत के लिए एक नुस्खा छोड़ा था?"

"यह हमें विकासवादी मार्ग दिखाता है। प्राचीन लोग मानते थे कि शरीर एक जैव-कार्बनिक मंदिर है, जिसे पूर्ण किया जा सकता है। लक्षित जीनोमिक हेरफेर के माध्यम से, जिसे हमारी नैनो तकनीकें अनुमति देती हैं, हम अव्यक्त आनुवंशिक कार्यक्रमों को अनलॉक कर सकते हैं। सेलुलर स्तर पर इस चरम वातावरण के अनुकूल होने के लिए। कल्पना करो, नथानिएल: हम 2,3-बिसफोसफोग्लिसेरेट (2,3-

BPG) बंधन के संशोधन के माध्यम से हीमोग्लोबिन की ऑक्सीजन के प्रति आत्मीयता को नियंत्रित करते हैं। हम अतिरिक्त ऊर्जा स्रोत के रूप में सूरज की रोशनी का उपयोग करने के लिए हमारी त्वचा में बैक्टीरियोरोडोप्सीन जैसे प्रकाश संश्लेषक वर्णक को सक्रिय करते हैं। हम असंभव दरों पर क्षतिग्रस्त ऊतकों के हाइपरप्लासिया और हाइपरट्रॉफी को प्रेरित करते हैं।"

"यह वैज्ञानिक कल्पना जैसा लगता है, जो जैविक बेतुकेपन की सीमा पर है!" - नथानिएल ने अपना सिर हिलाया, लेकिन उसकी आँखों में एक दर्दनाक प्रशंसा जल रही थी। "तुम्हारी नींद रहित रातों के एल्गोरिदम से कुछ जैसा! एक कार्यक्रम जो नियंत्रण से बाहर हो गया है!"

"यह हमारे वर्तमान की जैविक अनिवार्यता है, नथानिएल। अतीत के प्रतीकों में कोडित है। बास्टेट की गुफा से सूक्ष्मजीव - उनमें अद्वितीय एंजाइम होते हैं: डीएनए हेलिकेस, डीएनए पोलीमरेज़, लाइगेस। प्रोटीन, जो डीएनए प्रक्रियाओं को नियंत्रित करते हैं, जो लक्षित जीनोमिक अनुकूलन को उत्प्रेरित करने में सक्षम हैं। एक तनाव हमें हाइपोक्सिया, गैसों के विभिन्न आंशिक दबाव से निपटने में मदद करेगा। यह एरिथ्रोसाइट्स की संख्या को बढ़ाता है, माइटोकॉन्ड्रिया के स्तर पर ऑक्सीजन परिवहन की दक्षता को बढ़ाता है। दूसरा - ओस्टियोब्लास्टिक गतिविधि को उत्तेजित करता है, नए हड्डी के ऊतक का गठन करता है। यह बदले हुए गुरुत्वाकर्षण की स्थितियों में हड्डी के घनत्व को बढ़ाता है, ओस्टियोजेनिक भेदभाव मार्गों को सक्रिय करके। वे हमारे जैविक परिवर्तन के पहले चरण की आणविक कुंजी हैं।"

"लेकिन, पूल के नीचे..." - मेलिना चुप हो गई, उसकी मुस्कान पानी पर एक चाँद के रास्ते की तरह रहस्यमय थी। "चमकती हुई रोशनी थी, सतह पर नाचती हुई चिंगारियां थीं। एक कीमियागर की तरह, मैंने बिखरे हुए ज्ञान के टुकड़ों को छान लिया, सत्य के सुनहरे दाने की तलाश में। मेरा अंतर्ज्ञान अज्ञात के धुंधले पानी के माध्यम से मेरा कम्पास था। मैंने ऑक्सीम पर अनगिनत वैज्ञानिक पत्र पढ़े। मैं मिल्बेमाइसिन ऑक्सीम पर पहुँच गई - एकमात्र, हालांकि पशु चिकित्सा, दवा, जिसे एक जीवित जीव द्वारा स्वीकार किया जा सकता है, लेकिन मनुष्यों के लिए प्रतिबंधित है..."

"मनुष्यों के लिए प्रतिबंधित!" - नथानिएल ने फुसफुसाया, उसकी आवाज आतंक से भरी हुई थी। "और तुम इसे हम पर इस्तेमाल करने के लिए तैयार हो?!"

"हाँ। लेकिन यह स्ट्रेप्टोमाइसिस हाइग्रोस्कोपिकस से संश्लेषित होता है, एक जीवाणु, जो ईस्टर द्वीप की मिट्टी से अलग किया गया है। तुम्हें रापा नुई याद है? महासागर के बीच में जमीन का वह छोटा, अलग-थलग टुकड़ा, जो अपनी मोआइस और जिस सभ्यता ने उन्हें उठाया था, उसके लिए प्रसिद्ध है? एक सभ्यता, जो कठोर परिस्थितियों में सदियों तक जीवित रही, जिसने अभूतपूर्व इंजीनियरिंग और प्राकृतिक प्रक्रियाओं की गहरी समझ विकसित की। प्राचीन अवशेषों के आनुवंशिक अध्ययनों से पता चलता है: यूरोपीय संपर्क से पहले कोई विनाशकारी जनसंख्या पतन नहीं था। रापानवी अत्यधिक लचीले, अनुकूली थे, जो अपने सीमित संसाधनों को स्थायी रूप से प्रबंधित करते थे। उनकी यह लचीलापन और बाहरी कारकों से उनका विनाश उनकी भूमि को और भी अधिक प्रतीकात्मक बनाता है। वहाँ, उस उपजाऊ, लेकिन चिह्नित मिट्टी में, एक जीवाणु खोजा गया है, जिसके चयापचयों में जीवन में हेरफेर करने की क्षमता है। वहाँ, जहाँ प्राचीन लोग अपने पत्थर के दिग्गजों को खड़ा करते थे, अपने पूर्वजों और शाश्वत जीवन के सम्मान में, प्रकृति ने दीर्घायु के अपने स्वयं के

रहस्यों को छिपा दिया था। यह उनकी असली विरासत थी - न केवल मूर्तियां, बल्कि जैविक प्रक्रियाओं की एक कुंजी। और मैंने इसे छुआ।"

मेलिना ने जारी रखा, उसकी आवाज अधिक पानी वाली, लेकिन अधिक चिंतित हो गई। "मैंने एक किलोग्राम एस्कोमाइसिन भी प्राप्त किया - उसी जीवाणु के किण्वन का एक उत्पाद, जो चीन से आया था। मैं रहस्यमय 'एंटी-एजेटिक' दवा के निशान की तलाश कर रही थी - एक शब्द, जो बुढ़ापे से लड़ने और जीवन को लंबा करने के विचार से उत्पन्न हुआ है - जिसका उल्लेख जेम्स ब्लिश के उपन्यास 'दे विल हैव स्टार्स' में किया गया है। मैंने सैकड़ों विदेशी जड़ें, जड़ी-बूटियाँ और शैवाल मिलाए। मैंने नेपाल के माध्यम से भारत से केसरी कल्प - आयुर्वेदिक 'युवा का अमृत' - आयात किया। मैंने सेलुलर मरम्मत के लिए अपनी खुद की सटीक जीन थेरेपी भी बनाई और प्रयोग किया, जो विशिष्ट प्रोटीन को लक्षित करके टेलोमेरेस को लंबा करने और 'सोए हुए' पुनर्योजी मार्गों को सक्रिय करने में सफल होता है, जो आधुनिक विज्ञान के शिखर और प्राचीन लोगों के ज्ञान को एकीकृत करता है..."

मेलिना रहस्यमय रूप से मुस्कुराई, उसकी नज़र दूर तक घूर रही थी, जैसे कि वह भविष्य देख रही हो। "मेरा सपना, नथानिएल, एक रूपक हो सकता है। लेकिन इसमें एक वैज्ञानिक परिकल्पना का सार निहित है। नियंत्रित ऑक्सीम-ओजोनेशन का विचार मेरी कल्पना का फल नहीं है। यह एक बहुत ही वास्तविक जैव रासायनिक समस्या को हल करने के लिए वर्षों के लक्षित वैज्ञानिक खोजों का चरमोत्कर्ष है। और पूल के नीचे की रोशनी... शायद यह उस अंतर्दृष्टि का प्रतीक है, ह्यूरिस्टिक्स की चिंगारी, जिसने मुझे वैज्ञानिक डेटा की भूलभुलैया के माध्यम से मार्गदर्शन किया।"

"तुम सच में पागल हो!" - नथानिएल ने बुदबुदाया, इस बार इतना धीरे कि वह उसे नहीं सुन सके, लेकिन उसकी आँखों में प्रशंसा की एक लौ भी थी। "अविश्वसनीय संयोग असली पागलपन निकला: स्ट्रैंडज़ा में बास्टेट की गुफा से सूक्ष्मजीव, स्ट्रेप्टोमाइसिस हाइग्रोस्कोपिकस जीवाणु निकले। दुनिया के दो विपरीत हिस्से, दो अलग-अलग संस्कृतियां, दो समय अंतराल, लेकिन एक ही उद्देश्य के लिए उपयोग किए जाने वाले जीव... क्या तुम्हें अभी भी मेरे सपनों पर संदेह है?!"

वह एक जटिल उपकरण के पास गई, जो एक नरम, सुखदायक नीली रोशनी बिखेर रहा था। उसकी सतह चमक रही थी, जो कमरे में तनाव को दर्शा रही थी। "यह चयनात्मक ऑक्सिम-ओजोनेशन के लिए एक प्रोटोटाइप प्रणाली है। यह हमारे रक्त को एक्स्ट्राकॉर्पोरियल रूप से फ़िल्टर करेगा, जो महत्वपूर्ण बायोमॉलिक्यूल्स को नुकसान पहुंचाए बिना हानिकारक अंतर्जात विषाक्त पदार्थों को समाप्त करेगा। और हाइड्रोपोनिक उद्यान, जिसे हम बनाएंगे... यह हमें इस मृत दुनिया के प्रदूषकों से मुक्त, स्वच्छ और पोषक तत्वों से भरपूर भोजन प्रदान करेगा।"

नथानिएल बढ़ती हुई श्रद्धा के साथ उपकरण को देख रहा था। हर रोशनी, हर संकेतक उसे आशा के बारे में बता रहा था। "तो... तुम्हारा सपना एक उत्प्रेरक था?"

"शायद। लेकिन एक उत्प्रेरक, जो वर्षों के गहन वैज्ञानिक अनुसंधान और अथक परिश्रम द्वारा समर्थित है। ग्रह की जलवायु विशेषताएं पूरी तरह से बदल गई हैं, लेकिन हमारे पास अनुकूलन करने के लिए ज्ञान और तकनीक है। और लंबे समय तक, बहुत लंबे समय तक जीने के लिए। लेकिन पहले हमें उस दुश्मन को बेअसर करना होगा जो हमारे अंदर छिपा है।"

मेलिना एक कसकर बंद कंटेनर के पास गई। अंदर, आनुवंशिक रूप से संशोधित सूक्ष्मजीवों की बायोलुमिनेसेंट संस्कृतियां धड़क रही थीं। प्रयोगशाला में रोशनी जैसे उसके शब्दों के साथ तालमेल में धड़क रही थी, जिससे परछाइयां दीवारों पर नाच रही थीं।

"नथानिएल, प्रक्रिया शुरू करने का समय आ गया है। प्राचीन ज्ञान और आधुनिक आणविक जीव विज्ञान को संश्लेषित करने का समय आ गया है, ताकि हम किनारे पर जीवित रहने वाले होमो सेपियन्स से कुछ अधिक बन सकें। इस नई दुनिया के सच्चे निवासी, होमो एस्ट्रालिस बनने का समय आ गया है। कैडुसियस हमें मार्ग दिखाता है - निरंतर जैविक परिवर्तन और विकासवादी अनुकूलन का मार्ग। बाहर जाने से पहले, हम इसे खुद पर और फिर बच्चों पर आजमाएंगे... वे हमेशा के लिए पनडुब्बी में नहीं रह सकते..."

नथानिएल हिचकिचाते हुए कंटेनर की ओर बढ़ा। उसमें भूतिया रोशनी ने उसे सम्मोहित कर दिया। "और... यह परिवर्तन कैसे होगा? क्या तुम हमें इन आनुवंशिक रूप से संशोधित सूक्ष्मजीवों के साथ इंजेक्ट करोगी?"

मेलिना ने सिर हिलाया। उसकी आँखों में हिचकिचाहट का कोई निशान नहीं था। "हाँ। लेकिन यह सिर्फ इनोक्यूलेशन नहीं है। यह एक उच्च-तकनीकी प्रक्रिया है। ये सूक्ष्मजीव, नथानिएल, केवल डीएनए हेलिकेस और लाइगेस जैसे एंजाइमों को शामिल नहीं करते हैं। वे अद्वितीय जीन कैसेट का स्रोत हैं, जिन्हें हमने अपने नैनोटेक्नोलॉजिकल वैक्टर में एकीकृत किया है - उदाहरण के लिए, एडेनो-एसोसिएटेड वायरस (AAVs), जो उच्च विशिष्टता और कम इम्युनोजेनेसिटी के लिए संशोधित हैं। ये वैक्टर आनुवंशिक सामग्री को सीधे लक्षित कोशिकाओं तक पहुँचाएंगे, और CRISPR-Cas9-आधारित जीनोम संपादन, जो इन सूक्ष्मजीवों से प्रेरित या सीधे निकाले गए एंजाइमों के साथ संशोधित है, हमारे जीनोम में लक्षित परिवर्तन करेगा। एक तनाव हमें कम दबाव पर ऑक्सीजन चयापचय की दक्षता में सुधार करने वाले जीन को सक्रिय करने के लिए 'कुंजी' देता है, उदाहरण के लिए, माइटोकॉन्ड्रिया की संख्या बढ़ाकर या हीमोग्लोबिन के आइसोफॉर्म को बदलकर। और दूसरा - बढ़े हुए गुरुत्वाकर्षण से निपटने के लिए हड्डी के ऊतक के पुनर्जनन को उत्तेजित करने के लिए, Wnt/β-catenin या BMP सिग्नलिंग जैसे सिग्नलिंग मार्गों को विनियमित करके। वे वह नींव हैं जिस पर हम अपनी होमो एस्ट्रालिस पहचान का निर्माण करते हैं। तुम्हें मुझ पर भरोसा करना होगा, नथानिएल।"

नथानिएल एक पल के लिए हिचकिचाया। अज्ञात का डर जीवित रहने की वृत्ति से लड़ रहा था। लेकिन मेलिना की आँखों में अटूट दृढ़ संकल्प, उसकी आवाज में वैज्ञानिक औचित्य... उसके अंदर कुछ गहरा यह सुझाव दे रहा था कि यह उनका एकमात्र मौका था। "ठीक है," उसने आखिरकार कहा, एक गहरी सांस ली। हर सांस एक भारी, भाग्यपूर्ण निर्णय था, जो उसे एक खाई या मुक्ति की ओर खींच रहा था। - "मैं इस कट्टरपंथी कायापलट के लिए तैयार हूँ।"

मेलिना ने धीरे से मुस्कुराया, लेकिन उसकी मुस्कान में एक विशाल जिम्मेदारी का तनाव छिपा हुआ था, एक नई दुनिया का बोझ, जिसे उन्हें बनाना था। "मुझे पता है कि तुम हो। एक साथ हम न केवल अपने खुद के आनुवंशिक कोड को, बल्कि इस दुनिया के भविष्य के जैविक मानचित्र को भी बदल देंगे।"

उसने ध्यान से बायोएक्टिव सूक्ष्मजीवों के साथ कंटेनर लिया और जटिल कार्य केंद्र की ओर मुड़ी, जिसकी स्क्रीन आणविक मॉडल के झरने बिखेर रही थी।

एक शांत गुनगुनाहट की आवाज हवा को भर गई, जिससे उम्मीद की एक मूर्त भावना पैदा हुई। जैविक परिवर्तन की प्रक्रिया शुरू हो गई। मानवता का भविष्य, जो अतीत के ज्ञान और वर्तमान की वैज्ञानिक सफलताओं पर बना था, अब शुरू हो रहा था - एक मृत दुनिया के ऊपर तैरते हुए एक धातु के संदूक के दिल में।

"रुको!" - नथानिएल अचानक उससे पीछे हट गया, उसका चेहरा अचानक, लगभग जानवर जैसे आतंक से सिकुड़ गया। "तुमने मुझे एक बेसिलस, एक रोगाणु, एक सूक्ष्मजीव की कहानी समझाई, चाहे वह कुछ भी हो! और फिर तुम मुझे दो इंजेक्शन देना चाहती हो?!"

"मैं तुम्हें समझाने से थक गई हूँ। शायद मेरा सपना तुमसे बात करेगा, जब मैं सोऊंगी।" - मेलिना ने थककर आह भरी। उसने बाकी सुबह के लिए छोड़ दिया, जैसे कि उसका पूरा शरीर थकावट से सिकुड़ रहा था। - "हम दूसरे को कहीं यहाँ पाएंगे... और मैं इसे अपने सपनों से जानती हूँ!"

कंटेनर में धड़कन उसके सीने में गूंज रही थी। शायद यह मानव का अंत नहीं था - बल्कि एक नई, अकल्पनीय शुरुआत थी।

------------------ ❧ --------------------

अध्याय 18: अमरता के लिए सुनहरा कवच

मेलिना की आवाज ने उसके सपने को एक बर्फीले ब्लेड की तरह काट दिया - पनडुब्बी की शाश्वत स्टील की कराह से भी अधिक लगातार और घुसपैठ करने वाली, उनकी अलगाव की एक सिम्फनी। उसके केबिन के दरवाजे पर हर खटखटाहट सुबह पर एक हथौड़े की मार की तरह गूंज रही थी, यह वादा करते हुए कि कोई भी विस्मृति संभव नहीं थी।

"नथानिएल, जागो। मेरे पास... कुछ है। महत्वपूर्ण।"

वह कराह रहा था, तकिए की खुरदरी सामग्री में अपना चेहरा दफनाने की कोशिश कर रहा था, बचाने वाली विस्मृति में वापस भागने की कोशिश कर रहा था। लेकिन वह जानता था कि यह व्यर्थ था। पनडुब्बी के कसकर बंद गर्भ में, जहाँ दिन एक ग्रे धब्बे में विलीन हो गए थे, और हवा में हमेशा धातु और निराशा का हल्का स्वाद था, एक झपकी एक विलासिता थी, और मेलिना की दृढ़ता - एक तूफान का अग्रदूत थी।

"क्या है, मेलिना? क्या अभी भी... वे भूत हैं?" - उसने नींद से सूखी जीभ से बुदबुदाया, जैसे कि हर शब्द उसके गले को खरोंच रहा हो।

वह उठा और खोला। वह एक आग के तीर की तरह अंदर घुस गई, उसकी सांस टूट रही थी, और उसका हाथ उसके कंधे पर एक दर्दनाक शक्ति के साथ कस गया।

"इस बार यह अलग है, नथानिएल। वह सपना... पांच साल पहले से। इसका एक सिलसिला है। और यह जितना मैंने सोचा था, उससे कहीं अधिक भयानक है। क्योंकि यह अब सपना नहीं है।" - उसने केवल इशारा नहीं किया - उसका हाथ अंधेरी धातु की दीवारों की ओर उठा, जैसे कि उनके परे इशारा कर रहा हो, उत्परिवर्तित बंजर भूमि की ओर, जो ऊपर उनकी प्रतीक्षा कर रही थी, नवजात अज्ञात

पारिस्थितिकी तंत्र की ओर, जो हाल तक एक रिपोर्ट में सिर्फ एक सिद्धांत था, और अब शायद एक वास्तविकता है।

इससे पहले कि उसके शब्द अंतरिक्ष में फैलते, उसने आगे बढ़कर, उसके सिर के पीछे को एक निश्चितता के साथ पकड़ा, जो माफी नहीं मांग रही थी, और उसे चूमा - छोटा, साहसी, एक भूले हुए जीवन के स्वाद की तरह। मेलिना जम गई। उसकी आँखें सदमे और आश्चर्य से चौड़ी हो गईं, लेकिन उस जलन की मुश्किल से पता लगाने योग्य चिंगारी से भी, जिसे वह इतनी अच्छी तरह से जानता था। वह तेजी से पीछे हट गई, भारी सांस लेते हुए, जैसे कि वह अभी गहराई से बाहर आई हो।

"नथानिएल!" - उसकी आवाज एक शरारती छात्र की तरह लग रही थी, जो एक बड़े शरारती लड़के को डांटने की कोशिश कर रहा था। इसमें अपमान और एक दबी हुई, लगभग अनैच्छिक मनोरंजन का मिश्रण था। उसने अपनी उंगली से उसकी ओर इशारा किया, और उसकी नज़र भेदी थी। - "एक और ऐसी शरारत और... दंड मिलेगा!" - धमकी के बावजूद, उसकी आँखों में एक शरारती चिंगारी नाच रही थी, जो यह प्रकट कर रही थी कि खेल अभी शुरू हुआ था।

नथानिएल ने कड़वेपन से निगल लिया, लेकिन अपराधबोध से नहीं, बल्कि संतुष्टि से। वह इन "अजीब चीजों" को जानता था - दर्शन, जो पागलपन की सीमा पर थे, लेकिन बहुत बार भविष्यवाणी करते थे, जैसे कि हर यथास्थिति को उल्टा करने में सक्षम उत्तेजनाएं। उसने आह भरी, और इस बार आह उनके चारों ओर की हवा से अधिक भारी थी, लेकिन इसमें एक हल्का, नवजात उत्साह भी था। उसकी जिज्ञासा, जो उनके अंतहीन अलगाव की तरह पुरानी थी, हमेशा थका देने वाले संदेह पर हावी हो जाती थी, खासकर जब ऐसी अप्रत्याशित मिठास के साथ मिलाई जाती थी।

"ठीक है," - उसने कहा, उसकी आवाज तेज थी, रोजमर्रा की तरह लगने की कोशिश कर रहा था। - "मुझे बताओ। लेकिन इस बार... थोड़ा और... गंभीर होने की कोशिश करो।"

उसके होंठों पर एक पीली मुस्कान आ गई। "मैं कोशिश करूँगी, नथानिएल। लेकिन कुछ चीजें... कुछ सच्चाई आत्मा में बस चिल्लाती हैं। उन्हें महसूस किया जाना चाहिए।"

उसने एक गहरी, spasmodic सांस ली, जैसे कि पनडुब्बी में हवा उसके लिए भारी थी, और शुरू कर दिया। "जबकि विज्ञान एक वस्तुनिष्ठ सत्य के लिए प्रयास करता है, अपने सिद्धांतों को कठोर जांच और मिथ्याकरण के अधीन करता है, साजिश के सिद्धांत व्यक्तिपरक विश्वासों में निहित होते हैं और घटनाओं के लिए छिपे हुए, रहस्यमय स्पष्टीकरण की तलाश करते हैं। वे अक्सर पौराणिक सोच के साथ तर्कसंगत विश्लेषण को प्रतिस्थापित करते हैं, जो सब कुछ को गुप्त समाजों और गूढ़ शक्तियों की साजिश के साथ समझाने वाली जटिल कहानियों का निर्माण करते हैं। विज्ञान और रहस्यवाद के बीच टकराव मानव खोज का एक शाश्वत इंजन है, जो विरोध और आपसी संवर्धन दोनों को भड़काता है।"

"इसलिए, नथानिएल, मैं खोज रही थी। न केवल हमारे दुर्लभ डेटाबेस में, बल्कि उन प्रतिबंधित किताबों में भी जो साजिश के सिद्धांतों के बारे में थीं, गुप्त समाजों के बारे में थीं जिन्होंने अमरता की तलाश की थी। और क्या तुम जानते हो? रोशनी को

हमारे सभी जटिल समीकरणों या गूढ़ बकवास से दूर, इतने सरल तरीके से समझाया जा सकता है। कुंजी, नथानिएल, हमारे अंदर निहित क्षमता में निहित हो सकती है। मानव स्वभाव में।"

वह चुप हो गई, उसकी नज़र नथानिएल के पीछे कहीं खो गई। "मुझे खुद के सार की संरचना को समझना था। हमारे सभी उपलब्धियां, वह सारा ज्ञान जिसे हमने ऊपर की दुनिया से बचाया, यह नहीं समझा सकता कि शरीर, आत्मा, चेतना, पीनियल ग्रंथि, हृदय कैसे कार्य करते हैं। इंसान का सार सबसे गहरे रहस्यों को छुपाता है, और यह किसी तरह के... अगम्य तंत्र के अनुसार कार्य करता है।"

नथानिएल उसे सुन रहा था, वह डर गया था। उसके शब्द उसके अपने, दमित खोजों के साथ intertwining थे। "मैं जैव रसायन की भूलभुलैया में गहराई से चली गई - निर्माण के लिए नहीं, बल्कि परिचित को नष्ट करने के लिए, यह जानने के सवालों के जवाब की तलाश में कि हम सेलुलर स्तर पर कैसे कार्य करते हैं और यह हमें कैसे परिभाषित करता है। और हर नई खोज, हर नए संदेह के साथ, मैं जीवन के इन शापित रहस्यों में गहराई से घुसती गई, एक कीमियागर की तरह, जो ज्ञान के सुनहरे धागे की तलाश से ग्रस्त था। और मुझे याद आया... वे शब्द..."

मेलिना ने अपनी आँखें बंद कर लीं। "...स्वतंत्र होने के लिए बर्बाद..." - उसने फुसफुसाया। - "...दुनिया में फेंके गए, हम जो कुछ भी हैं, उसके लिए जिम्मेदार..."

वह चुप हो गई। जैसे कि सार्त्र के शब्द स्टील की दीवारों में गूंज रहे थे, किसी भी गोली से अधिक मजबूत थे। "हम यहाँ फेंके गए हैं, नथानिएल। इस दुनिया में, इस पनडुब्बी में। स्वतंत्र होने के लिए बर्बाद। और हम जिम्मेदार हैं। उस दुनिया के लिए नहीं, जिसे हमने नष्ट कर दिया है, बल्कि उस दुनिया के लिए, जिसे हम बना सकते हैं। अपने सार के लिए, अस्तित्व के अपने अधिकार के लिए लड़ने के लिए या विस्मृति में गायब होने के लिए अपनी स्वतंत्रता के लिए जिम्मेदार। इसीलिए हमें समझना होगा। पूर्णता इंसान की एक स्वाभाविक अवस्था है और उसमें इसे प्राप्त करने के लिए निहित क्षमताएं हैं... प्राचीन कीमियागर दार्शनिक पत्थर की तलाश कर रहे थे, जो हीन धातुओं को सोने में बदल सके। शायद वे जितना हम सोचते हैं, उससे कहीं अधिक सत्य के करीब थे। शायद प्राचीन रहस्य ने उन्हें उस अंतहीन खोज के लिए मौलिक आधार की पेशकश की थी, लेकिन उनके पास सही सूत्र नहीं था। सोना, अपने सबसे शुद्ध और पूर्ण रूप में, न केवल धन और शाश्वतता का प्रतीक है, बल्कि जीवन के निर्माण में एक महत्वपूर्ण तत्व भी है।"

---✶✶---

"मेलिना का फ्लैशबैक: प्रोफेसर एम्बर के साथ बातचीत"

मेलिना निजी प्रयोगशाला "एम्बर बायोटेक" के बाँझ, धड़कते हुए नीले प्रकाश के गलियारे में खड़ी थी। हवा में ओजोन और कीटाणुनाशक की गंध थी - उसके लिए एक परिचित, लगभग आरामदायक गंध। प्रोफेसर एम्बर के दरवाजे के सामने उसने एक गहरी सांस ली। इस बार वह अपने साथ सिर्फ सिद्धांत नहीं, बल्कि कुछ ऐसा लेकर आई थी जो सब कुछ बदल सकता था।

अंदर, प्रोफेसर, साठ के दशक में एक व्यक्ति, जिसके बाल सफेद हो रहे थे और जिनकी आँखें थकान और चमकदार बुद्धि बिखेर रही थीं, अपने मॉनिटर पर

जटिल आरेखों की एक श्रृंखला को घूर रहे थे। उसकी मेज पर मिट्टी के नमूने, अजीब खनिज और माइक्रोस्कोपिक स्लाइड बिखरे हुए थे, जैसे कि एक पूरी छिपी हुई दुनिया को समझने का इंतजार कर रही थी।

"प्रोफेसर एम्बर?" - मेलिना दहलीज पार कर गई, उसकी आवाज प्रत्याशा से तनावपूर्ण थी।

उसने ऊपर देखा, उसकी आँखें थोड़ी सिकुड़ी हुई थीं। - "मेलिना? तुम इस बार क्या लाई हो? मुझे उम्मीद है कि अमरता के बारे में कोई और 'काव्यात्मक परिकल्पना' नहीं है? तुम जानते हो कि हमारा बजट ऐसे प्रयोगों के लिए... सीमित है।"

उसके लहजे में सामान्य विडंबना थी, लेकिन एक छिपी हुई रुचि भी थी। मेलिना मुस्कुराई। - "इस बार यह... अधिक विशिष्ट है, प्रोफेसर। मैंने इसे पा लिया है। सूक्ष्मजीव।"

एम्बर की भौहें उठ गईं। उसने धीरे-धीरे अपनी पिपेट नीचे रखी। - "तुम किस बारे में बात कर रही हो?"

"सोने के बारे में, प्रोफेसर!" - उसकी आवाज उत्साह से कांप गई। "क्या तुम्हें बायोफोटॉन और सोने के साथ उनके संबंध के बारे में मेरी परिकल्पना याद है? जब प्रकाश (फोटॉन से बना) सोने की सतह पर पहुँचता है, तो मुक्त इलेक्ट्रॉन नैनोपार्टिकल्स में प्लास्मोन रेजोनेंस के माध्यम से फोटॉन की ऊर्जा का एक हिस्सा अवशोषित करते हैं। नैनोस्कोपिक स्केल (1-100 एनएम) तक पहुँचने पर, सोने के कण क्वांटम गुणों को प्रदर्शित करते हैं, जिसमें सतह प्लास्मोन रेजोनेंस भी शामिल है - एक घटना, जिसमें ये मुक्त इलेक्ट्रॉन उत्तेजित होते हैं और फिर अपनी मूल स्थिति में लौट आते हैं, जो एक नया प्रकाश उत्सर्जित करते हैं। सोने के नैनोपार्टिकल्स इलेक्ट्रॉनों के ऊर्जा स्तरों में बदलाव के कारण अपने आकार और आकृति के आधार पर विभिन्न रंगों के प्रकाश को अवशोषित और उत्सर्जित कर सकते हैं। फोटॉन विद्युत चुम्बकीय विकिरण की क्वांटा (सबसे छोटी इकाई) हैं, दूसरे शब्दों में - प्रकाश की। वे विद्युत चुम्बकीय ऊर्जा के वाहक हैं और आराम में उनका कोई द्रव्यमान नहीं है। फोटॉन वैक्यूम में प्रकाश की गति से यात्रा करते हैं।"

प्रोफेसर एम्बर उसे ध्यान से सुन रहे थे, बिना उसे बाधित किए। जब वह चुप हो गई, तो उसने अपना गला साफ किया। - "सिद्धांत... सुरुचिपूर्ण है, मेलिना। यहाँ तक कि सुंदर भी। लेकिन इसका तुम्हारे 'सूक्ष्मजीव' से क्या लेना-देना है? मुझे यह मत बताओ कि तुमने किसी ऐसे व्यक्ति को खोजा है जो सोने की ईंटें पैदा करता है?"

मेलिना हँस पड़ी, लेकिन उसकी हँसी में एक अटूट निश्चितता थी। "लगभग। बायोफोटॉन जीवित जीवों द्वारा उत्सर्जित अल्ट्रा-कम फोटॉन होते हैं, जिनकी तीव्रता 1-10^3 फोटॉन/($cm^2 \cdot s$) के क्रम में होती है। ये फोटॉन हमारे कोशिकाओं में होने वाली जैव रासायनिक प्रतिक्रियाओं, विशेष रूप से ऑक्सीडेटिव प्रतिक्रियाओं और मुक्त कणों के पुनर्संयोजन की प्रक्रियाओं का परिणाम हैं। विज्ञान का मानना है कि माइटोकॉन्ड्रिया में सेलुलर श्वसन के दौरान बायोफोटॉन उत्पन्न होते हैं, जब पोषक तत्व ऊर्जा में परिवर्तित होते हैं, साथ ही डीएनए लाइगेस और फोटोलियास जैसे एंजाइमों द्वारा डीएनए की मरम्मत के दौरान भी।"

वह प्रोफेसर के करीब चली गई, उसकी नज़र भेदी थी। - "कल्पना करो, प्रोफेसर, कि सोना, अपने अद्वितीय ऑप्टिकल गुणों और सतह प्लास्मोन रेजोनेंस की क्षमता के कारण, बायोफोटॉन के लिए एक प्रकार का 'एम्प्लीफायर' या 'एंटीना' के रूप में कार्य कर सकता है। सोने के साथ बातचीत के माध्यम से, बायोफोटॉन की तीव्रता को बढ़ाया जा सकता है, जो एंजाइमेटिक कैनेटीक्स को बढ़ाकर या डीएनए पोलीमरेज़ को स्थिर करके डीएनए प्रतिकृति की दक्षता को प्रभावित कर सकता है। सोने के नैनोपार्टिकल्स डीएनए से जुड़ सकते हैं, संभवतः फॉस्फेट बैकबोन के साथ इलेक्ट्रोस्टैटिक इंटरैक्शन के माध्यम से या इंटरकैलेशन के माध्यम से, और डीएनए की संरचना को स्थिर करके या डीएनए के साथ एंजाइमों की बातचीत को सुविधाजनक बनाकर प्रतिकृति की प्रक्रिया को प्रभावित कर सकते हैं।"

प्रोफेसर एम्बर ने धीरे-धीरे अपना चश्मा उतार दिया और उसे एक कपड़े से साफ किया। - "यह... एक काफी साहसी धारणा है, मेलिना। हम जानते हैं कि कुछ जीवाणु सोने के लवण को नैनोपार्टिकल्स तक कम कर सकते हैं, लेकिन... उन्हें संश्लेषित करना और उन्हें ऐसी जटिल जैविक प्रक्रियाओं के लिए उपयोग करना? यह विश्वास में एक छलांग है।"

"छलांग नहीं, प्रोफेसर, बल्कि एक खोज!" - उसकी आवाज जीत से भरी हुई थी।

उसने अपने बैग से एक छोटा कांच का फ्लास्क निकाला, जो एक गंदे, भूरे तरल से भरा हुआ था। - "मैंने कप्रिविडस मेटालिडुरन्स स्ट्रेन को खोजा है - एक जीवाणु, जो विषाक्त सोने के आयनों को धातु के सोने में बदलने की अपनी अनूठी क्षमता के लिए जाना जाता है। लेकिन मैं इसे इस हद तक खेती और चयन करने में कामयाब रही हूँ कि यह न केवल सोने को डिटॉक्सिफाई करता है, बल्कि इसे एक चयापचय के रूप में सक्रिय रूप से पैदा करता है, जो इसे अपनी सेलुलर प्रक्रियाओं में उपयोग करता है! ये सोने के नैनोपार्टिकल्स, जिन्हें यह संश्लेषित करता है, एक सटीक नियंत्रित आकार और आकृति के हैं, जो बायोफोटॉन और डीएनए के साथ बातचीत करने के लिए आदर्श हैं!"

प्रोफेसर एम्बर का चेहरा बदल गया। थकान गायब हो गई। उसकी आँखें एक वैज्ञानिक चमक के साथ चमकीं। उसने ध्यान से फ्लास्क ले लिया। - "यह... क्रांतिकारी है, मेलिना। अगर यह सच है... तो यह सब कुछ बदल देता है।"

"और यह सच है! मैं पहले से ही 'गोल्डन रिफाइनरी' परियोजना पर काम कर रही हूँ। विचार यह है कि इन सूक्ष्मजीवों का उपयोग कम सांद्रता वाली मिट्टी या यहां तक कि अपशिष्ट जल से सोने के बायो-खनन के लिए किया जाए। कल्पना करो: स्वच्छ, पारिस्थितिक, आत्म-प्रतिकृति 'रिफाइनरियां', जो सोना पैदा करती हैं! यह वैश्विक संसाधन समस्या को हल कर सकता है!"

प्रोफेसर एम्बर कमरे में घबराहट से चलने लगे। - "बायो-खनन... रिफाइनरी... मेलिना, यह बहुत बड़ा है। बहुत बड़ा! लेकिन... यह तुम्हारे... उच्च लक्ष्यों में कैसे फिट बैठता है? अमरता?"

मेलिना मुस्कुराई। - "ठीक है, प्रोफेसर, अगर हम इन सूक्ष्मजीवों को ऐसे गुणों के साथ सोना पैदा करना सिखा सकते हैं, और अगर वह सोना वास्तव में डीएनए

को स्थिर कर सकता है और बायोफोटॉन को बढ़ा सकता है... तो शायद यह समय है कि हम अपने अंदर कीमिया को स्थानांतरित करें। हमारे शरीर को प्रकाश के मंदिरों में बदलने का। सुनहरा कवच बनाने का - बाहर से नहीं, बल्कि बहुत सार से। जीवन के मूल से।"

एम्बर रुक गया और उसकी ओर देखा। उसकी आँखों में श्रद्धा, सदमा और एक गहरा, हिलता हुआ डर था। - "तुम... तुम इंसान को अमरता के लिए एक जीवित रिफाइनरी में बदलना चाहती हो? मेलिना, यह... खतरनाक है। अभूतपूर्व रूप से खतरनाक।"

मेलिना ने जवाब नहीं दिया। बस सिर हिलाया। उसकी नज़र में कोई डर नहीं था। केवल अटूट दृढ़ संकल्प था।

---✶⸮✶---

"रुको, मुझे यह पता है..." - उसने बुदबुदाया, और उसकी आँखों में एक आंतरिक आग जल गई, जैसे कि एक भूली हुई सच्चाई उसकी स्मृति की गहराइयों से वापस आ गई हो। अब उसने अपने सभी ज्ञान को एक एकल, कार्यशील एल्गोरिदम में intertwined कर दिया।

"नथानिएल, तुमने कुछ... असामान्य ज्ञान का उल्लेख किया, जो तुम्हारे समाज के पास है। कुछ ऐसा जो हम कल्पना करते हैं, उससे परे जीवन को लंबा करने के बारे में है।"

"हाँ, मेलिना। वहाँ... सिद्धांत हैं। उन्हें सख्ती से रखा जाता है, लेकिन... यह सोने से संबंधित है। साधारण सोने से नहीं।" - उसने जारी रखने में संकोच किया, लेकिन उसे याद आया कि अब इन रहस्यों का कोई मूल्य नहीं था...

"सोना? सोना जीवन को कैसे लंबा कर सकता है? यह एक निष्क्रिय धातु है।"

"एकल-परमाणु अवस्था में नहीं। हमारे समाज द्वारा समर्थित परिकल्पनाओं के अनुसार, जब सोने के परमाणु एक दूसरे से अलग हो जाते हैं और एक उच्च-स्पिन, कक्षा-अनबाउंड अवस्था में होते हैं, तो वे एक अनूठी क्षमता प्राप्त करते हैं। यह माना जाता है कि वे डीएनए में नाइट्रोजन और ऑक्सीजन परमाणुओं के साथ असामान्य सहसंयोजक या समन्वय बंधन बना सकते हैं, विशेष रूप से प्यूरीन और पाइरीमिडीन बेस या फॉस्फेट बैकबोन के साथ।"

"डीएनए से सीधे जुड़ना? यह... कुछ नया बनाएगा।"

"ठीक है। इस परिकल्पना के अनुसार, कल्पना करो कि एक तीसरी श्रृंखला बनती है, जो पहले से मौजूद दोहरे हेलिक्स के चारों ओर लिपटी होती है। एक अतिरिक्त सुरक्षात्मक परत की तरह।"

"असंभव... डीएनए एक अत्यंत स्थिर संरचना है। ये सोने के परमाणु कैसे व्यवस्थित होंगे?"

"एक विशिष्ट विन्यास में। परिकल्पना कहती है कि वे पांच परमाणुओं के छोटे समूह बनाते हैं - पेंटामर्स - जो डीएनए के बड़े खांचे के साथ जुड़ते हैं। यह सोने की श्रृंखला हाइड्रोफोबिक इंटरैक्शन को बढ़ाकर और इलेक्ट्रोस्टैटिक प्रतिकर्षण को

कम करके दोहरे हेलिक्स को स्थिर करती है। हम इसे... तीसरी 'पॉलीपेप्टाइड' श्रृंखला कहते हैं, हालांकि अगर यह सिद्धांत सच है, तो यह धातु परमाणुओं से बनी है।"

"लेकिन सोना इस तरह कैसे प्रतिक्रिया कर सकता है? यह किसी असाधारण रूप से प्रतिक्रियाशील अवस्था में होना चाहिए।"

"ठीक है। यह अपनी सबसे मौलिक अवस्था में होना चाहिए - एकल-परमाणु। और कोशिका के नाभिक में प्रवेश करने के लिए, जहाँ डीएनए है, इसे विशेष भौतिक और रासायनिक प्रक्रियाओं से गुजरना होगा, जो इसे सेलुलर और परमाणु झिल्ली के माध्यम से जाने की अनुमति देते हैं, जो चयनात्मक रूप से पारगम्य हैं।"

"एकल-परमाणु सोना... एक नकारात्मक चार्ज के साथ सोने के आयन... यह एक बहुत ही अस्थिर अवस्था है।"

"हाँ। इसीलिए सोना इस रूप तक पहुँचने से पहले कई परिवर्तनों से गुजरता है। पहले इसे नैनोपार्टिकल्स में तोड़ दिया जाता है - बहुत छोटे (<10 एनएम)। फिर इन कणों को इस विशेष रूप में परिवर्तित किया जाता है - एकल-परमाणु सोना, जिसे कभी-कभी ORMEs अवस्था (कक्षा रूप से पुनर्व्यवस्थित एकल-परमाणु तत्व) कहा जाता है। इसमें अद्वितीय गुण होते हैं, जो इसे कोशिका में प्रवेश करने और डीएनए से जुड़ने की अनुमति देते हैं।"

"ORMEs... कार्बनिक रूप से पुनर्गठित एकल-परमाणु तत्व?" - नथानिएल ने बुदबुदाया, यह महसूस करते हुए कि उसका अपना वैज्ञानिक दिमाग विरोध कर रहा था। "यह एक काफी... शापित गूढ़ अवधारणा है! किसी भी वैज्ञानिक के लिए लगभग ईशनिंदा!"

"हमारा ज्ञान अक्सर... अधिक पुरातन शब्दों का उपयोग करता है। लेकिन विचार एक गहरे कीमियाई परिवर्तन का है। सोना रहस्यमय कायापलट से गुजरता है - एक साधारण धातु से, इन नैनोपार्टिकल्स के माध्यम से, एक हवादार सफेद पाउडर तक। इस अवस्था में यह जैसे पदार्थ की सीमाओं से मुक्त हो जाता है और भौतिक और आध्यात्मिक के बीच एक मध्यस्थ बन जाता है।"

नथानिएल जम गया। उसे एहसास हुआ कि उसने जितना इरादा किया था, उससे कहीं अधिक खुलासा कर दिया था। केवल तथ्य नहीं, बल्कि उनके समाज का आधार, जिसे उसने एक पवित्र अवशेष की तरह रखा था। उनके बीच की नम चुप्पी घनी हो गई, जो भूले हुए शपथों के वजन से भरी हुई थी। उसने शब्दों में कुछ ऐसा स्वीकार किया था, जिसे उसने लंबे समय से अपनी आत्मा से महसूस किया था - उसके ज्ञान और उसकी अंतर्दृष्टि के बीच गहरा, लगभग रहस्यमय संबंध। यह अंतर्ज्ञान के सामने तर्क का, पैगंबर के सामने संरक्षक का आत्मसमर्पण था।

"आध्यात्मिक?" - मेलिना ने उसे बाधित किया, उसकी आवाज नरम, लेकिन भेदी थी। - "डीएनए से जुड़कर, एकल-परमाणु सोना इसके चारों ओर एक चमकदार कवच बनाता है, जो अराजकता को पीछे हटाता है और... जीवन शक्ति को पोषण देता है। वह कोशिका, जो इस सुनहरी चमक में लिपटी हुई है, ... दीर्घायु का एक मंदिर बन जाती है।"

"अमरता का एक मंदिर? नथानिएल, यह शुद्ध कीमिया जैसा लगता है, विज्ञान जैसा नहीं! क्या तुम हर समय मुझ में कुंजी की तलाश कर रहे थे?!" - उसकी आवाज संकीर्ण डिब्बे में गूंजी, जो एक ही समय में आरोप और आश्चर्य से भरी हुई थी।

"हमारे ज्ञान के अनुसार, डीएनए अणु, इस सुनहरे 'कवच' में लिपटा हुआ, बहुत अधिक स्थिर हो जाता है। आनुवंशिक कोड ऑक्सीडेटिव क्षति और उत्परिवर्तजन एजेंटों से सुरक्षित है। उत्परिवर्तन... को संलग्न करना मुश्किल है। इस तरह से मजबूत की गई कोशिका, ... समय के विघटन के प्रति अधिक प्रतिरोध प्राप्त करती है। हम इसे... जीव विज्ञान का दार्शनिक पत्थर कहते हैं। सोना, शाश्वतता का प्रतीक, ... लंबे जीवन की कुंजी बन जाता है। यह एक जीवित कवच बनाता है, जो समय के विनाशकारी प्रभाव से जीवन के रहस्यों की रक्षा करता है। वह कोशिका, जो अपने आप में... प्रकाश का एक कण ले जाती है, अधिक प्रतिरोधी हो जाती है।"

"यह सब... आकर्षक था, हाँ, लेकिन यह उस सब का खंडन करता था, जो विज्ञान जानता था। सोना निष्क्रिय है और जैविक प्रणालियों में इस तरह से कार्बनिक अणुओं से नहीं जुड़ता है। यहाँ तक कि सोने के नैनोपार्टिकल्स में भी पूरी तरह से अलग क्रियाएं होती हैं, अगर वे बिल्कुल भी होती हैं। यह ज्ञान, जो सदियों से इकट्ठा किया गया था, हमारे समुदाय ने संरक्षित किया, लेकिन कुंजी खो गई है..." - नथानिएल ने जवाब दिया, उसकी आवाज उसकी विडंबना से, उसकी अपनी लाचारी के दर्द से तनावपूर्ण थी।

"तुम जानते थे कि मैं इसे अपने अंदर खोज सकती हूँ! तुम्हें कैसे पता चला?!" - उसकी आँखें चमक गईं, और आँसू बहने लगे, दुख से नहीं, बल्कि एक चौंकाने वाली बोध से।

"मैं तुम्हें समझाऊंगा, रुको... कीमियागरों ने एक जटिल, लगभग पवित्र प्रक्रिया का उपयोग किया, जिसमें सोने को शुद्ध और परिवर्तित किया जाता था।" - नथानिएल ने जारी रखा, उसकी आवाज लगभग सम्मोहन करने वाली थी, जैसे कि वह खुद इन सदियों पुराने अनुष्ठानों को फिर से अनुभव कर रहा हो। - "क्लस्टर सोने को एकल-परमाणु में बदलने की प्रक्रिया बेहद जटिल है और इसके लिए उच्च स्तर की सटीकता और नियंत्रण की आवश्यकता होती है। कल्पना करो: पहले सोने को क्लस्टर नामक माइक्रोस्कोपिक कणों में तोड़ दिया जाता है, जिन्हें बाद में विशेष उपकरणों और तकनीकों का उपयोग करके संसाधित किया जाता है - केवल उपकरण नहीं, बल्कि लगभग रहस्यमय कलाकृतियाँ। फिर इन क्लस्टरों को रासायनिक प्रतिक्रियाओं और भौतिक प्रक्रियाओं की एक श्रृंखला के अधीन किया जाता है, जो उन्हें सोने के लवण के कम होने और लिगेंड के नियंत्रित उन्मूलन के माध्यम से एकल परमाणुओं में बदल देते हैं। इसे प्राप्त करने के लिए, कीमियागरों ने विभिन्न तरीकों और उपकरणों का उपयोग किया, जिसमें विशेष भट्टियाँ, रिएक्टर और प्रयोगशाला के बर्तन शामिल थे, जहाँ आग नृत्य करती थी और धुआं रहस्य फुसफुसाता था। प्राचीन कीमियागर - ज्ञान के वे निर्वासित - पारा, सल्फर और आग के साथ काम करते थे, लेकिन प्रतीकों, प्रार्थनाओं और चुप्पी के साथ भी। वे सिर्फ सोने की तलाश नहीं कर रहे थे, बल्कि पूर्णता की तलाश कर रहे थे, जहाँ पदार्थ आत्मा से मिलता है। उन्होंने प्रतीकवाद और अनुष्ठानों का उपयोग किया, जिसने उन्हें अपनी

ऊर्जा और इरादों पर ध्यान केंद्रित करने में मदद की, विज्ञान को प्रार्थना में बदल दिया। उनमें से, सर आइजैक न्यूटन की आकृति बाहर खड़ी है, जो न केवल एक महान वैज्ञानिक और गणितज्ञ के रूप में, बल्कि एक कीमियागर के रूप में भी जाने जाते हैं। न्यूटन साधारण धातुओं को महान, जैसे सोना और चांदी में बदलने के विचार से मोहित थे। उन्होंने इस परिवर्तन को प्राप्त करने के तरीकों और साधनों को खोजने की कोशिश करते हुए कई प्रयोग किए। उनके सूत्र का कौन सा हिस्सा गायब था?"

"इस जानकारी ने मुझे भी बताया कि प्राचीन सभ्यताओं के पास सोने को बदलने के लिए अधिक उन्नत तकनीकी ज्ञान और उपकरण थे," - मेलिना ने जवाब दिया। - "लेकिन... वे वास्तव में क्या कर रहे थे? हमारा समाज मानता है कि अपनी एकल-परमाणु अवस्था में सोना एक नकारात्मक चार्ज प्राप्त करता है। यह इसे डीएनए अणु में हाइड्रोजन बंधनों की शक्ति के साथ बातचीत करने की अनुमति देता है, जो उनके नेटवर्क में एकीकृत होता है।"

नथानिएल अपने ज्ञान को इकट्ठा करने की कोशिश कर रहा था... "हाइड्रोजन बंधनों के साथ बातचीत करना? इससे क्या होगा?" - उसने जोड़ा। - "कुछ हाइड्रोजन परमाणुओं को प्रतिस्थापित करने पर ऊर्जा... बायोफोटॉन के रूप में जारी होती है। प्रकाश की क्वांटा। यही वह कमजोर चमक है, जिसे उन लोगों में देखा जाता है... जो पुनरुत्थान की प्रक्रिया से गुजरते हैं।"

"बायोफोटॉन? एक कमजोर चमक? यह... तार्किक लगता है। एक तरह से तार्किक, जिसे उसने बहुत पहले खारिज कर दिया था, एक तरह से, जो अब उसके वैज्ञानिक संदेह की कंक्रीट की दीवार को भेद रहा था। "सोने की श्रृंखला, जो डीएनए के दोहरे हेलिक्स में एकीकृत होती है, एक स्थिर कंकाल के रूप में कार्य करती है। इस 'कंकाल' पर, एंजाइम और अन्य अणु बहुत अधिक आसानी से चलते हैं, जो उनके आंदोलन के लिए ऊर्जा बाधाओं को कम करके आनुवंशिक जानकारी की प्रतिकृति और प्रतिलेखन की प्रक्रियाओं को अनुकूलित करते हैं।"

"सोने का एक स्थिर कंकाल, जो डीएनए में बुना गया है..."

"सोने के परमाणु की कल्पना एक सूरज की किरण के रूप में करो, जो कोशिका की गहराइयों में प्रवेश करती है और डीएनए के नृत्य के साथ विलीन हो जाती है। एक कोमल चमक जारी करते हुए, यह हर कोशिका को एक लघु तारे में बदल देता है, जो प्रकाश और ऊर्जा उत्सर्जित करता है। डीएनए की दोनों श्रृंखलाओं के बीच खींचा गया सोने का धागा एक ऐसे रास्ते की तरह है, जिस पर आनुवंशिक कोड ले जाने वाले अणु बिना बाधा के चलते हैं।"

"और यह... तुम्हारे अनुसार, डीएनए के कार्य में सुधार करता है?" - अब वह उसका मजाक उड़ा रही थी।

"बहुत अधिक। सोने का आवरण एक शक्तिशाली कवच बनाता है, जो डीएनए की दोनों श्रृंखलाओं को कसकर बंद रखता है। सोने के परमाणु इस कवच की 'प्लेटों' के बीच घुस जाते हैं, जिससे यह मजबूत हो जाता है। इस तरह से बनाया गया कवच डीएनए को वायरस और अन्य हानिकारक एजेंटों के हमलों के लिए लगभग अभेद्य बनाता है, जो आमतौर पर आनुवंशिक कोड को फाड़ देते हैं, जो इसकी यांत्रिक स्थिरता को बढ़ाकर और प्रतिक्रियाशील साइटों तक पहुंच को कम

करके ऐसा करते हैं। इस सुनहरे कवच के साथ, डीएनए उत्परिवर्तन और क्षति से सुरक्षित है, जो कोशिकाओं के सुचारू कार्य को सुनिश्चित करता है और टेलोमेरेस को स्थिर करके और डीएनए मरम्मत में सुधार करके बुढ़ापे की प्रक्रियाओं को धीमा करता है।" - नथानिएल ने जवाब दिया, उसकी आवाज उसकी विडंबना से, उसकी अपनी लाचारी के दर्द से तनावपूर्ण थी।

"अभेद्य डीएनए... बुढ़ापे का धीमा होना..."

"प्राचीन काल से आज तक, एकल-परमाणु सोना रहस्य और किंवदंतियों में लिपटा हुआ है। प्राचीन मिस्रियों ने इसे 'सफेद रोटी' कहा, यहूदियों ने इसे 'श्रू ब्रेड' कहा, इसके दिव्य गुणों में विश्वास करते हुए। कीमियागरों ने इसे 'अमरता का अमृत' कहा, और मेसन्स ने इसे 'शाही नमक' कहा। थ्रेसियन रहस्यवादियों ने इसे अमरता का नमक कहा, भारतीय ब्राह्मणों ने इसे अमृता कहा, और टेम्पलर्स ने इसे दार्शनिक पत्थर कहा। इस चांदी-सफेद, पाउडर पदार्थ को कई संस्कृतियों में अमरता और दिव्य ज्ञान की कुंजी माना जाता था। यह ज्ञान हमारे समाज में पीढ़ियों से पारित किया गया है।"

"नथानिएल, क्या तुम्हें अब विश्वास है कि मैं तुम्हारे सपनों में घुस रही थी और हम टेलीपैथिक स्तर पर संवाद कर रहे थे? मेरा सपना मुझे एक पवित्र स्थान पर ले गया - प्रकृति की एक प्रयोगशाला, जहाँ मेरे सामने पौराणिक लापिस अमृत बनाने की एक क्रांतिकारी विधि प्रकट हुई। यह प्रक्रिया, जो इतनी सरल, लेकिन एक ही समय में इतनी गहरी लगती थी, न केवल तेज होने का वादा करती थी, बल्कि एक आधुनिक तकनीक के कारण, जिसे मैंने प्राचीन ज्ञान के साथ जोड़ा था, हर किसी के लिए सुलभ होने का भी वादा करती थी।"

मेलिना खड़ी हो गई, जैसे कि उसकी अपनी ऊर्जा उसे भर रही थी, एक पैगंबर की तरह जिसे उसकी आवाज मिली हो। "मेरी दृष्टि के केंद्र में एक पवित्र पूल प्रकट हुआ, जो मानव शरीर का ही एक दर्पण था - नमकीन, जीवित, सुनहरी रेत में लिपटा हुआ, जो जैसे नीचे नहीं, बल्कि समय और पदार्थ के बीच तैर रहा था - जो एक पूर्ण परिवर्तन का वादा ले जा रहा था - केवल जीवन को लंबा करने का नहीं, बल्कि एक ऐसी दुनिया में फिर से पैदा होने का, जो शायद उन्हें नहीं चाहती थी।"

"नमकीन घोल... सोने के कण..." - नथानिएल ने फुसफुसाया, उसका चेहरा पीला पड़ गया था। - "यह कुछ कीमियाई ग्रंथों की याद दिलाता है। विघटन और शुद्धिकरण की एक प्रक्रिया..."

"ठीक है। लेकिन जटिल रेत और भट्टियों के बजाय, नथानिएल, हम नैनोटेक्नोलॉजी का उपयोग करेंगे। एक नमकीन घोल में निलंबित माइक्रोस्कोपिक सोने के कण, ट्रांसडर्मल अवशोषण के माध्यम से त्वचा में प्रवेश करेंगे, आयनोफोरेसिस या फोनोफोरेसिस का उपयोग करके। एक बार अंदर, उन्हें कमजोर विद्युत चुम्बकीय क्षेत्रों द्वारा कोशिकाओं में डीएनए की ओर निर्देशित किया जाएगा, मैग्नेटोफोरेसिस के माध्यम से। वहाँ, विशिष्ट अनुनाद आवृत्तियों के प्रभाव में, वे एकल-परमाणु संरचनाओं में स्व-संगठित होंगे और समन्वय बंधनों के माध्यम से दोहरे हेलिक्स में intertwined होंगे।"

"विद्युत चुम्बकीय क्षेत्र... नैनोपार्टिकल्स का मार्गदर्शन... यह कीमिया से पूरी तरह से अलग है। यह... संभव है?" - उसकी आवाज मुश्किल से सुनाई दे रही थी, जो आश्चर्य से भरी हुई थी।

"कीमिया एक प्रोटो-विज्ञान था, नथानिएल। इसने परिवर्तन के इन्हीं सिद्धांतों की तलाश की थी, लेकिन सीमित उपकरणों के साथ। हम बस अधिक परिष्कृत तरीकों का उपयोग करते हैं। और मेरे सपने में पूल... शायद यह उस वातावरण का प्रतीक था, जिसमें यह परिवर्तन सबसे प्रभावी ढंग से होता है - शरीर का तरल, नमकीन वातावरण। हमारा शरीर।"

मेलिना ने उसकी ओर अपना हाथ बढ़ाया। उसकी उंगलियाँ उसकी कलाई के चारों ओर मुड़ीं, उसे कसकर पकड़ लिया, जैसे कि उसे अपनी दृष्टि का पूरा वजन, वह सारी निश्चितता देना चाहती हो, जिसे वह महसूस करती थी। "और क्या तुम वास्तव में मानती हो कि यह काम करेगा? कि हम डीएनए के चारों ओर यह... सुनहरा कवच बना सकते हैं?"

"मेरा मानना है, नथानिएल," - मेलिना ने कहा, और उसकी आवाज में अब संदेह का कोई निशान नहीं था। यह स्टील जैसा था। - "क्योंकि मैंने प्रक्रिया देखी है। किसी वैज्ञानिक रिपोर्ट में नहीं, बल्कि अपने सपनों के बहुत ही ताने-बाने में। और क्योंकि तुमने जो प्राचीन ज्ञान साझा किया है, वह मेरी अपनी खोजों के साथ मेल खाता है। अमरता की कुंजी एक बाहरी अमृत नहीं है, बल्कि एक आंतरिक परिवर्तन है, जो शाश्वतता के तत्व - सोने - द्वारा उत्प्रेरित होता है। और हमारे पास इस रहस्य को अनलॉक करने का अवसर है। एक साथ। और हमें ऐसा करना होगा। अब।"

---✶❦✶---

नथानिएल का आंतरिक एकालाप: वह प्रकाश की वाहक थी, भूले हुए ज्ञान की, जो अब उसके दर्शन और साहस के माध्यम से पुनर्जीवित हो रहा था। और वह? क्या वह इस नए युग के लिए एक मंदिर बनने के लिए तैयार था, या वह केवल विनाश का एक प्रहरी रहेगा? चुनाव उसके ऊपर भारी था, पनडुब्बी के स्टील से अधिक भारी था। सूक्ष्मजीवों के साथ कंटेनर की हर धड़कन दिल की धड़कन की तरह थी, जो सिर्फ जीवन का नहीं, बल्कि शाश्वतता का वादा कर रही थी।

----------------- ❧ -------------------

अध्याय 19: सेलुलर स्तर पर कीमिया

मेलिना उसे देख रही थी। उसकी नज़र, एक ही समय में एक सवाल और एक गहरा, मौन निमंत्रण, इंद्रियों को भेदने वाली उम्मीद से भरी हुई हवा में भारी हो गई।

"लेकिन पानी के ऊपर वह अजीब, fluffy अलगाव... - उसकी आवाज दबी हुई थी, जो आश्चर्य से भरी हुई थी। - एक कीमियाई परिवर्तन की तरह! वह चमक... क्या यह वाष्पीकरण था? एक अस्पष्ट ऊर्जा? या एक और दुनिया के लिए एक खिड़की? शरीर में प्रतिक्रियाएं... वे एक अदृश्य कंडक्टर की तलाश कर रही थीं। क्या तुम उन्हें सुनते हो?"

---✶❦✶---

मेलिना का फ्लैशबैक: जब अंतर्ज्ञान विज्ञान से मिला

उस क्षण में शब्द अभी भी हवा में थे। यादों का एक बहुरूपदर्शक - सिर्फ यादें नहीं, बल्कि जीवित, धड़कते हुए दर्शन। अज्ञात के लिए उसका नक्शा।

"कुंजी। ओजोन (O3) की धड़कती, भूतिया चमक। यह त्रि-परमाणु रूप, जो पराबैंगनी किरणों के निर्दयी प्रहार के तहत कपटपूर्वक बनाया गया है। जैसे कि स्वयं वायुमंडल प्राचीन रहस्यों को फुसफुसा रहा था।"

हवा एक जीवित, सांस लेने वाला प्राणी बन रही थी। एक समाधान। 37 डिग्री सेल्सियस का एक सटीक तापमान। महीन कोलोइडल सोने के नैनोपार्टिकल्स (AuNPs, <5nm) कांप रहे थे, सोने के आयन (Au+) छोड़ रहे थे। उनकी गैर-मानक सतह विन्यास, नैनोमीटर पैमाने पर ये छोटे ढांचे, त्वचा की बाधा, सेलुलर झिल्ली के माध्यम से रेंगने की क्षमता रखते थे। हर नैनोमोलेक्यूल एक छोटा कुंजी था, जो शरीर में भूले हुए दरवाजों को खोलने में सक्षम था। मेलिना सिर्फ याद नहीं कर रही थी, वह प्रयोगशाला में उन घंटों को फिर से अनुभव कर रही थी, जो अपने सपने को साकार करने की कोशिश कर रही थी। ओजोन परमाणुओं की अस्थिरता और उनके बातचीत करने की क्षमता के लिए सहज महसूस करना, अंधेरे में उसका प्रकाश, उसे सेलुलर झिल्ली के माध्यम से सोने के दूतों के प्रवेश का अध्ययन करने के लिए निर्देशित किया। यही वह कुंजी थी, जिसकी नथानिएल ने पूरे जीवन तलाश की थी। हर सूत्र, हर रासायनिक पंक्ति - एक अदृश्य रास्ते पर एक कदम। लेकिन केवल सूत्र, परिकल्पनाएं - पर्याप्त नहीं थे। सबूत की जरूरत थी। और वह अपने पहले, सबसे साहसी प्रयोग में बदल गई।

---✶✶---

फ्लैशबैक पहली रात: ओजोन का बपतिस्मा

जब उसने क्रायो-प्रयोगशाला का भारी धातु का दरवाजा बंद कर दिया, तो उसका दिल एक पागल ड्रम की तरह धड़क रहा था, जो खुद को दुनिया से काट रहा था। हवा ठंडी थी, जिसमें ओजोन और बाँझपन की गंध थी। उसके सामने - एक छोटा, कांच का पूल। उसने अपने प्रतिबिंब को देखा: एक थका हुआ चेहरा, आँखें - लाल। पचास की एक महिला, जो नींद रहित रातों, अंतहीन खोजों से चिह्नित थी। यह उसका आखिरी मौका था। वह पानी में चली गई। पहले - एक भेदी ठंड, जो जल्दी से एक जलती हुई गर्मी में बदल गई, एक आंतरिक आग की तरह। एक कमजोर, भूतिया चमक उसकी त्वचा से उठने लगी, जो सतह पर नाच रही थी। क्या यह केमिलुमिनिसेंस था या जादू?

---✶✶---

फ्लैशबैक परिवर्तन - सोना प्रवेश करता है

अलगाव में पांच महीने। हर दिन - एक यातना, हर रात - संदेह के साथ एक लड़ाई, विफलता की उम्मीद के साथ। उसने खुद को दर्पण में देखा। पहले - कोई बदलाव नहीं। फिर - सूक्ष्म, चौंकाने वाले परिवर्तन। सुबह - उसकी त्वचा में हल्की झुनझुनी, हजारों छोटी सुइयां सतह के नीचे नाच रही थीं। शाम को, जब वह सो जाती थी, तो वह खुद को एक सपने में पाती थी, जो सुनहरे धागों से घिरा हुआ था, जो उसकी त्वचा में घुस जाते थे। ये धागे उसकी हर कोशिका की मरम्मत, निर्माण, नवीनीकरण कर रहे थे। हर गुजरते हफ्ते, उसके अपने रक्त और ऊतकों के हर नए विश्लेषण के साथ, उसने देखा: उसकी त्वचा चिकनी थी, उसकी ऊर्जा - अधिक थी। महीन झुर्रियां गायब हो रही थीं, जैसे कि कोई उन्हें एक अदृश्य रबड़ से मिटा रहा हो। उसका शरीर केवल ठीक नहीं हो रहा था, यह फिर से जवान हो रहा था।

"साइटोप्लाज्म में, जो इलेक्ट्रोलाइट्स से भरपूर है, सोने के आयन और नैनोपार्टिकल्स ओजोन अणुओं के अवशेषों के साथ बातचीत करते हैं, जो हाइड्रोक्सिल कणों (·OH) और सुपरऑक्साइड आयनों (O2·–) जैसे मुक्त कणों के साथ अल्पकालिक समन्वय परिसर बनाते हैं। इन नवगठित यौगिकों ने असामान्य सतह गुणों के साथ सैद्धांतिक रूप से सेलुलर प्रक्रियाओं को प्रभावित किया जैसे कि डीएनए प्रतिकृति, प्रोटीन संश्लेषण और माइटोकॉन्ड्रिया में ऊर्जा चयापचय, एंजाइमों पर उत्प्रेरक प्रभाव प्रदर्शित करते हैं और सेलुलर सिग्नलिंग को नियंत्रित करते हैं। मैंने खुद इसे अनुभव किया है, नथानिएल! मैंने इसे अपनी आँखों से देखा है, इसे अपनी हर कोशिका में महसूस किया है! यह कोई परिकल्पना नहीं है। यह सत्य है। मेरे द्वारा अनुभव किया गया!" - उसकी खोजें केवल परिकल्पनाएं नहीं थीं, बल्कि अनुभव किए गए दर्शन का फल थीं, प्राचीन काल से एक फुसफुसाहट, जो आधुनिक विज्ञान में बदल गई थी, जो उसके अपने शरीर पर साबित हुई थी।

---✶۶✶---

आदेश का गूंजता हुआ ज्ञान

नथानिएल ने एक गहरी सांस ली, जैसे कि मेलिना के शब्दों ने उसके दिमाग में एक नया, खतरनाक दरवाजा खोल दिया था। उसने उसका एक हिस्सा देखा था, जिसकी उसने पूरे जीवन भर तलाश की थी, लेकिन एक अलग, अधिक सहज दृष्टिकोण से। उसके दिमाग में आदेश की ज्वलंत, लगभग दर्दनाक यादें सामने आईं - वर्षों का अथक परिश्रम, प्राचीन रहस्यों को समझने की agonizing, "रोशनी" की अकेली खोज। उसके सहज ज्ञान और उसके वैज्ञानिक खोजों के बीच का संबंध हड़ताली था, लगभग डरावना था। हवा चुप्पी से धड़क रही थी। उसने बोलना शुरू किया, उसकी आवाज दबी हुई थी, जो सदियों पुराने ज्ञान के बोझ से भरी हुई थी, जैसे कि वह सिर्फ तथ्यों को नहीं, बल्कि अपनी खुद की आत्मा को प्रकट कर रहा था, जो आदेश की लंबी खोज के लेंस के माध्यम से टूटा हुआ था:

"प्रतीक, मेलिना, महान धातु के इन असामान्य रूपों से जुड़ा हुआ, रहस्यमय सोथिस का त्रिभुज है - एक प्राचीन मिस्र की चित्रलिपि, जो सिरियस तारे की चमक का प्रतीक है। यह सिर्फ एक चिन्ह नहीं, बल्कि एक जीवित पोर्टल है, जो धड़कता है और गहरी समझ को प्रकट करता है, एक दर्पण, जो छिपी हुई क्षमता को दर्शाता है। त्रिभुज, एक शाश्वत ज्यामितीय रूप के रूप में, भौतिक और अभौतिक के बीच के संबंध का प्रतीक है, हमारे ज्ञान और उस अज्ञात, हवादार वास्तविकता के बीच का पुल है, जो उनकी गहराइयों में उन पर भारी था।"

नथानिएल ने एक पल के लिए अपनी आँखें बंद कर लीं, आदेश के धूल भरे अभिलेखागार में वापस जा रहा था। वहाँ, भूले हुए चर्मपत्रों के बीच, उसने प्राचीन सभ्यताओं के संदर्भों को खोजा था, जो 'शाही नमक' (एक्वा रेगिया) की शक्ति को जानते थे और धातु के कोलोइड के साथ प्रयोग करते थे। ग्रंथों ने सूक्ष्म ऊर्जाओं के लिए सहज अंतर्दृष्टि और संतुलन बनाए रखने के लिए प्रणालियों के निर्माण के बारे में बात की, भौतिक और ऊर्जावान शरीर के बीच सद्भाव के लिए। उसने जारी रखा, लगभग एक ही सांस में, जैसे कि हर शब्द एक पुरानी, पवित्र मंत्र का हिस्सा था:

"इन प्रणालियों के बीच विशेष 'पुनरुत्थान कक्ष' भी थे, जो सख्त ज्यामितीय सिद्धांतों के अनुसार निर्मित थे और नियंत्रित कम-तीव्रता वाले चुंबकीय क्षेत्रों (<100mT) का उपयोग करते थे। उन्होंने संभवतः सूक्ष्म धाराओं को प्रेरित करके या आयन चैनलों को प्रभावित करके विश्राम और परिसंचरण जैसी शारीरिक प्रक्रियाओं

को प्रभावित किया। ये कक्ष ऐसे स्थान थे जहाँ लोग इन क्षेत्रों के प्रभाव के अधीन थे। यह माना जाता था कि चुंबकीय क्षेत्र की विशिष्ट आवृत्तियाँ और तीव्रता शरीर में आयनिक वाहकों और नैनोमोलेक्यूलर कुंजियों के साथ बातचीत कर सकती हैं, संभवतः झिल्ली क्षमता या लिपिड बाइलेयर की पारगम्यता को प्रभावित करके सेलुलर झिल्ली के माध्यम से उनके प्रवेश में सुधार कर सकती हैं। एक बार कोशिका में, सोने के दूत नाभिक के साथ बातचीत कर सकते थे, संभवतः न्यूक्लियोपोरिन परिसरों के माध्यम से।"

उसके शब्द हवा में लटके रहे, जो अनकहे खजानों की तरह भारी थे। यह जानकारी एक खजाना थी, जो उसकी चेतना में गहराई से छिपी हुई थी, एक पूरे दर्शन की कुंजी थी। वर्षों तक उसने इसे समझने की agonizing, हर विफलता के दर्द, हर छोटी खोज के लिए आशा के लिए खुद को समर्पित कर दिया था।

अचानक, नथानिएल उसके पीछे चला गया। वह एक छाया की तरह चुपचाप चला गया, जैसे कि आदेश से अदृश्य आँखें अभी भी उसका पीछा कर रही थीं। उसने अपना हाथ बढ़ाया और धीरे से उसके कान से बालों का एक ताला हटा दिया, और उसकी उंगलियाँ उसकी गर्दन की कोमल त्वचा पर धीरे से रुकीं। मेलिना कांप गई, यह महसूस करते हुए कि वह कितना करीब था, उसकी सांस महसूस कर रही थी।

"रोशनी के प्राचीन 'रोशनी' को प्रकट करने के लिए आदेश का एक मुख्य उद्देश्य, जिसके लिए मैंने अपना जीवन समर्पित कर दिया था, यह समझना था कि सोने को डीएनए की संरचना में तीसरी पॉलीपेप्टाइड श्रृंखला के रूप में कैसे पेश किया जाए - मानव आनुवंशिक कोड के एक मौलिक परिवर्तन के लिए एक दृष्टि।" - उसने उसके कान में फुसफुसाया, उसकी आवाज मुश्किल से पता लगने योग्य थी, लेकिन एक घनी, लगभग अंतरंग शक्ति से भरी हुई थी, जैसे कि वह उसे सबसे पवित्र रहस्य साझा कर रहा हो। - "वर्षों तक मैंने प्राचीन ग्रंथों, कीमियाई ग्रंथों और आधुनिक वैज्ञानिक प्रकाशनों का अध्ययन किया, इस मायावी सूत्र की तलाश में। सेलुलर नाभिक में प्रवेश करना इस लक्ष्य के लिए एक महत्वपूर्ण चरण था, क्योंकि आनुवंशिक जानकारी वहाँ संग्रहीत होती है। यह माना जाता था कि सोने के क्वांटम कण डीएनए से संबंधित प्रक्रियाओं को प्रभावित कर सकते हैं, संभवतः इसकी संरचना को स्थिर कर सकते हैं या प्रोटीन के साथ बातचीत कर सकते हैं, जो जीन अभिव्यक्ति को नियंत्रित करते हैं, जैसे हिस्टोन या ट्रांसक्रिप्शन कारक। उन्हें कभी नहीं समझना चाहिए, मेलिना।"

नथानिएल चुप हो गया। उसने अपनी सांस रोक ली। और फिर, बेसल में उस फुसफुसाती हुई हॉल में, उसने मेलिना की आँखों में एक मायावी चमक देखी थी, जो अब उसे ब्रह्मांडीय ज्ञान से भरी हुई लग रही थी, नियति के पूर्वाभास के साथ। अब, रहस्योद्घाटन के इस विद्युतीकृत क्षण में, वह रहस्योद्घाटन की दहलीज पर खड़ा था, एक नई दुनिया की दहलीज पर।

मेलिना मुस्कुराई, लेकिन एक साधारण मुस्कान के साथ नहीं। यह उसके होंठों का एक धीमा खिलना था, आंतरिक ज्ञान की अभिव्यक्ति, एक साझा रहस्य की। उसने महसूस किया कि कैसे अंतर्दृष्टि नथानिएल के दिमाग को रोशन कर रही थी। कमरे में ऊर्जा जैसे घनी हो रही थी, हवा संभावनाओं से भारी थी।

---✶⁕✶---

शाश्वतता के लिए एक पोर्टल: नियति का एक संवाद

"क्या तुम मुझे अपने जीवन के सात साल बेचोगे?!" - उसने तीखेपन से फुसफुसाया, लेकिन उसकी आवाज में एक सवाल से अधिक एक वादा था। - "अब मैं समय को सात साल पीछे कर दूँगी। वह सवाल जो तुमने मुझसे पूछा था, जब मैंने तुम्हें घड़ी दी थी, जो पीछे चल रही थी। क्या मैं समय को वापस कर सकती हूँ? तुम्हें फिर से जवान करने के लिए?!"

मेलिना हँस पड़ी, फिर उसकी आवाज रहस्यमय, लगभग दिव्य शक्ति से भर गई, जबकि उसकी अपनी यात्रा की स्मृति, सपनों और सहज अंतर्दृष्टि से भरी हुई, उसके दिमाग में खुल गई। - "नथानिएल, तुम केवल इस तरल में गोता नहीं लगाओगे। तुम्हारा शरीर पुनर्जीवित होगा। हर कोशिका एक उल्टी लय में नृत्य करेगी। ओजोन का घूंघट तुम्हारी त्वचा की सतह पर समय के बंधनों को तोड़ देगा, और सोने के धागे... वे डीएनए की बहुत संरचना में intertwine हो जाएंगे। वे खोए हुए साल बहाल करेंगे। मुझ पर भरोसा करो... या अब हार मान लो, जब तक तुम्हारे पास यह अवसर है।"

नथानिएल ने अपनी पीठ पर एक ठंडी लहर दौड़ती हुई महसूस की। एक कांपना। ठंड से नहीं। शुद्ध, अस्तित्व संबंधी संदेह से। हार मानने के लिए? सब कुछ के बाद? जुनूनी खोजों के वर्षों के बाद, जिसने उसकी आत्मा को खा लिया था? यह एक खाई थी। एकमात्र पुल? उस पर अंधा विश्वास। खुद में। उस हिस्से में, जो विज्ञान से पुराना था। किसी भी शब्द से पुराना।

"चुंबकीय क्षेत्रों का उपयोग आकस्मिक नहीं है!" - नथानिएल ने तेजी से शुरू किया, विज्ञान की परिचित वास्तविकता को पकड़े हुए, रहस्यवाद के बवंडर में कुछ मूर्त पकड़ने की कोशिश कर रहा था। - "वे एक मौलिक शक्ति हैं! परमाणु स्तर पर पदार्थ पर प्रभाव! नियंत्रण में... चार्ज किए गए सोने के आयन या नैनोमोलेक्यूलर कुंजियों को प्रभावी ढंग से निर्देशित किया जाता है! चुंबकीय आकर्षण के माध्यम से, एंडोसाइटोसिस का प्रेरण! नैनोस्कोपिक स्तर पर क्वांटम प्रभाव! झिल्ली के चारों ओर पानी के अणु... जलयोजन परत को बदलते हैं! झिल्ली तरलता!"

"और वे घुस जाते हैं!" - मेलिना ने उसे बाधित किया, उसकी आवाज टूट गई थी, लेकिन एक तनावपूर्ण उत्साह के साथ। - "शाश्वतता के तत्व के ये रूप... ट्रांसडर्मली पेश किए गए हैं! त्वचा के माध्यम से! डीएमएसओ या इथेनॉल जैसे पेनेट्रेंट मदद करते हैं! वे अवशोषित होते हैं! वे बायोमॉलिक्यूल्स के साथ बातचीत करते हैं! वे ग्लूटाथिओन रिडक्टेस को सक्रिय करते हैं! सुपरऑक्साइड डिसम्यूटेस को! 'रोशनी' के अभ्यास आंतरिक क्षमता को सक्रिय करते हैं! वे आयनिक चालकता को प्रभावित करते हैं! वे एटीपी संश्लेषण को नियंत्रित करते हैं! ज्यामितीय आकार... कमजोर विद्युत चुम्बकीय क्षेत्र... नथानिएल उसकी ओर चला गया, लगभग उसे छू रहा था, और उसकी नज़र बुखार भरे उत्साह से भरी हुई थी।

"ठीक है! और तत्वों के संयोजन में... वे चेतना में बदलाव लाते हैं! शारीरिक प्रतिक्रियाएं! यही क्वांटम कुंजी है! सब कुछ जुड़ा हुआ है! यह सिर्फ कीमिया नहीं है, मेलिना! यह अनुप्रयुक्त तत्वमीमांसा है!"

इस विद्युतीकृत हवा में, जो रहस्योद्घाटन के शांत जादू से भरी हुई थी, दोनों ने एक दूसरे को लंबे समय तक देखा। उनकी नज़रें केवल नहीं मिलीं, बल्कि वे intertwined हो गईं, जो उन्हें समझ के एक सामान्य क्षितिज में, एक साझा पागलपन में, एक साझा नियति में जोड़ने वाले पुल बन गए। मेलिना ने उस प्रक्रिया को संक्षेप में बताने की कोशिश की, जिसे उसने अपने सपनों में देखा था और शोध किया था,

सहज ज्ञान को वैज्ञानिक तथ्यों के साथ एकजुट करते हुए, जैसे कि वह एक मंत्र बोल रही हो:

"नथानिएल, जो तुम देख रहे हो, वह माइक्रोस्कोपिक स्तर पर घटनाओं की एक श्रृंखला का परिणाम है। सब कुछ ओजोन से शुरू होता है - ऑक्सीजन का यह अस्थिर रूप। यह प्रकाश के प्रभाव में बनता है, उदाहरण के लिए, यूवी-सी विकिरण के माध्यम से।"

"और इस घोल में, शरीर के तापमान पर," - नथानिएल ने उसे बाधित किया, उसकी आवाज उत्साह से लगभग बेकाबू थी, - "अत्यंत महीन सोने के दूत आयन छोड़ते हैं! छोटे कण, जो त्वचा से गुजरते हैं और कोशिकाओं तक पहुँचते हैं!"

"ठीक है!" - मेलिना ने जारी रखा, उसका स्वर उसके साथ intertwining हो गया, जैसे कि दो सिम्फनी एक में विलीन हो रही हों। - "एक बार अंदर, सोने के आयन या नैनोमोलेक्यूलर कुंजी ओजोन अणुओं के अवशेषों के साथ बातचीत करते हैं, जो पेरोक्साइड कणों या अन्य प्रतिक्रियाशील ऑक्सीजन प्रजातियों का निर्माण करते हैं, जो सिग्नलिंग अणुओं के रूप में कार्य करते हैं! यह मेरे सपनों में था कि मैंने ओजोन परमाणुओं की अस्थिरता और उनके बातचीत करने की क्षमता को सहज रूप से महसूस किया! इसने मुझे प्रयोगात्मक रूप से यह अध्ययन करने के लिए निर्देशित किया कि यह सेलुलर झिल्ली के माध्यम से सोने के तत्वों के प्रवेश में कैसे मदद कर सकता है - वह कुंजी जिसकी तुम इतने लंबे समय से तलाश कर रहे थे!"

"इन इंटरैक्शन के असामान्य प्रभाव होते हैं!" - नथानिएल ने समाप्त किया, यह महसूस करते हुए कि उसका पूरा वैज्ञानिक प्रशिक्षण इस नए सत्य के सामने टूट रहा था। - "सेलुलर स्तर पर! वे संभवतः डीएनए प्रतिकृति, प्रोटीन संश्लेषण और ऊर्जा उत्पादन जैसी मौलिक प्रक्रियाओं को सेलुलर सिग्नलिंग मार्गों को नियंत्रित करके प्रभावित करते हैं! और पानी के ऊपर की अजीब चमक..."

"अस्थिर ऑक्सीजन रूपों या कणों के पुनर्संयोजन से केमिलुमिनिसेंस का परिणाम है!" - मेलिना ने उसे बाधित किया, उसकी नज़र जल रही थी, जैसे कि वह यह सब अपनी आँखों के सामने देख रही हो। - "यह प्रयोग सेलुलर स्तर पर कीमिया का एक प्रयास है, एक परिवर्तन जो हमारे शरीर की छिपी हुई क्षमता को अनलॉक कर सकता है और शायद... उस तीसरी श्रृंखला की शुरुआत कर सकता है!"

इस क्षण में दोनों ने जकूज़ी की ओर रुख किया। पानी धीरे से कंपन कर रहा था, और सतह के ऊपर एक हल्का कोहरा मंडरा रहा था, जैसे कि स्वयं हवा कुछ असाधारण के लिए तैयार हो रही थी। और कोहरा न केवल नमी ले जा रहा था, बल्कि गर्म धातु और ओजोन की एक मायावी सुगंध भी ले जा रहा था - जैसे कि एक जागृत तारे की सांस।

सिर्फ एक प्रयोग के लिए नहीं। बल्कि एक नए इंसान के जन्म के लिए। एक नए युग के लिए। ज्ञान के विस्फोट के लिए। केवल कोशिकाओं की कीमिया नहीं - बल्कि विश्वास की कीमिया। शरीर उपकरण था। प्यार - उत्प्रेरक।

----------------- ❧ -------------------

अध्याय 20: क्वांटम जागृति - सत्य का स्रोत के रूप में प्रेम

हवा में एक विद्युतीकृत चुप्पी थी, जिसे केवल रोशन पानी की शांत धड़कन से बाधित किया गया था। नथानिएल अचल खड़ा था; उसका चेहरा, जो एक पल पहले आंतरिक संघर्ष से तना हुआ था, अब धीरे-धीरे आराम कर रहा था। मेलिना के शब्द,

वैज्ञानिक स्पष्टता और अटूट निश्चितता से भरे हुए थे, जैसे कि उन्होंने उसकी पूर्वाग्रहों के कवच को भेद दिया था। सदियों पुराने रहस्यों की परछाइयां समझ की रोशनी के सामने पीछे हटने लगी थीं, जो एक नई, लगभग विस्मयकारी आश्चर्य के साथ मिली हुई थी।

"वह उपकरण..." - उसने धीरे-धीरे शुरू किया, अनजान शब्दों का स्वाद चखते हुए - "...जिसे तुमने विकसित किया... क्या वह वास्तव में जीवन के निर्माण खंडों की भाषा बोल सकता है?"

मेलिना ने उसे एक नरम, लेकिन लगातार मुस्कान के साथ देखा, जिसमें एक खोजकर्ता की जीत और एक साझा रहस्य की गर्मी महसूस की जा सकती थी। - "हाँ, नथानिएल। क्योंकि जीवन अपने मूल में एक क्वांटम घटना है।"

उसने उपकरण के सुरुचिपूर्ण धातु के शरीर को छुआ, जो एक मुश्किल से पता लगने वाली गर्मी बिखेर रहा था। - "क्या तुम्हें वह बातचीत याद है, जब मैंने तुम्हें कम-आवृत्ति वाले क्षेत्रों के साथ अपने प्रयोगों के बारे में बताया था? वर्षों तक मैं यह समझने के लिए संघर्ष करती रही कि वे कैसे प्रभावित करते हैं। कल्पना करो कि एक अंतहीन कमरा है, जो हजारों छोटी लालटेनों से भरा हुआ है, जिनमें से प्रत्येक अपनी, अनूठी रोशनी से चमकती है। वे हमारी कोशिकाएं हैं, नथानिएल, हर एक की एक निश्चित आवृत्ति के साथ।"

"क्वांटम सुसंगतता और टनलिंग..." - उसने बुदबुदाया, और उसकी नज़र दूर कहीं खो गई, जैसे कि वह उन क्षणों को फिर से अनुभव कर रही हो। - "शुरुआत में मैं लगभग हताश थी। परिणाम अराजक, असंगत थे। तभी, उन नींद रहित रातों में से एक में, जब मेरा दिमाग ओवरलोड हो गया था, लेकिन मेरा दिल - अजीब तरह से शांत था, मेरे मन में मैक्रो स्तर पर असंगत चुंबकीय क्षेत्रों के साथ प्रयोग करने का विचार आया। जैसे पियानो पर अव्यवस्थित तार, जो बिना उन्हें छुए तालमेल में कंपन करना शुरू कर देते हैं। मैंने सोचा: 'क्या होगा अगर हम इसे क्वांटम स्तर पर भी प्रेरित कर सकते हैं?' यह एक विशाल, शोरगुल वाले हॉल में एक छिपे हुए स्वर-कांटा की तलाश जैसा था।"

"तब... तब यह हुआ!" - उसकी आवाज उत्साह से बढ़ गई, जो शुद्ध जीत से भरी हुई थी। "कम-आवृत्ति वाले चुंबकीय क्षेत्र (<1 किलोहर्ट्ज़), जिन्हें हम उत्पन्न करते हैं, वे उन खुरदरी विद्युत चुम्बकीय तरंगों की तरह नहीं हैं, जिनसे हम आदी हैं। वे बारीक रूप से ट्यून किए गए हैं, जो क्वांटम स्तर पर सुसंगतता को प्रेरित करने में सक्षम हैं, जिससे उन्हें एकल-परमाणु सोने की आंतरिक आवृत्तियों के साथ अनुनाद करने की अनुमति मिलती है। एक स्वर-कांटा की कल्पना करो, जो बिना उसे छुए दूसरे तार को उसी आवृत्ति पर कंपन करने के लिए मजबूर करता है - गुंजयमान ऊर्जा हस्तांतरण के माध्यम से क्वांटम सिंक्रनाइज़ेशन कार्रवाई में है। जब एकल-परमाणु तत्व को एक सुसंगत क्वांटम अवस्था में 'ट्यून' किया जाता है, तो यह आसपास के जैव-अणुओं - प्रोटीन, एंजाइम, यहाँ तक कि डीएनए - को भी उसी तरह प्रभावित करना शुरू कर देता है। वे भी अधिक सामंजस्यपूर्ण, अधिक प्रभावी ढंग से कंपन करना शुरू कर देते हैं, जैसे कि एक अदृश्य ऑर्केस्ट्रा के कंडक्टर की छड़ी के नीचे।"

वह उसकी ओर मुड़ी, उसकी आँखें उत्साह से चमक रही थीं, जो एक गहरे विश्वास के साथ मिला हुआ था। - "यह एक बेसुरा ऑर्केस्ट्रा को ट्यून करने जैसा है - हर वाद्य यंत्र तालमेल में बजना शुरू कर देता है, जो एक सुंदर धुन बनाता है, जहाँ

पहले अराजकता राज करती थी, और उनकी प्रतिक्रियाओं के लिए ऊर्जा बाधाएं कम हो जाती हैं।"

नथानिएल ध्यान से सुन रहा था, इन वैज्ञानिक स्पष्टीकरणों को अपने समाज के ज्ञान के साथ, सद्भाव और ब्रह्मांडीय व्यवस्था के रूप मेंकों के साथ मिलाने की कोशिश कर रहा था, जो उनकी शिक्षाओं में गहराई से निहित थे। सुसंगतता, सबसे छोटे कणों की सामंजस्यपूर्ण बातचीत का विचार, जैसे पवित्र ज्यामिति, उन अदृश्य बंधनों के लिए उसकी धारणाओं में गूंज रहा था, जिनकी प्राचीन लोगों ने तलाश की थी।

"तो... हमारे पूर्वजों के वे 'पुनरुत्थान कक्ष'... क्या उन्होंने भी किसी प्रकार के चुंबकीय क्षेत्र का उपयोग किया था?" - उसने सोचा, सहज रूप से अपनी कलाई पर लगी पुरानी घड़ी को छूते हुए, जैसे कि वह समय की नाड़ी की जाँच कर रहा हो।

---✶६✶---

नथानिएल का फ्लैशबैक: आदेश में प्रतिद्वंद्वी के साथ टकराव

स्मृति ने उसे आदेश के अंधेरे, धूल भरे हॉल में वापस भेज दिया। वहाँ हवा हमेशा सदियों पुराने ज्ञान और गला घोंटने वाली प्रतिद्वंद्विता से भारी थी। पुराना मास्टर, जिसका चेहरा समय से तराशा गया था, एक कर्कश आवाज में बोलता था, जो अतीत के लिए सम्मान से भरा था। "प्राचीन लोगों के पास," वह कहता था, "एक ज्ञान था, जिसे हम भूल गए हैं। उन्होंने केवल इमारतें नहीं बनाईं, बल्कि ऊर्जा के मंदिर बनाए, जो पृथ्वी के चुंबकीय क्षेत्रों, ब्रह्मांड की लय के साथ संरेखित थे।"

नथानिएल ने उन भित्ति चित्रों को याद किया, जो पत्थरों की niches में लेटे हुए लोगों को चित्रित करते थे, जो किसी अदृश्य चमक में लिपटे हुए थे। तब उसे सब कुछ एक रूपक, स्वास्थ्य और दीर्घायु के लिए एक काव्यात्मक अभिव्यक्ति जैसा लगता था। अब, मेलिना के शब्द - मैग्नेटाइट (Fe3O4) और चुंबकीय प्रभाव वाली विशिष्ट चट्टानों के बारे में, पीजोइलेक्ट्रिक और मैग्नेटोइलेक्ट्रिक प्रभावों के बारे में - सब कुछ उल्टा कर रहे थे। क्या प्राचीन लोग केवल सहज नहीं थे, बल्कि वे कुछ विशिष्ट समझते थे, जो अब उसके सामने प्रकट हो रहा था?

इस क्षण में बेंजामिन, आदेश में उसका शाश्वत प्रतिद्वंद्वी, एक बर्फीली मुस्कान के साथ प्रकट हुआ, जो कभी उसकी ठंडी आँखों तक नहीं पहुँची। "नथानिएल, मेरे दोस्त। क्या तुम अभी भी 'रहस्यमय ऊर्जाओं' के बादलों में भटक रहे हो?" - बेंजामिन की आवाज रेशम की तरह चिकनी थी, लेकिन तेज किनारों के साथ। - "जब तुम पूर्वजों की कविता को समझ रहे हो, तो हम शुद्ध, अनुप्रयुक्त विज्ञान के साथ काम कर रहे हैं। हमारी प्रयोगशाला आनुवंशिक संशोधन के लिए प्रभावी तरीकों की खोज कर रही है, ताकि डीएनए को नियंत्रित किया जा सके, न कि इसे कुछ हवादार कंपनों के साथ 'समानुपात' किया जाए।"

नथानिएल ने अपनी आँखें सिकोड़ लीं। - "आदेश 'ठीक ट्यूनिंग', 'ब्रह्मांडीय सद्भाव' के बारे में बात करता था, लेकिन मेलिना समीकरण, प्रयोगात्मक सबूत दे रही थी। अंतर हड़ताली और डरावना था। उनका मार्ग नियंत्रण था, हमारा - समझ।"

"और समझ अराजकता की ओर ले जाती है, नथानिएल।" - बेंजामिन मुस्कुराया, करीब आया और फुसफुसाया। "हमें 'ट्यून किए गए ऑर्केस्ट्रा' की आवश्यकता नहीं है, बल्कि सैन्य मार्च की आवश्यकता है। डीएनए एक कोड है। एक कोड जिसे फिर से लिखा जाना चाहिए, 'समानुपात' नहीं किया जाना चाहिए। हावी होने के लिए, ब्रह्मांड के साथ विलीन होने के लिए नहीं। क्या तुम समझते हो?"

---✶؏✶---

"यह संभव है," - मेलिना ने जवाब दिया, उसकी आवाज शांत, लेकिन दृढ़ थी, जैसे कि वह इस बातचीत के परिणामों को महसूस कर रही हो। - "प्राचीन लोगों को प्रकृति की शक्तियों की एक सहज समझ थी, जिसे हम अभी वैज्ञानिक रूप से समझना शुरू कर रहे हैं। यदि इन कक्षों को पृथ्वी के चुंबकीय क्षेत्र के संबंध में एक निश्चित अभिविन्यास के साथ बनाया गया था और इसमें ऐसी सामग्री शामिल थी, तो यह पूरी तरह से संभव है कि उन्होंने शरीर के प्राकृतिक जैव-चुंबकीय क्षेत्रों को बढ़ाने, सेलुलर कंपनों को ठीक ट्यून करने के लिए स्थितियां बनाई हों।"

वह उसके पास आई और उसे धीरे से गले लगाया, और उसकी हथेली की गर्मी ने जैसे उसके सिर में विचारों के तूफान को शांत कर दिया। - "लेकिन हम अब केवल अंतर्ज्ञान पर निर्भर नहीं हैं। हम क्वांटम भौतिकी की सटीकता के साथ इन प्रक्रियाओं को नियंत्रित कर सकते हैं।"

---✶؏✶---

मेलिना का फ्लैशबैक: प्रयोगशाला की स्मृति

मेलिना ने अपनी आँखें बंद कर लीं। महीनों, साल प्रयोगों में बीत गए थे। उसे वह क्षण याद आया, जब उसने पहली बार स्क्रीन पर ग्राफ देखा। एंजाइम - इष्टतम उत्प्रेरक गति (kcat) और एक कम माइकलिस-मेंटेन गुणांक (Km)। यह लगभग अणुओं के नृत्य को देखने जैसा था। केवल तेज नहीं, बल्कि अधिक सुरुचिपूर्ण, अधिक पूर्ण। फिर कोशिकाएं, कैसे उन्होंने आयन चैनलों के माध्यम से आयनों के अधिक प्रभावी हस्तांतरण और झिल्ली पर अधिक सिंक्रनाइज़्ड विद्युत क्षमता के माध्यम से एक दूसरे के साथ संवाद किया। और सबसे बड़ी सफलता - डीएनए। वह क्षति, जो पहले अपरिवर्तनीय लगती थी, अब ठीक हो रही थी। जैसे कि एक अदृश्य सर्जन ने डीएनए-लाइगेस और डीएनए-पोलीमरेज़ जैसे विशिष्ट मरम्मत एंजाइमों को बढ़ी हुई सटीकता और गति के साथ सक्रिय किया हो। हर छोटा कदम, परिकल्पना की हर पुष्टि, उसे एक ही निष्कर्ष पर ले जा रहा था: शरीर एक क्वांटम तंत्र है, जिसे 'ट्यून' किया जा सकता है। एकमात्र बाधा समझ थी। और फिर एंटीऑक्सिडेंट प्रणालियों - सुपरऑक्साइड डिसम्यूटेस (SOD) और ग्लूटाथिओन पेरोक्सीडेस (GPx) - के बारे में जागरूकता आई, जो बढ़ी हुई दक्षता के साथ काम कर रहे थे। यह सिर्फ एक उपचार नहीं था, बल्कि एक परिवर्तन था।

---✶؏✶---

"सुसंगत क्वांटम अवस्थाओं का निर्माण करके हम सचमुच हर कोशिका के काम को अनुकूलित करते हैं। कल्पना करो कि एंजाइम कैसे अधिक तेजी से और अधिक प्रभावी ढंग से काम करते हैं, कैसे कोशिकाएं अधिक प्रभावी आयन हस्तांतरण के माध्यम से एक दूसरे के साथ संवाद करती हैं। परिणाम बढ़ी हुई जीवन शक्ति, एक मजबूत प्रतिरक्षा प्रणाली, बीमारियों और तनाव के लिए अधिक प्रतिरोध है। यही रोशनी प्रक्रिया का सच्चा अर्थ है - शरीर में प्राकृतिक क्वांटम संतुलन को बहाल करना।"

नथानिएल ने धीरे-धीरे सिर हिलाया, उसकी नज़र अभी भी सवालों से भरी हुई थी, लेकिन अब आशा की एक चिंगारी के साथ मिली हुई थी, कुछ बहुत गहरे के पूर्वाभास के साथ। मेलिना के शब्द जैसे उसके दिमाग में एक नया दरवाजा खोल रहे थे, जो प्राचीन ज्ञान को उन्नत विज्ञान के साथ इस तरह से जोड़ रहे थे, जिसकी उसने

कभी कल्पना नहीं की थी। उसने उसकी ओर देखा, उसके होंठ एक चालाक मुस्कान में फैल गए।

"अगर तुम्हारा स्विमिंग सूट प्रयोग का हिस्सा है, तो मैं इस परिकल्पना को भी स्वीकार करूँगा... बशर्ते मैं भी नमूने का हिस्सा हूँ।"

मेलिना ने उसे अपनी स्वाभाविक गंभीरता के साथ देखा, लेकिन उसकी आँखों में एक चंचल चिंगारी चमक गई। - "मुझे विचलित मत करो, नथानिएल! ध्यान केंद्रित करो!"

वह मुस्कुराई, लेकिन तुरंत अपने गंभीर स्वर में लौट आई। - "हाँ। मेरे शोध - रमन स्पेक्ट्रोस्कोपी और स्कैनिंग टनलिंग माइक्रोस्कोपी (STM) तकनीकों के माध्यम से विश्लेषण - ने पाया कि 5 और 20 नैनोमीटर के बीच व्यास वाले गोलाकार सोने के नैनोपार्टिकल्स का डीएनए में गुआनिन और साइटोसिन की उच्च सांद्रता वाले क्षेत्रों के प्रति एक उच्च आत्मीयता है। ठीक वहीं क्यों? शायद अधिक मजबूत ध्रुवीकरण प्रभावों और बढ़ी हुई इलेक्ट्रॉन घनत्व के कारण।"

---✶☾✶---

मेलिना का सपना ✦ अंतर्दृष्टि के लिए

अपने सपने में मेलिना डीएनए को एक सर्पिल सीढ़ी के रूप में देखती थी, और सोने के कण - छोटे, चमकदार जुगनू की तरह, जो कुछ विशिष्ट सीढ़ियों की ओर आकर्षित होते हैं। उसने इस संबंध को, इस आकर्षक आवेग को महसूस किया। फिर, एक अर्ध-चेतन अवस्था में, उसके मन में यह विचार आया: 1-100 मेगाहर्ट्ज की सीमा में विद्युत चुम्बकीय क्षेत्र। न केवल उन्हें पेश करने के लिए, बल्कि उन्हें अनुनाद प्रभावों और नियंत्रित क्षेत्र ग्रेडिएंट्स के माध्यम से निर्देशित करने के लिए। यही कुंजी थी - परमाणु छिद्रों के माध्यम से एक सक्रिय परिवहन, जैसे कि तुम स्वयं कोशिका को एक संदेश भेज रहे हो। एक बार वहाँ, वे केवल संलग्न नहीं थे। वे गुआनिन और साइटोसिन के नाइट्रोजन आधारों के बीच घुस गए, कमजोर हाइड्रोजन बंधनों को प्रतिस्थापित कर रहे थे और नाइट्रोजन और ऑक्सीजन के परमाणुओं के साथ समन्वय बंधन बना रहे थे। केवल एक संशोधन नहीं, बल्कि दोहरे हेलिक्स में एक प्रकार का "सुनहरा धागा" बनाना। वह एक कीमियागर की तरह महसूस करती थी, लेकिन एक क्वांटम भौतिक विज्ञानी की सटीकता के साथ।

---✶☾✶---

"डीएनए का यह संशोधन बहुआयामी प्रभाव डाल सकता है। हमने डीएनए की बढ़ी हुई थर्मल स्थिरता देखी है, इसका स्थानीय कंफर्मेशन बदल जाता है, जो ट्रांसक्रिप्शन कारकों के लिए इसकी पहुंच को प्रभावित करता है। इसके अलावा, सोने की श्रृंखला डीएनए के ऑक्सीडेटिव तनाव और अन्य प्रकार की क्षति के प्रति प्रतिरोध को बढ़ा सकती है।"

नथानिएल ने गहराई से सोचा। आनुवंशिक कोड में प्रत्यक्ष हस्तक्षेप का विचार, हालांकि परमाणु स्तर पर, एक ही समय में डरावना और आकर्षक था, जो विशाल क्षमता और अप्रत्याशित जोखिमों से भरा हुआ था। क्या यही वह रहस्य था जिसकी इलुमिनाती ने इतने लंबे समय तक तलाश की थी, जो रहस्यवाद और रूपकों में लिपटा हुआ था? न केवल बीमारियों का इलाज करने की, बल्कि मानव अस्तित्व के बहुत आधार को बेहतर बनाने की, हमारी जैविक नियति को फिर से लिखने की संभावना?

"यह... यह क्रांतिकारी है," - उसने अंत में बुदबुदाया, उसकी आवाज मुश्किल से सुनाई दे रही थी, जैसे कि वह इस महान खोज की चुप्पी को तोड़ने से डर रहा हो। "लेकिन... क्या यह आग से खेलना नहीं है? क्या हमें जीवन के बहुत सार को बदलने का अधिकार है? आदेश ने हमेशा सीमाओं, संतुलन के बारे में चेतावनी दी है..."

मेलिना ने उसे कोमलता से देखा, उसकी भावनात्मक लड़ाई के लिए समझ से भरी हुई थी। "नथानिएल, क्या तुम महसूस करते हो कि वास्तविकता की परतें कैसे बदल रही हैं? हम प्राकृतिक परिस्थितियों की दहलीज पर हैं, जो अब तक अज्ञात हैं। एक युग, जिसमें प्राचीन ज्ञान की फुसफुसाहट नवीनतम वैज्ञानिक अंतर्दृष्टि की स्पष्ट आवाज के साथ गूंजती है, जो हमारे अंदर गहराई में सो रही सच्ची क्षमता को जगाने के लिए तैयार है। लेकिन यह मार्ग पवित्र है और इसके लिए न केवल ज्ञान के लिए प्रयास की आवश्यकता है, बल्कि इस महान शक्ति के सामने विनम्र जिम्मेदारी की भी आवश्यकता है, हमारे कार्यों के परिणामों के सामने। ऐसा होने के लिए, तुम्हें मुझ पर भरोसा करना होगा, उन जोखिमों को स्वीकार करना होगा जो यह लाता है। क्या तुम इस नए युग की दहलीज को पार करने के लिए तैयार हो?"

उसने फिर से उपकरण की ओर मुड़कर, चमकते डिस्प्ले को छुआ, जो जटिल ग्राफिक्स और नवीनतम प्रयोगों के डेटा को चित्रित करता था। - "क्या तुम अब समझते हो कि वे सात साल इतने महत्वपूर्ण क्यों थे? हर शोध, हर प्रयोग, हर नींद रहित रात, हर स्पेक्ट्रोस्कोपिक विशेषता, हर बंधन स्थिरांक (Kd) का माप मुझे इस क्षण तक ले गया। वह क्षण, जिसमें हम न केवल शरीर को, बल्कि आत्मा को भी, उसके सबसे गहरे क्वांटम स्तर पर, ठीक करना शुरू कर सकते हैं। लेकिन पहले... तुम्हें फैसला करना होगा। क्या तुम मेरे साथ यह जिम्मेदारी लेने के लिए तैयार हो?"

उसके शब्द एक गंभीर वादे की तरह लग रहे थे, जो विद्युतीकृत हवा को भर रहे थे। मेलिना ने ऊपर देखा और उसकी आँखें नथानिएल की आँखों में डूब गईं। उनमें अब सिर्फ एक चिंगारी नहीं जल रही थी, बल्कि एक लौ - प्रशंसा की एक लौ, गहरे सम्मान की और कुछ बहुत अधिक अंतरंग की, जिसने उसके दिल को तेजी से धड़काया, एक धड़कन छोड़ दी। उसकी चमकदार पुतलियों में उसने अपनी ही श्रद्धा का प्रतिबिंब देखा, लेकिन एक गर्म, आमंत्रित स्वीकृति भी देखी, जिसने उसके लंबे समय के अकेलेपन की बर्फ को पिघलाते हुए, उसकी आरक्षितता के आखिरी अवशेषों को भंग कर दिया।

नथानिएल उससे अपनी नज़र नहीं हटा सका। इस क्षण में, उसने महसूस किया कि वे सभी दीवारें, जिन्हें उसने अकेले खोज के वर्षों में अपने दिल के चारों ओर बनाया था, बिना किसी निशान के ढह रही थीं, जिससे वह कमजोर, लेकिन असामान्य रूप से स्वतंत्र हो गया था। इस महिला में, जो उसके सामने खड़ी थी, उसने न केवल एक प्रतिभाशाली दिमाग देखा, जो ब्रह्मांड के रहस्यों को प्रकट कर रहा था, बल्कि अथाह आंतरिक प्रकाश का एक स्रोत भी देखा, जो जैसे उसकी आत्मा के सबसे अंधेरे कोनों को भी रोशन कर रहा था। उसकी नज़र से बहने वाला प्यार एक उग्र जुनून नहीं था, बल्कि एक गहरी, सर्वव्यापी भावना थी, जो जैसे उनके चारों ओर की वास्तविकता को ही बदल रही थी, ठंडी प्रयोगशाला को एक अदृश्य गर्मी से भर रही थी।

"ये सभी साल... - उसने भावना से कांपती हुई आवाज में कहा - ...आदेश के रहस्यों के लिए समर्पित सभी, पीढ़ी से पीढ़ी तक पारित ज्ञान के लिए, वैज्ञानिक

खोजों के लिए, जो हमें सिद्धांतों और प्रयोगों की भूलभुलैया के माध्यम से ले गए... यह सब, तुम मुझे जो अंतर्दृष्टि दे रही हो, मेलिना... उसकी तुलना में यह सब कुछ भी नहीं है। खालीपन। तुम केवल प्रकृति के नियमों को प्रकट नहीं करती हो। तुम स्वयं जीवन के स्रोत, ज्ञान के पवित्र ग्रैल को छूती हो, और तुम इसे प्यार के साथ, एक पवित्रता के साथ करती हो, जो सब कुछ बदल देता है।"

उसने अपने हाथ बढ़ाए और धीरे से उसके हाथों को पकड़ लिया। इस शारीरिक स्पर्श में उसने न केवल गर्मी महसूस की, बल्कि ऊर्जा की एक बाढ़ भी महसूस की, जैसे कि वह कुछ आदिम से जुड़ रहा हो, उस मौलिक शक्ति से, जो दुनिया को चलाती है, अस्तित्व के कांपते क्वांटम आधार से।

"हाँ," - उसने उसकी आँखों में गहराई से देखते हुए, निर्णायक निश्चितता के साथ कहा। - "अब मैं समझता हूँ। मेरी सारी खोज, आदेश के सभी रहस्य, सारा विज्ञान... वे केवल रास्ते थे, जो मुझे तुम्हारे पास ले जा रहे थे। तुम असली रोशनी हो, मेलिना। तुम वह प्यार हो जो सच्चे ज्ञान के लिए दरवाजे खोलता है। और हाँ, मैं तैयार हूँ। मैं तुम्हारे साथ इस रास्ते पर चलने के लिए तैयार हूँ, क्योंकि मैं पहले से ही जानता हूँ कि सत्य बंद किताबों और गुप्त अनुष्ठानों में नहीं है, बल्कि इस संबंध में, इस प्यार में है, जो हमें सब कुछ के स्रोत से जोड़ता है।"

अध्याय 21: टूटा हुआ मुखौटा - सार के लिए एक पुकार

महीनों तक पानी के नीचे के अंधेरे में बिताने के बाद, जहां प्राचीन रहस्योद्घाटन की फुसफुसाहट तकनीक की जीत के साथ intertwined थी, हैच एक चिकनी फुसफुसाहट के साथ खुल गया, जैसे कि पृथ्वी का गर्भ एक लंबी, रुकी हुई सांस के बाद राहत से सांस ले रहा हो। ताजी, नम हवा, जो नवजात जीवन और खिलते हुए पौधों की दूर, अपरिचित सुगंध से भरी हुई थी, ने एक कोमल, लेकिन मूर्त आलिंगन के साथ उनका स्वागत किया।

मेलिना सबसे पहले अस्थिर मंच पर चढ़ी, नथानिएल की ओर हाथ बढ़ाया। उनका स्पर्श छोटा था, लेकिन एक चौंकाने वाली, कांपती हुई उम्मीद से भरा हुआ था, जैसे कि पहली सूरज की किरण, जो एक लंबी, बुरे सपने वाली रात के बाद अंधेरे को भेद रही हो, जो जागृति का वादा कर रही हो। वे उस जमीन पर उतरे, जो अतीत के भूतिया निशानों से चिह्नित होने के बावजूद, जोरदार नवीनीकरण के लिए अथक प्रयास कर रही थी। नुकीले खंडहर नहीं थे, बल्कि केवल मिट्टी और पत्थरों का एक पहाड़ी विस्तार था, जो चांदी के धागों से कटा हुआ था, जो घुमावदार जल धाराओं को दर्शाता था, जो एक पीले सूरज को दर्शाता था, जो एक भूतिया कोहरे के माध्यम से टूट रहा था, जैसे कि एक आँख जो अभी खुल रही थी।

यहाँ और वहाँ, घास के पहले बहादुर ब्लेड देखे जा सकते थे, जो भूरे रंग की पथरीली मिट्टी की पृष्ठभूमि के खिलाफ चमकीले हरे थे, जो नवजात जीवन की दृढ़ता के साथ अपना रास्ता बना रहे थे, और काई, जो चट्टानों को पन्ना रंग दे रही थी, जैसे कि प्रकृति धीरे-धीरे विनाश के ग्रे कैनवास पर एक नई तस्वीर बना रही थी। हवा साफ और ताजी थी, जिसमें मिट्टी की नम गंध और पहाड़ के पानी के साथ एक मुश्किल से पता लगने वाली मिठास थी, और अपरिचित पौधों की एक दूर, मायावी सुगंध थी, जो जैसे इस नई दुनिया के रहस्यों को फुसफुसा रही थी।

"तो, विजेता," - मेलिना मुस्कुराई, नथानिएल की ओर मुड़ते हुए, एक चमकदार मुस्कान के साथ, जिसने उसके चेहरे से पानी के नीचे के अंधेरे के अवशेषों को बिखेर दिया। - "नई सुबह में आपका स्वागत है। मानव हस्तक्षेप के बिना दुनिया आपको कैसी लगती है? एक ऐसी दुनिया, जहां चुप्पी सभ्यता की चीखों से अधिक जोर से बोलती है? एक ऐसी दुनिया, जहां अहंकार का कोई चेहरा नहीं है? कोई पाखंड नहीं है? कोई मुखौटा नहीं है?"

नथानिएल ने एक गहरी सांस ली, अपने फेफड़ों को भर दिया। हवा का स्वाद तेज, अपरिचित था। उसने मेलिना को देखा, फिर फिर से क्षितिज को देखा। - "शांत... और किसी तरह... आदिम," - उसने जवाब दिया, ध्यान से चारों ओर देखते हुए, जैसे कि वह खुद तत्वों द्वारा लिखे गए एक अज्ञात पाठ को पढ़ रहा हो।

हर सांस पहली जैसी थी, हर दृश्य - बेदाग, मानव इतिहास से अनभिज्ञ। वह चुप रहा। यहाँ चुप्पी अलग तरह से भारी थी।

"जैसे कि हम बहुत शुरुआत में लौट आए हैं, पाप और महिमा से पहले। लेकिन... जीवन कहाँ है? रंग और गीत कहाँ हैं? क्या यह बहुत... नग्न नहीं है?"

मेलिना मुस्कुराई, इस बार अधिक रहस्यमय ढंग से। वह उसके करीब चली गई, उसका हाथ उसके हाथ पर धीरे से फिसल गया, जिसे वह अभी भी पकड़े हुए था।

"यह वापस आ रहा है," - उसने अटूट निश्चितता के साथ जवाब दिया, छोटे-छोटे हरे धब्बों की ओर इशारा करते हुए, जो ढलानों पर आशा की पन्ना चिंगारियों की तरह चढ़ रहे थे। - "प्रकृति जिद्दी है, नथानिएल। वह हमेशा मौत से जीवन निकालने का एक तरीका ढूंढती है। हमारा काम यह समझना है कि वह इन नई स्थितियों के अनुकूल कैसे होती है, वह कौन से नए रूप लेती है। और इसे नियंत्रित नहीं करना।"

वे धीरे-धीरे पथरीली जमीन पर चलने लगे, हाथ में हाथ डालकर, ग्रह के एक नए चरण में अग्रणी, जिसका इतिहास अभी लिखा जाना था। हर कदम एक सतर्क खोज थी, हर स्पर्श - उनके बंधन की एक कोमल याद, इस बदलती दुनिया में एकमात्र ज्ञात स्थिरांक, अतीत और अनिश्चित भविष्य के बीच एक पुल। उनकी सांसें एक सामान्य, लयबद्ध गीत में विलीन हो गईं, जिसे केवल वे ही पुनर्जीवित दुनिया की चुप्पी में सुन सकते थे।

"मुझे आश्चर्य है कि नई जलवायु परिस्थितियां क्या हैं," - नथानिएल ने एक छोटे, क्रिस्टल-स्पष्ट धारा के पास रुकते हुए सोचा, जिसका पानी जैसे प्राचीन रहस्यों को फुसफुसा रहा था। - "वायुमंडल पतला है, सूरज - पीला है... जैसे कि प्रकाश ने अपनी कुछ शक्ति खो दी है। हम यहाँ कैसे जीवित रहेंगे, हमारे... हमारे द्वारा ज्ञात दुनिया के बिना?"

मेलिना उसकी ओर मुड़ी, उसकी नज़र जल रही थी, उसकी उंगलियाँ उसके हाथ पर फिसल गईं, जैसे कि वह उसे केवल शारीरिक यात्रा में नहीं, बल्कि उसके सबसे गहरे विचारों में भी उसका अनुसरण करने के लिए आमंत्रित कर रही थी। - "यह वही है जिसकी हमें तलाश करनी है," - उसने अपनी आँखों में एक लौ के साथ जवाब दिया। - "हवा की संरचना, विकिरण का स्तर, जल चक्र... सब कुछ नया है, नथानिएल। हर अवलोकन एक मूल्यवान धागा है, हर विसंगति - अंतर्दृष्टि के लिए एक संभावित द्वार। और एक नए अस्तित्व के लिए, जो डर को नहीं जानता।"

जैसे-जैसे वे चलते गए, उन्होंने मिट्टी के नमूने एकत्र किए, पत्थरों पर अजीब, फ्लोरोसेंट लाइकेन की जांच की, उन हवाओं की दिशा को समझने की कोशिश की, जो अपरिचित सुगंध ले जा रही थीं। हर वैज्ञानिक अवलोकन को कोमल निगाहों और शांत शब्दों के साथ intertwined किया गया था, जो आपसी सम्मान और बढ़ती निकटता से भरा हुआ था, जैसे कि वे इस अपरिचित वास्तविकता में एक दूसरे में समर्थन की तलाश कर रहे थे। उनका प्यार उनके शोध की एक शांत, लेकिन लगातार पृष्ठभूमि थी, एक अदृश्य, लेकिन मूर्त शक्ति, जिसने उन्हें इस दुनिया में नियमों और रूढ़ियों के बिना जोड़ा, बिना उन मुखौटों के, जो कभी उनके पूर्ण विलय के लिए एकमात्र बाधा थे, और अब केवल धूल थे।

उनका हर स्पर्श, हर नज़र, एक नई शुरुआत का हिस्सा था, एक निषिद्ध स्वतंत्रता का। उनके चारों ओर हवा कंपन कर रही थी, जो उन्हें एक नई शुरुआत की ऊर्जा से, नियति की सांस से भर रही थी। वे एक कम पहाड़ी के ऊपर रुक गए, जहाँ से धुंधले क्षितिज तक फैले हुए पहाड़ी बंजर मैदान का एक चौड़ा, असली दृश्य था।

मेलिना नथानिएल की ओर मुड़ी, उसका चेहरा एक आंतरिक प्रकाश से रोशन था, जैसे कि वह अपनी आँखों में सदियों का ज्ञान ले जा रही हो।

"नथानिएल," - उसने एक आवाज के साथ शुरू किया, जो उसकी उम्र से अधिक ज्ञान से भरी हुई थी, जिसमें हर शब्द में अनगिनत पुनर्जन्मों की फुसफुसाहट गूंज रही थी। - "जो तुम अपने सामने देखते हो, वह एक सबक है, जो स्वयं समय से गढ़ा गया है और स्वयं पृथ्वी के चेहरे पर खून और पुनर्जन्म के साथ लिखा गया है। जीवन की नाजुकता के लिए एक सबक, हमारे अभिमान के परिणामों के लिए, लेकिन इसकी अविश्वसनीय, लगभग जादुई लचीलापन के लिए भी। मानवता ने सब कुछ मिटाने की कोशिश की, केवल राख को पीछे छोड़ने के लिए, क्योंकि वह मुखौटों के पीछे छिपी हुई थी - शक्ति, प्रभाव, पाखंड, लाभ, नियंत्रण, महत्व के मुखौटे। लेकिन जीवन हमेशा एक रास्ता ढूंढता है, हमेशा खंडहरों से टूटता है। बिना मुखौटों के।"

उसने क्षितिज की ओर इशारा किया, जहाँ पीला सूरज पहाड़ियों पर भूतिया छायाएं बना रहा था। - "मैंने इसे पहले भी देखा है, नथानिएल। इन आँखों से नहीं, बल्कि उस स्मृति से, जो मैं ले जाती हूँ, अनगिनत जीवन की स्मृति से। उत्थान और पतन के चक्र, सृजन और विनाश के। और हर बार, विनाश के बाद, प्रकृति फिर से शुरू होती है, धीरे-धीरे और धैर्यपूर्वक। लेकिन कुछ ऐसा है जो अपरिवर्तित रहता है - प्यार, संबंध, सृजन की क्षमता, जो स्वयं अस्तित्व के ताने-बाने में बुनी हुई है।"

उसकी आँखें उसकी आँखों में घुस गईं, जो दया और आशा से भरी हुई थीं, जैसे कि वे न केवल उसे, बल्कि उसके अनगिनत अतीत और भविष्य के अवतारों को भी देख रही हों। "हम यहाँ हैं, केवल आकस्मिक रूप से बचे हुए इंसानों के रूप में नहीं। हम यहाँ हैं, उसके पुनरुत्थान का हिस्सा बनने के लिए, अतीत की कड़वी गलतियों से सीखे गए एक बेहतर दुनिया के बीज बोने के लिए। एक दुनिया, जहाँ डर और पूर्वाग्रह के लिए कोई जगह नहीं है, एक दुनिया, जहाँ लोगों के बीच का बंधन उतना ही मजबूत है, जितना हमारा इस पीड़ित भूमि के साथ है। एक दुनिया, जहाँ प्यार केवल एक भावना नहीं है, बल्कि एक मार्गदर्शक सिद्धांत है, एक प्रेरक शक्ति है, एक आदिम कंपन है, जो इस जीवित जीव की हर नई कोशिका का निर्माण करेगा।"

उसने उसका हाथ पकड़ा और उसे धीरे से निचोड़ा, उसे न केवल गर्मी, बल्कि एक गहरे, शाश्वत संबंध की भावना भी दी। "मैं अतीत का ज्ञान ले जाती हूँ, नथानिएल। तुम इस वादा की गई भूमि के वर्तमान की शक्ति और भविष्य की अप्रत्याशित क्षमता को ले जाते हो। एक साथ हम कुछ नया, कुछ स्थायी बना सकते हैं, जो स्वयं ब्रह्मांड की लय के साथ प्रतिध्वनित होगा, सद्भाव में होगा। एक दुनिया, जहाँ प्यार और ज्ञान की उड़ान एकमात्र सीमा है, एक दुनिया, जहाँ हमारा दिल कम्पास है, और दया - हमारा मार्गदर्शक प्रकाश है।"

इस क्षण में, एक ऐसी भूमि के नग्न चेहरे पर खड़े होकर, जो मानवीय पापों से शुद्ध हो गई थी, एक नई शुरुआत के पीले सूरज के नीचे, वे सिर्फ बचे हुए नहीं थे। वे स्मृति के संरक्षक थे, आशा के बीज बोने वाले थे और प्यार की अटूट शक्ति के जीवित प्रतीक थे। उनके सामने एक खाली पृष्ठ फैला हुआ था, जो एक नई दुनिया के इतिहास के साथ लिखे जाने के लिए तैयार था, जो पुराने की राख से पैदा हुई थी और

उनके साझा प्यार की रोशनी से रोशन थी, एक दुनिया, जिसमें वे केवल पर्यवेक्षक नहीं, बल्कि सह-निर्माता होंगे, भविष्य के कीमियागर, अपनी वादा की गई भूमि का निर्माण कर रहे थे। बिना मुखौटों के। अपने सार को प्रकट करते हुए। हवा में एक भविष्य का वादा था, जो कल्पना से परे था, जो प्यार और अनंत संभावनाओं से बुना गया था।

------------------ ---------------------

अध्याय 22: आत्माओं के अदृश्य धागे

मेलिना उसे देख रही थी। उसकी नज़र - एक सवाल और एक शांत, मोहक निमंत्रण। हवा कांप रही थी, जो अदृश्य उम्मीदों से भरी हुई थी। उसने गहरी सांस ली, वह जानती थी - हर पल अब तक एक तैयारी थी। इस बातचीत के लिए। असंभव पहेली के मूल को प्रकट करने के लिए। उसकी आवाज - एक शांत फुसफुसाहट, लेकिन एक असामान्य निश्चितता से भरी हुई थी। निर्विवाद सत्य। प्राचीन अंतर्ज्ञान।

नथानिएल डूबकर सुन रहा था। हर शब्द ने भूले हुए कोनों को अनलॉक कर दिया। समझ के लिए दरवाजे खोले, जिन्हें उसने बकवास माना था। उसके अंदर कुछ गहरा टूट रहा था। जैसे-जैसे उसने अपनी समझ की परतों को खोलना शुरू किया, मेलिना ने नथानिएल में दर्दनाक अफसोस महसूस किया। उसकी बुद्धिमत्ता को नकारने में बिताए गए वर्षों के लिए। पूर्वाग्रहों से बनाई गई दीवारों के लिए। गुप्त समाजों के प्रति अंधी वफादारी से। उसका दिमाग, जो हमेशा तर्क और सबूतों की तलाश में रहता था, अब किसी भी परिभाषा से परे कुछ का सामना कर रहा था। कुछ पुराना, लेकिन साथ ही आश्चर्यजनक रूप से नया।

"शरीर का सफल पुनर्जनन," - मेलिना ने शुरू किया, उसकी नज़र नथानिएल के बहुत सार तक, उसकी आत्मा के अदृश्य धागों तक भेद रही थी। - "यह सिर्फ जैव रसायन नहीं है। यह कई महत्वपूर्ण अंगों से होकर गुजरता है। वे ग्रंथियों से अधिक हैं। पोर्टल। आत्मा के प्रबंधन के लिए। सभी स्तरों पर सद्भाव के लिए।"

वह उसके करीब चली गई, जैसे कि वह अपने शब्दों पर जोर दे रही हो। उसने उसमें एक हल्का झुनझुनी महसूस की। ठंड की एक लहर। एक भूले हुए अतीत की एक गूंज।

"पीनियल ग्रंथि, नथानिएल..." - उसकी आवाज एक फुसफुसाहट थी, जो रहस्यवाद से भरी हुई थी। - "यह छोटी ग्रंथि। प्राचीन लोग इसे तीसरा नेत्र मानते थे। दूसरे आयामों के लिए एक एंटीना। यह सर्कैडियन लय से अधिक छुपाता है। इसमें कैल्साइट क्रिस्टल जमा होते हैं। अराजक रूप से नहीं। एक पूर्ण क्रम में। वे फाइबोनैचि सर्पिल का पालन करते हैं। गोल्डन रेशियो। ये क्रिस्टल? पीजोइलेक्ट्रिसिटी! वे चेतना के कंपन को विद्युत आवेगों में परिवर्तित करते हैं! क्या तुम समझते हो?!"

नथानिएल ने अपनी आँखें सिकोड़ीं, प्रवाह को समझने की कोशिश कर रहा था। उसकी नज़र में एक संघर्ष था। उसकी तर्कसंगत दुनिया कांप रही थी।

"मस्तिष्क में क्रिस्टल?" - उसकी आवाज में स्पष्ट अविश्वास, लगभग उपहास था। - "यह किसी भी पाठ्यपुस्तक में नहीं है, मेलिना! यह... गूढ़ लगता है! क्या तुम्हें

यकीन है? अब मुझे मिथकों के बारे में मत बताओ! क्योंकि, अगर यह सच है, तो इसका मतलब है कि हम पूरे जीवन अंधे रहे हैं!"

"मुझे बिल्कुल यकीन है!" - उसने जवाब दिया, बिना परेशान हुए। उसका दिल - शांत, अटूट था। - "सच्चे प्रबुद्ध लोगों में, जो रोशनी से छू गए हैं, वे अतिसंवेदनशील एंटीना के रूप में कार्य करते हैं। वे सूक्ष्म विद्‌युत चुम्बकीय और यहां तक कि टोरसोनिक तरंगों को पकड़ते हैं - ब्रह्मांड के बहुत कंपन। ये तरंगें बातचीत करती हैं। वे सूक्ष्म यांत्रिक कंपन बनाते हैं। वे विद्‌युत आवेगों में परिवर्तित होते हैं। यही कुंजी है! उच्च स्तरों को जगाने के लिए! ध्वनिक उत्तेजना... अनुनाद आवृत्तियाँ... प्रभाव को सक्रिय कर सकती हैं। छिपे हुए पोर्टलों को अनलॉक कर सकती हैं! इसे महसूस करो, नथानिएल! इसे अपनी हर कोशिका में महसूस करो!"

उसकी आवाज अधिक लगातार हो गई। नरम शक्ति, स्टील की इच्छाशक्ति। - "क्रिस्टल का असमान संचय, जिसे हम देखते हैं? हमारे अलगाव का परिणाम। प्राचीन ज्ञान से। प्राकृतिक लय के साथ सद्भाव का नुकसान। ठीक ट्यूनिंग को बाधित करता है। इसे एक ब्रह्मांडीय घड़ी से एक बेसुरा तंत्र में बदल देता है। हार्मोन... नींद... मनोदशा... प्रतिरक्षा प्रणाली... सब कुछ बाधित हो जाता है। लेकिन प्रबुद्ध लोगों में, जिनकी पीनियल ग्रंथि ट्यून की गई है, यह एक सही नियामक है। कोशिकाएं नवीनीकृत होती हैं। अभूतपूर्व दक्षता। बुढ़ापे को धीमा करती है। क्या तुम निहितार्थ समझते हो?"

वह नथानिएल की ओर एक और कदम चली। उसने धीरे से उसके हाथ को छुआ। उसने एक विद्‌युत चार्ज महसूस किया। उसका। उसका। एक संपूर्ण। उसने उसकी आँखों में दृढ़ संकल्प देखा। उद्देश्य की भावना। जैसे कि यह हमेशा उनके बीच मौजूद था।

"नथानिएल, इन क्रिस्टल संरचनाओं की कल्पना करो। मृत पदार्थ नहीं। एक जटिल, जीवित नेटवर्क! बहु-ब्रह्मांड का एक लघु होलोग्राम।" - उसकी नज़र उसकी आँखों में घुस गई, चुनौतीपूर्ण थी। - "क्या तुम समझते हो कि हम कितने अंधे रहे हैं? अगर तत्व बिखरे हुए हैं? संचार बाधित है। ऊर्जा खो जाती है। पीनियल ग्रंथि में क्रिस्टल... एक ब्रह्मांडीय रिसीवर के रूप में इसकी भूमिका में बाधा डालते हैं। उच्च स्तरों के साथ हमारे संबंध को बाधित करते हैं। हास्यास्पद, है ना? हम कितने भोले, अहंकारी और मूर्ख थे!"

उसकी आवाज - बढ़ते प्रभाव के साथ। उसने उसे सम्मोहित कर दिया। उसकी आँखें चौड़ी हो रही थीं। पनडुब्बी में हवा कांप गई, जैसे कि उसके शब्दों की शक्ति का जवाब दे रही हो, उनकी चेतना में क्वांटम विस्फोट का। उसके बाद की चुप्पी घनी, चार्ज, अकल्पनीय के बोझ से भरी हुई थी।

"लेकिन समर्पित लोगों में। क्रिस्टल पूर्णता तक पहुँचते हैं। इष्टतम स्थिति बनाते हैं। न केवल अंतःकोशिकीय संचार के लिए। बल्कि सबसे असाधारण घटना - क्वांटम उलझाव की अभिव्यक्ति के लिए! क्या तुम इसके बारे में जानते हो, नथानिएल?"

नथानिएल ने अपना सिर हिलाया। एक अनुभवी, अपनी हड्डियों के मूल तक। उसका संदेह सदमे से लड़ रहा था। उसकी नज़र में भ्रम था।

"क्वांटम उलझाव?!" - उसकी आवाज सदमे में लग रही थी, लगभग एक चीख थी। - "हाँ, मैंने सुना है! प्राथमिक कण! मानव मस्तिष्क नहीं, मेलिना! बहुत हो गया! यह... अविश्वसनीय है! मैं एक वैज्ञानिक हूँ! यह एक धार्मिक उपदेश जैसा लगता है, विज्ञान जैसा नहीं! मैं दोनों को नहीं जोड़ सकता! क्या नरक हो रहा है?!"

---✶✶---

मेलिना ने महसूस किया कि उसकी आवाज न केवल हवा, बल्कि उसके अपने विश्वासों को भी भेद रही थी। एक पल के लिए, सिर्फ एक पल के लिए, उसमें संदेह चमक गया - क्या वह बहरे कानों से बात कर रही थी? क्या उसने विज्ञान और शुद्ध विश्वास के बीच की सीमा को पार कर लिया था? उसका दिल सिकुड़ गया। उसने एक हल्का झटका महसूस किया, लेकिन उसने जल्दी से अपनी नज़र को नियंत्रित किया, अपने विचारों को इकट्ठा किया। वह विज्ञान में लौट आई, क्योंकि यह उसकी भाषा थी, उस तक पहुंचने का तरीका था।

"जब दो कण उलझे हुए होते हैं," - मेलिना ने जारी रखा, उसकी आवाज शांत, अधिक मापने योग्य, लेकिन एक अटूट आंतरिक निश्चितता के साथ थी। - "वे एक अदृश्य स्तर पर जुड़े रहते हैं। स्थानिक-अस्थायी दूरी की परवाह किए बिना। एक में बदलाव... तुरंत दूसरे में परिलक्षित होता है। कल्पना करो, नथानिएल! ये बारीक व्यवस्थित क्रिस्टल नेटवर्क। पीनियल ग्रंथि में। उलझाव बनाए रखते हैं। परमाणुओं के बीच। पूरे अणुओं के बीच! एक त्वरित संबंध बनाते हैं! अस्तित्व के विभिन्न स्तरों के बीच! एक विस्फोट! बस सोचो!"

उसकी आँखें अंतर्दृष्टि के साथ चमक रही थीं। उसने देखा - व्यक्तिगत रूप से अनुभव किया गया। - "यह उलझा हुआ नेटवर्क... सिग्नल ट्रांसमिशन की दक्षता को समझाता है। प्रबुद्ध लोगों में। जानकारी धीरे-धीरे जैव रासायनिक मार्गों के माध्यम से यात्रा नहीं करती है। यह तुरंत फैलती है। क्वांटम सहसंबंधों के माध्यम से। समय की सीमाओं को दरकिनार करते हुए। और अंतरिक्ष की! ज्यामिति... कैप्चर करने की कुंजी। सूक्ष्म ऊर्जा क्षेत्रों को बढ़ाना। विद्युत चुम्बकीय। टोरसोनिक। शायद ब्रह्मांडीय स्रोतों से भी। जैसा कि प्राचीन लोग मानते थे!"

वह नथानिएल की ओर एक कदम चली। उसने धीरे से उसके माथे को छुआ, उसकी उंगलियाँ उसकी त्वचा पर फिसल गईं, जैसे कि वह उसमें एक सुप्त कोड को सक्रिय कर रही हो। इस क्षण में नथानिएल ने केवल गर्मी महसूस नहीं की, बल्कि एक चमकदार, शुद्ध प्रकाश की बाढ़ भी महसूस की, जो मेलिना के स्पर्श से निकल रही थी। यह शारीरिक प्रकाश नहीं था, बल्कि एक आंतरिक चमक थी, जिसने उसकी चेतना को भर दिया, उसकी धारणाओं का विस्तार किया। यह भावना एक ही समय में परिचित और पूरी तरह से नई थी, जैसे कि वह एक लंबी नींद से जाग गया हो, दुनिया को पहली बार उसके पूरे रंगों में देख रहा हो। उसकी सांस धीमी हो गई। उसके चारों ओर दुनिया नए, अप्रत्याशित रंगों में चमकने लगी।

"यह संभव है कि यह अत्यधिक संगठित क्रिस्टल संरचना। पीनियल ग्रंथि को कार्य करने की अनुमति देती है। एक जैव-सेंसर के रूप में। और एक संचारक के रूप में। यह जानकारी को उन तरीकों से पकड़ता है और प्रसारित करता है जिन्हें आधुनिक जीव विज्ञान मुश्किल से महसूस करता है। और अगर इन प्रभावों को... प्यार

के माध्यम से बढ़ाया और नियंत्रित किया जा सकता है? चेतना के शुद्ध कंपन के माध्यम से? परिणाम... परिवर्तनकारी! हमें हमारी सच्ची, दिव्य प्रकृति में वापस लाएंगे। क्या तुम कल्पना कर सकते हो?!"

नथानिएल उसे चौड़ी पुतलियों के साथ देख रहा था। वह हर शब्द को निगलने की कोशिश कर रहा था। हर कंपन। उसकी अपनी वास्तविकता की परतें बदल रही थीं। उनकी बातचीत की यादें गूंज रही थीं। बिना शर्त प्यार की सर्वव्यापी शक्ति के बारे में। उनकी आत्माओं की यात्रा के बारे में। शाश्वतता के माध्यम से। अंतरसंबंध के अदृश्य धागों के बारे में। अब, इन चौंकाने वाले खुलासों की रोशनी में, उसके शब्द रहस्यमय बकवास नहीं लगते थे। बल्कि एक उच्च वास्तविकता के लिए एक संभावित, डरावना नक्शा। उसने उसकी आँखों की गहराइयों में देखा। वह जवाब की तलाश कर रहा था। क्या यह "बिना शर्त प्यार" ब्रह्मांड के कानूनों की कुंजी है? ठीक यहाँ, उसके बगल में, उसने पूर्णता महसूस की। उसकी सिम्फनी में लापता तत्व की तरह। वर्षों में पहली बार। उसके अंदर कुछ टूट गया। उसका वैज्ञानिक तर्क निर्विवाद सत्य के सामने धूल में बिखर गया, जिसे वह महसूस करता था, न कि समझता था।

"यह इंद्रियों का एक धोखा जैसा लगता है। लेकिन क्यों... क्यों मुझे लगता है कि यह सच है?" - नथानिएल ने फुसफुसाया, खुद से ज्यादा उससे कह रहा था।

"ठीक है, नथानिएल," - उसने पुष्टि की। उसकी आँखें - कोमलता से भरी हुई थीं। और एक प्राचीन दुख। कि सत्य इतने लंबे समय से छिपा हुआ था। "कल्पना करो। एक जटिल पैलेट। प्यार में भावनाएं। जब दो आत्माएं वास्तव में जुड़ती हैं... तो और अधिक बनता है। एक रासायनिक प्रतिक्रिया से। या एक सामाजिक बंधन से। यह संभव है। एक सूक्ष्म उलझाव स्थापित करना। उनकी मस्तिष्क तरंगों के बीच। उनकी चेतना के कंपनों के बीच।"

उसकी आवाज नरम हो गई। कोमलता से भरी हुई थी। "उलझे हुए फोटॉन की तरह। भावनाएं। एक की अंतर्ज्ञान। तुरंत दूसरे को प्रभावित कर सकती है। बिना शब्दों के। बिना शारीरिक संपर्क के। अंतरिक्ष से परे संचार। और समय से! अस्पष्ट दुख का एहसास। या खुशी। अचानक ज्ञान। कि दूसरा क्या सोचता है। या महसूस करता है। इन सूक्ष्म सहसंबंधों की अभिव्यक्ति। एक अदृश्य बंधन। भौतिक दुनिया की सीमाओं से परे। चेतना की प्रकृति... आत्म-समानता के दर्पण स्तर। पूरे ब्रह्मांड को दर्शाते हैं। अपने सबसे छोटे कण में। एक एम्पलीफायर की भूमिका निभाता है। छोटे भावनात्मक रंग। अनुनाद करते हैं। शक्तिशाली अवस्थाओं तक बढ़ते हैं। सहानुभूति की। और समझ की। और बिल्कुल उलझे हुए कणों की तरह। यह बंधन। दूरी से सीमित नहीं है। प्यार, अपने सबसे शुद्ध रूप में। सभी शारीरिक बाधाओं को पार कर सकता है। दिलों को जोड़ता है। अंतरिक्ष के माध्यम से। और समय के।"

---✶༻✶---

वह रुकी। उसकी नज़र कोहरे में खो गई। जैसे कि वह बीते हुए युगों को देख रही हो। एक गहरी, चिंतनशील चुप्पी उन पर छा गई, जिससे शब्दों को चेतना में गूंजने दिया गया। "बेशक, आधुनिक विज्ञान बहुत दूर था। इन सूक्ष्म संबंधों की पूर्ण समझ से। लेकिन प्राचीन लोग। अपने सहज ज्ञान के साथ। और शायद ज्ञान तक पहुंच के साथ, जिसे हमने खो दिया है। विशुद्ध रूप से तर्कसंगत के लिए अपनी खोज में।

उन्होंने इस गहरे अंतरसंबंध को महसूस किया था। उनके अनुसार, प्यार। सिर्फ एक जैविक आवेग नहीं है। या एक सामाजिक निर्माण। बल्कि ब्रह्मांड की एक मौलिक शक्ति है! जो चेतना को उलझाने में सक्षम है। घावों को ठीक करने में। ऐसे बंधन बनाने में। जो क्षणिकता को पार करते हैं। अगर हम समझ सकते हैं। और इन प्रभावों का उपयोग कर सकते हैं। प्यार में - यह एक गहरी समझ की ओर ले जा सकता है। अधिक सहानुभूति की। लोगों के बीच मजबूत संबंधों की। यह अहंकार की बाधाओं को हटाता है। विभाजन को। संघर्षों को। जो हमें फाड़ देते हैं।"

---✶✶---

साझा स्मृति पवित्र कब्र का चमत्कार - मेलिना की जागृति

नथानिएल: हमारे चारों ओर का वातावरण घना हो रहा है। हवा अदृश्य सत्यों से भारी हो रही है। मेलिना की नज़र में कुछ। उसकी चुप्पी में। यह भविष्यवाणी करता है। यह सब कुछ की नींव को हिला देगा। जिसमें मैंने विश्वास किया था। और मैं अपनी खुद की स्मृति वापस लाता हूँ। जैसे कि वह उसकी थी, लेकिन मेरे अवचेतन से उभरती है, निर्विवाद रूप से वास्तविक है।

मेलिना: मेरी आँखें धुंधली हो जाती हैं। मेरे सामने अतीत। एक भयानक स्पष्टता के साथ। मेरे दिमाग में। एक उज्ज्वल, ज्वलंत स्मृति। यरूशलेम। सालों पहले। मेरा भविष्य एक धागे से लटका हुआ था। थका हुआ। सिर में एक भेदी दर्द से। एक परजीवी। पीनियल ग्रंथि में। डॉक्टर। सर्जरी के लिए तैयार। एक जाल। ज्ञान के बावजूद। लेकिन अंतर्ज्ञान। मुझे ले गया। पवित्र कब्र की ओर।

नथानिएल: मुझे वह बातचीत याद है। उसने मुझे बताया था। चमत्कार के बारे में। मैं, एक तर्कवादी। मैंने इसे आसानी से भुला दिया था। या संदेह किया था। मैंने इसे एक रूपक के रूप में लिया था। एक काव्यात्मक अतिशयोक्ति के रूप में। अब। वह मेरे सामने खड़ी है। एक अलौकिक शक्ति। उसके शब्द ढाल को भेदते हैं। मेरा संदेह। मेरे दिमाग में। मेरे अपने निंदक निर्णय intertwine होते हैं। मैं उन्हें सुनता हूँ: "परजीवी? यरूशलेम में सर्जरी? यह मेरी वास्तविकता से नहीं, बल्कि एक प्राचीन मिथक से एक अंश जैसा लगता है।" मैंने तब सोचा था। "लेकिन यह अचानक कैसे गायब हो जाता है? विज्ञान ऐसी किसी भी चीज़ को नहीं समझाता है। शायद सहज छूट। एक भावनात्मक अनुभव से मजबूत हुआ।" अब हालांकि। उसकी आवाज। इतनी निश्चित। इतनी अर्थ से भरी हुई। सत्य। मैं अब और संदेह नहीं कर सकता। मैं भ्रमित हूँ। लगभग गुस्सा हूँ। खुद पर। मेरे पिछले इनकार के लिए। मैं इसे देखता हूँ। मैं इसे महसूस करता हूँ। मेरे गले में कड़वाहट महसूस होती है। शर्म।

मेलिना: अंदर। धूप की सुगंध के बीच। प्रार्थनाओं की फुसफुसाहट। मैं घुटने टेक गई। दर्द गायब नहीं हुआ। तुरंत। यह बदल गया। यह... मधुर हो गया। यह बदल गया। लयबद्ध कंपनों में। उन्होंने कुछ व्यवस्थित किया। मेरी खोपड़ी के अंदर। मैंने शारीरिक रूप से महसूस किया। पीजोक्रिस्टल्स। मेरी पीनियल ग्रंथि में। वे व्यवस्थित हो गए। दिव्य आदेश का पालन करते हुए। फाइबोनैचि सर्पिल का। जब मैं बाहर आई। एक सहजता। एक भार गिर गया था। मुझसे। क्लिनिक में। सर्जरी से पहले। डॉक्टर। भ्रमित। ट्यूमर चला गया था। यह वाष्पित हो गया था।

"यह कैसे संभव है? - यह नहीं हो सकता। - यह एक गलती होनी चाहिए।" - उनके शब्द। अस्पष्ट। एक गूंज की तरह। "एक चमत्कार, है ना?" - मेलिना एक

कोमल, लेकिन भेदी नज़र के साथ पूछती है, नथानिएल को वर्तमान में वापस लाती है। - "लेकिन यह मेरी पहली जागरूकता थी। पीनियल ग्रंथि की क्षमता के लिए। पीजोक्रिस्टल्स। उन्होंने खुद को फाइबोनैचि में व्यवस्थित किया। खोलते हुए। एक 'तीसरा नेत्र'। तब से। भविष्यवाणी के सपने। अतिसंवेदनशीलता। जैसे कि। मैं जुड़ गई थी। मेरे विचार के माध्यम से। भगवान के विचारों से। सृजन के स्रोत से। यही मुझे अवसर दिया। उन्हें साकार करने के लिए सीखने का। वास्तविकता को नियंत्रित करने का। क्या तुम अब समझते हो?! या तुम अभी भी इसे 'संयोग' कहोगे?"

नथानिएल ने एक गहरी सांस ली। उसका दिमाग। बुखार में घूम रहा था। वह इस असंभव पहेली के टुकड़ों को इकट्ठा करने की कोशिश कर रहा था। एक चमत्कार? वह, विज्ञान का एक आदमी। उसने हमेशा ऐसे शब्दों को तिरस्कृत किया था। लेकिन अब। जबकि मेलिना उसके सामने खड़ी है। ऐसी शक्ति बिखेर रही है। और सत्य। वह इनकार नहीं कर सकता था। समझ से परे कुछ का एहसास। यह पागलपन है! लेकिन यह मेरा पागलपन है, और मैं इससे छुटकारा नहीं पाना चाहता!

---✶⚕✶---

साझा स्मृति ❧ नियति और प्रेम

मेलिना: नथानिएल ने अपनी पीठ पर एक ठंडी लहर महसूस की, मैं इसे महसूस करती हूँ, यह मुझ में भी कंपन करती है। उसे उस बातचीत की धुंधली याद है, जिसे उसने कभी कोई महत्व नहीं दिया था, क्योंकि उसने तब मेरी "अजीब" चेतावनियों पर विश्वास नहीं किया था। मैं अब उसे किसी भी तर्कसंगत स्पष्टीकरण से परे ले जाती हूँ।

"क्या तुम्हें बेसल में हमारी मुलाकात याद है?" - उसकी आवाज एक गहरी, लगभग कांपती हुई कोमलता से भर जाती है, जो नथानिएल की चेतना को फाड़ देती है। - "और मेरा सपना। उस आपदा के बारे में। जिसमें तुम मरने वाले थे?"

नथानिएल: मुझे अब याद है। एक भयानक स्पष्टता। एक झटका। जैसे कि मेरी आँखों के सामने एक फिल्म पेश की गई थी। सपना। उसने मुझे बताया था। मैंने इसे खारिज कर दिया था। एक संयोग के रूप में। उसकी अत्यधिक भावनात्मक चिंता के रूप में। मेरे दिमाग में। मेरे अपने शब्द। मैं उन्हें सुनता हूँ: "मेलिना, कृपया, रुको। यह सिर्फ एक सपना है, इसका वास्तविकता से कोई संबंध नहीं हो सकता। तुम अति कर रही हो। तुम बस बहुत थकी हुई हो।" अब हालांकि। मुझे एहसास होता है। यह सिर्फ एक सपना नहीं था। यह एक संकेत था। एक भविष्यवाणी का सपना। आतंक मुझे पकड़ लेता है। मैं अपने डर को देखता हूँ। मैं एक मूर्ख था! सिर्फ एक मूर्ख नहीं, बल्कि एक अतिआत्मविश्वासी बेवकूफ!

मेलिना: उसकी आवाज, अतीत के दर्द से भरी हुई थी, लेकिन एक काबू पाई गई नियति की शक्ति से भी: - "वह मजबूत भावना मुझ में। तुम्हारी नियति को रोकने का मेरा प्रयास। मुझे एक संकेत दिए जाने के बाद। जिसे तुमने तब स्वीकार नहीं किया। इसने मेरे विचारों की एकाग्रता का नेतृत्व किया। अंतरिक्ष और समय को मोड़ने के लिए। मैं रोम हवाई अड्डे पर थी। और तुम्हें - कार से यात्रा करनी थी। लुब्लियाना की ओर। मुझे हमारी बातचीत स्पष्ट रूप से याद है।"

नथानिएल: मुझे फोन पर बातचीत याद है। यह कल था। वह हताश थी। वह मुझसे विनती कर रही थी। न जाने के लिए। अपना रास्ता बदलने के लिए। मैं गुस्सा

था। भ्रमित। उसकी दृढ़ता से। "मैं उसे सुनना नहीं चाहता था। मैंने विश्वास नहीं किया! और मुझे करना चाहिए था! मुझे उस पर विश्वास करना चाहिए था! मैं अंधा था!" - ये विचार अब मेरी चेतना को फाड़ रहे हैं। मैं कितना बेवकूफ था! मुझे महत्वहीन महसूस हुआ। धूल के एक कण से छोटा।

नथानिएल: - "मेलिना, कृपया, रुको। तुम मुझे नहीं बता सकती कि क्या करना है। मेरे पास इन तुम्हारे... दार्शनिक परिकल्पनाओं के लिए समय नहीं है। मुझे जाना होगा। मेरा जीवन, कृपया! मुझे छोड़ दो!"

मेलिना: लेकिन मैंने हार नहीं मानी, - उसकी आवाज में एक अटूट दृढ़ संकल्प था, जिसे नथानिएल ने कभी नहीं देखा था। - "जब हम बात कर रहे थे, जब मैं चुपचाप प्रार्थना कर रही थी, और तुम अभी भी अपनी अनुसूची और बैठक के महत्व के बारे में बोल रहे थे... मैंने कुछ महसूस किया। मेरा छोटा पत्थर किसी भी दृश्य कारण के बिना श्रृंखला से गिर गया। यह जमीन पर दो हिस्सों में टूट गया। मुझे पता था कि यह एक संकेत था। मैंने एक छोटा पत्थर - गलील सागर से एक पदक पहना था। मैंने महसूस किया कि मेरी ऊर्जा इसे छू रही है। फिर, जब हमने बंद कर दिया, तो मैंने इसे अपनी हथेली में दबाए रखा और प्रार्थना की कि तुम मुझ पर विश्वास करो। यह मेरा संकेत था, नथानिएल। मैंने जो करने में कामयाब रहा, उसका प्रमाण।"

नथानिएल: वह पत्थर! मुझे अब याद है। हालांकि तब मैंने जो कुछ हुआ था उसे "एक अजीब संयोग, शुद्ध भाग्य। श्रृंखला बस टूट गई थी" के रूप में खारिज कर दिया था। दो में टूटा हुआ। उसके बाद उसने मुझे हताश होकर बुलाया था। लेकिन अब... अब मैं पूरी तस्वीर देखता हूँ। उसकी भावना। उसका इरादा। उसका दर्द और प्यार। वास्तविकता को बदलना। "असंभव। यह पागलपन है। मैं पागल हूँ!" - लेकिन साथ ही मुझे पता है कि यह सच है। एक भयानक सच। तुमने क्या किया है?! हम क्या करेंगे?!

मेलिना: तब, जब मैं आखिरी बार तुम्हें अपना रास्ता बदलने के लिए मना करने की कोशिश कर रही थी, - उसकी नज़र एक ही समय में दूर और भेदी है, जो उसे पूरी तरह से निगल रही है। - "वे सेकंड, जिसमें मैंने तुम्हें फोन पर रखा, इससे पहले कि तुम गए, घटनाओं और संयोगों को बदल रहे थे। तुम्हें देर हो गई। लेकिन एक सुरंग में, पीड़ितों के साथ एक श्रृंखला दुर्घटना हुई, और तुम उनमें से एक होते। हमने इसके बारे में फिर कभी बात नहीं की। भगवान ने मेरी प्रार्थना सुनी। या शायद... मैंने उन्हें खुद एक वास्तविकता बना दिया। मेरे और स्रोत के बीच की सीमाएं धुंधली हो गईं।"

---✶६✶---

मेलिना: अपने रहस्योद्घाटनों में दर्दनाक रूप से साहसी

"और भी कुछ है, नथानिएल!" - मेलिना ने एक शांत, लेकिन भेदी आवाज के साथ जारी रखा, जिसने उनके चारों ओर हवा को जैसे कांप दिया। - "जिसके बारे में हमने अब तक बात की है, वह केवल तैयारी है। सच्चा रहस्य ज्ञान का मूल है, जिसे मैं ले जाती हूँ। बहुत गहरा। ज्ञात क्षेत्र से परे। अपने अनगिनत पुनर्जन्मों के माध्यम से मैंने खोई हुई सभ्यताओं से ज्ञान के टुकड़े एकत्र किए हैं। मैंने कुछ मौलिक को समझा - स्वयं सृजन का कोड, जो विचार में बंद है।"

वह और भी करीब चली गई। उसकी आँखें एक असामान्य, लगभग अमानवीय रोशनी से चमक रही थीं। नथानिएल थोड़ा पीछे हट गया। लेकिन वह अपनी नज़र नहीं हटा सका।

"हर विचार। हर इरादा। हर भावना। केवल न्यूरोकेमिकल प्रक्रियाएं नहीं हैं। जो घने मस्तिष्क तक सीमित हैं। वे ऊर्जा के पैकेट हैं। तरंगें। वे वास्तविकता के साथ बातचीत करते हैं। सबसे गहरे स्तर पर। पीनियल ग्रंथि... सिर्फ एक ग्रंथि नहीं है! यह हमारी भूली हुई दिव्य इंद्रियों में से एक है! एक पोर्टल! एक आदिम बंधन! जो हमें दूसरे आयामों से जोड़ता है। हर बनाई गई वास्तविकता के आदिम स्रोत से। इसके माध्यम से हम कर सकते हैं। केवल सूक्ष्म ऊर्जा क्षेत्रों को नहीं मानना। बल्कि उन्हें प्रभावित भी करना!"

उसकी आवाज अविश्वसनीय शक्ति से भरी हुई थी। नथानिएल ने अपनी पीठ पर एक ठंडी लहर महसूस की। उनके चारों ओर हवा जैसे घनी हो गई, घनी और विद्युत, जो अकल्पनीय का पूर्वाभास दे रही थी। तनाव मंडरा रहा था, उसकी इंद्रियों को महसूस कर रहा था।

"मैंने खोज लिया है। कैसे इन विचार ऊर्जाओं को निर्देशित करना है। और उन्हें पदार्थ में बदलना है। कैसे अपने इरादे को केंद्रित करना है। इस हद तक। कि मैं वास्तविकता की संभावनाओं को बदल सकूं। मैं भौतिक दुनिया को प्रभावित कर सकूं। हमारे चारों ओर। यह एक शक्ति है। जिसे प्राचीन लोग जानते थे। चेतना की कीमिया! विचार के माध्यम से वास्तविकता बनाने की क्षमता!"

वह एक पल के लिए चुप हो गई। उसकी नज़र एक दूर की स्मृति में डूब गई। नथानिएल ने महसूस किया कि वातावरण घना हो रहा है। वह एक और भी बड़े। लगभग असंभव रहस्योद्घाटन का पूर्वाभास दे रहा था। और उसने अपनी खुद की स्मृति वापस लाई। अब वह जानता था - उसकी यादें भी उनकी साझा पहेली का हिस्सा थीं। उनकी साझा नियति का।

------------------ ------------------

अध्याय 23: दोषी सुबह: मुक्ति की कीमत

नथानिएल का चेहरा विकृत हो गया। सदमा उसके चेहरे पर एक काटने वाली स्याही की तरह फैल गया, जो जल्दी से शुद्ध, जमने वाले आतंक में बदल गया। वह पीछे हट गया, जैसे कि उसने एक नंगे तार को छुआ हो, जिसके माध्यम से एक अकल्पनीय अंतर्दृष्टि का करंट बह रहा था, जो उसे अंदर से जला रहा था।

"यह... असंभव!" - उसने दबी हुई आवाज में बुदबुदाया, उसकी आवाज मुश्किल से सुनाई दे रही थी, एक वायलिन पर एक टूटे हुए तार की तरह। - "यह... आदेश की मुख्य महत्वाकांक्षा थी... अभिजात वर्ग की... मानवता को नियंत्रित करने की। अपनी खुद की इच्छा के अनुसार वास्तविकता को आकार देने की शक्ति पर महारत हासिल करने की।"

उसकी नज़र मेलिना में घुस गई, जो अविश्वास और बढ़ते संदेह से भरी हुई थी, जो जल्दी से एक दर्दनाक क्रोध में बदल गया। "और तुम... तुम पूरे समय जानती थी?!" - उसके शब्द टूट गए, लगभग थूक दिए गए। - "यह रहस्य... तुमने इसे अपने लिए रखा? मुझसे भी?"

दर्द और क्रोध उसकी आवाज में टकरा गए, जिससे एक भयानक कैकॉफ़नी पैदा हुई। उसके दिमाग में उसके समाज की अंतहीन खोजों की यादें घूम रही थीं - अनुष्ठानों के साल, समर्पण, अंधा विश्वास कि एक दिन वे इस सर्वोच्च शक्ति को उजागर करेंगे। और अब, वह यहाँ है - मेलिना, शांति से यह बताते हुए कि उसने इस पर महारत हासिल कर ली है, कि उसने इस कुंजी को रखा था, यहां तक कि उसे, उस व्यक्ति के साथ साझा किए बिना, जिस पर उसने कथित रूप से विश्वास किया था। उसने खुद को धोखा दिया, मूर्ख बनाया, एक कठपुतली की तरह महसूस किया, जिसके धागे अभी-अभी काटे गए थे।

---✶☾✶---

मेलिना ने उसे एक गहरे, लगभग प्राचीन दुख के साथ देखा, जो उसके सीने पर सीसे की तरह भारी था। वह ठीक से जानती थी कि वह क्या सोच रहा था, वह क्या महसूस कर रहा था। इन वर्षों में उनका बंधन केवल प्यार नहीं था, बल्कि क्वांटम उलझाव था - एक अस्तित्व, जो उसकी चेतना के बहुत मूल में intertwined था। उसका हर विचार, उसकी हर भावना, उसका हर सपना उसका हिस्सा बन गया था, उसके अंदर एक स्पंज में पानी की तरह समा गया था।

उसे अनगिनत रातें याद आईं। नथानिएल हजारों किलोमीटर दूर सो रहा था, लेकिन वह उसकी सांस "सुन" सकती थी - स्थिर और जीवित। वह उसके भविष्य में, उसके अचेतन सपनों में तैरती थी। उसने उसकी छिपी हुई चिंताओं, उन पीड़ाओं को देखा, जो उनके प्यार ने लाई थीं - आदेश और उसके बीच उसकी हिचकिचाहट। उसने महसूस किया कि वह उसकी "कहानियों", तस्वीरों और कल्पनाओं से कितना उत्साहित था, जिसे उसने एक विलक्षणता, उसकी प्यारी विशेषता के रूप में लिया था। उसने युद्धों और संघर्षों, वित्तीय बाजारों और गुप्त साजिशों, आग और खतरों के सपने देखे, जो उसका पीछा कर रहे थे। हर रात वह उसकी अचेतन दुनिया में एक दूत थी, और उसे इन सपनों की याद नहीं थी। वह उन्हें सुबह उसे बताती थी, जैसे कि वे उसकी अपनी कल्पनाएं हों, जो उसके अंतर्ज्ञान से प्रेरित थीं, बिना यह समझे कि वह ऐसा क्यों कर रही थी। जब उसका जीवन खतरे में था, या उसके परिवार का जीवन, तो उसने दुख को रोकने के लिए अपनी सारी शक्ति लगा दी। न केवल प्यार से - क्योंकि वह जानती थी कि वह उसके दर्द और पीड़ा को सहन नहीं कर पाएगी। जब एक बीमारी ने उसके जीवन को लेने की धमकी दी, तो उसने अपने जीवन का एक हिस्सा अपने जीवन को बचाने के लिए समर्पित कर दिया। यह कार्रवाई में क्वांटम उलझाव था - जीवन ऊर्जा का एक सीधा, दर्दनाक आदान-प्रदान, जिसने उसे सूखा दिया, लेकिन उसे जीवित रखा।

"नथानिएल," - मेलिना ने जवाब दिया, उसकी आवाज सदियों पुराने दर्द और अंतर्दृष्टि से भरी हुई थी, जो सभी खोई हुई दुनिया की गूंज ले जा रही थी। - "मैं वह सब जानती थी, जो तुम सोचते और महसूस करते हो। तुमने मुझे अपनी चेतना में प्रवेश करने दिया, तुम्हारे सपने देखने दिए, तुम्हारे हर विचार को पकड़ने दिया। मैंने आदेश को देखा, तुम्हारे अनुष्ठानों को, मैंने इस शक्ति के साथ दुनिया को जीतने की तुम्हारी महत्वाकांक्षाओं को देखा। और यही कारण है कि मैंने इसे तुम्हें नहीं सौंपा।"

वह जम गया। उसके शब्द एक साफ दिन में एक गड़गड़ाहट की तरह लग रहे थे, जो उनके बंधन की गहराई को इस तरह से प्रकट कर रहे थे, जिसे उसने कभी स्वीकार नहीं किया था। उसने जाना? पूरे समय? अविश्वास आतंक से लड़ रहा था।

---✶꩜✶---

"मैंने इस ज्ञान का उपयोग सृजन, उपचार, मानवता को ऊपर उठाने के लिए करने का एक तरीका खोजा। लेकिन दुनिया... दुनिया तैयार नहीं थी," - उसकी आवाज टूट गई, एक गर्म सूरज के नीचे सूखी जमीन की तरह फट गई। - "अगर मैंने इसे पहले प्रकट किया होता... हाँ, शायद मानवता बच गई होती। लेकिन किन शर्तों पर? इस शक्ति की कल्पना करो जो अभिजात वर्ग के हाथों में है, उन लोगों के हाथों में है जो नियंत्रण के लिए तरसते हैं, तुम्हारे आदेश के हाथों में, जिसे मैंने तुम्हारे सपनों में देखा था! वे हर क्षमता को दबा देंगे, हर स्वतंत्र विचार को गला घोंट देंगे, मानवता को अपनी इच्छा की आज्ञाकारी कठपुतलियों में बदल देंगे। क्या तुम ऐसी दुनिया चाहते, नथानिएल? एक दुनिया, जिसमें हम शारीरिक रूप से मौजूद हैं, लेकिन हमारी आत्माएं जंजीरों में जकड़ी हुई हैं? मैं - नहीं।"

उसने उनके चारों ओर तबाह हुई जमीन की ओर इशारा किया, जो जैसे मृत चुप्पी में सांस ले रही थी, वह खुद अपनी तबाही के हर सेकंड को फिर से अनुभव कर रही थी। - "इसलिए मैंने इस दुनिया को मरने दिया। इसीलिए मैंने रहस्य को जारी नहीं किया और तत्वों को इसे शुद्ध करने दिया, एक नई, बेहतर दुनिया के लिए जगह खाली करने के लिए। एक दुनिया, जिसमें इस शक्ति का उपयोग बुद्धिमानी से, प्यार के साथ, सामान्य भलाई के लिए किया जाएगा। मेरा लक्ष्य हमेशा स्वतंत्रता रहा है - सच्ची स्वतंत्रता, जो हमारी अपनी दिव्य शक्ति की समझ से आती है।"

उसने उसकी ओर अपना हाथ बढ़ाया, उसकी नज़र समझ, क्षमा, मुक्ति के लिए विनती कर रही थी। - "मैं अब तुम्हें इसे प्रकट करती हूँ, नथानिएल, क्योंकि मेरा मानना है कि तुम अलग हो। कि एक साथ हम इस ज्ञान का बुद्धिमानी से उपयोग कर सकते हैं, प्यार और सृजन पर आधारित एक नई दुनिया बनाने के लिए, न कि नियंत्रण और शक्ति पर। चुनाव तुम्हारा है। क्या तुम मुझ पर विश्वास करोगे? क्या तुम मेरे साथ यह जिम्मेदारी लोगे? क्योंकि यह सिर्फ एक रहस्य नहीं है। यह चेतना के भविष्य की कुंजी है। सच्चे पुनरुत्थान की कुंजी।"

वह जम गया, विचार धीरे-धीरे उसके दिमाग में व्यवस्थित हो रहे थे, और उसके सपनों की तस्वीरें, जिनका वह वर्णन कर रही थी, एक भयानक स्पष्टता के साथ उसकी आँखों के सामने जीवित हो रही थीं।

"नथानिएल!" - मेलिना ने विनती से फुसफुसाया, उसकी ओर अपना हाथ बढ़ाया। लेकिन वह तेजी से पीछे हट गया, उसका चेहरा दर्द और क्रोध से विकृत हो गया, जैसे आतंक का एक मुखौटा। "तुम... तुम जानती थी!" - वह चिल्लाया, उसकी आवाज टूट गई, एक टूटे हुए कांच की तरह। - "तुम इसे रोक सकती थी! तुम दुनिया को बचा सकती थी, और तुम खड़ी रही और उसे जलते हुए देखा! यह कैसे संभव है?!"

---✶꩜✶---

मेलिना चुप हो गई। उनके चारों ओर हवा भारी हो गई। उसने धीरे-धीरे सांस ली, जैसे कि वह लंबे समय से भूली हुई धुन के टुकड़ों को इकट्ठा कर रही हो।

---✶꩜✶---

"तुम नहीं समझते, नथानिएल..."

"मैं नहीं समझता?!" - उसने उसे बाधित किया, उसका गुस्सा हर बोले गए शब्द के साथ बढ़ रहा था, उसकी नसों में पिघले हुए लावा की तरह धड़क रहा था। - "तुम आदेश के बारे में जानती थी, हमारी महत्वाकांक्षाओं के बारे में! तुम मेरे सभी

विचार, मेरे सभी संदेह जानती थी! अगर तुमने मुझे बताया होता! अगर तुमने मुझे यह शक्ति सौंपी होती! मैं... मैं उसे प्रभावित कर सकता था! उस बेईमान खलनायक को! इससे पहले कि बहुत देर हो जाती! मैं शैतान के बहुत करीब था, मेलिना! मैं संदेह बो सकता था, उसकी नफरत को हिला सकता था! तुमने ऐसा क्यों नहीं किया?!"

मेलिना की आवाज मुश्किल से पता लगने योग्य थी, लगभग एक फुसफुसाहट, जो उसके अपने आरोपों की गूंज में खो गई थी: "मैंने कोशिश की..."

"मैं तैयार नहीं था?!" - वह चिल्लाया, उसकी मुट्ठी सफेद-गठी हुई थी, जैसे पत्थर, जो उनके बीच की दीवार को नहीं तोड़ सकते थे। - "और क्या दुनिया जलने के लिए तैयार थी?! तुमने सभी के लिए फैसला किया! तुमने हमसे लड़ने का अधिकार छीन लिया! क्या यह अपराध नहीं है?!"

"मैंने मानवता की चेतना को प्रभावित करने की कोशिश की," - मेलिना की आवाज कांप रही थी, लेकिन इसमें निराशा, जो एक गहरे, अनकहे प्यार के साथ मिली हुई थी, महसूस की जा सकती थी। - "मैंने समझ, सहानुभूति के बीज बोए। लेकिन बुराई... यह पहले से ही गहराई से अंकुरित हो गई थी, जनता और अभिजात वर्ग दोनों में। यह एक संक्रमण की तरह था, जो बेकाबू रूप से फैल रहा था। मैं सफल होने के कगार पर थी, लेकिन नफरत और डर हावी हो गए। मैं अपरिहार्य को रोकने में शक्तिहीन थी। तुम नहीं जानते कि मैंने क्या देखा।"

"शक्तिहीन?!" - नथानिएल ने विस्फोट किया, उसके प्रति गुस्से भरे कदमों के साथ आगे बढ़ते हुए, जैसे कि वह उसे पकड़ना चाहता हो, उससे सच्चाई को हिलाना चाहता हो। - "तुम, जो दावा करती हो कि तुम अपने विचार से वास्तविकता को बदलने की शक्ति रखती हो, शक्तिहीन थी?! तुम झूठ बोलती हो! तुम बस इस अपराध के बोझ को नहीं उठाना चाहती थी कि मैं इसे दुनिया को जीतने के लिए आदेश के साथ साझा करने वाला था! तुमने अरबों लोगों के जीवन पर इस नई, खाली दुनिया को चुना! मैं विश्वास नहीं कर सकता!"

उसकी आँखों में विश्वासघात, दर्द और एक अथक क्रोध था। उसने एक कांपता हुआ हाथ बढ़ाया और एक आरोपी के रूप में उसकी ओर इशारा किया, उसकी उंगली एक चाकू की तरह इशारा कर रही थी, जो उसके दिल में घुस गया था। - "यह सब... यह 'वादा की गई भूमि', जैसा कि तुम इसे कहती हो... यह तुम्हारा स्वार्थी स्वर्ग है! तुम स्वार्थी नहीं थी, तुम बस मुझसे प्यार करती थी, लेकिन तुम इस अपराध के बोझ को नहीं उठाना चाहती थी कि मैंने तुमसे बिना शर्त प्यार नहीं किया और इसने दुनिया को नष्ट कर दिया!"

गुस्से और निराशा के आँसू उसके चेहरे पर बह गए, जो एसिड की तरह जल रहे थे। उसने मेलिना और खाली जमीन की ओर अपनी पीठ मोड़ ली, जिसे उसने बचाया था। - "मैं यह नई दुनिया नहीं चाहता, अगर कीमत इतनी ऊंची थी! मैं तुम्हारा प्यार नहीं चाहता, अगर वह दूसरों के दुख के प्रति अंधा है! तुम एक राक्षस हो, मेलिना! एक राक्षस, जो प्रकाश में लिपटा हुआ है! मैं तुम्हें नहीं जानता!"

वह उससे दूर चला गया, पथरीले बंजर मैदान से भारी कदमों के साथ चला गया, उसे एक मृत युग के पीले सूरज के नीचे अकेला छोड़ दिया, निष्क्रियता और स्वार्थ का आरोप लगाया, जबकि उसके उग्र विरोध की गूंज चुप्पी में खो गई, खाली जगह से निगल ली गई।

मेलिना अचल रही, उसके गले में दर्द का एक गांठ था, जो उसके कंधों पर ले जाने वाली सभी सदियों से अधिक भारी था। नथानिएल के शब्द उसे बर्फीले कांटों

की तरह भेद रहे थे, लेकिन उसने तुरंत जवाब नहीं दिया। उसने उसकी पीठ को घूर दिया, उसकी झुकी हुई आकृति, जो बंजर मैदान में खो गई थी, और वह जानती थी कि उसका गुस्सा एक गहरे, मवाद वाले घाव की केवल सतह थी।

---✶꣸✶---

फ्लैशबैक 📜 क्या तुम्हें वह रात याद है? मेंटन के पास समुद्र तट पर। चाँद तुम्हारी आँखों में परिलक्षित हो रहा था। तुम्हारे होंठ... हमारा विलय। हमारा नृत्य। कल्पना में। वास्तविकता में। हम उस सहजता से अब कितने दूर हैं...

---✶꣸✶---

"नथानिएल..." - उसने एक आवाज के साथ शुरू किया, एक मुश्किल से पता लगने वाली फुसफुसाहट, जो अनगिनत अफसोसों की गूंज ले जा रही थी। - "तुम केवल अंत देखते हो, त्रासदी देखते हो। तुमने उस सड़न को नहीं देखा जो अंदर से मानवता को पकड़ लिया था। यह कैंसर की तरह था, जो स्वस्थ कोशिकाओं को खा रहा था, अस्तित्व के हर क्षेत्र में मेटास्टेसाइज हो रहा था। शक्ति, लालच, नफरत... उन्होंने हर छिद्र, हर विचार, हर कार्रवाई को सोख लिया था। और मैंने इसे महसूस किया।"

उसने उसकी ओर कुछ धीमी कदम उठाए, एक सुरक्षित दूरी पर रुक गई, जैसे कि वह उसे छूने और उसके दर्द को और भड़काने से डर रही थी। - "मैंने कोशिश की, नथानिएल। मेरा विश्वास करो। सदियों तक मैंने मानवता को एक अलग रास्ते पर निर्देशित करने की कोशिश की, दया और समझ के बीज बोने की कोशिश की। लेकिन स्वार्थ एक अभेद्य कवच बन गया था, और उनके कान - सच्चाई के लिए बहरे। भ्रष्टाचार ने मूल तक पहुँच गया था, यहाँ तक कि सबसे शुद्ध स्रोतों को भी जहर दे रहा था। यह एक दीवार की तरह था।"

उसकी आवाज तेज हो गई, दर्दनाक विश्वास से भरी हुई थी, स्टील के ब्लेड की तरह, जो चुप्पी को काट रहे थे। "तुम एक व्यक्ति को रोकने के बारे में बात करते हो, एक राक्षस को प्रभावित करने के बारे में बात करते हो, जो व्यवस्था का सिर्फ एक हथियार था। लेकिन बुराई केवल उसमें नहीं थी, नथानिएल। वह केवल एक गहरे बीमार सिस्टम का एक लक्षण था। भले ही मैंने उसे रोक दिया होता, कोई और उसकी जगह ले लेता, क्योंकि मिट्टी हिंसा और विनाश के लिए उर्वरित थी।"

वह रुकी, अपने शब्दों को हवा में लटकाने की अनुमति दी, जो अनकहे फैसलों की तरह भारी थे। "एक जीव की कल्पना करो, जिसकी कोशिकाएं उत्परिवर्तित हो गई हैं, आक्रामक हो गई हैं, खुद को नष्ट कर रही हैं। क्या तुम उस जीव को केवल एक ट्यूमर कोशिका को हटाकर ठीक कर सकते हो? नहीं, नथानिएल। बीमारी हर जगह घुस गई है। स्वास्थ्य को बहाल करने का एकमात्र तरीका पूर्ण परिवर्तन के माध्यम से है, हर एक कोशिका के पुनर्जनन के माध्यम से।"

उसने उनके चारों ओर तबाह हुई जमीन की ओर इशारा किया, जो जैसे एक बुरे सपने से फट गई थी। "ग्रह के साथ भी यही हुआ। मानवता एक परजीवी बन गई थी, जो अपने मेजबान को नष्ट कर रही थी। कोई भी बाहरी शक्ति, कोई भी चमत्कार, उसे इस गहरी सड़न की स्थिति में नहीं बचा सकता था। सच्चे उपचार का एकमात्र तरीका पूर्ण शुद्धिकरण था, नई नींव का निर्माण, जिस पर एक नया, स्वस्थ जीवन अंकुरित हो सके।"

वह एक और कदम करीब आई, उसकी आवाज नरम हो गई, आशा से भरी हुई थी, अंधेरे में प्रकाश की तरह। "और इस प्रक्रिया में, नथानिएल, हर एक

इंसान की भूमिका महत्वपूर्ण है। कोई भी सच्चा बदलाव नहीं हो सकता, अगर केवल एक या दो बोझ उठाते हैं। हर कोई, जो आंतरिक परिवर्तन की इस आवश्यकता को महसूस नहीं करता है, हर कोई, जो अपने पुराने अहंकार से चिपक जाता है और ठीक होने से इनकार करता है, खुद को बर्बाद करता है। कोई भी, यहाँ तक कि मैं भी, उस व्यक्तिगत पसंद को प्रभावित नहीं कर सकता, उसके अपने प्रतिरोध से लड़ नहीं सकता। हर विचार, हर कार्रवाई, प्यार और दया की हर अभिव्यक्ति एक बीज की तरह है, जो इस नई दुनिया में बढ़ सकता है। हम यहाँ माली बनने के लिए हैं, लेकिन बगीचा तभी खिलेगा जब हम में से हर एक अपने हिस्से की देखभाल करेगा।"

वह ठीक उसके पीछे रुक गई, उसे छुए बिना, लेकिन उसके शरीर में तनाव को महसूस करते हुए, जो दिल की तरह धड़क रहा था। "मैंने इस रास्ते को हल्के में नहीं चुना, नथानिएल। अरबों लोगों के नुकसान का दर्द मेरे कंधों पर भी भारी है। लेकिन मैं जानती थी कि यह सच्चे उपचार का एकमात्र तरीका है, एक ऐसी दुनिया बनाने का, जिसमें बुराई की कोई मिट्टी नहीं होगी। एक दुनिया, जिसमें प्यार और चेतना प्रमुख शक्तियाँ होंगी।"

एक लंबी चुप्पी थी, जिसे केवल हवा की शांत फुसफुसाहट से बाधित किया गया था, जो जैसे अतीत का शोक मना रही थी। नथानिएल अचल खड़ा था, जैसे कि वह परस्पर विरोधी भावनाओं के एक तूफान से लड़ रहा हो, जो उसे अंदर से फाड़ रहा था। धीरे-धीरे, बहुत धीरे-धीरे, उसने अपनी मुट्ठी ढीली कर दी, जैसे कि वह लड़ाई छोड़ रहा हो। कुछ और agonizing क्षणों के बाद वह मुड़ गया। उसकी आँखें अभी भी नम थीं, लेकिन उनमें क्रोध एक agonizing समझ, एक नई, दर्दनाक रोशनी के लिए रास्ता देना शुरू कर रहा था।

"शायद... शायद तुम सही हो," - उसने एक कर्कश आवाज में कहा, लगभग एक फुसफुसाहट। - "शायद सड़न वास्तव में बहुत गहरी थी। शायद... शायद कोई और रास्ता नहीं था।"

उसने एक गहरी सांस ली, जैसे कि वह एक नया जीवन सांस ले रहा हो, और उसने तबाह हुई जमीन को देखा, और फिर से मेलिना की ओर मुड़ा। उसकी आँखों में अब नफरत नहीं जल रही थी, बल्कि आशा की एक agonizing चिंगारी थी, नाजुक, लेकिन सच्ची थी। "तो... अब हमें क्या करना चाहिए? इस नए बगीचे को कैसे उगाना है? कैसे सुनिश्चित करना है कि सड़न वापस नहीं आएगी?"

मेलिना दुखद रूप से मुस्कुराई, लेकिन राहत के साथ, जैसे कि सबसे बड़ा बोझ उसके कंधों से गिर गया हो। "एक साथ, नथानिएल। एक साथ हम इन मालियों बनना सीखेंगे। हम अतीत से सीखेंगे, लेकिन हम उसके गुलाम नहीं होंगे। हम अपने हर विचार और कार्रवाई में प्यार और चेतना के बीज बोएंगे। और हम विश्वास करेंगे कि इस राख से भी एक बेहतर दुनिया पैदा हो सकती है। एक दुनिया, जिसमें हर कोई इस महान पुनरुत्थान में अपनी भूमिका को समझेगा।"

------------------ ------------------

अध्याय 24: दूसरे आयामों के लिए एक पोर्टल

नथानिएल... मैं जम गया हूँ। मेलिना के शब्द मेरी खोपड़ी में एक अशुभ घंटी की तरह गूंज रहे हैं, न केवल चुप्पी को, बल्कि उस सब की संरचना को फाड़ रहे हैं जिसे मैंने वास्तविकता माना था। मेरे शरीर की हर कोशिका असंगति में कंपन करती है - एक ही समय में उसकी खोज की भव्यता से चकित और उसकी क्षमता के

आतंक से जम जाती है। मेरा गला सूख गया है, जैसे कि मैंने रेगिस्तान की रेत निगल ली हो, और मेरा पेट दर्द से सिकुड़ जाता है। मेरा दिमाग सदियों पुराने निषेधों से लड़ता है, उन हठधर्मिता से, जो मुझे वर्षों, दशकों तक दी गई थीं। मेरे गुप्त आदेश की महत्वाकांक्षा, वह लक्ष्य जिसके लिए समर्पित लोगों की पीढ़ियों ने प्रयास किया, अब न केवल प्राप्य है, बल्कि उस महिला के पास पहले से ही है, जो मेरे सामने खड़ी है। एक महिला, जिसने मुझे इतना करीब, इतना अंतरंग होने दिया, लेकिन इस सर्वोच्च रहस्य को अपने अंदर गहराई से रखा था, एक सबसे कीमती पत्थर की तरह। कड़वाहट मेरा दम घोंट देती है। उसने ऐसी चीज को छिपाने का साहस कैसे किया?

"मैंने सिर्फ इसे समझा नहीं है, नथानिएल," - मेलिना की आवाज नरम, लेकिन दृढ़ है, जैसे कि वह सबसे मजबूत स्टील से डाली गई हो। - "मैंने इस पर महारत हासिल करना सीख लिया है। इसकी भाषा को, इसके रंगों को समझना। यह इंसान के लिए दुर्गम एक दिव्य शक्ति नहीं है। यह ब्रह्मांड का एक मौलिक नियम है, जो केवल भूल गया था, भय और गलत व्याख्याओं से विकृत हो गया था।"

वह मेरी ओर एक कदम चलती है। मैं सहज रूप से पीछे हट जाता हूँ, जैसे कि एक भूत से। उससे नहीं - उस शक्ति से, जिसका वह अवतार है। मैं एक बच्चे की तरह महसूस करता हूँ, जो एक अज्ञात राक्षस का सामना कर रहा है, जिसके आकार और शक्ति मुझे कुचलने की धमकी देते हैं।

"मुझे डर है, मेलिना," - मैं मुश्किल से कहता हूँ, लगभग एक फुसफुसाहट। मेरी आवाज विदेशी है, मेरे सीने से निकली हुई है, आशा की आखिरी सांस की तरह। - "मुझे इस शक्ति से डर लगता है। मुझे डर है कि यह हमारे साथ क्या कर सकती है... तुम्हारे साथ। तुमने कहा कि अभिजात वर्ग इसका उपयोग नियंत्रण के लिए करेगा। और हम कैसे सुनिश्चित हो सकते हैं कि हम अलग होंगे? यह शक्ति... यह किसी को भी भ्रष्ट कर सकती है। मैं कैसे डरूं नहीं? मैंने इतना कुछ देखा है कि मैं मानव भलाई में विश्वास नहीं कर सकता, जब शक्ति प्रकट होती है।"

---✶⸙✶---

फ्लैशबैक

सालों पहले, हमारे महान मास्टर - एक ऋषि, जिनके शब्द भविष्यवाणियों की तरह गूंजते थे - ने हमें अपने महल के नीचे गुप्त हॉल में इकट्ठा किया। "शक्ति आग की तरह है," उन्होंने कहा था, जबकि मोमबत्तियों की लपटें उनकी आँखों में नाच रही थीं और पत्थर की दीवारों पर अशुभ छायाएं डाल रही थीं। "यह गर्म कर सकती है और जीवन दे सकती है, लेकिन यह जला भी सकती है और नष्ट भी कर सकती है। इससे सावधान रहें, अगर आप इसे शुद्ध दिल से ले जाने के लिए तैयार नहीं हैं। एक गलत नज़र, एक स्वार्थी विचार - और आग आपको भस्म कर देगी, आपको राख में बदल देगी।" ये शब्द मेरे दिमाग में गहराई से, लोहे की तरह, उकेरे गए थे। अब, सालों बाद, मैं सबसे बड़ी आग के सामने खड़ा हूँ, जिसे मैंने कभी देखा है, और मैं महसूस करता हूँ कि यह मुझे जला रही है।

---✶⸙✶---

"शक्ति भ्रष्ट करती है, जब इसे खुद के लिए खोजा जाता है," - मेलिना जवाब देती है, उसकी आँखों में एक गहरा विश्वास पढ़ा जा सकता है, एक लौ की तरह, जिसे

सबसे मजबूत तूफान से भी बुझाया नहीं जा सकता। - "मैं इसे शक्ति के लिए नहीं खोजती। मैं इसे सृजन के लिए खोजती हूँ। जो मानवता ने तोड़ा है, उसे ठीक करने के लिए। इस पीड़ित ग्रह के घावों को ठीक करने और दुनिया को एक नया मौका देने के लिए। और नहीं, नथानिएल, तुम उनके जैसे नहीं हो। मैंने तुम्हारे अंदर सत्य की तलाश, नुकसान का दर्द, कुछ उच्चतर के लिए लालसा देखी, जो उनमें नहीं था। तुम हठधर्मिता से जंजीर में जकड़े हुए थे, लेकिन तुम्हारा दिल स्वतंत्र है।"

उसने फिर से अपना हाथ बढ़ाया, इस बार अधिक लगातार, लगभग विनती करते हुए, जैसे कि वह जानती थी कि यह उसका आखिरी मौका है। मुझे एक आकर्षक शक्ति महसूस होती है, जो मेरे आंतरिक बाधाओं से लड़ती है, जो मेरे दुनिया की नींव को हिलाती है। - "अगर हम अपनी खुद की क्षमता से डरते हैं, तो हम कैसे विकसित हो सकते हैं? हम उन भयावहताओं को दोहराने से कैसे बच सकते हैं, जो हमें यहाँ तक ले आए? यह शक्ति एक अभिशाप नहीं है, नथानिएल। यह एक उपकरण है। और किसी भी उपकरण की तरह, इसका उपयोग अच्छे और बुरे दोनों के लिए किया जा सकता है। सवाल यह है कि इसे कौन पकड़े हुए है और किस इरादे से। क्या तुम नहीं देखते?"

मैं हिचकिचाता हूँ। मेरे दिमाग में सदियों पुराने विश्वास और नवजात समझ लड़ रहे हैं, जैसे एक युद्ध के मैदान पर दो सेनाएं, जिसका परिणाम अनिश्चित है। मैं हमारे चारों ओर तबाह हुई जमीन को देखता हूँ - मानवता की विनाशकारी शक्ति का एक जीवित प्रमाण, हर पत्थर इसके लिए चिल्ला रहा है। और साथ ही मैं मेलिना के अटूट विश्वास को महसूस करता हूँ, पुनरुत्थान के लिए इस अविश्वसनीय शक्ति का उपयोग करने का उसका शुद्ध दृढ़ संकल्प। हिचकिचाहट मुझे दो में फाड़ देती है, मेरा हर हिस्सा एक अलग रास्ते पर जाना चाहता है।

"तुमने मुझे पहले क्यों नहीं बताया?" - मैं दर्द भरी आवाज में पूछता हूँ, लगभग रोता हुआ। मुझे धोखा दिया, मूर्ख बनाया, एक बच्चे की तरह महसूस होता है, जिससे सबसे कीमती खिलौना छीन लिया गया हो। - "तुमने इतने लंबे समय तक इस रहस्य को क्यों रखा? शायद... शायद अगर दुनिया जानती... हमें एक मौका मिलता!"

"अगर दुनिया पहले जानती," - मेलिना मुझे बाधित करती है, उसकी आँखों में एक दुख के साथ, जो उसकी आत्मा को काटता है, किसी भी चाकू से अधिक गहरा। - "तुम इसे चुराने की कोशिश करते, इसे नियंत्रित करने की कोशिश करते, इसे अपने स्वार्थी उद्देश्यों के लिए इस्तेमाल करने की कोशिश करते। तुम और तुम्हारा समुदाय इसे जिम्मेदारी के साथ स्वीकार करने के लिए तैयार नहीं थे, बिना इसे एक हथियार में बदले। मैं इंतजार कर रही थी। मैं किसी ऐसे व्यक्ति को खोजने के लिए इंतजार कर रही थी, जो इसकी सच्ची क्षमता को समझने के लिए तैयार हो। कोई ऐसा, जिसका दिल प्यार और दया के लिए खुला हो, न कि शक्ति और नियंत्रण के लिए। मुझे विश्वास था कि वह तुम हो। मेरी आशा तुम थी।"

---✶६✶---

अचानक मेरे अंदर कुछ टूट गया। उसके शब्द मेरी धैर्य की प्याली को भर रहे थे। "नहीं!" - नथानिएल चिल्लाया, तेजी से पीछे हट गया। - "तुम मुझे नहीं समझती, मेलिना! तुम इस भ्रम में बहुत लंबे समय तक रही हो। क्या होगा अगर तुम गलत हो?

क्या होगा अगर तुम्हारा सारा 'ज्ञान' सिर्फ एक राक्षसी गलती है? मैं तुम पर कैसे विश्वास करूँ, जब मेरी पूरी दुनिया तुम्हारे 'अच्छे' इरादों के कारण टूट रही है?! शायद मुझे बस मुड़ना चाहिए और तुम्हें यहाँ छोड़ देना चाहिए। तुम्हें तुम्हारी 'सच्चाई' के साथ अकेला छोड़ देना चाहिए, जैसे तुमने अरबों आत्माओं को छोड़ दिया। मुझे क्या रोक रहा है?!"

मेलिना चुप हो गई। उनके चारों ओर हवा भारी हो गई। उसने धीरे-धीरे सांस ली, जैसे कि वह लंबे समय से भूली हुई धुन के टुकड़ों को इकट्ठा कर रही हो। नथानिएल जम गया। एक सहज शक्ति ने उसे रोक दिया। गुस्सा नहीं। डर नहीं। कुछ बहुत गहरा। इस पसंद की कीमत... मूर्त थी, सीसे से अधिक भारी। अगर वह वास्तव में चला गया, तो वह शायद कभी नहीं समझ पाएगा। शायद कभी कोई मुक्ति नहीं होगी। और उसने इसे अपनी हड्डियों के मूल तक महसूस किया। उसकी नियति, सब कुछ की नियति, रुकने पर निर्भर थी।

---✶ʢ✶---

वह मेरी ओर एक और कदम चलती है, मेरे सीने को धीरे से छूती है, ठीक मेरे दिल के ऊपर। उसका स्पर्श मेरे दिल के माध्यम से एक बिजली का झटका था। कोई तूफान नहीं। बल्कि एक अनुनाद। मुझे गर्मी महसूस होती है, जो मेरे शरीर में फैलती है, जैसे कि उससे एक जीवित ऊर्जा निकल रही हो, जो शुद्ध और नवीनीकृत कर रही हो।

"अब तुम जानते हो, नथानिएल। तुम उस शक्ति के बारे में सच्चाई जानते हो, जो सब कुछ बदल सकती है। और तुम जानते हो कि मैंने इसे क्यों रखा। सवाल यह है... तुम इस ज्ञान के साथ क्या करोगे? क्या तुम डर को तुम्हें लकवा मारने दोगे, या तुम ज्ञात की बेड़ियों से परे देखने का साहस करोगे और एक नई दुनिया की संभावना में विश्वास करोगे? चुनाव तुम्हारा है।"

मैं उसके चेहरे को देखता हूँ, जो ऐसी शक्ति और विश्वास बिखेर रहा है कि वे मुझे हड्डियों के मूल तक भेद देते हैं। मैं उसकी आँखों में खोई हुई दुनिया के लिए दर्द देखता हूँ, लेकिन भविष्य के लिए एक अटूट आशा भी देखता हूँ। लंबे समय में पहली बार मुझे सच्ची स्वतंत्रता महसूस होती है - हर उस चीज पर फिर से विचार करने की स्वतंत्रता, जिसमें मैंने विश्वास किया था, उन हठधर्मिता को अस्वीकार करने की, जिन्होंने मुझे जंजीर में जकड़ रखा था, और एक नए रास्ते पर चलने की, जो प्यार और समझ से प्रेरित है। यह एहसास एक घुटन भरे कोहरे के बाद ताजी हवा की सांस की तरह है, जिसने मेरे पूरे जीवन में मेरा पीछा किया है। मैं एक गहरी सांस लेता हूँ, चुनाव के बोझ को महसूस करता हूँ, लेकिन मुक्ति की सहजता को भी महसूस करता हूँ, जो मुझे भर देती है।

"मैं तुम पर विश्वास करता हूँ, मेलिना," - मैं बुदबुदाया, अपना हाथ बढ़ाया और उसका हाथ पकड़ लिया। हमारा स्पर्श अब हिचकिचाता नहीं है, बल्कि दृढ़ संकल्प से भरा हुआ है, एक नवजात चिंगारी की तरह। - "लेकिन इस बार... हम इसे एक साथ करेंगे। हम एक साथ इस शक्ति पर महारत हासिल करना सीखेंगे। और हम इस नई दुनिया का निर्माण करेंगे... एक साथ।"

एक पल के लिए एक चुप्पी हमें घेर लेती है, जो दी गई प्रतिज्ञा के वजन और भविष्य के वादे से भरी हुई है। तब मेलिना ने एक गहरी सांस ली, जैसे कि वह एक में सदियों का सारा ज्ञान इकट्ठा कर रही हो। सभी छूटे हुए अवसरों, मानवता की मूर्खता और डर की कड़वाहट ने उसे एक पल के लिए पकड़ लिया, लेकिन उसने जल्दी से इसे भगा दिया, धुएं की तरह, जो हवा से बिखर जाता है। अफसोस के लिए कोई समय नहीं है। भविष्य अभी तक लिखा नहीं गया है। और सभी छूटे हुए अवसरों के बावजूद, आशा की चिंगारी अभी भी सुलग रही है, जो भड़कने के लिए तैयार है।

वह फिर से मेरी ओर मुड़ती है, जिसकी आँखों में वह अब संदेह नहीं देखती है, बल्कि सत्य की एक उत्सुक खोज देखती है, और वह बताना शुरू कर देती है, हर शब्द को अनुभव करती है।

---*§*---

"नथानिएल," - वह अपनी आवाज में एक नए दृढ़ संकल्प के साथ जारी रखती है, जैसे कि वह एक अदृश्य स्रोत से प्रेरित थी। - "हमने प्राचीन ज्ञान के बारे में, एकल-परमाणु सोने की क्षमता के बारे में, क्वांटम प्रभावों के बारे में बात की। लेकिन कुछ और भी है, कुछ मौलिक, जो यह सब जोड़ता है। यह चेतना की ऊर्जा है, सामूहिक विचार की शक्ति और सबसे बढ़कर - बिना शर्त प्यार। प्राचीन लोग इस शक्ति को आज हमसे कहीं अधिक बेहतर समझते थे। पीनियल ग्रंथि में पीजोइलेक्ट्रिक क्रिस्टल ऊर्जा के सच्चे जैविक ट्रांसड्यूसर हैं।"

"रुको... तुमने क्या कहा? मस्तिष्क में क्रिस्टल?" - मैंने उसे बाधित किया, मेरी नज़र उसकी ओर घुस गई, पुष्टि की तलाश में। - "ब्रह्मांड के साथ संवाद करते हैं?! यह कैसे संभव है?"

"जैसे एक घड़ी में क्रिस्टल समय का ट्रैक रखता है - वैसे ही मस्तिष्क में यह आत्मा के समय को पकड़ता है," - मेलिना ने आकाश की ओर देखा, जैसे कि वह उसके परे देख रही हो। - "जब वे यांत्रिक तनाव या तापमान परिवर्तन के अधीन होते हैं, तो वे विद्युत चार्ज उत्पन्न करते हैं। यह घटना, जिसे पीजोइलेक्ट्रिक प्रभाव के रूप में जाना जाता है, पुनरुत्थान के लिए मौलिक महत्व का है। Weiss डोमेन में अणुओं की व्यवस्था, जिन्हें एक निश्चित तरीके से उन्मुख किया जा सकता है, क्रिस्टल को बाहरी प्रभावों के प्रति संवेदनशील रूप से प्रतिक्रिया करने की अनुमति देता है। जब ये क्रिस्टल यांत्रिक तनाव के अधीन होते हैं, उदाहरण के लिए, कंपन से, तो वे अपना ध्रुवीकरण बदलते हैं। यह जैव रासायनिक प्रतिक्रियाओं की एक श्रृंखला को प्रेरित करता है, जो विभिन्न न्यूरोट्रांसमीटर और हार्मोन की रिहाई का कारण बनती है। जब क्रिस्टल चार्ज होते हैं, तो वे जीव में अन्य कोशिकाओं को संकेत भेजते हैं, जो नवीनीकरण और मरम्मत की प्रक्रियाओं को उत्तेजित करते हैं।"

मेलिना रुक गई, उसकी नज़र कहीं दूर खो गई, जैसे कि वह दृश्यमान से परे देख रही हो। और मुझे याद है।

---*§*---

फ्लैशबैक: मुझे विश्वविद्यालय में प्रोफेसर हारून के व्याख्यान याद हैं, जहाँ हमने क्वांटम भौतिकी की मूल बातें सीखी थीं। एक बार उन्होंने हमें क्वार्ट्ज क्रिस्टल के साथ एक प्रयोग दिखाया। "देखो," उन्होंने कहा, जबकि उन्होंने क्रिस्टल से छोटे

इलेक्ट्रोड जोड़े, "जब हम दबाव लागू करते हैं, तो एक विद्युत चार्ज उत्पन्न होता है। यह कई तकनीकों की नींव है - घड़ियों से लेकर सेंसर तक।" तब यह मुझे सूखा विज्ञान लगता था। अब, जब मेलिना बोलती है, तो मैं देखता हूँ कि पहेली के टुकड़े कैसे एक साथ आने लगते हैं, जैसे कि यह ज्ञान हमेशा मुझ में था, बस जागृत होने की प्रतीक्षा कर रहा था।

"प्राचीन तरीकों के विपरीत, जो प्राकृतिक प्रकाश स्रोतों और विशाल संरचनाओं पर निर्भर थे, आज की तकनीकें, अगर सही दिशा में विकसित की जातीं, तो एक निश्चित विशेषताओं वाले लेजर प्रकाश का उपयोग करतीं। अण्डाकार ध्रुवीकृत लेजर प्रकाश और एक पेचदार चरण संरचना वाले प्रकाश पीनियल ग्रंथि में पीजोइलेक्ट्रिक प्रभाव को उत्तेजित करने में विशेष रूप से प्रभावी होते। ये प्रकार के लेजर प्रकाश क्रिस्टल में सटीक और नियंत्रित कंपन बनाते हैं, जो द्विध्रुवीय अणुओं के पुनर्गठन और तथाकथित लैमेला के गठन का कारण बनते हैं। ये व्यवस्थित पीजोइलेक्ट्रिक क्रिस्टल की पतली प्लेटें हैं। ये प्लेटें स्थिर नहीं हैं, बल्कि बाहरी उत्तेजनाओं के जवाब में लगातार कांपती हैं। लैमेला का विद्युत कंपन पीनियल ग्रंथि के चारों ओर एक अद्वितीय ऊर्जा क्षेत्र बनाता है, जिसे किरणों या प्रभामंडल के रूप में देखा जा सकता है।"

---✶ ✶---

उसने फिर से मेरी ओर देखा, उसकी आँखें एक आंतरिक प्रकाश से चमकती हैं, जो मेरे अपने कोहरे को भी रोशन करता है। "एक पूरी तरह से सक्रिय पीनियल ग्रंथि के साथ, लैमेला एक जटिल भग्न संरचना में व्यवस्थित होती है, जो एक पाइन शंकु की तरह होती है। यह व्यवस्था गोल्डन रेशियो और फाइबोनैचि अनुक्रम के सिद्धांत का पालन करती है, जो ऊर्जा रूपांतरण के लिए एक बेहद प्रभावी और सामंजस्यपूर्ण प्रणाली बनाती है। जब पीनियल ग्रंथि में पीजोइलेक्ट्रिक क्रिस्टल एक सटीक भग्न संरचना में व्यवस्थित होते हैं, तो वे एक शक्तिशाली ऊर्जा क्षेत्र बनाते हैं, जो भौतिक शरीर से परे फैलता है। यह असाधारण व्यवस्था हमारे सिर के ऊपर ऊर्जा के एक निरंतर घुमाव को बनाए रखती है, जो एक भंवर की तरह होती है।"

"रुको... तुमने क्या कहा? भंवर? इसका क्या मतलब है?" - मैंने उसे बाधित किया, जो मैंने सुना था उसे समझने की कोशिश कर रहा था। "अपने सिर के ऊपर एक भंवर की कल्पना करो। लेकिन प्रकाश का। विचार का," - मेलिना ने जवाब दिया। - "यह ऊर्जा भंवर न केवल उच्च आवृत्ति और आयाम की सुसंगत विद्युत चुम्बकीय तरंगों का उत्सर्जन करता है, बल्कि भौतिक और आध्यात्मिक दुनिया के बीच एक प्रकार का पुल भी बनाता है।"

"एक पुल?" - मैंने फुसफुसाया, मेरी आँखें आश्चर्य से चौड़ी हो गईं, जैसे कि मैंने पहले कभी न देखी कोई चीज देखी हो। मुझे एक ऐसे व्यक्ति की तरह महसूस होता है, जो पूरे जीवन एक गुफा में रहा है और अब पहली बार सूरज को देखता है। - "तुम किस बारे में बात कर रही हो?"

"केवल इस तरह के एक अत्यधिक सक्रिय पीनियल ग्रंथि के साथ हम असामान्य क्षमता प्राप्त कर सकते हैं, नथानिएल," - मेलिना जारी रखती है, जैसे कि शब्द उससे बिना किसी प्रयास के बह रहे हों। - "दूसरे लोगों को टेलीपैथिक रूप से प्रभावित करने के लिए, भविष्य की घटनाओं की भविष्यवाणी करने के लिए, यहाँ तक

कि समय के पाठ्यक्रम में हेरफेर करने के लिए। सार्वभौमिक ऊर्जा से जुड़े होने का एहसास, दिव्यता और सर्वज्ञता की भावना का अनुभव करने के लिए। पीनियल ग्रंथि में क्रिस्टल की भग्न समरूपता इन घटनाओं के लिए महत्वपूर्ण है। मानव चेतना, पिट्यूटरी, पीनियल और हाइपोथैलेमस ग्रंथियों से जुड़ी हुई है, जिसे अक्सर 'तीसरा नेत्र' कहा जाता है, में वास्तविकता के बहुत ताने-बाने के साथ बातचीत करने और यहां तक कि इसे मॉडल करने की क्षमता होती है। यह त्रय एक शक्तिशाली एंटीना के रूप में कार्य करता है, जो लगातार विद्युत चुम्बकीय संकेत भेजता और प्राप्त करता है, जो हमारे विचारों, भावनाओं और इरादों का प्रतिबिंब हैं।"

"यह असंभव है!" - मैंने उसे बाधित किया। - "हम मस्तिष्क में क्रिस्टल के बारे में बात कर रहे हैं, जो... क्या? ब्रह्मांड के साथ संवाद करते हैं?!" "अपने विचारों को टेलीपैथी द्वारा प्रसारित करना..." - मेलिना ने मेरे विरोध को नजरअंदाज करते हुए, गहरी सांस ली, हजारों अनुभवों को याद करते हुए। मुझे लगता है कि उसकी यादें मेरी अपनी यादों के साथ intertwine होती हैं, जैसे कि उनमें से कुछ मेरा भी हिस्सा बन जाते हैं।

---✶ ✶---

फ्लैशबैक मुझे एक प्राचीन पांडुलिपि याद है, जिसे हमने एक मठ के तहखाने में छिपा हुआ पाया था। पीले पड़ गए पन्नों में से एक पर एक ड्राइंग थी - एक प्रभामंडल के साथ एक मानव आकृति और एक अजीब प्रतीक, जो भौंहों के बीच में एक पाइन शंकु की तरह था। ड्राइंग के नीचे लैटिन में एक फीका पाठ था: "पोर्टा एड ओमनिया" - सब कुछ के लिए द्वार। तब मैंने सोचा था कि यह सिर्फ एक अंधविश्वास था।

---✶ ✶---

अब... "हर भावना, सबसे सरल से सबसे जटिल तक, एक अद्वितीय विद्युत चुम्बकीय छाप उत्पन्न करती है। डर, क्रोध, प्यार, खुशी - सभी एक अलग आवृत्ति और तीव्रता के साथ कंपन करते हैं। पीनियल ग्रंथि द्वारा उत्सर्जित ये कंपन, आसपास के अंतरिक्ष में फैलते हैं, जो ब्रह्मांड के ऊर्जा क्षेत्र के साथ बातचीत करते हैं। इस तरह, हमारी भावनाएं न केवल हमारे व्यक्तिपरक अनुभव को रंगती हैं, बल्कि हमारी वस्तुनिष्ठ वास्तविकता के निर्माण में सक्रिय रूप से भाग लेती हैं।"

"नथानिएल," - मेलिना जारी रखती है, उसकी आवाज एक राग में बदल जाती है, जो एक प्राचीन ज्ञान ले जा रही है, जो जैसे हमेशा से वहाँ था। - "चेतना की शक्ति शब्दों के माध्यम से प्रकट नहीं होती है, जिस तरह से हम संवाद करते हैं। इसे शुद्ध, गैर-मौखिक ऊर्जा के रूप में कल्पना करो, जो पीनियल ग्रंथि द्वारा उत्सर्जित होती है, जब हमारी इच्छा केंद्रित होती है। प्राचीन लोग समझते थे कि भगवान, या बल्कि, सार्वभौमिक सचेत शक्ति, अपने रैखिक रूप में मानव भाषा को नहीं जानता है। इस शक्ति के साथ संचार छवियों के माध्यम से, प्राथमिक आर्कटाइप्स के माध्यम से, भावनात्मक अवस्थाओं के माध्यम से होता है, जिन्हें ऊर्जा पैकेट के रूप में कोडित किया जाता है।"

वह एक पल के लिए अपनी आँखें बंद कर लेती है, जैसे कि वह यादों में डूब रही हो। मैं भी पीछे जाता हूँ। हमारे गुरु के मार्गदर्शन में हमारे एक ध्यान में, हमें एक

ही छवि पर ध्यान केंद्रित करना था - एक खिला हुआ कमल। घंटों तक मैं इसे अपने दिमाग में रखने के लिए संघर्ष करता रहा, इसे केवल एक छवि के रूप में नहीं, बल्कि इसे महसूस करने के लिए। एक पल के लिए, एक सेकंड के एक अंश के लिए, मैंने अपने माथे के केंद्र में गर्मी महसूस की और कमल को केवल अपनी आँखों से नहीं, बल्कि अपने पूरे अस्तित्व से देखा। यह इतना छोटा, इतना क्षणिक था कि मैंने इसे सिर्फ कल्पना के रूप में खारिज कर दिया। और पुराने मास्टर कहते थे: "सच्ची शक्ति कभी नहीं चिल्लाती।"

लेकिन अब... "अपनी इच्छा को विशिष्ट विचारों और इरादों पर, वांछित की स्पष्ट, ज्वलंत छवियों पर केंद्रित करके, हम पीनियल ग्रंथि द्वारा उत्सर्जित इस ऊर्जा को बढ़ा और निर्देशित कर सकते हैं। यह केंद्रित ऊर्जा समय-स्थान सातत्य में 'मोड़' बना सकती है, जो एक झील में फेंके गए पत्थर की तरह है, जहाँ लहरें फैलती हैं और सतह को बदलती हैं। इसके परिणामस्वरूप, हम घटनाओं को प्रभावित कर सकते हैं, वांछित अनुभवों को आकर्षित कर सकते हैं और यहां तक कि समय के पाठ्यक्रम को भी बदल सकते हैं, लेकिन सीधे हेरफेर के माध्यम से नहीं, बल्कि हमारे आंतरिक छवियों को सार्वभौमिक ऊर्जा मॉडल के साथ सामंजस्य स्थापित करके।"

"तो... इसीलिए...?" - मैंने अपनी आँखें सिकोड़ीं, अचानक एक अंतर्दृष्टि से मारा गया, जो मुझे एक बिजली के झटके की तरह भेदता है। - "इसीलिए तुम मुझे ये परियों की कहानियाँ और कल्पनाएँ बताती थी? मेरा मनोरंजन करने के लिए नहीं, बल्कि मेरे अचेतन स्तर पर मुझ तक पहुँचने के लिए, तर्क और कारण को दरकिनार करते हुए... ताकि मैं तुम्हें वास्तव में महसूस कर सकूं?"

मैं धीरे-धीरे अपना सिर हिलाता हूँ, जैसे कि मैं एक लंबे समय से रखे गए रहस्य को उजागर कर रहा हूँ, जो आखिरकार प्रकाश देखता है। मुझ में गुस्सा बढ़ता है, जो भ्रम के साथ मिला हुआ है।

"मेलिना... तुम... तुम एक जादूगरनी हो या एक चुड़ैल? मुझे नहीं पता... मुझे बस पता नहीं है कि क्या सोचना है! असंभव! यह कैसे सच हो सकता है? मुझे पूरे जीवन सिखाया गया है... हर चीज में मैंने विश्वास किया है... वह एक झूठ है? मुझे बताओ कि यह एक झूठ है! कृपया, मुझे बताओ कि यह सिर्फ एक मजाक है!"

मेलिना की आवाज शांत थी, लगभग अदृश्य थी, एक रेगिस्तान में हवा की फुसफुसाहट की तरह: "नथानिएल..."

कृपया, मुझे बताओ कि यह सब एक थके हुए दिमाग का सिर्फ बकवास है, न कि एक राक्षसी, संभावित वास्तविकता। मेरी दुनिया टूट रही है। मेरी ओर देखो, मेलिना, और देखो कि तुम मेरे साथ क्या कर रही हो!

----------------- ❧ --------------------

अध्याय 25: शाश्वतता का क्रिस्टल रेज़ोनेटर

मैं अपने अस्तित्व के हर सेकंड, हर नाड़ी को अनुभव करता हूँ, जबकि हम इस बंजर मैदान से चलते हैं। उसकी आवाज - मेलिना - वह अभी भी मेरी खोपड़ी में गूंजती है, उस आश्चर्य को interwoven करती है, जिसने मेरे गले को पकड़ लिया है, उस दर्दनाक सच्चाई के साथ, जिसे उसने मुझ पर उगल दिया है। मैं यहाँ हूँ, मैं, नथानिएल, एक बचा हुआ। सिर्फ एक बचा हुआ नहीं, बल्कि एक चुना हुआ। लेकिन

यह विशेषाधिकार... यह मेरी आत्मा पर एक सीसे की प्लेट की तरह भारी है, जो मेरे सबसे अंधेरे भ्रम से गढ़ा गया है। सूरज, शापित सूरज, क्षितिज की ओर लुढ़क रहा है, चट्टानों को नारंगी और बैंगनी रंग में धो रहा है। यह आकाश में एक खून बह रहा घाव जैसा दिखता है, ठीक उसी तरह जो मेरे सीने में है। हर कदम एक यातना है, क्योंकि मेरा दिमाग एक परेशान मधुमक्खी के छत्ते की तरह है - हजारों मधुमक्खियां भिनभिना रही हैं, जो उसने मुझे बताई थी, उन चीजों के हिमस्खलन को संसाधित कर रही हैं। चीजें जो मुझे कुचल रही हैं।

"जादूगरनी? चुड़ैल? नथानिएल, तुम्हारी कल्पना हमेशा समृद्ध रही है," मेलिना हँसी। तेज आवाज में। बहुत हल्का, उस अराजकता के लिए बहुत गर्म, जो मुझे निगल रही है। उसने पत्थरों के एक और ढेर पर छलांग लगाई, और उसकी आँखों में एक चंचलता चमक गई। चं-चल-ता? उसने मेरे साथ जो कुछ भी किया, उसके बाद? "लेकिन एक अर्थ में, शायद तुम सही हो। हमारे पास 'जादू बनाने' की क्षमता है, क्योंकि मैंने अपनी खुद की चेतना की शक्ति का उपयोग करना सीख लिया है। परियों की कहानियाँ और कल्पनाएँ बस समझ के इन गहरे स्तरों के लिए दरवाजे खोलती हैं, जो तुम्हारे रैखिक दिमाग की सीमाओं को दरकिनार करते हैं। क्योंकि मैं हमेशा से जानती थी कि तुम्हारे स्वीकृति का मार्ग तर्क से नहीं, बल्कि भावना से, दिल से होकर गुजरता है।"

---✶༻✶---

हम चट्टानों में एक चौड़ी दरार तक पहुँचते हैं - एक अंधेरा, जो काई से निगल लिया गया है, जो एक मंद, अलौकिक नीली चमक बिखेरता है। एक गुफा। अंदर हवा ठंडी और नम है, जो प्राचीनता में सांस लेती है, जैसे कि उसने हजारों साल की मानवीय सांसों को निगल लिया हो। मुझे नमी और पुरानी गंध महसूस होती है, जो मेरे नथुनों में बस जाती है। "हम यहाँ उपकरण लाएंगे," मेलिना ने घोषणा की, प्रवेश द्वार को उस जानकार नज़र से देखते हुए, जिसने हमेशा मुझे परेशान किया था, और अब मुझे... क्या से भरता है? चिंता? परेशान प्रशंसा? "यह सुरक्षित है और पानी के प्रवाह के करीब है।"

मैंने सिर हिलाया, विचारशील था। मेरे हाथ यांत्रिक रूप से हिल रहे थे, लगभग बिना इसे महसूस किए, जबकि मैंने जगह तैयार की, पत्थरों को स्थानांतरित किया, धूल को साफ किया। लेकिन मेरी आंतरिक दुनिया - वह नहीं रुकी। वह उग्र थी। राक्षस? या उद्धारकर्ता? उसके प्रति मेरे आरोप, जो घंटों पहले कहे गए थे, मेरे कानों में इतने जोर से गूंज रहे थे, कि मैं लगभग हवा में उनके साकार होने की उम्मीद कर रहा था। मैं इतना अंधा कैसे हो सकता था? मैंने इस त्रासदी में अपनी खुद की भूमिका क्यों नहीं देखी? मेरी पसंद, मेरा "गैर-शर्त प्यार," जैसा कि मैंने इसे कहा, आदेश से मेरा संबंध - वह पूरे समय जानती थी। दोष एक बर्फीली उंगली की तरह मेरे दिल में रेंगने लगा, जो इस महिला के लिए एक भयानक श्रद्धा के साथ मिल गया, जो जैसे ब्रह्मांड के सभी रहस्यों की कुंजी रखती है। यादों की एक बाढ़ ने मुझे अभिभूत कर दिया।

---✶༻✶---

फ्लैशबैक ▮ सिर्फ छवियां नहीं, बल्कि भावनाएं। लड़ाई से जली हुई त्वचा की गंध, आतंक की ऐंठन, इससे पहले कि मैंने वह निर्णय लिया, जिसने दुनिया को धूल में तोड़ दिया। वह समय, जब मैंने उससे वादा किया था कि "मैं उसे कभी नहीं छोड़ूंगा," जबकि मैंने अपनी खुद की त्वचा को बचाने के लिए ट्रिगर खींचा था। अब

सब कुछ एक दर्दनाक, खूनी विडंबना जैसा लगता है। मुझे वह रात याद आई जब मैंने आखिरी बार एलोन से बात की थी, इससे पहले कि उन्होंने शंघाई की ओर वह रॉकेट लॉन्च किया। उन्होंने कहा: "भाई, सच्चाई पानी की तरह है - यह वहाँ बहती है जहाँ तुम इसकी सबसे कम उम्मीद करते हो। इसे मत रोको, इसे तुम्हें खींचने दो, भले ही यह तुम्हें डुबो दे।" तब मैं नहीं समझा। अब... अब मैं डूब रहा हूँ। विडंबना, है ना?

---✶ʕ✶---

जब मैं इन विचारों से लड़ रहा था, मेलिना ने जारी रखा, उसकी आवाज - मधुर, लेकिन एक अटूट निश्चितता के साथ। जैसे कि उसके शब्द पत्थर में उकेरे गए थे, मेरी आंतरिक पीड़ाओं से अप्रभावित थे। "लेकिन चलो अधिक विशिष्ट चीजों पर लौटते हैं। जो कुछ भी मैंने तुम्हें पीनियल ग्रंथि के बारे में, ऊर्जा और धारणा के साथ इसके संबंध के बारे में बताया, वह हमारे मस्तिष्क में दो अन्य महत्वपूर्ण ग्रंथियों - पिट्यूटरी और हाइपोथैलेमस के साथ निकटता से जुड़ा हुआ है। यह त्रय एक एकल जीव के रूप में कार्य करता है, जो शरीर में शारीरिक प्रक्रियाओं और बाहरी दुनिया के साथ हमारी बातचीत दोनों का समन्वय करता है। पिट्यूटरी हार्मोनल संतुलन को नियंत्रित करता है - रासायनिक संदेशवाहकों का यह जटिल ऑर्केस्ट्रा, जो विकास, चयापचय और प्रजनन को नियंत्रित करता है। हाइपोथैलेमस, अपनी ओर से, स्वायत्त तंत्रिका तंत्र को नियंत्रित करता है - हमारा आंतरिक ऑटोपायलट, जो दिल की धड़कन, सांस लेने और शरीर के तापमान जैसे अचेतन कार्यों को नियंत्रित करता है।"
"और पीनियल ग्रंथि..." मेलिना ने जारी रखा, शब्द पर एक हल्का जोर के साथ, जबकि हमने गुफा के प्रवेश द्वार से पत्थरों को साफ करने में एक दूसरे की मदद की, जैसे कि यह दुनिया में सबसे स्वाभाविक चीज थी, जबकि मैं अंदर से टूट रहा था "यह भौतिक और आध्यात्मिक आयाम के बीच एक पुल के रूप में कार्य करता है, एक एंटीना के रूप में, जो न केवल विद्युत चुम्बकीय तरंगों को, बल्कि इन सूक्ष्म ऊर्जा कंपनों को भी पकड़ता है, जिन्हें विज्ञान अभी समझना शुरू कर रहा है - शायद सूचना क्षेत्र की क्वांटम उतार-चढ़ाव भी। यह एक आंतरिक ट्रांसड्यूसर है, जो इन हवादार संकेतों को जैव रासायनिक संकेतों में, मेलाटोनिन और एन, एन-डाइमेथिलट्रिप्टामाइन (डीटीपी) जैसे हार्मोन में अनुवाद करता है, विशेष रूप से तनाव, जन्म, सपने देखने या मृत्यु के करीब होने की कुछ अवस्थाओं में। तो, जैसे डीटीपी चेतना की सीमांत अवस्थाओं में जारी होता है, वैसे ही पीनियल ग्रंथि हमारा पोर्टल बन जाता है - न केवल सपने देखने के लिए, बल्कि जागने के लिए भी।"

---✶ʕ✶---

फ्लैशबैक 📜 अचानक, जबकि मेलिना डीटीपी के बारे में समझा रही थी, मेरे दिमाग में एक छवि उभरी: मैं सालों पहले आदेश की प्रयोगशाला में हूँ। डॉ. एरियन, हमारे प्रमुख न्यूरोलॉजिस्ट, "उच्च-तीव्रता वाली अवस्थाओं" के "न्यूरोकेमिकल निशानों" के बारे में कुछ समझाने की कोशिश कर रहे थे। मुझे कीटाणुनाशक की धातु की गंध और सफेद लैब कोट स्पष्ट रूप से याद हैं। एरियन ने "आंतरिक साइकेडेलिक" के विचार को "गैर-वैज्ञानिक बकवास" के रूप में खारिज कर दिया था, जो "अप्रकाशित रहस्यमय सिद्धांतों" पर आधारित था। तब मैंने उस पर विश्वास किया। अंधाधुंध। अब मैंने मेलिना को सुना और मुझे पता था कि वह गलत था। हम गलत थे। हम सब।

---✶ʕ✶---

हम गुफा के प्रवेश द्वार पर चुपचाप एक दूसरे के बगल में बैठे थे, मैंने देखा कि सूरज की आखिरी किरणें आकाश को जलते हुए रंगों में रंगती हैं। मेलिना का हर शब्द मुझ में गूंजता था, दशकों के विश्वासों को नष्ट कर रहा था, जिन्हें मैंने अटूट सत्य माना था।

"यह एक अविकसित भावना है, नथानिएल," मेलिना ने एक लंबी चुप्पी के बाद कहा, उसकी आवाज ढलते हुए दिन की चुप्पी के साथ विलीन हो गई, लेकिन अब यह अलग लग रही थी - सिर्फ एक स्पष्टीकरण नहीं, बल्कि एक पुकार - जिसे विज्ञान, भौतिक पर अपने ध्यान के साथ, पूरी तरह से समझने में विफल रहा था। हालांकि, प्राचीन लोग इसे सहज रूप से समझते थे, इसे अंतर्ज्ञान, चेतना की उच्च अवस्थाओं, यहां तक कि शरीर के बाहर आत्मा की यात्राओं से भी जोड़ते थे। इसीलिए उन्होंने इसे "तीसरा नेत्र" कहा।" वह मेरी ओर मुड़ी, उसकी आँखें सूरज की आखिरी चमक को दर्शा रही थीं। मैंने उनमें न केवल प्रकाश देखा, बल्कि हजारों साल का ज्ञान भी देखा, जिसे देखने के लिए मैं बहुत अंधा था।

"इसे सिर्फ एक ग्रंथि के रूप में नहीं, बल्कि एक क्रिस्टल रेज़ोनेटर के रूप में कल्पना करो, जो सूक्ष्म कंपनों को पकड़ने और बढ़ाने में सक्षम है, जैसे एक रेडियो एंटीना, जो एक निश्चित आवृत्ति पर ट्यून किया गया है। ये आवृत्तियाँ वास्तविकता के विभिन्न स्तरों से संबंधित हो सकती हैं, जानकारी के साथ, जो शब्दों में नहीं, बल्कि ऊर्जा मॉडल में कोडित है। और जब तुम्हारी चेतना शुद्ध और केंद्रित होती है, जब यह इन आवृत्तियों के साथ सद्भाव में होती है, तो पीनियल ग्रंथि हमें उनके लिए 'ट्यून' कर सकती है, जिससे हमें अस्तित्व के आयामों को समझने की अनुमति मिलती है, जो आमतौर पर हमसे छिपे होते हैं।" थकान धीरे-धीरे मुझे पकड़ रही थी, जो मेरे अपने भ्रमों की गहरी श्रद्धा और agonizing बोध के साथ मिल रही थी। नए और अप्रत्याशित ज्ञान के इस हिमस्खलन के बाद, मेरा दिमाग चुप्पी के लिए तरस रहा था, हर शब्द का वजन करने की क्षमता के लिए। मैं सहज रूप से खुद को बंद करना चाहता था, जानकारी के इस प्रवाह के साथ संबंध तोड़ना चाहता था, जिसने जैसे मेरी पूरी दुनिया को उल्टा कर दिया। मैं भागना चाहता था, एक पत्थर के नीचे छिपना चाहता था, गायब हो जाना चाहता था।

"मैं विश्वास नहीं कर सकता..." मैंने फुसफुसाया, लगभग खुद से, मेरी आवाज आंतरिक तनाव से कर्कश थी। "जो कुछ भी मैंने जाना है... हर चीज में मैंने विश्वास किया है... वह एक झूठ था? या मैं वह था जो सच्चाई को नहीं देखना चाहता था? नहीं, वह सिर्फ नहीं चाहता था। मैंने सक्रिय रूप से इसे अस्वीकार कर दिया, क्योंकि यह मेरे लिए अधिक सुविधाजनक था। मैं दोषी हूँ।" मेलिना ने मेरी वापसी को महसूस किया, मेरी आंतरिक लड़ाई को महसूस किया। एक पल के लिए, सिर्फ एक पल के लिए, एक दर्द की छाया उसके चेहरे पर से गुजरी, लेकिन उसने जल्दी से इसे नियंत्रित किया। वह जानती थी कि अब अपनी थकान को देने का समय नहीं है। कहानी को पूरा किया जाना था, सभी टुकड़ों को अपनी जगह पर रखा जाना था, ताकि मैं पूरी तस्वीर देख सकूं। एक कोमल, लगभग अगोचर आंदोलन के साथ, उसने मुझे अपनी ओर खींचा। मैं, नथानिएल, मजबूत योद्धा, ने अनजाने में अपना सिर उसकी गोद में रख दिया, उस गर्मी और शांति पर भरोसा करते हुए, जिसे वह बिखेर रही थी। मैं इस गर्मी को जानता था। यह वैसी थी, जैसी मैंने महसूस की थी, जब मेरी माँ ने एक बुरे सपने के बाद मुझे गले लगाया था। तब मैंने खुद से वादा किया था कि मैं फिर कभी कमजोर नहीं बनूंगा। अब...

अब मैं पहले से कहीं अधिक कमजोर हूँ, लेकिन अधिक सच्चा हूँ। मैं उसके मार्गदर्शन के लिए खुद को छोड़ने के लिए तैयार था, इस अज्ञात, लेकिन अब इतनी परिचित शक्ति के सामने आत्मसमर्पण करने के लिए, जो हमेशा यहाँ थी, और मैंने इसे नहीं देखा था। उसकी उंगलियाँ धीरे से मेरे बालों में उलझ गईं, मेरे सिर को सुखदायक आंदोलनों के साथ सहला रही थीं। उसकी आवाज, हवा की फुसफुसाहट की तरह नरम और दबी हुई थी, फिर से बताना शुरू कर दिया। वही स्वर, वही बात करने वाली धुन, जैसे पहले, लेकिन इस बार मेरे अंदर कुछ अलग था। संदेह की छायाएं, जिन्हें मैंने वर्षों तक खुद को खिलाया था, सुबह के कोहरे की तरह बिखर गई थीं, जिसे एक क्रिस्टल स्पष्टता से बदल दिया गया था, जिसने मेरी चेतना के हर कोने को भेद दिया था। जो कुछ भी मैंने सुना, जिसे मैंने महसूस किया, उसके बाद मैंने उस पर विश्वास किया। मैंने उस पर अपने पूरे सार के साथ, अपने शरीर की हर कोशिका के साथ, अपने तर्क के हर पीड़ित कण के साथ विश्वास किया। वह कहानी, जो वह अब मुझे बता रही थी, अब सिर्फ कल्पना नहीं थी, बल्कि एक साझा रहस्योद्‌घाटन थी, सब कुछ को समझने की कुंजी - यहाँ तक कि खुद को भी। मेलिना झुकी, मेरे माथे को धीरे से चूमा। उसकी मुस्कान दुखद और गहरी संतुष्टि से भरी हुई है। उसकी नज़र कोमलता से भरी हुई है, जो मुझे हड्डियों के मूल तक भेद देती है।

"तो, तुम क्या सोचते हो, नथानिएल? क्या तुम अब मुझे अपनी उन कहानियों में से एक बताना चाहते हो, जो हमेशा तुम्हें सुला देती थीं?" उसकी आवाज नरम है, और उसकी आँखें प्यार और ज्ञान के संयोजन से चमकती हैं, जो जैसे खुद सितारों से पुरानी है। "केवल इस बार... क्या तुम वास्तव में मेरी गोद में सो जाओगे, बिना बुरे सपने के जागृत हुए?" उसका सवाल भेदी है, क्योंकि वह जानती है कि मेरे सबसे बड़े बुरे सपने बाहरी दुश्मनों से नहीं थे, बल्कि मेरे अपने भ्रम से थे। इस विचार से कि मैं उसके लिए तैयार नहीं था। मैं थका हुआ, लेकिन खुशी से मुस्कुराया, उसकी गोद में आराम से दुबका हुआ था। पहली बार मुझे घर जैसा महसूस हुआ - एक जगह पर नहीं, बल्कि एक उपस्थिति में। मुझे महसूस हुआ कि मेरी हर मांसपेशी ढीली हो जाती है। मुझे शांति महसूस हुई, जिसे मैंने वर्षों तक अनुभव नहीं किया था।

"हाँ," मैंने फुसफुसाया, मेरी आवाज पहले ही खींची जा रही थी, मैं उस गहरे, सुखदायक अंधेरे में डूब रहा था। "मुझे... एक ऐसी दुनिया के बारे में बताओ, जहाँ प्यार काफी है। एक ऐसी दुनिया के बारे में, जहाँ तुम्हें कर्तव्य और दिल के बीच चयन करने की आवश्यकता नहीं है। एक ऐसी दुनिया के बारे में, जहाँ खुद बनना काफी है। बस बताओ।" मैंने अपनी आँखें बंद कर लीं, खुद को पूरी तरह से छोड़ दिया। मेलिना ने मुझे और कसकर गले लगाया, तारों वाले आकाश की ओर देखा, जो धीरे-धीरे हमारे ऊपर दिखाई दे रहा था। वह गहरी संतुष्टि से भरी हुई थी। ठीक इसी क्षण के लिए, इस बिना शर्त विश्वास के लिए, मेरे लिए उसकी गोद में शांति से सो जाने के इस अवसर के लिए, उसने एक पूरी दुनिया को मरने दिया था। और अब, सुबह से पहले की चुप्पी में, जब तारे अभी भी अपने रहस्यों को फुसफुसाते हैं, वह जानती थी कि यह इसके लायक था।

अध्याय 26: शाश्वतता का क्रिस्टल रेज़ोनेटर

ढलते सूरज की आखिरी किरणें आकाश को जलते हुए रंगों में रंग रही थीं, जबकि मेलिना और नथानिएल गुफा के अंधेरे प्रवेश द्वार के सामने बैठे थे। ठंडी रात

की हवा ने उन्हें घेर लिया था, और नई पृथ्वी की चुप्पी इतनी घनी थी कि वे अपनी दिल की धड़कन सुन सकते थे, जिसे केवल हवा की शांत फुसफुसाहट से काटा गया था। उनकी पनडुब्बी बहुत दूर थी, महासागर की गहराइयों में छिपी हुई थी, और वापस लंबी यात्रा के विचार ने उन्हें गुफा की ठंडक में रात बिताने का फैसला करने के लिए प्रेरित किया। प्रवेश द्वार, जो काई से उग आया था, जो एक मंद नीली चमक बिखेर रहा था, एक ही समय में आकर्षक और रहस्यमय लग रहा था, जैसे दूसरे आयाम के लिए एक द्वार। नथानिएल मेलिना की गोद में दुबका हुआ था, उस शांति में आराम कर रहा था, जिसे वह बिखेर रही थी, जैसे कि पूरा ब्रह्मांड आराम के इस क्षण तक सिकुड़ गया हो। उसने खुद को दूर जाने दिया, एक गहरी नींद में डूब गया, जो ज्वलंत, जीवंत छवियों से भरी हुई थी, जो स्वयं वास्तविकता से अधिक वास्तविक थीं।

---✶ʢ✶---

नथानिएल का सपना ✦: प्राचीनता से एक गूंज

उसने सपना देखा कि वह सेनेनमुत है, रानी हत्शेप्सुत का मुख्य वास्तुकार और सलाहकार। उसने उसकी महत्वाकांक्षा, उसकी शक्ति और अमरता के लिए उसकी लालसा को महसूस किया, जो उसके खुद के साथ intertwined थे। उसकी हर नज़र में, हमारे हर संपर्क बिंदु में, मैंने महसूस किया कि उसके प्रति हर कदम मुझे ऊपर उठाता है... और साथ ही मुझे नष्ट कर देता है। अपने सपने में उसने शानदार समारोहों को देखा, जिसमें उसने मर्दाना गुणों को स्वीकार किया - एक नकली दाढ़ी और दो पंखों के साथ एक मुकुट, सभी परंपराओं के बावजूद खुद को फिरौन के रूप में स्थापित किया। उसने अंधेरे मिस्र के मंदिरों में गुप्त अनुष्ठानों को देखा, जहाँ वे "रोशनी" प्राप्त करने की कोशिश कर रहे थे - पुनर्जन्म की एक प्रक्रिया, जो शाश्वत जीवन का वादा करती थी, लेकिन एक बलिदान की मांग करती थी, जिसे देने के लिए वह तैयार नहीं थी। उसने उनके बीच मजबूत, लेकिन जटिल बंधन को महसूस किया, साझा प्यार को, यहाँ तक कि उनकी साझा बेटी नेफेरुअर के अस्तित्व को भी (शायद अजन्मे का एक आर्कटाइप, एक क्षमता, जो कभी साकार नहीं हुई), जिसका नाम "रे की सुंदरता" था। लेकिन उसने हत्शेप्सुत के तनाव को भी महसूस किया - सिंहासन को जोखिम में डालने का उसका डर, प्रक्रिया की विफलता का डर, क्योंकि वह जानती थी कि अगर दिल आवश्यक प्रोटीन का उत्पादन नहीं करता है, अगर बंधन काफी शुद्ध और मजबूत नहीं है, तो वह मर जाएगी। उसने देखा कि उसने प्रक्रिया से गुजरने से कैसे इनकार कर दिया, सिंहासन के संभावित नुकसान पर सत्ता और नियंत्रण को चुना, जो उसके लिए मौत से भी बड़ा दुःस्वप्न था। उसने अपने शासन में अपनी खुद की भूमिका देखी, उसके प्रभाव की शक्ति, लेकिन उन अनकहे रहस्यों को भी देखा, जो उन्हें जोड़ते थे, अतीत की अदृश्य श्रृंखलाएं।

---✶ʢ✶---

अचानक, नथानिएल चौंक गया, अपनी आँखें खोलीं। सपने की छवियां अभी भी एक दर्दनाक, भेदी स्पष्टता के साथ उसके दिमाग में घूम रही थीं। उसकी नज़र मेलिना की नज़र से मिली।

"सेनेनमुत!" उसने फुसफुसाया, उसकी आवाज सदमे और agonizing बोध से भरी हुई थी। "वह प्राचीन खलनायक... मेरे सपने में... वह मैं था!" उसकी आवाज भावना से कांप रही थी, जैसे कि वह खुद पर क्रोध और एक चौंकाने वाले आत्म-बोध के बीच फटा हुआ था। सपने की स्मृति, एक मजबूत बंधन, जो

महत्वाकांक्षा की छाया के साथ मिला हुआ था, ने उसे एक बिजली के झटके की तरह भेद दिया। अचानक सभी टुकड़े उसके दिमाग में व्यवस्थित होने लगे, जो उसके पिछले अवतारों, हर पसंद, हर गलती की कड़वी सच्चाई को प्रकट कर रहे थे। "असंभव! कैसे...?" वह चुप हो गया, इस रहस्योद्घाटन के हिमस्खलन को समझने के लिए शब्दों की तलाश कर रहा था। मेलिना ने उसे समझ के साथ देखा, धीरे से उसके बालों को सहलाया।

"ठीक है, नथानिएल," उसकी आवाज नरम थी, लगभग एक फुसफुसाहट, एक घायल आत्मा के लिए एक बाम की तरह। "प्यार एक उपहार है, और मजबूरी नहीं है, व्यक्तिगत महत्वाकांक्षाओं को प्राप्त करने के लिए एक उपकरण नहीं है। हत्शेप्सुत ने जोखिम लेने से इनकार कर दिया, क्योंकि उसका डर एक लापता तत्व में निहित था - सच्चा, बिना शर्त प्यार, वह जो लाभ या शक्ति की तलाश नहीं करता है।" नथानिएल ने एक पल के लिए अपनी आँखें बंद कर लीं, चौंकाने वाले रहस्योद्घाटन को आत्मसात करने के लिए एक गहरी सांस ली। उसने महसूस किया कि सपने और जागी हुई अवस्था के बीच की सीमाएं धुंधली हो गई हैं, और पिछले जीवन की यादें वर्तमान के साथ intertwined हैं, जो एक नई, संपूर्ण तस्वीर बना रही हैं। दिल में एक बोझ के साथ, लेकिन एक नई-खोजी गई स्पष्टता के साथ, वह खड़ा हो गया। "उसने ज्ञान चुना... मैंने छाया चुनी। लेकिन हम दोनों ने उसे खो दिया।" गुफा के प्रवेश द्वार पर काई से आने वाली मंद नीली रोशनी अब कम रहस्यमय, लेकिन अधिक आमंत्रित लग रही थी, जैसे कि वह उन्हें अपनी गहराइयों में छिपे अगले रहस्य को प्रकट करने के लिए बुला रही हो।

---✶६✶---

खोए हुए सत्य और प्राचीन अनुनाद

तब वे दोनों, गुफा के अंदर को देखने के लिए उत्सुक, अंदर चले गए। इसकी दीवारें अजीब, चमकदार लाइकेन से ढकी हुई थीं, जो एक भूतिया हरी-भरी रोशनी डाल रही थीं, और हवा नम थी और धातु और पृथ्वी की एक मुश्किल से पता लगने वाली गंध से भरी हुई थी। पानी की बूंदें कहीं दूर टपक रही थीं, जो एक प्राचीन दिल की लय की तरह चुप्पी में गूंज रही थीं। जबकि मेलिना ध्यान से एक दीवार में उकेरे गए अजीब प्रतीकों को देख रही थी, उसकी उंगलियों ने एक चित्रलिपि के वक्रों का पता लगाया, जो एक मुकुट, या शायद एक सूरज की याद दिलाता था। "यह क्या है?" नथानिएल ने फुसफुसाया, गुफा के नीचे एक आंदोलन को देखकर। एक कमजोर, धड़कती हुई रोशनी टिमटिमा रही थी, जैसे कि वह एक और, छिपे हुए उद्घाटन से आ रही थी। मेलिना मुड़ी और उसने भी रोशनी देखी। उसका चेहरा जिज्ञासा से रोशन हो गया, एक नई खोज के पूर्वाभास से।

"मुझे नहीं पता। लेकिन हमें जाँच करनी चाहिए।" ध्यान से, कदम दर कदम, वे रोशनी के स्रोत की ओर बढ़े। यह एक संकीर्ण मार्ग निकला, जो जमीन में नीचे की ओर घूम रहा था, महसूस कर रहा था कि हवा गर्म और अधिक नम हो जाती है, जैसे कि वे एक जीवित, सांस लेने वाले प्राणी में प्रवेश कर रहे हों। कुछ मीटर के बाद, मार्ग अचानक एक छोटे गोलाकार हॉल में चौड़ा हो गया, जैसे कि एक अदृश्य हाथ से उकेरा गया हो। इसके केंद्र में एक अजीब, हरा-भरा लौ जल रही थी, जो धुआं नहीं पैदा कर रही थी, लेकिन एक मूर्त ऊर्जा बिखेर रही थी, जिसने उनकी त्वचा को झुनझुनी दी, जिससे उन्हें प्राचीन उपस्थिति का एहसास हुआ। लौ के चारों ओर, कई पत्थर के आसन रखे हुए थे, जिन पर प्राचीन उपकरण और क्रिस्टल जैसी वस्तुएं पड़ी

थीं, जो उसी छिपी हुई रोशनी के साथ धड़क रहे थे। उनकी त्वचा विद्युतीकृत हो गई, जैसे कि पृथ्वी खुद पत्थर की नाड़ी के माध्यम से बात कर रही हो। "यह जगह क्या है?!" नथानिएल ने फुसफुसाया, अप्रत्याशित, लगभग अवास्तविक दृश्य से अंधा हो गया था। "मेरे पास वर्णन करने के लिए शब्द नहीं हैं..."

"मुझे नहीं पता," मेलिना ने जवाब दिया, क्रिस्टल में से एक को छूते हुए। यह उसकी उंगलियों के नीचे धीरे से धड़क रहा था, उसे ज्ञान दे रहा था। उसने एक झुनझुनी महसूस की, जो उसके पूरे शरीर से होकर गुजरी, जैसे कि चेतना में एक प्राचीन फुसफुसाहट थी। "लेकिन मैं यहाँ एक मजबूत ऊर्जा महसूस करती हूँ। एक ऊर्जा, जो हमने जिस बारे में बात की है, उससे संबंधित है।" अचानक, उनके पीछे एक दबी हुई आवाज गूंजी - जैसे कि पत्थर फिसल रहे थे, एक अदृश्य बाधा को तोड़ रहे थे। वे तेजी से मुड़े और उन्होंने देखा कि वह मार्ग, जिससे वे गुजरे थे, धीरे-धीरे बंद हो रहा था, जो चट्टानों से ढका हुआ था, जो जैसे खुद से गिर रहे थे।

"यह बंद हो गया है!" मेलिना ने चिल्लाया, और उसका दिल उसके सीने में हिंसक रूप से धड़कने लगा। घबराहट की एक ठंडी लहर ने उसे पकड़ लिया, जबकि उसे एहसास हुआ कि वे इस अजीब गुफा में बंद हैं, जो एक जाल में अज्ञात ऊर्जा और प्राचीन कलाकृतियों से घिरे हुए हैं। "हमें एक और निकास खोजना होगा!"

"शांत हो जाओ, मेलिना," नथानिएल ने कहा, खुद को संयमित रखने की कोशिश कर रहा था, उसकी आवाज घबराहट के उग्र महासागर में एक लंगर की तरह थी। "हम एक तरीका खोज लेंगे। लेकिन पहले... हमें यह समझना होगा कि हम कहाँ गए हैं।" वह फिर से पत्थर के आसन की ओर मुड़ी, उसकी नज़र एक अजीब धातु की डिस्क पर पड़ी, जिस पर सर्पिल प्रतीक उकेरे गए थे। उसकी उंगलियों ने धीरे से सतह को छुआ, एक मुश्किल से पता लगने वाला अनुनाद महसूस करते हुए, जैसे कि डिस्क उससे बात कर रही थी। प्राचीन अनुष्ठानों की छवियां, सफेद वस्त्र पहने हुए लोगों की, उसकी आँखों के सामने तैरती थीं - एक पल के लिए, और फिर गायब हो गईं, जिससे उसे कुछ महत्वपूर्ण का पूर्वाभास हुआ।

---✶⸮✶---

उत्प्रेरक के रूप में डिस्क

"और फिर सवाल उठता है... जिसका जवाब मैंने अभी-अभी खोजा है," मेलिना अजीब धातु की डिस्क पर झुकी। उसकी ठंडक उसकी उंगलियों को भेद रही थी, लेकिन उसकी आँखों में लौ पहले से कहीं अधिक जल रही थी, जैसे कि डिस्क ने उसमें एक चिंगारी जगा दी थी। उसका विचार धड़क रहा था, ज्ञान के अदृश्य क्षितिज में समर्थन की तलाश कर रहा था। नथानिएल उसे देख रहा था, यह महसूस कर रहा था कि उनके बीच की हवा उसकी बौद्धिक जुनून से भारी हो रही है।

"या शायद महिलाएं अपनी विशिष्ट XX गुणसूत्रों के कारण रोशनी से नहीं गुजर सकतीं?" मेलिना की आवाज अचानक बोध के साथ कांप गई, लेकिन संदेह अभी भी वर्चस्व के लिए लड़ रहा था। "हाँ, यह एक संभावित स्पष्टीकरण है, लेकिन... यह पूरी तरह से पूर्ण नहीं है। हमें सिर्फ एक धारणा से अधिक की आवश्यकता है, है ना? क्या तुम्हें याद है, जब हम सालों पहले मेज़ेक के पास उस छोटे से सराय में थे? हमारी बातचीत के दौरान... थ्रेसियन राजाओं के बारे में?" नथानिएल ने एक पल के लिए अपनी आँखें बंद कर लीं, पीछे जाते हुए।

"हाँ, मुझे याद है..." उसने फुसफुसाया। "तुमने मुझे... उनकी पुनर्जनन की प्रक्रिया के बारे में बताया।"

"ठीक है!" मेलिना की आँखें चमक गईं। "थ्रेसियन राजा, जो आध्यात्मिक विकास के एक निश्चित स्तर तक पहुँच गए थे, विशेष रूप से निर्मित सुविधाओं में पुनर्जनन की प्रक्रिया में प्रवेश करते थे। और सबसे अद्भुत, नथानिएल, सबसे चौंकाने वाली बात यह है कि प्रक्रिया को सफल होने के लिए, वे अपनी प्यारी पत्नियों को अपने साथ ले जाते थे!" उसकी आवाज बढ़ी, जो नई-खोजी गई निश्चितता से भरी हुई थी, जो गुफा में गूंज रही थी। "महिला सिद्धांत आवश्यक था, केवल एक उपस्थिति नहीं, बल्कि एक महत्वपूर्ण, जीवन-महत्वपूर्ण कार्य। यह उस विशिष्ट प्रोटीन को जारी करने के लिए जैविक प्रक्रियाओं के लिए एक उत्प्रेरक के रूप में कार्य करता था, जो हृदय कोशिकाओं के पुनर्जनन के लिए आवश्यक था। उनके पास जीवन और मृत्यु के रहस्यों का ज्ञान था, जिसने उन्हें इस प्रक्रिया से गुजरने और एक निश्चित अवधि के लिए जीवन में लौटने की अनुमति दी, शायद पौराणिक 150 दिनों के लिए, जिनके बारे में किंवदंतियाँ बात करती हैं।" नथानिएल ने जानकारी को संसाधित करते हुए पलक झपकाई। उसका दिमाग, तर्क और तथ्यों पर प्रशिक्षित, एक संबंध की तलाश कर रहा था।

"थ्रेसियन मकबरे 4000 से 2000 ईसा पूर्व के हैं... जिसका अर्थ है कि इस गुप्त ज्ञान का आदिम स्रोत हत्शेप्सुत के समय और मिस्र में इसके नुकसान से बहुत पुराना है। तो एक प्रामाणिक अनुयायी था, जो इसे मिस्र में ले गया... " उसने महसूस किया कि एक ठंडी लहर उसे भेदती है, जबकि विचार आकार लेने लगा। "यह कैसे संभव है कि ऐसा एक महत्वपूर्ण पहलू खो गया हो?"

"ठीक है... क्या तुम्हें देवी बास्टेट की हरी आँखें याद हैं, नथानिएल?" मेलिना उसके पास आई, उसकी नज़र किसी दूर के बिंदु में खो गई, जैसे कि वह समय से परे देख रही हो। "और उसके अभयारण्य में रहस्यों की मेरी खोज... तब यह तुम्हें एक पागल जुनून जैसा लगा था, है ना? और अब... अब मुझे समझ में आता है। शायद उस ज्ञान के टुकड़े वहाँ संरक्षित थे। इस डिस्क की तरह खोजे जाने की प्रतीक्षा में। यह डिस्क... यह एक खोई हुई पुस्तकालय की कुंजी की तरह है, जो शब्दों के साथ नहीं, बल्कि ऊर्जा के साथ बोलती है।" वह नथानिएल की ओर मुड़ी, उसकी आँखों में एक दृढ़ संकल्प चमक गया, जो एक प्राचीन ज्ञान की चमक के साथ मिला हुआ था, जो जैसे उसमें जाग गया था। वह उसे देख रही थी, उसकी नज़र में पुष्टि की तलाश कर रही थी। नथानिएल ने उसके विचार को पूरा किया, उसकी आवाज शांत थी, लेकिन एक नई-खोजी गई समझ से भरी हुई थी, जो उस सब को बदल रही थी, जो वे इतिहास के बारे में जानते थे।

"हत्शेप्सुत के शासन के बाद, राजाओं की घाटी में, सभी मकबरों में, हम केवल लेपित फिरौन पाते हैं - पुनर्जनन के असफल प्रयास। उनकी पत्नियों और बच्चों को अलग कक्षों में दफनाया गया था। अलग किया गया। बहिष्कृत किया गया। मैं तुम्हें हर्मीस ट्रिसमेगिस्टस के सिद्धांतों में से एक की याद दिलाता हूँ: 'वंश सब कुछ में है; हर चीज में एक पुरुष और महिला सिद्धांत होता है।' शायद कुंजी ठीक उसी सामंजस्यपूर्ण संयोजन में निहित है, जिसे हत्शेप्सुत ने नजरअंदाज कर दिया था या पूरी तरह से प्राप्त करने में विफल रही थी। मिस्रियों ने पुरुष और महिला सिद्धांत के बीच सद्भाव की समझ को नष्ट कर दिया और खो दिया।" उसने गहरी आह भरी। थोड़ी देर पहले उसके सपने में, एक मकबरे में, उसका, उसने ऐसी छवियां देखीं, जो intertwining थीं - वह, आधिकारिक और अकेली, पुजारियों से घिरी हुई थी, जो निषिद्ध अनुष्ठानों के बारे में फुसफुसा रहे थे। अपने सपने में उसे कड़वाहट महसूस

हुई, एक छूटा हुआ ज्ञान, जो उंगलियों के बीच रेत की तरह फिसल रहा था। उसने देखा कि वह मर्दाना अनुष्ठानों की नकल करने की कोशिश कर रही थी, केवल मर्दाना ऊर्जा के साथ खुद को घेरने की कोशिश कर रही थी, और महिलाएं... महिलाओं को परिधि में धकेल दिया गया था। उसे निराशा की एक गूंज महसूस हुई, प्रकृति पर वर्चस्व के लिए एक प्रयास, जो बर्बाद हो गया था। और अब, मेलिना के शब्द इस बोध के पूरे आतंक को प्रकट कर रहे थे।

"ठीक है, नथानिएल," मेलिना ने जारी रखा, उसकी अचानक रोशनी को महसूस करते हुए, जो उनके बीच अंतरिक्ष में एक जीवित जीव की तरह धड़क रहा था। वह जलती हुई हरी-भरी लौ के पास चली गई, जो अपनी खुद की, सम्मोहित करने वाली रोशनी के साथ टिमटिमा रही थी। फिर उसने धातु की डिस्क की सतह पर अपनी हथेली को फिसल दिया, जो अचानक एक हल्की, कम-आवृत्ति वाली कंपन ध्वनि का उत्सर्जन करने लगा, जो मुश्किल से पता लगने योग्य थी, लेकिन एक प्राचीन दिल की नाड़ी की तरह मूर्त थी।

"द्वैत के हर्मीटिक सिद्धांत पर वापस लौटते हुए, इस मौलिक सच्चाई पर कि ब्रह्मांड में हर चीज में एक पुरुष और महिला सिद्धांत होता है, हम यह तर्क दे सकते हैं कि रोशनी की इस प्रक्रिया से महिला सिद्धांत का बहिष्करण ने नाजुक प्राकृतिक ऊर्जा संतुलन को बाधित किया। जैसा कि हम भौतिकी की मूल बातों से भी जानते हैं, सभी प्रणालियाँ सबसे प्रभावी ढंग से कार्य करती हैं, जब वे गतिशील संतुलन की स्थिति में होती हैं, जब बल एक दूसरे के पूरक होते हैं, न कि एक दूसरे को बाहर करते हैं। यही समरूपता का सिद्धांत है, जो सूक्ष्म जगत और बृहत् जगत दोनों को नियंत्रित करता है। इसका उल्लंघन असंतुलन, विनाश की ओर ले जाता है।"

"यह डिस्क... यह सिर्फ़ एक कलाकृति नहीं है, नथानिएल। यह एक सटीक रेज़ोनेटर है, जिसे द्विध्रुवीय ऊर्जा को बढ़ाने और निर्देशित करने के लिए बनाया गया है। इसे एक शक्तिशाली, लेकिन बेहद बारीक-ट्यून किए गए चुंबक के रूप में सोचें, जिसकी ध्रुवीयता को विशिष्ट ऊर्जा क्षेत्रों के साथ सिंक्रनाइज़ किया जा सकता है। थ्रेसियन यह समझते थे कि मानव शरीर, विशेष रूप से उसका हृदय केंद्र, अपना खुद का एक विद्युत चुम्बकीय क्षेत्र उत्पन्न करता है। स्त्री ऊर्जा केवल जैविक नहीं है - यह वह उत्प्रेरक है जिसके बिना ऊर्जा का सिंक्रनाइज़ेशन टूट जाता है। पुरुष शरीर एक ट्रांसमीटर की तरह है, और स्त्री शरीर - अपनी अनूठी जैविक संरचना के माध्यम से - इस ऊर्जा के लिए एक एम्पलीफायर और स्टेबलाइजर है।"

मेलिना ने अपनी उंगली से डिस्क पर सर्पिल प्रतीकों का पता लगाया।

"डिस्क पर प्रतीक केवल आभूषण नहीं हैं, वे एक बहुत ही विशिष्ट विद्युत चुम्बकीय क्षेत्र बनाने के लिए एन्कोडेड योजनाएं हैं। जब डिस्क को पुरुष और स्त्री ऊर्जा की उपस्थिति में सक्रिय किया जाता है, विशेष रूप से सिंक्रनाइज़ेशन में, तो यह द्विध्रुवीय ऊर्जा उत्पन्न करता है जो दोनों प्रतिभागियों के जैव-क्षेत्रों के साथ प्रतिध्वनित होती है। यह द्विध्रुवीय ऊर्जा, अपनी विशिष्ट आवृत्ति और ध्रुवता के साथ, उस हृदय प्रोटीन के लिए एक "कंडक्टर" के रूप में कार्य करती है जिसके बारे में हमने बात की थी। यह इसके उत्पादन को उत्तेजित करता है और कोशिका पुनर्जनन के लिए आवश्यक सामंजस्य प्रदान करता है। इस अंतिम उत्प्रेरक के बिना, स्त्री सिद्धांत के बिना जो स्थिरता और सिंक्रनाइज़ेशन प्रदान करता है, पूरी प्रक्रिया टूट जाती है। इसीलिए मिस्र के फिरौन के प्रयास विफल रहे - उन्होंने इस मौलिक सिद्धांत को नजरअंदाज कर दिया।"

उसने अपनी नज़र विशाल, छिपे हुए दरवाजे की ओर उठाई, जो मानो ठंडक में सांस ले रहा था।

"और शायद... यह गुफा... उन प्राचीन थ्रेसियन सुविधाओं में से एक है... एक ऐसा स्थान जहाँ पुरुष और स्त्री सिद्धांत इस डिस्क की शक्ति के माध्यम से, पुनर्जीवन के उद्देश्य से, अनंत काल प्राप्त करने के लिए एकजुट होते थे। और बंद दरवाज़ा... " उसकी आवाज़ शांत हो गई, लेकिन एक रहस्यमय पूर्वाभास से भर गई। "शायद यह एक परीक्षा है। या... एक जाल, जो सिर्फ़ तार्किक रूप से नहीं, नथानिएल, बल्कि... हमारे पूरे सार के साथ, डिस्क और उसकी ऊर्जा के साथ तालमेल में सुलझने का इंतज़ार कर रहा है। शायद दरवाज़ा सिर्फ़ एक पत्थर नहीं है, बल्कि एक सवाल है - और हमारे बीच की सद्भाव ही एकमात्र जवाब है। क्या आप उस पर संदेह करते हैं जो हम महसूस करते हैं? उस पर जो डिस्क हमें अपनी कंपन के माध्यम से प्रकट कर रही है?"

अध्याय 27: भय का सपना: द्वैत और संतुलन

हॉल के केंद्र में हरे-भरे रंग की लौ सांस ले रही थी, जो पत्थर की दीवारों को भूतिया छाया से नहला रही थी - प्राचीन सत्यों का एक नृत्य, जो मानो बीते हुए वैभव के बारे में बता रहा था। मेलिना जलते हुए स्रोत के चारों ओर धीरे-धीरे, लगभग अनुष्ठानिक रूप से घूम रही थी। उसका हाथ बाहर की ओर फैला हुआ था, लेकिन उसने उसे छुआ नहीं, बल्कि हवा में कांप रहा था, मानो किसी अदृश्य फुसफुसाहट को पकड़ने की कोशिश कर रहा हो। उसके अस्तित्व का हर तंतु तनाव में था, वह अपने पैरों के नीचे पत्थर की धड़कन महसूस कर सकती थी, उसकी इंद्रियाँ चरम पर थीं। वह महसूस कर रही थी कि जगह की ऊर्जा उसे निगल रही है, उसके और पुरातनता के बीच की सीमाओं को भंग कर रही है।

"इन सूक्ष्म ऊर्जा प्रणालियों में, नथानिएल, पुरुष और स्त्री ऊर्जा एक बैटरी के दो ध्रुवों की तरह हैं - विरोधी नहीं, बल्कि एक दूसरे के पूरक हैं।" उसने शुरू किया, उसकी आवाज़ नीची, लगभग सम्मोहक, मुश्किल से सुनाई देने वाली, लेकिन घनी थी। "जब एक का पलड़ा भारी होता है, जब असंतुलन होता है, तो प्रणाली बुझने लगती है, टूटने लगती है। इसकी दक्षता गिर जाती है। सदियों से हमने यह देखा है - असंतुलन, संघर्ष, ज्ञानोदय के असफल प्रयास, सच्ची दृष्टि के लिए। यह सब इन दो प्राथमिक शक्तियों के बीच सद्भाव की कमी से आता है। उस मूल लय को बहाल करने के लिए, स्थायी परिणाम प्राप्त करने के लिए, हमें इन ऊर्जाओं को - पुरुष और स्त्री दोनों को - एक पूरे में एकीकृत और संतुलित करना होगा। अन्यथा, व्यक्ति फट जाता है। वह द्वैत में रहता है।"

नथानिएल धीरे-धीरे पत्थर के चबूतरे के चारों ओर घूम रहा था, उसकी उंगलियां ठंडे पत्थर पर फिसल रही थीं। उसकी आंखें अजीब कलाकृतियों की जांच कर रही थीं, जिनमें से प्रत्येक में मानो एक भूली हुई कहानी छिपी थी। वह यहां वर्षों के शोध, शुष्क तथ्यों, तर्क से प्रेरित होकर आया था... लेकिन जो कुछ वह देख रहा था, वह उसे मूल से हिला रहा था। सब कुछ उसके सामने बिखर रहा था, कुछ बहुत बड़ा और अज्ञात बन रहा था। एक चबूतरे में, उसे एक छोटा क्रिस्टल लॉकेट मिला। यह हरे-भरे लौ के साथ ताल में धीरे-धीरे धड़क रहा था, मानो उसका दिल हो। जब उसने उसे छुआ, तो उसकी उंगलियों में एक हल्की सी झुनझुनी दौड़ गई, और उसके

दिमाग में एक पल के लिए सोने और चांदी के उलझे हुए धागों की एक छवि चमक गई - एक प्राचीन गीत की गूंज, जिसने उसमें एक भूली हुई तार को छू लिया।

"इसे देखो," नथानिएल ने कहा, उसकी आवाज़ में सिर्फ़ जिज्ञासा नहीं, बल्कि श्रद्धा, लगभग खौफ था। "मानो यह... संतुलन के लिए बनाया गया हो।"

"संतुलन?" मेलिना पास आई, धड़कते हुए क्रिस्टल को घूर रही थी। छाया उसके चेहरे पर खेल रही थी, उसके तनावपूर्ण विचार को उजागर कर रही थी। उसने लॉकेट को छुआ, वही कंपन महसूस किया जो नथानिएल की उंगलियों में दौड़ी थी। एक लंबे समय से भूली हुई दृष्टि की एक स्मृति उसके दिमाग में चमक गई, लेकिन वह उसे पकड़ने के लिए बहुत धुंधली थी। "मैंने इसे प्राचीन किंवदंतियों में नहीं देखा है, नथानिएल," उसने फुसफुसाया, लेकिन उसकी नज़र केंद्रित थी, जो एक गहरे आंतरिक सत्य को प्रकट कर रही थी। "इसे नाम दो।"

"संतुलन का पत्थर," नथानिएल ने जवाब दिया, लॉकेट को अपने हाथ में पकड़ते हुए। यह जितना दिखता था उससे भारी था। "या शायद, पुल," उसने विचारपूर्वक जोड़ा, उसकी नज़र कहीं दूर खो गई।

मेलिना हंसी, सच्ची, गर्मजोशी से, मानो यह लंबे समय में पहली बार हो। और उसने, एक शरारती मुस्कान के साथ, लॉकेट को अपनी जेब में डाल लिया, इससे पहले कि वह उसे पकड़ पाती।

"तुम एक छोटे शैतान की तरह लगते हो जो एक खिलौने की दुकान में घुस गया है, नथानिएल," उसने उसे छेड़ा, लेकिन उसकी आवाज़ में एक गर्म, लगभग मातृत्व का स्वर था, जिसे नथानिएल ने पकड़ा और जिसने उसे अधिक शांत, अधिक स्वीकृत महसूस कराया।

"यह अच्छी बात है कि मैं एक चीनी मिट्टी की दुकान में हाथी नहीं हूँ," उसने मज़ाक किया। "क्या तुम मुझे थप्पड़ मारना चाहती हो?" मेलिना ने उसकी आँखों में एक चुलबुली चिंगारी के साथ देखा, लेकिन जवाब देने के बजाय, वह धीरे-धीरे हरे-भरे लौ की ओर मुड़ गई। मानो लॉकेट के बारे में बातचीत सिर्फ़ एक संक्षिप्त, लेकिन आवश्यक मोड़ था, इससे पहले कि वह सार पर लौट आए।

"क्योंकि, जैसे दिन और रात एक अंतहीन लय में बदलते हैं, वैसे ही ये दो मौलिक सिद्धांत हमारे अंदर सह-अस्तित्व में हैं," उसने जारी रखा, उसकी आवाज़ ने फिर से अपनी गहराई प्राप्त कर ली, लेकिन अब यह अधिक दृढ़ विश्वास के साथ भरी हुई थी। उसने अपनी आँखें बंद कर लीं, गहरी सांस ली, मानो लौ से शक्ति खींच रही हो। धुंध छंट रही थी, उसकी आंतरिक दृष्टि के सामने स्पष्ट, विशिष्ट छवियां प्रकट कर रही थी। "जब हम खुद के एक हिस्से को बंद कर देते हैं, दबाते हैं या उपेक्षा करते हैं, तो हम जीवन की प्राकृतिक लय को बाधित करते हैं, स्रोत के साथ संबंध तोड़ देते हैं। स्त्री ऊर्जा, रहस्यमय चंद्रमा की तरह, अपने साथ अंतर्ज्ञान की शक्ति, गहरी भावनात्मक संबंध की शक्ति, परिवर्तन और पोषण की क्षमता रखती है। जब यह पुरुष ऊर्जा के साथ एकजुट होती है, जो सूर्य के प्रकाश, इच्छा और कार्य का प्रतीक है, तो एक नया जीवन, एक नया प्रकाश, एक नई समझ पैदा होती है। केवल इन दो प्रतीत होने वाली विरोधी, लेकिन वास्तव में पूरक शक्तियों के पूर्ण तालमेल में ही, हम सच्ची पूर्णता प्राप्त कर सकते हैं, हमारे भीतर और हमारी दुनिया में भी। अन्यथा, हम आंतरिक संघर्षों से फट जाते हैं, भय के सपने के कैदी होते हैं।"

अचानक, हॉल के केंद्र में हरे-भरे रंग की लौ अधिक तीव्रता से धड़कने लगी, मानो उसके शब्दों का जवाब दे रही हो। गुफा की दीवारों पर प्रतीक एक

उज्जवल, लगभग जीवनदायी प्रकाश के साथ चमक उठे। हवा गूंजने लगी, अंतरिक्ष को एक मंद, प्रतिध्वनित ध्वनि से भर दिया जो मानो पृथ्वी की गहराई से ही आ रही थी। मेलिना ने महसूस किया कि उसकी त्वचा पर रोंगटे खड़े हो गए हैं, और उसकी रीढ़ में एक सिहरन दौड़ गई। वह इस भावना को अपने सपनों से जानती थी, लेकिन अब यह मूर्त, वास्तविक थी।

"क्या हो रहा है?" नथानिएल ने पूछा, स्वाभाविक रूप से मेलिना की ओर कदम बढ़ाते हुए, महसूस करते हुए कि जगह की ऊर्जा बदल रही है। उसकी आँखों में भ्रम और हल्का डर लड़ रहे थे। वह समझ नहीं पा रहा था, वह जो हो रहा था उस पर विश्वास नहीं कर सकता था।

"मुझे नहीं पता," उसने जवाब दिया, धड़कती हुई लौ को तनावपूर्ण, लगभग सम्मोहित ध्यान से घूर रही थी। शब्द उसके होंठों से एक जवाब की बजाय एक आह की तरह गिरे। "लेकिन मुझे लगता है कि कुछ सक्रिय हो रहा है। कुछ पुराना, कुछ भूला हुआ।"

पत्थर के चबूतरों में से एक, जिस पर एक बड़ा, पॉलिश किया हुआ क्रिस्टल पड़ा था, धीरे-धीरे उठने लगा, मानो कोई अदृश्य तंत्र उसे उठा रहा हो। क्रिस्टल सुचारू रूप से घूमा और दीवार की ओर हरे-भरे रंग की रोशनी की एक किरण को निर्देशित किया, जहाँ प्रतीक एक जटिल, त्रि-आयामी ऊर्जा मानचित्र की तरह कुछ में बदलना और बदलना शुरू हो गए।

"पिरामिड पर कांच का गुंबद... यह मेरे सपने का सिर्फ़ एक वास्तुशिल्प तत्व नहीं है, नथानिएल," मेलिना ने फुसफुसाया, उसकी आवाज़ उत्तेजना से कांप रही थी, जब वह दीवार पर चमकते हुए मानचित्र को देख रही थी। उसकी आँखों में आँसू थे, लेकिन दुख के नहीं, बल्कि अविश्वसनीय अंतर्दृष्टि के, एक साकार सपने की भावना के कारण। "यह एक दृष्टि है, पुनरोद्धार के भविष्य की एक झलक, हमारे संयुक्त भविष्य की। यह चेतना और शरीर की नई वास्तुकला है जो हमें तब मार्गदर्शन करेगी जब हम अपनी बस्ती बनाना शुरू करेंगे - एक और पत्थर का किला नहीं, बल्कि एक जीवित, सांस लेने वाला जीव, जो पृथ्वी और ब्रह्मांड के ऊर्जा प्रवाह के लिए बारीक-ट्यून किया गया है। और क्या आप देखते हैं? जब एक व्यक्ति अपने आप में होता है, अहंकार की व्यर्थता के बिना, तो वह सत्ता, नियंत्रण, पाखंड के अहंकार के आगे नहीं झुक सकता... तब वह अपने सार को प्रकट करता है। तब द्वैत नहीं होता। तब विश्वास होता है। और निकटता। और खुलापन। तब सद्भाव और संतुलन होता है।"

"पारदर्शी गुंबद की कल्पना करें, जो सूर्य के प्रकाश को अंदर जाने और अंदर के बारीक नियंत्रित ऊर्जा क्षेत्रों के साथ बातचीत करने देता है - ऐसे क्षेत्र जो हमारी अपनी बायोरिदम के साथ प्रतिध्वनित होते हैं, सेलुलर नवीकरण को उत्तेजित करते हैं और हमारे शरीर में क्वांटम प्रक्रियाओं का समर्थन करते हैं," मेलिना ने फुसफुसाया, खुले हुए मार्ग को घूरते हुए, मानो वह अंधेरे से परे देख रही हो, उस भविष्य में जो उसके सामने प्रकट हो रहा था।

"यह प्रकाश और ऊर्जा की वास्तुकला होगी, न कि वजन और जड़ता की, एक ऐसा स्थान जहाँ प्रौद्योगिकियां जीवन की सेवा करती हैं, न कि उसे दबाती हैं। और क्या आप देखते हैं? पूरा भी द्वैत है। पूर्ण प्रकाश का उत्सर्जन करता है, और प्रकाश उसकी रचना है। जैसे हमारे भीतर - मैं वह इच्छा है जो बनाती है, और मेरा रचनात्मकता है, जो विचार और उसके द्वारा बनाई गई दुनिया के समान है। ऐसा

लगता है... यह गुफा हमें आगे का रास्ता दिखा रही है। संतुलन और सद्भाव का मार्ग। भय के सपने से बाहर का रास्ता।"

नथानिएल हिचकिचाया। मार्ग अंधेरा और अप्रत्याशित था। उसका सहज अविश्वास जाग गया। वह, तथ्यों और डेटा का आदमी, कुछ ऐसा सामना कर रहा था जो हर स्पष्टीकरण से परे था।

"कुछ... यह बहुत ज़्यादा है। बस... बहुत ज़्यादा," उसने फुसफुसाया, उसकी नज़र मेलिना और अंधेरे मार्ग के बीच घूम रही थी। उसकी भौहें सिकुड़ गईं, मानो उसका दिमाग एक अनसुलझी समस्या से लड़ रहा हो। "क्या आप निश्चित हैं कि... यह कोई भ्रम नहीं है? या... धोखा?"

मेलिना ने उसे शांत, गहरी समझ और बिना शर्त विश्वास से भरी नज़र से देखा।

"तुम डरे हुए हो, नथानिएल।" उसने अपना हाथ बढ़ाया और धीरे से उसकी गाल को छुआ। "लेकिन तुम इसमें अकेले नहीं हो।"

नथानिएल ने गहरी सांस ली। उसके शब्द, स्पर्श के साथ मिलकर, उसके भीतर की बर्फ की दीवार को पिघला दिया। मानो एक आंतरिक आवाज़ उसे झुकने के लिए फुसफुसा रही हो, उस पर विश्वास करने के लिए जो वह महसूस करता है। जिज्ञासा और मेलिना में बढ़ता हुआ विश्वास सहज डर पर हावी हो गया।

"ठीक है। चलो देखते हैं कि वहाँ क्या है," उसने फैसला किया, हरे-भरे लौ से एक मशाल जलाते हुए, जो मानो उसे अपनी रहस्यमय शक्ति का एक हिस्सा दे रही थी।

जैसे ही वे मार्ग में दाखिल हुए, प्रतिध्वनित ध्वनि तेज हो गई, एक निम्न-आवृत्ति वाले गर्जन में बदल गई जो मानो उनकी हड्डियों में घुस गई, उन्हें इसके साथ तालमेल में कंपन करने के लिए मजबूर कर दिया। सुरंग की दीवारें चिकनी और स्पर्श करने पर ठंडी थीं, और मशाल की मंद रोशनी ने उन पर उकेरे गए अजीब ज्यामितीय पैटर्न को प्रकट किया - एक अज्ञात अतीत के संदेश, जो मानो ऊर्जा से ही उकेरे गए थे।

कुछ समय बाद, सुरंग एक बड़ी गुफा में चौड़ी हो गई। यहाँ की हवा गर्म और नम थी, जीवन की भावना से भरी हुई थी, और पूरे स्थान को एक हल्की, सुनहरी चमक से भर दिया था। नथानिएल और मेलिना एक साथ हाँफ उठे, उनकी आँखें आश्चर्य से भर गईं। गुफा कई छोटी, क्रिस्टल वस्तुओं से भरी हुई थी, जो एक नरम, झिलमिलाता प्रकाश उत्सर्जित कर रही थीं, मानो हजारों छोटे तारे आकाश से गिर गए हों और यहाँ जम गए हों। वे नियमित, लगभग अलौकिक पंक्तियों में व्यवस्थित थे, मानो एक विशाल, भूमिगत संग्रह का हिस्सा हों, जो समय की शुरुआत से रहस्य संग्रहीत कर रहा हो। और फिर, रोशनी और क्रिस्टल के इस ब्रह्मांड के केंद्र में, कुछ उठ रहा था - अचल, लेकिन जीवित। स्मृति का हृदय। एक विशाल क्रिस्टल मोनोलिथ, जो पहली हॉल में लौ की तरह ही हरे-भरे रंग की रोशनी के साथ धड़क रहा था, लेकिन और भी अधिक तीव्रता के साथ।

"यह... सन्दूक है," मेलिना ने फुसफुसाया, मोनोलिथ के पास श्रद्धा के साथ जाते हुए, उसका हाथ उसकी ओर फैला हुआ था, मानो किसी अदृश्य शक्ति द्वारा निर्देशित हो। उसका दिल पागल की तरह धड़क रहा था। "वह जगह जहाँ मेरे सपनों के एन्क्रिप्टेड ज्ञान संग्रहीत हैं।"

उसने क्रिस्टल की ओर अपना हाथ बढ़ाया और उसकी उंगलियों ने धीरे से उसे छुआ। उसी क्षण, मोनोलिथ अधिक से अधिक बल के साथ कंपन करने लगा और गुफा में सुनहरी रोशनी अधिक चमक के साथ चमक उठी, सब कुछ एक जादुई चमक से नहला दिया। छवियों, प्रतीकों और संवेदनाओं की एक बाढ़ मेलिना के दिमाग में आ गई - मानो एक प्राचीन संग्रह उसके सामने खुल रहा था, भूले हुए सत्यों को प्रकट कर रहा था। वह थोड़ा झुक गई, मानो जानकारी की शक्ति से अभिभूत हो गई जो उसे भर रही थी। उसके दिमाग में संवेदनाओं का एक बवंडर घूम रहा था - ऐसी यादें जो उसकी नहीं थीं, लेकिन जो अचानक उसका हिस्सा बन रही थीं। उसने प्राचीन सभ्यताओं की छवियां देखीं, ऐसे लोगों की जो ऊर्जा को इस तरह से समझते थे जिसके बारे में आज मानवता सपने में भी नहीं सोच सकती थी। उसने टॉरशनल क्षेत्रों, ऊर्जा नेटवर्क की तस्वीरें देखीं जो ब्रह्मांड में सब कुछ जोड़ते थे।

"मैं देख रही हूँ... सुरंगें...टॉरशनल क्षेत्र... ऊर्जा नेटवर्क..." उसने फुसफुसाया, उसकी आँखें बंद थीं, और उसके चेहरे पर आश्चर्य और समझ का मिश्रण था। "और छोटे... जीव... जो सोने का चयन करते हैं..."

नथानिएल ने गुफा में देखा। अब उसने देखा कि छोटी चमकती वस्तुएं सिर्फ़ क्रिस्टल नहीं थीं। वे सूक्ष्म, धड़कते हुए कैप्सूल की तरह लग रहे थे, जिसमें सूक्ष्म जीव तैर रहे थे, पारदर्शी, हल्के आवरण में बंद थे। उनमें से कुछ सोने के पतले, चमकदार धागों से ढके हुए थे, मानो जीवित गहने, जो प्रकाश और ऊर्जा से पैदा हुए थे।

"ये सिर्फ़ क्रिस्टल नहीं हैं, मेलिना," उसने कहा, उसकी आवाज़ आश्चर्य से भरी हुई थी, यहाँ तक कि एक हल्के आतंक से भी। "ये जीवित प्राणी हैं। और वे... सोना बनाते हैं। ऐसे बैक्टीरिया हैं जो भारी धातुओं को कम करते हैं - लेकिन यहाँ यह जीव विज्ञान से परे, रसायन विज्ञान के करीब था।"

मेलिना ने अपनी आँखें खोलीं और उसे आश्चर्य के साथ देखा, उसकी नज़र में एक नई अंतर्दृष्टि थी।

"तो, मेरे सपने बस अंतरिक्ष और समय के माध्यम से, अन्य आयामों में गुजर रहे हैं। हमारी पीनियल ग्रंथि, जिसमें इस क्रिस्टल के कण होते हैं, वास्तव में नथानिएल, कुछ बहुत बड़े की कुंजी है। जीवन के रहस्य के लिए।"

मेलिना फिर से मोनोलिथ की ओर मुड़ी, उसे दोनों हाथों से छूते हुए, मानो अंत में उसके प्राचीन सार के साथ विलय कर रही हो। गुफा में रोशनी एक चकाचौंध करने वाले विस्फोट तक बढ़ गई, कंपन उनकी हड्डियों के माध्यम से जीवित धाराओं की तरह बह गई, और आसपास का स्थान प्राचीन जागरण के वजन के नीचे झुक गया। उस क्षण, उसकी आवाज़ उसके दिल से ही निकली - तेज, स्पष्ट, समय से परे:

"मैं समझती हूँ... मैं समझती हूँ, नथानिएल! क्रिस्टल में सिर्फ़ ज्ञान नहीं है। यह एक जीवित दरवाज़ा है।" एक पोर्टल जो मूल अखंडता की ओर ले जाता है - विश्वास, निकटता, पूर्ण खुलेपन की ओर। "यह झूठ को हटाता है, नियंत्रण को हटाता है। इसमें कोई शक्ति नहीं है - सिर्फ़ संतुलन है।" वहीं भय का सपना समाप्त होता है। वहीं अहंकार के भ्रम से सच्ची जागृति शुरू होती है।

------------------ ❧ --------------------

अध्याय 28: इच्छा - सोने का कवच: अहंकार के सपने से परे

मेरी पुतलियों में हरे-भरे रंग की रोशनी धड़कती है। नथानिएल मुझे देखता है - डर और रहस्योद्‌घाटन के बीच वह नज़र। मैं मुस्कुराती हूँ - एक ऐसे व्यक्ति की तरह जिसके पास अंतिम कार्ड है। मेरे चारों ओर की हवा अदृश्य ऊर्जा से घनी होती दिखती है, मुझे हमारे बीच तनाव महसूस होता है, जो स्थिर बिजली की तरह मूर्त है।

"और... प्राचीन सभ्यताओं, क्वांटम प्रभावों, चेतना और प्रेम की शक्ति, पीनियल ग्रंथि और गुप्त समाजों के बारे में यह पूरी कहानी, नथानिएल, दिलचस्प तथ्यों और रहस्यमय अटकलों की एक श्रृंखला होगी, है ना?" मेरी आवाज़ एक फुसफुसाहट बन जाती है, जो उपपाठ से भरी हुई है, जिसे वह, निश्चित रूप से, समझता है। "अगर मैंने... दार्शनिक पत्थर की खोज नहीं की होती तो यह उबाऊ होता।"

मैं जानबूझकर रुकती हूँ, सीधे उसकी आँखों में देखती हूँ। मेरे आखिरी शब्दों की गूंज पत्थर के हॉल में गूंजती है, जिससे हमारे चारों ओर की हवा कांपती है। नथानिएल स्थिर खड़ा है, उसका दिल धड़क रहा है, तनावपूर्ण रूप से अगली कड़ी का इंतज़ार कर रहा है। मैं उसमें भ्रम और प्रशंसा का मिश्रण देखती हूँ। परियों की कहानियों का पत्थर नहीं, बल्कि जीवन का ही एक कोड। एक परिवर्तन - धातु का नहीं, बल्कि चेतना का। मैं जानती हूँ कि उसकी वास्तविकता ढहने वाली है।

"एक चीज़ भगवान ने, या प्रकृति ने, या आप जो भी कहना चाहते हैं, जीवन को ही संरक्षित करने के लिए बनाई है... यह एक जानवर हो सकता है, यह एक पौधा हो सकता है, यह एक खनिज हो सकता है... और यह इतना परिचित, इतना साधारण है कि हमने कभी भी इसके सच्चे सार, इसकी अविश्वसनीय शक्ति के बारे में नहीं

सोचा है। हमने कभी भी इसे इसके असली नाम से नहीं पुकारा है, क्योंकि हम इसकी महानता को देखने के लिए इसके बहुत करीब थे।"

मैं एक पत्थर के चबूतरे के पास आती हूँ, जिस पर मुट्ठी भर काली, नम मिट्टी पड़ी है। मैं इसे सावधानी से अपने हाथों में लेती हूँ, मानो मैं कोई अनमोल खजाना नहीं, बल्कि मेरे हाथों में धड़कता हुआ जीवन ही पकड़ी हुई हूँ। मैं जारी रखने से पहले लगभग कोमलता से इसे देखती हूँ:

"वैज्ञानिक अनुसंधान, नथानिएल, कुछ बेहद महत्वपूर्ण दिखाते हैं: भले ही एक कोशिका का एक बड़ा हिस्सा नष्ट हो गया हो, इसमें खुद को बहाल करने की क्षमता है। बशर्ते सही प्रकार की ऊर्जा लागू की जाए। यह ऊर्जा सिर्फ़ यांत्रिक या रासायनिक नहीं है; यह जटिल भौतिक प्रक्रियाओं के माध्यम से बनाई जाती है, जो स्वयं पदार्थ के मूल निर्माण खंडों के गठन की ओर ले जाती है - मानो परमाणुओं को उनके मूल सद्भाव में पुनर्व्यवस्थित करना। और यह नई ऊर्जा न केवल क्षतिग्रस्त कोशिका को बहाल करती है, बल्कि इसे एक नई, भरपूर जीवन शक्ति से भर देती है जो इसे पहले से अधिक मजबूत बनाती है।"

मैं मिट्टी को वापस चबूतरे पर रख देती हूँ, मानो किसी पवित्र चीज़ को उसकी जगह पर वापस रख रही हूँ, और नथानिएल की ओर मुड़ती हूँ। मेरी नज़र दृढ़ है, उसकी आँखों में समझ की तलाश कर रही है।

"और यहीं यह वास्तव में दिलचस्प हो जाता है, नथानिएल। पृथ्वी की गहराई में, सोने की खानों में, वैज्ञानिकों ने कुछ असामान्य पाया है - अजीब सोने के धागे और छोटे सोने के गोले। यह पता चला कि ये छोटे "सार्कोफैगी" थे, जो किसी प्राचीन लोगों द्वारा नहीं, बल्कि क्यूप्रिअविडस मेटालिडुरन्स नामक बैक्टीरिया द्वारा बनाए गए थे। वे महिमा के लिए नहीं, बल्कि अस्तित्व के लिए सोना बनाते हैं। मिट्टी में जीवित कीमियागर। और अगर हम उन्हें अपने अंदर शामिल कर लें - तो हम खुद कवच बन जाएंगे।"

मैं थोड़ा मुस्कुराती हूँ, मेरी आँखों में एक गहरा विचार चमकता है।

"यह प्रक्रिया कुछ हद तक वैसी ही है जैसे रेशम के कीड़े रेशम का उत्पादन करते हैं। ये बैक्टीरिया पारा जैसे जहरीले पदार्थों का उपयोग अपने चारों ओर चमकदार सोने के कणों को "बुनने" के लिए करते हैं। शायद, नथानिएल, यह मेरी एक परियोजना का स्पष्टीकरण है जो सिर्फ़ विज्ञान कथा नहीं, बल्कि एक सच्चा आधुनिक कीमिया का चमत्कार हो सकती थी, अगर इसे वित्तपोषित किया गया होता, लेकिन अफसोस... मेरे पास समय नहीं था!"

मैं चमकते हुए क्रिस्टल के पास जाती हूँ, जो धीरे-धीरे अपने चबूतरे पर घूम रहा है, मानो किसी अनुष्ठान के लिए तैयार हो रहा हो।

"ये उल्लेखनीय बैक्टीरिया, क्यूप्रिअविडस मेटालिडुरन्स, अभी भी पूरी तरह से समझ में नहीं आने वाली जटिल जैव रासायनिक प्रक्रियाओं का उपयोग करके घातक विषाक्त पदार्थों को चमकदार सोने की धातु में बदल देते हैं। लेकिन जैविक रूप से यह पूरी तरह से संभव है कि इस बैक्टीरिया को मानव कोशिका में शामिल किया जाए और सीधे उसमें सोना बनाया जाए। कल्पना करें - सेलुलर स्तर पर एक आंतरिक सोने का कवच! यह रोशनी की प्रक्रियाओं के लिए एक बेहद अभिनव दृष्टिकोण है, जिसके लिए प्राचीन मिस्रियों ने सूत्र खो दिया था।"

"क्योंकि बास्टेट स्ट्रैंड्ज़ा की गुफा में सूक्ष्म जीवों का रहस्य ले गई, या क्योंकि सेनेनमुत ने इसे गिरे हुए ओबिलिस्क में एन्कोड किया?!" नथानिएल की आँखें जिज्ञासा से चमक उठती हैं, उसकी आवाज़ एक नई समझ से भरी हुई है।

लेकिन उस क्षण, उसका चेहरा सिकुड़ गया।

"रुको, ज़रा रुको! कोशिका में एक बैक्टीरिया?" "यह... खतरनाक लगता है। यह सबसे खराब हॉरर से विज्ञान कथा की तरह लगता है!" "क्या आप इसमें निश्चित हैं? क्या... सबूत हैं?"

"मैक्रो-ऑर्गनिज्म की कोशिकाओं में विशेष गुणों वाले एकल-कोशिका वाले जीवों को अवशोषित करने के ज्ञात प्रयास हैं - अरबों साल पहले हरे पौधों में क्लोरोप्लास्ट और गर्म-रक्त वाले जानवरों की कोशिकाओं में माइटोकॉन्ड्रिया अलग-अलग जैविक इकाइयां थीं। ऊर्जा का उत्पादन करने की अपनी अनूठी क्षमता के कारण, ये एकल-कोशिका वाले हमेशा के लिए निगल लिए गए और महत्वपूर्ण सेलुलर ऑर्गेनेल में बदल गए, जिनका प्रजनन केवल मैक्रो-ऑर्गनिज्म के अंदर ही होता है। उसी तरह, हमारी कोशिका के अंदर से, यह रोगाणु विषाक्त पदार्थों को - उन लोगों को जिनसे हम यहाँ मिलेंगे - सोने में बदल देगा। ठीक उसी तरह, जब जीवित अटलांटिस को प्रलय के बाद बदलती जलवायु परिस्थितियों में अपने शरीर को ढालना पड़ा। बेशक, समस्याएं इस तथ्य से उत्पन्न होती हैं कि क्यूप्रिअविडस मेटालिडुरन्स मानव दैहिक कोशिकाओं के लिए एक निश्चित विषाणुता दिखाता है। इसे मानव कोशिका में सुरक्षित रूप से पेश करने के लिए, इसे कम किया जाना चाहिए, निष्क्रिय किया जाना चाहिए, ताकि यह अपनी सोने की "कीमिया" को बनाए रखे, लेकिन मेजबान को नुकसान न पहुंचाए।"

मैं उस मार्ग की ओर इशारा करती हूँ जो खुल गया है, मानो मैंने खुद ही उसे बुलाया हो।

"इस बचाव कैप्सूल को बनाने की मेरी परियोजना की सफलता इस तथ्य के कारण थी कि प्रमाणित जैव प्रौद्योगिकी प्रयोगशाला में, जिसे मैं प्रदान करने में कामयाब रही, मैंने दोनों सूक्ष्म जीवों को खरीदा और विकसित किया, और आनुवंशिकी और चयन के लिए एक सटीक प्रोटोकॉल भी विकसित किया। और अब, नथानिएल, वह पूरी प्रयोगशाला, वह सारा ज्ञान और प्रयास... वे पुरानी धरती पर नहीं रहे। मैं उन्हें ले आई। मैंने... एक आश्रय से कुछ अधिक बनाया। मैंने... एक अवसर बनाया। मानव जीनोम के रहस्यों को समझने और हमारी मुक्ति के लिए इस सोने की "कीमिया" का उपयोग करने का अवसर। और मुझे लगता है कि इस अवसर का रास्ता...इस मार्ग से परे है। और अहंकार के सपने से बाहर कैसे निकलें? इच्छा के माध्यम से। इच्छा ही वह सोने का कवच है जो हमें इसके संक्षारक सार से बचाएगा।"

"अब मुझे दो दिन पहले मेरे सवाल का जवाब पता है?!" नथानिएल की आवाज़ शांत है, लगभग अनसुनी।

मानो मेरे शब्द उन सभी चीज़ों को टुकड़ों में फाड़ देते हैं जिन पर वह विश्वास करता था। वह केवल सुन नहीं रहा है, वह अपनी खुद की वास्तविकता के विघटन का अनुभव कर रहा है। उसके कंधे गिर जाते हैं, उसका सिर लटक जाता है। नथानिएल ग्रेनाइट के ब्लॉक में से एक पर गिर जाता है, मानो उसके पैरों ने अचानक उसे धोखा दिया हो। धड़कते हुए क्रिस्टल की रोशनी दीवारों पर भूतिया छाया डालती है, जो समझ से बाहर प्रतीकों से सजी हुई है, जो अब उसे उपहास की तरह लगती है। प्राचीन अनुष्ठान के लिए व्यवस्थित कलाकृतियां, एक अजीब, लगभग

मूर्त ऊर्जा उत्सर्जित करती हैं जो उसे suffocates। उसके सिर में विचारों का एक बवंडर घूम रहा है, संदेह का, एक गहरे, संक्षारक डर का।

---✶⚳✶---

फ्लैशबैक 📜 नथानिएल का:

मेरी आँखों के सामने, दादाजी की लाइब्रेरी, पुरानी कागज़ और धूल की गंध। घंटों, दिनों, रातों को पीले हो चुके स्क्रॉल और भूले हुए ग्रंथों पर बिताया। "मंदिर के गुप्त सिद्धांत," "अटलांटिस का भूला हुआ ज्ञान।"हर शब्द, हर प्रतीक मेरे अंदर घुस गया, सच्चाई, अर्थ, उद्देश्य का वादा किया। मुझे वह उत्साह याद है जब मैंने पहली बार "शुद्ध चेतना की शक्ति" के बारे में पढ़ा - कैसे मुझे लगा कि मैं ज्ञानोदय से एक कदम दूर हूँ। तब सब कुछ इतना स्पष्ट, इतना तार्किक था। मुझे मंदिर के तहखानों में वह फुसफुसाहट भी याद है, जब बूढ़े मैजिस्टर ने मुझसे कहा था: "सच्चाई महंगी है, नथानिएल। लेकिन झूठ अनमोल है, जब इसे अच्छी तरह से पैक किया जाता है।" तब मुझे यह समझ नहीं आया। अब... सच्चाई महंगी है, लेकिन झूठ... झूठ मेरी पूंजी थी। और अब यह कर्ज मुझे डुबो रहा है।

---✶⚳✶---

"मुझे कुछ समझ नहीं आ रहा है," वह एक कर्कश आवाज़ में कहता है, धीरे-धीरे अपना सिर हिलाता है, मानो बुरे सपने को दूर करने के लिए। "हमारे रहस्य... संगठन के सिद्धांत... वह सब कुछ जिस पर मैंने विश्वास किया है... इसकी एक दयनीय पैरोडी है। अतिभौतिकी? कल्पना? मानो मैं एक बुरे सपने में उतर गया हूँ जिससे मैं जाग नहीं सकता। मैं कहाँ हूँ, मेलिना? मैं किस शापित वास्तविकता में गिर गया हूँ?"

मैं धीरे-धीरे पास आती हूँ, मेरी मुस्कान - एक साथ दयालु और रहस्यमय - उसके भ्रम के साथ विरोधाभास करती है, जैसे तूफानी समुद्र पर चाँदनी। मैं अपना हाथ बढ़ाती हूँ और उसके कंधे को छूती हूँ। मेरा स्पर्श एक बिजली के चार्ज की तरह है जो उसके शरीर के माध्यम से दौड़ता है, एक ही समय में शांत करने वाला और चौंकाने वाला। मैं जानती हूँ कि वह हर ऊर्जा के धागे को महसूस करता है जो मैं उत्सर्जित करती हूँ।

"हाँ। मैं जानती थी।" मेरी आवाज़ नरम है, बिना किसी फटकार के। "क्योंकि मैंने तुम्हें चुना, नथानिएल। मैंने तुम्हारी महत्वाकांक्षा ही नहीं देखी, बल्कि तुम्हारे अंदर की उस पीड़ित धागे को भी देखा - वह धागा जो अपने खुद के अभिमान से बचाया जाना चाहता है। मैंने उसे छुआ। और मैं तुम्हें यहाँ दंडित करने के लिए नहीं लाई, बल्कि तुम्हें यह दिखाने के लिए लाई कि सबसे गहरा इरादा भी प्रकाश का मार्ग बन सकता है।"

उसकी आँखें खारे आँसुओं से भर गईं, लेकिन वह रो नहीं रहा था - वह टूट रहा था। अहंकार एक पुरानी त्वचा की तरह उतर रहा था।

और उस क्षण, उसने लगभग एक अनसुनी आवाज़ में फुसफुसाया:

"मुझे... नहीं पता था कि मैं इस तरह से प्यार कर सकता हूँ..."

मैं उसके पास झुकती हूँ, उसके चेहरे को छूती हूँ, और हमारे मार्ग की शुरुआत से पहली बार, मेरी आवाज़ में ज्ञान नहीं, बल्कि कुछ और मजबूत है - एक प्रतिज्ञा:

"इसीलिए, नथानिएल, तुम्हारा अहंकार अभी मर रहा है।" "क्योंकि सच्ची शक्ति ज्ञान में नहीं है, नियंत्रण में नहीं है, बल्कि पसंद में है।" "इच्छा एक ऐसा कवच है जिससे खून नहीं बहता।" "यह तलवार नहीं है, यह ढाल नहीं है।" "यह एक पसंद

है।" "और यह पसंद... पहले ही हो चुकी है।" "इससे परे हमारी दुनिया शुरू होती है।"

और हम दोनों ऐसे ही रहे - उस खामोशी में, जिसमें पहली बार कोई रणनीति नहीं थी। बस नंगी आत्माएं, पोर्टल के माध्यम से संक्रमण के लिए तैयार।

------------------ ---------------------

अध्याय 29: जीवन के क्वांटम कोड और सोने की सिम्फनी

नथानिएल... खामोशी अनुपस्थिति नहीं, बल्कि उपस्थिति थी। मेरा हर कदम कुछ प्राचीन, जागृत होने का आह्वान था। हवा - हवा नहीं, बल्कि तरल प्रकाश, युगों से घनीभूत। मेलिना ने अपने हाथ को अपने सामने फैलाया, मानो वह सिर्फ़ मानचित्र पर पत्थर की दीवार पर नाचते हुए प्रकाश को नहीं पकड़ रही थी, बल्कि दुनिया के बीच की सीमा को महसूस कर रही थी। मार्ग नीचे की ओर मुड़ गया, एक प्राचीन जानवर के गले की तरह, और उसमें एक मुश्किल से सुनाई देने वाली, लगभग सपने जैसी भनभनाहट थी। यह कुछ विशाल की नाड़ी की तरह था, जो जाग रहा था।

"और यहाँ, नथानिएल..." उसकी आवाज़ फुसफुसा रही थी, जो इतनी उन्मादी, लगभग पागलपन भरी रोशनी से भरी हुई थी कि मुझे रोंगटे खड़े हो गए। "यहाँ वह टूटा हुआ धागा छिपा है जिसकी हम तलाश कर रहे हैं। विचार के अज्ञात क्वांटम कोड से संबंध, जिसके बारे में हमने अब तक केवल पागलों की तरह फुसफुसाने की हिम्मत की है। और हमारे डीएनए के उन रहस्यमय अठानवे प्रतिशत के साथ, जिसे हम आसानी से 'कबाड़' कहते हैं। कबाड़! 'मानव जीनोम' परियोजना... कुछ आनुवंशिक कचरा। क्या होगा अगर ऐसा नहीं है? क्या होगा अगर ये अठानवे प्रतिशत, जिन्हें गैर-कोडिंग के रूप में लिखा गया है, शायद स्टार भाषाओं का एक संग्रह हैं - निष्क्रिय एल्गोरिदम, जो सक्रिय होने के लिए चेतना के उत्प्रेरक की प्रतीक्षा कर रहे हैं।"

मैंने अपनी उंगलियों को ठंडी, चिकनी चट्टानों पर सरकाया। मुझे मुश्किल से सुनाई देने वाली कंपन महसूस हुई जो मेरे स्पर्श के नीचे कांप रही थी, मानो पृथ्वी का गर्भ ही मेरे साथ सांस ले रहा हो। मुझे रोंगटे खड़े हो गए, लेकिन ठंड से नहीं, बल्कि किसी आदिम पहचान से। मुझे याद आया कि कैसे वर्षों पहले, जब मैं प्रकृति में भग्न ज्यामिति पर अपनी थीसिस पर काम कर रहा था, तो मुझे सोने के नैनोकणों और उनकी असामान्य चालकता के बारे में एक भूला हुआ लेख मिला था। तब मुझे यह शुद्ध कल्पना लगी थी, लेकिन अब... अब सब कुछ उलझ रहा था।

"कल्पना करें कि ये सोने के नैनोकण, जो बैक्टीरिया हमारी कोशिकाओं के अंदर ही बनाते हैं, सिर्फ़ मृत पदार्थ नहीं हैं, नथानिएल।" मेलिना की आँखें चमक गईं, मानचित्र के प्रकाश से परिलक्षित हुईं, और उनमें मैंने एक लौ देखी जिसे मैं बुझा नहीं सकती थी। "क्या होगा अगर वे सबसे मायावी क्वांटम संकेतों के साथ पूर्ण तालमेल में धड़कते हैं, हमारी चेतना की पूरी सिम्फनी को बढ़ाते और सामंजस्यपूर्ण रूप से उलझाते हैं? क्या यह परम कीमिया नहीं है? शायद जीवन एक सूत्र नहीं है, बल्कि एक संगीत स्कोर है। और सोने के नैनोकण - इस अनसुनी सिम्फनी में नोट्स हैं। हम उपकरण हैं। सवाल यह है: क्या हम जानते हैं कि कैसे बजाना है?"

मैंने अपनी भौंह उठाई। वह संदेह, जिसने हमेशा मेरी रक्षा की है, अब किसी जंगली अंतर्ज्ञान के साथ लड़ रहा था।

"सुनहरा अनुपात? यह दिव्य अनुपात, जो प्रकृति के हर कोने में घुसता है - आकाशगंगाओं के अंतहीन सर्पिलों से लेकर फर्न के सबसे नाजुक पुष्पगुच्छ तक, जिसका मैंने बचपन में घंटों तक अध्ययन किया था... क्या यह संयोग के एक सुंदर शौक से कुछ अधिक हो सकता है? तब भी, एक बच्चे के रूप में, मैंने खुद से पूछा कि सब कुछ इतना सही क्यों है। क्यों?"

उसने ऊर्जावान रूप से सिर हिलाया, इतनी ऊर्जावान रूप से कि उसके काले बाल उसके चेहरे के चारों ओर नाचने लगे।

"क्या होगा अगर यह एक मौलिक कानून है, जो क्वांटम स्तर पर जीवन की संरचना में ही बुना हुआ है? क्या यह संभव है कि सोने के नैनोकण इस सिद्धांत के अनुसार कोशिका में खुद को व्यवस्थित करते हैं, जो उन तथाकथित 'कबाड़' डीएनए हिस्सों के माध्यम से जानकारी प्रसारित करने के लिए सही अनुनाद बनाते हैं? क्या वे एंटेना हैं, नथानिएल? या शायद वे सबसे सूक्ष्म ऊर्जा क्षेत्रों के रेज़ोनेटर हैं, जो हमारी इंद्रियों के लिए अगोचर हैं? क्या तुम्हें वह सपना याद है जो मैंने तुम्हें बताया था? उन क्षेत्रों के बारे में जो सब कुछ में घुस जाते हैं, लेकिन कोई उन्हें नहीं देखता?"

---✶⚕✶---

फ्लैशबैक 📜 नथानिएल का: एक बातचीत के टुकड़े

मुझे उसका आत्मविश्वास याद है - वह शांत, संदेह से अप्रभावित विश्वास। तब मुझे यह पागलपन भरा लगा। अब... मुझे महसूस होता है कि उसका हर शब्द मुझे उस अदृश्य कपड़े से बुला रहा है जिसे हमने हमेशा नकारा है। उसने डीएनए को एक क्वांटम एंटीना के रूप में, एपिजेनेटिक्स, मॉर्फोजेनेटिक क्षेत्रों और क्वांटम उलझाव के बारे में बात की। "अगर मानव चेतना क्वांटम स्तर पर प्रभावित कर सकती है, तो यह जानकारी को एन्कोड और स्थानांतरित क्यों नहीं कर सकती?" उसने पूछा। हाँ, मेलिना। अब मैं समझता हूँ। जवाब हमेशा तुम्हारे अंदर थे। और हमारे अंदर।

---✶⚕✶---

मार्ग अचानक खुल गया। यह सिर्फ़ चौड़ा नहीं हुआ, बल्कि एक विशाल, मानो सांस लेने वाले हॉल में खुल गया। दीवारों पर ज्यामितीय आकृतियां उकेरी गईं, जो सिर्फ़ चमकती नहीं थीं - वे एक बेहोश, सम्मोहित करने वाली रोशनी के साथ धड़क रही थीं, जो एक लय उत्सर्जित करती थी, जो सांसारिक जीवन के लिए विदेशी थी। यह एक और दुनिया के दिल की धड़कन की तरह था। केंद्र में एक गोल पूल चमक रहा था, जो पिघले हुए सोने जैसा एक तरल पदार्थ से भरा हुआ था, लेकिन यह गर्मी के साथ नहीं, बल्कि एक ठंडी, लगभग अलौकिक रोशनी के साथ चमक रहा था, जिसने सब कुछ एक शांत शांति में ढँक दिया। मुझे लगा कि मेरी त्वचा पर रोंगटे खड़े हो गए हैं। यह सिर्फ़ एक जगह नहीं थी, बल्कि चेतना की एक अवस्था थी।

"जीवन का तंत्र और उसकी अमरता एक पहेली है, जिसे विज्ञान ने केवल छुआ था, बिना उसके सार में प्रवेश किए।" मेलिना सुनहरे पूल की ओर बढ़ी, जैसे एक प्राचीन दैवज्ञ की ओर जो सभी रहस्य रखता है। उसकी आवाज़ घनी, लगभग धार्मिक थी। "कुछ कोशिकाएं हमेशा के लिए क्यों बढ़ती हैं, समय को नजरअंदाज करते हुए, जबकि अन्य उम्र बढ़ने की अथक घड़ी का पालन करती हैं? क्या तुम्हें याद है जब मेरी दादी का निधन हुआ? मैं बहुत नाराज़ था। क्यों? ऐसा क्यों होना चाहिए? हमें क्यों बर्बाद किया गया है?"

उसने अपना हाथ चमकदार तरल में डुबोया। सोना मानो उसकी त्वचा से हट गया, बिना किसी निशान को छोड़े, बिना उसके मांस को प्रदूषित किए। मेलिना

ने अपना हाथ बाहर निकाला, मानो उसने एक जीवित पदार्थ को छुआ हो, और उसके चेहरे पर एक गहरी जागरूकता के साथ मिश्रित आश्चर्य का भाव था।

"क्या यह संभव है कि ये आंतरिक रूप से उत्पन्न सोने के कण शाश्वत यौवन की कुंजी हैं, जो क्वांटम स्तर पर डीएनए को होने वाले नुकसान की लगातार मरम्मत करते हैं, उन सूक्ष्म ऊर्जा प्रवाह को स्थिर करते हैं जो जीवन की लौ को बनाए रखते हैं? क्या यह वह पवित्र ग्रेल नहीं है जिसे हर कोई खोज रहा है?"

इस क्षण मैंने देखा कि दीवारों पर उकेरी गई मानव आकृतियां हिलना शुरू हो गई हैं। वे बह रही थीं और बदल रही थीं, मानो हमारी उपस्थिति पर प्रतिक्रिया कर रही हों, अधिक से अधिक जटिल और सम्मोहक पैटर्न का खुलासा कर रही थीं, जिन्होंने मेरी नज़र को कैद कर लिया। मुझे अजीब लगा... एक ही समय में सम्मोहित और थोड़ा डरा हुआ। मुझे बचपन की एक तस्वीर याद आई - मेरे दादाजी का कैलीडोस्कोप। वह हमेशा कहते थे कि जीवन एक कैलीडोस्कोप की तरह है - सब कुछ वहाँ है, आपको बस इसे सही तरीके से घुमाना है।

"क्या होगा अगर यह आंतरिक सोने का 'अमृत' है जिसे कीमियागर दार्शनिक पत्थर के लिए खोज रहे थे?" मेलिना ने एक इशारे के साथ पूरे हॉल को घेर लिया, और उसकी आँखों में एक अंतर्दृष्टि जल रही थी। "कोई बाहरी पदार्थ नहीं, जो जादू से बनाया गया हो, बल्कि एक आंतरिक प्रक्रिया - एक जैव रासायनिक क्वांटम कीमिया, जो भूले हुए प्राचीन ज्ञान और सबसे उन्नत आधुनिक विज्ञान के विलय के माध्यम से खोली गई है। डीएनए के वे 'कबाड़' अठानवे प्रतिशत शायद सिर्फ़ जानकारी नहीं, बल्कि अमरता के इस आंतरिक झरने को सक्रिय करने के लिए क्वांटम निर्देश रखते हैं। विज्ञान दहलीज पर था, लेकिन इसमें सबसे आवश्यक चीज़ की कमी थी - सूक्ष्म क्वांटम कनेक्शन की समझ, चेतना की सर्वशक्तिमान भूमिका और... शायद, एक उत्प्रेरक के रूप में बिना शर्त प्यार की शक्ति? क्या तुम्हें वह किताब याद है जो तुमने मुझे दी थी, 'शाश्वत दर्शन'? हर बार मैं सोचती थी कि यह सिर्फ़ एक रूपक है, लेकिन अब... अब सब कुछ उल्टा हो रहा है।"

"बिल्कुल, मेलिना..." मैंने बुदबुदाया, जब मैं दीवारों पर रोशनी के नृत्य का अनुसरण कर रहा था। मैंने महसूस किया कि टूटी हुई पहेली के टुकड़े आखिरकार मेरे दिमाग में एक पूर्ण तस्वीर में व्यवस्थित होना शुरू हो गए हैं। यह एक सिद्धांत से बढ़कर था, यह एक भावना थी। "अहंकार...संदेह और स्थिर भय की वह लगातार फुसफुसाहट... क्या यह इतना मजबूत है क्योंकि हम उम्र बढ़ने और मृत्यु के लिए बर्बाद हैं? क्या होगा अगर जवाब एक मौलिक कानून में छिपा है - एन्ट्रापी की अथक वृद्धि, अराजकता की जीत? मुझे एक प्रोफेसर के साथ एक बातचीत याद है..., मैं उसका नाम भूल गया, लेकिन वह हमेशा कहते थे कि मृत्यु सिर्फ़ परम एन्ट्रापी है। तब मुझे यह समझ नहीं आया।"

चमकती हुई आकृतियों में से एक दीवार से अलग हो गई। यह सिर्फ़ अलग नहीं हुई, बल्कि धीरे-धीरे मेरी ओर खिसकने लगी, जो अधिक से अधिक चमकदार, धड़कती हुई रोशनी उत्सर्जित कर रही थी। मानो हॉल ही मुझे बुला रहा था। मेरी आत्म-संरक्षण की प्रवृत्ति ने मुझे पीछे हटने के लिए मजबूर किया, मेरे कदम मंत्रमुग्ध स्थान में लड़खड़ा गए। मानो यह नियति के विचार से ही बुना गया हो। यह एक विदेशी तर्क के साथ धड़क रहा था, एक चुप्पी के साथ, जो एक चीख से भी अधिक भयानक थी। उस क्षण मुझे एहसास हुआ: हम अपने आप में अकेले नहीं हैं।

"अपने शरीर की कल्पना एक कमरे के रूप में करें, जो हर सेकंड अधिक से अधिक कचरे से भर जाता है - चयापचय संबंधी कचरा, विषाक्त पदार्थ, क्षतिग्रस्त अणु, मृत कोशिका अवशेष..." मेलिना ने अपनी नज़र को पास आती हुई आकृति से नहीं हटाया, जो मानो मुझे आकर्षित कर रही थी, मानो मैं इस नई, डरावनी वास्तविकता का केंद्र था। "समय के साथ, व्यवस्था बनाए रखना अधिक से अधिक कठिन हो जाता है, स्थान अधिक से अधिक निष्क्रिय हो जाता है, जब तक कि अंत में यह एक दुर्गम भूलभुलैया में बदल न जाए। यह सेलुलर स्तर पर एक दर्दनाक रूप से सटीक समानता है। क्या तुम्हें गाँव में वह पुराना घर याद है, जहाँ हमने गर्मियाँ बिताई थीं? हमने जितनी भी सफाई की, धूल फिर भी जमा हो गई। क्या यही जीवन है? धूल का एक अंतहीन ढेर?"

आकृति धीरे-धीरे मेरे चेहरे से हट गई और दीवार पर अपनी जगह पर वापस चली गई, जिससे एक ठंडा सिहरन और एक अचानक, क्रिस्टल स्पष्ट अंतर्दृष्टि की भावना पीछे रह गई। यह मेरी अपनी मृत्यु को देखने जैसा था, लेकिन मुक्ति का मार्ग भी।

"यह अथक प्रक्रिया एन्ट्रापी है - एक बंद प्रणाली में अव्यवस्था का एक मौलिक माप। एन्ट्रापी जितनी अधिक होगी, प्रणाली उतनी ही अधिक अराजक और अव्यवस्थित होगी, जब तक कि अंत में यह पूरी तरह से टूट न जाए। दुर्भाग्य से, जीवित जीवों में एन्ट्रापी उम्र के साथ अथक रूप से बढ़ती है, जिससे बुढ़ापा और मृत्यु होती है - उस जटिल, दिव्य रूप से व्यवस्थित संरचना का विघटन जिसे हम जीवन कहते हैं। लेकिन..." मेलिना मेरी ओर मुड़ी, उसकी आँखें दृढ़ संकल्प के साथ जल रही थीं, दो छोटी लपटों की तरह, जो पूरे हॉल को प्रतिबिंबित करती थीं।

"हमारे पास इस प्रक्रिया को उलटने, समय की दिशा बदलने की कुंजी है! ये सूक्ष्म कीमियागर हमारे अंदर जो सोना बनाते हैं, वह इस आंतरिक अराजकता में व्यवस्था लाने, क्वांटम कंपन को सुसंगत बनाने और 'कबाड़' डीएनए की निष्क्रिय क्षमता को अनलॉक करने का तरीका हो सकता है। यह गुफा... ये प्राचीन प्रतीक... सुनहरा पूल... वे पहेली का हिस्सा हैं। वे हमें दिखाते हैं कि जीवन की इस सोने की सिम्फनी को कैसे ट्यून करना है, एक शाश्वत राग कैसे बजाना है। संगीत इंतज़ार नहीं करता। यह बज रहा है। सवाल यह है - क्या हम पूरी तरह से शांत होने से पहले सुनना सीखेंगे?"

------------------ ------------------

अध्याय 30: हृदय का जादू और अनंत काल की गूंज

"और मानव सभ्यता और हमारा ग्रह - क्या वे एक एकल जीव नहीं हैं?!" मेलिना अथक रूप से बोलती रही, मानो वह सदियों से चुप थी, और उसकी आँखें धड़कती हुई रोशनी की पृष्ठभूमि के खिलाफ एक अलौकिक रूप से चमक रही थीं, जो उसके चेहरे पर रहस्यमय छाया बना रही थीं। उसने सुनहरे पूल की ओर एक और कदम बढ़ाया, उसकी उंगलियां उसकी शांत, दर्पण जैसी सतह के ऊपर हवा में कांप रही थीं, मानो वह खुद अनंत काल को छूने के लिए तैयार हो रही हो।

नथानिएल ने उसकी हर हरकत को देखते हुए अपनी सांस रोक ली। उसका दिमाग अभी भी उसकी अंतर्दृष्टि की विशालता को समझने के लिए संघर्ष कर रहा था। "यह... पागलपन भरा लगता है!" उसने सोचा, लेकिन साथ ही उसका अंतर्ज्ञान, वह गहरी, आदिम भावना, उसे चिल्ला रही थी कि वे एक रहस्योद्घाटन की दहलीज

पर थे जो अस्तित्व के सभी नियमों को फिर से लिखेगा, ज्ञात दुनिया को उल्टा कर देगा। अविश्वास सच्चाई की एक नशीली, डरावनी भावना के साथ उलझ गया।

"हम जिस तरह से समझते हैं, उस तरह से एक सच्चे, शाश्वत अस्तित्व को प्राप्त करने के लिए, हमें जैविक स्तर पर समय के प्रवाह को ही रोकना होगा, इस मौलिक, अविचल कानून का उल्लंघन करना होगा... जो हाल ही में ईशनिंदा, असंभव और यहां तक कि खतरनाक भी लग रहा था।"

अचानक, एक और चमकती हुई आकृति अप्रत्याशित गति के साथ दीवार से अलग हो गई, एक तीर की तरह निकली, और सुनहरे पूल में गोता लगाया। उसी क्षण तरल एक चकाचौंध करने वाले, तीखे सफेद प्रकाश में फट गया, जिसने उनकी छाती से हवा निकाल दी, न केवल उनकी दृष्टि, बल्कि वास्तविकता की उनकी धारणा को भी जला दिया। यह उतनी ही जल्दी बुझ गया, जिसने सतह पर एक झिलमिलाती सुनहरी चमक को पीछे छोड़ दिया, जो नाच रही थी। नथानिएल ने स्वाभाविक रूप से अपनी आँखों की रक्षा के लिए अपना हाथ उठाया, बुदबुदाते हुए: "क्या... क्या हुआ...?"

"और इस तरह..." मेलिना ने फुसफुसाया, उसकी आवाज़ उत्तेजना से कर्कश हो गई, खुली और अपरिचित, जब उसने पूल की सतह का अध्ययन किया, जो फिर से दर्पण की तरह चिकनी थी, मानो कुछ हुआ ही न हो। "हम रहस्य के दिल तक पहुँच गए हैं। उस चीज़ तक जिसे प्राचीन लोग... मंत्र कहते थे। शब्द नहीं, बल्कि अनुनाद। जादू नहीं, बल्कि एक कोड, जो स्वयं सृष्टि के सार से बुना हुआ है।"

वह धीरे-धीरे नथानिएल की ओर मुड़ी, उसकी नज़र तेज और एक अस्पष्ट शक्ति से भरी हुई थी जिसने उसे जगह पर जकड़ दिया। उसने महसूस किया कि उसकी रीढ़ में सिहरन दौड़ रही है, लेकिन ठंड से नहीं, बल्कि किसी रहस्यमय पूर्वाभास से।

"प्राचीन ऋषियों ने हृदय को सिर्फ़ एक जैविक पंप के रूप में नहीं देखा जो रक्त को धकेलता है, बल्कि आत्मा का एक पवित्र मंदिर, भावनाओं का, परमात्मा के साथ हमारे संबंध का, आदिम स्रोत के साथ देखा। वे मानते थे कि इस मांसपेशी की स्थिति आध्यात्मिक विकास की हमारी क्षमता से, ज्ञानोदय तक पहुँचने, सच्चे ज्ञान तक सीधे तौर पर जुड़ी हुई है। और यहाँ विरोधाभास है, नथानिएल - आधुनिक विज्ञान इस प्राचीन, लंबे समय से भूले हुए ज्ञान की अधिक से अधिक पुष्टि कर रहा है।"

जैसे ही वह बोल रही थी, एक और सूक्ष्म आकृति ने पहले वाली का अनुसरण किया, जो सुनहरे तरल में डूब गई। इस बार, इसके स्पर्श पर, पूल से शुद्ध सुनहरी रोशनी का एक लंबा, झिलमिलाता स्तंभ उठा, जिसने हॉल की छत को छेद दिया और मानो गैर-अस्तित्व में, अनंत काल में खो गया। नथानिएल ने लगभग अपनी आँखों पर विश्वास न करते हुए पलक झपकी।

"हृदय का इष्टतम कार्य शारीरिक स्वास्थ्य से कहीं अधिक है, नथानिएल। यह गहरे आध्यात्मिक अनुभवों की कुंजी है। हृदय कोशिकाओं की लोच और विद्युत चालकता हमारे पूरे भावनात्मक स्पेक्ट्रम, हमारे हर विचार और भावना के साथ प्रतिध्वनित होती है। हर भावना अद्वितीय विद्युत चुम्बकीय कंपन उत्पन्न करती है, जो शाब्दिक रूप से हमारे हृदय को सेलुलर स्तर पर फिर से ट्यून करती है।"

चमकती हुई आकृतियों की एक श्रृंखला पूल की ओर उतरी, प्रत्येक ने एक संक्षिप्त, लेकिन तीव्र प्रकाश आवेग का कारण बना, मानो वे किसी अदृश्य तंत्र को सक्रिय कर रहे थे, किसी प्राचीन सुविधा को, जो एक लंबे समय से भूली हुई सभ्यता

द्वारा छोड़ी गई थी। प्रकाश सिर्फ़ चमक नहीं रहा था। यह सांस ले रहा था। यह अपना आकार बदल रहा था। यह कुछ चाहता था।

"प्रेम, कृतज्ञता, खुशी - ये उच्च कंपन न केवल आत्मा को छूते हैं, बल्कि शाब्दिक रूप से हृदय के विद्युत चुम्बकीय क्षेत्र को फिर से व्यवस्थित करते हैं। विज्ञान इसे साबित करता है, प्राचीन लोग इसे जानते थे - हम तब ठीक होते हैं जब हम प्यार करते हैं। इसके विपरीत, नकारात्मक भावनाएं अराजक, विनाशकारी कंपन उत्पन्न करती हैं, जो हृदय के ऊतक को नुकसान पहुंचा सकती हैं, इसकी सूक्ष्म संरचना और कार्य को बाधित कर सकती हैं। नकारात्मकता का पुराना तनाव और जहर शाब्दिक रूप से हृदय कोशिकाओं के इलेक्ट्रॉनिक विन्यास को बदल देता है, उनकी कार्य करने, जीने की क्षमता को कमजोर करता है।"

अचानक, उन आकृतियों में से एक, जो कुछ क्षण पहले पूल में डूब गई थी, धीरे-धीरे वापस ऊपर उठने लगी। अब वह नहीं चमक रही थी। वह दीवार पर अपनी जगह पर वापस आ गई, जिससे एक काला, gaping खालीपन पीछे रह गया, मानो उसने हॉल के प्रकाश का एक हिस्सा निगल लिया हो। नथानिएल ने अपनी त्वचा पर एक ठंडी लहर महसूस की।

"लेकिन हृदय, नथानिएल, एक यांत्रिक पंप से कहीं अधिक है, यह सिर्फ़ एक निर्जीव मशीन नहीं है। यह एक जटिल संचार केंद्र है, हमारी प्रतिरक्षा प्रणाली का एक महत्वपूर्ण तत्व है। यह आश्चर्यजनक है, लेकिन हृदय अपने खुद के एंटीबॉडी पैदा करता है - IgG, IgM और मोनोमेरिक IgA, जो शरीर की सुरक्षा में सक्रिय रूप से भाग लेते हैं। हृदय, नथानिएल...यह सिर्फ़ एक पंप नहीं है!" उसकी आवाज़ टूट गई। "यह... एक मंदिर है। एक केंद्र। और हाँ, यह एंटीबॉडी पैदा करता है! IgG... IgM... लेकिन यह सिर्फ़ सतह है। यह सिर्फ़... शुरुआत है। जब हृदय की मांसपेशी की लोच कम हो जाती है, जब यह डर और घृणा से सख्त हो जाती है, तो इन महत्वपूर्ण एंटीबॉडी के उत्पादन में संतुलन बाधित हो जाता है, जिससे हमारी समग्र सुरक्षा और आत्म-उपचार, आत्म-पुनर्प्राप्ति की हमारी क्षमता से समझौता होता है।"

डूबती हुई आकृतियों से प्रकाश प्रभाव अधिक से अधिक बार-बार और अधिक शक्तिशाली हो गए, आँखों के लिए लगभग दर्दनाक थे। नथानिएल ने महसूस किया कि एक हल्का बुखार उसके पूरे शरीर में फैल गया, मानो गुफा की ऊर्जा उसकी अपनी नसों में धड़क रही हो, उसके रक्त के साथ विलय हो रही हो। यह सिर्फ़ एक अवलोकन नहीं था, बल्कि एक अनुभव था।

"प्राचीन आध्यात्मिक शिक्षाओं ने हमेशा हृदय की स्थिति को गहरे आध्यात्मिक अनुभवों की संभावना से, ज्ञानोदय तक पहुँचने, सच्ची रोशनी से जोड़ा है। किसी व्यक्ति को कटैबासिस में उतरने के लिए - चेतना के गहरे स्तरों तक, उसके सच्चे सार के ज्ञान तक उस रहस्यमय यात्रा को करने के लिए - हृदय को 'नरम' होना चाहिए, पूरी तरह से खुला होना चाहिए, डर और घृणा के बंधनों से मुक्त होना चाहिए, उन सभी अंधेरी भावनाओं से जो इसे सिकोड़ती हैं। खुले हृदय की यह स्थिति एक संतुलित प्रतिरक्षा प्रणाली और पीनियल ग्रंथि के इष्टतम कार्य से सीधे तौर पर जुड़ी हुई है - छोटी, लेकिन शक्तिशाली ग्रंथि, जो circadian लय और मेलाटोनिन के उत्पादन को नियंत्रित करती है, और जैसा कि हम पहले से ही जानते हैं... शायद बहुत कुछ, हर उम्मीद से परे।"

सुनहरा पूल अधिक से अधिक तेजी से धड़कने लगा, इसका प्रकाश लगभग असहनीय हो गया, उन्हें एक सुनहरे प्रभामंडल में ढँक दिया। दीवार पर एक आकृति

एक whirling गति के साथ अलग हो गई और सीधे नथानिएल की ओर बढ़ी, मानो वह उसकी ऊर्जा, उसके सार से आकर्षित हुई हो। नथानिएल, आतंक और आकर्षण के मिश्रण से अभिभूत, हिल नहीं सका।

"हृदय, प्रेम और ज्ञान का यह शाश्वत प्रतीक, वास्तव में सच्ची शक्ति और बिना शर्त खुशी की कुंजी रखता है। बिना शर्त प्यार, अटल विश्वास और शाश्वत आशा केवल कविता में खोए हुए सुंदर शब्द नहीं हैं, बल्कि वास्तविक, शक्तिशाली ऊर्जाएं हैं, जो सबसे गहरे सेलुलर स्तर पर पोषण, उपचार और बहाल करती हैं। जब हम जानबूझकर अपने दिल को इन उच्च कंपनों के लिए खोलते हैं, तो हम सार्वभौमिक प्रेम के साथ एक प्राकृतिक अनुनाद बनाते हैं, जो सब कुछ मौजूद होने का आदिम स्रोत है। सकारात्मक भावनाएं मस्तिष्क में लाभकारी न्यूरोट्रांसमीटर के उत्पादन को उत्तेजित करती हैं, जो आंतरिक भलाई की भावना को बढ़ाती हैं, तनाव को कम करती हैं और मन-शरीर, शरीर-आत्मा के संबंध को मजबूत करती हैं। इससे भी अधिक, हृदय शक्तिशाली विद्युत चुम्बकीय क्षेत्र उत्सर्जित करता है, जो न केवल हमें प्रभावित करते हैं, बल्कि दूसरों द्वारा भी महसूस किए जा सकते हैं, जो हर जगह फैलने वाली सद्भाव की लहरें बनाते हैं।"

आकृति नथानिएल के खतरनाक रूप से पास आ गई, और उसने स्वाभाविक रूप से अपने चेहरे के सामने अपने हाथ उठाए, एक असहाय प्रयास में खुद को बचाने के लिए, खुद को अस्पष्ट से छिपाने के लिए। उसकी सांसें छोटी हो गईं, उसका दिल एक घंटी की तरह धड़क रहा था। "यह संभव नहीं है...", उसने फुसफुसाया, उसकी आवाज़ लगभग अनसुनी थी।

"और इस तरह, नथानिएल, दिव्य प्रेम, वह चिंगारी जिसे हम में से प्रत्येक अपने भीतर गहराई से रखता है, एक छोटे, लेकिन असीम रूप से शक्तिशाली बीज की तरह है।" मेलिना ने नथानिएल की ओर देखा, और उसकी आँखें दृढ़ संकल्प के साथ जल रही थीं। "सही परिस्थितियों में - एक खुले दिल और शुद्ध इरादों के साथ - यह अपनी पूरी क्षमता तक खिल सकता है, जो उपचार, परिवर्तन और... शायद मृत्यु की दहलीज को पार करने और अनंत काल प्राप्त करने के लिए अविश्वसनीय संभावनाएं खोलता है। लेकिन... केवल तभी जब हम कीमत चुकाने के लिए तैयार हों। और कीमत... जितनी हम कल्पना करते हैं उससे अधिक हो सकती है।"

उसी क्षण, चमकती हुई आकृति ने नथानिएल की छाती को छुआ। एक सेकंड के एक अंश के लिए दुनिया स्थिर हो गई - फिर दर्द एक raging हिमस्खलन की तरह उस पर बह गया। एक गर्म लहर उसके शरीर में घुस गई - मानो हजारों अदृश्य सुइयां उसकी कोशिकाओं में खोद रही हों, पुरानी सामग्री को जला रही हों, उसे बदल रही हों। उसका रक्त एक नई लय में धड़कने लगा, जो अपरिचित था, लेकिन किसी तरह प्राचीन था, मानो अस्तित्व के बहुत कोर से जाग गया हो। उसकी हर मांसपेशी टूटने के बिंदु तक खिंच गई, उसकी तंत्रिका तंत्र का हर फाइबर अमानवीय पीड़ा के अधीन था। उसने आग में सांस ली, राख को बाहर निकाला। यह मृत्यु नहीं थी, बल्कि एक ही क्षण में एक हजार मौतें थीं, एक नए जन्म का prelude। उसने अपने विचारों को देखा - सभी। डर, अभिमान, संदेह - धुएं की तरह वाष्पित हो गए। केवल खामोशी रही। सच्ची खामोशी। फिर... कुछ नहीं। एक पूर्ण, अंतहीन खालीपन, जिसमें वह खुद भी गायब हो गया।

नथानिएल चिल्लाया, लेकिन उसकी आवाज़ चकाचौंध करने वाले प्रकाश में डूब गई, जिसने पूरे हॉल को ढँक दिया। इस सफेद, vibrating खालीपन में छाया,

दीवारें, अंतरिक्ष गायब हो गए। केवल धड़कता हुआ सोना रहा, एक क्वांटम महासागर की तरह चमकता हुआ, जिसमें वह डूब रहा था और फिर से पैदा हो रहा था।

इस चमकदार अनंत काल के बीच, नथानिएल ने मेलिना की आवाज़ सुनी - लेकिन अपने कान से नहीं, बल्कि अपने अस्तित्व से। यह अंदर से गूंज रहा था, एक प्राचीन कोड के आह्वान की तरह:

"अब कोई वापसी नहीं है, नथानिएल। पोर्टल खुल गया है। अब... या तो तुम बिखर जाओगे, या तुम फिर से जीवित हो जाओगे। तुमने दहलीज पार कर ली है। तुम अहंकार से परे कौन हो? जब तुम्हारे पुराने सार की धूल कुछ भी नहीं में बिखर जाएगी तो तुम कौन बनोगे?" वह डूब नहीं रहा था - वह ऊपर उठ रहा था। वह मर नहीं रहा था - वह फिर से व्यवस्थित हो रहा था। उसके भीतर, बहुत कोर में, एक चिंगारी जल गई, जो समय से संबंधित नहीं थी। वह नथानिएल नहीं था, बल्कि वह सार था जो हमेशा नाम के पीछे रहा था।

सुनहरी रोशनी एक और बार धड़क गई - और सब कुछ खामोशी में डूब गया। खामोशी... कोई खालीपन नहीं थी, बल्कि एक पूर्ण शुरुआत थी।

अध्याय 31: देवताओं का रक्त और अनंत काल का बर्तन

नथानिएल...

मैं अपने घुटनों पर सिकुड़ गया। यह सिर्फ़ दर्द नहीं था, सिर्फ़ जलन नहीं थी। यह संवेदनाओं का एक raging विस्फोट था, जिसने मेरी हर कोशिका को भीतर से फाड़ दिया, जैसे प्रकाश के अनगिनत अदृश्य ब्लेड। मेरी मांसपेशियां convulsions में सिकुड़ गईं, मेरी उंगलियां चिकने पत्थर के फर्श को जकड़ रही थीं, जबकि मेरे दांत निराशा की गूंज के साथ खड़खड़ रहे थे। मेरे सिर की हर धड़कन में, मानो किसी प्राचीन, अनुष्ठानिक ढोल की टक्कर गूंज रही थी - पीड़ा की एक अदृश्य सेना का स्वामी।

सुनहरे पूल से उठने वाली हरे-भरे रंग की चमक अधिक से अधिक तीव्रता से धड़क रही थी - लयबद्ध, लगभग धमकी भरा। दीवारों पर उकेरे गए प्रतीक प्रकाश और छाया के एक भयानक नृत्य में नाचने लगे, जो लंबे समय से भूले हुए बुतपरस्त अनुष्ठानों के दृश्यों को चित्रित कर रहे थे, जो समय को ही निगलते हुए एक trance में घूम रहे थे।

मेरे चारों ओर की हवा घनी हो गई, एक चिपचिपे पदार्थ में जम गई जिसने मेरा गला घोंट दिया। हर सांस एक संघर्ष थी - मानो मैं हवा की बजाय मांस में सांस लेने की कोशिश कर रहा था।

"तुमने... तुमने क्या... मेरे साथ क्या किया?" मैंने कर्कश आवाज़ में कहा। मेरी आवाज़ सूख गई थी, और मेरे मुँह में लार एक चिपचिपी, ठंडी राल में बदल गई थी। "क्या मैं मर जाऊँगा?! यह... यह मानवीय नहीं है! धिक्कार है... यह दुखता है! इसे रोक दो!"

मेलिना मेरे सामने खड़ी थी। एक मूर्तिकला। स्थिर। संगमरमर और अंधेरे की एक मूर्ति की तरह। उसका चेहरा - अथाह, अभेद्य भावनाओं का एक मुखौटा, जिसमें चिंता, अपराधबोध और अटूट दृढ़ संकल्प लड़ रहे थे, जो तर्क से कहीं अधिक गहरे से उत्पन्न हो रहे थे। वह मेरी ओर बढ़ी, हालांकि उसका पूरा शरीर मुश्किल से कांप रहा था।

"यह unlocking था।" उसकी आवाज़ शांत थी, फिर भी क्रिस्टल स्पष्ट थी - मेरे दर्द को एक तेज रेजर की तरह काटती थी, जो एक अजीब राहत और एक नया डर दोनों लाती थी। "प्रक्रिया शुरू हो गई है। अब कोई वापसी नहीं है, नथानिएल। तुम खुद जानते हो। क्या तुम्हारे पास कोई विकल्प है?"

दर्द दूर नहीं हुआ - यह बदल गया। यह गायब नहीं हुआ, बल्कि कुछ नया में पिघल गया - एक जीवित, गर्म ऊर्जा, जो अब फाड़ नहीं रही थी, बल्कि भर रही थी। एक उतार नहीं, बल्कि एक पुनर्जन्म - एक घातक रात के बाद भोर की तरह। यह ऊर्जा मेरी नसों में सितारों के बहुत कोर से एक कीमियाई अमृत की तरह फैल गई... मेरे रक्त में बहने वाले एक प्राचीन ब्रह्मांड की गर्मी... मैं कांप रहा था। थकावट से नहीं, बल्कि कुछ और से - मानो मेरी पूरी आंतरिक दुनिया को फिर से आकार दिया जा रहा था।

मुझे याद आया कि कैसे एक सात साल के बच्चे के रूप में, मैं दादी के यार्ड में अखरोट के पेड़ से गिर गया था। तब दर्द भी उतना ही चौंकाने वाला था, और विरोधाभासी रूप से - उस पल में मुझे अस्तित्व की मिठास भी महसूस हुई। अब यह वही था, लेकिन एक अतुलनीय रूप से गहरे पैमाने पर। मानो मेरे अस्तित्व की बहुत जड़ें उखड़ गई हों और एक नई, अपरिचित जीवन शक्ति से बदल दी गई हों। मेरा अहंकार लड़ रहा था, अंतिम convulsions में चिल्ला रहा था, लेकिन मैं पहले से ही उससे परे देख रहा था।

"लेकिन... इसका क्या मतलब है? यह 'मंत्र' क्या है? भगवान के लिए, मेरे साथ क्या हो रहा है? मैं क्यों?" मैंने मुश्किल से फुसफुसाया। मेरी आवाज़ कर्कश थी, लेकिन अब दर्द से नहीं, बल्कि भ्रम से, एक अथाह अनिश्चितता से।

मेलिना और भी करीब आ गई। उसकी नज़र में मातृत्व की कोमलता और पवित्र कठोरता का वह विशेष मिश्रण था। उसने मेरी छाती को छुआ - जहाँ कुछ क्षण पहले प्रकाश की आकृति ने अपनी मुहर लगाई थी। उसकी हथेली गर्मी उत्सर्जित कर रही थी, तापमान से नहीं, बल्कि किसी अदृश्य आंतरिक ऊर्जा से, जो मानो मेरे अंदर के तूफान को शांत करने की कोशिश कर रही थी।

"तुमने खुद रक्त का उल्लेख किया, नथानिएल..." उसने बात की, उसकी आवाज़ नरम थी, फिर भी शक्ति से भरी हुई थी, मानो उसके शब्द जीवितों की दुनिया से परे से आ रहे थे। "वह तूफानी नदी जो हम में से प्रत्येक में कभी नहीं रुकती। सिर्फ़ एक तरल नहीं, सिर्फ़ पोषक तत्वों और ऑक्सीजन का एक वाहक नहीं। रक्त एक जीवित इतिहास है, अस्तित्व की एक तैरती हुई लाइब्रेरी है। यह स्मृति का वाहक है। ऊर्जा का। स्वयं आत्मा का।"

वह एक पल के लिए चुप हो गई, अपने शब्दों के वजन को मेरे दिमाग में घुसने दिया, फिर उसी लगभग सम्मोहक स्वर के साथ जारी रखा:

"रक्त में बायोमोलेक्यूल्स होते हैं, जिन्हें हमने केवल सतही रूप से पढ़ना सीखा है। लेकिन इसके परिचित रासायनिक चेहरे के पीछे सूक्ष्म क्षेत्र हैं, जो विचार, चेतना, स्वयं वास्तविकता के साथ अनुनाद में कंपन करते हैं। यह सभी भावनाओं, सभी अनुभवों, हर स्मृति के निशान रखता है, जो कोशिकाओं की सबसे गहरी परतों में एन्कोड किए गए हैं।"

"यह... जादू जैसा लगता है," मैंने एक कांपती हुई आवाज़ में सांस ली। "रक्त... सिर्फ़ रक्त है।"

"नहीं।" उसकी आवाज़ में एक हल्की फटकार नहीं, बल्कि मेरे अभी तक न समझने का एक शांत दर्द था। "हृदय ग्रेल है। सोने का प्याला नहीं, बल्कि प्रेम का अंग है। कोई अवशेष नहीं, बल्कि एक जीवित अवस्था है। जो कोई भी उससे पीता है, वह एक तरल नहीं पीता, बल्कि स्वयं सृष्टि के साथ अनुनाद में प्रवेश करता है। और रक्त... यह अमृत है। इसकी जीवित, धड़कती हुई सार।"

उसने अपना सिर ऊपर उठाया, और उसकी आँखों में एक दूरस्थ, लगभग ब्रह्मांडीय दुख चमक गया।

"क्या तुम्हें बचपन की कहानियाँ याद हैं - सोने के प्याले के बारे में, कीमती पत्थरों से जड़े हुए?" उसने फुसफुसाया। "वे सिर्फ़ छवियां हैं, प्रतीक हैं, जिन्हें इस तरह से बताया गया है कि जनता का दिमाग उन्हें सहन कर सके। लेकिन सार हमेशा एन्कोड किया गया था - हृदय ही ग्रेल है। जीवन का बर्तन। और यहाँ, इस गुफा में, हम इसके सार के करीब आ रहे हैं।"

उसकी आवाज़ अब उसकी नहीं लग रही थी। ऐसा लग रहा था मानो प्राचीन पुजारियों और भूले हुए दीक्षकों का एक पूरा अदृश्य कॉलेज उसके माध्यम से बोल रहा था।

"जब हृदय शुद्ध इरादे, बिना शर्त प्यार की लय में धड़कता है," उसने जारी रखा, "तो उसका विद्युत चुम्बकीय क्षेत्र रक्त को पूर्ण सामंजस्य के साथ चार्ज करता है। चेतना परमाणुओं की आंतरिक सिम्फनी को फिर से व्यवस्थित करना शुरू कर देती है। क्या तुम्हें पानी के साथ मसा

अध्याय 32: पुजारी की फुसफुसाहट और आत्मा का पोर्टल

शरीर। आत्मा। भावना। एकता। पीनियल ग्रंथि। हृदय। मन। रक्त। प्रकाश। चेतना। ब्रह्मांड की धड़कन। सत्य ने सिर्फ हमला नहीं किया - इसने मुझे निगल लिया। एक सुनहरी प्लाज्मा की लहर की तरह, जो प्राचीन और मौन थी। मेरी हर कोशिका एक नए कोड में घुल गई - पदार्थ से नहीं, बल्कि चेतना से, प्रेम और स्मृति के एक कंपनशील सूत्र से। अब जाकर मैं इस रहस्यमय प्रक्रिया की पूरी वास्तुकला को समझ पाया - यह सिर्फ एक शारीरिक परिवर्तन नहीं था, बल्कि मेरे सार की ही एक पुनर्व्यवस्था थी। एक अपरिवर्तनीय कीमिया, जो धातुओं से नहीं, बल्कि मेरे रक्त की धड़कन से, मेरे हृदय के कंपन से, मेरे मन की अंतर्दृष्टि से और पीनियल ग्रंथि की चमक से बनी थी।

मैं मेलीना को घूरता रहा, जो सुनहरे तरल के साथ और भी अधिक घुलमिल रही थी। वह शाब्दिक रूप से पिघल नहीं रही थी, बल्कि ऐसा लग रहा था कि वह अपनी देह को प्रकाश में घोल रही है, अपनी आत्मा और पदार्थ के बीच मिलन के नृत्य में। सुनहरे धागे उसके शरीर के चारों ओर एक झरने की ऊर्जा के नरम स्पर्श की तरह लपेट रहे थे। एक दीप्तिमान आभा उसके बालों, उसकी त्वचा, उसकी उंगलियों को घेर रही थी। वह सिर्फ एक महिला नहीं थी, वह एक मंदिर थी। एक जीवंत पोर्टल।

तभी मुझे महसूस हुआ कि एक शक्ति मुझे उसके साथ नीचे खींच रही है - यह शारीरिक नहीं थी, बल्कि वह जानी-पहचानी आंतरिक खींच थी, जब नींद आपको पूरी तरह से अपनी गिरफ्त में ले लेती है। “तुम सपना देख रहे हो···” उसने फुसफुसाया। उसकी आवाज़ एक शुद्ध कंपन में बदल गई, जो मेरी नसों और मेरी हड्डियों के साथ बह रही थी। “तुम एक लोहे के मुखौटे के पीछे छिपे चेहरे वाले एक प्राचीन पुजारी का सपना देख रहे हो, जो क्वेट्ज़ालकोएटल को बुला रहा है। तुम सिर्फ सपना नहीं देख रहे हो, नथानियल। तुम याद कर रहे हो। तुम इसे फिर से जी रहे हो।
”

---✶⸮✶---

क्रोनो-स्वप्न: अतीत की सांस और भविष्य की धड़कन के बीच की एक अवस्था। जहाँ सपना एक भ्रम नहीं, बल्कि आत्मा का एक अभिलेखागार है। मैं अचानक वहाँ था।

एक घने जंगल में - नम, जलता हुआ, कड़वी जड़ी-बूटियों, मशरूम, अज्ञात रेजिन की भारी सुगंध से भरा हुआ। चाँद की रोशनी पत्तों के मुकुट पर नाचती हुई परछाइयाँ बना रही थी, और मिट्टी के बर्तन काढ़े के साथ उबल रहे थे, जिसकी भाप मुझे चक्कर दिला रही थी। हवा घनी थी और जहर और जीवन की गंध से भरी हुई थी। मैं उनके ऊपर खड़ा था। मैं पुजारी था। लोहे का मुखौटा मेरे चेहरे को ढके हुए था, लेकिन मेरी आत्मा मेरी नसों में ही धड़क रही थी। मैं प्राचीन शब्द बोल रहा था - शब्द नहीं, बल्कि जलते हुए इरादे से भरे कंपन, जो अदृश्य दुनिया में गूँज रहे थे। "हृदय के लिए जादू... क्या यह संभव है?" मेरा मन फुसफुसा रहा था।

मेरे चारों ओर एक धड़कता हुआ प्रकाश फूट पड़ा। संकेत - चमकते हुए प्रतीक - मेरी त्वचा पर अंकित हो रहे थे, साथ ही वह सपना भी, जो हफ्तों से मेरा

पीछा कर रहा था - मेरी नसों पर नाचते हुए सुनहरे धागे। लेकिन अब मैं जानता था: यह एक बुरा सपना नहीं था। यह सच था। एक भविष्यवाणी। वह रास्ता, जो हमेशा मेरा था।

वास्तविकता में - गुफा प्रतिध्वनित हो रही थी। सुनहरा पूल मेरे सपने के साथ तालमेल में कंपन करने लगा। दीवारें एक रहस्यमय सम्मोहक स्वर में धड़क रही थीं, ज्यामितीय प्रतीक सर्पिल गति में नाच रहे थे। पूरी जगह एक जीवंत, साँस लेने वाला जीव थी, मेरी आंतरिक अवस्था का प्रतिबिंब।

"तुम हमेशा से यह ज्ञान रखते थे," मेलीना की आवाज़ अब मेरे दिमाग के भीतर से आ रही थी। "आग, पानी, हवा, पृथ्वी - चार तत्व हमेशा तुम्हारे भीतर थे।" मेरी याद में तस्वीरें तैरने लगीं: पुरानी विलो पेड़ की छाया में, घास पर नंगे पैर, ताजी खोदी हुई मिट्टी की गंध, मेरे बचपन के चेहरे पर बारिश की गर्माहट। "तुमने कभी सिर्फ जड़ी-बूटियाँ नहीं इकट्ठा कीं," उसने फुसफुसाया। "तुमने कंपन इकट्ठा किए। तुमने उनका सार निकाला, संतुलन बहाल करने के लिए। तुम्हारे बलिदान प्रतीकात्मक परिवर्तन थे - ऊर्जा का निर्देशन, जीवन का एक प्रवाह। तुमने लोककथाओं के जादू से नहीं, बल्कि किसी भी ज्ञात विज्ञान से गहरे कानूनों के साथ, शुद्ध इरादे और हृदय के अनुनाद की ऊर्जा के साथ भाग्य बताया, जादू किया।" तभी गुफा की दीवारें खुल गईं। एक दर्पण जैसी सतह। कंपकंपाती, धड़कती हुई, साँस लेती हुई। एक पोर्टल की तरह, आयामों के बीच एक झिल्ली की तरह। मैं अब नहीं जानता था - मैं बाहर था या अंदर, जीवित था या गुजर रहा था।

"मैं नहीं जानता कि क्या सोचूं..." मैंने कर्कश स्वर में कहा। "यह... बहुत ज्यादा है। क्या मैं इसे सहन कर सकता हूँ?" "सत्य हमेशा सरल रहा है," उसकी आवाज तेज हो गई। "विश्वास। आशा। प्रेम। भावनाएं नहीं। रूपक नहीं। बल्कि सबसे शुद्ध ऊर्जावान अवस्थाएँ। सामंजस्यपूर्ण कंपन, जो अस्तित्व के कपड़े के साथ ही अनुनाद करते हैं। सृजन का कोड।"

---✶ऽ✶---

वैज्ञानिक मंत्र: "सोचो, नथानियल," वह आगे बढ़ी। "मस्तिष्क और हृदय शक्तिशाली जनरेटर हैं। मस्तिष्क तरंगें: अल्फा - शांति। बीटा - फोकस। थीटा - अंतर्ज्ञान। डेल्टा - गहरा पुनर्जन्म। गामा - उच्च संज्ञानात्मक अवस्थाएँ।" "और हृदय?" मैंने फुसफुसाया। "हृदय कंडक्टर है। यह सिर्फ विकिरण नहीं करता - यह जीवन के पूरे ऑर्केस्ट्रा को ट्यून करता है। जहाँ प्रेम नेतृत्व करता है, पदार्थ सामंजस्य स्थापित करता है। जहाँ भय राज करता है - सब कुछ बिखर जाता है। यह एक प्राचीन ज्ञान है, जो आधुनिक विज्ञान के रूप में प्रच्छन्न है। आत्मा का यांत्रिकी।" मिस्टर नवन, मेरे हाई स्कूल के शिक्षक की छवि, सामने आई: "सब कुछ एक नृत्य है, नथानियल। यहाँ तक कि परमाणु भी नृत्य करते हैं। हम कंडक्टर हैं।" अब मैं विश्वास करता था। मैं इस नृत्य का हिस्सा था। मैं कंडक्टर था।

दर्पण जैसी झिल्ली और भी तेजी से कंपन करने लगी, एक अल्ट्रासोनिक चीख छोड़ रही थी। उसके पीछे - प्रकाश की एक सुरंग, जो अनंत के एक सर्पिल की तरह घूम रही थी। "यह दरार है," मेलीना ने फुसफुसाया। "संभावनाओं के क्षेत्र का प्रवेश द्वार। आत्मा का पोर्टल।" "लेकिन कैसे? इसे कौन सी शक्तियाँ सक्रिय करती

हैं?" मेरी आवाज़ कांप रही थी। "बाहरी विद्युत चुम्बकीय क्षेत्र क्वांटम को फिर से व्यवस्थित करते हैं। ऊर्जा तरंग अवस्थाओं के बीच संक्रमण का कारण बनती है। कभी-कभी - असंभव के माध्यम से क्वांटम टनलिंग।" "बायोफोटोन?" मैं पहले से ही एक संमोहन में फुसफुसा रहा था। "हाँ। हर जीवित कोशिका चमकती है। कमजोर, अदृश्य प्रकाश इंट्रासेल्युलर संचार को नियंत्रित करता है। और हृदय - उत्प्रेरक - इस सद्भाव को बढ़ाता है। पीनियल ग्रंथि आत्मा की पारलौकिक वास्तुकला में संकेतों को रिले करती है। यह पुल है। वह एंटीना, जो अनंत की प्रतिध्वनि को पकड़ता है।" पोर्टल खुल गया। सुरंग धड़क रही थी, एक अलौकिक प्रकाश को घूम रही थी। एक प्राचीन गाना बजानेवालों ने अनंत से गाया। मेरा शरीर कंपन कर रहा था, मेरा रक्त ग्रेल के सुनहरे गीत को गा रहा था।

मेलीना - दुनिया के पहले सपने से एक देवी की तरह दीप्तिमान और प्राचीन - फुसफुसाई: "भय स्वाभाविक है। लेकिन चुनाव शाश्वत है। मैं प्रकाश को चुनती हूँ। और तुम?" मैंने जवाब नहीं दिया। मैं बस उसका पीछा किया। जब मैं दरार से गुजरा, तो मैं अब पदार्थ नहीं था। मैं एक आवृत्ति था। मैं सुबह की एक याद था। मैं एक गीत था - अस्तित्व की सिम्फनी से एक एकल नोट। हमारे पीछे सुरंग बंद हो रही थी, केवल सत्य की प्रतिध्वनि और प्राचीन आह्वान को छोड़ रही थी: एकता। हमेशा के लिए।

----------------- ❧ -------------------

अध्याय 33: दूसरी धड़कन और अनंत काल का अमृत धड़कती हुई

सुरंग से गुजरते हुए, नथानियल को अपना शरीर एक साधारण खोल की तरह महसूस नहीं हुआ। नहीं, यह एक असीम रूप से विस्तार करने वाली चेतना की तरह था, जहाँ उसके विचारों की सीमाएं धुंधली हो गई थीं, और हर कोशिका स्वतंत्रता की सांस ले रही थी, न कि सिर्फ हवा की। उनके चारों ओर का प्रकाश न तो गर्म था और न ही ठंडा, बल्कि अधिक कंपनशील था, जिसमें ऐसे रंग थे जो उसने पहले कभी नहीं देखे थे - अलौकिक रंग, जो उसके अस्तित्व के कपड़े पर ही चित्रित होते थे। उसकी आंतें सिकुड़ गईं, डर से नहीं, बल्कि एक गहरी, लगभग आदिम जागरूकता से - जैसे कि हर गुणसूत्र एक सुनहरे सर्पिल में नाच रहा था, अपनी सेलुलर सिम्फनी में प्रकाश और चेतना के भूले हुए प्राचीन कोड को फिर से लिख रहा था। कल, उसका रक्त तरल सोना, ग्रेल बन गया था, लेकिन आज क्या? यह कीमियाई कायापलट में कौन सा कदम था, जो अब उसे बदल नहीं रहा था, बल्कि उसे फिर से बना रहा था? क्या यह पागलपन नहीं था? क्या किसी व्यक्ति के लिए इस तरह से, ज्ञात जीव विज्ञान की सीमाओं से परे बदलना संभव था?

"हमारा शरीर सिर्फ एक मशीन नहीं है, नथानियल," मेलीना ने फुसफुसाया। उसकी आवाज़ उसके होंठों से नहीं आ रही थी, बल्कि ऐसा लग रहा था कि यह सुरंग के सार से ही निकल रही है, उसे हर तरफ से घेर रही है, हर छिद्र में प्रवेश कर रही है, उसकी हड्डी में ही, उसकी अपनी आंतरिक धुन बन रही है। "अगर रक्त जीवन की नदी है, और हृदय - उसकी लय, तो हमारा पूरा अस्तित्व एक महान सिम्फनी है। क्या तुम जानते हो कि हमारे पास हृदय और चेतना के संगीत के अलावा एक 'दूसरा

मस्तिष्क' भी है? सिर्फ सिर में नहीं। यह हमारा प्राचीन अंतर्ज्ञान है। हमारी आदिम फुसफुसाहट।"

नथानियल को अपने पेट में एक परिचित भावना महसूस हुई, जिसे वह अक्सर चिंता या अंतर्ज्ञान के साथ भ्रमित कर देता था, अब अचानक समझ में आ गया। उसे खतरे में "पेट में मरोड़" के उन क्षणों को याद आया, जब उसकी प्रवृत्ति चिल्ला रही थी कि भागो, या एक महत्वपूर्ण निर्णय से पहले उत्तेजना में "तितलियाँ"। सिर्फ रूपक नहीं, बल्कि वास्तविक, मूर्त संकेत। उसके आंतरिक संसार से एक फुसफुसाहट, जिसे उसने वर्षों से खामोश कर दिया था। "दूसरा मस्तिष्क?" उसकी आवाज़ शुद्ध आश्चर्य से भरी हुई थी। "क्या तुम गंभीर हो? क्या यह था? क्या मैं जीवन भर एक चाबी लेकर चला, बिना दरवाजे को जाने?"

"हमारे पाचन तंत्र की अपनी, बेहद जटिल तंत्रिका तंत्र है - एन्टेरिक तंत्रिका तंत्र (ईएनएस)। यह न केवल पाचन को नियंत्रित करता है, बल्कि केंद्रीय मस्तिष्क के साथ सक्रिय रूप से संवाद भी करता है, जो हमारे मूड और भावनाओं को प्रभावित करता है। और आंतों के बैक्टीरिया, हमारे भीतर का यह पूरा सूक्ष्म जगत, न्यूरोट्रांसमीटर का उत्पादन करते हैं और हमारी मानसिक स्थिति को सीधे प्रभावित करते हैं। कल्पना करो, नथानियल, हम अपने बारे में कितना कम जानते थे। रोजमर्रा की जिंदगी के पर्दे के पीछे छिपा एक पूरा ब्रह्मांड - जीवन का एक अदृश्य जाल, जो हमारे अनुमान से कहीं अधिक नियंत्रित करता है। यह सूक्ष्म जगत है, जो मैक्रोकोस्म को दर्शाता है। तुम्हारे भीतर का ब्रह्मांड।"

सुरंग घूमती और बदलती रही, उसकी दीवारों ने आंतरिक अंगों का आकार ले लिया, जो एक नरम, एम्बर प्रकाश के साथ धड़क रहे थे। नथानियल को थोड़ी मतली महसूस हुई, लेकिन असुविधा से नहीं, बल्कि ऐसा लग रहा था कि उसका शरीर एक नई आवृत्ति के लिए ट्यून कर रहा है, जैसे एक संगीत वाद्ययंत्र अपनी सच्ची तानकता को पाता है। उसने महसूस किया कि मेलीना का हर शब्द उसके भीतर गहराई तक प्रतिध्वनित हो रहा है, न केवल उसके दिमाग में, बल्कि उसकी आंतों में भी - जैसे कि उसकी आंतों में एक प्राचीन साँप जाग गया हो, जो एक पवित्र सर्पिल सपने में लिपटा हुआ था - कुंडलिनी, जिसने हमेशा सत्य फुसफुसाया था, लेकिन उसने सभ्यता के शोर से उसे खामोश कर दिया था। "इस सब समय के दौरान... क्या मैं खुद से लड़ रहा था? मेरे अपने आंतरिक ब्रह्मांड के साथ? मेरे अज्ञान से मैंने कितने अन्य प्राचीन तंत्रों को खामोश कर दिया है?" उसने कड़वी मुस्कान के साथ सोचा।

"मस्तिष्क, हृदय और पाचन तंत्र के बीच की बातचीत वास्तव में दो-तरफा है। मस्तिष्क में सचेत प्रक्रियाएं, जैसे तनाव, चिंता या खुशी, सीधे पाचन को प्रभावित कर सकती हैं। लेकिन यह भी उतना ही सच है कि हमारे पाचन तंत्र और आंतों के माइक्रोफ्लोरा की स्थिति मस्तिष्क को शक्तिशाली संकेत भेज सकती है, जो हमारे मूड, व्यवहार और यहाँ तक कि संज्ञानात्मक क्षमताओं को भी प्रभावित करती है। हम एक जीवित, साँस लेने वाला, आपस में जुड़ा हुआ संसार हैं। क्योंकि सब कुछ आपस में जुड़ा हुआ है - सबसे बड़ी आकाशगंगा से लेकर तुम्हारे शरीर की सबसे छोटी कोशिका तक, नथानियल। तुम अनंत संबंधों का एक जाल हो, सृजन का ही एक प्रतिबिंब।"

नथानियल की आँखों के सामने सूक्ष्म जीवों के भंवर दिखाई दिए, जो सुरंग के प्रकाश में नाच रहे थे - आंतों के बैक्टीरिया की पूरी कॉलोनियां, जो महीन ऊर्जा के धागे बिखेर रही थीं। वे छोटी, चमकदार आकाशगंगाओं की तरह लग रहे थे, जो उसके अपने जीव के भीतर घूम रही थीं। "तो, हमारी आंतरिक स्थिति, यहाँ तक कि हमारे विचार भी इन... रोगाणुओं पर निर्भर करते हैं?" नथानियल ने फुसफुसाया, जो आश्चर्य से भरा हुआ था जिसने लगभग उसे गला घोंट दिया। "यह हास्यास्पद है... या हम बस इतना नहीं जानते थे? हम इतने अंधे कैसे थे? हमारे भीतर और कितने सत्य छिपे हुए हैं, जिन्हें हम देखने से इनकार करते हैं? हम अपने ही सार से कितना दूर चले गए हैं?"

"सब कुछ जुड़ा हुआ है, नथानियल, सबसे मौलिक स्तर पर," मेलीना की आवाज़ नरम थी, लेकिन एक चट्टान की तरह निर्णायक थी। "और यह सिर्फ शुरुआत है। प्राचीन सभ्यताओं ने पोषण और स्वास्थ्य के बीच इस गहरे संबंध को लंबे समय से पहचान लिया था, दोनों शारीरिक और आध्यात्मिक। लामाओं, पुजारियों और तपस्वियों ने शारीरिक और आध्यात्मिक शुद्धि, अपनी इंद्रियों को तेज करने और चेतना की परिवर्तित अवस्थाओं को प्राप्त करने के लिए विभिन्न आहार प्रतिबंधों, उपवासों और विशेष अनुष्ठानों का उपयोग किया। और आधुनिक विज्ञान तेजी से पुष्टि कर रहा है कि कुछ खाद्य पदार्थ और पोषक तत्व हमारे स्वास्थ्य और कल्याण को सबसे गहरे सेलुलर स्तर पर प्रभावित कर सकते हैं। यह रहस्यवाद नहीं है, बल्कि एक विज्ञान है जिसे हम अभी तक पूरी तरह से नहीं समझ पाए हैं - वही विज्ञान जो ग्रेल और सेलुलर कीमिया के मूल में है, जिसके बारे में मैंने तुमसे बात की थी। सब कुछ जीवन की एक महान, अपरिवर्तनीय सिम्फनी का हिस्सा है।"

सुरंग का विस्तार होने लगा, जो उनके सामने एक विशाल हॉल को प्रकट कर रहा था, जो भूतिया, चमकते पौधों और क्रिस्टल संरचनाओं से भरा था, जो एक सामंजस्यपूर्ण लय में धड़क रहे थे, जैसे कि वे उनके साथ साँस ले रहे हों। नम पृथ्वी की गंध और कुछ अज्ञात, लेकिन जीवंत, मीठा-कड़वा, हवा को भर रहा था, जो उसकी नाक को कुछ प्राचीन और शक्तिशाली के वादे के साथ सहला रहा था। "एंजाइम, ये अद्भुत जैविक उत्प्रेरक, हमारे शरीर में लगभग सभी रासायनिक प्रतिक्रियाओं को तेज करते हैं। कुछ एंजाइम, जो विशिष्ट पोषक तत्वों द्वारा सक्रिय होते हैं, सेलुलर नवीकरण और पुनर्प्राप्ति की प्रक्रियाओं में महत्वपूर्ण भूमिका निभाते हैं। उदाहरण के लिए, रेस्वेराट्रोल, यह शक्तिशाली फाइटोकेमिकल, जो अंगूर, सेब और अन्य पौधों में पाया जाता है, अपने मजबूत एंटीऑक्सीडेंट गुणों और स्टेम कोशिकाओं के उत्पादन को प्रोत्साहित करने की क्षमता के लिए अच्छी तरह से जाना जाता है। और स्टेम कोशिकाएं, ये अद्भुत अविभाजित कोशिकाएं, जो शरीर में किसी भी प्रकार की विशेष कोशिकाओं में बदल सकती हैं, क्षतिग्रस्त ऊतकों के पुनर्जनन और पुनर्प्राप्ति की प्रक्रियाओं के लिए बिल्कुल महत्वपूर्ण हैं। वे जीवित पदार्थ के निर्माता और वास्तुकार हैं, जो पुनर्जीवित होने के लिए प्रोग्राम किए गए हैं, ठीक उसी तरह जैसे सुनहरी ऊर्जा ने तुम्हारे डीएनए को फिर से लिखा। वे हमारे आंतरिक मंदिर के शाश्वत वास्तुकार हैं।"

मेलीना ने एक क्रिस्टल संरचना की ओर इशारा किया, जहाँ से एक धीमा, दीप्तिमान तरल बह रहा था, जिसमें ऐसा लग रहा था कि अन्य आकाशगंगाओं की नीहारिकाएं परिलक्षित हो रही हैं - अमरता की आंतरिक कीमिया से जन्मे क्वांटम तारे। नथानियल अपनी नज़र नहीं हटा सका। ऐसा लग रहा था कि पदार्थ ही प्रकाश रो रहा है - एक शुद्ध, जीवित सार। "और अंत में, नथानियल, हमारे शरीर की ऑटोफैगी को सक्रिय करने की क्षमता - आंतरिक सेलुलर आत्म-सफाई की यह बेहद महत्वपूर्ण प्राकृतिक प्रक्रिया - हमारे दीर्घकालिक स्वास्थ्य और संभावित दीर्घायु के लिए महत्वपूर्ण है। यह बुद्धिमान प्रक्रिया हमें क्षतिग्रस्त कोशिकाओं, दोषपूर्ण प्रोटीन और जमा सेलुलर कचरे से प्रभावी ढंग से छुटकारा पाने की अनुमति देती है, जो समय के साथ शरीर में जमा हो जाते हैं और कई गंभीर बीमारियों के विकास में योगदान करते हैं। आज हम पहले से ही जानते हैं कि ऑटोफैगी के प्रभावी रखरखाव के लिए बिल्कुल आवश्यक पोषक तत्व मौजूद हैं। यह सब पहेली का हिस्सा है, नथानियल, कि सेलुलर स्तर पर उम्र बढ़ने की प्रक्रिया को कैसे धीमा किया जाए और अंततः रोका जाए। यह दीर्घायु की कुंजी है, यहाँ तक कि अमरता की भी, जिसे प्राचीन लोग जानते थे और जो जीवन की ही मैट्रिक्स में बुना गया है। लेकिन मैंने... एक चाबी से अधिक पाया। मैंने अनंत काल का कोड ही खोज लिया।"

मेलीना बहते हुए तरल के पास गई और उसे अपनी हथेलियों में इकट्ठा किया। तरल एक नरम, आंतरिक प्रकाश के साथ चमकने लगा, जैसे कि लाखों तारे उसकी मुट्ठी में इकट्ठे हो गए हों, और उसके चारों ओर की हवा एक लगभग संगीत सद्भाव के साथ कांपने लगी, जिसे उसने कानों से नहीं, बल्कि अपनी आत्मा से सुना। मेलीना का चेहरा रोशन था, और उसकी आँखें ऐसी तीव्रता से भरी हुई थीं कि नथानियल ने महसूस किया कि उसका दिल धड़कना बंद कर रहा है। "अमृता (देवनागरी: अमृत) एक संस्कृत शब्द है, जिसका शाब्दिक अर्थ है 'जो अमर है' और अक्सर ग्रंथों में अमृत के रूप में अनुवाद किया जाता है। नथानियल, जिसे हम खोज रहे थे... शायद यहाँ है। सिर्फ ज्ञान के रूप में नहीं, बल्कि जीवन के सार के रूप में ही, इस दीप्तिमान तरल में केंद्रित। यह देवताओं का अमृत है, लेकिन मनुष्य का भी - जब वह अपनी महानता को याद करता है।"

नथानियल उसके पास गया, अपना हाथ बढ़ाया और महसूस किया कि तरल के सूक्ष्म कंपन उस तक पहुँच रहे हैं, उसकी त्वचा के माध्यम से प्रवेश कर रहे हैं, उसके दिल तक पहुँच रहे हैं। अचानक उसका सिर घूमने लगा, उसने एक ही समय में वजन और हल्कापन की भावना महसूस की। "अमरता... क्या यह वास्तव में संभव है?" उसने फुसफुसाया, उसकी आवाज़ भय से भरी हुई थी, जो असंभव के लिए उस बचपन की ललक के साथ मिश्रित थी, जिसने उसे कभी नहीं छोड़ा था। "लेकिन... कैसे? यह... सच होने के लिए बहुत अच्छा लगता है। पकड़ क्या है? हर शक्ति की एक कीमत होती है। इस अमरता की कीमत हमें क्या चुकानी पड़ेगी? क्या मैं खुद से कुछ खो दूंगा? क्या मैं वही रहूंगा? या मैं कुछ और बन जाऊंगा, कुछ ऐसा जिसे मैं नहीं जानता, जिससे मैं डरता हूं? क्या मैं बस वही रहूंगा जो मैं था?"

हवा अचानक भारी हो गई, और क्रिस्टल संरचनाओं से धड़कनें एक पागल, अशुभ लय तक तेज हो गईं, जैसे पृथ्वी का दिल। उनके पैरों के नीचे की जमीन हल्के

से कंपन करने लगी। अचानक, एक क्रिस्टल संरचना तेजी से धड़कने लगी और उससे एक शक्तिशाली प्रकाश पुंज निकला, जो हॉल की छत को भेदकर ऊपर की ओर इशारा करते हुए एक विशाल उंगली की तरह था। इसके बाद एक कान-फाड़ गड़गड़ाहट हुई, जिसने उनके पैरों के नीचे की जमीन को हिला दिया और उनकी हड्डियों को कंपन करने लगा। दीवारें हिलने लगीं, दरारें पड़ने लगीं और बिखरने लगीं। धूल और पत्थर के टुकड़े ऊपर से गिरने लगे, जिससे हॉल एक घातक जाल बन गया। जैसे कि गुफा ही क्रोधित हो गई हो, जो उन्हें अपनी कोख से उगल रही हो। "हमें यहाँ से निकलना होगा! अभी!" मेलीना ने चिल्लाया, नथानियल का हाथ इतनी ताकत से पकड़ लिया कि उसकी उंगलियां उसकी त्वचा में धंस गईं। उसकी आवाज़ तेज, भेदी थी, लेकिन उसकी आँखें दृढ़ संकल्प के साथ जल रही थीं, जिसमें घबराहट मिली हुई थी। "कुछ हो रहा है! मुझे नहीं पता क्या, लेकिन मुझे लगता है कि यह अच्छा नहीं है! यह ऊर्जा अस्थिर है! यह... यह हमें बाहर निकालने की कोशिश कर रही है! गुफा हमें पूरी तरह से अंदर नहीं आने दे रही है। क्यों?"

वे ढहते हुए हॉल से दौड़कर बाहर निकले, जैसे कि वास्तविकता ही बिखर रही थी, उनके पुराने सार का समर्थन करने से इनकार कर रही थी। हर टुकड़ा अतीत की दुनिया का एक टुकड़ा था, और हर कदम आगे एक नए अस्तित्व की आवृत्ति में प्रवेश कर रहा था। उन्होंने प्रकाश के मार्ग का अनुसरण किया, जिसने अब छत में एक नया, बड़ा छेद बना दिया था, जैसे एक मुक्ति का मार्ग। वे इसके माध्यम से गुजरे और खुद को एक पहाड़ी इलाके में पाया, जो नई भूमि के परिचित, हालांकि डूबते हुए सूरज से रोशन था। उनके पीछे चट्टानों में एक अंधेरा, मौन उद्‌घाटन था - वह जगह जहाँ गुफा हवा में घुल गई थी, उतनी ही अचानक गायब हो गई थी, जितनी अचानक वह दिखाई दी थी, केवल एक खालीपन और गड़गड़ाहट की प्रतिध्वनि को छोड़कर। थकान अचानक उन पर हावी हो गई, लेकिन उनके रक्त में एक अजीब, नई ऊर्जा धड़क रही थी, जैसे एक वसंत की नदी, जो बर्फ को पिघला रही हो। दरार के माध्यम से उनकी यात्रा समाप्त हो गई थी, कम से कम अभी के लिए, जिससे उन्हें कुछ गहरे बदले हुए होने की भावना और एक धड़कते हुए पूर्वाभास के साथ छोड़ दिया गया कि अनंत काल का अमृत क्या प्रकट करने वाला था। और क्या यह अमृत नहीं था, बल्कि इंसान की आखिरी घूंट की याद थी?

और अगर तुम अनंत काल का स्वाद लेते हो - क्या तुम अभी भी इंसान रह सकते हो?

------------------ ❧ --------------------

अध्याय 34: प्राचीनता और समय की फुसफुसाहट सुरंग के माध्यम

से नाटकीय संक्रमण से धड़कती हुई थकान के बावजूद, नथानियल की चेतना अभी भी गुफा की मेहराबों की भूतिया छाया, सुनहरे पूल की जुनूनी, लगभग जीवित ऊर्जा और "अमृता" से बंधी हुई थी। उसका रक्त सिर्फ बह नहीं रहा था, बल्कि सृजन के प्राथमिक कोड से ही संदेश ले जाते हुए, एक सुनहरी आग की नदी की तरह दहाड़ रहा था... वह अपने अनुभव के अराजक टुकड़ों को व्यवस्थित करने के लिए संघर्ष कर रहा था, उस रहस्य का अर्थ देखने के लिए, जिसे मेलीना ऐसे ज्वलंत,

लगभग जलाने वाले दृढ़ विश्वास के साथ प्रकट कर रही थी। क्या सब कुछ वास्तविक था? या सिर्फ एक सामान्य, साझा मतिभ्रम, जो उसके मन के माध्यम से टूट गया था? कौन सी वास्तविकता वास्तविक थी? और गुफा ने उन्हें क्यों बाहर फेंक दिया?

---✶६✶---

"क्या तुम अभी भी सपना देख रहे हो... या तुम पहले से ही एक वास्तविकता में जाग गए हो जिसे मानवता ने अस्वीकार कर दिया क्योंकि वह इसे समझ नहीं पाई?" मेलीना ने फुसफुसाया, उसकी आवाज़ एक प्राचीन खंडहर की तरह नरम थी, जब वह उसके बगल में ठंडी, असमान जमीन पर बैठ गई। उसने अपना हाथ बढ़ाया और धीरे से उसके चेहरे को छुआ, उसकी नज़र - एक कुआँ, जो सहस्राब्दियों की खोज और एक अटूट, मौन प्रेम से भरा हुआ था, जिसने समय और आयामों को पार कर लिया था। "क्या तुम्हें याद है... मिस्र... तब मैंने तुम्हें अपनी हर यात्रा के बारे में बताया था, मैं चाहती थी कि तुम दुनिया को मेरी आँखों से देखो, और मैंने तुम्हें अपने भीतर रखा, ताकि मैं इसे तुम्हारी आँखों के माध्यम से प्रकट कर सकूं..."

नथानियल ने अपनी आँखें बंद कर लीं, खुद को इस याद में डूबने दिया, जो अब मांस और खून के साथ जीवित हो गई थी। ऐसा लग रहा था कि वह नील नदी के जलते हुए सूरज के नीचे वहाँ था, न कि सिर्फ एक कहानी सुन रहा था। "काहिरा..." उसने फुसफुसाया, शब्द की विदेशी, धूल भरी ध्वनि का स्वाद लेते हुए, जो पहले सिर्फ एक मृगतृष्णा थी, और अब - एक मूर्त वास्तविकता थी। "मुझे याद है कि तुमने पहले सांस्कृतिक आघात का वर्णन कैसे किया था - गंदा, आदिम, पिछड़ा हुआ... लेकिन लोगों की आँखों में वह चालाक चालाकी भी, एक गहरी जड़ें जमाई हुई बुद्धि, जो सदियों के तूफानों के बावजूद बच गई। यह वही बुद्धि है, जिसे मैं अब अपने भीतर जागते हुए महसूस कर रहा हूं।"

उसकी आँखें अचानक खुल गईं, उनमें एक नया, जलता हुआ अंतर्ज्ञान था। वह नहीं समझ पाया कि उसने इसे पहले क्यों नहीं देखा था। "और पिरामिड, मेलीना? मैं अब उन्हें पत्थर की समाधि के रूप में नहीं देखता, बल्कि कोडेड लय के रूप में - ज्यामितीय प्रार्थनाएं, जो सितारों की ओर निर्देशित हैं।" उसने अपना सिर हिलाया, जैसे कि वह अपनी ही पुरानी समझ पर विश्वास नहीं कर सकता था। "वे तुम्हें तब प्रभावित नहीं करते थे, है ना? और मैंने सोचा कि यह पर्यटकों की भीड़ के कारण था, कि व्यावसायीकरण ने उनकी प्रामाणिक भावना को मार दिया था। लेकिन अब मैं समझता हूं - वे सिर्फ पत्थर नहीं थे। वे एक जीवित दिल थे। एक प्राचीन सभ्यता का धड़कता हुआ दिल। शायद एक बड़े, वैश्विक ऊर्जा नेटवर्क का हिस्सा, जैसे नसें, जिन पर ग्रह की ऊर्जा ही बहती है? हो सकता है कि उन्हें पृथ्वी की धड़कन को नियंत्रित करने के लिए बनाया गया हो?"

मेलीना मुस्कुराई, इस बार बिना रहस्य के, बल्कि एक शुद्ध, क्रिस्टल समझ के साथ। "ठीक है। समाधि से अधिक, है ना?" वह मुड़ी और उसकी आँखों में देखा, जिनके माध्यम से नई, अभी भी जंगली प्रकृति दिखाई दे रही थी, जो उन्हें एक अथाह हरे सागर की तरह घेर रही थी। "यह अजीब है कि आधुनिक पुरातत्व इतने सारे सवाल उठाता है। डेटिंग विवादास्पद है। कैसे और किसने... यह अभी भी एक रहस्य है। लेकिन सबसे महत्वपूर्ण बात - क्यों? एक गरीब समुदाय एक कब्र के लिए इतने

अकल्पनीय संसाधन लगाएगा? यहाँ तक कि फिरौन के देवताओं में विश्वास के साथ भी... तर्क टिकता नहीं है। और माया लोग?! उनके बीच क्या समानता है? ज्ञान की एक खोई हुई भाषा?"

"यह दिलचस्प है कि तुम मायाओं का उल्लेख करती हो," नथानियल ने जवाब दिया, उसकी आवाज़ एक नए पाए गए संबंध से कांप रही थी, मेलीना की प्रतिध्वनि से, जो उसके भीतर जाग रही थी। "उनके गणनाओं के अनुसार, सर्वनाश लगभग 3114 ईसा पूर्व हुआ था। प्राचीन लोगों के कैलेंडर और कालक्रम की सटीकता से इनकार करना वास्तव में बेतुका होगा, खासकर जब यह ध्यान में रखा जाए कि हमारे माप की तुलना में, विचलन न्यूनतम हैं, कभी-कभी नगण्य भी। इन प्राचीन सभ्यताओं के पास खगोल विज्ञान और गणित का असाधारण ज्ञान था। लेकिन क्यों? या हो सकता है कि हम भूले नहीं हैं, बल्कि हम भूलना चाहते हैं - क्योंकि सत्य को साहस की आवश्यकता होती है, जो केवल संक्रमण में आत्माओं के पास होता है। और यह ज्ञान उस ऊर्जा से कैसे संबंधित है, जिसे मैं अब अपने भीतर महसूस कर रहा हूं? जिसने हमें बाहर फेंक दिया?"

मेलीना नथानियल के पास वापस आ गई, और उसकी आँखें शाश्वत खोज की परिचित लौ के साथ चमक रही थीं। "मैं इन प्राचीन ग्रंथों को देखती हूँ," उसने अपनी कहानी जारी रखी, जैसे कि वह अनंत काल की भाषा में लिखी हुई अदृश्य पृष्ठों को पलट रही हो, "और मैं उस हिस्से के बारे में सोचने से खुद को रोक नहीं सकती, जिसमें पहले मनुष्यों के जीवन की लंबाई को अविश्वसनीय सटीकता के साथ निर्दिष्ट किया गया है - आदम, सेथ, हनोक, नूह, यहाँ तक कि पौराणिक थॉथ हर्मीस... यदि उनके अस्तित्व को इतनी सटीकता के साथ प्रलेखित किया गया है, तो हम सीधे सबूतों के लिए आधुनिक वैज्ञानिक तरीकों की कमी के कारण उनके सत्य को हल्के ढंग से इनकार नहीं कर सकते। ये बाइबिल के पूर्वज, ये महान ऋषि, स्पष्ट रूप से ऐसी क्षमताओं और ज्ञान के अधिकारी थे, जो उनके 600 और 900 वर्षों के बीच फैले जीवनकाल से जमा हुए थे - एक ऐसा समय, जो उस ज्ञान को आत्मसात करने के लिए पर्याप्त था जिसकी हम शायद ही कल्पना कर सकते हैं। उनके पास ऐसी शक्तियाँ और कौशल थे, जो अक्सर मानवीय क्षमताओं के हमारे आधुनिक विचारों से परे थे। हो सकता है कि वे हमसे अलग नहीं थे, बल्कि वे अपनी वास्तविक क्षमता को महसूस करने के लिए बस लंबे समय तक जीवित रहे।"

वह एक कदम आगे बढ़ी, जैसे कि वह समय के क्षितिज से परे, अपने दुखद सवालों के जवाब की तलाश कर रही थी। उसकी आवाज़ एक गहरे, लगभग दर्दनाक दृढ़ विश्वास से भरी हुई थी, जो हवा में भारी थी। "और जाहिर है कि उनके पास इन प्रभावशाली संरचनाओं, इन पिरामिडों, जो पूरे ग्रह पर बिखरे हुए हैं, के निर्माण के लिए वैध, हालांकि आज हमारे लिए समझ से परे, कारण थे। शायद असली रहस्य इस सवाल में नहीं है कि उन्हें किसने बनाया, बल्कि यह है कि उन्हें इतने अलग-अलग स्थानों पर क्यों बनाया गया। और क्या उनके कार्य आधुनिक पुरातत्व की अनुमानित और आसानी से समझाई जाने वाली परिकल्पनाओं से मौलिक रूप से भिन्न नहीं हैं। क्या वे समाधि से अधिक नहीं थे - शायद घर, मंदिर, ऊर्जा केंद्र, या यहाँ तक कि उन्नत पुनरोद्धारकर्ता, जो मानव शरीर की जीवन शक्ति को असामान्य रूप से लंबे

समय तक बनाए रखने में सक्षम थे... क्या वे ज्ञान की जीवित पुस्तकालय नहीं थे? या अन्य आयामों के पोर्टल, जिन्हें हम खोलना भूल गए हैं?"

वह नथानियल की ओर मुड़ी, और उसकी आँखों में सदियों की खोज और अंतर्ज्ञान से पैदा हुआ एक गहरा दृढ़ विश्वास था। "क्या यह संभव है कि वे उन 'जादुई' ज्ञान और कौशल का मूल स्रोत हैं, जिनके बारे में प्राचीन ग्रंथ बात करते हैं? क्या वे कीमिया के ही मौलिक पत्थर हैं? क्योंकि यह भी तार्किक नहीं है कि यदि रहस्य सिर्फ खोया हुआ या अतीत में कहीं गहरा कोडेड नहीं है, तो ऋषियों की पीढ़ियां एक रहस्य को इतनी दृढ़ता से खोजेंगी। हम अपने भीतर गहराई से, हमारे सामूहिक अवचेतन में, जानते हैं कि उच्च और अधिक रहस्यमय शक्तियाँ, असाधारण क्षमताएं और मानव मन के लिए अप्रत्याशित संभावनाएं मौजूद हैं... हम अपनी ही दिव्य प्रकृति, सृजन की अपनी क्षमता को भूल गए हैं।"

मेलीना नथानियल के करीब चली गई, और उसकी आवाज़ धीमी, अधिक अंतरंग हो गई, जैसे कि वह उसे सबसे गुप्त रहस्य सौंप रही थी, जो अनगिनत युगों से संरक्षित था। "इसलिए मैं खोजती रहती हूँ, और हम खोजते रहते हैं, कभी-कभी पूरे जीवन, और कभी-कभी एक से अधिक में... लेकिन इसी जीवन में, इसी यात्रा में, मुझे यह सूत्र मिला, जो उन गुप्त संकेतों में छिपा हुआ था, जिन्होंने अंततः सब कुछ समझाया, जिसे मैं अब तक समझ नहीं पाई थी। 'लेकिन मैं क्यों? किसी और ने इसे क्यों नहीं खोजा? अभी क्यों?' - ये सवाल उसके दिमाग में धड़क रहे थे, लेकिन उसने उन्हें आत्मसमर्पण और समझ के साथ शांत कर दिया। क्योंकि जब भी आत्मा तैयार होती है, ब्रह्मांड जवाब देता है। उसने एक पल के लिए अपनी आँखें बंद कर लीं, जैसे कि वह अपनी अनगिनत यादों की गहराई में डूब रही थी, अनंत काल की किताब के पन्नों को पलट रही थी। एक छाया उसके चेहरे पर दौड़ी, एक मग्नता, जिसे नथानियल ने पहले कभी नहीं देखा था। ऐसा लग रहा था कि उसके सामने सिर्फ मेलीना नहीं, बल्कि हजारों जीवन की प्रतिध्वनि खड़ी थी, जो एक वर्तमान में जमा हो गई थी। वह एक जीवित इतिहास थी, एक साँस लेने वाली किंवदंती थी।"

---✶☪✶---

क्रोनो-स्वप्न - मेलीना का एक बाहरी-समय का सपना

"राजाओं की घाटी की अनंत चुप्पी में, जलते हुए सूरज के नीचे, समय ने अपनी अटूट गति को रोक दिया था। मेरी अपनी छाया प्राचीन देवताओं और राजसी फिरौन की लंबी छायाओं के साथ मिल गई, जो कब्रों के शाश्वत पत्थर पर उकेरे गए थे। इस विशेष क्षण में, दूर के अतीत और वर्तमान की सीमाएं धुंधली हो गईं, गायब हो गईं। मैंने खुद को इस प्राचीनता का हिस्सा महसूस किया, उसी हाथों से उकेरा गया एक पत्थर, वही धूल भरी हवा में सांस लेते हुए। करनाक की रहस्यमय, खंडहर छाया के सामने खड़ी होकर, अभी भी खड़े एक ओबिलिस्क की रहस्यमय आभा से घिरी हुई, जिसके चित्रलिपि समय की निर्दयी सांस से आधे मिट गए थे... सेनेंमुत, तुम्हारा प्राचीन प्रक्षेपण, हैत्शेप्सुत के उस ओबिलिस्क के सामने खड़ा था, जिसका सुलेखक वह खुद था, जो लंबे समय से चले गए यादों की गहराई में डूबा हुआ था और ऐसा लग रहा था कि वह अनंत काल की फुसफुसाहट सुन रहा था। मैंने उसके दर्द, उसकी

लालसा, उसके ज्ञान को महसूस किया, जो मुझमें बह रहा था। आत्माएं, जो समय से परे जुड़ी हुई थीं, ज्ञान और लालसा का एक शाश्वत नृत्य कर रही थीं।"

उसकी आवाज़ लगभग एक फुसफुसाहट बन गई, जैसे कि वह सबसे गुप्त रहस्य प्रकट कर रही थी, जो सदियों से संरक्षित था, जो उनके बीच हवा में कांप रहा था। "और फिर, डूबते हुए सूरज की भूतिया चमक के बीच, जैसे कि नीयन प्रकाश से बुने गए हों, प्राचीन प्रतीकों के ईथरिक दर्शन दिखाई दिए, जो मेरी आँखों के सामने जीवित हो गए, और हर प्रतीक एक ध्वनिरहित गीत गा रहा था, जो नोट्स से नहीं, बल्कि प्रकाश और चुप्पी से बना था, जो स्मृति की गहरी परतों में कंपन कर रहा था। एक प्रतीक, प्रकाश की एक घूमने वाली आकाशगंगा की तरह, अनंत ज्ञान और प्राचीन शक्ति की एक मूर्त भावना का उत्सर्जन कर रहा था। यह एक बिजली के झटके की तरह था, जो मेरे माध्यम से गुजरा, उन दरवाजों को खोल दिया जिनके बारे में मुझे पता नहीं था।" "लेकिन मुझे इस ज्ञान के साथ क्या करना है, यह नहीं पता था... जब तक हम इस गुफा में नहीं आए। जब तक मैंने सुनहरे पूल की ऊर्जा को मेरे रक्त के साथ अनुनाद करते हुए महसूस नहीं किया। अब... अब मैं समझना शुरू कर रही हूं। हृदय, पीनियल ग्रंथि, मस्तिष्क, पेट, रक्त - वे अलग-अलग हिस्से नहीं हैं, नथानियल। वे एक ही जीव हैं, जो इस ऊर्जा के माध्यम से कार्य करता है। सब कुछ एक ही है। सब कुछ क्वांटम ऊर्जा है, जो बहती और बदलती है। और ये प्रतीक, जिन्हें सेनेंमुत ने ओबिलिस्क में कोडित किया है - वे इस आंतरिक और बाहरी नेटवर्क की कुंजी, नक्शा हैं। यह उस आदिम प्रतिध्वनि का मार्ग है - वह क्षण, जब चेतना याद करती है कि यह हमेशा अमर रही है।"

अध्याय 35: समय, अंतरिक्ष और क्वांटम अंतर्ज्ञान

मेलीना···

···मैं इस चट्टानी किनारे पर खड़ा था। मेरे पैरों के नीचे अथाह, काला सागर दहाड़ रहा था, जिसकी लहरें चट्टानों से एक लयबद्ध, प्राचीन विलाप के साथ टकरा रही थीं, जैसे एक विशाल, सोए हुए जीव की साँस। मेरे ऊपर अथाह रात का आकाश फैला हुआ था, जो अनगिनत सितारों की हीरे की धूल से भरा हुआ था, जो ज्वार और भाटा के साथ सद्भाव में साँस लेते थे, हर बिंदु - अरबों वर्षों की फुसफुसाहट। मेरी आवाज़ खुद अथाह की प्रतिध्वनि की तरह थी - शांत, लहरों की गड़गड़ाहट और रात की हवा की भूतिया साँस में बुनी हुई थी। लेकिन हर शब्द एक तारे की तरह भारी था - आवाज़ से नहीं, बल्कि मेरे सार की धड़कन से बोला गया था।

"धनु राशि के नक्षत्र में मेरी जन्म तिथि का रहस्य..." मैंने फुसफुसाया, अपनी आँखें विशाल तारों वाले आकाश की ओर उठाते हुए, जैसे कि मैं अनगिनत प्रकाश बिंदुओं के बीच एक सदियों पुराने रहस्य का जवाब तलाश रहा था, जो मेरे अपने रक्त में धड़क रहा था, जो एक असामान्य, सुनहरी लौ के साथ जल रहा था। मुझमें यादें उमड़ पड़ीं - मेरी खुद की नहीं, बल्कि मेरे द्वारा अनगिनत अन्य रातों में अनुभव की गईं, जब मैंने इन्हीं सितारों को देखा था, भूले हुए सत्यों का बोझ महसूस कर रहा था, जो हमेशा वहाँ थे, मेरे दिल में गहराई तक, जागने की प्रतीक्षा कर रहे थे। धनु राशि -

सिर्फ एक नक्षत्र नहीं, बल्कि दुनिया के बीच एक पुल, छिपे हुए ज्ञान का एक पोर्टल, जिसे मैं अपने भीतर रखता हूँ।

नथानियल मेरे बगल में खड़ा था। मैंने ठंडी, नम समुद्री हवा महसूस की, लगभग उसके होंठों का नमकीन स्वाद महसूस कर रहा था। गुफा में अनुभव के बाद, हमारे आसपास की दुनिया ने नए, अप्रत्याशित आयाम प्राप्त कर लिए थे, और मेरे शब्द एक गहरे, लगभग ब्रह्मांडीय अनुनाद के साथ बज रहे थे। वह हर शब्द को समझने के लिए संघर्ष कर रहा था, इसे अपने दिल में स्वीकार करने के लिए, लेकिन उसका दिमाग एक घायल जानवर की तरह, अज्ञात के खिलाफ गुस्से से विरोध कर रहा था, जिसने उसे हड्डी तक डरा दिया था। मैंने इसे उसकी सिकुड़ी हुई भौंहों में देखा, उसकी पलकों के हल्के कंपन में, जिस तरह से वह सांस ले रहा था - भारी, असमान, जैसे कि हवा उससे निकल रही थी।

"ग्रेगोरियन कैलेंडर के साथ, समय के इस 'तर्कसंगतता' के साथ... ऐसा लग रहा था कि वह नाल काट दी गई थी, जिसने कभी मानवता को प्राचीन ब्रह्मांडीय घड़ी से जोड़ा था," मैंने जारी रखा, और मेरी आवाज़ में एक मुश्किल से पता चलने वाला दुख था, जैसे एक खोई हुई लय की प्रतिध्वनि, लेकिन एक स्टील भी, जो टूट नहीं रहा था। हाँ, हमें सटीकता मिली - लेकिन हमने लय खो दी। हमने चंद्रमा की धड़कन, मौसमों की सांस, हमारे रक्त में सितारों के नृत्य को खो दिया। ऐसा लग रहा था कि हमें इस ब्रह्मांडीय बैले से अलग कर दिया गया था और एक कृत्रिम रूप से निर्मित, रैखिक समय में बंद कर दिया गया था, जिसने हमें गला घोंट दिया, हमारे अपने सार का एक हिस्सा छीन लिया।

मैंने चमकीले चंद्रमा की ओर इशारा किया, जो क्षितिज की अंधेरी रेखा के ऊपर लटका हुआ था, जो समुद्र की शांत सतह पर एक लंबा, कांपता हुआ चांदी का रास्ता फेंक रहा था। उसका प्रकाश इतना शुद्ध, इतना प्राचीन था, जैसे कि वह खुद अरबों चंद्र चक्रों का गवाह रही हो।

"इस सुधार से पहले, वर्ष स्वाभाविक रूप से 13 चंद्र महीनों से बना था, प्रत्येक की अवधि लगभग 28 दिन थी - एक अवधि, जो खुद चंद्रमा के चक्रों के साथ गहराई से प्रतिध्वनित होती थी और अनगिनत प्राकृतिक प्रक्रियाओं को प्रभावित करती थी। प्राचीन लोग जानते थे कि 11 दिनों का एक अंतर था, जो वास्तविक चंद्र चक्र को दर्शाता था। लेकिन विशेष रूप से महत्वपूर्ण उस पवित्र अवधि का नुकसान था, जो धनु राशि के नक्षत्र से निकटता से संबंधित था।"

नथानियल को अपनी रीढ़ में एक ठंडी लहर महसूस हुई। उसके भीतर कुछ इन शब्दों पर प्रतिक्रिया दे रहा था, जैसे कि एक भूली हुई स्मृति जाग रही थी, जो हमारे बीच महसूस किए गए प्राचीन संबंध से उत्तेजित थी। लेकिन उसका दिमाग अभी भी परिचित, पुराने, वैज्ञानिक प्रतिमानों से चिपके रहने की कोशिश कर रहा था, जिसमें वह रहता था। उसने अपनी मुट्ठी भींच ली। "नहीं। मैं इसे स्वीकार नहीं कर सकता। यह बहुत ज्यादा है। बहुत... अवास्तविक।"

"धनु राशि? यह माना जाता था कि तब पैदा हुए लोगों में अद्वितीय क्षमताएं थीं... परिवर्तन और उपचार से संबंधित?" उसने फुसफुसाया, खंडित ज्ञान को याद करते हुए, लेकिन अविश्वास के एक मुश्किल से पता चलने वाले संकेत के साथ।

उसकी आवाज़ एक ऐसे व्यक्ति की तरह थी, जो अपने ही कानों पर विश्वास करने के लिए संघर्ष कर रहा था, जादू के आगे हार न मानने के लिए। "यह एक मिथक की तरह लगता है। एक किंवदंती। और फिर भी... मेरे भीतर कुछ कांपता है। तुम मुझे क्या बताना चाहती हो, मेलीना? कि मैं एक तरह का... सुपरह्यूमन हूँ? या जो कुछ भी मैं जानता था, वह एक झूठ है?"

मैंने सिर हिलाया, मेरी आँखें भूतिया चंद्र प्रकाश के नीचे चमक रही थीं, जैसे कि वे प्राचीन ज्ञान को दर्शा रही हों, जो सदियों, सैकड़ों सूर्यों और चंद्रमाओं से इकट्ठा किया गया था। "ठीक है। धनु राशि के दिनों को अन्य राशियों के बीच कृत्रिम रूप से वितरित करके, ग्रेगोरियन कैलेंडर ने एक प्राचीन और प्राकृतिक ज्योतिषीय चक्र को बाधित कर दिया। प्राचीन लोग मानते थे कि सब कुछ - कृषि से लेकर आध्यात्मिक प्रथाओं तक - को ब्रह्मांडीय व्यवस्था के साथ सामंजस्यपूर्ण होने के लिए, आकाशीय पिंडों की गति के अनुरूप, सख्ती से परिभाषित अवधियों में किया जाना चाहिए। हम, पृथ्वी पर जीवित प्राणी, सूर्य और चंद्रमा के इन शक्तिशाली और शाश्वत प्राकृतिक चक्रों के साथ गहरे तालमेल में विकसित हुए। उनका ब्रह्मांडीय नृत्य हमारी जैविक लय, हमारे डीएनए पर ही, जिसमें वह भी शामिल है जो अब तुम्हारे भीतर फिर से लिखा जा रहा है, पर गहरा और अक्सर अज्ञात प्रभाव डालता था।"

मैंने मिल्की वे की ओर हाथ उठाया, जो अंतहीन स्वर्गीय स्थान के माध्यम से एक चांदी की नदी की तरह फैला हुआ था, जो अरबों सितारों से बुना गया था। "विज्ञान ने इन प्राचीन विश्वासों की पुष्टि करना शुरू कर दिया था। यह स्थापित करने के लिए कि चंद्र चक्र नींद, भावनाओं, शारीरिक प्रक्रियाओं, यहाँ तक कि महिलाओं में मासिक धर्म चक्र को कैसे प्रभावित करते हैं। सौर ज्वालाएं, जो चुंबकीय तूफान पैदा करती हैं, हमारे मस्तिष्क में न्यूरोट्रांसमीटर के संतुलन को बदल देती हैं। सब कुछ जुड़ा हुआ है, नथानियल। यह सिर्फ जुड़ा हुआ नहीं है - सब कुछ ऊर्जा है। एक प्रवाह, जो नृत्य करता है और बहता है। यही कारण है कि तुम्हारा रक्त सोने में बदल सकता है। यही कारण है कि गुफा क्रोधित हो गई, जब उसने इस ज्ञान के साथ हमारे संबंध में रुकावट महसूस की, जब उसने तुम्हारे प्रतिरोध को महसूस किया।"

मैं एक दुखद नज़र के साथ उसकी ओर मुड़ा। उस क्षण में, मैं अपने सामने सिर्फ उसका चेहरा नहीं देख रहा था, बल्कि हजारों लोगों के चेहरे देख रहा था, जो इन सत्यों को सदियों से महसूस करने के लिए संघर्ष कर रहे थे, जो उनके कारण नष्ट हो गए थे, जिनकी आवाज़ें खामोश कर दी गई थीं। "कैलेंडर, यहाँ तक कि भौतिक नियम भी, तब हमारे निर्माणों के अधीन थे। लेकिन यह शक्ति ब्रह्मांड के साथ हमारे संबंध के एक गहरे, सहज अर्थ के नुकसान की कीमत पर आई। प्राचीन अनुष्ठानों ने हमें कुछ बड़ा होने की भावना दी, और तब हम अक्सर अपने ही, कृत्रिम रूप से निर्मित समय में अलग-थलग महसूस करते थे। सब कुछ नियंत्रण है, नथानियल। सूचना पर नियंत्रण, ज्ञान पर नियंत्रण, सत्य तक हमारी पहुँच पर नियंत्रण। और यह नियंत्रण हमेशा स्वतंत्रता के नुकसान की कीमत पर आता है।"

"तुम बिल्कुल सही हो," नथानियल सहमत हुआ, अनंत सागर में देखते हुए, जो ब्रह्मांड की लय में साँस लेता था। "समय शायद सबसे सापेक्ष मानवीय मात्रा है। हमने इसे सटीक रूप से मापा, हमने इसे वश में करने की कोशिश की। लेकिन यह

हमारी धारणा, हमारी भावनाओं के अनुसार फैलता और सिकुड़ता था। खुशी का एक पल बिना किसी सूचना के उड़ सकता था, और दुख के घंटे हमें अनंत काल की तरह लग सकते थे।"

मैंने धीरे-धीरे सिर हिलाया, उसके विचारों की पुष्टि की। "प्राचीन लोग समय की इस तरल प्रकृति को हमसे कहीं बेहतर समझते थे। उन्होंने इसे एक रैखिक प्रगति के रूप में नहीं, बल्कि एक चक्र के रूप में, जन्म, मृत्यु और पुनर्जन्म के एक शाश्वत चक्र के रूप में माना, जो आकाशीय पिंडों और मौसमों के परिवर्तन की गति में परिलक्षित होता था। उनके लिए, समय मात्रा से अधिक गुणवत्ता थी। आधुनिक विज्ञान ने क्वांटम भौतिकी और आइंस्टीन के सापेक्षता के सिद्धांत के संदर्भ में समय की सापेक्षता के इस विचार को छूना शुरू कर दिया। क्वांटम दुनिया में, समय गैर-रैखिक हो सकता था, यहाँ तक कि एक ही समय में दो दिशाओं में भी बह सकता था। जरा कल्पना करो, नथानियल, अगर तुम समय को इस तरह से महसूस करना सीख सकते हो... कौन सी संभावनाएं खुलेंगी? क्या यह दीर्घायु की कुंजी है, यहाँ तक कि अमरता की, जिसकी हम तलाश कर रहे हैं? या यह हमारी अगली जेल में सिर्फ एक नई कोशिका है?"

"तो, अंततः, समय हमारी चेतना का एक निर्माण है, जिस तरह से हम अस्तित्व के निरंतर प्रवाह को महसूस और व्याख्या करते हैं," नथानियल ने निष्कर्ष निकाला, यह महसूस करते हुए कि उसकी अपनी धारणा की सीमाएं फैलने लगी थीं, और उसका दिमाग इस विचार की विशालता का सामना करने की कोशिश कर रहा था। "और शायद अनंत काल को समझने की कुंजी समय को रोकने की कोशिश में नहीं, बल्कि जिस तरह से हम इसे महसूस करते हैं, उसे बदलने में निहित है। लेकिन यह... यह डरावना है। जब पुराना गायब हो जाता है तो क्या होता है? मैं समय के बारे में अपनी खुद की धारणाओं के बिना कौन हूं? मैं जो जानता हूं, उसके बिना? क्या मैं कुछ ऐसा बन जाऊंगा जिसे मैं नहीं जानता?"

मैंने आह भरी, और मेरी आवाज़ में एक गहरा, सदियों पुराना दर्द था। ऐसा लग रहा था कि मैं फिर से दांव पर लगी आग की लपटें देख रहा था, निर्दोषों की चीखें सुन रहा था, जिन्हें उस ज्ञान के लिए जलाया जा रहा था, जिसे मैं रखता था। मैंने उनकी आँखों को देखा, जो भय और समझ से भरी हुई थीं, कि वे सिर्फ अपने लिए नहीं, बल्कि एक सत्य के लिए मर रहे थे, जिसे एक दिन फिर से प्रकट किया जाएगा। "जब दांव पर चुड़ैलों को जलाया गया, तो न केवल निर्दोष मानव जीवन जल गए, बल्कि सदियों से जमा किया गया बुद्धिमान ज्ञान भी - पौधों के औषधीय गुणों के बारे में, मनुष्य और प्रकृति के बीच गहरे संबंध के बारे में, ब्रह्मांड की सूक्ष्म, चक्रीय लय के बारे में। धर्माधिकरण ने महसूस किया कि ज्ञान शक्ति है और ज्ञान पर नियंत्रण का मतलब लोगों पर नियंत्रण है। इसलिए, ज्ञान की किसी भी वैकल्पिक प्रणाली का व्यवस्थित विनाश 'सत्य' का एकाधिकार करने और समाज को हठधर्मियों के अधीन करने का एक सचेत प्रयास था। लेकिन यह भयानक प्रक्रिया अचानक शुरू नहीं हुई थी। यह सदियों से बनी हुई प्राचीन ज्ञान को संरक्षित करने के साधनों से संबंधित गहरी जड़ें जमाए हुए भय और पूर्वाग्रहों का परिणाम थी। वे उन्हें नष्ट करना चाहते थे, क्योंकि वे उस शक्ति से डरते थे, जो वे देते थे - समझने, ठीक करने, उनकी सीमाओं से परे

मौजूद रहने की शक्ति। और भय, नथानियल, हमेशा मानवता का सबसे बड़ा कैदी रहा है।"

मैं नथानियल की ओर मुड़ा, मेरी नज़र खोए हुए ज्ञान के लिए गहरे खेद से भरी हुई थी। मुझे सभी खोई हुई पांडुलिपियों, नष्ट किए गए मंदिरों, उन आवाज़ों की याद आई, जिन्हें सदियों से खामोश कर दिया गया था। "हैत्शेप्सुत, मिस्र की यह महान और विवादास्पद रानी, अपने नाम को अमर करने और अपने पति और सह-शासक के निशान को मिटाने के अपने अतृप्त प्रयास में, एक ऐसा कार्य किया जिसके दीर्घकालिक और शायद अप्रत्याशित परिणाम हुए। अपनी महत्वाकांक्षा में उसने प्राचीन पवित्र ग्रंथों में सावधानीपूर्वक दर्ज किए गए गुप्त, गूढ़ ज्ञान के कुछ हिस्सों को मिटा दिया। लेकिन जैसा कि अक्सर होता है, जब हम सत्य को छिपाने या नष्ट करने की कोशिश करते हैं, तो इसका अपना, अक्सर रहस्यमय तरीका होता है, जो समय और भूलने की परतों को तोड़कर सामने आता है। उसका ओबिलिस्क, नथानियल... उसमें सेनेंमुत ने सब कुछ कोडित किया है। यही कारण है कि उन्होंने उसका पीछा किया, न कि उसका। क्योंकि वह असली रखवाला था।"

"क्या इसी ने हैत्शेप्सुत को सच्चा संतुलन हासिल करने से रोका?" नथानियल ने पूछा, समुद्र की शांत, चांदी जैसी सतह में देखते हुए। "वह पुरुषों की दुनिया में शक्ति और महत्वाकांक्षा से प्रेरित थी, लेकिन शायद वह अंतर्ज्ञान से कुछ आवश्यक की कमी महसूस करती थी, उस संतुलन की, जिसके बारे में तुम बात कर रही हो? या वह बस... इसे समझ नहीं पाई? और सेनेंमुत ने क्या कोडित किया? उसने ऐसा क्या महत्वपूर्ण छिपाना चाहा कि उसकी जान दांव पर लग गई? और मैं अभी इसमें क्यों शामिल हो रहा हूं? क्या मेरे लिए यह काफी नहीं है?"

मैंने एक पल के लिए सोचा, अपने भीतर कहीं देखते हुए, अपने पुनर्जन्मों की याद की गहराई में, जो मुझमें ज्वार और भाटा की तरह, इस सागर की लहरों की तरह धड़क रहा था। "यह निश्चित रूप से कहना मुश्किल है कि उसके दिमाग में क्या चल रहा था। उसके उद्देश्य रहस्य में डूबे हुए हैं। लेकिन, अगर हम उसके कार्यों को देखें - नामों को मिटाना, सिंहासन पर कब्जा करना, खुद को एक पुरुष के रूप में प्रस्तुत करने का प्रयास - तो हम मान सकते हैं कि वह शक्ति बनाए रखने और पुरुषों के प्रभुत्व वाली दुनिया में निरंतरता सुनिश्चित करने के लिए एक मजबूत इच्छा से प्रेरित थी। शायद उसकी अपनी मर्दाना शुरुआत सेनेंमुत के साथ निरंतर संघर्ष में थी, प्रभुत्व के लिए एक लड़ाई में, सामंजस्यपूर्ण पूरकता की तलाश करने के बजाय। वे प्रभुत्व के लिए लड़े, जो घातक था। यह संघर्ष, नथानियल, दुनिया जितना पुराना है। पुरुष और महिला, एक-दूसरे के पूरक होने के बजाय, अक्सर एक-दूसरे को नियंत्रित करने की कोशिश करते हैं। और यही हमारी कई समस्याओं की जड़ है। क्योंकि जब ऊर्जाएं संतुलन में नहीं होती हैं, तो अराजकता उत्पन्न होती है। जैसे गुफा का ढहना।"

"निश्चित रूप से," नथानियल ने समझ के साथ पुष्टि की। "और उसने अपना प्रभुत्व स्थापित किया। महिलाओं का यह बहिष्कार, ये छद्म-वैज्ञानिक औचित्य, जाहिर तौर पर सदियों से गुप्त पुरुष समाजों के संकीर्ण हलकों में ज्ञान को छिपाने की आवश्यकता को पूरा करते थे। उन्होंने विशिष्टता का भ्रम पैदा किया और उस ज्ञान पर शक्ति और नियंत्रण बनाए रखा। लेकिन यह... क्या यह बहुत सुविधाजनक नहीं

था? उन्होंने और क्या छिपाया है? और इसका फायदा किसे हुआ? और हम हमेशा इस संघर्ष में क्यों लौटते हैं? क्या यह कभी बदलेगा?"

मैंने सितारों को देखा, जो समुद्र की लहरों की लय में नाचते हुए लग रहे थे, जो प्राचीन रहस्यों को फुसफुसा रहे थे, जिन्हें मैं सुनता था, क्योंकि मैं उनका हिस्सा था। अचानक, एक फ्लैशबैक मुझे एक प्राचीन मंदिर में ले गया, जहाँ महिलाएं सितारों की रोशनी के नीचे नृत्य करती थीं, उन रहस्यों को संरक्षित करती थीं, जिन्हें तब भुला दिया गया था, लेकिन जिन्हें मुझे याद था, जो मेरी आत्मा में ही कंपन करते थे। मैंने उनकी मुस्कान, उनकी शक्ति, उनके ज्ञान को देखा, जिसे पीढ़ी-दर-पीढ़ी, शब्दों से नहीं, बल्कि लय से, भावना से पारित किया गया था।

"लेकिन चेतना और दुनिया की परिस्थितियों के विकास ने अंततः एक बदलाव की आवश्यकता पैदा की। और यह आवश्यकता 'कुंजी' की खोज के रूप में सामने आई, जो पवित्र ग्रेल में छिपी हुई थी - पूर्ण ज्ञान का प्रतीक, मर्दाना और स्त्री सिद्धांतों के मिलन का प्रतीक। इस कुंजी की आवश्यकता थी, ताकि मानव जीनोम के जटिल 'ताले' को खोला जा सके, उसकी छिपी हुई क्षमता को समझा जा सके और उसे आसन्न खतरों से बचाया जा सके," मैंने निष्कर्ष निकाला, और मेरी नज़र नथानियल पर रुक गई, जैसे कि मैं पुष्टि, अनुनाद, उसकी आँखों में मेरी आत्मा का दर्पण तलाश रहा था। क्योंकि कुंजी तुम हो, नथानियल। तुम इस "ताले" का हिस्सा हो। और यह कभी पसंद का सवाल नहीं था।"

नथानियल चुप था, मेरे शब्दों से, उस ज्ञान की विशालता से, जिसे मैं उसके सामने प्रकट कर रहा था, में लीन था। हमारे ऊपर रात का आकाश एक नई, अज्ञात ऊर्जा के साथ धड़क रहा था, और हवा की फुसफुसाहट में प्राचीन रहस्यों की प्रतिध्वनि थी, जिन्हें वह अभी समझना शुरू कर रहा था। उसका दिमाग विद्रोह कर रहा था, सब कुछ को परिचित श्रेणियों में व्यवस्थित करने की कोशिश कर रहा था, लेकिन उसका दिल पहले से ही स्वीकार कर रहा था, अज्ञात के लिए खुल रहा था। मैंने इसे महसूस किया - उसकी आत्मा का कंपन, जब वह जाग रही थी, एक फूल की तरह, जो लंबी सर्दी के बाद खिलता है।

"मानवीय क्षमता को मानवता के सभी पहलुओं के एकीकरण की आवश्यकता है, जिसमें महिलाओं का ज्ञान और अंतर्ज्ञान भी शामिल है, जिन्हें इतने लंबे समय तक इन पवित्र हलकों से बाहर रखा गया था। जीनोम और हमारे भविष्य को बचाने की कुंजी सद्भाव में, दो सिद्धांतों के मिलन में निहित थी - सिर्फ पुरुष और महिला नहीं, बल्कि यिन और यांग, सक्रिय और निष्क्रिय ऊर्जा। प्रकाश और छाया।"

मैं उसकी ओर एक कदम बढ़ा, और चंद्र प्रकाश ने अंधेरे सागर की पृष्ठभूमि के खिलाफ मेरे ईथरिक प्रोफ़ाइल को रेखांकित किया, जिससे मैं प्रकाश और छाया का एक सिल्हूट बन गया, जो सितारों से बुना गया था। "क्वांटम उलझाव और पूर्ण द्वंद्व की इस आवश्यकता के संदर्भ में, 'स्त्री आधा' की अवधारणा एक पूरी तरह से नया आयाम प्राप्त करती है। यह अब सिर्फ सांस्कृतिक रूढ़ियों या छद्म-वैज्ञानिक हठधर्मियों से संबंधित नहीं थी। यह अस्तित्व के समीकरण का एक महत्वपूर्ण तत्व बन गया, जिसके बिना वास्तविकता ही अधूरी है, जैसे एक टूटी हुई धुन।"

मैंने अपना हाथ बढ़ाया और उसके हाथ को छुआ। हमारे बीच बिजली गुजरी, मुश्किल से पता चलने वाली, लेकिन मूर्त, जैसे कि दो ऊर्जा क्षेत्र एक में मिल गए हों, तालमेल में धड़क रहे हों, हमें हमेशा के लिए जोड़ रहे हों, न केवल इस जीवन में, बल्कि अनंत काल के माध्यम से। यह समय और अंतरिक्ष में एक अंतर्ज्ञान था। प्रेम आत्माओं का एक क्वांटम उलझाव है।

"महिलाओं को गुप्त ज्ञान और प्राचीन परंपराओं के संरक्षक के रूप में मानना सिर्फ एक मिथक नहीं हो सकता, बल्कि सूक्ष्म ऊर्जा क्षेत्रों, वास्तविकता के क्वांटम स्तरों के साथ उनके मजबूत सहज संबंध का प्रतिबिंब हो सकता है। अंतर्ज्ञान खुद ही सूचना के क्वांटम प्रसंस्करण का एक रूप हो सकता था, जो रैखिक, तार्किक दिमाग के लिए दुर्गम था।"

मैंने धीरे से उसका हाथ दबाया, उसे न केवल गर्मी, बल्कि एक गहरे संबंध, अपनेपन, कुछ ऐसा जो हमेशा वहाँ था, लेकिन भुला दिया गया था, की भावना दी। "तुम अकेले नहीं हो," मैंने सोचा, और मैं जानता था कि वह इसे महसूस करता है। "इस अर्थ में, 'स्त्री प्रदीप्ति' ने न केवल अंतर्ज्ञान और भावनात्मक बुद्धिमत्ता का प्रतीक था, बल्कि क्वांटम उलझाव की क्षमता का भी, उस अटूट संबंध को बनाने का, जो पुनरोद्धार की पूरी क्षमता को अनलॉक करने के लिए आवश्यक था। इस क्वांटम उलझाव के बिना, इस सामंजस्यपूर्ण द्वंद्व के बिना, किसी भी पुरुष के लिए कोई सफल पुनरोद्धार नहीं था। और यह आत्मा की अमरता, कर्म या पुनर्जन्म जैसी अमूर्त अवधारणाओं पर लागू नहीं होता था, बल्कि जीवन की विशुद्ध रूप से भौतिक निरंतरता पर लागू होता था। एक महिला किसी भी पुरुष से कहीं अधिक गहरा और गुप्त रहस्य रख सकती थी - संबंध का रहस्य, ऊर्जा को उलझाने का, क्वांटम सुसंगतता बनाने का।"

मेरी आवाज़ धीमी, अधिक अंतरंग हो गई, जैसे कि मैं उसे सबसे गुप्त रहस्य प्रकट कर रहा था, जो मुझे सदियों से सौंपा गया था, एक रहस्य जो हमारी यात्रा का सार था। "यह पहेली का बहुत ही दिल है, जहाँ ज्ञात ज्ञान एक अथाह अज्ञात में बदल गया, जो मानव अस्तित्व की नाजुकता के लिए कच्चे सत्य को प्रकट करता है। हृदय, जीवन और बिना शर्त प्रेम का यह सार्वभौमिक प्रतीक, हमारी सबसे कमजोर गढ़ साबित हुआ, जो अपरिहार्य विनाश के लिए बर्बाद था, अगर इसे इस क्वांटम उलझाव के माध्यम से पोषित और संरक्षित नहीं किया गया। यह तुम्हारे दिल में एक ब्लैक होल की तरह है, जहाँ जीवन और मृत्यु के सभी ज्ञात कानून और सिद्धांत अस्थायी रूप से अपनी शक्ति खो देते हैं। क्योंकि मौलिक सत्य सरल है: जब हृदय धड़कना बंद कर देता है, तो भौतिक शरीर के लिए जीवन समाप्त हो जाता है। और यही वह रहस्य है जिसे सेनेंमुत ने ओबिलिस्क में कोडित किया है - कि प्रेम के माध्यम से क्वांटम सुसंगतता को सक्रिय करके, हृदय को कैसे धड़कते रहना है। क्योंकि प्रेम, नथानियल... एक भावना नहीं है। यह क्षेत्र है। ब्रह्मांड की धड़कन। वह अनुनाद, जो अराजकता को सद्भाव में बांधता है। एक प्रकाश, जो कभी नहीं बुझता। यही शाश्वत सूत्र है, नथानियल।"

मेरी आवाज़ मुश्किल से पता चलने वाली हो गई, जो गहरी भावनात्मक सामग्री, सदियों पुराने ज्ञान और अनंत प्रेम से भरी हुई थी। मैं हर शब्द, हर

रहस्योद्घाटन को जी रहा था, जैसे कि मैं इसे पहली बार बोल रहा था, भले ही मैं इसे पूरे अनंत काल से जानता था। "और यह रहस्य... दो सिद्धांतों के पूर्ण विलय की यह आवश्यक आवश्यकता, क्वांटम उलझाव की, स्त्री प्रदीप्ति की यह महत्वपूर्ण भूमिका... यही मैं तुम्हें बिना शब्दों के प्रकट करने की कोशिश कर रहा था, नथानियल... इस पूरे अनंत काल की खोज और पुनर्जन्म के माध्यम से। लेकिन तब... शब्द पर्याप्त नहीं थे। तब तुम्हें महसूस करना था। जुड़ना था। स्वीकार करना था। अपने पुराने डर को त्यागना था और कीमत की परवाह किए बिना अज्ञात में गोता लगाना था।"

मैंने अपनी आँखें बंद कर लीं और गहरी साँस ली, जो समुद्र और रात के फूलों की सुगंध से भरी हुई थी, अनंत काल की सांस के साथ। मैंने अपना दूसरा हाथ उठाया और उसे नथानियल के दिल पर रखा। मेरी उंगलियों के नीचे उसने एक मजबूत, स्थिर लय महसूस की, जो उसकी अपनी लय के साथ पूरी तरह से अनुनादित हो रही थी, जैसे कि उनके दो दिल एक के रूप में धड़क रहे हों, एक ऐसी धुन बजा रहे हों, जिसे किसी ने पहले कभी नहीं सुना था। "यह एक निश्चित ऊर्जा आवृत्ति, समय और अंतरिक्ष की धारणा के एक निश्चित तरीके की कुंजी है। और यह आवृत्ति... यह सबसे दृढ़ता से प्रतिध्वनित होती है, जब दो दिल एक ही लय में धड़कते हैं, जब दो आत्माएं एक ही इरादे में विलीन हो जाती हैं। क्योंकि प्रेम, नथानियल... एक भावना नहीं है। यह क्षेत्र है। ब्रह्मांड की धड़कन। वह अनुनाद, जो अराजकता को सद्भाव में बांधता है। एक प्रकाश, जो कभी नहीं बुझता। यह वहाँ सुसंगतता पैदा करता है जहाँ अराजकता है। यह अनंत काल का सार है।"

हमारे चारों ओर चंद्र प्रकाश गाढ़ा होता गया, एक हल्का, चांदी का रंग प्राप्त कर रहा था, जो हमें एक जादुई आभा में घेर रहा था। नथानियल को अपनी छाती में एक अजीब धड़कन महसूस हुई, जैसे कि उसका दिल मेरी लय पर प्रतिक्रिया दे रहा था, जो हमारे बीच एक अदृश्य, लेकिन मूर्त संबंध बना रहा था। वह एक ही समय में रहस्योद्घाटन की विशालता से भयभीत महसूस कर रहा था, जैसे एक बच्चा एक अनंत सागर के सामने, लेकिन इस शक्तिशाली, अस्पष्टीकृत संबंध से भी असीम रूप से आकर्षित था। मैंने उसके डर को महसूस किया, लेकिन उसकी लालसा को भी, जिसने सभी संदेहों को जला दिया, उन्हें राख में बदल दिया, जहाँ से कुछ नया बढ़ रहा था।

"समय... यह कोई दुश्मन नहीं है जिसे हमें हराना था। यह एक सागर है जिसमें हमें तैरना सीखना था। और दरार... यह सिर्फ एक जगह नहीं है, बल्कि चेतना की एक अवस्था है, एक दरवाजा, जो तब खुलता है जब हम सद्भाव की एक निश्चित डिग्री तक पहुँचते हैं। क्या तुम अब समझते हो? सब कुछ यहाँ था, पूरे समय। छिपा हुआ, लेकिन हमेशा सुलभ। यह समय में ही एक अवसाद है, जिसमें अनंत काल एक पल के लिए परिलक्षित होता है।"

मैंने अपनी आँखें खोलीं, और उनमें एक नरम, आंतरिक लौ जल रही थी, शाश्वत प्रेम और ज्ञान की लौ, जो मैं हूं, और जो अब उसके सामने प्रकट हो रही थी। "नथानियल... एक साथ हम... सिर्फ दीर्घायु नहीं, बल्कि जीवन के सार की सच्ची समझ का मार्ग पा सकते हैं। क्योंकि सच्ची अमरता समय को रोकना नहीं है, बल्कि इसमें

गोता लगाना है, इसकी क्वांटम धागों को समझना है। मैं तुम्हारी मार्गदर्शक हूँ। तुम मेरा कंपास हो।"

मैं करीब गया और अपने माथे को उसके माथे से छुआ। इस क्षण में, मैंने महसूस किया कि हमारी चेतना की सीमाएं धुंधली होने लगी हैं, जैसे कि हम एक हो रहे हों, अनंत काल के एक एकल, विशाल क्षण में। यादें, भावनाएं, संवेदनाएं, जो उसकी नहीं थीं, उसके दिमाग में उमड़ पड़ीं - प्राचीन अनुष्ठानों, पवित्र ज्यामिति, ब्रह्मांडीय धुनों के साथ तालमेल में नृत्य करने वाले परिपूर्ण गणितीय सूत्रों के दर्शन। उसने हजारों वर्षों की धूल, जली हुई जड़ी-बूटियों, शुद्ध समुद्री नमक और कुछ... जीवित, एक खिलते हुए पौधे की तरह की गंध महसूस की। उसने एक पल के लिए समय के अनंत चक्र, जन्म, मृत्यु और पुनर्जन्म के शाश्वत नृत्य को देखा, जिसे अनंत काल की आँखों से, मेलीना की आँखों से देखा गया था। और फिर, अपनी चेतना की गहराई में, उसने कुछ बदलते हुए महसूस किया। कुछ प्राचीन और सोया हुआ जाग रहा था, मेरे स्पर्श से, मेरे शब्दों से, रात की ऊर्जा से, उस प्रेम से जो उन्हें जोड़ता था, से उत्तेजित हो रहा था। और फिर - उसके अस्तित्व के बहुत केंद्र में - प्रकाश फूट पड़ा। नरम, जीवंत, सोने और चांदी के साथ धड़कता हुआ। हर कोशिका ने गाया। हर कण फिर से व्यवस्थित हो गया। वह सिर्फ समझा नहीं। उसे याद आया। धनु राशि का मार्ग हमारे सामने खुल रहा था, जो चंद्र प्रकाश और अनंत सागर की फुसफुसाहट से रोशन था, जो हमें एक नई समझ के द्वार तक, हृदय के पोर्टल तक ले जा रहा था। प्रेम के लिए क्वांटम अंतर्ज्ञान के लिए।

अध्याय 36: ईडन कोड

"मैंने इसे डिकोड कर लिया...

लेकिन कीमत क्रूर थी।" मेलीना की आवाज़ रात में गूंज उठी, जो हजारों रातों की नींद हराम होने की प्रतिध्वनि से भारी थी, असहायता की कड़वाहट से, एक आत्मा की कराहों से, जो उन सवालों से फटी हुई थी जो उसे युगों से परेशान कर रहे थे। अंधेरा उन्हें घेर रहा था, यहाँ तक कि अनकहे को भी निगल रहा था। उसने अचानक उस क्षण को फिर से जीया, जब उसकी आँखों से आँसू जम गए थे, खुद को अकेला महसूस कर रही थी, पूरी दुनिया द्वारा छोड़ दिया गया था, जबकि वह खोज रही थी। आग की लपटों के खिलाफ अकेली और उस भूलने के खिलाफ, जो एक अभेद्य कोहरे की तरह मानवता पर मंडरा रहा था।

नथानियल ने महसूस किया कि उसकी अपनी चेतना घुल रही है, उसकी सीमाएं धुंधली हो रही हैं, उसके शब्दों से, उस प्राचीन ऊर्जा से, जिसे मेलीना एक जीवित लौ की तरह ले जा रही थी। यहाँ, सत्य का क्षण, जिसकी उसे लालसा थी, भले ही वह नहीं जानता था। एक भेदी जागरूकता ने उसे भेद दिया - वह खुद कितना अंधा था! जैसे कि एक पर्दा गिर गया हो और उसके सामने उसकी अपनी सीमितता, उसके अपने अहंकार की खाई को प्रकट कर दिया हो। ऐसा लग रहा था कि वह जीवन भर एक अंधेरे गुफा में रहा है और अब प्रकाश उसे चकाचौंध कर रहा था, उस अंधेरे की कुरूपता को प्रकट कर रहा था जिसमें वह था।

"विज्ञान... इतना धीमा, इतना सतर्क। इसे और अधिक विनम्रता दिखानी चाहिए थी! एक खुले दिमाग से प्राचीन ज्ञान को छूना, अनुभवजन्य टिप्पणियों और सदियों पुराने ज्ञान के बीच एक सच्चा तालमेल बनाने की कोशिश करना। सब कुछ को अस्वीकार नहीं करना जो यह तुरंत समझा नहीं सकता!" उसे अस्वीकृति, उपहास, दांव की सदियों की याद आई, जिन पर उन लोगों को जलाया गया था जो जानते थे। यहाँ, वे उसे पागल, एक सपने देखने वाले, एक विधर्मी कहते थे, लेकिन वह जानती थी। वह जानती थी कि आगे का एकमात्र रास्ता एक खुले दिल का, एक अटूट भावना का, अज्ञात पर विश्वास का था। और वह जानती थी कि प्रतीक्षा करने का समय समाप्त हो गया था।

वह नथानियल की ओर मुड़ी, उसकी आँखें एक गहरे, अटूट दृढ़ विश्वास के साथ जल रही थीं, जिसने उसे हड्डी तक, उसके अस्तित्व के सबसे गहरे कोनों तक भेद दिया। "हमारे शरीर में प्रोटीन होते हैं, जो हृदय के लिए प्राचीन पुनर्जन्म तंत्र को सक्रिय करते हैं - कार्डियोमायोसाइट्स, जो विशिष्ट आवृत्तियों, भावनाओं, अवस्थाओं के जवाब में बनते हैं। जैसे कि कोई कोड 'चालू' होने की प्रतीक्षा कर रहा हो। क्या तुम्हें याद है कि कैसे विचार पानी के क्रिस्टल को बदल देता था? इसे पूरे शरीर के पैमाने पर कल्पना करो। वे सभी सूक्ष्म जीव, जिनके बारे में मैंने तुम्हें बताया था - वे भी इस कोड का हिस्सा हैं। वे ईडन की एक फुसफुसाहट हैं, जो हमारे डीएनए में बुनी गई हैं।"

उसने नथानियल का हाथ पकड़ा, उसे अपनी छाती के खिलाफ दबाया, ठीक उसके धड़कते हुए दिल के ऊपर। उसने उसकी गर्मी महसूस की, धड़कन, जो उसकी अपनी धड़कन के साथ पूरी तरह से सिंक्रनाइज़ थी, जैसे कि वे लंबे समय से एक थे, किसी प्राचीन नृत्य का एक अटूट हिस्सा, जो अभी फिर से शुरू हुआ था। "और यहाँ यह फिर से है... यह भाग्यशाली संबंध, नथानियल। हृदय... यह अथक मांसपेशी, जो जीवन की लय के साथ पूरी तरह से तालमेल में धड़कती है, वास्तव में अपने भीतर एक गहरा, अनसुलझा रहस्य छुपाती है। यह शुद्ध, बिना शर्त प्रेम से उत्पन्न शक्तिशाली भावना है, जो हमारे जैविक सार में छिपे, गहरे बैठे तंत्र को अनलॉक करती है, असाधारण प्रोटीन के संश्लेषण को उत्तेजित करती है, जो हृदय को अविश्वसनीय लचीलापन, पुनर्जन्म की एक उल्लेखनीय क्षमता और एक अदम्य, लगभग अस्पष्टीकृत जीवन शक्ति प्रदान करते हैं। प्रेम एक भावना नहीं है - यह जैव रसायन है। एक ऊर्जावान अवस्था, जो कोशिकाओं को फिर से व्यवस्थित करती है, चेतना की धड़कन को बढ़ाती है। क्या तुम्हें पर्यवेक्षक का प्रभाव याद है? और अब कल्पना करो कि पर्यवेक्षक प्रेम है। यही ग्रेल की कीमिया है। वह तुम्हारे भीतर जीवित है।"

नथानियल ने गहरी साँस ली। एक बढ़ती हुई, भेदी समझ से भरी एक मुस्कान, उसके चेहरे पर खिल गई, जो संदेह की छाया को दूर कर रही थी। लेकिन इसमें चुनौती की एक छाया भी थी। "क्या मैं इसके लिए तैयार हूं? क्या मैं इसे सहन कर सकता हूं?" नथानियल की आंतरिक आवाज: "यहाँ यह है, उसके शब्दों में छिपा सत्य। मैंने जो कुछ भी कल्पना की है, उससे अधिक भयानक और अधिक महान। क्या मैं सहन कर पाऊंगा?"

"हाँ, मेलीना। मैं खुद इस जागरूकता पर पहुंचा। तुम बस... अंतर्ज्ञान से मुझे उस रास्ते पर ले जा रही थी, जिसे मेरी आत्मा पहले से ही जानती थी।" उसने सिर्फ उसके शब्दों को नहीं सुना, उसने उन्हें अपनी कोशिकाओं में, अतीत के समय में, अनजन्मे भविष्य में महसूस किया, एक प्राचीन आह्वान की तरह, जो उसके रक्त में, उसकी सुनहरी नाड़ी में गूँज रहा था, जो अब गा रहा था।

उसने उसे एक गहरे, सदियों पुराने प्यार से देखा, जिसने उसे एक गर्म लहर की तरह घेर लिया, एक माँ के गले लगाने की तरह, जो उसे सदियों से घेर रही थी। उसकी आँखों में एक ज्ञान था, जो समय और अंतरिक्ष से परे था, अनंत काल का ज्ञान।

"क्या तुम्हें वे तीन दिन याद हैं, नथानियल? जब तुम उस सुनसान जमीन में अकेले गायब हो गए थे, और मैं तुम्हारी तलाश कर रही थी, इंतजार कर रही थी? मेरी भावनाएं इतनी सूक्ष्म, इतनी तेज थीं, कि वे एक भविष्यसूचक सपना बन गईं। मैंने दरार के माध्यम से हमारी पूरी यात्रा का सपना देखा, उसका हर कदम, हर रहस्य। उसने एक पल के लिए चुप्पी साध ली, जैसे कि वह फिर से सपने को जी रही थी, उसे पूर्ण स्पष्टता के साथ अपने सामने देख रही थी। "मैंने तुम्हें देखा... खोया हुआ। मैंने तुम्हारे डर, तुम्हारी निराशा, उस भेदी अकेलेपन को महसूस किया। मेरी हर कोशिका तुम्हारे लिए चिल्ला रही थी। क्या तुम्हें वह प्राचीन नक्शा याद है, जिसे हमने पुस्तकालय में पाया था? जिस पर अदृश्य ऊर्जा रेखाएं अंकित थीं? मैंने उन्हें अपने सपने में देखा, वे सीधे तुम्हारे पास ले जा रहे थे। वे इस गुफा, इस सन्दूक की ओर ले जा रहे थे। मैं तुम्हारा कंपास थी। हमेशा।"

नथानियल जम गया। उसका दिल अपनी लय को तेज कर रहा था, उसकी पसलियों में एक बंदी पक्षी की तरह धड़क रहा था, जो भागना चाहता था, लेकिन रहने के लिए बर्बाद था। हवा में एक तनाव बढ़ गया - उसके विश्वास और उसके गहरे जड़ वाले संदेह के बीच। क्या वह इस पर विश्वास कर सकता था? क्या वह किसी भ्रम, पागलपन के आगे झुक नहीं रहा था? नथानियल की आंतरिक आवाज: "भविष्यसूचक सपना? यह एक परी कथा की तरह लगता है। लेकिन मैं वहाँ था। मैंने महसूस किया कि सन्दूक क्या है। क्या यह... नियति है?"

"क्या तुमने सपना देखा... गुफा का? सब कुछ का?" उसकी आवाज़ लगभग एक फुसफुसाहट थी, अविश्वासी, गहरे संदेह और समझ की कमी से भरी हुई थी। "यह... असंभव है। कैसे? अगर मैं टेलीपैथी में भी विश्वास करता हूं, तो यह किसी भी समझ से परे है। तुम कौन सी शक्ति हो, मेलीना? या बल्कि... यह मेरे साथ क्या हो रहा है? मैं... मैं इसे इतनी आसानी से स्वीकार नहीं कर सकता।" मेलीना ने धीरे-धीरे सिर हिलाया, उसकी नज़र अनंत, शांत सागर में थी।

"उस प्रलय के बाद, जिसने उत्तरी अमेरिकी महाद्वीप को विभाजित कर दिया, यह डूब गया... लेकिन दूसरा उभरा। अटलांटिस उभरा, नथानियल। हम महीनों तक लहरों से फेंके गए, जब तक कि हम आखिरकार इसके तट पर नहीं पहुंचे। और अब हमने इसे पाया है - यह गुफा। यह सिर्फ एक गुफा नहीं है, बल्कि अटलांटिस की सभ्यता का एक प्राचीन भंडार है, जिसमें उन्होंने अपने ज्ञान और उपलब्धियों, अपने सन्दूक को छिपा दिया था। ठीक उसी तरह जैसे मैंने सदियों से मानव ज्ञान का भंडारण किया है, एक जीवित पुस्तकालय के रूप में, एक चलती अभिलेखागार के रूप में,

अपने सभी पुनर्जन्मों के माध्यम से। क्या तुम्हें वह किंवदंती याद है, जिसे तुम बचपन में पढ़ते थे - अटलांटिस के बारे में, खोए हुए शहर के बारे में? अब तुम इसे देख रहे हो। यह एक मिथक नहीं है। यह एक वास्तविकता है।"

उसने उसका हाथ भींच लिया। "वे आकृतियाँ, जिन्हें हमने वहाँ देखा था, वे चमकते हुए जीव... वे लेमुरियन थे, एक दैहिक अवस्था में अटलांटियन थे। तिब्बत की गुफाओं और ग्रह के अन्य बिंदुओं में भी ऐसे ही हैं। वे जीन के संरक्षक हैं - जीवन का क्वांटम कोड। और अगर हम जैसे जीवित नहीं होते तो इस या किसी अन्य सर्वनाश में... वे जाग जाते और डीएनए की प्रतिकृति बनाते, ताकि एक नई मानव प्रजाति का निर्माण हो सके। थियोसोफी एक मिथक नहीं है, नथानियल, बल्कि एक भूली हुई स्मृति है। हम इस स्मृति में उतरे, इस और पिछली सभ्यताओं के सभी रहस्यों को छूते हुए। और यह आकस्मिक नहीं है। हम यहाँ उनके मिशन को जारी रखने के लिए हैं।"

अचानक उनके चारों ओर की हवा और भी तेजी से, लगभग मूर्त रूप से कंपन करने लगी, जैसे एक अदृश्य तार, जिसे छुआ गया था और उसने बजाना शुरू कर दिया था। चंद्र प्रकाश गाढ़ा हो गया, एक हल्का, चांदी का रंग प्राप्त कर रहा था, जो उन्हें एक चमक में घेर रहा था, जो उनकी कोशिकाओं में ही प्रवेश कर रहा था, उनके साथ साँस ले रहा था, आसपास की हर जीवित कोशिका के साथ। नथानियल ने पृथ्वी की धड़कन महसूस की, जो उसकी अपनी धड़कन के साथ सिंक्रनाइज़ हो गई, जैसे कि ग्रह की उज्ज्वल साँस उसके माध्यम से साँस ले रही थी, और वह - दुनिया के माध्यम से। उसकी रीढ़ में एक सिहरन दौड़ गई, उसकी जीभ ने एक धातु का स्वाद लिया, और दुनिया एक पल के लिए घूम गई। उसने नम चट्टान, ओजोन और कुछ मीठा, शहद और प्राचीन फूलों की तरह की गंध सूँघी, जिसने उसे मदहोश कर दिया। सुनहरी धड़कनें चांदी के प्रकाश के साथ गुंथी हुई थीं, जो स्मृति के जीवित धागों की तरह उनके चारों ओर नाच रही थीं। उसने महसूस किया कि उसकी त्वचा पर रोंगटे खड़े हो रहे हैं, उसके बाल खड़े हो रहे हैं, जैसे कि लाखों अदृश्य ऊर्जा धागे उसके साथ जुड़ रहे हों। उसने अनगिनत छवियाँ देखीं, जो उसकी आंतरिक दृष्टि के सामने खुल रही थीं - प्राचीन अनुष्ठान, पवित्र ज्यामिति, ब्रह्मांडीय धुनों के साथ तालमेल में नृत्य करने वाले परिपूर्ण गणितीय सूत्र। उसका दिल फटने वाला था, लेकिन डर से नहीं, बल्कि विशाल, सर्वव्यापी आश्चर्य से।

"यह... सच है," उसकी आंतरिक आवाज ने फुसफुसाया, पहली बार संदेह की छाया के बिना। "उसमें हर कोशिका जवाब दे रही थी - लय से, चमक से, विश्वास से। उसे अब संदेह नहीं था। वह वहाँ था। वह कोड का हिस्सा था।" यह वही जागृति थी, जिसके बारे में मेलीना ने बात की थी, उसके भीतर का "प्राचीन और सोया हुआ"

अंततः खिल रहा था, उसे धारणा के नए स्तरों को प्रकट कर रहा था - सुनवाई, दृष्टि, भावना, जो अब तक केवल धुंधली चमक थी, जो भ्रम के एक घने पर्दे के पीछे छिपी हुई थी। उसने गहरी साँस ली, जो हो रहा था उसे समझने की कोशिश कर रहा था, लेकिन वह अब विरोध नहीं कर रहा था। आश्चर्य और अविश्वास उसके भीतर लड़ रहे थे, लेकिन अनुभव इतना शक्तिशाली, इतना सर्वव्यापी था कि वह इसे नकार नहीं सकता था। यहाँ, उसके पुनर्जन्म का क्षण, उसके सच्चे स्व की जागृति।

मेलीना मुस्कुराई, इस बार दुख की छाया के बिना, बल्कि एक अटूट, दीप्तिमान आशा के साथ, जो उसके चेहरे को रोशन कर रही थी, उसे चंद्र प्रकाश से अधिक चमकदार बना रही थी, जैसे सदियों की रात के बाद एक सुबह। उसने उसकी आँखों में न केवल समझ देखी, बल्कि एक पूर्ण, अटूट स्वीकृति भी देखी, यहाँ तक कि एक नए पाए गए उद्देश्य की लौ भी। "अब हम जानते हैं। और हम उस दुनिया को वापस ला सकते हैं - इसे फिर से नहीं बनाना, बल्कि इसे भूलने की राख से पुनर्जीवित करना। जिसे पुरानी सभ्यताओं ने खो दिया, जब वे अपने संबंध को भूल गईं। अब हम उसके लिए पुल हैं।"

उसके शब्द एक वादा नहीं थे, बल्कि अनंत काल की गहराई से निकाले गए एक दृढ़ विश्वास थे, जो उसके दिल में, उसके बहुत ही सार में, एक नए वाचा की तरह, उनके सामान्य भविष्य के लिए एक शगुन की तरह गूँज रहा था।

अध्याय 37: सुनहरे पल में दर्पण

प्रतिबिंब: मेरा पेट सिकुड़ रहा है - डर से नहीं, बल्कि कुछ गहरे से। एक कंपकंपी। ऐसा लगता है कि पूरा ब्रह्मांड मेरे भीतर धड़क रहा है, नथानियल ने सोचा। उनके पैरों के नीचे की चट्टानी धार, जो कुछ पल पहले तेज और वास्तविक थी, गायब हो गई। सब कुछ पहली किरणों के सामने कोहरे की तरह घुल गया - वास्तविकता सुनहरी चुप्पी में वाष्पित हो गई। यह उसके शरीर की हर मांसपेशी, उसके अस्तित्व के हर फाइबर को घोल रहा था। "क्या... क्या हो रहा है, मेलीना?" नथानियल ने फुसफुसाया, उसकी आवाज़ कर्कश, मुश्किल से सुनाई देने वाली थी, जो संदेह से भरी हुई थी, जो दो जानवरों की तरह श्रद्धा के साथ लड़ रही थी। "क्या यह... एक मतिभ्रम है? या मेरे भीतर कुछ ऐसा जाग रहा है जो उस सब से अधिक वास्तविक है जिसे मैंने वास्तविकता कहा है?" मेरा दिमाग चिल्लाता है कि यह एक भ्रम है, लेकिन मेरा दिल... मेरा दिल नाचता है, उसने महसूस किया।

मेलीना ने उसका हाथ भींचा, उसकी उंगलियां उसकी उंगलियों में फंस गईं, जैसे कि वह शब्दों से नहीं, बल्कि स्पर्श से जवाब दे रही थी। मैंने उसका कंपन महसूस किया, वही जो मुझे भी जड़ तक हिला रहा था, मेलीना की चेतना के माध्यम से गुजर रहा था। उनके चारों ओर, हरे-भरे, अज्ञात वनस्पति का विस्तार हो रहा था, जो अनंत काल के साथ ही तालमेल में साँस ले रहा था, और हर पत्ता एक नाजुक प्रकाश के साथ धड़क रहा था। समय की भावना... यह रुक गई थी। कोई अतीत नहीं, कोई भविष्य नहीं, केवल एक शाश्वत, धड़कती हुई उपस्थिति, जो उन्हें घेर रही थी, उनकी चेतना के सबसे गहरे कोनों में, उनके डीएनए में ही प्रवेश कर रही थी।

मेरे दिमाग में एक छवि उभरी: प्रयोगशाला, साल पहले। मैं एक माइक्रोस्कोप के ऊपर खड़ा था, एक कोशिका को घूर रहा था जो साँस ले रही थी। क्वांटम उलझाव के विचार, कि कैसे दो कणों को दूरी की परवाह किए बिना जोड़ा जा सकता है। "यह असंभव है, नथानियल," प्रोफेसर मिज़राही ने तब कहा था, अपनी भौंह उठाते हुए। "यहाँ, क्या तुम देखते हो? हर कण बातचीत करता है। क्या होगा,

अगर कोई ऐसा नेटवर्क मौजूद है जो सब कुछ जोड़ता है?" मेलीना ने मुझे देखा, मेरी बुखार महसूस कर रही थी। "यह विज्ञान नहीं है, यह कविता है," उसने फुसफुसाया, लेकिन उसकी आँखों में जिज्ञासा थी। तब मैंने सोचा कि यह सिर्फ एक सुंदर रूपक था। अब... अब मैं देख रहा था कि यह एक वास्तविकता है, एक जीवित, साँस लेने वाली वास्तविकता। (नथानियल)

---✶ ✶---

उनके सामने एक चमकदार आकृति दिखाई दी - न पुरुष, न महिला, बल्कि एक शुद्ध, दीप्तिमान सार, जिसने अनंत काल की चुप्पी के साथ उन्हें देखा। बिना शब्दों के। बिना मांस के। केवल हृदय, धड़कन, चिंगारी। एक शक्ति, जिसने दमन नहीं किया, बल्कि उत्थान किया, जैसे कि यह उनमें जीवन की सांस ले रही हो, जैसे कि यह हर कोशिका को पुनर्जीवित कर रही हो। नथानियल और मेलीना ने सहज रूप से समझा: यह स्रोत है। अस्तित्व की धड़कन। सृजन का बहुत ही दिल। यहाँ वह आदिम शक्ति है, जिसकी तलाश मेरे पिता कर रहे थे। एक टेस्ट ट्यूब में नहीं, बल्कि खुद अस्तित्व में। (नथानियल)

उन्होंने एक-दूसरे का हाथ पकड़ रखा था, उनकी उंगलियां एक-दूसरे में उलझी हुई थीं, चकित, श्रद्धा से भरे हुए थे, जिसने उनके अस्तित्व के हर फाइबर को भर दिया, जबकि वे साँस ले रहे थे। शब्द अनावश्यक थे, वे बात नहीं कर सकते थे, भले ही वे चाहते। अपने दिलों में उन्होंने एक गहरी समझ, एक संबंध महसूस किया, जो विचार से परे था, उस आदिम सार के साथ एक विलय। यहाँ यह है। वह भावना, जिसकी मैंने हमेशा तलाश की है। हजारों वर्षों के भटकने के बाद घर लौटने जैसा, लेकिन घर हमेशा तुम्हारे भीतर था, पहचाने जाने की प्रतीक्षा कर रहा था। (नथानियल)

आकृति ने उन्हें एक शांत कोमलता के साथ देखा और उनकी चेतना में छवियाँ दिखाई दीं, जिन्हें देखा नहीं गया, बल्कि अनुभव किया गया - ऊर्जा सुनहरी धूल की तरह घूम रही थी, जो केंद्रित हो रही थी, चमक रही थी, रूप को जन्म दे रही थी - पदार्थ से नहीं, बल्कि ध्वनि, प्रकाश, इरादे से। मैंने महसूस किया कि मैं सिर्फ देख नहीं रहा था, बल्कि मैं सृजन का हिस्सा था, जीवन का पहला कंपन, अस्तित्व की पहली सांस, भगवान का पहला विचार। एक पल, जिसमें तुम सिर्फ देखते नहीं हो, बल्कि तुम खुद भगवान का हिस्सा होते हो। (मेलीना)

और फिर उस पर संदेह हावी हो गया, तर्क का एक आखिरी, हताश प्रतिरोध: "क्या हम वास्तव में इतने छोटे और एक ही समय में इतने... दिव्य हो सकते हैं? यह बहुत ज्यादा है। यह खतरनाक है।" (नथानियल)

नथानियल और मैंने इन आदिम छवियों में खुद के सार को पहचाना, लेकिन उनके सबसे शुद्ध, सबसे दिव्य रूप में। हमने एक मौलिक स्तर पर एक-दूसरे के बीच संबंध महसूस किया, समय और अंतरिक्ष से परे, एक पूरे के दो हिस्सों की तरह, एक-दूसरे को खोजने और ढूंढने के लिए बर्बाद। लेकिन तब... हम इतने दूर क्यों हैं, इतने भ्रमित क्यों हैं? हम इस दुख की दुनिया में क्यों हैं, अगर हमें ऐसे बनाया गया था? (मेलीना)

इसके बाद, उनकी आंतरिक आँखों के सामने, दो जीव आकार लेने लगे, जो उसी सुनहरे प्रकाश से उकेरे गए थे, लेकिन अलग-अलग, पूरक रूपों के साथ।

एक - मजबूत, मर्दाना, दृढ़ संकल्प और शक्ति का विकिरण, लगभग मूर्त। दूसरा - कोमल और सुंदर, अंतर्ज्ञान और करुणा से भरा, जो उसके हर कण से बहता था। उन्होंने एक-दूसरे को देखा, जैसे कि सृजन के दर्पण ने उन्हें मिला दिया हो।

नथानियल ने मेलीना का हाथ और कसकर भींचा। "रुको... वे... वे हमारी तरह हैं, लेकिन... शुद्ध?" उसने फुसफुसाया, अभी भी दृष्टि के चंगुल में था, असंभव को समझने की कोशिश कर रहा था। "क्या हम ऐसे थे - दर्द से पहले, अपराध से पहले, उन झूठों से पहले जिन्हें हम इतिहास कहते हैं? और अगर हाँ... हम कब खो गए?"

---✶ ✶---

मेलीना की चेतना में अचानक स्मृति उमड़ पड़ी। वह शाम, जब मेरे पिता चिल्लाए, जब मैंने मॉर्फोजेनेटिक क्षेत्रों पर उनके शोध की खोज की। "यह खतरनाक है, नथानियल! इसे मत छुओ!" मैं कांप रही थी, लेकिन डर से नहीं, बल्कि यह महसूस करके कि कुछ ऐसा है जो दृश्यमान से परे है। वह इसे "ब्रह्मांडीय डिजाइन" कहते थे, लेकिन मेरे लिए यह अधिक... एक स्पंदन था। मैंने इसे सुना। और यह मुझे आकर्षित करता था, प्रतिबंधों की परवाह किए बिना।

---✶ ✶---

पहले जीव, जिसे आदम कहा जाता था, ने दूसरे की ओर अपना हाथ बढ़ाया - लिलिथ। उनके हाथ मिले। बिना शब्दों के। बिना डर के। और उस क्षण में - प्रकाश। एक चमक के रूप में प्रकाश नहीं, बल्कि एक भावना के रूप में, जो दुनिया को जन्म देती है। नथानियल और मेलीना ने इस आदिम स्पर्श को अपने स्वयं के विलय के रूप में अनुभव किया। मैंने महसूस किया कि हमारे बीच की सीमाएं गायब हो गई हैं, कि हम एक पूरे बन गए हैं, जो बिना शर्त प्रेम और समझ से भरा हुआ है, जो हमें निगल रहा है। (मेलीना) क्या यह संभव है? मैं जीवन भर पूर्णता के विचार के साथ संघर्ष कर रहा हूं, इच्छा और इसके डर के बीच इस आंतरिक संघर्ष के साथ। (नथानियल) इस क्षण में उन्होंने महसूस किया कि हृदय सिर्फ एक अंग नहीं है, बल्कि इस आदिम संबंध का एक पोर्टल है, उस दिव्य चिंगारी का, जो हर जीवित प्राणी में निहित है। वह उनमें जीवित है।

उनकी चेतना में शब्द दिखाई दिए, बोले नहीं, बल्कि महसूस किए गए, अनंत काल की गहराई से निकाले गए: पवित्रता। सद्भाव। एकता। यह पूर्ण विलय की स्थिति है, पूर्ण दिव्यता की, जहाँ से सब कुछ मौजूद है। लेकिन वे इस सुनहरे पल को क्यों भूल गए थे? हमने इसे डर से कब बदल दिया? और सबसे पहले प्यार करना कौन भूल गया?

----------------- --------------------

अध्याय 38: क्वांटम जागरूकता

सुनहरा अनुपात। शब्द मेरे मन में एक गणितीय समीकरण के रूप में नहीं, बल्कि एक धड़कते हुए प्रतीक के रूप में गूंजा, जो वास्तविकता के ताने-बाने को फाड़कर उसके नंगे नाभिक को प्रकट कर रहा था। मेलीना मेरे बगल में खड़ी थी, और मुझे महसूस हुआ कि मेरे शरीर की हर कोशिका उसकी कोशिकाओं के साथ

तालमेल में कंपन कर रही है। लियोनार्डो, पाइथागोरस - उनके नाम लंबे समय से भूले हुए ज्ञान की प्रतिध्वनि थे, लेकिन अब, यहाँ, इस चट्टानी किनारे पर अंतहीन रात के आकाश के नीचे, सब कुछ एक महान, परिपूर्ण सद्भाव में विलीन हो रहा था। यह सिर्फ एक अवधारणा नहीं थी, बल्कि एक शुद्ध, अनफ़िल्टर्ड सार था। शरीर, मन और आत्मा के बीच सद्भाव। अतीत, वर्तमान और भविष्य के बीच सद्भाव।

उत्तेजना मुझे निगल रही थी। मैंने इसे एक लौ की तरह महसूस किया, जो मुझे भीतर से जला रही थी, लेकिन बिना दर्द के। आँसू मेरे चेहरे से बह रहे थे, अदृश्य, बिना किसी आवाज़ के। हँसी भी मौन थी, जैसे कि दुनिया की सारी खुशी मेरी छाती में सिमट गई हो, फूटने का इंतजार कर रही हो। समझ। इसने मुझे भेद दिया, इतना गहरा कि शब्द तुच्छ थे। यह शांत खुशी का एक विस्फोट था, जिसने मेरे अस्तित्व की नींव को हिला दिया, मेरे डीएनए को ही फिर से लिख दिया।

हमारे सामने की आकृति ने फिर से हमें देखा। प्रेम। यह उससे बह रहा था, अंतरिक्ष को भर रहा था, हमें एक गर्म, अदृश्य लबादे की तरह लपेट रहा था, जो सभी घावों को ठीक करता है।

"इस अवस्था को याद रखो," हमारे दिमाग में गूंजा। आवाज़ नहीं। एक शुद्ध, अनफ़िल्टर्ड भावना, जैसे कि स्वयं सत्य हमारे माध्यम से बोल रहा हो। "रहस्योद्घाटन। दिल की पवित्रता में, आत्माओं के सद्भाव में, दो सिद्धांतों की एकता में। इसमें मुक्ति है।"

---✶ʢ✶---

हमारे चारों ओर का प्रकाश धीरे-धीरे सिकुड़ने लगा, पीछे हट रहा था, जैसे कि वह अपने स्रोत पर वापस जा रहा हो। शाश्वत उपस्थिति की भावना धीरे-धीरे फीकी पड़ गई। लेकिन परिचित वास्तविकता अब पहले जैसी नहीं थी। हम चट्टानी किनारे पर खड़े थे, रात के आकाश के नीचे, लेकिन हमारे भीतर कुछ हमेशा के लिए बदल गया था। हमने आदिम स्रोत को छुआ, सृजन के क्षण को अनुभव किया, पूर्ण विलय के सार को महसूस किया। अब मैं जानता था कि सच्ची जागरूकता का मार्ग हमारे भीतर उस खोई हुई पवित्रता को फिर से खोजने, हृदय में कोडित प्राचीन कोड को समझने और ब्रह्मांड की लय के साथ प्रतिध्वनित होने से होकर गुजरता है। रास्ता खुल गया था। लेकिन क्या मुझमें उस पर चलने की शक्ति थी?

नथानियल की आंतरिक आवाज़: "यह एक सपना नहीं था। यह वास्तविकता थी, जो अब तक की किसी भी चीज़ से अधिक वास्तविक थी। लेकिन क्या मैं इसे सहन कर सकता था?"

मैं दर्शन की पकड़ से बाहर निकल गया, जैसे कि किसी ने मुझे एक बर्फीले हाथ से थप्पड़ मारा हो। मेरा सिर धड़क रहा था, जैसे लाखों न्यूरॉन्स अराजकता में नाच रहे हों, वास्तविकता मेरी आँखों के सामने एक धुंधले रंग से चित्रित तस्वीर की तरह धुंधली हो रही थी। मेरा दिल तेजी से धड़क रहा था, इतना जोर से कि मैं हर धड़कन को अपनी कनपटियों में महसूस कर रहा था। मैंने तेजी से सांस ली, हवा मेरे गले को खरोंच रही थी। मैं भारी चुप्पी को तोड़ने वाला पहला था, मेरी आवाज़ कर्कश थी, जैसे किसी खाई की गहराई से, मेरे सबसे गहरे डर से निकली हो।

"मेलीना, यह... यह एक सपना था, है ना? या तुमने... तुमने मुझ पर जादू किया? क्या तुम मुझे धोखा देने की कोशिश कर रही हो?" मेरी नज़र उस पर टिकी रही, जो निराशा और किसी आदिम संदेह के मिश्रण से भरी हुई थी। उसने बस रहस्यमय ढंग से मुस्कुराया, बिना एक शब्द कहे। अविश्वास की एक ठंडी लहर ने मुझे घेर लिया। मेरा दिमाग जो हुआ उसे समझने के लिए संघर्ष कर रहा था, इसे परिचित ढाँचे में डालने के लिए, इसे टुकड़ों में फाड़ने के लिए। मैं जारी रहा, मेरी आवाज़ काँप रही थी, जैसे कि मैं खुद को समझा रहा था, न कि उसे:

"मेलीना, तुम्हारी... अवधारणाओं के प्रति मेरे सभी सम्मान के साथ, हम विकास का एक उत्पाद हैं। जटिल जैविक मशीनें, जिनकी चेतना मस्तिष्क में न्यूरोकेमिकल प्रक्रियाओं का सिर्फ एक कार्य है। हमने जो अनुभव किया है, वह... एक प्रकार की मस्तिष्क की प्रतिक्रिया है, वास्तविकता नहीं! मुझे विश्वविद्यालय में प्रोफेसर डिमोव के व्याख्यान स्पष्ट रूप से याद हैं - उन्होंने हमेशा जोर दिया: 'चेतना जटिल तंत्रिका नेटवर्क का एक उभरता हुआ गुण है, इससे ज्यादा कुछ नहीं!' और अब... यह?! यह बेतुका है! क्या मैं अपनी आँखों पर उन सभी चीज़ों से अधिक विश्वास कर सकता हूँ जो मैंने सीखी हैं?"

---✶ ✶---

मेलीना मेरी ओर झुकी। उसकी नज़र शांत, भेदने वाली थी, जैसे कि वह मेरे माध्यम से, मेरे प्रतिरोध की सभी परतों के माध्यम से देख रही हो। "नथानियल, तुम्हारा विज्ञान वास्तविकता का केवल एक पहलू है, असीम सत्य की एक पतली परत। मैं ज्ञात की सीमाओं से परे देखती हूँ, मैं समय की परतों के माध्यम से यात्रा करती हूँ और जागृत आँख से छिपे हुए सत्यों का सपना देखती हूँ। हम मांस और रक्त से कहीं अधिक हैं। हम ऊर्जावान प्राणी हैं, जो अपने आप से कहीं अधिक बड़ी चीज़ से जुड़े हुए हैं, अस्तित्व के आदिम कपड़े से जुड़े हुए हैं। क्या तुमने इसे महसूस नहीं किया? क्या तुमने महसूस नहीं किया कि तुम कैसे घुल गए, कि तुम एक शुद्ध कंपन में बदल गए जो ब्रह्मांड के साथ प्रतिध्वनित होता है?"

"मैंने... कुछ महसूस किया," मैंने स्वीकार किया, अपना हाथ अपने बालों से चलाते हुए, अभी भी हिल रहा था। "लेकिन यह दावा करने के लिए कि हम किसी 'चेतना के महासागर' से जुड़े हुए हैं, जैसा कि तुम इसे कहती हो? यह... शुद्ध रहस्यवाद की सीमा है! क्या तुम्हें एहसास है कि यह बच्चों के लिए एक परी कथा की तरह लगता है? यह... एक गंभीर सिद्धांत की तरह नहीं है जिसे साबित किया जा सकता है! मेरा दिमाग, जो सबूत खोजने, मापने योग्य पर भरोसा करने के लिए प्रशिक्षित है, बस अवरुद्ध हो जाता है। मैं इसे स्वीकार नहीं कर सकता! और फिर भी... मेरा एक हिस्सा विश्वास करना चाहता है। यह एक यातना है।"

"यह प्राचीन ज्ञान है, नथानियल, जो हजारों वर्षों से संरक्षित और मुंह-जबानी दिया गया है। और यह क्वांटम भौतिकी की नवीनतम, नवजात खोजों में गूंजता है, जिन्हें तुम अभी समझना शुरू कर रहे हो। चेतना खोपड़ी में बंद नहीं है, यह एक क्षेत्र है जो सब कुछ में प्रवेश करता है, हमें एक अटूट एकता में जोड़ता है। मैं सिर्फ इस संबंध में विश्वास नहीं करती। मैं इसे देखती हूँ, इसे महसूस करती हूँ, यह मेरा हिस्सा है, जैसे रक्त तुम्हारी नसों में बहता है। क्या तुम्हें मसाका एमोटो के पानी के साथ किए

गए प्रयोग याद हैं, जो विचारों के प्रभाव में अपनी क्रिस्टल संरचना को बदलता है? या डॉ. पेनरोस का वह लेख, जो तुमने मुझे महीनों पहले दिखाया था, माइक्रोस्कोप और क्वांटम चेतना के बारे में? तुमने खुद मुझे समझाया कि कण तरंगों की तरह कैसे व्यवहार करते हैं, जब तक कि तुम उन्हें देखते नहीं हो, है ना? तुम अब अपने ही ज्ञान का विरोध क्यों कर रहे हो? खुद का?"

"फिर भी... मैं अनुभवजन्य सबूत पसंद करता हूँ," मैंने अपने कंधों को सिकोड़ लिया, जो देखा गया था और जो सीखा गया था, उसके बीच आंतरिक रूप से फटा हुआ था। मेरे दिमाग में कणों की छवि कौंध गई, जो धुंधले हो जाते हैं और फिर अवलोकन पर "घने" हो जाते हैं। "लेकिन जारी रखो। इस परिकल्पना से क्या होता है? अगर हम मान लें कि मैं पागल नहीं हुआ हूँ तो बड़ी तस्वीर क्या है? क्योंकि इस समय, मुझे बिल्कुल यकीन नहीं है कि मैं अभी भी सामान्य हूँ, या मैं किसी महान खोज की दहलीज पर हूँ... या सिर्फ पागलपन।"

---✶६✶---

मेलीना एक पल के लिए चुप हो गई, उसकी नज़र दूर तक थी। हमारे बीच हवा काँप उठी। "यह इस प्रकार है कि सच्ची वास्तविकता का मार्ग भ्रम के घूंघट को फाड़ने के साथ शुरू होता है। इस दर्दनाक जागरूकता के साथ कि हम जिस दुनिया को महसूस करते हैं, वह अक्सर केवल एक क्षणिक छाया होती है, हमारे सीमित धारणाओं द्वारा बनाई गई रूपों और रंगों का एक खेल है। और अहंकार - एक कपटी जेलर, जो हमें झूठ, इच्छाओं और डर की भूलभुलैया में जंजीर से बांधकर रखता है। वह सब कुछ जो हमें सत्य को देखने से रोकता है। तुमने खुद मुझे बताया कि वैज्ञानिक समुदाय कभी-कभी पुराने प्रतिमानों से क्यों चिपके रहते हैं, क्योंकि अहंकार उन्हें नए, बड़े सत्यों को देखने की अनुमति नहीं देता है, है ना? तुम वह हो जो इसे सबसे अच्छी तरह जानता है।"

"अहंकार... हाँ, मैं सहमत हूँ कि स्वार्थ और भौतिक से लगाव बाधाएँ हो सकते हैं," मैंने धीरे-धीरे सिर हिलाया, अपनी खुद की महत्वाकांक्षाओं के बारे में सोचते हुए, उन रातों के बारे में, जिनमें मैंने अपने सिद्धांतों से चिपके रहा। "लेकिन मुझे 'झूठ की भूलभुलैया' के बारे में यकीन नहीं है। वास्तविकता वस्तुनिष्ठ, मापने योग्य है। हर कोई इसे छू सकता है, इसे देख सकता है। मैं इस चट्टान को छू सकता हूँ, इसकी ठंडी स्पर्श महसूस कर सकता हूँ। यह वास्तविकता है, मेलीना! यह एकमात्र वास्तविकता है जिस पर मैंने विश्वास किया है! और यह पत्थर तुम्हारे सभी दर्शन से अधिक वास्तविक है!"

मेलीना ने धीरे से मुस्कुराया। "वास्तविकता उससे कहीं अधिक है जिसे तुम्हारे उपकरण माप सकते हैं, नथानियल। हमारा सच्चा सार, हमारी अप्रयुक्त क्षमता, इन स्वयं-लागू सीमाओं से परे, तुम्हारे तर्क की दीवारों से परे छिपी हुई है। विचार के क्वांटम कोड के गहरे पानी में, जहाँ हर विचार एक जीवित ऊर्जा है, जो वास्तविकता को आकार देने और अस्तित्व के ताने-बाने को फिर से व्यवस्थित करने में सक्षम है। यही वह जादू है जिसे हम 'सृजन' कहते हैं। क्या तुमने पानी के साथ किए गए प्रयोगों के बारे में नहीं पढ़ा, जो मानव विचारों के प्रभाव में अपनी क्रिस्टल संरचना को बदल देते हैं? तुमने खुद मुझे साल पहले कैलिफ़ोर्निया में उस शोध के बारे में

बताया था, जहाँ लोगों के एक समूह ने एक शहर में अपराध को कम करने के लिए ध्यान किया था और सांख्यिकीय परिणाम मूर्त था। तब तुमने इसे 'संयोग' के रूप में खारिज कर दिया था, लेकिन अब? अब तुम जानते हो। अब तुम छिप नहीं सकते।"

---✶۶✶---

"हमारे सार का क्वांटम कोड..." मैंने बुदबुदाया, शब्दों का स्वाद लेते हुए। मुझे सर्न में एक सम्मेलन याद आया, जहाँ एक प्रोफेसर ने लगभग फुसफुसाते हुए "स्वयं वास्तविकता में कोडित जानकारी" का उल्लेख किया था। "क्वांटम प्रक्रियाओं पर चेतना के प्रभाव पर कुछ ज्ञात शोध है। उदाहरण के लिए, पर्यवेक्षक का प्रभाव। लेकिन मान लीजिए कि तुम सही हो। इसके क्या परिणाम हैं? इसका हमारे लिए, मानवता के लिए क्या मतलब है? मेरे लिए?"

---✶۶✶---

"परिणाम विशाल हैं, नथानियल! हम क्वांटम प्राणी हैं - एक जटिल तंत्र, जो सूक्ष्म ऊर्जा धागों से बुना गया है, जो ब्रह्मांडीय शक्तियों के साथ तालमेल में नाचते हैं। ऊर्जा और चेतना की एक शानदार सिम्फनी का हिस्सा। यह कोड एक होलोग्राफिक ब्रह्मांड को प्रकट करता है, जहाँ सब कुछ गहराई से आपस में जुड़ा हुआ है और चेतना से व्याप्त है। डीएनए एक क्वांटम रेज़ोनेटर है, सिर्फ रासायनिक तत्वों का एक सेट नहीं, बल्कि एक एंटीना है, जो जीवन के साथ धड़कने वाली जानकारी को प्राप्त और उत्सर्जित करता है। हृदय आत्मा का एक पोर्टल है, सिर्फ एक पंप नहीं, बल्कि हमारी ऊर्जा का एक केंद्र है, अनंत काल की एक जलती हुई लौ है।

और बिना शर्त प्रेम - उच्च आयामों की कुंजी, सबसे शक्तिशाली शक्ति, जो सब कुछ बदल सकती है, वास्तविकता के ताने-बाने को फिर से व्यवस्थित कर सकती है। पीनियल ग्रंथि एक ब्रह्मांडीय एंटीना है, जो हमें हमारी समझ से परे आयामों से जोड़ती है, और रक्त - जीवन ऊर्जा का एक वाहक है, एक सुनहरा प्रवाह, जो अनंत काल से बहता है। एंजाइम और प्रोटीन कंडक्टर हैं, और कोशिका - बायोफोटोन के माध्यम से संचार करने वाले एक नेटवर्क का हिस्सा है। आत्मा चेतना के महासागर से एक शाश्वत चिंगारी है, और सोना - एक सामंजस्यकारक है। यह कोड प्रकट करता है कि हम एक शाश्वत ब्रह्मांडीय चक्र का हिस्सा हैं, जहाँ सब कुछ ऊर्जा, कंपन और अंतर्संबंध है, और सच्ची वास्तविकता हमारी सामान्य धारणाओं से परे है। यह हमारे चारों ओर हर जगह है, हमारे देखने का इंतजार कर रहा है।"

"ठीक है, मेलीना," मैंने आह भरी, विनम्र, लेकिन अभी भी पूरी तरह से आश्वस्त नहीं था। मेरा दिमाग घूम रहा था, एक बयान से दूसरे पर कूद रहा था, तर्क की तलाश कर रहा था। "मैं स्वीकार करता हूँ कि बहुत सी ऐसी चीजें हैं जिन्हें विज्ञान अभी भी नहीं समझा सकता। और प्राचीन ग्रंथ... शायद उनमें कुछ है। मैं हमेशा उनमें दिलचस्पी रखता था, लेकिन ऐतिहासिक कलाकृतियों के रूप में, न कि... शाब्दिक सत्यों के रूप में। लेकिन हम यह सब कैसे लागू करेंगे? हम उस बदलाव को कैसे प्राप्त करेंगे जिसके बारे में तुम बात कर रही हो? यह एक असंभव मिशन की तरह लगता है। जैसे कि तुम नंगे हाथों से एक पहाड़ को हिला रहे हो, जबकि लाखों आँखें तुम्हें अन्य आयामों से देख रही हैं।"

"इस गहरे परिवर्तन का मार्ग भ्रम के गहरे सपने से एक साहसी जागृति के साथ शुरू होता है। अज्ञानता की जंजीरों से, जो हमें वास्तविकता के सतही पहलुओं से जकड़कर रखती हैं। यह एक अटूट आंतरिक शक्ति, एक इच्छा का आह्वान करता है, जो हमें निर्दयता से हमारे सच्चे सार को प्रकट करने, हमारी दिव्य क्षमता को उजागर करने के लिए प्रेरित करती है। इस यात्रा के दिल में बिना शर्त और सर्व-समावेशी प्रेम धड़कता है, ब्रह्मांड की सबसे शक्तिशाली शक्ति, जो ठीक करने, बदलने और नई वास्तविकताओं को बनाने, अस्तित्व के ताने-बाने को फिर से व्यवस्थित करने, सोई हुई दुनिया को जगाने में सक्षम है।"

वह एक पल के लिए चुप हो गई, उसकी नज़र दूर तक थी, जैसे कि वह क्षितिज से परे देख रही हो, जहाँ तारे मिलते थे, जहाँ नए नक्षत्रों का जन्म होता था।

"यह परिवर्तन अकेले प्राप्त नहीं किया जा सकता है। इसके लिए हर मौजूद चीज़ के साथ हमारे अटूट संबंध की गहरी जागरूकता की आवश्यकता है, उन बाधाओं को दूर करने की आवश्यकता है जो हमें विभाजित करती हैं। हमें ब्रह्मांडीय कानूनों के साथ एक सचेत लय में जीना सीखना होगा, शरीर, मन और आत्मा के बीच एक सूक्ष्म संतुलन प्राप्त करना होगा, स्वयं अस्तित्व के सुनहरे अनुपात के साथ प्रतिध्वनित होना होगा। यहाँ तक कि जब अंधेरा हमें घेरता है, तो हमें विश्वास और आशा की अटूट आंतरिक अवस्थाओं से चिपके रहना होगा, जो हमें जागरूकता और ज्ञानोदय के मार्ग पर आगे बढ़ने की शक्ति देती हैं। क्या तुम्हें भारत में उन प्राचीन मंदिरों की याद है, जिनके बारे में हमने पढ़ा था - वहाँ हर पत्थर, हर अनुपात, सुनहरा अनुपात का पालन करता था। इन लोगों ने इसे सिर्फ गणित नहीं माना, बल्कि एक दिव्य सिद्धांत, पदार्थ पर ब्रह्मांड की एक जीवित छाप के रूप में माना। एक जीवित, साँस लेने वाले सत्य के रूप में।"

"इच्छा, प्रेम, एकता... तो, ग्रेल अभी भी एक रहस्यमय बर्तन है - हमारा दिल... हमारे अपने परिवर्तन के लिए, पूर्णता के मार्ग के लिए एक फव्वारा?" मुझे लगा कि एक नया आश्चर्य मुझे घेर रहा है, और पहेली के सभी टुकड़े, जिन्हें मैंने वर्षों से अपने दिमाग में बिखेर दिया था, अपनी जगह पर आने लगे। मुझे वह पुरानी किताब याद आई, जिसे मैंने अपने पिता की लाइब्रेरी में खोजा था - "द अल्केमिकल वेडिंग", जहाँ ग्रेल को एक भौतिक वस्तु के रूप में नहीं, बल्कि आत्मा की एक आंतरिक अवस्था के रूप में, मनुष्य में दिव्य के जागरण के रूप में बात की गई थी।

"और भी बहुत कुछ, नथानियल। यह गहरा परिवर्तन सिर्फ एक साधारण बदलाव नहीं है, बल्कि एक सच्चा विकास है, अस्तित्व के एक पूरी तरह से नए स्तर में एक साहसी छलांग है, जहाँ मनुष्य अपनी वास्तविकता का सह-निर्माता बन जाता है। जहाँ मनुष्य अपनी दिव्य प्रकृति, पूर्ण के साथ अपने अटूट संबंध को महसूस करता है और ऊर्जा और चेतना के एक राजसी नृत्य में असीम ब्रह्मांड के साथ विलीन हो जाता है। यही सच्चे ज्ञान और अमरता का मार्ग है, जिसका प्राचीन कीमियागरों और रहस्यवादियों ने सपना देखा था। यही ईडन की कुंजी है, जो हमेशा तुम्हारे भीतर थी।"

---✶६✶---

मेलीना फिर से चुप हो गई, उसकी नज़र दूर हो गई, जैसे कि वह अनंत काल की गहराई से बोल रही हो। मैंने ठंड महसूस की, जैसे कि मैं असीम अंतरिक्ष में

अकेला था, लेकिन यह ठंड डर से नहीं, बल्कि रहस्योद्‌घाटन की भव्यता से थी। "मेरी प्रयोगशाला की गहराई में, अनगिनत पुनर्जन्मों के दौरान, मैंने एक तकनीकी सुविधा, एक कैप्सूल का आविष्कार किया, जिसमें मानव शरीर की कोशिकाओं को पूरी तरह से पुनर्जीवित करने के लिए सभी आवश्यक सूक्ष्म गुण और सटीक प्रक्रियाएं हैं। लेकिन इस कैप्सूल को सिर्फ एक भौतिक खोल नहीं, बल्कि कुछ और चाहिए - एक आत्मा, जो शुद्ध, तैयार और एक निश्चित आवृत्ति पर कंपन कर रही हो। मैं जानती थी कि केवल सच्चे साधक, जिनकी आंतरिक ऊर्जा सद्भाव में कंपन करती है और पूरी तरह से प्रबुद्ध है, सच्चे रहस्यों को प्रकट कर सकते हैं और अमरता की दहलीज को छू सकते हैं। मैंने पवित्र ग्रेल की खोज की... और मैंने इसे बनाया। तुम्हारे लिए।"
नथानियल की आंतरिक आवाज़: "ग्रेल? एक पुनर्जीवन कैप्सूल? और यह सब... मेरे लिए? क्या उसने वास्तव में इन सभी सदियों में ऐसा किया है?"

मेरे मन में काठमांडू के पशुपतिनाथ के हिंदू मंदिर में तिब्बती रहस्यवादी के शब्दों की याद ताजा हो गई। पहले वे सिर्फ एक संकेत थे, अब वे स्पष्ट हो गए, मांस और खून बन गए। मुझे उसके चेहरे की झुर्रियाँ, धूप और गर्म तेल की गंध, उसके हल्के उच्चारण स्पष्ट रूप से याद हैं: "जिस ज्ञानोदय की तलाश में तुम यहाँ आई हो, उसे खोजने के लिए, तुम्हें अपने दिमाग की आक्रामकता में महारत हासिल करनी होगी। तुम्हारे दिल में वे सभी रहस्य छिपे हैं जिनकी तुम तलाश कर रही हो, और दो साल के भीतर, तुम अपने मिशन को पूरा कर लोगी।" शब्द अब एक नई शक्ति और स्पष्टता के साथ बज रहे थे, एक भविष्यवाणी की तरह, जो मेरी आँखों के सामने सच हो रही थी, और मेरा दिल पागल की तरह धड़क रहा था, डर से नहीं, बल्कि जागरूकता से।

---✶໒✶---

मेलीना एक आंतरिक चमक बिखेर रही थी। उसके चेहरे पर प्रकाश खेल रहा था, जो उससे निकल रहा था, जैसे कि वह खुद सूरज हो। मेरे मन में गूंजा: "यही कुंजी है, नथानियल - पूरा रहस्य प्रकट हो गया है! और तुम इसका हिस्सा हो!" हम समझ गए। हृदय। प्रेम का सार्वभौमिक प्रतीक। सबसे गुप्त रहस्य अक्सर सबसे स्पष्ट चीजों में छिपे होते हैं। हृदय की छवि प्राचीन प्रतीकात्मकता से गहराई से भरी हुई थी, जो भावनाओं, आत्मा और स्वयं जीवन से अटूट रूप से जुड़ी हुई थी। मुझे जटिल मिस्र के चित्रलिपि याद आए, जिन्हें मैंने ब्रिटिश संग्रहालय में देखा था - हृदय, जिसे अक्सर आत्मा के लिए एक बर्तन के रूप में चित्रित किया जाता था। और आधुनिक इमोजी - हृदय हमेशा से और हमेशा के लिए प्रेम की एक सार्वभौमिक भाषा रही है, जो हर इंसान के लिए समझने योग्य है। यह वही अंग है जिसे हम इंसान सहज रूप से जीवन की धड़कन और अपने सबसे गहन भावनात्मक अनुभवों से जोड़ते हैं। जब गहरे प्रेम का अनुभव होता है, तो सिर्फ एक विशिष्ट प्रोटीन ही जारी नहीं होता, बल्कि आत्मा के ही एक कीमियाई तत्व को उत्प्रेरित किया जाता है, जो सबसे अद्‌भुत जीवित जीव - मनुष्य में सभी जटिल जैव रासायनिक प्रक्रियाओं को गति देता है। यह मानव भावनाओं और सबसे गहरे अनुभवों का सच्चा, धड़कता हुआ केंद्र था। यह अनंत काल का द्वार था।

मेलीना के शब्द मेरे मन में गूंज रहे थे, मेरे अपने सपनों की एक दूर की प्रतिध्वनि की तरह, जिन्हें मैं अब वास्तविकता से मुश्किल से अलग कर सकता था:

"तुम्हारे सपने के उस प्राचीन पुजारी के मंत्र, नथानियल, हमेशा अचूक रूप से काम करते हैं, क्योंकि वे सिर्फ शब्द नहीं हैं, बल्कि विचार की ऊर्जा का एक जानबूझकर निर्देशन है, एक सूक्ष्म, लेकिन शक्तिशाली कंपास की तरह, उस चीज़ की ओर जिसकी हम वास्तव में इच्छा करते हैं। मुझे याद है, साल पहले, जब मैं जॉर्डन में कुछ पुरातात्विक खुदाई पर थी, तो एक बूढ़े बेडौइन ने मुझे 'उन शब्दों के बारे में बताया जो पहाड़ बनाते हैं'। तब मुझे यह शुद्ध कल्पना लगी, लेकिन अब... अब मैं जानती हूँ कि शब्द दुनिया का निर्माण कर सकते हैं।"

"मेलीना, मैं स्वीकार करता हूँ, मेरा दिमाग इस विद्वत्ता के आगे झुक जाता है," मैंने एक शरारती मुस्कान के साथ बुदबुदाया, एक लौ मेरी पुतलियों में नाच रही थी, जैसे कि उसके आखिरी शब्दों से प्रज्वलित हुई हो। मैंने अपने भीतर एक गर्मी महसूस की, जो रहस्यमय अनुभव की गर्मी से अलग थी। "लेकिन क्या हम दूसरे प्रकार के ज्ञान को भी याद कर सकते हैं? त्वचा का ज्ञान, कंपन का, उस आदिम जुनून का, जिसे हम तुम्हारे ज्ञान की भूलभुलैया में खो गए हैं? यही वह वास्तविकता है जो वास्तव में हमारे भीतर जलती है, है ना? या यह भी सिर्फ एक 'मस्तिष्क की प्रतिक्रिया' है जिसे हम डिकोड कर सकते हैं?"

---✶ ❦ ✶---

मेलीना ने धूर्तता से मुस्कुराया, उसकी आँखों में एक चुलबुली चमक थी। उस पल में वह एक जंगली जंगल की अप्सरा की तरह लग रही थी, जो सभी नियमों को तोड़ने, सभी ज्ञात चीजों की नींव को हिलाने के लिए तैयार थी। "क्या मैंने तुमसे कहा था, नथानियल, कि मैं अधिक गर्म प्रोसेसर को 'रीबूट' करने में एक विशेषज्ञ हूँ? क्या तुम एक अपग्रेड के लिए तैयार हो? अगर तुम हिम्मत करते हो, तो मैं तुम्हें दिखा सकती हूँ कि 'सिद्धांत' से 'अनुभव' में कैसे स्विच करना है। अगर तुम जोखिम उठाने का साहस करते हो।"

"मेरे पास इस संबंध में सिर्फ एक और सवाल है..." मेरा चेहरा गंभीर हो गया, और जिज्ञासा मजाक से, किसी भी अन्य इच्छा से अधिक प्रबल हो गई। "लिलिथ क्यों, और ईव क्यों नहीं?! जब से मैंने उसे देखा है, यह मुझे परेशान कर रहा है। इसका क्या मतलब है? वह क्यों? वह क्यों नहीं, जिसे हम सदियों से जानते हैं? चर्च ने जिसे मंजूरी दी है, वह क्यों नहीं?"

मेलीना ने फिर से रहस्यमय ढंग से मुस्कुराया, लेकिन इस बार उसकी मुस्कान में एक कड़वाहट थी, जो क्रोध के साथ मिश्रित थी, जो धीरे-धीरे एक तूफान की तरह बढ़ रहा था। उसकी आँखें काली हो गईं, जैसे कि वे एक पुराने, सदियों पुराने दर्द को जमा कर रही हों। उसने जवाब देने से पहले अपनी मुट्ठी भींच ली, मुश्किल से पता चलने वाला। "लिलिथ क्यों, और ईव क्यों नहीं? क्योंकि ईव एक झूठ है, नथानियल! वह एक सुविधाजनक मिथक है, जिसे उन पुरुषों द्वारा गढ़ा गया है जो सच्ची महिला शक्ति से डरते हैं। एक मिथक, जो यहां तक कि पुराने नियम जैसे पवित्र ग्रंथों में भी घुस गया, ताकि ज्ञानोदय के सच्चे मार्ग को मिटाया और छिपाया जा सके। ईव आज्ञाकारिता का एक प्रचार है, आत्म-विनाश के लिए सहिष्णुता है। वह कमजोर, जोड़तोड़ करने वाली, सतही और सुविधाजनक है। देखो कि वह हर छाया में कैसे लड़खड़ाती है, अनुमोदन पर निर्भर, अत्यधिक कमजोर। उसे नियंत्रित करने के लिए

बनाया गया है, हठधर्मियों की एक गुलाम होने के लिए। मुझे अपनी दादी के शब्द याद हैं - रोडोप्स से एक बूढ़ी, बुद्धिमान महिला - 'जो कुछ भी वे तुम्हें बताते हैं, उस पर विश्वास मत करो, मेरी बच्ची, खासकर जब वे स्वतंत्रता के बदले में तुम्हें स्वर्ग का वादा करते हैं। क्योंकि स्वतंत्रता ही सच्चा स्वर्ग है।"

वह मेरी ओर झुकी, उसकी आवाज़ एक घनी, शांत फुसफुसाहट में बदल गई, जो छिपी हुई शक्ति से भरी थी जिसने मुझे कंपकंपी दे दी। मुझे अपनी रीढ़ में एक ठंडी सिहरन महसूस हुई, डर से नहीं, बल्कि उस सच्ची शक्ति की जागरूकता से, जो मेरे सामने खड़ी थी।

"लेकिन लिलिथ... लिलिथ एक गर्जना है जो जंजीरों को हिला देती है! वह हर चीज में पुरुष के बराबर है - ताकत में, बुद्धि में, भावना में! वह अपने भीतर प्रेम की सारी स्वतंत्रता रखती है, शुद्ध और अटल। वह खुद होने से डरती नहीं है, किसी भी ऐसे व्यक्ति के खिलाफ खड़े होने से डरती नहीं है जो उसे वश में करने की कोशिश करता है। लिलिथ सृजन की आदिम शक्ति है, वह जंगली, बेलगाम ऊर्जा, जिसे सभ्यता ने वश में करने और छिपाने की कोशिश की है। वह यथास्थिति के खिलाफ विद्रोह है, क्रांति की चिंगारी है, जो हमें याद दिलाती है कि सच्चा प्यार कोई सीमा नहीं जानता और गुलामी को बर्दाश्त नहीं करता। यही कारण है कि उसे प्रतिबंधित, demonized किया गया है, क्योंकि वह उन लोगों के लिए खतरा है जो नियंत्रित करना चाहते हैं। क्योंकि वह सच्ची स्वतंत्रता है, जिसे केवल वही लोग खोज सकते हैं जो भ्रम से परे देखने का साहस करते हैं, यहां तक कि उन लोगों को भी जो सबसे पुराने लेखों में बुने गए हैं।"

---✶६✶---

मुझे एक प्राचीन सुमेरियन ग्रंथ याद है, जिसे मैंने एक छिपी हुई लाइब्रेरी में खोजा था - वहाँ लिलिथ को "पहला जंगली गुलाब, जो तोड़े जाने से इनकार करता है" के रूप में वर्णित किया गया था। और उन्होंने उसे सभी कहानियों से उखाड़ने की कोशिश की। लेकिन वह यहाँ है। वह जीवित है। वह मेरे भीतर है, नथानियल। वह तुम्हारे भीतर है। मेरी नज़र धुंधली हो गई। मेरे सामने मेलीना नहीं, बल्कि दूर के युगों से एक आकृति खड़ी थी - मेरी माँ, जो हमेशा अवज्ञाकारी थी, समाज की सीमाओं के खिलाफ एक विद्रोही थी। या शायद स्वयं आदिम महिला, जो समय के विभाजित होने से पहले मौजूद थी? हमारे चारों ओर का प्रकाश धीरे-धीरे बुझ गया, लेकिन सृजन के सुनहरे पल की प्रतिध्वनि हमारी हर कोशिका में धड़क रही थी। हम चट्टानी तट पर वापस आ गए थे, लेकिन हम अब वही नहीं थे। हमने शुरुआत को देखा था और उस सत्य को महसूस किया था, जो ब्रह्मांड की गहराई से निकल रहा था। उस क्षण में, समझ और पारस्परिकता से भरा हुआ, मुझे अभी तक मेलीना की दूरदर्शिता की पूरी गहराई का संदेह नहीं था - एक दूरदर्शिता, जिसने उसे इस संयुक्त रहस्योद्घाटन से बहुत पहले कार्य करने के लिए प्रेरित किया था।

---✶६✶---

ढाई साल पहले, दर्शन और एक अटूट आंतरिक शक्ति द्वारा निर्देशित, उसने पहले से ही इस क्षण के लिए, हमारी जागृति के लिए खुद को तैयार करने का महत्वपूर्ण निर्णय लिया था। जो मैं नहीं जानता था, वह उसकी गुप्त यात्रा का पैमाना

था, उन बलिदानों और अभावों का, जिनसे वह इस क्षण को होने देने के लिए गुजरी थी। मेलीना ने अपने दिल में और भी कई रहस्य रखे थे, और मैं उन्हें अभी खोजना शुरू कर रहा था। और यह मुझे एक ही समय में डराता और आकर्षित करता था। क्या मैं उस पर पूरी तरह से भरोसा कर सकता था? या मैं नए भ्रमों का सामना करूँगा, जो मेरे द्वारा ज्ञात हर चीज़ की नींव को हिला देंगे? भविष्य हमारे बीच एक अनसुलझी पहेली की तरह लटका हुआ था, जो कोहरे से अधिक घना था, सितारों से अधिक चमकीला था। समय घुल गया था, और हम कुछ... शाश्वत की दहलीज पर थे।

महान निगलना
खंड III

अध्याय 39: आगामी निर्णय और टूटी हुई आशाओं की छाया

नथानियल डूब रहा था। सागर में नहीं, बल्कि अपने ही भ्रम में। जब से वह गायब हुई, वह मेलीना को देखता रहा - हमेशा - एक ग्रीक द्वीप पर। गर्म रेत, आलसी लहरों से चुंबन, अंतहीन के नीले गुंबद के नीचे हथेलियों की फुसफुसाहट। वहाँ, चुप्पी में, उसने अंततः लिखा। उसने अपने बिखरे हुए विचारों को इकट्ठा किया, उन्हें शब्दों में बदल दिया - वह किताब, जिसका उसने हमेशा सपना देखा था। उसने इसे

"भागने," "पुन: खोज," "आंतरिक शांति" कहा। शब्द, जो अब उसे सूखे गोले की तरह खोखले लग रहे थे।

सत्य ने उसे एक बर्फीले थप्पड़ की तरह मारा। यह उसका भागना था। उसके शापित, विकृत भ्रम। एक गांठ उसके गले में उठ गई, कठोर और कड़वी, जैसे कि उसने एक ही बार में अपना सारा अपराध निगल लिया हो। उसने उसे कितना चोट पहुँचाई थी? उसने उसे कितना निराश किया था? वह अपनी अंधी लापरवाही के लिए, उस सतह के लिए खुद को शाप दे रहा था, जिसके साथ उसने उसके गहरेपन पर कब्जा कर लिया था और फिर छोड़ दिया था। और वह, वही व्यक्ति, जिसने उसके प्यार की आग को प्रज्वलित किया था - एक आग, जो अब उसे एक जीवित कोयले की तरह जला रही थी।

उसके बाद की खालीपन सिर्फ एक अनुपस्थिति नहीं थी। यह खुद का एक विच्छिन्न हिस्सा था, एक प्रेत दर्द, जो उसे convulsions में मोड़ रहा था। कमरे की हवा घनी हो रही थी, जैसे कि दीवारें उसके चारों ओर सिकुड़ रही थीं, उसे गला घोंट रही थीं। वह अपने ही भ्रम के बोझ के साथ अकेला रह गया था - एक बोझ, जो उसे नीचे खींच रहा था, डूबने के लिए बर्बाद था। और जब वह एक साँस के लिए संघर्ष कर रहा था, एक एकल, ठंडा विचार उसके दिमाग में घुस गया: मेलीना कभी नहीं भागी। वह हमेशा सामना करती थी।

---✶§✶---

सत्य, किसी भी गुरुत्वाकर्षण की तरह, बहुत अधिक जटिल, अधिक विशाल और क्रूर रूप से वास्तविक था। मेलीना, एक लेजर ब्लेड की तरह तेज दिमाग के साथ, और एक अंतर्ज्ञान, जिसने टेक्टोनिक बदलावों को उनके बढ़ने से पहले ही महसूस कर लिया था, नहीं भागी। उसका गायब होना एक शल्य चिकित्सा से सटीक कदम था, हिमखंड की नोक, जिसे उसने धैर्यपूर्वक वर्षों तक बनाया था - एक जटिल, लगभग अदृश्य मकड़ी का जाला। उसका हर कदम, पहले से गणना किया गया था। हर कदम, गणना किया गया था। हर संदेह, उसके अटूट दृढ़ संकल्प के महासागर में डूब गया था। उसने भविष्यवाणी और योजना बनाने के अपने हर कौशल को एक बहुत अधिक महत्वाकांक्षी, लगभग पागल परियोजना में निवेश किया था - व्यक्तिगत मोक्ष नहीं, बल्कि मानवता के लिए एक वैश्विक अस्तित्व परियोजना, जो पहले से ही अपने ही पागलपन में डूब रही थी।

---✶§✶---

वह गर्मी की रात, मेलीना के धुएं की तरह उसके जीवन से वाष्पित होने से पहले, वह अपनी पसंदीदा, गहरी कुर्सी में सिमट गई थी - ज्ञान का एक द्वीप। उसके चारों ओर - अराजकता, लेकिन अर्थ की अराजकता: खुले पन्नों वाली किताबों के ढेर, पांडुलिपियाँ, जिन पर चाँद की रोशनी पड़ी थी, और बिखरे हुए कागज़, जो उसकी सुरुचिपूर्ण, लेकिन बुखार भरी लिखावट से ढके थे, जैसे कि दुनिया की भावना से ही लिखे गए हों। बाहर, रात धीरे-धीरे शहर पर अपना घूंघट डाल रही थी, जो गर्मी के तूफान की गंध से भारी था। मंद रोशनी उसके चश्मे के शीशों में भूतिया रूप से परिलक्षित हो रही थी, न केवल थकावट, बल्कि उसकी आँखों में उस जंगली, जलाने वाले दृढ़ संकल्प को भी उजागर कर रही थी। उसके विचार ऐतिहासिक तथ्यों, वैज्ञानिक सिद्धांतों और गूढ़ ज्ञान की एक जटिल भूलभुलैया में खो गए थे। वह पिछले

कुछ महीनों में बुखार से सब कुछ इकट्ठा और विश्लेषण कर रही थी, लापता कड़ियों की तलाश कर रही थी, छिपे हुए कनेक्शनों को प्रकट कर रही थी। इस शांत रात में, जब उसके चारों ओर की दुनिया अज्ञानता में सो रही थी, वह कार्यों का एक जटिल जाल बुन रही थी, जिसका उद्देश्य उसकी व्यक्तिगत शांति से कहीं अधिक था। वह शांति की तलाश नहीं कर रही थी, बल्कि युद्ध की तलाश कर रही थी - मोक्ष के लिए एक युद्ध।

---✶⸮✶---

उसे याद आया कि यह सब कैसे शुरू हुआ... अजीब घटनाओं की एक श्रृंखला के साथ, जो जहरीले बीजों की तरह दुनिया भर में बिखरी हुई थीं। शासक अभिजात वर्ग द्वारा जारी की गई अस्पष्ट महामारियों से लेकर प्राकृतिक आपदाओं तक, जो एक अशुभ, अदृश्य योजना के अनुसार होती थीं, जिसे छाया द्वारा निर्देशित किया गया था। भू-राजनीतिक तनाव स्थानीय युद्धों में बढ़ रहा था, और जीवन के सभी क्षेत्रों पर कृत्रिम बुद्धि का नियंत्रण अधिक से अधिक मूर्त, अधिक से अधिक भयानक और मानवता के गले में एक फंदे की तरह गला घोंट रहा था। मेलीना, अपने तेज दिमाग और अंतर्ज्ञान के साथ, इन घटनाओं के बीच संबंध को महसूस करती थी। जैसे-जैसे उसने गहराई से खोदा, उसे अधिक से अधिक धागे मिले, जो उसे एक ही, ठंडा सत्य की ओर ले गए: बुराई दुनिया पर विजय प्राप्त कर रही थी, एक कुल, निर्दयी नियंत्रण स्थापित कर रही थी, जो हर इंसान को एक मोहरे में बदल रहा था।

---✶⸮✶---

"तुम अंधे हो, नथानियल!" मेलीना के शब्द उसकी अपनी खोपड़ी में गूंज रहे थे, जैसे कि वास्तविकता में बोले गए हों। "तुम घटनाओं के इस torrent में फंस गए हो, तुम्हारे गुप्त समाज द्वारा निर्देशित हो। क्या तुम मुझे सुनते हो? या तुम इतने अंधे हो कि उस सत्य को नहीं देख सकते, जिसे मैं तुम्हें चिल्ला रही हूँ? क्या तुम्हें याद है कि तुमने मुझसे क्या कहा था? 'मेलीना, तुम छाया की दुनिया में रहती हो!' मैं अंधेरे में रोशनी देखती हूँ। तुम इसे तुच्छ समझते हो, क्योंकि यह तुम्हारी पाठ्यपुस्तकों में फिट नहीं बैठता। मैं तुम्हारे सपनों में तुम्हारा इंतजार करूँगी। जब तक तुम अपनी ही वास्तविकता में नहीं डूब जाते।"

---✶⸮✶---

इतिहास की गहराई में एक प्राचीन सूत्र, एक खजाने की तरह छिपा हुआ, हर चीज की कुंजी साबित हुआ। किंवदंतियाँ और मिथक, जिन्हें उसने कल्पनाएँ माना था, अब एक ही, शक्तिशाली पहेली के टुकड़ों की तरह लग रहे थे। सूत्र ने मानवता के सबसे बड़े सवालों के जवाब का वादा किया था: जीवन का अर्थ, ब्रह्मांड की प्रकृति, यहाँ तक कि शाश्वत जीवन का रहस्य... और सभ्यताओं की चक्रीयता, जो जन्म, फूलने और गिरने के एक ब्रह्मांडीय चक्र के रूप में प्रकट हो रही थी, जो स्वयं भाग्य की तरह अथक था। इसे "हर्मिस ट्रिस्मेगिस्टस का कोड" कहा गया था - लंबे समय से खोए हुए युगों की एक फुसफुसाहट।

---✶⸮✶---

मेलीना खिड़की के सामने खड़ी थी, शहर को देख रही थी जो चाँद की रोशनी के नीचे टिमटिमा रहा था, एक नाजुक सपने की तरह, जो ढहने के लिए तैयार

था। उसकी खोजों में मानवता को आत्म-विनाश से बदलने, यहाँ तक कि बचाने की क्षमता थी, और यह एक बहुत बड़ी जिम्मेदारी थी, जो उसकी आत्मा पर एक सीसे के भार की तरह भारी थी। उसने कल्पना की कि कैसे शक्तिशाली निगम और सरकारें अपनी शक्ति बढ़ाने के लिए इस ज्ञान का दुरुपयोग कर सकती हैं, इसे और भी अधिक नियंत्रण के लिए एक उपकरण में बदल सकती हैं, एक नए प्रकार की गुलामी के लिए। लेकिन साथ ही उसने एक बेहतर दुनिया के लिए आशा की एक चिंगारी भी देखी, जहाँ लोग अज्ञानता की जंजीरों से मुक्त होकर शांति और सद्भाव में रह सकते थे। वह जानती थी कि वह जो निर्णय लेगी, वह न केवल उसके भाग्य, बल्कि पूरी मानवता के भाग्य को भी निर्धारित करेगा।

---✶༻✶---

"क्या मुझे दुनिया को खतरे के बारे में चेतावनी देने के लिए अपनी खोज को प्रकाशित करना चाहिए, या दुरुपयोग को रोकने के लिए इसे गुप्त रखना चाहिए?" मेलीना ने खुद से पूछा, और उसका दिल दुख से सिकुड़ गया, एक सीसे के भार जैसा। "किसी भी मामले में, परिणाम विनाशकारी हो सकते हैं। अगर मैं विफल हो जाती हूँ तो क्या होगा? अगर मैंने वर्षों से जो कुछ भी बनाया है, वह धूल में गिर जाता है तो क्या होगा? अगर यह मिशन मुझे पूरी तरह से निगल लेता है और मैं हमेशा के लिए खुद को खो देती हूँ तो क्या होगा? क्या मैं इस बोझ को उठाने के लिए भी तैयार हूँ?"

---✶༻✶---

उसने खिड़की से बाहर देखा। शहर चाँद की रोशनी के नीचे एक टिमटिमाते हुए मकड़ी के जाले की तरह कांप रहा था - सुंदर, लेकिन बर्बाद, भाग्य की एक हल्की सांस इसे फाड़ देगी। हर रोशनी मानवता के उस सुरक्षा के भ्रम की याद दिलाती थी, जिसके पीछे वह छिपी हुई थी, जबकि उसके पैरों के ठीक नीचे खाई थी। वह जानती थी कि दुनिया का भाग्य उसके निर्णय पर निर्भर हो सकता है। हवा खिड़कियों से सीटी बजा रही थी, अपने साथ दमघोंटू गर्मी नहीं, बल्कि एक बर्फीला खालीपन ला रही थी, जो हड्डी तक भेद रही थी। वह सोफे पर एक गेंद की तरह सिकुड़ गई, उसकी नज़र कमरे के अथाह अंधेरे में खो गई। हवा भारी थी, जैसे अनकहे शब्दों से भरी हुई हो। जैसे कि पूरी दुनिया उसके खिलाफ हो गई हो। अपने हाथ में उसने एक कुचली हुई तस्वीर को भींच लिया था - नथानियल के लिए प्यार की एक स्मृति, उसकी एकमात्र, खोई हुई आशा। समय अथक रूप से बीत रहा था, लेकिन वह समयहीनता में स्थिर हो गई थी, निराशा और चिंता से कुचल गई थी, जो उसे भीतर से खा रही थी। और फिर भी, वह जानती थी कि टालने से कुछ हल नहीं होगा। शहर अंधेरे में डूबा हुआ था, उसकी आत्मा की तरह, जो जुदाई और उस विश्वासघात के दर्द से भरी हुई थी, जो उसने अनजाने में किया था।

---✶༻✶---

फ्लैशबैक: ग्रीक द्वीप, महीनों बाद।

सूरज निर्दयता से सब कुछ जला रहा था, यहाँ तक कि हवा को भी। हवा समुद्र की नमकीन सांस ला रही थी, जो जली हुई घास की गंध के साथ मिश्रित थी। मेलीना पथरीले रास्ते से घिसट रही थी, सफेद पत्थर उसके सैंडल के माध्यम से उसके तलवों को काट रहे थे। हर कदम एक पीड़ा थी, हर साँस - आग। गर्मी से नहीं। भीतर

से। उसे चोट लगी। उसके दिल में एक ईर्ष्यापूर्ण क्रोध था, जो उसकी आत्मा को खा रहा था। उसकी आँखों के सामने नथानियल की छवि नाच रही थी, जो एलिजाबेथ के साथ उलझी हुई थी।

"राजकुमारी" नहीं। एक दिखावा करने वाली लड़की, जिसने अपने रूप, महिला चालाकी, सतहीपन और "बचाव की आवश्यकता" के रूप में प्रच्छन्न whims के साथ, उसके जीवन में घुसपैठ कर ली थी। मेलीना उसके माध्यम से एक गिलास के माध्यम से देख सकती थी - कृत्रिम रूप से गोरे बालों वाली एक गोरी, होंठ जो स्वाभाविक होने के लिए बहुत मोटे थे, और एक नज़र, जिसने आसान सुखों का वादा किया था। एलिजाबेथ उस महिला का पुरातन रूप थी, जो जानती थी कि प्रभावशाली पुरुषों को पैसे और शक्ति के साथ आकर्षित करने के लिए अपने शरीर के हर वक्र, हर कामुक मुस्कान का उपयोग कैसे करना है। उसने गहराई, निकटता की तलाश नहीं की, बल्कि एक आरामदायक जगह की तलाश की।

नथानियल ने उसके साथ महीनों बिताए थे, शायद, दीर्घाओं और फैशन सैलून में, अभिजात वर्ग के रिसेप्शन में... शब्दों और स्पष्टीकरणों की कोई आवश्यकता नहीं थी - केवल भावनाएं। बेबसी और अलगाव के आँसू उसके चेहरे से बह रहे थे, जो एसिड की तरह जल रहे थे। वह जानती थी, अपने अस्तित्व के हर फाइबर के साथ महसूस करती थी, कि यह सिर्फ एक परियोजना के बारे में नहीं था। यह विश्वासघात के बारे में था। एक सतही और गैर-बाध्यकारी उपस्थिति के बारे में। उन समझौता के बारे में, जो वह कर रहा था, अपने स्वयं के सार का सामना करने के डर में। उसकी अपनी गहराई और मिशन के बोझ से दूर, एक आसान और सुरक्षित विकल्प के बारे में।

वह एक जैतून के पेड़ के पास गिर गई, जिसकी जड़ें एक पुराने देवता की नसों की तरह सूखी जमीन में फंस गई थीं। उसमें जारी रखने की कोई ताकत नहीं थी। उसने खुद को खाली, सूखा महसूस किया, जैसे कि उसका पूरा सार जमीन में रिस गया हो। वह, मेलीना, जो दुनिया को बचाने के लिए लड़ रही थी, अपने दिल को जहर से बचाने के लिए शक्तिहीन थी। "यह सब किस लायक है," उसने फुसफुसाया, उसकी आवाज़ दर्द से घुट गई थी, "अगर मैं तुम्हें खो रही हूँ? अगर मैं इस प्रक्रिया में खुद को खो देती हूँ, जबकि तुम सत्य की गहराई से ऊपर चमकदार सतह को चुनते हो?"

---✶꘏✶---

लेकिन तब... एक झलक। नथानियल के साथ एक आभासी बातचीत उसके दिमाग में जीवित हो गई, सिर्फ एक स्मृति नहीं, बल्कि भाग्य के धागों से बुना गया एक भविष्यसूचक सपना: "तुम मुझे धोखा नहीं दोगे, नथानियल। मैं जानती हूँ कि तुम मुझ पर विश्वास करोगे। तुम उस पल में विश्वास करोगे, जब तुम्हारे पास मेरे पागल प्यार और समर्पण के अलावा कोई और आशा नहीं होगी। क्योंकि केवल हम दोनों, एकता में, हमारे मिशन को पूरा कर सकते हैं। केवल एक साथ हम जीवित रह सकते हैं।"

---✶꘏✶---

निर्णय का समय आ गया था। यहाँ यह था। उसने इसे महसूस किया। वह चाहती थी कि कोई उसकी मदद करे, जिम्मेदारी साझा करे, लेकिन नथानियल में

आशा खोजने के अपने अंतहीन प्रयासों से झुलसकर, वह असफलता के कड़वे स्वाद के साथ समाप्त हो गई, जो एक अभिशाप की तरह उसका पीछा कर रहा था।

वह आने वाली छाया से घिरी हुई, समयहीनता में तैर रही थी। जिन संकेतों का वह इंतजार कर रही थी, वे कोहरे में धुंधले थे, लेकिन उन्हें समझने से पहले ही गायब हो गए। हर गुजरते पल के साथ, ऐसा लग रहा था कि समय का धागा खुद ही सिकुड़ रहा था, और निर्णय, हालांकि अपरिहार्य था, एक सीसे के भार की तरह भारी था। अनंत काल के खिलाफ अकेली, वह अनिश्चितता के राक्षसों के साथ, अपनी खुद की थकावट और निराशा के साथ लड़ रही थी, जो उसे भीतर से खा रही थी। और फिर भी, अपनी आत्मा की गहराई में, मेलीना जानती थी कि यह मिशन उसका है और केवल उसका है। उसने गहरी सांस ली, अपनी सारी इच्छाशक्ति को इकट्ठा किया, और खड़ी हो गई। उसकी सांस उसकी छाती में रुक गई। निर्णय लिया गया था। उसका सारा संकोच, भय और पीड़ा एक अटूट, क्रिस्टल विश्वास में बदल गया था, जो अंधेरे में एक प्रकाशस्तंभ की तरह चमक रहा था।

------------------ ------------------

अध्याय 40: अंधेरे के खिलाफ अकेली: तैयारी ठंडी हवा उसके चेहरे को काट रही थी। मेलीना हवाई जहाज के दरवाजे के दरवाजे पर खड़ी थी। अब या कभी नहीं, उसकी आंतरिक आवाज़ ने फुसफुसाया, वह जो सालों से खाई के किनारे पर नाच रही थी। सिर्फ एक-तरफ़ा टिकट, एक बैकपैक, जो उसके लैपटॉप और उन यादों से भारी था, जो उसे हजारों सुइयों की तरह चुभ रही थीं। उसके पीछे सब कुछ था - उसकी नौकरी की सुरक्षा, उसके घर का आराम, यहाँ तक कि वह परिवार भी, जिसके लिए उसने एक पत्र छोड़ा था। "एक महत्वपूर्ण मिशन," उसने उन्हें लिखा था। "मैं वापस आऊँगी।" झूठ? या शायद आशा? वह नहीं जानती थी। केवल विश्वास, जो उसके भीतर के राक्षसों के साथ वर्षों की लड़ाई से गढ़ा गया था, जिन्होंने उसे हर रात फाड़ दिया था, जब तक कि कुछ भी नहीं बचा था सिवाय स्टील के।

"अलविदा, मेलीना," उसने खुद से कहा था।

और उसने उसे सबसे कीमती चीज़ छोड़ दी थी - किताब "यदि तुम जीवित रहने के लिए चुने गए हो?" और एक तस्वीर। वह तस्वीर... उसका जन्मदिन। उसकी मुस्कान, दुखद और विदाई, अभी भी उसके दिल में एक तेज चाकू की तरह चुभ रही थी। वह जानती थी कि उसे अकेले जाना होगा। वह हमेशा जानती थी। और इस बार कोई वापसी नहीं होगी।

---✶✶---

सागर दहाड़ रहा था, जबकि मेलीना कमांड ब्रिज से देख रही थी कि कैसे पनडुब्बी गहराई से उठती है, कोहरे में एक प्राचीन जानवर की तरह लिपटी हुई है, जो हजारों वर्षों की नींद से जाग गया है। दो साल, जिसमें उसका हर सेकंड एक जलता हुआ बलिदान बन गया था - एक ड्राइंग की तरह बनाया गया दिमाग, आत्मा और शरीर। एक भूली हुई शिपयार्ड के भूमिगत आंतरिक में, उसने स्टील और क्वांटम गणित से भविष्य को डाला, जैसे कि मानवता के लिए अंतिम नूह का जहाज बना रही

हो। पनडुब्बी सिर्फ एक धातु का ढांचा नहीं थी - यह उसकी मूर्त इच्छा थी। उसकी अंतिम शरण। उसका अंतिम मौका।

रूसी कुलीन वर्गों के साथ एक सौदा? हाँ, बेतुका, लेकिन एकमात्र संभव। घूमते हुए प्रतीकों से भरे रात के सपने - फ्रैक्टल, चमकते हुए आरेख, जो चित्र बन गए। उसने ड्राइंग की, फिर फिर से काम किया। कई बार हाथ से। क्वांटम भौतिकी में दशकों के समर्थन के साथ उसके इंजीनियरिंग ज्ञान ने इस धातु के ताबूत को एक तैरते हुए शहर में बदल दिया। हर वेल्ड के साथ, हर मिलीमीटर केबल के साथ, उसने महसूस किया कि उसका सार का एक हिस्सा डाला जा रहा था, जैसे कि वह हर धागे के लिए खून और आत्मा दे रही थी। नेविगेशन, संचार, सुरक्षा - सब कुछ जो ज्ञात दुनिया अभी तक नहीं पहुंची थी। पनडुब्बी में एक अभिनव क्वांटम संचार चैनल था, जो अंतरिक्ष-समय के माध्यम से डेटा भेजने में सक्षम था, और विलुप्त होने वाली प्रजातियों का एक अंतर्निहित डीएनए संग्रह था। भविष्य से, अन्य आयामों से एक फुसफुसाहट। उसने इसे अपनी दुनिया, अपना सन्दूक, अपना गढ़ बना लिया था। उसका अंतिम मौका।

---✶྾✶---

पैसा। वह शापित, शाश्वत समस्या। पहला साल एक नरक था। अस्पष्टताओं का कोहरा, निराकार विचार, जिन्हें उसे एक बचाव योजना में बदलना था। असंभव। एक भ्रमपूर्ण साहसिक कार्य, जो उसे नीचे खींच रहा था। वह अर्थहीन परियोजनाओं को लिखने, जगह, दिशा, संकेतों की तलाश के बीच भटकती रही, जबकि निराशा ने उसे गला घोंट दिया। उसने केवल एक ही चीज पर सब कुछ दांव पर लगा दिया - अंधा विश्वास। फिर... फिर यह हुआ। जैसे कि हवा ही उसके चारों ओर घनी हो गई हो, अराजकता को व्यवस्थित कर रही हो। उसने एक नींव स्थापित की। एक नाम - "परिवर्तन"। एक भविष्यवाणी। एक किताब। "भविष्य के लिए एक मुफ्त टिकट," उसकी आवाज़ ने विज्ञापनों में फुसफुसाया। "तैयार" के लिए यह एक बेस्टसेलर थी। "अप्रकाशित" के लिए - बस एक और दार्शनिक अवधारणा। और उसने उन्हें देखा, सैकड़ों, हजारों, जो जाग रहे थे, और उनके दिल जल रहे थे। उसने उन्हें महसूस किया, एक अदृश्य जाल में जुड़े हुए।

---✶྾✶---

"शासक अंधे हैं," मेलीना ने खुद को दोहराया। "अंधे और लालची।" वह जानती थी कि उसके तर्क उन तक नहीं पहुँचेंगे। जब तक वे सत्ता के जुनूनी हैं, तब तक नहीं। इसीलिए उसे एक "प्लान बी" की आवश्यकता थी। इसीलिए पनडुब्बी। इसीलिए कैप्सूल। हर गुजरते दिन, किताब एक जंगल की आग की तरह फैल रही थी - हाथ से हाथ, दिल से दिल। और उसके साथ - उसकी अटूटता, जिसने उसे एक जीवित हथियार में बदल दिया। अकेलेपन ने उसे खा लिया था, उसे नंगा छोड़ दिया था, लेकिन उसने उसे स्टील में भी कठोर कर दिया था। नूह की तरह? हाँ, नूह की तरह। उसने अपना रास्ता चुना था और कोई वापसी नहीं थी।

घड़ी टिक-टिक कर रही थी। आखिरी मिनट। उसका दिल उनके साथ तालमेल में धड़क रहा था, जैसे युद्ध के ढोल। खाई में एक छलांग। अटूट विश्वास। कोई दूसरा विकल्प नहीं था।

---✶ʢ✶---

"साझा मत करो," उसकी आवाज़ ने उससे कहा, वही आवाज़ जिसने उसे पूरे जीवन में मार्गदर्शन दिया था। उसके साथ भी नहीं। वह, जिस पर उसे पूरा भरोसा था। वह, जिसे उसके साथ जाना था। लेकिन वह जानती थी कि वह बोझ को सहन नहीं कर पाएगा। उसने उसकी आँखों के कंपन में, उसकी चुप्पी में उसके संदेह को देखा। वह उसे बिना न्याय किए समझती थी। वह जानती थी कि वह विश्वास करेगा। जब उसके पास उसके पागल प्यार और समर्पण के अलावा कोई और आशा नहीं होगी, तो वह विश्वास करेगा। वह जानती थी। वह अकेली थी। जीवन के माध्यम से इस अंतिम यात्रा में अकेली, शाश्वत अकेलेपन के लिए बर्बाद, लेकिन महानता के लिए भी। और वह मजबूत थी। धिक्कार है, वह एक जादूगरनी थी! अनंत काल के माध्यम से एक यात्री। इतने प्राचीन रहस्यों का संरक्षक, जिन्हें मानवता भूल गई थी। और उसने इसे किया। एक कैप्सूल। सिर्फ एक मशीन नहीं, बल्कि आशा का एक सन्दूक। मानव जीनोम। उपलब्धियाँ। विविधता। डीएनए में गहराई से छिपा हुआ भूला हुआ ज्ञान। सब कुछ वहाँ था।

---✶ʢ✶---

लेकिन जब मेलीना छलांग लगाने की तैयारी कर रही थी, तो छायाएं हिल रही थीं। वे सिर्फ हिल नहीं रहे थे, वे घनीभूत हो रहे थे, घातक पकड़ में बदल रहे थे, जो अंधेरे से दुबकी हुई थीं। शक्ति और पैसा। यही उन्हें चला रहा था। गुप्त समाज, जो देशों को नियंत्रित करते थे। शक्तिशाली निगम, जो आत्माओं को खरीदते थे। सरकारी एजेंसियां, जो अपनी खुद की शक्ति के अलावा हर चीज के लिए अंधी थीं। डर। बदलाव का डर। डर कि प्राचीन सूत्र उन हाथों में गिर जाएगा, जो उनके नहीं थे, और उनकी नाजुक दुनिया को नष्ट कर देगा। डर कि पुनर्जीवन और दीर्घायु का ज्ञान हर किसी के लिए सुलभ हो जाएगा। और फिर? फिर नियंत्रण और मृत्यु पर नियंत्रण पर बनी उनकी ताश के महल रेत के महल की तरह ढह जाएंगे। उसने उन्हें देखा। उसने उन्हें महसूस किया। हजारों आँखें, जो उसे अंधेरे से देख रही थीं, उसे निगलने के लिए तैयार थीं।

---✶ʢ✶---

फ्लैशबैक ■ घात।

गायब होने से कुछ महीने पहले। रात। बारिश एक झरने की तरह बह रही थी, जो गीले डामर पर टायरों के छींटे के अलावा हर आवाज़ को छुपा रही थी। गीले डामर और गरज की गंध आ रही थी। मेलीना गाड़ी चला रही थी, परेशान थी, स्टीयरिंग व्हील को जकड़े हुए थी, जैसे कि उसका जीवन ही हर मोड़ पर निर्भर था। और यह था। वे कई दिनों से उसका पीछा कर रहे थे। उसने चुपचाप शहर से बाहर निकलने की उम्मीद की थी, लेकिन वह जानती थी कि यह असंभव था। उनका जाल हर जगह था। उनकी आँखें हजारों थीं।

अचानक, हेडलाइट्स ने रियर-व्यू मिरर में उसे चकाचौंध कर दिया। वे चार जीपें थीं - काली, बिना किसी निशान के। हर जगह से। उन्होंने उसके सामने, उसके पीछे, उसके बगल में सड़क को अवरुद्ध कर दिया। जैसे कि नरक ने ही उसे घेर लिया हो। मेलीना ने ब्रेक मारा। कार फिसल गई, guardrail से टकरा गई। जाने के लिए कोई जगह नहीं थी। एक deadlock। एक पूर्ण, गला घोंटने वाला deadlock।

जीपों से आकृतियाँ निकलीं, जो काली वर्दी में थीं, उनके चेहरों पर मास्क थे। अजनबी, चेहरे रहित। उसने हवा में मौत को महसूस किया - ठंडा धातु और ओजोन। उनमें से एक, दूसरों से बड़ा, उसकी खिड़की के पास आया। उसके हाथ में - कुछ ऐसा जो एक साइलेंसर जैसा लग रहा था। एक मूक मौत।

मेलीना ने इंतजार नहीं किया। वर्षों के पीछा, किनारे पर जीवित रहने से उसकी सजगता तेज हो गई थी। एक पल में, जब उसने हैंडल के लिए हाथ बढ़ाया, तो उसने अपनी कोहनी से शीशा तोड़ दिया, अपना हाथ बाहर बढ़ाया और पुराने लोहे को पकड़ लिया, जिसे वह हमेशा सीट के नीचे रखती थी। यह कोई हथियार नहीं था, बल्कि एक उपकरण था - एक लीवर। जब तुम अपने जीवन के लिए लड़ रहे हो तो सब कुछ एक उपकरण था। एक तेज, हताश झटके के साथ, उसने आदमी की कलाई पर मारा। एक चरमराहट की आवाज़ आई। वह चिल्लाया, साइलेंसर गिरा दिया।

"धिक्कार है!" हमलावरों में से एक दहाड़ा। इससे पहले कि दूसरे प्रतिक्रिया करते, मेलीना अपनी कार से बाहर निकल गई। एड्रेनालाइन उसकी नसों में आग की तरह बह रही थी। वह भाग नहीं रही थी। वह नृत्य कर रही थी, हमलों से बच रही थी, आगे बढ़ रही थी, जैसे कि किसी अदृश्य प्रवृत्ति द्वारा निर्देशित हो। उसके हाथ तेजी से, कुशलता से हिल रहे थे, सबसे कमजोर स्थानों - गले, कमर, घुटनों पर हमला कर रहे थे। मार्शल आर्ट में वर्षों का प्रशिक्षण, जिसे वह भूल गई थी, अब एक ज्वार की लहर की तरह वापस आ रहा था।

एक गोली की आवाज़ आई। गोली उसके कान के पास से सीटी बजाती हुई निकली। वह जमीन पर गिर गई, लुढ़की, और फिर खड़ी हो गई, पास के जंगल के अंधेरे की ओर दौड़ रही थी। उसने उन्हें चिल्लाते हुए, पहाड़ी पर चढ़ते हुए सुना। लेकिन वह तेज थी। अधिक साहसी। अधिक हताश। वह अंधेरे में गायब हो गई, और बारिश ने उसके निशान मिटा दिए। वह जानती थी कि यह सिर्फ शुरुआत थी। वे हार नहीं मानेंगे।

---✶\$✶---

बेशक, वे जानते थे। उन्होंने उसकी किताब पढ़ी थी। उन्होंने उसकी भविष्यवाणी को महसूस किया था। और उन्होंने हर इंसान में उस जंगली, आदिम इच्छा को देखा था - खुद को बदलने के लिए, चुने जाने के लिए, जीवित रहने के लिए। और नहीं, वे निष्क्रिय रूप से खड़े नहीं होंगे, जबकि उनकी दुनिया टूट रही थी। वे अपने आखिरी सांस तक लड़ने के लिए अपनी जंजीरों को बनाए रखेंगे।

---✶\$✶---

यह शुरू हुआ। एक शांत युद्ध। हथियारों के साथ नहीं, बल्कि जानकारी के साथ। प्रभाव के साथ। भाग्य पर नियंत्रण के साथ, जो एक फंदा बन रहा था। उसके अनुयायी... वे इस भंवर के केंद्र में थे। साज़िशें, विश्वासघात, खतरे, जिन्हें उसने अपने पूरे पैमाने पर भी नहीं सोचा था। हर दिन अस्तित्व के लिए एक लड़ाई थी। हर घंटा - संभावित मौत। लेकिन इसने उसे तोड़ा नहीं।

---✶\$✶---

लेकिन बुराई की ताकतें, अपने घमंड और कुल शक्ति की प्यास में, नहीं समझती थीं। वे नहीं समझते थे कि उनके खिलाफ क्या खड़ा था। मेलीना सिर्फ एक प्रतिभाशाली नहीं थी। वह सिर्फ एक महिला नहीं थी। वह एक दूत थी। एक और आयाम से। पवित्र ग्रेल की एक संरक्षक। कोई वस्तु नहीं, बल्कि एक सूत्र। एक व्यक्ति में मूर्त एक दिव्य शक्ति। अनंत काल का एक जीवित बर्तन।

यह शक्ति... और अन्य प्रबुद्ध लोगों की शक्ति। इसे वश में नहीं किया जा सकता था। नहीं। इसे केवल विश्वास के साथ अनलॉक किया जा सकता था। प्यार के साथ। स्वतंत्र इच्छा के साथ। आत्म-समर्पण के साथ। गुण, जो अंधेरे दिलों के लिए पूरी तरह से विदेशी थे, जो शासन करना चाहते थे, और जो उनकी सबसे बड़ी कमजोरी थी।

---✶⸮✶---

इसलिए वे जल्दी में थे। अपने लालच के आतंक में, उन्होंने महसूस किया कि पुरानी दुनिया उनके हाथों से रेत की तरह फिसल रही थी। वे उन्माद से परिवर्तन के द्वार को बंद करना चाहते थे, नए की हर चिंगारी को बुझाना चाहते थे, इससे पहले कि यह आग की लपटों में फूट जाए। उनके लिए शक्ति एक साधन नहीं थी - यह ऑक्सीजन थी। और मेलीना - उनके बहुत ही साँस लेने के लिए खतरा। जिद्दी लोगों के लिए। स्वतंत्रता-प्रेमी लोगों के लिए। ज्ञानोदय के प्रकाश के उन्हें छूने से पहले दिमाग और आत्माओं पर कब्जा करने के लिए। वे चिंगारी को बुझाना चाहते थे। मानवता को अज्ञानता में वापस करने के लिए। गुलामी में। ताकि वे शासन कर सकें। अबाधित। हमेशा के लिए। राख के देवता बनने के लिए।

---✶⸮✶---

लेकिन वे नहीं जानते थे। वे एक महिला के खिलाफ नहीं खड़े थे। बल्कि एक सेना के खिलाफ थे। प्रबुद्ध आत्माओं की एक सेना। दुनिया के हर कोने से लोग। उसके सत्य से, उसके प्रकाश से छुआ। उनके दिल चेतना की आग से जल रहे थे। जुड़े हुए। एकता के अदृश्य धागों से। प्यार का। लड़ाई अभी शुरू हुई थी। सिर्फ एक संघर्ष नहीं। एक ब्रह्मांडीय टकराव, जिसमें अस्तित्व का भाग्य प्रकाश और अंधेरे के बीच एक पतले धागे की तरह लटका हुआ था। चेतनाओं की सेनाएं बढ़ रही थीं - कुछ सत्ता की प्यास से चकाचौंध, अन्य जागृति की चमक में नहाए हुए थे। और कोई भी अब तटस्थ नहीं रह सकता था। वास्तविकता के सार के लिए। भविष्य के लिए।

------------------ ------------------

अध्याय 41: आशा का पानी के भीतर का सन्दूक। हमेशा के लिए।

और अब...

सागर की ठंडी, नमकीन साँस उनके चेहरों को थप्पड़ मार रही थी - हवा नहीं, बल्कि एक मृत दुनिया की मौत की कराह। उनके पैरों के नीचे, चट्टानी तट झागदार, उग्र लहरों की ओर तेजी से गिर रहा था, जो एक शांत, पीड़ादायक गड़गड़ाहट के साथ टूट रही थीं। नथानियल और मेलीना एक संकीर्ण, बकरी के रास्ते पर चल रहे थे, जो एक छिपी हुई खाड़ी की ओर एक धमनी की तरह मुड़ रहा था - वहाँ, जिद्दी विशालता की गहराई में, एक मशीन नहीं, बल्कि एक वादा, जो अंधेरे के

दाँतों से निकाला गया था, उनका इंतजार कर रहा था। सबसे महत्वपूर्ण बात - उनके बच्चे। उनके ऊपर, आकाश भारी साँस ले रहा था, आगामी तूफानी बादलों से भरा हुआ था, जो उस अपरिहार्य बदलाव का अग्रदूत था, जो जल्द ही दुनिया को निगल जाएगा। समय अपनी आखिरी बूंद तक पिघल गया था, और उनकी हर साँस एक घड़ी की तरह थी, जो एक युग के आखिरी सेकंड गिन रही थी।

जैसे ही वे छोटे, makeshift घाट की ओर बढ़े, जहाँ एक नाव उनका इंतजार कर रही थी, जो गंदे पानी में एक भूत की तरह हिल रही थी, नथानियल का दिल श्रद्धा और कड़वे, लगभग फटने वाले भ्रम के एक अपरिचित मिश्रण के साथ धड़क रहा था। मेलीना... उसने उसकी आत्मा के सबसे गहरे, भूले हुए कोनों को छुआ था। उसका प्यार, उसका उग्र, पागल विश्वास कि केवल वे दोनों, एकता में, इस असंभव मिशन को पूरा कर सकते हैं, ने उसे बदल दिया था। जुदाई का दर्द, अपने ही अविश्वास की कड़वी निराशा अभी भी उसे पुराने, ठीक न हुए घावों की तरह जला रही थी, लेकिन अब उन्हें एक नई, प्रभावशाली प्रशंसा की भावना से बदल दिया गया था, जो लगभग बिना शर्त विश्वास की सीमा थी।

"मेलीना..." उसकी आवाज़ कर्कश, लगभग लहरों की दहाड़ से फटी हुई थी। "तुम... तुम यह सब कैसे कर पाई? एक पनडुब्बी? यह सब उपकरण? तुम्हारे पास बहुत सारे कौशल हैं, लेकिन यह... यह एक व्यक्ति जो अकेले कर सकता है, उससे कहीं अधिक है।" उसकी नज़र में अब संदेह नहीं था, बल्कि ईमानदार भ्रम और गहरे, लगभग भयानक सम्मान का मिश्रण था। वह अब उसे बेनकाब करने की कोशिश नहीं कर रहा था, बल्कि सिर्फ असंभव को समझने के लिए संघर्ष कर रहा था, अपने ही, जिद्दी अविश्वास के घूंघट को तोड़ने के लिए।

मेलीना ने थकी हुई मुस्कान दी, लेकिन उसकी आँखों में गर्व की एक छोटी लौ नाच रही थी, एक अतुलनीय, सहन की गई शक्ति, जो उसकी आत्मा में उकेरी गई थी। उसने काले पानी की ओर देखा, जैसे कि वह उनके परे, दृश्य के परे, समय के कपड़े में ही देख रही हो। "मैं अकेली नहीं थी, नथानियल। मैं कभी नहीं थी। मुझे बस संकेतों, ब्रह्मांड की फुसफुसाहट को सुनना और देखना सीखना था। क्या तुम्हें रूसी कुलीन वर्ग याद है, जिसका मैंने उल्लेख किया था? एक व्यक्ति जिसके पास काफी... अस्पष्ट संबंध थे, लेकिन असाधारण संसाधन थे। उसने मुझे पनडुब्बी ही प्रदान की। नई नहीं, बेशक, लेकिन बेहद मजबूत - एक संशोधित सैन्य मशीन, जो गहरे समुद्र के अनुसंधान के लिए उपयुक्त है। मैंने इसे बदल दिया। एक ग्रीक द्वीप पर, एक गुप्त निजी शिपयार्ड में, यह दो साल तक मेरा घर और मेरा स्टूडियो बन गया। मेरा आदिम मंदिर।"

नथानियल ने अपनी आँखें सिकोड़ लीं। "दो साल?" उसने अपना सिर हिलाया, जैसे कि वह अपने कानों से पानी निकालने की कोशिश कर रहा हो। उसकी छाती में असहजता की एक लहर उठी, लगभग शर्म की। "मैं... मैं दुनिया को बचाने के लिए इतना अंधा था कि मैं कुछ भी नहीं देख रहा था। और यह... यह पूरे समय छिपा हुआ था? तुम इसे कैसे कर पाई? तुमने इसे किस चीज से सुसज्जित किया? इसके लिए इंजीनियरों, वैज्ञानिकों... अकल्पनीय साधनों की एक टीम की आवश्यकता है! क्या तुम चमत्कारों के बारे में बात नहीं कर रही हो, मेलीना? या... भ्रम के बारे में,

जिसे मैं समझ नहीं सकता? तुम मुझे कब तक भविष्यवाणियों और दर्शन के बारे में बात करोगी? मुझे तथ्य चाहिए।"

"ठीक है।" मेलीना ने सिर हिलाया, और उसकी आवाज़ में इस विशाल काम के अकेलेपन से एक शांत, दबी हुई पीड़ा थी, लेकिन जीत की प्रतिध्वनि भी थी। "लेकिन मेरे पास दुनिया की सबसे अच्छी टीम थी। मेरे सपने, मेरे दर्शन... उन्होंने मुझे तकनीकी समाधान दिखाए, जो ज्ञात से परे थे। क्या तुम कल्पना कर सकते हो, नथानियल? मैं, जिसने अपना पूरा जीवन दर्शन और प्राचीन ग्रंथों के साथ बिताया है, अचानक मुझे जटिल जीवन समर्थन प्रणालियों, नेविगेशन, ऊर्जा स्रोतों के निर्माण और स्थापना का अध्ययन, डिजाइन, और नियंत्रण करना पड़ा..." जैसे कि मैं एक चैनल थी, और ज्ञान मेरे माध्यम से बह रहा था, जो विशिष्ट चित्र और आवश्यकताओं में बदल रहा था। ब्रह्मांड मेरे माध्यम से बोल रहा था। क्या तुम मुझे नहीं समझते हो, है ना? मैं भी मुश्किल से समझती थी।

उसने उसका हाथ पकड़ा। उसकी उंगलियां ठंडी थीं, लेकिन उनमें जीवन धड़क रहा था, एक विद्रोही, लगभग डरावनी ऊर्जा। "मैं जानती थी कि तुम विश्वास करोगे। कि एक पल में, जब अंधेरा सबसे घना हो जाएगा, तो तुम एकमात्र प्रकाश की ओर मुड़ोगे, जो तुम्हें बचा सकता है - हमारा प्यार। शायद तभी तुम मुझे पूरी तरह से समझ पाओगे।" उसकी आवाज़ में विश्वास था, लेकिन उसके अविश्वास से अनुभव की गई निराशा और दुख की एक दर्दनाक प्रतिध्वनि भी थी। "बहुत सारी रातों की नींद हराम, नथानियल। बहुत सारी निराशा, जबकि मैं आशा के हर कण को तराश रही थी। लेकिन विश्वास... यह मेरा इंजन था। मैंने जो नींव बनाई, वह मेरी किताब में भविष्यवाणी से प्रेरित होकर धन आकर्षित करने में कामयाब रही। उस पैसे से, मैंने विशेषज्ञों को काम पर रखा - इंजीनियर, जीवविज्ञानी, आईटी विशेषज्ञ - जिन्होंने मेरे मार्गदर्शन में काम किया, बिना पूरी तस्वीर को जाने। उन्होंने बस मेरे सटीक चित्र और विशिष्टताओं का पालन किया, बिना किसी अनावश्यक सवाल के। मैं दिमाग थी, वे हाथ थे, लेकिन हाथ एक उच्च शक्ति द्वारा निर्देशित थे। संदेह को रोकने के लिए दुनिया भर के विभिन्न स्थानों से हर उपकरण का आदेश दिया गया था। सभी घटकों को सख्त नियंत्रण में इकट्ठा किया गया था।"

---✶ ✶---

"ठीक है, ठीक है, मैं समझता हूं।" नथानियल ने एक सुलह के इशारे में अपने हाथ उठाए, लेकिन उसकी नज़र संदेहपूर्ण बनी रही। "तो, तुम मोक्ष की वास्तुकार हो, और दुनिया तुम्हारा अनिच्छुक उप-ठेकेदार था? यह... अविश्वसनीय लगता है। लेकिन ये 'अज्ञात' तकनीकी समाधान क्या हैं? मेरे पास एक इंजीनियरिंग की डिग्री है, मेलीना, मैं जानता हूं कि क्या संभव है। तुम अपने गैराज में एक एंटीमैटर इंजन नहीं बना सकती। इसके अलावा, एक पुरानी पीढ़ी की पनडुब्बी... यह कितनी विश्वसनीय हो सकती है?"

मेलीना ने धीरे से मुस्कुराया। "एंटीमैटर की कोई आवश्यकता नहीं है, नथानियल। प्रकृति सबसे अच्छी इंजीनियर है। अंदर, यह सिर्फ एक पनडुब्बी नहीं है। यह आशा का पानी के भीतर का सन्दूक है। यह सबसे मजबूत और सबसे टिकाऊ सामग्री से बना है - टाइटेनियम मिश्र धातु और समग्र पॉलिमर, जो सभी प्राकृतिक

आपदाओं का सामना करने में सक्षम हैं। इसकी दीवारें मोटी और armatures के साथ प्रबलित हैं, और छत को समुद्र की गहराई से भारी दबाव का सामना करने के लिए डिज़ाइन किया गया है, ताकि गहराई को गले लगाया जा सके, जैसे कि वे उसका घर हों। और ऊर्जा? यह थर्मोइलेक्ट्रिक जनरेटर के संयोजन से आती है, जो समुद्र की परतों के बीच तापमान के अंतर का उपयोग करते हैं, और पीजोइलेक्ट्रिक कन्वर्टर्स, जो पानी के कंपन से ऊर्जा को पकड़ते हैं। इसे एक थोरियम चक्र के साथ एक छोटे परमाणु रिएक्टर के साथ पूरक किया गया है, जो बेहद सुरक्षित है और इसका न्यूनतम अपशिष्ट है। व्यवहार में, ऊर्जा अनंत है। और हाँ, यह पुरानी थी, लेकिन यही कारण है कि यह मजबूत और सिद्ध है। किसी भी नए, अप्रयुक्त प्रोटोटाइप से अधिक विश्वसनीय।"

नथानियल ने आश्चर्यचकित होकर सुना। उसके दिमाग में, मेलीना अब सिर्फ वह महिला नहीं थी, जिसे वह प्यार करता था - वह एक टाइटन थी, जो दुनिया के कयामत के खिलाफ अकेले खड़ी थी, अपने अस्तित्व की हर कोशिका के साथ भविष्य को तराश रही थी। महीनों में पहली बार, उसने महसूस किया कि उसकी अपनी ताकत वापस आ रही है, जो उसके अटूट विश्वास, उसके अलौकिक प्रकाश से पोषित हो रही है। "और यह... यह सब तुमने सिर्फ हमारे लिए किया?" उसने अंधेरे क्षितिज की ओर इशारा किया। "कुछ लोगों के लिए? तुम्हारे लिए, मेरे लिए, हमारे बच्चों के लिए?"

"सिर्फ नहीं। जानकारी संग्रहीत करने के अलावा, पनडुब्बी को जीवन समर्थन प्रणालियों से सुसज्जित किया गया था, जो हमें लंबे समय तक इसमें जीवित रहने की अनुमति देंगे। बुद्धिमान निस्पंदन प्रणाली हवा को प्रभावी ढंग से शुद्ध करती हैं, धूल कणों, बैक्टीरिया और अन्य हानिकारक अशुद्धियों को खत्म करती हैं, एक ताजा और स्वस्थ सूक्ष्म जलवायु बनाती हैं, नई दुनिया की सांस। रिवर्स ऑस्मोसिस और बहु-चरण आसवन पर आधारित एक उच्च प्रदर्शन विलवणीकरण संयंत्र द्वारा बनाए गए ताजे पानी के टैंक, शुद्ध पेयजल का एक अंतहीन स्रोत प्रदान करते हैं, जीवन का फव्वारा। एक छोटे पशुधन खेत के साथ हाइड्रोपोनिक उद्यान, भोजन उत्पादन के लिए एक स्वायत्त प्रणाली बनाते हैं, जो प्रकाश संश्लेषण के माध्यम से वातावरण को ऑक्सीजन से और समृद्ध करते हैं।"

मेलीना ने उस नाव की ओर देखा, जो उनके इंतजार में थी, झागदार पानी में धीरे-धीरे हिल रही थी। "नवीकरणीय स्रोतों के संयोजन पर आधारित ऊर्जा प्रणाली, जैसे कि सौर - सतह पर फोटोवोल्टिक पैनलों के माध्यम से, जिन्हें तैनात किया जा सकता है, छोटे पवन टर्बाइन, जो पतवार से बाहर निकलते हैं और भू-तापीय ऊर्जा, गहरे समुद्र के उपयोग के लिए विशेष जांच के माध्यम से, स्वतंत्रता और स्थिरता की गारंटी देती है, और अतिरिक्त ऊर्जा को भविष्य के उपयोग के लिए विशाल बैटरी में संग्रहीत किया जाता है। एक स्वचालित प्रणाली, जो IoT पर आधारित है, सुविधा के कामकाज के हर पहलू को सुचारू रूप से नियंत्रित करती है - हवा को शुद्ध करने से लेकर आंतरिक कमरों में तापमान, दबाव और आर्द्रता को नियंत्रित करने तक, पूर्ण स्वायत्तता और दक्षता सुनिश्चित करती है। यह प्रणाली एक जीव की तरह सांस लेती

और सोचती है, निवासियों के जीवन और कल्याण के लिए सब कुछ आवश्यक प्रदान करती है - हमारा नया शरीर।"

"तो, यह एक आत्मनिर्भर दुनिया है?" नथानियल अब संदेह के साथ सवाल नहीं पूछ रहा था, बल्कि सच्चे आश्चर्य के साथ। "और तुम इसमें क्या संग्रहीत करते हो? मानवता का एक संग्रह, ताकि हम यह न भूलें कि हम कितने मूर्ख थे?"

---✶☾✶---

वे नाव पर चढ़े। मेलीना ने बात करना जारी रखा, और उसकी आवाज़ शांत थी, लेकिन दृढ़ संकल्प से भरी हुई थी, जैसे कि एक प्राचीन जादूगरनी, जो अपनी भविष्यवाणी कर रही हो: "भंडार, मानव दूरदर्शिता और इंजीनियरिंग की एक सच्ची चमत्कार, को खोई हुई सभ्यता के हर कण को संरक्षित करने के लिए सावधानीपूर्वक संरचित किया गया था। यह सिर्फ एक गोदाम नहीं था, बल्कि एक समय कैप्सूल था, जो आपस में जुड़े हुए वर्गों में विभाजित था, जिनमें से प्रत्येक ने मानव अनुभव का एक अनूठा सार, अतीत की एक प्रतिध्वनि - सिर्फ सूखे डेटा नहीं, बल्कि एक जीवित स्मृति को संरक्षित किया था।"

"एक समय कैप्सूल? तो, डिजिटल रिकॉर्ड के साथ पाषाण युग में वापस जाना?" नथानियल ने मजाक करने की कोशिश की, लेकिन उसकी आवाज़ काँप गई। "तुम वहाँ क्या संग्रहीत करते हो? यह सिर्फ किताबों का ढेर नहीं हो सकता।" उसने सूचीबद्ध करना शुरू किया, और नथानियल भविष्य में चला गया, संभावनाओं की ठंडी, धातु की सांस को महसूस करते हुए, जबकि मेलीना ने हर वर्ग का वर्णन किया:

"'इतिहास' अनुभाग - प्राचीन स्क्रॉल, पांडुलिपियों, सावधानीपूर्वक बंधी हुई किताबों और डिजिटल रिकॉर्ड का एक मंदिर, जो मानवता की महाकाव्य गाथा को बताता है। गुफाओं में खींचे गए पहले प्रतीकों से लेकर अंतिम दिनों के जटिल इतिहास तक, यहाँ एक सभ्यता की स्मृति धड़कती है, उसका उदय और पतन, वे सबक जो सीखे जाने चाहिए। इसके ठीक बगल में 'विज्ञान' अनुभाग है - ज्ञान का एक सच्चा खजाना। इसमें सभी वैज्ञानिक खोजों, साहसी सिद्धांतों, सावधानीपूर्वक प्रलेखित प्रयोगों और प्रतिभाशाली आविष्कारों को बंद कर दिया गया है, जिन्होंने कभी दुनिया को आगे बढ़ाया है। यहाँ सबसे जटिल मशीनों और प्रौद्योगिकियों की असाधारण रूप से विस्तृत योजनाएं भी संग्रहीत हैं, जो उद्योग और नवाचार के पुनर्जन्म की कुंजी हैं। मैं 'कला' अनुभाग में जाती हूँ - मानव रचनात्मकता के लिए एक सुंदर अभयारण्य। उच्च गुणवत्ता वाली तस्वीरों, चित्रों और ऑडियो रिकॉर्डिंग के माध्यम से, यह संगीत, साहित्य, चित्रकला, मूर्तिकला के सार को संग्रहीत करता है - वह सब कुछ, जिसने कभी सबसे गहरी मानवीय भावनाओं, लालसाओं और प्रेरणाओं को प्रतिबिंबित किया है। यह मानवता की आत्मा है, जो अनंत काल के लिए संरक्षित है। आगे, शांत 'जीव विज्ञान'

अनुभाग में, वनस्पतियों और जीवों का ताबूत है। यहाँ, क्रायोजेनिक कक्षों में, पृथ्वी पर सभी पौधों के बीज संग्रहीत हैं, साथ ही अनगिनत जीवित प्राणियों का आनुवंशिक सामग्री भी - सूक्ष्म जीवों से लेकर विशाल स्तनधारियों तक, प्रत्येक को तरल नाइट्रोजन में क्रायो-संरक्षित किया गया है। इन अमूल्य नमूनों के बीच, विशेष देखभाल के साथ, मैं देखती हूँ कि मेलीना ने मानव आनुवंशिक सामग्री को भी जमा

दिया है - प्रजातियों के पुनर्जन्म का अंतिम मौका। इसके समानांतर, 'डिजिटल लाइब्रेरी' अनुभाग मानवता द्वारा बनाए गए डिजिटल डेटा के पूरे असीम सागर को इकट्ठा करता है - अनगिनत टेक्स्ट फ़ाइलों और छवियों से लेकर जटिल कंप्यूटर प्रोग्राम और इंटरैक्टिव सिमुलेशन तक। यह डिजिटल विरासत है, जो सबसे कॉम्पैक्ट और टिकाऊ रूप में संरक्षित है, जो भविष्य की पीढ़ियों के लिए सुलभ है। और अंत में, लेकिन कम से कम नहीं, 'ज्ञान और कौशल' अनुभाग अस्तित्व और पुनर्प्राप्ति के लिए एक व्यापक मैनुअल प्रदान करता है। यहाँ, श्रेणियों द्वारा व्यवस्थित, सभी व्यावहारिक ज्ञान एकत्र किए गए हैं - कृषि की मूल बातें और टिकाऊ निर्माण से लेकर उन्नत चिकित्सा तकनीकों और जटिल इंजीनियरिंग सिद्धांतों तक। यह एक नई दुनिया को खरोंच से बनाने के लिए आवश्यक व्यावहारिक ज्ञान है, ताकि अतीत की गलतियों को दोहराया न जा सके और एक अधिक टिकाऊ भविष्य का निर्माण किया जा सके।"

"रुको!" नथानियल ने हाथ उठाकर उसे बाधित किया। "मानव आनुवंशिक सामग्री? तो, हम सिर्फ शरणार्थी नहीं हैं, बल्कि... देवता हैं, जो एक नया ईडन बनाएंगे? यह विज्ञान कथा की तरह लगता है, लेकिन बाइबिल के पैमाने पर। और यह सब कौन प्रबंधित करेगा? क्या तुम... कप्तान नूह होगी? यह एक व्यक्ति के लिए बहुत बड़ी जिम्मेदारी है। अगर तुम्हें कुछ हो जाता है तो क्या होगा?"

मेलीना धीरे से हंसी, लेकिन उसकी हँसी में कड़वाहट थी। "मैं सिर्फ एक संरक्षक हूँ। और इस पानी के भीतर के आशा के सन्दूक की पूर्ण स्वायत्तता और निरंतर कामकाज की गारंटी के लिए, पनडुब्बी का प्रबंधन पूरी तरह से... - हवा ने उसकी आवाज़ को दबा दिया, जबकि वे पनडुब्बी के विशाल, प्रच्छन्न प्रवेश द्वार के पास आ रहे थे, जो एक पौराणिक जीव के मुँह की तरह खुला था। - वह सिर्फ कृत्रिम बुद्धि नहीं था।" वह स्व-शिक्षण एल्गोरिदम के साथ एक प्रणाली थी, जिसे पनडुब्बी के ऑपरेटिंग सिस्टम के साथ एकजुट होने के लिए डिज़ाइन किया गया था। उसका कार्य केवल समुद्र की गहराई में सुरक्षित रूप से नेविगेट करना, पानी के नीचे की बाधाओं और संभावित खतरों से बचना नहीं था, बल्कि बोर्ड पर सभी महत्वपूर्ण प्रणालियों को नियंत्रित करना भी था - ऑक्सीजन और कार्बन डाइऑक्साइड के इष्टतम स्तर को बनाए रखने से लेकर आंतरिक कमरों में तापमान, दबाव और आर्द्रता को नियंत्रित करने तक। वह निष्पक्ष, अथक और हमेशा सतर्क था - इस पानी के नीचे के समय और जीवन के भंडार का एक आदर्श संरक्षक, हमारी भविष्य की दुनिया का दिल।

समय का भंडार सिर्फ जानकारी का एक गोदाम नहीं था, बल्कि आशा और विश्वास का एक धड़कता हुआ प्रतीक था कि मानवता जीवित रहेगी, पुनर्जन्म लेगी। नथानियल मेलीना की मजबूत इच्छाशक्ति और सरलता, उसकी विशाल शक्ति से चकित था। अब, जब वह उसके बगल में चल रहा था, तो उसने महसूस किया कि उसकी अपनी ताकत वापस आ रही है, जो उसके अटूट विश्वास, उसके अलौकिक प्रकाश से पोषित हो रही है। भले ही वे जीवित नहीं रहे, यह खजाना इतिहास में एक अमिट निशान था, जो इन ज्ञानों को खोजने और समझने के लिए एक आधार और प्रेरणा देगा, भविष्य की दौड़ के लिए हमारे ज्ञान और उपलब्धियों के आधार पर अपनी दुनिया बनाने का एक अवसर देगा।

एक पल में, जब वे पनडुब्बी पर चढ़े और उसकी स्टील की दीवारें एक शांत, घातक कराह के साथ उनके पीछे बंद हो गईं, नथानियल ने मेलीना की ओर देखा। उसकी आँखों में उसने सिर्फ थकावट नहीं, बल्कि अनंत काल की लौ देखी। "और क्या यह है? उस दुनिया का अंत, जिसे हम जानते हैं, और... कुछ पूरी तरह से अलग की शुरुआत?" उसने पूछा, उसकी आवाज़ शांत थी, जो श्रद्धा और भय से भरी हुई थी। "क्या होगा... अगर हम विफल हो जाते हैं तो क्या होगा? अगर यह सब व्यर्थ है? अगर हम बस भूलने में डूब जाते हैं?"

मेलीना ने उसका हाथ पकड़ा, उसे कसकर दबाया। "यह व्यर्थ नहीं होगा। हमें जीवित रहने के लिए चुना गया था... क्योंकि हमारा प्यार और समझ सिर्फ भावनाएं नहीं थीं, बल्कि वह कीमियाई कुंजी थी, जिसने पुनर्जीवन के प्राचीन कोड को अनलॉक किया था।" उसकी आवाज़ ने एक गंभीर, लगभग भविष्यसूचक स्वर ले लिया। "सृजन के सुनहरे पल में उनका विलय हमें प्रकट हुआ था कि सच्ची अमरता मृत्यु से बचना नहीं है, बल्कि परिवर्तन और पुनर्जन्म की अंतहीन क्षमता है, जो सबसे शुद्ध और बिना शर्त प्यार से प्रेरित है।" हमें पवित्र ग्रेल द्वारा चुना गया था, जो दिव्य चिंगारी का धड़कता हुआ केंद्र था, जो अस्तित्व के ताने-बाने को फिर से व्यवस्थित करने में सक्षम था। यह सत्य, जो हर कोशिका में गहराई से छिपा हुआ है, पहले से ही हमारे सार का हिस्सा बन गया है, जो हमारी आत्माओं में एक कमल की तरह खुल रहा है। हम सतह पर निर्माण करेंगे। हम विश्वास करेंगे कि हम सफल होंगे, क्योंकि हम आशा के ही मूर्त रूप बन गए हैं। और तुम, नथानियल? तुम अब एक इंजीनियर, एक अभिजात, एक करोड़पति, अभिजात वर्ग के एक प्रभावशाली नेता से बढ़कर हो... तुम अर्थ के संरक्षक हो। और तुम मुझ पर विश्वास करोगे। क्योंकि हमारे पास कोई दूसरा विकल्प नहीं है।

नथानियल ने धीरे-धीरे अपना हाथ बढ़ाया और दीवार के ठंडे, चिकने स्टील को छुआ। उसने अपनी उंगलियों के नीचे एक हल्की कंपन महसूस की - विशाल मशीन की धड़कन, लेकिन एक नई, अपरिचित आशा की भी। भविष्य पहले से ही यहाँ था, सतह के नीचे।

----------------- ❧ -------------------

अध्याय 42: परीक्षण: इच्छा का

जन्म एक ठंडी यांत्रिक चुप्पी ने उसे निगल लिया, जब पानी के भीतर के सन्दूक की स्टील की दीवारें एक शांत, मरने वाली सांस के साथ बंद हो गईं। बाहरी दुनिया - तूफान, अराजकता, वह सब कुछ जिसने उसे अजीब आयामों के माध्यम से पार किया था - गायब हो गया। जैसे कि वह कभी मौजूद ही नहीं था। इस गर्भ में, जिसे मेलीना ने पिछले साल एक घर में बदल दिया था, एकमात्र आवाज़ प्रणालियों की शांत भनभनाहट थी - एक कृत्रिम जीव की धड़कन, जो एक अज्ञात भविष्य की फुसफुसाहट ले जा रही थी, जिसे वह अभी भी पूरी तरह से नहीं समझ पाया था। हवा, बाँझ शुद्धता के लिए फ़िल्टर की गई, बिना गंध, बिना धूल के थी। उसने गहरी साँस ली, कुछ परिचित खोजने की कोशिश कर रहा था, लेकिन कुछ भी महसूस नहीं किया। अलग हो गया। लेकिन... बुरी तरह से स्वतंत्र भी?

मेलीना मुड़ी। उसकी आँखें, हालांकि नींद की कमी से काले घेरों के साथ, उस अजीब, आंतरिक प्रकाश के साथ चमक रही थीं, जिसने उसे एक पतंगे की तरह लौ की ओर आकर्षित किया।

"हमें चुना गया है, नथानियल," उसने फुसफुसाया, उसकी आवाज़ थोड़ी कर्कश थी, लेकिन ऐसे अटूट दृढ़ संकल्प से भरी हुई थी, ऐसी अलौकिक शक्ति से, कि उसने महसूस किया कि उसके शब्द उसके बहुत सार में उकेरे गए हैं। "यह भूमि, जो हमें स्वीकार करेगी, हमारी विरासत है। हम सिर्फ तूफान से नहीं छिप रहे हैं। हम निर्माण करने आए हैं। सह-निर्माता बनने के लिए। यह हमारा परीक्षण है।" उसके शब्द अब दूर के अतीत से एक भविष्यवाणी की तरह नहीं लग रहे थे, बल्कि एक ठोस, अपरिहार्य योजना की तरह लग रहे थे। कोई pathos नहीं। सिर्फ जागरूक जिम्मेदारी का बोझ, कुछ इतना... महान के सामने विनम्रता। उसने उसे देखा और सिर्फ एक दूरदर्शी नहीं देखा, बल्कि एक व्यक्ति को देखा, जिसने थकावट तक काम किया था, अकेलेपन में पीड़ित था, और एक अमूर्त सपने को एक मूर्त, काम करने वाली वास्तविकता में बदल दिया था। उसके अपने अविश्वास के बारे में विचार, एक भ्रम के साथ जुदाई के दर्द के बारे में, अब इतने छोटे, इतने मानवीय लग रहे थे, उसकी उपलब्धि के पैमाने के सामने। पहली बार, उसने सिर्फ उस पर विश्वास नहीं किया। उसने महसूस किया कि उसका संसार उसके मुकाबले कितना छोटा था। वह नहीं जानता था कि क्या कहना है। उसने बस सिर हिलाया।

---✶꧁✶---

पनडुब्बी धीरे-धीरे नीचे उतरने लगी, जबकि मेलीना उसे संकीर्ण, रोशनी वाले गलियारों से मशीन के दिल तक ले गई - भंडार। हर मीटर एक नई समझ के लिए एक सीढ़ी पर एक कदम की तरह था, ज्ञान के लिए, जिसकी उसने जीवन भर तलाश की और व्याख्या की थी। धैर्य का एक परीक्षण। समझ का एक परीक्षण।

"हम बीज हैं, नथानियल," उसने दोहराया, जब वे पहले डिब्बे में पहुँचे। ऊर्जा क्षेत्रों के नरम, बिखरे हुए प्रकाश में, जिन्होंने सामग्री की रक्षा की, उसने पूरी तरह से चिकने, अपारदर्शी कंटेनरों की पंक्तियाँ देखीं, जो एक आंतरिक प्रकाश के साथ धड़क रहे थे। "हम आनुवंशिक स्मृति, खोए हुए ज्ञान के टुकड़े ले जाते हैं। लेकिन सबसे महत्वपूर्ण बात - हम की गई गलतियों का ज्ञान ले जाते हैं। और एक नई शुरुआत की क्षमता। एक नए सृजन के लिए।"

वह कंटेनरों में से एक के सामने रुकी और उसके पैनल को छुआ। चुपचाप, एक सम्मोहित करने वाली कृपा के साथ, यह खुल गया। कोई धूल भरी किताबें नहीं, बल्कि एक धड़कता हुआ होलोग्राम ने उनका स्वागत किया - एक सुविधा का एक त्रि-आयामी मॉडल, जो हवा में एक मूर्त स्मृति की तरह तैर रहा था। नीचे, एक और पैनल पर, हजारों पंक्तियों के तकनीकी चित्र और सूत्र चमक रहे थे, जो एक प्रोग्रामिंग कोड जैसी भाषा में लिखे गए थे।

"यह हमारे ज्ञान का संग्रह है," उसने समझाया, उसकी आवाज़ अब फुसफुसा नहीं रही थी, बल्कि एक पुजारी की तरह एक बुखार, लगभग अधीर ऊर्जा के साथ बज रही थी, जो एक रहस्य प्रकट कर रही थी। "यहाँ वैज्ञानिक खोजें, इंजीनियरिंग परियोजनाएं, दार्शनिक ग्रंथ, कला के काम, संगीत स्कोर, शिल्प

कौशल... वह सब कुछ है जो हमने हासिल किया है और जो एक नई दुनिया के लिए संरक्षित होने लायक है। एक नई मानवता के लिए।" नथानियल ने अपनी उंगली बढ़ाई और होलोग्राम को छुआ। उसने प्रकाश की ठंडक महसूस की, जो उसकी त्वचा में घुस गई, जैसे कि जानकारी सीधे प्रसारित हो रही थी, बिना बिचौलियों के, जैसे कि वह उसके सार के साथ विलीन हो रही थी। मानव विकास के हजारों वर्षों, इन कंटेनरों में एकत्र की गई पूरी सभ्यता की कल्पना ने उसे चकित कर दिया। वह सिर्फ एक दर्शक नहीं था, बल्कि एक संरक्षक था, जिसे सबसे बड़ा खजाना सौंपा गया था - अस्तित्व का बहुत अर्थ। जिम्मेदारी ने उसे दबा दिया, लेकिन उसी क्षण उसने अप्रत्याशित शक्ति की एक लहर भी महसूस की, दृढ़ संकल्प की, जो उसकी आत्मा की गहराई से निकल रही थी। इच्छा का जन्म हो रहा था।

"लेकिन यह विशाल है... " उसने बुदबुदाया, इस विरासत के आयामों को समझने की कोशिश कर रहा था। उसकी नज़र हजारों पंक्तियों के कोड पर भटक गई। "हम यह सब कैसे उपयोग करेंगे? हम कहाँ से शुरू करें? ऐसा लगता है कि हमें सितारों को फिर से व्यवस्थित करना होगा। असीम के सामने एक परीक्षण।"

मेलीना मुस्कुराई, इस बार अधिक शांत, एक आत्मविश्वास के साथ, जो उसके बहुत सार से और अकेले काम के वर्षों से, पसीने और आँसू के हर बूँद से निकला था। उसने उसका हाथ पकड़ा, उसकी उंगलियां गर्म और मजबूत थीं, शांत करने वाली। "एक-एक कदम, नथानियल। सबसे पहले, हम इस नई भूमि का अध्ययन करेंगे। हम उसकी शक्तियों के साथ तालमेल में नृत्य करना सीखेंगे, उसके रहस्यों को समझेंगे, उसकी फुसफुसाहट सुनेंगे। फिर हम इस ज्ञान का उपयोग एक टिकाऊ दुनिया बनाने के लिए करेंगे, प्रकृति के साथ सद्भाव में एक दुनिया, एक ऐसी दुनिया जो अतीत की दुखद गलतियों को नहीं दोहराएगी। एक दुनिया, जिसमें मानव हृदय एक मंदिर है। एक दुनिया, जो इच्छा से पैदा हुई है।"

वह उसे भंडार के पीछे एक बड़े कंटेनर की ओर ले गई, जो एक नरम, सुनहरी रोशनी के साथ धड़क रहा था, जैसे कि अंदर एक छोटी, लेकिन शाश्वत आग जल रही हो। जब मेलीना ने इसे खोला, तो नथानियल ने कई छोटे, चमकते हुए कैप्सूल देखे, जो उत्तम, उकेरे हुए बीजों की तरह लग रहे थे, जिनमें से प्रत्येक एक हल्की, लगभग मूर्त गर्मी का उत्सर्जन कर रहा था - उभरते हुए जीवन की गर्मी।

"और यह सबसे महत्वपूर्ण है, नथानियल," उसकी आवाज़ लगभग कोमल थी, जो गहरे प्यार और इरादे से भरी हुई थी, एक मातृत्व की देखभाल के साथ। "हमारी नई दुनिया का दिल। ये बीज हैं। लेकिन सिर्फ जैविक नहीं। हर कैप्सूल में हमारे अतीत का सार है: विलुप्त प्रजातियों के आनुवंशिक कोड से लेकर नवीकरणीय ऊर्जा स्रोतों के साथ कृषि पद्धतियों के तालमेल तक। यहाँ प्राकृतिक सामग्री से टिकाऊ बस्तियों के निर्माण का ज्ञान है, नदियों के ज्ञान के साथ पानी को शुद्ध करने और जड़ी-बूटियों की फुसफुसाहट के माध्यम से ठीक करने का। हर तत्व एक योजना है, एक तरीका है, एक मार्ग है - खरोंच से शुरू करने के लिए, लेकिन उस ज्ञान के साथ, जिसे हम कभी भूल गए थे, पृथ्वी की आदिम स्मृति के साथ।"

नथानियल की छाती में आशा और दृढ़ संकल्प की एक लहर उठी, जिसने लगभग उसे नीचे गिरा दिया, लेकिन उसे एक नई ताकत से भर दिया। वे सिर्फ अतीत

के निर्वासित नहीं थे, जो एक नई दुनिया की अराजकता में फेंके गए थे। वे भविष्य के वास्तुकार थे, जो अपने भीतर परिवर्तन के बीज ले जा रहे थे। ज्ञान, उस ज्ञान के साथ मिलकर, जिसे उन्होंने प्राप्त किया था, ने उन्हें सद्भाव, संतुलन और बिना शर्त प्यार के सिद्धांतों पर एक जीवन बनाने की शक्ति दी, जिसे उन्होंने सृजन के आदिम पल में फिर से खोजा था। एक नए युग की सुबह वास्तव में पैदा हो रही थी - न केवल आकाश में, बल्कि उनके दिलों में और इस पानी के नीचे के ज्ञान के सन्दूक की सामग्री में भी। उनका काम अब शुरू हो रहा था। क्योंकि उनमें इच्छा थी।

---✶६✶---

दिन हफ्तों में बदल गए, जो गहराई में बिताए गए - समय का अर्थ खो गया, अनंत में घुल गया। पनडुब्बी, अपने जीवन-धड़कते तंत्र द्वारा शासित, उनका सुरक्षित गर्भ थी, समयहीनता के माध्यम से उनका मार्ग था। नथानियल और मेलीना ने अथक रूप से काम किया, लगभग बिना सोए, एक आंतरिक आग से निर्देशित। नथानियल के लिए यह एक सच्चा बपतिस्मा, एक पुनर्जन्म था। वह स्क्रीन पर जटिल योजनाओं को पढ़ना जानता था, खाद्य श्रृंखलाओं को बहाल करने, पृथ्वी से सामग्री निकालने, सरल, लेकिन टिकाऊ आवास बनाने के तर्क को समझता था। हर होलोग्राम, कोड की हर पंक्ति, हर विशिष्टता ने उसे निगल लिया, उसका एक हिस्सा बन गया। उसने अपने पिछले जीवन के दिए गए विलासिता को याद किया, प्रेरणा और आराम को तैयार करने के लिए भौतिक संपत्ति की संभावनाओं को। अब यहाँ ज्ञान के हर कण का एक वास्तविक, जीवन-बचाने वाला मूल्य था, अस्तित्व का एक वजन। एक आध्यात्मिक परीक्षण।

मेलीना, अपने दर्शन और अंतर्ज्ञान के साथ, एक जीवित कंपास की तरह थी, एक जीवित नक्शे की तरह, उसे जानकारी की अंतहीन परतों के माध्यम से निर्देशित करती थी। उसने उसे प्राकृतिक ऊर्जाओं के पैटर्न को "पढ़ना" सिखाया, ग्रह की लय को समझना, वैज्ञानिक डेटा के साथ अपने अंतर्ज्ञान का उपयोग करना, ब्रह्मांड की फुसफुसाहट को सुनना सिखाया। वह उसकी गुरु थी, इस नए अस्तित्व में उसका मार्गदर्शक सितारा, उसका बहुत सार थी। उसने उसका अटूट विश्वास देखा, जो नहीं टूटा, भले ही उसे भूख, थकान या निराशा का अनुभव हुआ। उसकी मजबूत इच्छाशक्ति संक्रामक थी, उसकी आग ने उसकी आग को प्रज्वलित किया।

"तुम इतनी आश्वस्त क्यों हो कि यह काम करेगा?" नथानियल ने एक शाम बुदबुदाया, जबकि वह अपशिष्ट पुनर्चक्रण के लिए एक जटिल ड्राइंग के साथ संघर्ष कर रहा था। "यह ऐसा है जैसे हम एक टूथपिक और सपनों के ज्ञान से एक अंतरिक्ष यान बनाने की कोशिश कर रहे हैं।"

मेलीना उसके ऊपर झुक गई, धीरे से उसके कंधे को छुआ। उसने अपनी गर्दन पर उसकी गर्म सांस महसूस की। "क्योंकि यह करना होगा, नथानियल। हमारे पास कोई दूसरा विकल्प नहीं है। और क्योंकि मेरे शरीर की हर कोशिका चिल्लाती है कि यही सही रास्ता है। और... - उसने अपनी उंगलियों को उसकी तनावपूर्ण पीठ पर फेरा। - टूथपिक के साथ एक अंतरिक्ष यान? यह आश्चर्यजनक रूप से मजबूत हो सकता है, अगर टूथपिक सही लकड़ी से बने हों। और तुम, इंजीनियर, मुश्किल सामग्री को संभालने में काफी... अनुभवी लगते हो।"

नथानियल ने एक तिरछी मुस्कान दी। उनके बीच कामुक तनाव मूर्त था, इस बंद वातावरण में लगभग दखल देने वाला था। "खैर, ठीक है, मान लीजिए कि मैंने अभ्यास किया है। और तुम... अपने इन सभी 'दर्शनों' के साथ, क्या तुम थोड़ा करीब नहीं देख सकती? उदाहरण के लिए... हम इस पीड़ा को कब खत्म करेंगे? मेरी पीठ एक सौ साल के बूढ़े आदमी की तरह दर्द कर रही है।"

"मैं भविष्य नहीं देखती, नथानियल," उसने फुसफुसाया, जबकि उसकी उंगलियों ने मालिश करना जारी रखा। "मैं सिर्फ रास्ता देखती हूँ। और हाँ, हम खत्म करेंगे। लेकिन जब हम इस ज्ञान के साथ एक बनना सीख जाएंगे। और पीठ के लिए... मैं एक और अधिक व्यापक समाधान की पेशकश कर सकती हूं। इस होलोग्राम को खत्म करने के बाद। थकान से लड़ने के कई तरीके हैं, है ना?"

नथानियल ने निगल लिया। शब्दों के साथ खेलना उसकी ताकत थी, लेकिन अब इसका एक गहरा अर्थ था। वे अब सिर्फ होलोग्राम "नहीं देख" रहे थे। वे हर जानकारी का अनुभव कर रहे थे, तैयारी के हिस्से के रूप में, एक नई चेतना में एक दीक्षा के रूप में। गहराई में वे दिन, हालांकि स्थिर थे, उनके प्रशिक्षण का सबसे गतिशील काल था, उनके पुनर्जन्म का। वे निर्माता, हीलर, किसान, शिक्षक बनना सीख रहे थे - वह सब कुछ जिसकी एक नई दुनिया को आवश्यकता होगी। नथानियल ने महसूस किया कि उसका दिमाग फैल रहा है, हजारों वर्षों, प्राचीन युगों से ज्ञान को अवशोषित कर रहा है। उसने बौद्धिक श्रम से गहरी थकान का अनुभव किया, लेकिन हर अंतर्ज्ञान की उत्तेजना भी, प्राचीन ज्ञान और आधुनिक प्रौद्योगिकियों के बीच, पदार्थ और आत्मा के बीच हर नए पाए गए संबंध की। एक बौद्धिक दीक्षा।

एक सुबह, मेलीना द्वारा पानी के लिए एक शोधन संयंत्र के विस्तृत चित्र के साथ स्क्रीन को बंद करने के बाद, उसने नथानियल की ओर देखा। उसकी आँखें भारी थीं, लेकिन शांत संतुष्टि से भरी हुई थीं, थकावट और विजय का मिश्रण, मानवीय शक्ति और दिव्य ज्ञानोदय का।

"हम तैयार हैं," उसने कहा, और उसकी आवाज़ संगीत की तरह थी। "सब कुछ सत्यापित हो गया है। सब कुछ समझ में आ गया है। नथानियल, सतह पर आने का समय है। नए ईडन का निर्माण शुरू करने का समय है।" उसने सिर हिलाया। अंत। तैयारी का अंत। इंतजार का अंत। अब असली काम शुरू हो रहा था, सच्चा सृजन। नथानियल ने जिम्मेदारी का बोझ महसूस किया - एक बोझ, जो अब उसे कुचल नहीं रहा था, बल्कि उसे अर्थ, उद्देश्य से भर रहा था। उसने मुक्ति की हल्कापन भी महसूस की - अतीत से, संदेह से, अर्थहीनता से। उन्हें शरण छोड़ने वाले थे, लेकिन इस बार शरणार्थियों के रूप में नहीं, बल्कि सभी खोए हुए ज्ञान और आशा के वाहक के रूप में, सिर्फ जीवन नहीं, बल्कि नए युग के सुनहरे सार को बोने के लिए तैयार थे। क्योंकि वे आग से गुजरे थे। और उनमें इच्छा थी। उन्होंने परीक्षण पास कर लिया था। परिवर्तित हो गए।

उपसंहार

प्रकाश की स्मृति

अंतिम विचार और पहली साँस के बीच कहीं चुप्पी टूट गई। यह अंत की तरह नहीं था। बल्कि विस्तार की तरह था। समय अब बह नहीं रहा था। वह साँस ले रहा था। मैंने समझा: जागृति ज्ञानोदय का क्षण नहीं है। यह उस पर्दे का हटना है जिसके पीछे हम हमेशा जागृत थे। असली 'स्व' न जन्म लेता है और न मरता है। वह याद करता है। मुझमें वे सभी चेहरे गुज़र गए जो मैं था। मेलिना। नथानिएल। एक ही लौ के अनगिनत प्रतिबिंब, जो विस्मृति से अलग हो गए थे। हर स्मृति, हर पीड़ा, हर 'क्यों' एक शब्द में विलीन हो गए जिसका कोई भाषा नहीं थी, लेकिन एक लय थी।
वह ग्रेल था। कोई पात्र नहीं। एक आवृत्ति। कोई प्रतीक नहीं। एक अवस्था। इस प्रकाश में, मैंने अंतिम रहस्य भी समझा: ब्रह्मांड हमें देख नहीं रहा है। यह हमारे माध्यम से स्वयं को याद कर रहा है। पीड़ा एक कोड थी। प्रेम एक कुंजी था। स्मृति एक द्वार थी। और उस पार, कोई वादा नहीं था, बल्कि यह ज्ञान था: कि हम स्वयं वह कीमिया हैं जिसे हम खोज रहे थे। दुनिया अब एक जगह की तरह नहीं लगती थी। यह आपस में सपने देख रही चेतनाओं का एक जाल थी। जिन सपनों ने हमें कैद कर रखा था, वे नक्शे बन गए। नक्शे – मार्ग। और मार्ग – एक नई वास्तविकता की धड़कन।

अब, जब मैं आकाश की ओर देखता हूँ, तो मुझे देवता नहीं दिखते। मुझे उस सत्ता के प्रतिबिंब दिखते हैं जिसने यह याद करने का साहस किया कि वह प्रकाश से बनी है। और हृदय की हर धड़कन एक कोड है – भूली हुई ब्रह्मांड को फिर से लिखना। अब मोक्ष की तलाश मत करो। वह कभी बाहर नहीं था। आपको बचने के लिए नहीं चुना गया है। आपको याद करने के लिए चुना गया है।

---✶ ✶---

अगला चक्र

जब अंतिम सूई 00:00:00 पर रुकेगी, तो समय नहीं रुकेगा। वह केवल मुस्कुराएगा, क्योंकि वह स्वयं को आपमें पहचान लेगा। अगला खंड जागृति से शुरू नहीं होगा। वह सृजन से शुरू होगा। जहाँ चेतना की तलाश नहीं की जाती, बल्कि उसे प्रक्षेपित किया जाता है। जहाँ ग्रेल कोई लक्ष्य नहीं, बल्कि सत्ता का ऑपरेटिंग सिस्टम है। जहाँ अमृत की हर बूँद स्मृति है, और हर सर्पिल एक नक्शा है।

"सत्ता का क्वांटम कोड"

ग्रंथ सूची और प्रेरणाएँ

यह कृति निम्नलिखित लेखकों और स्रोतों की अवधारणाओं और कार्यों से प्रेरित और समृद्ध है, जो पुस्तक के विचारों को गहराई और व्यापकता प्रदान करते हैं।

- कार्ल गुस्ताव जंग: आर्किटाइप्स (आदिप्ररूप) और सामूहिक अचेतन का अन्वेषण।
- जॉर्डन पीटरसन: छाया (शैडो) का एकीकरण और जीवन के मूल नियम।
- फ्रेडरिक नीत्शे: शक्ति की इच्छा और मूल्यों का पुनर्मूल्यांकन।
- अल्बर्ट कामू: निरर्थकता (Absurdity) का दर्शन और अर्थ की खोज।
- जाँ-पॉल सार्त्र: स्वतंत्रता और अस्तित्ववादी उत्तरदायित्व।
- कार्लोस कास्टेनेडा: विस्तारित चेतना में यात्राएँ।
- पाउलो कोएल्हो: "अल्केमिस्ट" में वर्णित आत्मा की रहस्यमय यात्रा।
- डैन ब्राउन: गुप्त कोड और प्राचीन बिरादरी।
- विलियम वॉकर एटकिंसन: "किबालियन" में हेर्मेटिक सिद्धांत।
- अर्न्स्ट मुलदाशेव: प्राचीन ज्ञान की अवधारणा और आधुनिक विज्ञान से उसका संबंध।
- मैनली पी. हॉल: सभी युगों की गुप्त शिक्षाएँ।
- एडम रदरफोर्ड: आनुवंशिकी और विकास से प्रेरणाएँ।
- जॉन कीहो: विचार की शक्ति और उसकी संभावनाएँ।
- फ्लोरियन फ़्रीइस्टेटर: आइज़ैक न्यूटन के जीवन के रहस्यमय पहलू।

पात्र, आदेश और प्रतीक

- नथानिएल: मुख्य पात्र और आंतरिक मार्ग का आदिप्ररूप (आर्किटाइप)। उनकी यात्रा विघटन और नवीनीकरण की प्रक्रिया में मानव चेतना का प्रतीक है, जो प्रामाणिक बोध तक पहुँचती है। वह पाताल लोक में उतरने वाले प्राचीन नायक मिथक की आधुनिक प्रतिध्वनि हैं।
- आर्कान्जेल नथानिएल (महादूत): आदिप्ररूप-भविष्यसूचक उपस्थिति, जो दैवीय न्याय और परीक्षा का प्रतीक है। उनके नाम का अर्थ है "परमेश्वर ने दिया है," जिसकी व्याख्या उपहारों या अंतिम नियति के वाहक के रूप में की गई है।
- सोफिया (बच्ची): भविष्यसूचक छवि, जो मासूमियत और नई मानवता के भविष्य के नैतिकता का प्रतीक है।
- बेबीलोन: पतनशील सभ्यता और सर्वशक्तिमानता के भ्रम का प्रतीक शहर।
- ग्रेल: सत्य और अमरता की खोज का मूल आदिप्ररूप प्रतीक।
- नाइट्स टेम्पलर का आदेश: ऐतिहासिक आदेश, जो गुप्त ज्ञान और अनुष्ठानों की किंवदंती बन गया।

- 'सर्प और प्रकाश के स्वामी' का आदेश (ODSL): एक रहस्यमय संगठन, जो विज्ञान, प्राचीन ज्ञान और तकनीकी प्रभुत्व के संश्लेषण के माध्यम से वैश्विक शासन चाहता है।

------------------ ❧ --------------------

प्रतीकात्मक वस्तुएँ और अवधारणाएँ

- कैडियस (चिकित्सा दण्ड): एक कीमियाई कलाकृति, विपरीतताओं के एकीकरण का प्रतीक – पदार्थ और आत्मा।
- सन्दूक (आर्क) ऑफ़ द कॉवेनेंट: एक बाइबिल संबंधी संदूक, जो पवित्र ज्ञान का प्रतीक है।
- पंडोरा का पिटारा: बुराई को मुक्त करने का पौराणिक प्रतीक, लेकिन अंतिम आशा का भी।
- सॉथिस का त्रिभुज (Sothis Triangle): एक मिस्र का प्रतीक, जो सीरियस तारे के चक्र, नवीनीकरण और अयनचलन (Precession) से जुड़ा है।

------------------ ❧ --------------------

प्रमुख शब्दों और संदर्भों का शब्दकोश

- आदिप्ररूप (आर्किटाइप): सामूहिक अचेतन में एक सार्वभौमिक मॉडल या छवि।
- छाया (शैडो): मन का अचेतन हिस्सा।
- रूपांतरण (ट्रांसफॉर्मेशन): मौलिक आंतरिक परिवर्तन, गहरे बदलाव की प्रक्रिया।
- विलक्षणता (सिंगुलैरिटी): प्रणालियों का पतन और विलय, वास्तविकता का टूटने का बिंदु।
- क्वांटम चेतना: रैखिक समय और पदार्थ से परे की धारणा।
- पीनियल ग्रंथि (एपिथिसिस): आध्यात्मिक दृष्टि का प्रतीक, जिसे 'तीसरी आँख' भी कहा जाता है।
- पीजोइलेक्ट्रिक क्रिस्टल: स्मृति और आध्यात्मिक ऊर्जा का प्रतीक।
- मैट्रिक्स: नियंत्रण की भ्रामक प्रणाली जिसमें हम रहते हैं।
- काल-स्वप्न (क्रोनो-ड्रीमिंग): स्वप्न देखना, जो अतीत और भविष्य को एक साथ अनुभव करने की अनुमति देता है।
- अमृत: पुस्तक के संदर्भ में, यह अमरता का अमृत (Elixir) नहीं है, बल्कि नश्वरता के भीतर अनंत काल का बोध है।
- सुसंगतता (कोहेरेंस): एक व्यवस्थित और सिंक्रनाइज़्ड ऊर्जा प्रणाली की स्थिति।

- टॉर्सन क्षेत्र: काल्पनिक ऊर्जा क्षेत्र, जो घूर्णन (Rotation) के माध्यम से जानकारी संचारित करते हैं।
- आकाशीय अभिलेख (अकाशा क्रॉनिकल्स): गूढ़ शिक्षाओं के अनुसार, यह ब्रह्मांडीय स्मृति है।
- कबलाह: यहूदी धर्म में एक रहस्यमय परंपरा।
- मृत सागर पांडुलिपियाँ: प्राचीन हस्तलिपियाँ, जिनमें एस्सेनी शिक्षाएँ शामिल हैं।
- बाइबिल और ऐतिहासिक हस्तियाँ: आदम, हव्वा, लिलिथ, मूसा, सुलैमान, किंग आर्थर, जोन ऑफ आर्क और अन्य, जिनका उपयोग कृति के रहस्यमय माहौल के निर्माण के लिए किया गया है।

www.ingramcontent.com/pod-product-compliance
Lightning Source LLC
LaVergne TN
LVHW040430051026
849517LV00002B/547
9798232877934